Der Zauberlehrling oder Die Teufelsjäger
Alraune

Hanns Heinz Ewers

Der Zauberlehrling
oder
Die Teufelsjäger

Roman

Alraune

Roman

Gesammelte Werke

Band 1

Herausgegeben von Wilfried Kugel

area

Orthographie und Interpunktion der Werke »Der Zauberlehrling oder Die Teufelsjäger« und »Alraune« orientieren sich an den jeweiligen Erstausgaben aus den Jahren 1909 bzw. 1911 im Georg Müller Verlag, München.

Das betrifft insbesondere die Verwendung des »ß« sowie die Zeichensetzung bei wörtlicher Rede.

Hanns Heinz Ewers:
Der Zauberlehrling oder Die Teufelsjäger · Alraune

Einbandgestaltung: agilmedien, Köln
Einbandabbildung: zefa, Düsseldorf
Satz und Layout: Andreas Paqué, Gleichen
Druck und Bindung: Oldenbourg Taschenbuch GmbH,
Hürderstraße 4, 85551 Kirchheim

Printed in Czech Republic 2005
ISBN 3-89996-505-1

www.area-verlag.de

Inhalt

Der Zauberlehrling

oder

Die Teufelsjäger

Viele Wunder gibt es, doch das
grösste Wunder ist der Mensch.
Sophokles, Antigone 334

I

Wer Schönes hier und Zartes sucht,
der sei gewarnt! In diesen Blättern
schläft manches Grau'n und aus den Lettern
grinst oft, was scheusslich und verrucht.

Osc. Panizza, Heilige Antonius.

»So kommen Sie doch mit!« sagte Frank Braun.

Der alte Pfarrer schüttelte den Kopf. »Unmöglich,« antwortete er, »es ist ganz unmöglich.«

– Der kleine Gardadampfer hielt; die beiden stiegen mit der Menge an Land. Frank Braun suchte herum, fand endlich den Portier seines Hotels, winkte ihn heran und übergab ihm den Gepäckschein und die Handtaschen. Dann wandte er sich wieder dem Pfarrer zu.

»Darf ich Sie begleiten, Hochwürden?«

»Verzeihen Sie – nein,« sagte der Alte. »Ich muß ins Pfarrhaus, habe dort einiges zu erledigen. Aber wenn Sie gestatten, werde ich Sie heute abend im Hotel aufsuchen.«

»Es wird mir eine große Freude sein. – Also zum Abendessen, Don Vincenzo!«

Der Pfarrer gab ihm die Hand. »Auf Wiedersehn.«

Frank Braun ging langsam dem Hotel zu, das dicht am See lag. Er ließ sich ein Zimmer geben, wusch sich, schrieb ein paar Briefe. Er machte einen Spaziergang; kam eben zurück, als der Gong schlug. Aber er ging nicht gleich in den Speisesaal, erst hinauf in sein Zimmer. Er rasierte sich sorgfältig, langsam genug; dann legte er den Abendanzug an. Man trug schon den dritten Gang auf, als er unten eintrat. Er fand den Pfarrer an einem kleinen Tische am Fenster sitzen.

»Ich habe Sie warten lassen,« entschuldigte er sich. »Es ist das eine schlechte Gewohnheit von mir –« Er nahm die Weinkarte und ließ sich von seinem Gaste Rat geben. Bald fand er die Marke, die jener liebte.

»Das ist merkwürdig,« lachte er. »Gerade das, was ich selber bevorzuge!«

Aber er trank kaum ein halbes Glas und aß ebensowenig. Er ließ sich nicht nachservieren und sorgte nur, daß des Pfarrers Teller nimmer leer wurde. Beim Nachtisch schälte er ihm ein paar große Calvilleäpfel; der Alte aß sie zum Käse.

»Aepfel essen Sie auch nicht?« fragte er.

»Doch,« antwortete Frank Braun. Er nahm eine Scheibe und streute ein wenig Salz darauf.

Der Pfarrer schüttelte den Kopf. »Mit Salz? Aepfel mit Salz?«

»Gewiß, Hochwürden. So kann man erst den Geschmack des Apfels herausfinden.«

Der Pfarrer stippte sogleich seine Apfelscheibe in das Salzfaß. »Zuviel, Don Vincenzo, zuviel!« lachte der Deutsche. Jener kratzte das Salz wieder ab.

»Ist es so gut?«

»Ja, so ists gut.«

Der Alte kostete. »Ja – ja – Sie haben recht. Der reine Geschmack kommt wohl bestimmter heraus. Ich werde mir das merken, Doktor; ich werde es nächstens unsern Bischof lehren. Der schätzt solche kleine Feinheiten. – Man muß eben den Dingen auf den Kern kommen!«

»Freilich, Don Vincenzo. Das ist das erste.«

»Erlauben Sie – wieso das erste?«

Frank Braun füllte das Glas seines Gastes. »Nun, ich meine – die Diagnose ist überall und immer das erste.

Wenn wir zum Beispiel einen Apfel machen wollen, so müssen wir doch erst genau wissen –«

»Einen Apfel – machen?« unterbrach ihn der Priester. »Aber wir wollen doch keinen Apfel machen!«

Frank Braun sagte: »Warum wollen wir nicht? *Wir* wollen alles machen. Aber nehmen wir etwas anderes, wenn Ihnen die Zukunftskunst, einen Apfel zu machen, zu ferne liegt. Da ist eine Krankheit – sagen wir die Cholera. Erst in dem Augenblicke können wir darangehen, sie wirksam zu bekämpfen, wenn wir die Bazillen, die die Krankheit erregen, und deren Lebensart genau kennen. Die genaue Erkenntnis ist immer das erste – in allen Dingen. Nicht wahr, Hochwürden?«

»O ja – gewiß!« Der Pfarrer leerte sein Glas. »Jetzt verstehe ich, was Sie meinen, Doktor. Aber verzeihen Sie, so ganz bin ich doch nicht einverstanden, wenn Sie mir den Apfel plötzlich wegnehmen und dafür die Cholera hinsetzen. – Den Apfel wollten Sie – machen – nicht wahr, Doktor? So wie er da liegt, so wie er auf den Bäumen wächst. Von der Cholera aber wollen Sie gerade das Gegenteil: sie zunichte machen! Man soll sie bekämpfen – aber doch nicht machen!«

Der andere lächelte. »Nein? – Und warum denn nicht? Sie freilich, Hochwürden, möchten sich allerdings nicht damit abgeben. Und ich – nun ich werde wohl auch kaum jemals eine Gelegenheit dazu haben. Aber andere Leute? Erfinden wir denn nicht in jedem guten Jahr irgendeine neue schöne Sache, um möglichst viele Menschen möglichst rasch und sicher vom Leben zum Tode zu bringen? Torpedos und Revolverkanonen? Unterseeboote und Kriegsflieger? Lyddit, Melinit, Nitroglyzerin und all diese hübschen Dinge? Warum sollte man nicht irgendeine furchtbare Pest in Feindesland werfen, so eine schwarze oder gelbe Seuche, die besser arbeitet als alle Mordgewehre der Welt?«

Der Pfarrer bekreuzigte sich: »Heilige Mutter Gottes!« rief er. »Das mögen alle guten Heiligen verhüten!«

Der Deutsche nickte. »Ja, das hoffe ich auch. Ein Krieg ist immer dumm und man kann ihm nur sehr wenige Seiten abgewinnen, für die sich ein kleines Interesse lohnen möchte. Aber die Möglichkeit ist da, Seuchen zu machen, das geben Sie doch zu, Don Vincenzo? Jeder Pfuscher kann es – heute schon. Aepfel machen freilich, das ist schwerer: aber wir werden auch das lernen – später einmal. Wir sind ja noch so jung.«

»Jung?«

»Nun ja, Hochwürden! Der älteste Mensch, dessen Knochen wir fanden, starb vor kaum dreieinhalb Millionen Jahren.«

»Und das nennen Sie jung?« Der Pfarrer sah ihn scharf an, gerade in die Augen. Hatte er nicht schon einmal –? Aber er irrte sich gewiß. Nein, er hatte dieses Gesicht noch nie gesehen. Nur der Ausdruck erinnerte ihn – ja, den kannte er doch! Lächelnd, überlegen, gefangennehmend – gegen allen Willen. Schon einmal hatten ihn diese Züge erschreckt – irgendwo auf einem Bilde? Oder auf einer Zeichnung in einem alten Buche? Er besann sich, starrte sein Gegenüber an.

Glattrasiert war dieses Gesicht, schmal und gebräunt. Die Augen hatten keine bestimmte Farbe, mochten blau sein oder auch grün oder grau. Ueber die hohe Stirne – leicht gewölbt über den schwachen Brauen – fiel eine wirre Strähne aschblonden Haares; die Lippen zogen sich ein wenig nach unten um den halboffnen Mund. Der Alte sah das gute, weiße Gebiß, hie und da blitzte ein wenig Gold dazwischen. Dieses Gesicht schien jung, sehr jung zu sein – und doch mochte es wieder alt sein – wie alt nur? Die matten Opalaugen lachten nun, harmlos, fast gutmütig. ›Wie ein guter Junge,‹ dachte der Pfarrer. ›Ein Kind, er ist ein rechtes Kind.‹

Der Fremde erwiderte lächelnd diesen langen Blick. Nun aber kehrten sich seine Augen ab, irrten umher, blickten durch das offene Fenster zum See hinaus. Und der Pfarrer begriff sie schnell: verträumt, phantastisch, verirrte Späher aus Seelenland, wo alle Sehnsüchte wohnten. Dann wieder wandte jener den Kopf, blickte ihn voll an, ernst, fast drohend. Jetzt sah der Alte kaum des anderen Augen – aber er fühlte, fühlte diesen Blick. Und doch war ihm, als ob diese seltsame, beschwörende Kraft nicht daher komme. Oder – doch nicht allein daher –

»Nein, nein, Hochwürden! Sie kennen mich nicht. Heute morgen, als Sie in Sirmione an Bord kamen, sahen Sie mich zum erstenmal.« Der Deutsche lachte, und es war ein frisches, gesundes Kinderlachen.

»Was heißt das?« fragte der Pfarrer ein wenig verwirrt und doch gleich beruhigt durch das gutmütige Gelächter. »Sie können Gedanken lesen?«

»Ist das so schwer? Sie haben ein tell-tale-face – so trinken Sie doch, Don Vincenzo!« Er füllte von neuem das Glas. »Rauchen Sie?« Er reichte ihm seine Dose. »Fast alle Menschen haben solche Gesichter und ganz besonders die Geistlichen. – Man hat Mühe, sich das abzugewöhnen. Es ist nicht gut, so als aufgeschlagenes Buch durch die Welt zu laufen.«

»Gott sei Dank können nicht alle Menschen lesen.«

»Richtig, Don Vincenzo, es gibt gräßlich viel Analphabeten. – Aber da sind wir wieder: das Lesen ist das erste. Das ist das Sehen, das Erkennen. Und dann erst kommt das andere – das Schreiben: das ist das Schaffen.«

»Das ist nicht für uns, lieber Doktor, nicht für die Priester.«

»Und doch weiß ich einen, der es wohl konnte.«

»Einen Priester?«

»Ja, er ist Priester wie Sie. Noch mehr: er ist Ihr Namensvetter, und ich denke, Sie sollten ihn kennen.«

»Vincenzo –? – Vincenzo Alfieri – Sie meinen doch nicht Pater Vincenzo Alfieri von Padua?«

»Gerade den meine ich.«

»Und Sie kennen ihn?«

»Ja, ich glaube, daß ich ihn gut kenne.«

»Oh, er ist ein begabter Mensch! Er war der beste Prediger Italiens.«

»Er kann lesen und schreiben. Er ist ein Schaffender.«

»Erzählen Sie mir von ihm. Ich hörte ihn einmal in Padua sprechen – das war vor acht – nein vor neun Jahren. Ich weiß nicht mehr, was er sagte, aber ich werde nie in meinem Leben vergessen, wie er sprach. Es war, als trüge er meine Seele in weite Höhen. Wo ist er jetzt? Man sagt, der Papst habe –«

Frank Braun unterbrach ihn: »Ja, ja – man sagt! Man sagt! – Uebrigens kann ich Sie versichern, Don Vincenzo, daß Seine Heiligkeit wirklich keinen Grund hatten, die Tätigkeit Alfieris abzubrechen. Es war eine läppische Intrige der römischen Jesuiten und schließlich eine reine Machtfrage gegen Kardinal Mery del Val, dessen Schützling er war. Ich bin überzeugt, daß der Papst das plumpe Spiel wohl durchschaute; aber er wollte eben dem Streit ein Ende machen. So schloß er das Kompromiß und sandte den Paduaner nach Spanien.«

»Er predigt nun in Spanien?«

»Ja, in Madrid. Und mit demselben gewaltigen Erfolg. – Aber ich sage Ihnen, die Bewegung, die er macht, ist ganz, ganz ungefährlich. Er ist ein Helfer der Kirche. – Sperrt ihn sechs Jahre lang in ein Kloster ein – und es mag ein Mahomet aus ihm erstehen oder ein Luther. Er liest, aber er erkennt nur wenig das, was er liest. Und so schreibt er – verstaubte, abgegriffene Bücher.«

Der Pfarrer sah ihn verständnislos an: »Alfieri schreibt –? Was schreibt er denn?«

Wieder lachte der Deutsche: »Gar nichts schreibt er natürlich! Aber er schafft – und was er schafft, ist verstaubt und abgegriffen. Schlecht. Ungefährlich. – Aber immerhin: er schafft, schafft – und darum liebe ich ihn.«

»Nun gut, Doktor – aber was in aller Welt schafft er denn?«

Frank Braun beugte sich weit über den Tisch. Er stützte die Ellenbogen auf die Platte und legte die Hände leicht nach vorne. Don Vincenzo fühlte wieder den leisen Zwang dieser seltsamen Augen, aber sein eigener Blick ruhte gebannt auf den Händen des andern. Große, starke Hände, Hände wie eines Raubtiers grausame Tatzen. Schmal die gespreizten Finger, aber knochig und dick in den Gelenken – unerbittliche Hände, die sich wie Stricke um eine Kehle schnüren mußten. Wilde, mitleidlose, fürchterliche Hände –

Daher kam es, daher, mehr noch wie aus den Augen –

Der Pfarrer starrte auf diese Hände. Wie von weither kamen zu ihm die langsamen, fast feierlichen Worte:

»Der Paduaner schafft; ein Schöpfer ist er. Aus tausend Leibern reißt er tausend Seelen und schweißt sie zu einer in seiner Rede Flammen. Da stehen sie, Kinder, Weiber und Männer – jedes für sich – ein lächerliches Jammerbild! Und der Paduaner greift sie und formt sie und macht ein Großes daraus, eine einzige starke Masse: ein gewaltiges, wahnsinniges Tier. – Das schafft er, das schafft er, Don Vincenzo!«

Dann seufzte er, lehnte sich langsam zurück. Er zündete eine Zigarette an, stieß in leichten Kringeln den Rauch von sich. »Nur leider, leider«, fuhr er fort und seine Stimme zuckte beinahe wehmütig, »kann er nicht gut lesen, der Paduaner. So zerschlägt er hunderttausend kleine Gedanken in all den Köpfen und gibt ihnen nicht einen andern dafür – einen – einen – großen! Allen ergeht es wie es Ihnen erging, Don Vincenzo: zeit ihres Lebens werden sie wissen, wie er sprach – aber was er sagte, das haben alle vergessen! – Das Tier ist schon da, das herrliche, gewaltige Tier – aber es kann nicht laufen, nicht beißen! – Ein Jammer ist es, ein Jammer! Ein Antichrist hätte er werden können – und bleibt zeit seines Lebens ein ungefährlicher Prediger! Wie gerne hätte ich ihn lesen gelehrt! – Trinken Sie doch, Don Vincenzo!«

Der Pfarrer schwieg. Langsam ergriff er das Glas, hob es und stellte es wieder hin. Leise fragte er: »Herr Doktor, sind Sie katholisch?«

Die Frage kam schnell, plötzlich. Aber der andere zögerte nicht mit der Antwort.

»Augenblicklich nicht,« sagte er ruhig. »Wer weiß, ob ich es nicht wieder einmal werde!« – Er trommelte leicht mit den Fingern auf dem Tisch. »Aber lassen wir das, Don Vincenzo, wir wollen uns nicht über Religionen streiten! Ich sprach Sie, ein Wildfremder, heute morgen auf dem Dampfer an und Sie gaben mir so liebenswürdig Auskunft; es wäre recht undankbar von mir, wenn ich Sie jetzt in Dispute verwickeln würde, die immer ärgerlich werden.«

»Nein, nein!« lachte der Pfarrer. »Ich fürchte mich gewiß nicht. Ich stehe auf festem, starkem Grunde.«

»Glauben Sie?« Fast mitleidig klang des Deutschen Stimme. »Sie stehen da, wo Alfieri steht. Hart wie der Stein Eurer Berge sieht dieser Boden aus und ist doch nur ein nie faßbares Gemisch loser Nebelflecken. Ah – ein Grund, ein Grund! Geben Sie diesem Manne nur einen festen Punkt, auf dem er stehen mag, und er wird Rom aus ihren Angeln heben! – Es ist immer wieder dasselbe: die große Erkenntnis. Das ist das Geheimnis.«

»Ich verstehe Sie nicht, Doktor!«

»Das glaube ich, Hochwürden! – Aber wollen wir nicht das Thema fallen lassen? – Ich bat Sie, mir einen stillen, einsamen Ort in Ihrem Sprengel zu nennen, wo ich ganz ruhig ein paar Monate bleiben könnte. Sie nannten mir Val di Scodra

»Ja,« sagte der Pfarrer kurz, »Val di Scodra.«

»Ist es still?«

»Ja.«

»Einsam?«

»Ja, ja! Einsam! Sie werden auf der ganzen Welt kein abgelegeneres Dorf finden.«

Frank Braun streckte ihm seine Hand hinüber. »Nicht böse sein, Hochwürden! Wir sind allzumal Sünder –«

Er sah so harmlos, so gutmütig drein, daß der Alte lachte. Er nahm die Hand und schüttelte sie.

»Ich bin gar nicht böse. – Aber ich gab Ihnen ja schon ganz genau heute morgen jede Auskunft.«

»Und ich weiß auch alles ganz genau – ich habe leider ein sehr gutes Gedächtnis. Ich werde also bei dem braven Gastwirte Peppino Raimondi wohnen und werde – Aber warum wollen Sie nicht mitkommen, Don Vincenzo? Sie sagten mir doch, daß Sie eine Inspektionsreise durch Ihren Sprengel machen – und dieses eine Dorf in den Bergen wollen Sie nicht besuchen? Dabei gehört es doch zu Ihrer engeren Gemeinde und ist Ihr Heimatdorf obendrein?«

Der Pfarrer unterbrach ihn: »Weshalb wollen Sie eigentlich, daß ich mitkomme?«

»Weshalb? Es ist eine Laune – verzeihen Sie! Ich habe eine Arbeit vor, sehen Sie; ich schreibe nämlich. Und ich brauche dazu ein stilles Loch in den Bergen. Da will ich arbeiten – wer weiß, vielleicht auch nicht. Aber auf jeden Fall will ich ein paar Monate lang allein sein, ganz allein mit mir selbst. Das ist nun so, wie ein kaltes, eiskaltes Bad. Man steht davor, man zaudert, wartet noch ein, zwei Minuten – dann erst geht man hinein. Sehen Sie, Don Vincenzo, wenn Sie mitfahren, habe ich noch ein oder zwei Tage Gesellschaft, ehe ich in mein kaltes Bad steige.«

»Auf Ihr Wohl, Doktor!« Der Pfarrer lachte fröhlich und leerte sein Glas. »Also ich soll noch ein Weilchen Ihr wärmender Bademantel sein? – Aber leider: es geht nicht, geht wirklich nicht – ist ganz unmöglich.«

»Unmöglich? Ein Pfarrer, der sein Gemeindedorf nicht besuchen kann?«

»Nicht kann – sagen Sie lieber: nicht will! – Und ich habe heute abend zu Hause einen Brief vorgefunden, der es vielleicht wünschenswert erscheinen läßt, daß auch Sie lieber nicht nach Val di Scodra gehen.«

»Wirklich, Hochwürden, nun machen Sie mich neugierig! – Ich soll auch nicht hingehen? Meinen Sie, daß ich dem Dorfe gefährlich werden würde – oder am Ende gar – das Dorf mir?«

»Nein, nein, Doktor, beides ganz gewiß nicht! – Aber nach den Nachrichten, die ich erhielt, scheint mir Val di Scodra doch nicht mehr so ganz still und ruhig zu sein. Es geht da etwas vor.«

»Oh, oh – Sie gießen mir warmes Wasser in mein eiskaltes Bad! – Nun, und was geht denn vor, das für mich Interesse haben könnte?«

»Ich weiß nicht, ob es für Sie ein Interesse hat, wahrscheinlich wohl nicht. – Man hält da schwärmerische Versammlungen ab.«

»Wer?«

»Die Leute von Val di Scodra. Der eigentliche Urheber heißt Pietro Nosclere, oder Mister Peter, wie er sich lieber nennen hört. Der Amerikaner, wie die Leute sagen.«

Frank Braun horchte auf. »Wer ist dieser Mister Peter?«

»Lassen Sie mich Ihnen die Dinge erzählen, so wie sie sich zutrugen, Herr Doktor; da werden Sie gleich den Zusammenhang verstehen. Sie müssen wissen, daß aus unsern armen Bergdörfern alljährlich eine Menge Leute auswandern nach Amerika, aus keiner Gegend so viele im ganzen Trentino. Die meisten bleiben drüben, aber manche können doch ihre alte Heimat nicht vergessen, kehren zurück, sowie sie genug Geld verdient haben, um ein Stück Land hier zu kaufen. So einer war Pietro Nosclere. Vor bald dreißig Jahren wanderte er aus, ein sechzehnjähriger Bube. Er war erst in Neuyork, dann in Chicago und schließlich irgendwo in Pennsylvanien. Nirgends hatte er recht Glück, verdiente kaum genug, um für sich und seine Frau – eine Bergamaskerin, die er drüben kennenlernte – das tägliche Brot zu erwerben. Ein Glück nur, daß keine Kinder da waren! – Es scheint nun, daß er dort, in Pennsylvanien, Beziehungen zu einer Schwarmsekte fand, der er sich im Anfang wohl nur aus materiellen Interessen anschloß. Die Leute kümmerten sich augenscheinlich gut um ihn, von diesem Augenblick an fielen die Nahrungssorgen ab von ihm. Aus dem kleinen Flickschuster wurde ein richtiger Schuhmacher – bald darauf ein Schuhwarenhändler. Dann kam das große Glück: bei einer Lotterie, die die Gemeinde zum Bau eines neuen Gotteshauses veranstaltete, zog Pietro den Hauptgewinn: zwanzigtausend Dollars. Er blieb noch ein Jahr dort, aber mit der eingewurzelten Geldvorsicht unserer Bergbewohner konnte er sich doch nicht entschließen, seinen Reichtum in irgendein Geschäft hineinzustecken. Dazu nagte an ihm, stärker als je, das alte Heimweh.

So kam er zurück. Er hielt sich nirgend auf, machte genau denselben Weg – oder Umweg – den er vor soviel Jahren gegangen, über Amsterdam, München und Wien. Selbst hier in der Stadt blieb er nur eine Nacht, dann fuhr er in sein Dorf. Er fand bald einen Hof, den er kaufte; nun sitzt der Amerikaner da seit bald drei Jahren.«

Der Deutsche lachte. »So, so! Und Mister Peter vertreibt sich nun die Zeit damit, die fremde Lehre, die ihm selbst so gut bekam, in seiner Heimat auszubreiten?«

»Ja, so ungefähr,« bestätigte der Priester. »Uebrigens ist es gar keine Lehre, ich habe mir vergeblich Mühe gegeben, herauszubekommen, was er eigentlich will. Sehen Sie, der Mann lebt da auf seinem Hofe und hat nichts, gar nichts zu tun. Sein Geld hat er auf meinen Rat in Staatspapieren angelegt und das bißchen Landbau, von dem er gar nichts versteht, sowie die Wirtschaft besorgt seine Frau mit einem Knechte und einer Magd. Zuerst beschäftigte er sich eifrig mit seinem kleinen Garten, dazu legte er einen Schuhladen an. Aber beides nimmt ihn noch keine Stunde am Tage in Anspruch. Da kamen ihm die Erinnerungen an die Brüder in Pennsylvanien.«

»Womit fing er an?«

»Er hielt Andachten ab in seinem Hause. Dann zog er allmählich andere hinzu – Leute, die im Tagelohn für ihn arbeiteten, oder denen er ein wenig Geld geborgt hatte. Sie verstehen: er ist ja der Krösus in seinem Dorfe und da kommt das Ansehen von selbst. Jeder will ihm zu Gefallen sein.«

»Was predigt er denn?«

»Buße. Er läßt die Leute gemeinschaftlich beten und singen. Sie langweilen sich ja alle zu Tode in dem verlorenen Dorf, sowie sie nur die Arbeit aus der Hand legen. So bieten denn des Amerikaners Andachten eine willkommene Abwechslung – es kamen immer mehr Leute zu seinen Versammlungen. Seine Stube wurde bald zu klein; nun hat er eine große Scheune als Saal herrichten lassen.«

»Ist er denn regelrecht aus der Kirche ausgetreten mit seiner Sekte?«

»Ausgetreten? Gott behüte! – Es scheint, daß auch von seinen Genossen da drüben keiner seine Konfession aufgab, ob er nun Protestant oder Katholik, Quäker oder Methodist war. Ich habe ein paarmal mit Pietro darüber gesprochen, er ist sich gewiß selbst nicht klar, was eigentlich jene Pennsylvaniagemeinde erstrebte. Er führt immer nur dieselben Phrasen im Munde – spricht von Buße tun – von heilig werden, schon hier auf Erden – von der Bekämpfung des Teufels und dergleichen Dingen. Und zu diesem Zwecke scheint ihm die katholische Kirche allein nicht zu genügen.«

»So tritt er offen gegen irgendeine ihrer Einrichtungen auf?«

»Ja – und nein. Er sagt zum Beispiel: die Beichte wäre gut. Aber es genüge nicht, daß man heimlich seine Sünden des Priesters verschwiegenem Ohre vertraue, man müsse den Mut finden, sie in öffentlichen Versammlungen zu bekennen. Nur so möge es gelingen, den bösen Geist zu bannen. Ueberall kröche der Teufel herum auf dieser Erde, man müsse ihn austreiben mit Gesang und Gebet.«

»Das alles ist hübsch im Stile der Heilsarmee, Don Vincenzo. – Und es scheint mir nicht gerade im Sinne der Kirche zu sein, wenn Sie da die Hände in den Schoß legen und ruhig zuschauen, bis Ihnen die Bewegung über den Kopf wächst.«

»Sie kennen unsere Berge nicht, lieber Doktor, sonst würden Sie anders urteilen. Sich gar nicht darum kümmern, ruhig die Leute gewähren lassen, das ist in diesem Falle das einzige, was wir tun können. – Sehen Sie, da wachsen die Menschen auf, unten tief im Tale, rings umgeben von Bergen, die hoch in die Wolken wachsen. Die steilen Wände engen sie ein, wie in ewigem Kerker hausen sie da. Ihre Welt ist so unendlich klein, nie sehen sie den Horizont, nie geht ihr Blick heraus aus ihrem engen, tiefen Loche. Und so wachsen sie auf, Geschlecht um Geschlecht; eng, klein, von Felswänden umgeben ist ihr karges Leben. Gehen Sie nur hin, Sie werden dann sehen, wie recht ich habe! Alle haben sie irgendein Gebrechen; der ist am Leibe, jener an der Seele verkrüppelt. Wie Blinde tappen sie daher und so sehr haben sie das Leben vergessen, daß sie es nicht einmal kennenlernen, wenn sie draußen sind. Dreißig Jahre war Pietro in Amerika und weiß nicht mehr davon wie diese Flasche da auf dem Tisch! Es ist, als ob die Berge ihren Geist erdrücken, zusammenpressen, in engem Schraubstock halten die Jahrhunderte lang –«

Er unterbrach sich, lächelnd. »Jetzt wollen Sie fragen: ›Nun – und Sie, Don Vincenzo? – Sind Sie nicht auch daher?‹«

»Ich hätte das nicht gefragt.«

»Nicht? – Aber Sie haben es gedacht! Gestehen Sie doch!«

»Gedacht – vielleicht!«

»Ich wußte es wohl,« fuhr der Alte fort. »Gewiß, ich bin aus Val di Scodra und darum kenne ich die Leute, besser wie irgendeiner. Aber ich kam hinaus als kleiner Bube, herunter in die Ebene. Sehen Sie, schon hier am See lebt ein anderer Schlag. Die Menschen hier fliegen hinüber, herüber über die blaue Garda, keiner klebt an seinem Fleck. Und ich war dort unten, wo keine Berge mehr sind. Und dann am Meer, wo der Blick weit schweift, ohne Ende in alle Ferne. Da habe ich begreifen lernen, daß nur im weiten flachen Lande, nur an gewaltigen Strömen und am unendlichen Meere große, freie und starke Völker wohnen können.«

Der Alte holte tief Atem, dann leerte er sein Glas.

»Mein Tiroler Volk aber ist klein und schwach und elend, ob es nun deutsch oder welsch spricht. Wir schreien den guten Andreas Hofer und den tapfern Pater Haspinger als Helden aus und bilden uns ein, daß sie für die Freiheit kämpften. Und sagen Sie einem, daß sie gegen die Freiheit und für die schwärzeste Reaktion zu Felde zogen – so lacht er Sie aus.«

»Und das sagen Sie, Hochwürden, Sie, ein Priester?«

»Ich bin ein Priester. Aber vor allem andern bin ich Italiener, wenn ich auch Untertan des Habsburger Hauses bin. Und das Volk, dessen Sprache ich spreche, das Volk der Ebene und des Meeres, gewann mit Frankreichs Hilfe Freiheit und Einheit und immer wieder im Kampfe gegen Rom und gegen Oesterreich. Die Helden Tirols aber haben stets nur für diese Mächte gekämpft – das war ihre Freiheit! Heute noch, nach hundert Jahren, erzählen sie von dem guten Kaiser Franz – und das war derselbe Herrscher, der einmal sagte: ›Völker? Was ist das? – Ich weiß nichts von Völkern, ich kenne nur Untertanen.‹«

Frank Braun lachte leicht. »Und dieser selbe Kaiser Franz – verzeihen Sie, Hochwürden, – war durchaus kein Deutscher. Er gehörte dem Volke an, das Sie lieben, er war Italiener zu neunundneunzig Prozent.«

»Sie mögen recht haben,« sagte der Pfarrer, »ich weiß das nicht. Aber für das Volk der Berge war er nur der Kaiser und seine roten Hosen waren den Tirolern ein Gegenstand der Verehrung und sind es heute noch.«

»Und wie Sie, Don Vincenzo, so denken –«

»– Wenige nur, ganz wenige! Die Berge sind klerikal, römisch und österreichisch! Hofer und Speckbacher sind Freiheitshelden – auch bei uns, die wir welsch sprechen.«

Er seufzte schwer. »Denken – sie denken überhaupt nicht, diese Höhlenmenschen der Bergtäler. Sie träumen nicht einmal. Sie leben kaum, sie vegetieren, wie ihre morschen Tannen. Klein und plattgedrückt sind ihre Schädel, unförmige Kröpfe hängen an ihrem Halse. Sie lieben Gott und den Heiland und die Madonna und sind die frommsten Christen der ganzen Welt. Aber selbst uns Priester faßt manchmal ein Grauen, wenn wir sehen, wie sie ihre Heiligen anbeten. Der Bischof sagte einmal: ›Unsere Berge haben mehr Götter, als Hellas und Rom und ganz Asien!‹

Und dann, manchmal, kehrt sich ihr Blick nach innen. Sie werden schwärmerisch, ekstatisch, hellseherisch. In Sempiglio auf der andern Seite des Sees, hinter dem Monte Baldo, lebt ein Bergbauer, der jedes Feuer ansagt, auf viele Meilen im Umkreise und oft Stunden vorher. Und er ist lange nicht der einzige! Auch vergeht kaum ein Jahr, daß nicht in irgendeinem entlegenen Dorfe sich religiöse Schwarmgeister zeigten. Sie sehen also, was in Val di Scodra vor sich geht, ist uns nichts Neues; neu ist da nur, daß Mister Peter einige amerikanische Schlagwörter und Gesten hineinwirft.«

»Und Sie lassen die Leute dann ruhig gewähren, Hochwürden?«

»Ja, das tun wir. Das ist die Taktik, die seit über zwölf Jahren unser Bischof verfolgt. Er ist ein sehr kluger Mann; ich versichere Sie, es ist das allerbeste so. Manche unserer Priester haben im Anfang den Kopf geschüttelt – heute haben alle längst eingesehen, daß er recht hat. – Haben Sie nie von den ekstatischen Schwarmgeistern von Mezzoveneto gehört?«

»Nein, Hochwürden, ich glaube nicht.«

»Das war vor einem Vierteljahrhundert. Die Leute des weltfernen Tales predigten Buße; irgend so ein kleiner Prophet führte sie. Sie machten große Prozessionen, sangen, beteten, schrieen, zogen auch wohl in die Nachbardörfer. Der streitbare Pfarrer suchte mit allen Mitteln sie zur Vernunft zu bringen, mit Güte erst und dann mit Strenge. Und der damalige Bischof wandte sich an die Behörden – die Bewegung wurde unterdrückt, mit regelrechten Kämpfen. Was war die Folge? Einige Tote und manche Verwundete auf beiden Seiten; drei Leute kamen ins Irrenhaus, nicht weniger wie sechsundfünfzig ins Zuchthaus oder ins Gefängnis. Viele flohen, eine ganze Reihe wanderte aus – noch heute steht das halbe Dorf leer! Und dann ein großer Skandal, ein Geschrei in allen Blättern – nein, nein, unser Bischof hat ganz recht: man muß alles tun, um ein neues Mezzoveneto zu verhüten!«

»Und Sie tun nun alles, indem Sie – nichts tun?«

»Ja, Doktor, nichts, rein gar nichts! Und damit erzielen wir die ausgezeichnetsten Erfolge. – Wir lassen die Leute ruhig gewähren, ziehen uns still zurück. Nach kurzer Zeit ist dieser merkwürdige Rausch wieder vorbei, alle strömen zurück in die Kapellen, als sei nichts geschehen. Es ist ein flackerndes Strohfeuer, an dem die Schwärmer sich wie Kinder freuen, und es erlischt so schnell wie es kam. – Denn sehen Sie, es ist ja nie eine greifbare Idee dabei, keiner weiß, was er eigentlich will. Es ist eine harmlose Krankheit der Berge, weiter nichts; unser Bischof nennt sie das Talfieber.«

»Und weiß er auch von der neuen Seuche in Val di Scodra?«

»Gewiß. Ich habe unlängst in Trient Bericht erstattet, als mir die Sache gar zu lange dauerte und größere Dimensionen annahm. Der Bischof lachte und meinte, daß es wenigstens mal eine kleine Abwechslung sei mit dieser neuen pennsylvanischen Mode. Er hat ein schönes Wort gesprochen, das ich mir wohl gemerkt habe; ich will es Ihnen wiederholen: ›Lange nachdem der brüllende und brausende Gebirgsbach dieser seichten Schwärmer seinen Wahnsinn ausgeschäumt hat, sieht man den tiefen und ruhigen Strom der Kirche noch majestätisch dahinfließen, jenen Strom Gottes, an dessen Fluten die heilige Stadt fröhlich ist, die Stätte, da die Wohnungen des Höchsten sind.‹ – So sprach mein Bischof und er riet mir dringend, nur ja mich still zu verhalten – jeder Druck muß stärkeren Gegendruck erzeugen, sagte er.

Nun war ich schon seit Monaten nicht mehr dort. Das letzte Mal hielt ich die Messe in ihrer Kirche – für einen Menschen – oder für anderthalben, wenn Sie wollen! Mister Peter hält nämlich jetzt auch Sonntagmorgens Versammlungen ab und alle laufen natürlich dahin. Meine Gläubige war Teresa, mein Beichtkind, die Tochter des Gastwirtes, den ich Ihnen empfahl, – und dieser selbst war mein anderer Gast. Nur – er ist nur halb zu zählen, denn er ist recht und schlecht ein Ungläubiger, der sonst nie zur Messe geht. Er kam damals nur so mit – aus Höflichkeit sozusagen. Vielleicht auch ein wenig aus Opposition gegen den Amerikaner! – Sehr schwer ist ihm das Opfer gewiß nicht geworden, da er arg schwerhörig ist und sicher kein Wort verstand von dem, was ich sagte. Uebrigens ist ihm dieser Gang schlecht genug bekommen: er war Ortsvorsteher – bei den neuen Wahlen aber hat man den Amerikaner gewählt. Das schreibt mir eben Teresa, mein Beichtkind – sie ist mein kleiner Spion in Val di Scodra.«

Er zog einen Brief aus der Tasche und blickte hinein. »Immer dasselbe, immer dasselbe!« fuhr er fort. »Und kein Ende abzusehen. Viermal in der Woche große Bußversammlungen mit Singen und Lärmen auf allen möglichen wüsten Instrumenten! Das ist auch so eine amerikanische Erfindung, die mein lieber Neffe importiert hat!«

»Er ist Ihr Neffe, Don Vincenzo?«

»Ja, sagte ich Ihnen das nicht schon? Pietro ist meiner einzigen Schwester Kind. Und das ist auch ein Grund, weshalb ich alle Auseinandersetzungen mit weltlichen und geistlichen Behörden ihm ersparen möchte, die doch letzten Endes diese ganze Sache nur noch schlimmer machen würden. – Aber Sie begreifen jetzt, Doktor, warum ich Sie nicht begleiten kann. Ich darf nicht noch einmal hingehen und wieder vor leeren Bänken predigen – das hieße die Würde unserer heiligen Kirche aufs Spiel setzen. Sich Watte in die Ohren stopfen, nichts hören und nichts sehen, die Leute ganz in Ruhe lassen, das ist das rechte Mittel. – Nur weiß ich nicht, ob man Sie auch so hübsch in Ruhe lassen würde, bei den wilden Konzerten von Trommeln und Klappern und Pfeifen! Freilich, Raimondis Haus liegt an einem Ende des Dorfes, dicht an dem kleinen See, des Amerikaners Hof aber, mit seiner Versammlungsscheune, weit am andern Ende, ein wenig den Berg hinauf.«

Frank Braun lachte. »Nun, so wird es nicht so gefährlich sein mit dem ruhestörenden Lärme in Val di Scodra.«

»Sie wollen es also versuchen, Doktor?«

»Gewiß will ich das, morgen schon. Vielleicht ist der Amerikaner ein Mann, den ich gebrauchen kann.«

»Den Sie – gebrauchen können?«

»Ja, Hochwürden. Ich sammle merkwürdige Menschen – das ist so eine Marotte von mir.«

»Aber – was wollen Sie denn mit ihm?«

»Kann man das wissen? Der Augenblick gibt es. – Da war Kolumbus, der lief herum mit einem hübschen

Gedanken, den er einem guten Freunde gestohlen hatte. Die katholische Isabella gab ihm drei alte Kähne und hundert Zuchthäusler – da zog er aus und fand eine Welt. – Wer weiß, was Pietro finden mag?«

Der Alte zuckte ungeduldig die Achseln.

»Er? – Ich sage Ihnen, er hat gar keinen Gedanken!«

»Und wenn man ihm nun den Gedanken gäbe?«

»Den Gedanken? – Welchen Gedanken?«

»Ich weiß nicht. – Irgendeinen. – Den, den er braucht! – Eine Kraft liegt da, in den tiefen Tälern dieser Berge – irgendeine geheimnisvolle, schwärmerische, ekstatische Kraft. Und sie verpufft, Jahr um Jahr – in jämmerlichem Strohfeuer. – Man sollte keine Kraft brachliegen lassen.«

»Es ist eine Krankheit, diese Kraft! Je schneller das Feuer verpufft, um so besser für alle!«

Der Deutsche lehnte sich weit in den Stuhl zurück, sein Auge nahm einen seltsamen Glanz an. »Nein, alter Mann!« sagte er halblaut. »Das ist nicht wahr. Nichts soll zugrunde gehen, ehe es gelebt hat.«

»Doch, das Böse!«

»Nein, auch das Böse nicht. Es hat sein Recht zu leben, wie alles andere. – Nur was klein ist, ist häßlich!« Seine Stimme schwoll, seine Hand krallte sich um die Serviette. »Aber lassen Sie es nur wachsen – das, was Sie böse nennen! Es wird groß werden – und alles ist schön, was groß ist.«

»Ich stehe auf dem Boden –«

Er unterbrach ihn: »Ich weiß, Don Vincenzo, auf welchem Boden Sie stehen. Aber müssen darum alle auf diesem selben Boden stehen? Lassen Sie doch Ihren Neffen sein Glück da suchen, wo er es zu finden hofft! Warum soll man wünschen, daß auch diese Flamme verlischt, weil sie nirgend mehr Nahrung findet? Warum soll man nicht Brennstoff hineinwerfen, Balken und Zunder, daß sie hoch auflodert aus ihrem Talkessel, eine rote Fackel, über die Berge hinaus weit wächst in die Wolken?«

Der Alte wiegte den Kopf. »Gut, gut, lieber Doktor! Nur – mein armer Neffe wird nie verstehen, was Sie da sagen!«

»Er braucht es ja gar nicht zu verstehen. – Wenn er nur schaffen kann, schaffen! Wenn er nur aus seinen Bergleuten eine einzige Masse formt, so wie der Paduaner tat. Das Tier will ich haben, das gewaltige Tier, Don Vincenzo: glauben Sie mir, ich will es schon beißen lehren!«

Der Pfarrer schlug ein Kreuz. »Das wird Gott im Himmel verhuten!«

Da beugte sich der Deutsche leicht über den Tisch, seine Lippen zuckten. »So – meinen Sie, Hochwürden? – Nun – da muß man eben an eine andere Türe klopfen!«

Der Alte sprang auf, seine Stimme bebte.

»Was sagen Sie da?« – Aber er erhielt keine Antwort.

Seine Lippen bebten leise, seine Hände zitterten. Er bezwang mühsam seine Erregung; mit weit offenen Augen starrte er hinüber.

»Wollen Sie mir eine Frage beantworten, Herr Doktor?«

»Gewiß.«

»Nun denn – wer sind Sie?«

Da stand auch der andere auf; ein helles Kinderlachen spielte auf seinem Gesicht. »Wer ich bin?« antwortete er. »Nichts Sonderliches. Frank Braun heiße ich. – Ich kann lesen und schreiben.«

II

»Dem Indra tropfe der Trank.«
Relig. d. Veda.

Frank Braun mußte einige Tage warten bis zum Posttage. Die Post ging nur einmal wöchentlich nach Val di Scodra – oder vielmehr, sie fuhr auf der Bergstraße darüber hinweg, weit zur Grenze hin. Hoch über dem Dorf machte sie halt und lud die wenigen Briefe und Pakete aus. Jemand wartete dort und trug alles hinunter ins Tal.

»Nehmen Sie nicht die Post,« riet ihm der Oberkellner. »Fahren Sie mit unserm Automobil. Wir veranstalten Ausflüge, alle paar Tage jetzt in der Saison, sowie genug Beteiligung ist. Sie lassen dann bei Val di Scodra halten und steigen aus.«

»Wird man meine Koffer mitnehmen können?«

»Warum denn nicht! Es ist ein schwerer Opelwagen, vierundsechzig Pferdekräfte. Mit der Post werden Sie hinauf sieben bis acht Stunden gebrauchen, so aber sind Sie in kaum zwei Stunden da.«

»Gut also.«

Das Auto stieg in die Berge über weite, staubige Serpentinen. Die Reisenden schwatzten und lachten, gewillt, den teuren Ausflug nach besten Kräften auszukosten. Ein dicker Herr aus Dresden hatte seinen Baedeker genau durchgelesen, jede neue Bergspitze, jeden Wasserfall nannte er stolz bei Namen. Wenn ein Ochsenkarren vorüberkam, wenn irgendeine scharfe Kurve den Abhang besonders deutlich zeigte, kreischten die Damen; das Hochzeitspärchen, das vorne saß, rückte dann noch enger zusammen.

Frank Braun starrte in die Landschaft, gleichgültig, gelangweilt. Kein Wort sprach er.

»Sehen Sie dort – rechts – da ragt der Monte Terlago auf!« erklärte ihm sein Nachbar. Aber er bekam keine Antwort.

Das Auto hielt. »Hier ist Val di Scodra! Sie müssen aussteigen!« rief der Chauffeur. Er sprang ab, schnallte die Koffer los und stellte sie auf die Landstraße.

Frank Braun kletterte aus dem Wagen. »Wo liegt das Dorf?«

»Dort unten. Erst ein wenig weiter die Straße hinauf hat man einen Ausblick ins Tal. Ich habe aber gleich hier gehalten, weil hier der Pfad hinabführt.«

»Und wie bekomme ich mein Gepäck ins Dorf?«

Der Chauffeur lachte. »Ja, das werden Sie nun wohl einstweilen auf der Straße liegenlassen müssen. Gehen Sie nur hinunter und lassen Sie es dann holen. – Es liegt ja sicher genug da – übrigens ist auch jemand da, der aufpassen kann. – He, Alte!« rief er. »Komm doch einmal her!«

Frank Braun wandte sich um, er sah ein altes Bettelweib, das an das Auto getreten war und höchst gewissenhaft einem Reisenden um den andern die hohle Hand hinstreckte. Sie beeilte sich nicht, wartete, bis auch der letzte ihr seinen Kreuzer gab; dann erst kam sie näher. Ihr Rücken war von irgendeinem Leiden gekrümmt; wie ein Bogen spannte er sich steif nach vorne hin, so daß der Kopf mit den wirren, grauen Haaren sich kaum über Hüfthöhe hinaushob. Sie pflegte das Gesicht zur linken Seite zu drehen und schielte merkwürdig von unten herauf.

»Hallo, Sibylla Madruzzo,« rief der Chauffeur, »so kommt doch! Ihr sollt auf die Koffer da am Wegrand aufpassen. Der Herr geht zum Dorfe und läßt sie später holen. – So, setzt Euch oben drauf, das ist das beste.«

Frank Braun gab der Bettlerin ein paar Nickelstücke. »Wie lange Zeit werde ich gebrauchen?«

Die Alte bewegte die Lippen, sie hob den kurzen Krückstock und machte mit den Fingern ein paar absonderliche Zeichen.

»Sie ist stumm,« erklärte der Chauffeur. »Aber der Weg führt steil den Berg hinab. Ich denke, Sie werden in dreiviertel Stunden unten sein.« Er grüßte, drehte die Kurbel an und sprang rasch auf seinen Sitz. In dichten Staubwolken verschwand der Wagen.

Frank Braun stieg den Berg hinab. Es fiel ihm auf, wie anders hier die ganze Natur war. Vor ein paar Stunden noch war er am Ufer der Garda gegangen – unter Palmen. Unter schwindsüchtigen, langweiligen, gestutzten Hotelpalmen freilich, aber es waren doch Palmen. Bambusbüsche deckten den kleinen Zierteich, Magnolien und breitblättrige Bananen wuchsen auf den Beeten. Verschnittene Pinien, spindeldürre Zypressen ragten hier und da auf, dann und wann auch ein starker Eukalyptus. Zitronen wuchsen unter Schutzdächern am Berghange und weithin zogen sich die Kulturen verkrüppelter Oelbäume am See hin.

Hier war nichts von alledem, weit hinter ihm lag der Süden. Und der Frühling, der unten am See in voller Pracht stand, wagte hier kaum erst anzuklopfen mit bescheidenem Finger.

Ziemlich steil führte der schmale Weg hinab. Ein paar Ziegen begegneten ihm, die das dünne Gras zwischen den Felsen suchten. Dann, bei einer Wendung, blieb er stehen. Hier war endlich ein Ausblick; von einem breiten Steine konnte er hinabsehen. Fast kreisrund lag dort unten ein kleiner See. Ihm gegenüber, und auch nach beiden Seiten hin, fielen die Felswände glatt in das Wasser hinab, es sah aus, als ob kaum ein Hund da noch vorbeilaufen könnte. Zu seinen Füßen weitete sich das Tal ein wenig – da stand das Dorf. Unregelmäßig lagen die Dächer verstreut – braunrote Klumpen verwitterter Ziegel. Hier war ein Haufen von Häusern zusammengeballt – da standen zwei – dort eines nur – wie es gerade die ebene Fläche erlaubte. Langsam stieg das Dorf nach Nordosten zu die Berge hinauf – ganz hinten leuchtete matt noch ein letztes, größeres Dach. Mitten im Dorfe lag die kleine Kirche, von ihr führte ein breiter Weg über den buschbestandenen Abhang der Nordseite weiter hinauf, lief zu einer starken Platte, die fast über dem See hing. Sie schien ganz frei und eben, am äußersten Ende trug sie drei mächtig aufragende Kreuze. Das größte, ein wenig erhöht, in der Mitte – da hing der Erlöser; zu beiden Seiten ragten die Kreuze der Schächer. Es mußte wohl ein Kalvarienberg sein, deutlich sah er auf dem Wege die vierzehn Stationen.

Langsam schritt er tiefer hinab. Er traf einen Buben, der eine Kuh grasen ließ. »Wo ist das Gasthaus des Raimondi?« fragte er. Aber der Bengel starrte ihn an, wie ein Gespenst, zog seine Kuh am Stricke in den Busch hinein und gab keine Antwort.

Er ging weiter. Kleine Fluren waren eben in den Abhang geschnitten, unten sah er einen Oelgarten, hie und da rankten ein paar alte Reben zwischen verschnittenen Weidenstämmen. Ein Knecht bearbeitete den Boden mit dem Spaten.

»Wo ist das Gasthaus des Raimondi?« fragte Frank Braun. Der Bursche rührte sich nicht. Er hatte ein breites, bartloses, hartes Gesicht, über die Maßen dumm und häßlich. Ein verschmitztes, starres Bauernlächeln lag über dem weitoffenen Munde.

Frank Braun wiederholte seine Frage.

»Ich bin nicht von hier –« grinste der Knecht.

Der Deutsche wurde ungeduldig. »Zum Henker – du wirst doch wissen wo das Gasthaus ist!« Er gab ihm ein paar Kreuzer. »Da! Führe mich hin!«

Der Knecht nahm seinen Spaten über die Schulter und schritt voran.

»Wie heißt du?« fragte Frank Braun.

Er grinste, aber antwortete nicht.

»Nun, es scheint, daß man dich alles zweimal fragen muß! Wie du heißt, will ich wissen!«

»Angelo,« sagte er. »– Aber ich bin nicht von hier.«

»Das weiß ich bereits. Also woher bist du?«

Der Bursche hob den Spaten und wies nach Norden. »Daher!« Dann besann er sich und zeigte nach Westen. »Nein – daher! – Aus Turazzo.«

Ein Haus lag vor ihnen, dicht am See. Eine breite Steintreppe führte zu einer kleinen Veranda; Crimson Rambler kroch dicht darüber, aber noch blühte keine der kleinen, roten Rosen. Der Knecht stellte seinen Spaten an die Wand und schickte sich an, durch die niedrige Seitentüre in den Stall zu treten.

»Dienst du hier?« fragte Frank Braun.

»Ja.«

»Aber du solltest mich doch zu Raimondis Gasthaus führen.«

»Das ist hier.«

»Hier? – Also du dienst bei ihm, Bursche? – Und vorhin wolltest du nicht einmal wissen, wo er wohnt?«

Der Knecht lachte blöde. »Ich bin nicht von hier.« Dann stapfte er in seinen Stall; ein frohes Ziegenmekkern empfing ihn.

Frank Braun stieg die Treppe hinauf, öffnete die Türe und blickte in das Zimmer.

»Niemand da?« rief er. Er trommelte mit der Faust auf den Tisch. Aber es kam niemand. Er trat ans Fenster und blickte hinaus über den See, über den kleinen Platz vor dem Hause, über die Straße – nirgends sah er einen Menschen. Er wartete eine Weile und rief von neuem – vergebens.

Vielleicht hatte ihn der blöde Knecht doch in ein falsches Haus geführt? Er ging hinaus und wanderte über die Gassen. Vorbei an den Häusern und Höfen. Er blickte durch ein paar offene Türen und Fenster, trat hier und da in einen Garten. Nirgends war ein Mensch in dieser toten Stille – ein einziger starker, schwarzer Hund lag auf der Gasse und blinzelte ihn verwundert an.

›Verwunschenes Dorf!‹ dachte er.

Von Osten drang ein verworrenes Geräusch zu ihm her. Er ging darauf zu, langsam stiegen die Häuser hier höher hinauf. Bald genug unterschied er – es war ein Singen – dann die gezogenen Töne der Harmonika. Und dazwischen zerhackte Klänge von Tamburin und Triangel.

›Des Amerikaners Konzert,‹ dachte Frank Braun. ›Da also ist das ganze Dorf heute versammelt.‹ Er überlegte, ob er zu der Versammlung gehen sollte, schließlich schüttelte er den Kopf. ›Ein andermal!‹

Er wandte sich und ging wieder zurück. Hinten im See, ganz am andern Ende, sah er ein Boot liegen. Eine kleine Bucht schob sich da in die Felsen, die ein wenig zurücktraten, er sah das Schilf vorne, dahinter einen schmalen dreieckigen Landstreifen. Hinten sprang ein Gießbach hoch herunter in selbstgesprengtem Spalt – der mochte das bißchen Land da angeschwemmt haben. Er sah, wie ein Mädchen sich hob in dem Kahn, dann sich niederbückte, wie sie die Reusen aus dem Schilfe hob und vorsichtig am vorderen Ende die langen Weidenkörbe aufnahm.

Da war also noch jemand, der nicht in der Versammlung war! – Oben: Sibylla Madruzzo, das krumme und stumme alte Bettelweib – dann der kleine Bub mit seiner Kuh und Angelo, der Knecht – der ja freilich nicht von hier war! – Und nun das Mädchen.

Gemächlich schritt Frank Braun zurück, dem See zu. Auf der breiten Bank vor dem Hause, in das er zuerst getreten war, saß ein graubärtiger Mann in Hemdsärmeln, bequem vornübergebeugt, die Ellenbogen auf den runden Steintisch gestützt.

»Wieder einer. Der fünfte, der nicht bei Mister Peter ist!« lachte der Deutsche. »Ich habe dem Dorfe unrecht getan, es ist doch noch Leben da.«

»Guten Abend,« sagte er. »Seid Ihr Peppino Raimondi?«

Der Gastwirt stand auf, brummte etwas und schaute ihn verwundert an. Dann nahm er die Pfeife aus den Zähnen und sagte: »Wo kommt Ihr denn her, Herr?«

»Ich möchte hier bleiben und bei Euch wohnen,« antwortete Frank Braun. »Ihr seid doch Raimondi, was? – Don Vincenzo wies mich an Euch.«

Der Wirt nickte. »Ja, ja, schönes Wetter,« sagte er.

»Kann ich bei Euch wohnen?« wiederholte Frank Braun.

»Ja, ja! Der Frühling kommt,« brummte jener.

»Ob ich bei Euch wohnen kann?« rief Frank Braun noch lauter. Dann fiel ihm ein, daß ja der Pfarrer schon von des Wirtes Schwerhörigkeit gesprochen hatte. Er hatte keine Lust zu schreien, so nahm er ein Stück Papier und schrieb seine Wünsche auf.

Raimondi nahm das Blatt, setzte seine Brille auf und las bedächtig, langsam, Wort um Wort.

Dann sah er ihn über die Gläser hin an und fragte: »Ihr wollt ein paar Monate in Val di Scodra bleiben? Wollt zwei Stuben? – Wollt bei mir wohnen?«

Frank Braun nickte.

Aber der alte Wirt begriff es noch immer nicht. »Hier – hier bleiben? – Ein paar Monate? – Herr, ist das Euer Ernst?«

Da schrie ihm der andere ins Ohr: »Ja, ja, ja!«

Raimondi kratzte sich den Kopf und sagte: »Ja – ich verstehe sehr gut! – Bitte, Herr – – warten Sie einen Augenblick.« Er nahm seinen Rock von der Bank und zog ihn an.

»So –« fuhr er fort. »Also Sie wollen hier bleiben? Einige Monate? – Ja und was wollen Sie denn bezahlen?«

»Was wollen Sie haben?« schrie Frank Braun zurück.

Beide gingen ins Haus, setzten sich an den Tisch. Der Wirt begann zu handeln. Was denn der Gast verlange? Zwei Stuben? Gleich zwei? – Ja, wenn er es nicht anders wolle, dann müsse man es eben einrichten. Und was er zum Frühstück wolle? – Auch Eier? – Gut also – zwei Eier –

Er flocht immer ein paar deutsche Worte in seine Rede – da sprach Frank Braun ihn deutsch an. Aber der Alte verstand nur wenig. Nein, nein, er hatte alles vergessen – in den Jahren. Früher – ja, früher! Als er noch Kaiserjäger war. Und seine selige Frau – die war eine Deutsche gewesen – aus Brixen. Die Pfeife da – von ihrem Vater stammte sie noch her. – Aber seine Tochter, ja – die Teresa – die sprach so gut Deutsch wie der Kaiser selbst – Gott erhalte ihn!

»Jemand muß meine Koffer herunterschaffen,« sagte Frank Braun.

Koffer – Koffer habe er auch? Und wo sie denn seien? Auf der Landstraße oben – oh, er sei mit dem Automobil gekommen? Nun, der Knecht müsse sogleich hinaufgehen, die Post zu holen. – Wie? – Ja, ja, der Postmeister, das sei er. Er zog eine Schublade auf, nahm eine Handvoll Karten heraus und ein paar Bogen mit Freimarken.

»Sehen Sie – das ist die Post von Val di Scodra.« Dann ging er ans Fenster und rief dem Knechte. »Angelo! Angelo! Leg dem Maultier den Lastsattel auf. Und vergiß die Stricke nicht. Du mußt die Koffer herunterholen, die auf der Landstraße stehen. Die alte Sibylla bewacht sie.«

Der Knecht nickte und schritt dem Stalle zu. »Sag mal, warum bist du denn nicht in der Versammlung?« rief ihm Frank Braun nach.

Angelo grinste: »Ich bin nicht von hier.«

»Gewiß! Ich konnt es mir denken!« lachte der Deutsche. »Und so mußt du wohl dein Leben hier für dich leben.« Dann folgte er dem Alten die Treppen hinauf.

Der Wirt stieß ein paar Türen auf. – »Es sind genug Zimmer im Hause,« sagte er. »Welche wollen Sie, Herr?«

Drei Stuben lagen zur Seeseite hin, aber nur eine schien bewohnt, die beiden andern standen beinahe leer. Frank Braun wählte die erste und den anstoßenden Raum. »Wer wohnt hier?« fragte er. Er sah ein Muttergottesbild mit einem kleinen Weihwasserbecken zur rechten und einem ewigen Lämpchen zur linken Seite. Frische Buchsbaumzweige steckten im Rahmen.

»Meine Tochter,« gab der Wirt zurück. »Aber sie muß dann ausziehen.«

»Also gut,« sagte Frank Braun.

Er half Raimondi die Sachen des Mädchens in das dritte Zimmer tragen. Dann stellte er die Möbel um, nach seinem Behagen. »Gehen Sie nur überall herum,« sagte der Alte. »Nehmen Sie das, was Sie haben wollen.«

Der Deutsche ging hinunter und wieder hinauf, suchte sich zusammen, was ihm gefiel. Er rückte einen alten Lehnsessel ans Fenster, schob Holzleisten unter die Füße des wackligen Tisches. Er schleppte auch einen kleinen Weinkorb heran, den er als Papierkorb benutzen wollte –

»Da, tragen Sie die Uhr hinaus,« sagte er zu dem Wirte und zeigte auf die alte Pendule, die über der Türe hing.

»Warum denn?« fragte jener.

»Ich mag keine Uhr im Zimmer. Keine Uhr und keinen Kalender. Immer das Datum wissen, immer die Stunde – nein, ich lebe anders.«

»Aber sie geht ja gar nicht,« beteuerte der Alte.

»Sie geht nicht? – Dann mag sie bleiben. – Eine Lampe?«

»Ja, eine Lampe ist auch da.« – Der Alte brachte sie.

Endlich war er fertig. »Bringen Sie mir Wasser!« rief er. Der Wirt ging hinunter und füllte die großen Krüge. Aber er trug sie nicht selbst hinauf, gab sie dem Knecht, der eben mit dem Maultier vom Berge kam.

Angelo schleppte die Krüge hinauf, dann die Koffer und Taschen.

Frank Braun begann auszupacken. Schnell, gewandt – eine gewohnte Arbeit. Er war fertig, ehe die Sonne sank. Wusch sich und ging hinunter.

Im Gastzimmer, neben dem Wirt, saß ein dicker, schnauzbärtiger Grenzgendarm, trank in mächtigen Zügen aus der Korbflasche. »Auf Ihr Wohl!« rief er dem Fremden auf deutsch zu.

»Danke,« sagte Frank Braun.

Der Gendarm schneuzte sich. »Wissen Sie, das war ein gescheiter Gedanke, daß Sie hierher –« Aber er stockte, lachte, trank wieder – der Gedanke schien ihm doch nicht so ganz gescheit zu sein. »Immerhin – es ist sehr gut,« fuhr er fort, »sehr gut! – Was hab ich dir gesagt, Raimondi,« brüllte er dem Wirte zu, »was hab ich gesagt? – Kommen die Betbrüder nicht, kommt ein anderer! – Na, und da ist er nun! Hätts ja selbst nicht geglaubt – aber da ist er, das ist nun wahr! Und bringt dir mehr Geld ein als alle Teufelsjäger zusammen!«

Frank Braun horchte auf. »Als – wer?« fragte er.

»Als die Teufelsjäger!« lachte der Gendarm. »Sie müssen nämlich wissen, in diesem verrückten Dorf hat ein Amerikaner –«

»Ja, ich weiß,« unterbrach ihn der andere. »Ich habe davon gehört. Sie nennen sich also Teufelsjäger?«

»Ja, Herr!« bestätigte der Grenzer. »Weil sie nämlich den Teufel verjagen und mit Stumpf und Stiel ausrotten wollen – mit ihrem Beten und Singen. Diese welschen Fack'n! – Na, wenn ich hier wäre, würds anders werden! – Was, alter Freund?« – Er stieß den Wirt lachend vor den Bauch. – »Ich jage auch den Teufel – aber besser, verdammt noch mal!« Er hob sein Glas hoch. »Komm her, alter roter Alkoholteufel – wir haben keine Angst vor dir.« Er leerte es in einem Zuge und setzte es klirrend auf den Tisch zurück. Dann wischte er sich den Schnurrbart. »So – das Beelzebübchen da wäre vernichtet. – Was, Raimondi, wir sind die wahren Teufelsjäger!«

»Die Leute trinken also nicht?« fragte Frank Braun.

»Nicht einen Tropfen!« rief der Gendarm. »Wollen fromme Christen sein und erklären den Wein für Teufelswerk, den doch unser Herrgott wachsen ließ. – Der alte Noah soff sich alle Tage toll und voll und war doch ein Patriarch. – Seit nun bald zwei Monaten haben die Kerls keinen Schritt mehr ins Wirtshaus gesetzt – ich bin des Alten einziger Gast und ein schlechter dazu. – Ich zahle nämlich nicht, müssen Sie wissen.« Er hustete in überstürztem Lachen.

»Trink nur, Drenker,« sagte der Wirt seufzend. »Für seinen alten Regimentskameraden muß man ja wohl seinen Keller offen halten.«

»Na, hab dich nur nicht,« rief der Grenzer, »ich komme selten genug her ins Dorf. Alle drei Wochen, auf ein paar Stunden, wenn mans möglich machen kann. – Die verdammten Pascher lassen einem ja keine Ruhe in den Bergen.«

Ein Lichtschein drang durch die Türe, die ein junges Mädchen öffnete. Sie trug zwei große Kerzen ins Gastzimmer und stellte sie auf den Tisch.

»Ihre Tochter?« fragte Frank Braun den Wirt.

»Ja, das ist die Teres, seine Tochter!« sagte der Grenzer. »Ein braves Mädchen. Komm her, Teres!« Aber das Mädchen drehte sich gleich herum und ging wieder hinaus, ohne ein Wort zu sprechen.

»Bring das Essen,« rief ihr der Vater nach, »die Gäste haben Hunger.«

Nach einer Weile kam sie zurück, breitete ein weißes Leintuch über den Tisch und trug die Gedecke auf. Dann stellte sie das Essen auf den Tisch.

Frank Braun bot ihr guten Abend, aber sie nickte kaum. Sie nahm auch nicht am Tische Platz, sondern setzte sich an das andere Fenster auf die Bank, zog ihr Nähzeug heraus.

Er betrachtete sie. Sie war hoch gewachsen und schlank – wohl zwanzig Jahre alt. Schwarzhaarig wie der Vater, aber mit großen blauen Augen – man sah wohl, daß ihre Mutter eine Deutsche war. Er rief sie an, bat sie, ihm Brot zu geben. Sie brachte das Brot, aber sie antwortete nicht auf seine Fragen. Sah ihn groß und mißtrauisch an, ging dann zurück zu ihrem Platze.

Er aß und trank und plauderte mit dem Gendarmen, während Raimondi neben ihm saß und schweigend seine Pfeife rauchte. Er beobachtete das schöne Mädchen – bemerkte wohl, wie sie hin und wieder, rasch und verstohlen, einen fragenden Blick auf ihn warf. Dann sah er, wie sie einen Brief aus der Tasche zog, ihn las und dazwischen wieder still zu ihm hinblickte.

Frank Braun dachte: ›Dir also hat die Post einen Brief gebracht heute abend, dir, mein Kind! – Und er ist ganz gewiß von Don Vincenzo, deinem Beichtvater! Und er warnt dich darin vor mir. – Wie, mein Kind? – Darum also bist du so mißtrauisch.‹

Er lächelte und dachte: ›Alter Mann – wie dumm du doch bist! Ich würde sie ja nicht ansehen und nicht anrühren, dein armes, kleines Beichtkind. – Nun aber – warum reizt du mich, Pfarrer? Bist so alt und weißt nicht, daß man nur das will – was verboten ist? – Und – du und ich, alter Mann? – Welch ein ungleicher Kampf um dies Kind da! – Oh, wie dumm du doch bist.‹

Er sah hinüber und begehrte sie im Augenblicke. Diese Stirn war steil und nicht hoch, sie sprang zurück an beiden Schläfen. Die dichten schwarzen Brauen wölbten sich über den tiefblauen Augen, die die langen Wimpern beschatteten. Und die Nüstern der geraden Nase blähten sich und zitterten bei jedem Atemzuge. Ihr Mund schien ihm ein wenig zu groß, und die Lippen, leicht aufgeworfen, leuchteten wie starke Granatblüten in dem wachsbleichen Gesicht. Eine Demut, eine stille Sanftmut lag auf diesen weichen Zügen, aber darunter schien irgendein anderes zu schlummern.

Ein Genialisches vielleicht. Dieses Mädchen mochte einmal eine gute Künstlerin werden. Oder auch eine große Kokotte –

Er sah, wie ihre Brust sich hob und senkte in zu engem Mieder. Er zog sie aus mit gierigen Blicken, riß ihr das Tuch vom Nacken und den schweren Silbergürtel vom Leibe –

Da fing sie seinen Blick. Sie wurde rot – eine Scham machte sie die Lider schließen und ein rascher Haß hob sie von neuem. Ihre Hand zitterte. Sie stand auf, blieb stehen, steckte den Brief in die Tasche. Dann wandte sie sich; rasch, festen Schrittes ging sie durchs Zimmer. Klatschend fiel die Tür hinter ihr ins Schloß.

Frank Braun starrte ihr nach. Langsam verlor sich der wilde, gierige Zug. Seine Lippen glätteten sich, die Augen nahmen einen stillen, verträumten Ausdruck an.

»Armes, schönes Kind,« murmelte er. Dann fuhr er mit der Hand durchs Haar und schüttelte wild den Kopf, als wolle er alle Gedanken fortjagen.

»Ich will singen!« rief er. »Und du, Wirt, bring uns von deinem besten Wein!«

Er lief auf sein Zimmer, nahm die Laute von der Wand und kam zurück. »Auf Ihr Wohl, Herr Drenker!« rief er. Er stieß mit dem Gendarmen an, dann mit dem Wirt. »Es ist gut, daß doch wieder einmal ein paar Leute im Dorfe sind, die wissen, wozu der Wein gut ist! Was gilt die Wette, ich trinke Sie unter den Tisch!«

»Bravo!« lachte der Grenzer. »Aber wetten Sie lieber nicht. Sie wissen nicht, was Aloys Drenker leistet.«

Frank Braun rief: »Ich will wetten! – Also Ihr Helm gegen meine Laute?«

»Mein Helm –?«

»Ja – fürchten Sie sich?«

»Ich? Aber, lieber Herr –«

»Also angenommen?«

»Angenommen!« brummte der Grenzer und hob sein Glas. Bedächtig stand er auf, löste die Koppel von seinem dicken Leibe und stellte den schweren Säbel in die Ecke.

»So.«

Frank Braun stimmte die Laute. »Was wollt ihr hören?«

»Ist ganz gleich,« rief der Gendarm. »Was Sie eben können.«

Der Deutsche sang. Freche Studentenlieder. Dann lüsterne Couplets, die er aufgelesen irgendwo in wüsten Tingeltangeln. Und Soldatenlieder, strotzend von derben Zoten – begeistert brüllte der Grenzer den Kehrreim mit.

Unerschöpflich war er. Verse napolitanischer Straßensänger, triefend von Kot, andalusische Coplas, deren schwermütige Melodien den obszönen Inhalt noch stärker heraushoben. Matrosenlieder, die wie geile Schreie abgesperrter Affen nach Weiberfleisch brüllten, Strophen vom Montmartre, in denen Wort und Ton sich geschickt verbanden zu zynischen Spitzen –

Der Wirt verstand nur wenig, brummte still die Melodien mit, sog an seinem Glase und an der Pfeife. Aber der Gendarm wieherte vor Lachen, schlug mit der breiten Faust auf den Tisch, daß die Flaschen sprangen. Und er brüllte den Kehrreim:

»Kommt 'ne verheira-tö-te
Oder 'ne andre Kröte
Durch den dustern, dustern, dustern Wald – –«

Ein Glas leerte er um das andere.

Und nicht eines blieb ihm Frank Braun schuldig. Lächelnd, still, als sei es klares Wasser, goß er den Wein hinunter. Immer ein Glas auf einmal – dann griff er wieder in die Saiten.

»Ja, in Hamburg, da bin ich gewesen
In Samt und in Seide gehüllt,
Meine Ehre, die hab ich verloren,
Denn ich bin ja ein Mädchen für Geld!

Meine Schwester, die tut mir immer schreiben:
›Liebe Alma, o kehre doch zurück!
Deine Mutter liegt sterbend im Bette,
Sie beweinet dein elendes Glück.‹

Meiner Schwester, der tu ich immer schreiben:
›Liebe Schwester, ich kehre nicht zurück!
Meine Ehre ist längst ja verloren,
In der Heimat, da blüht für mich kein Glück!‹

Ja, in Hamburg, da bin ich gewesen
In Samt und Seide gehüllt!
Meine Ehre, die hob ich verloren,
Denn ich bin ja ein Mädchen für Geld!«

Er sang Bordellieder. Abgestandene, sentimentale Weisen, Hurenlieder, die mit Gefühlen hausierten, wie mit Jahrmarkthonigkuchen. Und Herr Aloys Drenker schluchzte und gluckste und seufzte und nahm einen tiefen Schluck nach jedem guten Seufzer.

»Hör zu, Gendarm! Ich sing dir das Lied der hallischen Dirnen!«

»Gestern Abend in dem Sturm
Ging ich um den Roten Turm!«

Dann, wenn dem Grenzer die Wehmut hoch in den roten Hals stieg und dicke Tropfen den stieren Blick verschleierten, warf ihm Frank Braun plötzlich helle, höhnische, freche Strophen ins Gesicht.

»Mädchen mit den striffen, straffen Brüsten,
Warum sollt mich nicht nach dir gelüsten?
Bin so jung – wie ein Aff!
Und mein Vater war ein Pfaff!«

Da grinste Aloys Drenker, blähte sich vor Vergnügen. Er suchte mit trunkenen Augen rings herum, als stände da irgendwo eine dicke Dirne, als wolle er hintatschen mit seinen plumpen, roten Fingern auf die straffen Brüste.

»Trink, du Schwein!« rief ihm der Deutsche zu.

Der Gendarm fuhr auf. Tief blau stieg ihm das Blut ins Gesicht, zugleich vor Wut und vor Scham. Aber er traf einen ruhigen, lächelnden Blick – da duckte er sich. »Prosit!« sagte er und trank.

Frank Braun gab ihm Bescheid. Wieder und wieder. Er legte die Laute auf die Bank und trank.

»Noch ein paar Flaschen,« sagte er.

»Nein – es ist genug,« lallte der Gendarm.

»Genug – schon? Geh, hol Wein, Raimondi!«

Der Wirt erhob sich; tappend, mühsam auf den Beinen sich haltend, wanderte er zum Keller – zum achten Male schon. Er kam zurück, stellte die Flaschen auf den Tisch. Aber er setzte sich nicht mehr; schweigend, ohne Gruß wankte er hinaus. Ging hinüber in seine Stube; man hörte, wie er schwer auf das Bett fiel.

Die beiden tranken. Es war, als ob Frank Braun jetzt erst beginne, so leicht hob er sein Glas. Keiner sprach mehr – sie tranken.

»Nein – nun nicht mehr,« murmelte der Grenzer.

»Trink, wenn du ein braver Kerl bist!« Er drängte ihm das volle Glas in die Hand. Und der Gendarm leerte es, langsam nippend, aufstoßend, in kleinen Zügen. Der Arm fiel ihm herunter, das Glas zerschlug an der Tischkante. Schwer sank der mächtige Kopf vornüber.

Frank Braun lachte. Er stand auf, nahm die Laute und trat ans Fenster. Trübe Wolken lagen da und dort am Himmel, dazwischen warf der schmale Neumond ein mattes Licht über den See.

Schweigend saß er auf der Fensterbank, lange Zeit. Fast unbewußt nahm er das Instrument, griff leicht in die Saiten – Töne, leise Akkorde. Und von neuem wuchsen Lieder aus den verträumten Klängen und aus seiner Stimme, die leise und schwermütig hinauszitterte in diese stille Nacht.

Bretonische Lieder, Lieder, die das Meer gebar, und die Einsamkeit – und die große Sehnsucht –

> »*J'aime Paimpol et sa falaise,*
> *Son vieux clocher, son grand pardon,*
> *J'aime encore mieux la Paimpolaise*
> *Qui m'attend au pays breton.*«

Und irgendeine Felswand gab ihm im Echo ein leises Flüstern zurück: »Au pays breton.«

Das Wort lag ihm im Ohre, eindringlich, still lärmend, wie die Weise einer alten Spieluhr. Er lauschte auf diese Melodie, wie auf eine stille, versteckte Wahrheit, die unter Efeu und Steinen schlummert. Die Bretagne – ja – die Bretagne – Und Tirol – ja –

Und plötzlich begriff er – instinktiv. Fand die feste Gewißheit dessen, was er tastend, zweifelnd in jahrelangem Forschen gesucht hatte. – Ein Großes gewann er, in diesem Augenblicke: den festen Glauben an das Schlußglied dieser langen Kette neuer Gedanken.

Ja – ganz gewiß – nun würde er arbeiten können. Wie schwer doch das alles war – gestern noch. Ein ungeheures Material, mühselig zusammengesucht auf ewigen Reisen und in tausend Büchern. Wirr, unlösbar fast, ein ungeheures Labyrinth abenteuerlicher Hypothesen –

Jetzt sah er den Weg – jetzt hielt er das Ziel in der flachen Hand! – Ein Ball, den er leicht aufwarf mit sicheren Schlägen. Siegesgewiß schien ihm das Spiel –

Er hätte jemandem danken mögen – für diesen Glauben, den ihm der Augenblick schenkte.

Fast laut sagte er:

»Es gibt keine Germanen. Es gibt keine Slawen. Es gibt keine Romanen. Es gibt keine Kelten und keine Juden. Und weder Griechen, noch Albanier, noch Armenier –

Das ist alles Unsinn. Dumme, abgeschmackte historische Lügen –

Es gibt nur drei Rassen in Europa –

Die nordische: langschädlig, blondhaarig, blauäugig – meine Rasse.

Und die mittelländische – rund herum um ihr Meer –

Ja – und – zwischen ihnen – die Rasse der Berge. Ein Volk – alle: die wilden Kurden und die Stämme der Karpathen und des Balkan. Die Bergvölker der Alpen: in Tirol und in Salzburg, in der Schweiz und in Bayern. Dann die Auvergnaten – und endlich – das letzte Glied der langen, schmalen Reihe: die Leute der Bretagne –

Kurzschädlig – klein – brünett –«

Ah, die Juden, die Juden – welch eine Granitsäule für seinen Bau! Ein kleiner Bruchteil – blauäugig, blond – nordische Rasse! Heine war einer davon, Heine! Wie oft hatte er sinnend und träumend sein Bild betrachtet. Irgendein Rätsel lag da, irgendein seltsames Geheimnis. – Nun aber hielt er es fest: – seine eigene Rasse war es, seine –

Dann ein größerer Teil – mittelländisches Blut – Spinoza – Da Costa – Disraeli –

Und endlich die Hauptmasse – Alpenvolk, Bergleute – häßlich und kurzschädlig –

Er verlor sich. Er zerschlug Rassen wie Flaschenscherben, tilgte mit einem lachenden Striche jahrtausendalte Fragen –

So klar stand das alles nun vor ihm, so frei und klar. Nun, da er den trunkenen Glauben hatte.

– Wie war es denn nur gekommen – jetzt gerade?

Woher kamen ihm diese alten Lieder vom Meer, die er seit manchen Jahren nicht mehr gesungen? Und woher kam ihm dieses seltsame Gefühl, daß hier so gut ihre Heimat sein müsse wie dort – in diesen Löchern der Berge nicht weniger wie in den Höhlen der Falaise?

Diese Lieder – schwermütig – einsam – sehnsüchtig –

Wie diese Rasse der Berge. – Und fanatisch – schwärmerisch – ekstatisch –

O ja, Don Vincenzo kannte sie gut, seine Landsleute!

Frank Braun stand auf, ein wirres Licht flackerte in seinen Augen. Er trat an den Tisch, goß ein Glas hoch voll und leerte es. Seufzend stellte er es zurück –

»Ah – zum Henker, kann man gar nicht mehr trunken vom Weine werden?!«

Er zog die Brieftasche heraus, entnahm ihr ein kleines Blättchen. Sorgfältig entfaltete er es, schüttete den Inhalt, ein feines, weißes Pulver, in den Wein. Und in Absätzen, kostend, prüfend mit der Zunge, leerte er dieses Glas.

Er setzte sich, schloß die Augen, stützte die Ellenbogen auf und legte den Kopf in die Hände. Langsam, wie der Pendel einer alten Uhr, wiegte sich der Oberkörper hin und her.

Endlich stand er auf, tiefseufzend. Schleppenden Schrittes ging er hinaus. Einen Augenblick blieb er stehen auf der Freitreppe, dann schritt er zum See hinab.

Ein leichter kühler Wind schlug ihm ins Gesicht. Und plötzlich, ohne Uebergang, verlor sich das klare Bild vor seinen Augen – wich einem wirren Meer flammenden Nebels. Eine heiße Blutwelle jagte in seinen Schläfen, schwoll an, in kurzen, taktmäßigen Stößen.

Raste durch den Körper, durch Beine und Arme, bis tief in alle Zehen und Fingerspitzen.

Diese Glut – diese höllische Glut –

Er dehnte die Brust, schöpfte tief Atem, spannte weit die Arme.

Dann wandte er sich – auf dem Fleck.

Oben, am dritten Fenster, sah er einen schwachen Lichtschimmer –

III

Innocentia – quid est innocentia? –
Ubi libido dominatur, innocentiae leve
praesidium est.

Cicero.

Il est passé le moment des plaisirs
Dont la vitesse a trompé mes désirs.
Il est passé.

Evariste de Parny, Delire.

Frank Braun erwachte sehr spät. Er schaute um sich – ein wenig verwundert – nicht gleich sicher, wo er sich befände. Dann sprang er auf, trat ans Fenster.

»Nun gut – also in Val di Scodra,« sagte er.

Er besann sich, aber er wußte nicht recht, was er suchte.

Sein Kopf schmerzte ihn nicht, er fühlte sich leicht und frisch. Nur eine Müde lag in ihm, eine angenehme, leise plaudernde Müde, die in allen Gliedern schlummerte.

Er lachte. Ja – er hatte getrunken – wie in alten Zeiten. Und gesungen. Hundert Lieder und hundert Glas Wein. Gesungen hatte er und getrunken.

Mit wem doch? – Da war Peppino Raimondi, der Wirt – und Herr Aloys Drenker, der dicke Grenzgendarm. Richtig – den hatte er unter den Tisch getrunken.

Und dann? Was war dann geschehen? Er setzte sich auf den Bettrand, dachte nach. Ja, das war es: er hatte das Ziel gefunden. Ein Glauben kam ihm. – Fast liebkosend streifte sein Blick den Tisch, der hoch bedeckt war mit Büchern und Blättern. Ah – nun war das keine Arbeit mehr, nun war es ein Spiel.

Und er lachte: »Das hat mir der Wein geschenkt. – Was nutzt das Denken? – Die Weisen sehen, dann verstehen sie.«

Sein Blick fiel auf die Kleider; wirr, verstreut lagen sie auf der Erde herum. Er pflegte doch sonst –

So berauscht war er also gewesen? Doch auch dann?

Er hob die Jacke auf – da fiel sein Blick auf die Hände; lange Kratzstreifen liefen quer darüber. Er trat vor den Spiegel: sein Gesicht zeigte kleine Wunden und Risse, überall – geronnenes Blut klebte dazwischen.

Was war das? Er schloß die Augen, fuhr mit der Hand über die Stirn. Aber er suchte nicht in seiner Erinnerung – nein – er wehrte sich fast gegen diese Gedanken.

Dann schüttelte er den Kopf; die Lippen preßten sich aufeinander, zogen sich hinunter, hart, resignierend, wie im Gefühl stark bewußten Leidens.

»Es nutzt nichts,« sagte er. »Ich kann einmal nicht vergessen.«

Er ging im Zimmer herum, suchte seine Kleider zusammen und legte sie übers Bett. Er schritt ein paarmal auf und ab, mit langen, festen Schritten.

»Also gut denn!« fuhr er fort. »Man muß Klarheit schaffen.«

Es fiel ihm auf, daß er laut sprach und er lachte darüber. – »Nun ja – wie alle Menschen, die viel allein sind!«

Er blieb stehen, nahm einen neuen Anlauf. Er trank ein Glas Wasser, zündete eine Zigarette an. Er stieß den Rauch weit hinaus, dann rief er, laut, scharf, sich selbst peitschend: »Machen wir ein Ende! – So also wars!«

Und er schlug Stein um Stein aus den Stollen seiner Erinnerung.

So fing es an: er sah diesen Lichtschein vom dritten Fenster her. Ein schwacher, dünner Schimmer – und wie auf langer Lunte kroch der Funke herüber. Er sah ihn kommen – fühlte ihn näher, näher fliegen – schneller und immer schneller. Aber er fürchtete sich nicht, es war, als ob diese Mine in seiner Brust in gieriger Wonne warte auf den heißen Feuerkuß. Bis zum Rande voll waren Leib und Seele – da mochte es zünden!

Rasch lief er zum Hause, sprang die steinernen Stufen hinauf. Mit einem Blick ins Gastzimmer sah er den Gendarmen daliegen, bäuchlings auf dem Boden, mit beiden Händen den Helm fest umklammernd.

»Willst ihn nicht hergeben?« lachte er. Aber er flog die Treppen hinauf – als jagte ihn das Schicksal. Ja, das war es, was er dachte, als er in sein Zimmer trat: »Es ist das Schicksal.« Er warf die Kleider ab, im Augenblick schlüpfte er in den Schlafanzug.

Und hinaus –

In der Türe schlug ihm ein starker Zugwind entgegen, trieb ihm den Atem, den er hastig ausstieß aus den Lungen, zurück ins Gesicht. Schweren, schwülen Alkoholatem. Da kehrte er um. Sein Blut kochte nicht weniger, und doch ward es im Augenblicke zurückgedrängt durch die Kultur der Kinderstube. »Ich bin kein Tier,« flüsterte er.

Er ging in sein Schlafzimmer, trat an den Waschtisch. Er mischte sein Mundwasser, gurgelte und spülte, putzte die Zähne. Dann wusch er sich. Und langsam ging er hinaus.

Vor ihrer Türe zögerte er, fast ängstlich. Er lauschte – nichts hörte er. Dann, schnell, griff er die Klinke, trat hinein. Er sah das Bild der Gottesmutter, mit dem Buchsbaum im Rahmen – es fiel ihm auf, daß jetzt noch drei blaue Anemonen dabeistaken. Er sah das kleine Weihwasserbecken zur rechten Seite, und zur linken, dicht beim Fenster, die ewige Lampe –

Der leichte Schein fiel hinüber auf des Mädchens Bett. Sie war hell wach, weit offen starrten ihn die großen Augen an. Ihr Gesicht schien bleich und die Lippen bebten. Kein Wort sprach sie – ihre blauen Augen wandten sich flehend hinüber zur Gottesmutter. Eng verschränkten sich ihre Finger. Ja, sie betete.

Er folgte ihrem Blick. Trat rasch näher, zwischen sie und die Jungfrau.

»Die Madonna schickt mich!« sagte er heiß. Er griff nach ihr, faßte das Hemd, riß es in langen Fetzen von den Schultern. Das weiße Fleisch lag wie Wogenschaum vor seinen Augen; keuchend wiederholte er: »Die Madonna schickt mich.«

Sie schrie laut, wie er sich auf sie warf. Sie sprang auf, stieß ihn zurück. Er fühlte ihre Faust in seinem Gesicht, fühlte ihre Nägel, die sich ihm ins Fleisch gruben. Er griff sie um die Hüften, stieß sie zurück, preßte ihr mit der Rechten den Kopf hinab. Dann, irgendwie, kam sein Finger zwischen ihre starken Zähne. Er schrie hell auf, biß sich in die Zunge, rasend vor Schmerz. Nun griff er in ihre Zöpfe, drehte sie um die Hand, riß ihren Kopf tief hinein in die Kissen – da ließen ihre Zähne los. Seine Rechte schnürte sich um ihre Kehle, während die Linke ihre Hand umdrehte, hinter dem Rücken hochzog zur Schulter –

So nahm er sie.

Aber sie schloß die Augen nicht und sie schrie nicht. Unbeweglich lag sie in ihren Schmerzen, sah ihn an, wie ein entsetzliches, furchtbares Gespenst, vor dem kein Entrinnen war. Und ihr Blick ruhte auf dieser Hand, die ihren Arm umspannte, dieser gräßlichen, mitleidlosen, furchtbaren Hand.

Regungslos lag sie neben ihm – keine Klage, keine Träne kam von ihren Lippen. Aber die jähe Kraft seiner wilden Fäuste floß hinein in seine Seele: da gebar die heiße Brunst eine volle, reine Harmonie. Er sprach und seine Stimme war weich und still, wie eine ferne Musik. Seltsam lockend klangen ihr seine Worte ins Ohr.

Er fühlte wohl, daß sie ihn hören mußte. Und alle zärtlichen Worte, die er je schönen Frauen gesagt, wurden nun lebendig, flossen von seinen Lippen; alle, und viel mehr noch, schönere und seltsamere. Er fand Töne, die ihn selbst berauschten, schmeichelnde Klänge, die wie Harfen sangen. Wie süßer Sommerregen tropften seine Worte, kühlten und hüllten ihren nackten, gemarterten Leib.

Da weinte sie.

Aber er schloß sie in seine Arme, vorsichtig, behutsam, wie ein Kind. Seine Finger glitten leicht über ihre Wangen, wie ein Duft von Akazienblüten. Und sein Atem spielte um ihre Schläfen, zitterte in ihren Haaren, wie ein Rauch geweihter Weihrauchbecken.

»Die Madonna will es,« flüsterte er.

Sie warf sich herum und sah ihn an. Und es war ihr, als ob das ein ganz anderer sei als der, der eben –

Diesen kannte sie nicht, ihn nicht. Ein großes Staunen ruhte in ihrem stummen Blick. Eben noch –

Nein, sie wußte nicht mehr, was eben war. Diesem lag sie im Arme, diesem da. Und leicht, ohne daß sie es wollte, drückten ihre Finger seinen Arm. Sie erschrak, schnell zog sie die Hand zurück.

Er aber schwieg nicht. Seine Zunge sprach und sein Auge und seine Hand. Er knüpfte das Netz, Masche um Masche, spann ihre Seele ein in süße Liebesworte. Sie schloß ihre Augen, ließ es geschehen, daß er die Lider küßte.

Enger schlangen sich seine Arme um ihren Leib, sie fühlte, wie seine Pulse an ihr Fleisch schlugen. Solche Wärme ging von ihm aus, faßte sie, hüllte sie rings.

Nicht leichte Tropfen mehr trafen ihre Haut: wie ein lindes Bad umfing sie rings diese schmeichelnde Liebe.

Und sie wehrte ihm nicht, als er ihre Lippen suchte. Nun schien alles ein Traum – und sie ließ es geschehn.

Er aber fühlte, wie in seinen Armen ein Leben wuchs. Das Mädchen war tot – und leicht hob sich aus harter Puppe der Schmetterling. Und er genoß in Seligkeiten diesen Sieg: wie das Weib wach wurde in ihr.

Sie schämte sich nicht ihrer Zärtlichkeiten. Sie sprach kein kleines Wort, aber sie gab ihm ein ganzes Leben von Liebe. Ein Fieber faßte sie, und die Zähne, die seine Finger zerfleischt hatten in Wut und Haß, schlugen sich nun in seine Lippen, tief in die Schultern, unersättlich in jäher Gier.

Sie drängte ihre Brüste in seine Arme, warf den Kopf zurück und bot ihm ihren Leib. Sie griff mit beiden Händen in sein Haar, zog ihn nieder zu sich, trank gierig seine heißen Küsse.

Einmal richtete sie sich halb auf. »Nimm mich!« rief sie. »Die Madonna sandte dich!« Dann warf sie sich über ihn, glühend, irr lallend, ihn erstickend mit Küssen und Umarmungen.

Und sie nahm seine Hände. Sie schienen ihr gut und schön, und waren die Hände des Mannes, den sie liebte. Sie suchte etwas, das sie gesehn hatte in diesen Händen – einmal – vor langer Zeit. Aber sie fand es nicht und wußte nicht, was es war. Sie küßte seine Hände.

Sie wachten nicht mehr, noch schliefen sie. Keines sprach; sie lagen da, heiß atmend, stöhnend vor Gier, fortgerissen in diesem Maelstrom strahlender Lüste.

Dann, später, wachte er auf. Er fand sie schlummernd, leise atmend. Ihr Kopf ruhte an seiner Brust; ihre Arme schlangen sich um seine Schultern. Vorsichtig löste er ihre Hände, stand leise auf, ohne einen Kuß.

Eilte hinaus. Er wunderte sich, daß die Türe noch immer weit offen stand. Nun ging er hinüber, warf sich auf sein Bett. Und im Augenblicke schlief er, traumlos, fest, ohne ein Glied zu rühren.

So also war es. – Frank Braun stand auf, trat ans Fenster und schaute auf den sonndurchglühten See. Ein starkes Gefühl großer Genugtuung faßte ihn, mischte sich seltsam mit der wohligen Müdigkeit. Er reckte sich, streckte die Arme, lachte froh.

Siege waren es, drei gute Siege.

»So kann ich noch trinken wie einst und kann Offenbarungen finden! – Und ich kann lieben, wie einst!«

Und er freute sich wie ein Junge, daß er ein Meister war in drei großen Künsten.

Er zog den Pyjama aus, nackt trat er vor den Spiegel. Sorgfältig wusch er mit dem Schwamm die Blutspuren von Gesicht und Schultern, von Armen und Händen. Sein Zeigefinger war stark geschwollen, er kühlte ihn, wusch ihn mit Tonerde und legte einen Verband auf. Kosend führte er den Finger über die wunden Lippen, über die runden Halbmonde, die ihr Gebiß ihm tief in seine Schultern schlug.

Das Lied von Edith Schwanenhals fiel ihm ein und er sagte:

»Auf seiner Schulter erblickte sie auch –
Und sie bedeckt sie mit Küssen –
Drei kleine Narben, Denkmäler der Lust,
Die sie einst hinein ihm gebissen.«

Und er lachte froh, daß ihn die Wunden der Liebe mehr, o viel mehr schmerzten, wie die andern.

Dann nahm er sein Bad, kleidete sich an. Und erst auf der Treppe kam ihm der Gedanke, wie wohl das

Mädchen ihm gegenübertreten möchte, und in welchen Gefühlen der junge Tag sie gefunden.

Er ging in das Gastzimmer; der Wirt kam und brachte das Frühstück. Er schien übellaunisch und gab ihm zugleich die Rechnung über den Wein.

»Sie sind vorsichtig!« schrie ihn Frank Braun an.

»Je nun,« meinte der Alte, »es ist immer besser.« Er strich das Geld ein, zählte es genau durch und ging.

Das Mädchen kam nicht. Er frühstückte, dann ging er in den Garten. »Vielleicht ist sie auf dem See,« dachte er. Aber es war nirgends ein Boot zu sehen. Er machte einen Spaziergang, kam zurück zum Mittagessen.

Wieder bediente ihn der Alte, immer noch mißgestimmt. ›Sollte sie ihm etwas gesagt haben?‹ dachte er. Aber er gewann es nicht über sich, nach ihr zu fragen.

Doch nach dem Gendarmen fragte er. »Der ist längst weg,« brummte der Wirt. »Mit einem mächtigen Jammer ritt er fort. – Dem war noch elender wie mir.«

»Und mein Helm?« fragte Frank Braun.

»Ach ja,« nickte Raimondi, »das sollt ich bestellen. Er hat ihn mitgenommen, er konnte doch nicht ohne Helm reiten. Aber er würde sich einen neuen kaufen, sagte er, und den alten bringen, wenn er wiederkäme.«

Der Deutsche nickte. »Ja! – Und wo steckt –« Aber er vollendete den Satz nicht. Irgendwo mußte sie ja wohl sein – er würde sie schon finden.

Am Nachmittage ging er auf sein Zimmer, richtete die Bücher, machte alles handgreiflich für seine Arbeit. Er kaute an seinem Federhalter, aber er hatte keine Lust anzufangen. Dann stand er auf, ging in ihr Zimmer. Sie war nicht da. So ging er aus, wanderte durch das enge Tal, hinauf, hinab – hastig, nervös, ungeduldig.

Zum Nachtmahl trug ihm wieder der Wirt die Speisen auf. Er konnte nicht mehr warten, so fragte er rasch:

»Nun – und ist Ihre Tochter nicht da?«

Der alte Wirt setzte sich zu ihm. Sein Jammer schien verschwunden und damit die üble Laune.

»Die Teresa –?« sagte er ruhig. »Sie ist zur Stadt.«

Frank Braun nickte. Er war froh, den unangenehmen Gedanken los zu sein, daß sie vielleicht dem Vater etwas gesagt habe. Das hatte ihn gequält, obwohl er es nicht einen Augenblick glaubte.

»Zur Stadt?« wiederholte er.

»Ja,« sagte der Alte. »Sie wollte zum Pfarrer, ihrem Beichtvater.«

Ihrem Beichtvater! Also wollte sie beichten! Er lachte – was mußte Don Vincenzo für ein Gesicht machen, wenn er hörte, welchen Erfolg sein Warnungsbrief hatte! – Aber es war ihm doch nicht ganz wohl dabei.

Raimondi stopfte seine Pfeife. »Ich hab ihr auch einen Brief an ihn mitgegeben. Um mich zu bedanken – daß er Sie hergeschickt hat.« Wieder lachte Frank Braun, er faßte sehr scharf das verzerrt Komische der Lage. Was mochte wohl der alte Pfarrer antworten?

»Wann ging sie fort?« fragte er.

»Wann? – Sie fuhr um elf Uhr mit der Post.«

»Aber die Post fuhr doch heute nicht?«

»Gerade heute! Gestern fuhr sie nach Attola und heute kommt sie zurück zur Stadt. Darum fuhr Teresa heute – sonst hätte sie eine ganze Woche warten müssen.«

Frank Braun fragte: »Und nun wird sie jede Woche über in der Stadt bleiben?«

Der Wirt schüttelte den Kopf. »Gewiß nicht,« sagte er. »Sie wird wohl die Nacht über bei ihrer Tante schlafen und morgen zu Fuße zurückkommen. – Was wollen Sie heute trinken, Herr?«

»Nichts,« antwortete Frank Braun. Er stand auf und ging zur Türe.

Der Wirt sah ihm nach, legte die Pfeife hart auf den Tisch. »Nichts? – Gar nichts, Herr?«

Der Deutsche wandte sich. »Nein, gar nichts, Freund! – Ich trinke überhaupt nie etwas – nur alle paar Jahre einmal habe ich Lust dazu.«

»Alle paar Jahre?« Der Wirt stand auf, faßte mit der knochigen Hand nach dem Kinn und rieb sich darüber. »Herr,« stammelte er, »Herr –«

Frank Braun sah, daß er irgend etwas wollte und nicht recht heraus konnte mit der Sprache. Er trat auf ihn zu. »Also, was gibts, Alter?«

»Ja – Herr,« stotterte der Wirt, »ja – ich habe geglaubt, daß Sie jeden Tag ein paar Flaschen trinken möchten –«

»Und das tue ich also nicht,« unterbrach ihn der Deutsche. »Und das ist Ihnen nun gar nicht angenehm, was?«

Der Wirt sagte: »Ja, Herr, da Sie doch so billig hier leben –«

»Billig?« Frank Braun lachte laut. »Billig nennen Sie Ihre Preise? Na, wissen Sie, Raimondi, mir scheint, als ob das, was ich Ihnen für Wohnung und Essen zahle, recht erheblich sei.«

»Ja, Herr,« sagte der Wirt, »ja – aber es ist doch auch nicht Wohnung und Essen allein –«

»Nicht allein? – Was denn sonst noch?«

Raimondi zögerte. Er spie bedächtig aus, dann stopfte er seine Pfeife, öffnete die Lippen und schloß sie wieder. »Herr,« sagte er, »Herr –«

»Was also noch, zum Teufel?«

»Nun also, Herr, – Sie waren doch heute nacht bei der Teresa?«

Er sah ihn lauernd an, gierig, von unten her. Einen Augenblick schwieg der Deutsche, wußte nicht recht, was er sagen sollte.

»Hat Ihnen das Mädchen das gesagt?« fragte er.

Raimondi schüttelte lebhaft den Kopf. »Nein, nein, Herr, sie hat nichts gesagt, gar nichts! Ich habe es gehört.«

»So? Sie haben es gehört? Ich denke, Sie sind stocktaub, Raimondi? Ich muß schreien wie ein Korporal, daß Sie mich verstehen können. Dazu waren Sie gestern abend betrunken. – Nichts haben Sie gehört, gar nichts! Sie haben phantasiert.«

Aber der Wirt zwinkerte mit den kleinen Augen und lachte, ein heiseres, trockenes Lachen. »Nein, Herr, nein, ich habe nicht phantasiert. Sie waren bei dem Mädchen, Teresa hat geschrien – wie hat sie geschrien! Da bin ich aufgewacht und hinaufgegangen. Die Türe stand auf; das Licht brannte in dem ewigen Lämpchen. Ich habe Sie gesehn in ihrem Bett – alle beide habe ich gesehen.«

Frank Braun faßte ihn am Arm. »Und dann, Raimondi –, dann sind Sie ruhig wieder hinuntergegangen?«

Der Wirt nickte eifrig. »Ja, Herr, gewiß! Und verzeihen Sie, ich würde auch nicht ein Wort gesagt haben, wenn – wenn –«

Der Deutsche lachte bitter. »Wenn ich ein besserer Gast wäre, nicht wahr? Wenn ich jeden Tag ein paar Flaschen Wein trinken würde, was?«

»Herr,« sagte der Wirt, »Herr –«

Aber Frank Braun schnitt ihm das Wort ab.

»Schweig, Raimondi!« rief er. »Das Weitere interessiert mich nicht. – Nun, natürlich sollst du nicht zu kurz kommen. Wenn ich nicht trinke, mußt du sonst entschädigt werden.« Er griff in die Tasche und nahm ein paar Scheine heraus. »Hier,« sagte er. »Zähl nach.« Er warf ihm die Scheine auf den Tisch und ging hinaus.

Er las lange, ehe er zu Bett ging. Noch einmal trat er ans Fenster und sah hinaus. Kam sie nicht?

Aber das Tal schlief.

»So ist sie dreimal mein!« murmelte er. »Erst nahm ich sie mit Gewalt. – Dann schenkte sie sich mir. – Und endlich verkaufte sie mir der Vater.«

Als er am nächsten Morgen hinunterkam, brachte ihm Teresa das Frühstück. Er begrüßte sie froh, griff nach ihrem Arm. Aber sie machte sich schnell los, bot ihm leise einen »Guten Tag« und eilte hinaus. Er sprang auf, ging ihr nach, da lief er in der Türe ihrem Vater in die Arme.

»Teresa ist wieder zurück?« fragte er.

»Ja, seit einer Stunde,« sagte der Alte. »Sie hat den Pfarrer nicht getroffen.«

Frank Braun fragte: »Sie hat ihn nicht getroffen?«

»Nein, er ist auf einer Inspektionsreise. Da hat sie meinen Brief dagelassen und ist gleich wieder umgekehrt.«

»Sie ist die Nacht durch gegangen?«

Der Wirt nickte: »Ja, die ganze Nacht durch.«

Frank Braun frühstückte langsam genug. Er hoffte, Teresa würde ins Zimmer kommen, aber sie kam nicht. Später traf er sie im Garten; da ging sie weg, wic er auf sie zuschritt.

Er versuchte einige Male, mit ihr zu sprechen, heute, und an den nächsten Tagen. Sie wich ihm aus, versteckte sich fast vor ihm. Einmal versuchte er nachts in ihr Zimmer zu dringen, fand aber die Tür verriegelt.

»Laß sie nur,« dachte er. Er begehrte sie noch, aber nur so leichthin, unbewußt und auf Augenblicke. Sonst vergaß er sie.

Seine Gedanken waren bei seiner Arbeit. Bis tief in die Nacht saß er über den Büchern, ordnete seine Auszüge und Tabellen, trug Notizen und Aufzeichnungen zusammen, die er durch Jahre gemacht hatte. Er schätzte und wog ab, machte einen Plan und verwarf ihn; schuf ein neues Bild. Und er sah das Werk wachsen, Form annehmen, greifbare Gestalt.

Sein Mastodon nannte er es lachend, nun da er Cuviers Knochen in der Hand hielt.

Einmal ging er zu Mister Peters Scheune. Die ferne Musik störte ihn nie, er brauchte ja nur seine Antiphone in die Ohren zu stecken. So hatte er des Amerikaners Treiben fast vergessen – wie Teresas Liebe.

Auf einem Spaziergang kam er vorbei, gerade als sie drinnen ein Lied anstimmten. Er trat ein, stellte sich hinten an der Türe auf und hörte zu. Sie sangen das Fastenlied:

Lass mich deine Lieder singen,
Dir des Mitleids Opfer bringen,
Unverschuld'tes Gotteslamm,
Das von mir die Sünden nahm!

Jesus drücke deine Schmerzen
Tief in aller Christen Herzen,
Lass mir deine Todespein
Trost in meinem Herzen sein.

Alle sieben Strophen sangen sie, meist auswendig, nur wenige warfen einen Blick in das Gesangbuch. Frank Braun sah sich um in der alten Scheune. Es war ein sehr großer Raum mit drei Steinwänden, nur die vordere Wand war aus Bohlen gezimmert. Die Umänderung zum Saale war dadurch bewirkt, daß man die Holzdekke, die quer in der Mitte die Scheune in zwei Stockwerke teilte, herausgebrochen und mit den Brettern weiter oben das Dach abgedeckt hatte. Außerdem hatte man an einer Seitenwand ein Fenster eingelassen, das wenig genug Licht und Luft in den Raum ließ. Nirgends war irgendein kirchlicher Schmuck zu sehen, nur auf der Rückwand hing ein ziemlich großer Kruzifix.

Die Bußversammlung nahm im allgemeinen den Verlauf irgendeiner Heilsarmeezusammenkunft. Man sang und betete inbrünstig; darauf hielt der Amerikaner – sein Gesicht konnte Frank Braun in dem Dämmerlichte kaum erkennen – eine Bußpredigt, kämpfte gewaltig gegen den Teufel, aller Sünden Vater. Ab und zu mischte er in ungeheuerlichem Englisch eine schöne Phrase in seine Rede, die ihm augenscheinlich von Pennsylvanien her im Gedächtnis geblieben war. Er forderte auf, Buße zu tun, und schloß mit einem heißen Gebete.

Dann fragte er, ob jemand in der Versammlung »seine Seele sagen wolle«.

Ein starker Knecht mit einem ungeheuren roten Kropfe trat vor und »sagte seine Seele«. Er erzählte stotternd, daß er früher ein schrecklicher Trunkenbold gewesen sei, der nur einen Gedanken gekannt habe, den Wein. Mindestens viermal in der Woche sei er betrunken gewesen, und Sonntags zweimal. Er schwelgte ordentlich in den Erinnerungen dieser sündhaften Zeit, übertrieb furchtbar und malte sich so schwarz wie nur möglich – um jetzt um so weißer und unschuldvoller zu strahlen. Denn nun hatte ihn der Herr Jesus in seiner Gnade erleuchtet, nun verabscheute er den Trunk als das schrecklichste Laster und fand sein einziges Glück in dem Aufblick zum Lamme und zum Blute des Heilands.

»Ich bin so schwarz gewesen wie der Teufel der Hölle,« grunzte er, »aber jetzt bin ich durch die Gnade des Erlösers rein. Gott hat mich nun drei Monate vor jeder Sünde behütet und wird es auch weiter tun. Früher war ich voll des Weines, heute aber bin ich vom Heiligen Geiste voll!«

Der riesige Kerl verdrehte die Augen zum Himmel, seine Stimme klang glucksend und krächzend und der gewaltige Kropf blähte sich und baumelte hin und her.

Frank Braun konnte ein kurzes Lachen nicht unterdrücken; auf einen Augenblick wandten sich die Blicke der Versammlung auf ihn. Aber gleich darauf hoben sich wieder die Stimmen zu einem inbrünstigen Gebet an den Sohn Gottes.

Er stellte fest, daß auch hier, wie bei allen Schwarmsekten, der Herr Jesus die größte und fast die einzige Rolle spielte. Selbst bei diesen urkatholischen Bergbauern schienen alle Heiligen verschwunden, sogar der Jungfrau Maria wurde kaum Erwähnung getan. Alle Lieder und Gebete waren aus dem katholischen Gebetbuche der Trentiner Diözese und außer den kurzen Bußpredigten und dem Seelesagen schien der Amerikaner nichts in seine alte Heimat hinübergerettet zu haben.

So folgten sich, in eintönigem Einerlei, gemeinsame Lieder und Gebete, eine kurze Ansprache, ein Seelesagen.

Ein wenig enttäuscht und sehr gelangweilt ging Frank Braun aus dem Saale, als die Versammlung zum vierten Male das Fastenlied anstimmte. Er dachte, daß Don Vincenzo recht habe und daß die Leute bald genug den trostlosen Unfug leid werden möchten. Dieser Amerikaner war kaum aus gleichem Holze geschnitzt wie der Pater Vincenzo Alfieri von Padua!

Frank Braun saß über seiner Arbeit. Tage vergingen und Wochen, er sah nichts, hörte nichts. Manchmal blickte er durch das Fenster auf den See hin – mußte sich dann erinnern, wo er eigentlich war. Es fiel ihm nicht mehr auf, daß das Mädchen ihm auswich; er sprach mit ihr wie mit irgendeiner Fremden. Brauchte sie nur, wie ihren Vater, wie Angelo, den Knecht – wenn er irgend etwas wünschte.

Die Bogen häuften sich. *So* wollte er beginnen: erst all das zertrümmern, was da war; von Grund aus alles zerstören. Und dann, auf reinem Felde, den neuen Tempel bauen.

Siegesgewiß warf er seine: »Nein!«

Mit großen Buchstaben überschrieb er ein Kapitel: Die Romanen. Und gleich, im ersten Satze schon, schrie er, daß das Wort ein leerer dumpfer Rauch sei, eine lächerliche Seifenblase, die in der Luft zerplatze.

Er griff die Länder. Die pyrenäische Halbinsel. – Irgendein Volk bewohnte sie – Iberer? Was tat der Name? – Römische Heere trugen ihre Sprache hinüber – römische Heere, die aus aller Welt stammten und kaum zum zehnten Teile italisch waren. Besiegte nahmen des Siegers Sprache an. Das war alles. Und eine kleine Vermischung – verschwindend gering. Dann kamen die Goten: da nahmen die Sieger der Besiegten Sprache. Und wieder Mauren und Berber und Juden vom Süden her, Franken vom Norden. Im Westen aber: unreine Völker von allen Inseln und Küsten nach Lusitanien. Neue Vermischungen immer wieder –

Nur die Sprache blieb. Die römische Sprache. Siegte über alle Sieger.

Warum aber nahm das Lateinische im Sturmlauf das Land und hielt es fest gegen jahrtausendlange Herrschaft fremdsprachiger Herren? Weil das Land noch keine Sprache hatte, als die Römer kamen. Keine gemeinsame – nur hundert kleine Sprachen. Genau so wie die Vereinigten Staaten englisch wurden, wie Mexiko und ganz Südamerika dem Spanischen erlagen: tausend Stämme und alle feind, tausend Sprachen und alle fremd einander.

Frank Braun legte die Feder hin und lachte.

Einmal, irgendwo im bolivianischen Chaco, hatte er einen starken Ameisenbären angetroffen. Der Kerl stand in einer Lichtung, aufgerichtet, an einem hohen Termitenhaufen. Er sah sich um nach ihm, neugierig, dumm und furchtlos, dann wühlte er mit den Vordertatzen in dem losen Sand. Es war, als ob er ihn einladen wollte, doch teilzunehmen an dem leckeren Mahl. Wimmelnd zu vielen Tausenden liefen die aufgescheuchten Ameisen; da schob der Bär seine lange, spitze Wurmzunge vor, wälzte sie wie eine klebrige Schlange in den hastenden Tieren. »Das ist die spanische Zunge!« dachte Frank Braun. »Gleich auf einmal frißt sie hundert Indianer.«

»Verfluchter Dago!« rief er und jagte dem Tier die Kugel durch den Kopf. Damals haßte er die Spanier.

Ja, und so fraß die römische Sprache die hundert Sprachen der Halbinsel, und nur eine von allen blieb – das Euscaldunac in den baskischen Bergen. Wie lange noch? – Roms Sprache setzte sich fest, zäh, standhaft gegen alle Eroberer. Freilich, sie brach sich, zerfetzte sich, mischte sich; so, daß heute noch der Kastilianer nicht ein Wort verstand von dem, was der Katalane sagte, daß der Gallego stumpf schwieg, wenn ihn der Andalusier anredete.

Immerhin: Roms Sprache siegte.

Wo aber war die romanische Rasse? Da saß das Volk in seinem Lande und empfing ein kleines Tröpflein italischen Blutes. Wie es später – o viel mehr – gotisches, maurisches, jüdisches Blut empfing. Und alles wurde längst ausgeschwitzt und das alte Volk blieb, besiegt und siegend, immer das gleiche.

Welcher Unsinn, es romanisch zu nennen!

– Und Frankreich – bot es nicht in allem das gleiche Bild? Besiegt nahm Gallien Roms Sprache an, dann aber zwang es den siegenden Goten, Burgunden, Franken und Normannen diese selbe Sprache auf. Von dem einen Eroberer nahm es die Sprache, von dem andern den Namen – und blieb doch was es war.

Rumänien – das Land, das Namen und Sprache von Rom hat. Und dessen Volk doch nur ein winziges Tröpflein Römerblut hat, weniger wie alle andern. Blut von Verbrechern, im zweiten Jahrhundert von Kaiser Trajan zur Donau gespritzt.

Blieb Italien, das Mutterland. Griechen im Süden, Gallier im Norden: dazwischen Latium und Rom. Dann unzählige Sklaven von allen Ländern und Breiten. Und endlich Goten und Vandalen, Langobarden, Normannen und Sarazenen. Und immer wieder durch alle Jahrhunderte neue blonde Haufen über die Alpen. Roms Sprache siegte über hundert Sieger.

Aber was hat die Sprache mit der Art zu tun? Weniger als nichts.

War der Haitineger darum romanischen Stamms, weil er Französisch sprach? Waren es die Indianer Mexikos und Brasiliens, weil sie Spanisch und Portugiesisch redeten? Waren die schwarzen Drohnen der Vereinigten Staaten nun Germanen, weil sie Englisch schwatzten?

Sprache war ein Ding und Art war ein anderes. Nichts hatte das eine mit dem andern gemein! Und alle Schlüsse zur Erkenntnis menschlicher Art, die sich auf die Sprache gründeten, mußten notwendig falsch sein.

Wie gut, daß im Süden die Geschichte ein wenig älter ist, dachte er. Freilich kaum elende zwei- bis dreitausend Jahre alt, aber doch alt genug, um das Märchen der lateinischen Völker in Stücke zu schlagen. Sonst möchte die Weisheit von der Gemeinsamkeit romanischer, wie der slawischer und germanischer Art in alle Ewigkeit feststehen, nur weil die Gemeinsamkeit der

Sprache feststand. Wie leicht war doch die lateinische Welt auseinanderzublasen und wie schwer die der germanischen und slawischen Völker.

Nur, weil hier die Geschichte fehlte.

Kaum Anhaltspunkte hatte man da, kleine Keile nur in die groben Klötze dickschädliger Hypothesen. – Die Bulgaren, Uralfinnen, die in das Donauland brachen. Sich dort vermischten mit dem slawisch redenden Volke und dem Lande den Namen der Sieger gaben, während sie selbst der Besiegten Sprache nahmen. Stammverwandte der Magyaren, die sich wie die Bulgaren mit den Besiegten vermischten, untergingen in deren Volkstume; aber mit dem Namen auch die Sprache dem eroberten Lande aufzwangen.

Er verirrte sich, suchte mühsam nach zersprengten Völkersplittern. Griff die Kutzo-Walachen am Pindus, die Zinzaren in Thessalien – gewiß in der Art den finnischen Mordwinen Kasans verwandt und dabei romanisch in ihrer Sprache. Und die Lappen und Kwänen Skandinaviens, die schwedisch oder finnisch sprachen, und doch weder uralisch noch germanisch waren. Dann die türkischen Kumanen in Ungarn, und die seltsamen Permier und Syrjänen in Wologda und Archangelsk –

Dann fand er sich zurück. Legte eine frische Lanze ein, ritt mit fliegenden Fähnlein gegen die Sprache. Es machte ihm Spaß, eine lange Seite zu schreiben, jeden Satz in einem andern Idiom. Bin ich nun ein Russe? lachte er. Nun ein Spanier? Nun ein ersischer Hochländer und ein Guaraniindianer?

Er nahm die Pfeile, wo er sie fand. Schmiedete scharfe Spitzen aus hundert Kleinigkeiten, die er aufgelesen hatte am Wegrand.

Da hatte er einen gekannt, einen guten Gymnasialprofessor im Sachsenlande. Der gab deutschen Unterricht und deklamierte seinen Jungen mit ehrlichem Pathos Klopstocksche Oden. Dann, irgendwie, kam er nach Ostpreußen, in ein kleines verlorenes Städtchen. Sein Unterricht ließ ihm so viele freie Zeit und so begann er eines schönen Tages Masurisch zu lernen. Kein Mensch kannte ein Wort mehr von dieser Sprache, er aber behauptete, daß alle Masuren ihre Muttersprache kennen müßten, und daß das die herrlichste Sprache der Welt sei. Er übersetzte Schiller und Klopstock ins Masurische, und Ramler und Eichendorff und alle patriotischen Dichter. Und es gelang ihm wirklich, so ein kleines Parteichen zu gründen, er kandidierte als masurischer Kandidat für den Reichstag und erhielt mehrere Dutzend Stimmen. Er entdeckte irgendeinen masurischen Vorfahren bei seinem geliebten Schiller, und, versteht sich, bei sich selbst: nun wird er nicht ruhen und rasten, bis alles Land masurisch ist von der Elbe zur Düna.

Früher war er ein Deutscher – nun aber ist er Masure, weil er allein in der Welt masurisch sprechen kann.

– Die Sprache – das war das Löwenfell aller Esel!

Frank Braun dachte an Herrn Friedrich Wilhelm Bandmann. Der war Rahmenmacher und wohnte in seiner Heimatstadt neben dem Hause seiner Eltern. Ein Junggeselle und ein großer Patriot, mehr noch als der Gymnasialprofessor; er schwor auf Bismarck und alles, was der tat. Dann, als man Bismarck absetzte, kochte seine Seele, er verkaufte sein Haus und sein Geschäft, betrank sich noch ein letztes Mal im Kriegerverein, nahm tränenden Auges Abschied von allen Kameraden und ging nach Amerika. Der Dampfer landete in Hoboken, und da Herr Bandmann kein Wort Englisch verstand, blieb er in dieser deutschen Stadt und fuhr nur ein einziges Mal in sicherer Begleitung über den Fluß nach Neuyork – zweiundeinehalbe Stunde blieb er dort. Aber es gefiel ihm dort ebensowenig wie in Hoboken: so fuhr er mit dem nächsten Dampfer nach Deutschland zurück. – Drei Wochen war er fort gewesen. Frank Braun traf ihn auf der Straße und sagte: »Nun, Herr Bandmann, wieder zurück in Deutschland?« Da sah ihn Herr Bandmann staunend an und fragte verletzt: »Schpiek ju inglisch?« – Er war Amerikaner geworden.

Und Frank Braun schrieb: »Mein Papagei spricht so gut Deutsch wie ein Pastor. Er ist ganz sicher ein Germane.«

IV

Verirrte Seele
Von Golgatha,
Satan ist gütig,
Héloise ist da!

G. Carducci,
Hymne an den Satan.

Teresa kniete auf der kleinen Beichtbank; ihre Stirne lag auf den gefalteten Händen. Ihre Augen waren fest geschlossen, sie sah den alten Pfarrer nicht, der in seinem Lehnstuhl vor ihr saß.

Sie erzählte.

Ihre Worte kamen ohne Pause, klanglos, still, in stetem, ruhigem Flusse. Geduldig, ohne sie zu unterbrechen, horchte der Greis. Seine Augen suchten herum an den Wänden seines Zimmers, hafteten schließlich an einem kleinen, goldgerahmten Bild, das farbenfroh und unbeholfen genug das heimatliche Val di Scodra darstellte. Er sah den runden See tief unten im Kessel, sah die braunen Dächer, die wie rostige Moosflecke auf dem Grün des Abhanges klebten.

Er seufzte. Wie lange war es doch her, seit er dort herumstieg mit seiner gelben Ziege! Und da saß nun dieser Deutsche –

Dieser Deutsche, den er selbst dahin geschickt. Und der nun sein armes Beichtkind –

Teresa schwieg. Langsam hob sie den Kopf, blickte ihn an – ratlos, tief fragend.

Der alte Mann sah ihre Augen unter den Wimpern leuchten, groß und blau. – War sie denn nicht auch eine Deutsche?

Er dachte an ihre Mutter. Eines Lehrers Kind – eines von siebzehn. So mochte sie froh genug sein, als Raimondi um sie freite, ein Feldwebel der Kaiserjäger. Aber dann, gleich nach der Heirat, starben seine Eltern; er nahm seinen Abschied und zog mit der jungen Frau nach Val di Scodra. War es nicht ein Grab, in das er sie brachte? Sie war allein, hatte nicht einen Menschen, mit dem sie ein Wort nur sprechen konnte, nicht einen. Aber nicht die Sprache war es, die sie trennte von den Leuten des Tales; die lernte sie schnell genug. Doch das kleine bißchen Bildung trennte sie, wie gering es auch war, dennoch weit von diesen Tieren der Berge, ließ sie als eine Fremde erscheinen, als einen Eindringling, den man hassen mußte.

Nur ihr Töchterlein blieb ihr, Teresa. Und vierzehn Jahre lang lebte sie für dieses; still, demütig, in ewiger wehmütiger Sehnsucht, die keine Hoffnung mehr kannte. Sie verblühte schnell und verblich, und was endlich starb nach manchen Jahren, war nur ein kläglicher Schatten der schönen Maria von Brixen.

Minuten verrannen. Er antwortete seinem Beichtkinde nicht – wußte nicht, was er ihm sagen sollte. – Wo war denn die Sünde des Mädchens?

Wohl – o gewiß – es war eine Sünde. Aber welche? Wo begann sie? Und wie sollte er sie fassen?

Wieder bewegten sich ihre Lippen. Unendlich leise kamen die Worte; er hörte sie kaum, las sie mehr ab von ihrem Munde: »Hochwürden – ist es wahr? – Sandte ihn die Madonna?«

Er erschrak, ein leichter Schweiß trat ihm auf die Stirne. Und er grübelte wieder: ›Wo ist ihre Sünde?‹

Dann, schnell, unvermittelt, stellte er eine Frage. – »Geht er oft zu dem Amerikaner?«

»Nein,« sagte das Mädchen.

Der Priester wunderte sich. »Nein?« wiederholte er. »War er nie da?«

»Doch,« antwortete sie.

»Erzähl mir alles, was du davon weißt,« forderte er.

Sie sagte gelehrig: »Er war einmal da, abends; gerade um sieben Uhr trat er in den Saal. Ich weiß es genau, ich sah ihn eintreten, da ich zufällig am Fenster stand und hinausblickte.« Sie wurde rot, unterbrach sich. »Nein, Hochwürden, nein – verzeiht mir – das war nicht zufällig. Wenn er ausgeht, treibt es mich in mein Zimmer und ans Fenster. Ich stehe da und schaue ihm nach. Sehe zu, wohin er geht, wie er bald hier ist im Tale und bald da. – Ich will es nicht tun und ich muß doch.« Sie senkte den Kopf, ihre Augen blieben trocken, aber ihre Stimme weinte.

»Weiter!« drängte der Pfarrer.

Teresa sagte: »Er war kaum eine Stunde dort, dann kam er zurück zum Abendessen. Da erzählte er dem Vater, wo er gewesen sei. Und er sagte, daß sie alle Dummköpfe seien, die Teufelsjäger, und daß der Vater und Angelo, unser Knecht, die einzigen Vernünftigen seien im Dorfe, weil sie den Unfug nicht mitmachen. – Das ist alles.«

Der Alte schöpfte tief Atem. Es war, als sei eine schwere Last von ihm genommen, er fühlte sich befreit von einer großen Angst. Er wußte nicht, was er fürchtete, aber dieser dumpfe Druck quälte ihn nun schon wochenlang. Und nun schien er fort. Es deuchte ihn, als ob das Uebel, das noch da war, nur ein geringes sei, zu dem andern, unbekannten, dem er entronnen.

Aber immer noch wußte er nicht, was er dem Mädchen sagen sollte. So suchend begann er wieder zu fragen, forschte sie aus nach allem, was der Fremde treibe.

Sie gab ihm geduldig Antwort. »Er arbeitet tagsüber, und oft tief in die Nacht. Dann geht er spazieren. Zuweilen auch rudert er auf dem See.«

Der Alte fragte: »Fischt er?«

Da sagte sie: »Nein, er fischt nicht. Er ist gut zu allen Tieren. – Aber er quält die Menschen –«

Sie stockte, aber der Pfarrer winkte ihr fortzufahren. »Wenn er eine Raupe auf dem Wege sieht, nimmt er sie auf und trägt sie ins Gras, daß sie niemand zertreten möge. Er schalt mich, weil ich ein Spinnweb wegnahm von seinem Fenster, und er füttert mit seinem Brote die Hühner und Tauben. Alle unsere Tiere laufen ihm nach, die große Ziege klettert die Treppen hinauf und kommt zu ihm ins Zimmer, zusammen mit unserm Kater.«

Der Alte lächelte. Er sah das Gesicht des blonden Deutschen, so jung, so froh und lachend. ›Er ist doch ein großes Kind,‹ dachte er.

Das Mädchen sagte: »Aber die Menschen schlägt er. Einmal, als der Knecht das Maultier schirrte, sah er, daß die Gurten zu eng waren und daß das Leder dem Tiere die wunde Haut scheuerte. Da faßte ihn ein Zorn, er riß die Riemen herunter und schlug sie dem Knechte ins Gesicht.«

»Er hat recht getan,« sagte der Pfarrer.

Das Mädchen hob die Augen; diese kleine Zustimmung richtete sie auf, füllte sie mit froher und stiller Gewißheit. Dann, wieder zweifelnd, senkte sie den Kopf.

»Auch mich schlug er,« murmelte sie.

»Auch dich?« fragte der Pfarrer rasch.

»Ja,« sagte sie tonlos. »Sonst bekümmert er sich nie um mich, sieht mich kaum, weiß oft nicht einmal, daß ich da bin. Aber eines Morgens, als er frühstückte, kam ich ins Gastzimmer. Ich hatte in der Falle eine Maus gefangen, nahm sie heraus und warf sie dem Kater hin. Da sprang er auf und schlug mich ins Gesicht. Dann jagte er dem Kater die Maus ab und ließ sie laufen.«

Der Alte fragte: »Und was tatest du?«

Verwundert sah sie ihn an. »Ich? – Nichts. Er schrie und schalt mich aus. Er sagte, wenn Mäuse da wären, so möge der Kater sich selbst so viele fangen wie er wolle, das sei seine Sache. Und wenn ich in der Falle welche finge, so möge ich sie ersäufen oder sie totschlagen. Aber ich solle Tiere nicht unnütz quälen. – Er fragte mich, ob ich das verstehe? Und da ich keine Antwort gab, griff er meine Hände und preßte sie zusammen, daß ich glaubte, die Knochen brächen. Ich schrie nicht, aus Trotz, aber ich sank vor ihm in die Knie. Er aber gab nicht nach, bis ich ihm versprach, nie wieder dem Kater eine Maus zu geben.«

»Und hast du das gehalten?« fragte der Alte.

»Ja,« sagte das Mädchen rasch. »Ich mußte es ihm geloben bei der Madonna.« Sie stockte wieder, suchte nach Worten. Nach einer Weile fuhr sie fort: »Dann ließ er mich los und ich ging hinaus. Aber ich hörte, wie er noch vor sich hinsprach – das tut er oft, Hochwürden. Und jetzt sagte er etwas Merkwürdiges, das ich nicht verstand. Er sagte es wie zu mir, obwohl ich gar nicht mehr da war. Er sagte leise: ›Du darfst ja quälen. Aber doch nicht unnütz. Quälen ist gut. Es ist eine Kunst – und vielleicht die größte. Aber die Menschen sind dumme Tiere: sie quälen, ohne es zu wissen.‹ – So sagte er.«

Sie schwieg, ihre Augen suchten eine Antwort. Aber der alte Pfarrer blieb stumm. Wieder sah er des Fremden Gesicht, doch hatte es jetzt diesen starren Ausdruck, der ihn bannte und ängstigte.

Sie stand auf, trat auf ihn zu. »Was soll ich tun?« fragte sie.

Aber der Alte schüttelte den Kopf. »Ich weiß es nicht,« murmelte er.

Da warf sie sich auf die Knie ihm zu Füßen, bettete ihren Kopf in seinen Schoß. Sie schluchzte, und er fühlte, wie ihre Tränen seine Soutane netzten. Er wollte ihr helfen und konnte doch nicht. Schweigend legte er seine Hand auf ihr Haupt, strich leicht ihre Locken.

Plötzlich hob sie sich, griff seine Hand. Ihr Atem flog und er spürte ihren heißen Druck. »Hochwürden,« rief sie, »ist es wahr? – Sandte ihn die Madonna?«

Und in ihren Augen leuchtete ihr Wunsch und ihre Sehnsucht und diese heiße Bitte um ein Ja.

Er fühlte es wohl. Und er sah in ihren Augen des Fremden drittes Bild: den Jüngling, träumerisch, glühend, alle Himmel stürmend. Und er wußte, daß dieses Bild ihre ganze Seele füllte.

Das Wort drängte sich auf seine Lippen, fast gewaltsam. Aber er bezwang sich, wandte den Blick ab und sagte: »Ich weiß es nicht.«

Er hörte ihren tiefen Seufzer und ihr Schmerz stach ihn wie sein eigener. Ihre Finger lösten sich, um gleich wieder zuzugreifen, krampften sich nun in seine Hände.

»Hochwürden,« stammelte sie, »Hochwürden! – Oder aber – oder –«

Sie brach ab, aber er verstand ihre Frage wohl. – Welche Macht sandte diesen Fremden? Die Madonna – oder –? Und ratlos, ohnmächtig, wie das Mädchen, antwortete er wiederum: »Ich weiß es nicht.«

Sie brach zusammen, fiel über seine Knie. Ein Schluchzen griff sie, warf ihren armen Leib; es schien dem Pfarrer, als müsse sie in Stücke brechen hier zu seinen Füßen. Ein unendliches Mitleid faßte ihn, er nahm ihren Kopf und richtete sie auf.

»Liebst du ihn denn so?« fragte er gütig.

Da hauchte sie: »Ja, Vater, mehr als mein Leben.«

Er küßte leise ihre Stirn. »So geh, mein Kind. Nimm dein Schicksal auf dich. Es ist Gottes Fügung.«

Sie sah ihn an, dankbar, unfähig eines Wortes. Dann bedeckte sie seine Hände mit Tränen und heißen Küssen.

Frank Braun kam spät herunter, er hatte bis zum Morgengrauen gearbeitet. Er frühstückte, schaute dabei versonnen durchs Fenster. Teresa bediente ihn, sie stand still neben ihm und wartete auf einen Blick.

Aber er sah sie kaum. Er hatte nicht bemerkt, daß sie fort war und bemerkte nun nicht, daß sie wieder zurück war. Er aß schnell und stand auf.

Am Abende, und am nächsten Tage, immer stand sie neben ihm, wenn er speiste. Sie wagte es nicht, ihn anzureden, bediente ihn stumm wie eine Sklavin.

Einmal sagte sie leise: »Ich soll Ihnen Grüße bestellen vom Pfarrer.«

Er sah auf. »Von welchem Pfarrer?«

»Von Don Vincenzo,« sagte sie.

Er nickte gleichgiltig. »Ach so. – Danke schön.«

Seine Gedanken waren weit fort – nach einer Weile erst fielen ihm ihre Worte auf. Er sah sie an – und sah, daß sie schön war.

»Du hast den Pfarrer gesehn?« fragte er.

Sie senkte die Augen nicht, erwiderte seinen Blick. »Ja, vor vier Tagen war ich in der Stadt.«

Er fragte: »Du hast gebeichtet?«

Da nickte sie. Dann, leise genug: »Er hat gesagt, es sei Gottes Fügung.«

Frank Braun lachte. »So? Das hat er gesagt? – Er auch?!« – Er schlug sie leicht auf die Wange und ging hinaus.

Zuweilen plauderte er nun mit ihr, aber er rührte sie nicht an. Er war freundlich und gut zu ihr, wie zu einem hübschen Buben, dessen Gegenwart er duldete. Manchmal, wenn er die Laute nahm, rief er sie. Dann durfte sie still bei ihm sitzen und lauschen.

Oder er stieg in den Kahn und gab ihr die Riemen. Sie ruderte und schweigend saß er vor ihr, sann und träumte auf das Wasser. Und er gewöhnte sich daran, daß sie neben ihm lief, wenn er spazierenging, geduldig, aufmerksam, wie ein wohlerzogener Hund.

Eines Abends, als sie im Boote saßen, fiel ihm ein, daß sie ja Deutsch sprach. Das war ihm lieb, er fühlte das Bedürfnis, mit jemandem zu sprechen über seine Arbeit. Aber er dachte deutsch, und wenn er zu ihr in ihrer Sprache reden würde, so hätte ihn das mehr daran erinnert, daß sie ihn doch nicht verstehe. Nun aber erzählte er alles, was er dachte. Er fragte ihren Rat und antwortete auch gleich für sie. Das half ihm, er sah klarer, schärfer, wenn er so laut zu ihr sprach.

Teresa hörte ihm zu, ernst, geduldig, stundenlang. Sie begriff wenig genug von alledem, aber es schien ihr ein Großes und Wunderbares zu sein.

Sie saß vor ihm und schwieg, glücklich, selig in dem Gefühle, daß ihr Herr zu ihr sprach.

Frank Braun zählte die Tage nicht. Der Frühling schied und der Sommer lag im Tale, das sah er wohl. Er ging mit dem Mädchen durch die Fluren und fühlte: ein Gemeinsames war zwischen ihm und den Leuten, die das Land bestellten. Ihre Hände warfen die Saat, eggten und pflügten, schufen alles, was da wuchs. Und so wuchs sein Werk. Er war heiter und froh in der starken Kraft seines Schaffens, ließ auf seinem Boden die Früchte zur Sonne reifen.

Manchmal, am Tage, wenn das Mädchen im Garten war, oder weit im See, rief er die weiße Ziege oder den Kater. Keines hatte einen Namen, aber er hatte die Ziege Marfa und den Kater Fritzi getauft. Und die Tiere hörten auf diese Namen, kamen schnell die Treppe hinauf, wenn er sie rief, stießen an die Türe. Dann ließ er sie ins Zimmer, setzte sich und las ihnen vor.

Aber die Ziege ließ ihm keine Ruhe, stieß ihn leicht an und schnupperte an seiner Tasche, wo er den Zucker trug. »Geh nur, Marfa,« sagte er, »du hast kein Interesse für Rassefragen.«

Dann wieder, mitten in der Nacht, ging er hinüber zu Teresa. Er weckte sie, setzte sich auf den Bettrand und sprach zu ihr. Sie lauschte, ernst, still, wie immer. Dann ging er wieder. Manchmal auch blieb er, nahm sie lachend in seine Arme. Und sie schloß die Augen und zitterte vor Glück.

Eines Abends schlug es an seine Türe. Angelo, der Knecht, stolperte herein, keuchte, überstürzte sich, hoch vollgestopft von seiner wichtigen Sendung. Der Herr möge ins Dorf kommen zu dem Hause des Mariano Venier. Seine Frau, die Matilda, sei schwer krank und läge im Sterben. Da möge der Herr Doktor gleich kommen.

»Ich bin nicht Arzt,« sagte Frank Braun.

Aber der Knecht rührte sich nicht. Frank Braun wiederholte, daß er nichts verstände von dieser Kunst und nicht helfen könnte. Da zuckte Angelo mit der Schulter, resigniert, als ob er sagen wollte: ›Nun, was gehts mich an?‹ – Er drehte um und brummte: »Ich bin nicht von hier.«

Von unten her hörte Frank Braun ein hastiges, lautes Sprechen. Gleich darauf trat der Wirt ins Zimmer und mit ihm Teresa.

Raimondi sagte: »Der Venier steht unten und will nicht fort! Gehen Sie doch zu seiner Frau, Herr!«

»Aber was soll ich denn dort?« rief der Deutsche. »Ich sag Euch, ich bin nicht Arzt!«

Raimondi nickte höflich mit dem Kopfe. »Aber Sie sind doch Doktor?« sagte er.

»Freilich!« rief Frank Braun. »Aber ich bin kein Mediziner. Glaubts doch, ich kann der Frau nicht helfen.«

Der Wirt nickte wieder, kratzte sich am Kinn und spie aus. »Gewiß nicht!« bestätigte er. »Aber die Leute werden es nicht glauben. Sie meinen, weil Sie ein Doktor sind, müßten Sie auch kurieren können.« Und man sah ihm an, daß er selbst durchaus diese Meinung teilte und daß es ihm sehr unlieb wäre, wenn der fremde Doktor, den er beherbergte, nicht gehen würde. Er nahm einen neuen Anlauf: »Jetzt ist der Amerikaner da und will sie gesund beten. Soviel können Sie doch auch noch, wie der!«

Aber Frank Braun fühlte gar keinen Ehrgeiz, sich mit dem Amerikaner zu messen. »Nein,« sagte er, »ich habe weder Zeit noch Lust zu solchen Albernheiten.«

Da trat das Mädchen zu ihm. »Gehen Sie zu der armen Frau,« bat sie. »Vielleicht können Sie ihr doch helfen.«

Er lachte. »Aber Kind, ich wiederhole dir, daß ich es durchaus nicht kann!«

Sie blieb ernst, sah ihn groß an. »Doch!« beharrte sie. »Du kannst alles!« Sie griff seinen Arm. »Ich bitte dich, geh zu der armen Frau!«

Er seufzte. Achselzuckend zog er die Schublade auf und nahm ein paar Fläschchen und Schachteln heraus. Opiumtropfen, Chinin, Pyramidon – was er so da hatte. Triumphierend sah der Wirt ihm zu, brachte ihn die Treppen hinunter. »Der Doktor kommt!« rief er dem Bauern entgegen.

Es war ein schmutziger, untersetzter Kerl, schwarzhaarig, mit niederer Stirn und leichtem Kropfansatz. Hastig lief er vor ihm her, Frank Braun folgte mit langen Schritten. Venier führte ihn in sein Haus, dann durch die Diele ins Schlafzimmer.

Viele Menschen waren dort, die laut beteten. Er erkannte den starken, rotkröpfigen Knecht, auch Sibylla, die alte, krumme Bettlerin von der Landstraße. ›So bist du auch fromm geworden?‹ dachte er. Als er eintrat, unterbrach man den Gesang, schnell schritt er zu dem Bette.

Die Luft im Raume war schwül zum Ersticken. »Oeffnet das Fenster,« befahl er. Venier ging zum Fenster. Aber sein Weib richtete sich auf im Bette. »Nein!« schrie sie. »Laß es geschlossen! Pietro Nosclere hat gesagt, es müsse geschlossen sein!«

Frank Braun wandte sich zur Seite. Neben ihm stand der Amerikaner. Er war schwarz gekleidet, trug einen langen Rock, der eng am Halse geschlossen war, wie bei einem innern Missionar. Sein Gesicht war bartlos; die Augen, klein, stechend, tief in den Höhlen liegend, schielten ein wenig. Der Schädel war prognathisch, das Kinn fehlte, die Nase schien plattgedrückt. Dagegen standen nach beiden Seiten mächtig die großen Ohren ab, angewachsen an den Läppchen. Alte Skrofelnarben zogen sich über den Hals; seine Bewegungen waren hastig, fast epileptisch. Frank Braun dachte: ›Da könnte ich leichter eine Diagnose stellen, als bei der Kranken.‹

»Geben Sie den Puls,« sagte er. Doch die Frau zog den Arm unter die Bettdecke, sah ihn haßerfüllt an.

Er wandte sich an den Bauern, froh, einen Grund zum Gehen zu haben. »Du siehst, deine Frau will nicht,« fuhr er fort. »Wie kann ich da helfen?«

Da sagte der Amerikaner: »Gib deine Hand, Schwester.« Gehorsam hob sie den Arm.

Er fühlte ihren Puls, sah, daß sie ein starkes Fieber hatte. Er ließ sich eine Kerze geben, um besser sehn zu können in der Dämmerung, dann hieß er sie den Mund aufsperren. Die Zunge und die ganze Mundhöhle waren stark belegt. Sie hustete und röchelte.

›Also krank ist sie gewiß,‹ dachte er, ›das steht fest!‹ Er hatte keine Ahnung, was ihr fehlte und überlegte, was er nun tun solle.

»Wie lange hat sie nicht geschlafen?« fragte er unsicher.

Der Amerikaner antwortete: »Seit drei Nächten nicht. Und seit gestern nun sind wir hier und beten mit ihr. Wenn Jesus will, so wird er unsere Schwester heilen. Alles Heil kommt vom Blute des Lammes.«

»Gewiß,« nickte Frank Braun. Er dachte: ›Auf keinen Fall wird es schaden, wenn sie ordentlich schläft; ich will ihr etwas Opium geben.‹

»Wasser!« rief er. »Ich will ihr eine Medizin geben.«

Die Frau schrie, schlug mit den Händen um sich. »Nein, nein, er will mich vergiften!« Dann begann sie laut zu singen und alle Anwesenden fielen ein.

»O Sünder, sieh das Gotteslamm
An dem Kreuz, an dem Kreuz, an dem Kreuz,
Das unsere Schulden auf sich nahm,
An dem Kreuz, an dem Kreuz, an dem Kreuz,
O sieh sein Blut, o hör den Schrei:
Es macht dich los von Sklaverei,
Von Satansbanden wirst du frei
An dem Kreuz, an dem Kreuz, an dem Kreuz!«

Der Bauer winkte leicht mit dem Kopfe und Frank Braun folgte ihm in den vorderen Raum. Venier nahm die Wasserkaraffe vom Bord und stellte sie auf den Tisch.

»Geh und schick mir Mister Peter her,« sagte Frank Braun. Er füllte zwei Gläser halb mit Wasser und gab Opiumtropfen hinein.

Dann kam der Amerikaner. »Was wünschen Sie, Doktor?« fragte er.

»Hier steht die Medizin,« sagte der Deutsche. »Ich gehe nun fort und du wirst sie der Kranken geben. Bleibst du die ganze Nacht hier?«

»Ja,« sagte Pietro Nosclere, »wir werden wachen und beten.«

»Also gut,« fuhr Frank Braun fort. »D.as eine Glas gibst du ihr gleich. Sie wird die Medizin eher nehmen, wenn du sie ihr reichst. – Hoffentlich wird sie sich danach ruhiger fühlen und bald einschlafen. Wenn sie wieder erwacht, wirst du ihr das andere Glas geben. Hast du mich verstanden?«

Mister Peter nickte. »Wirst du es auch tun?« fragte der andere.

Da schwieg der Amerikaner. Aber man sah ihm leicht seine Absicht an: die Gläser zu nehmen – und sie auszugießen, sowie nur jener den Rücken kehrte.

Frank Braun ärgerte sich. Er griff die Schulter Pietros und schüttelte ihn. »Sieh mich an!« herrschte er. »Du wirst das tun, was ich dir sage! Ich will es, verstehst du?«

Der Amerikaner murmelte: »Ja, ich werde es tun.« Er nahm die Gläser und ging zurück zu der Kranken.

Am nächsten Tage traf Frank Braun den Bauer vor seinem Hause. »Nun, wie gehts Eurer Frau?« fragte er.

Mariano Venier antwortete mißtrauisch: »Sie haben ihr nicht geholfen. – Ich werde nichts bezahlen.«

»Ich habe ja nichts verlangt,« sagte der Deutsche. »Und ich will auch gar kein Geld. Ich will nur wissen, wie es der Kranken geht.«

Venier wurde höflicher. »Es geht ihr besser, Herr; sie wird wohl gesund werden. Ich danke Ihnen, daß Sie gekommen sind.« Schnell fügte er hinzu: »Aber gerettet hat sie der Amerikaner.«

Dann drehte er um und eilte in sein Haus.

Das Dorf war voll von der Heilung der Matilda Venier. Man sagte, daß sie unrettbar verloren gewesen, und daß selbst die Kunst des berühmten deutschen Arztes vergeblich gewesen sei. Mister Peter aber habe bei ihr gewacht und gebetet drei Nächte lang und habe ihren Leib gerettet, der schon in den Klauen des Teufels war.

Teresa kam in sein Zimmer. »Nicht wahr, Sie haben die Matilda gerettet – und nicht der Amerikaner?«

Frank Braun dachte: ›Sie wird sich schon selbst gerettet haben.‹ Aber er sagte: »Es wird wohl der Amerikaner gewesen sein. Er hat so schön gebetet.«

Das Mädchen wußte nicht, ob er im Ernste spräche. »Nein, nein!« beharrte sie.

»Doch, doch!« unterbrach er sie. »Ich sagte dir ja, daß ich kein Arzt wäre.« – »Herein!« rief er, als er ein leichtes Pochen an der Türe vernahm.

Das Mädchen öffnete. Als sie Pietro sah, erschrak sie, lief schnell hinaus.

Der Amerikaner kam näher. Frank Braun begrüßte ihn und bot ihm einen Stuhl.

Verlegen rieb sich Mister Peter mit den großen, roten Händen über die Hosen. Dann begann er stotternd, sagte, daß er komme, um sich bei ihm zu bedanken für die Heilung der Schwester. Zwar sprächen alle Leute im Dorfe, er selbst habe die Frau des Venier gerettet, weil es ja niemand gesehn habe, daß ihm der Doktor die Medizin gegeben; er selbst aber wisse es besser.

»So haben Sie die Leute aufgeklärt?« fragte Frank Braun.

»Nein,« sagte Mister Peter, »noch nicht. Aber ich werde es tun, Sonntag nachmittag, in der Versammlung. Ich werde verkünden, daß nicht ich, sondern der deutsche Doktor unsere Schwester gerettet hat.«

Frank Braun sah ihn an. »Das wirst du nicht tun,« sagte er ruhig.

»Und warum denn nicht?« Pietro rückte auf seinem Stuhle hin und her. »Warum denn nicht? – Ich muß es sagen. Es ist die Wahrheit. Man soll der Wahrheit alle Ehre geben.«

»Du wirst es nicht sagen. Ich werde hinkommen und aufpassen. Und wenn du es sagst, so werde ich aufstehen und allen erklären, daß du lügst.«

Der Amerikaner sprang auf von seinem Stuhle, aber Frank Braun faßte ihn am Arme und drückte ihn wieder nieder. »Bleib nur sitzen,« fuhr er fort, »du wirst mich gleich verstehn. – Nicht ich heilte die Frau des Mariano Venier: du tatest es!«

Pietro griff mit beiden Händen an den Kopf. »Ich?« stammelte er. »Ich? – Aber Sie gaben mir doch die Medizin?«

Frank Braun log. »Nein, ich gab dir nur klares Wasser. Ich bin kein Arzt. Ich kann nicht heilen. Nur du hast die Kranke gerettet – du und dein Gebet. – Dir gab der Herr Jesus die Macht der Gnade, nicht mir!«

Pietro drehte seinen Hut in den Händen. Mühsam grübelte er, langsam bildeten sich in seinem Hirne die Gedanken. Frank Braun wiederholte ihm noch einmal eindringlich das alles; dann erst begriff er.

Er stand auf, seine Augen glühten. »Herr Doktor,« fragte er, »ist das wirklich wahr?« Frank Braun griff die ausgestreckte Hand und schüttelte sie kräftig. »Ja! Das ist wirklich wahr!« Und er dachte: ›Warum sollte ich nicht lügen, wenn es dir so gefällt?‹

Eine seltsame Lust kitzelte ihn, wie er den Amerikaner betrachtete. Der hob die Brust, dehnte die schmalen Schultern, es war, als ob er wüchse im Augenblicke. Er streckte die Hand aus, öffnete halb die Lippen, als wollte er zu seiner Gemeinde sprechen.

Frank Braun dachte: ›Du solltest mir dankbar sein, mein Junge. Nun glaubst du erst an dich.‹

Er geleitete ihn zur Türe; der Amerikaner schritt schwankend, unsicher, fast wie ein Berauschter. Auf seinen dünnen, blutleeren Lippen lag ein stolzes, triumphierendes Lächeln. Aber es verschwand im Augenblicke, wie er den andern ansah, wie er sich nur dessen Daseins wieder bewußt wurde. Er zweifelte nicht an sich, aber mit dem großen Glauben zu sich selber gewann er noch einen andern Glauben: den an die überlegene Macht des Fremden.

Demütig sagte er: »Ich danke Ihnen, Herr Doktor.«

Frank Braun erwiderte: »Nichts zu danken. – Nächstens werde ich in deine Versammlung kommen.« Er winkte mit der Hand. »Fahr wohl, Elias.«

Pietro öffnete die Türe, grüßte. – Plötzlich blieb er stehen, fragte stotternd: »Herr, – warum nennen Sie mich – Elias?«

Frank Braun dachte: ›Häßlicher Narr! – Fühlst du dich nicht schon als Prophet?‹ – Und er sagte: »Geh nur. Ich werde es dir ein andermal sagen.«

Kaum war Pietro aus dem Hause, als Teresa wieder in sein Zimmer trat.

Sie schien aufgeregt, ihre Wangen brannten. Atemlos fragte sie: »Was hat er gesagt? Weshalb kam er her?«

Frank Braun antwortete: »Was gehts dich an? – Er kam zu mir und nicht zu dir.«

Aber sie zitterte, keuchte. »Ich will nicht, daß er hierherkommt! Er soll nicht kommen!« – Sie trat dicht zu ihm, griff seinen Arm.

Er sah sie scharf an, da zuckte sie zusammen. Leise, wie entschuldigend, sagte sie: »Er hat den bösen Blick.«

Frank Braun zog sie zu sich hin, setzte sie leicht auf sein Knie. Sie wollte sprechen, aber er winkte ihr ab, bedeutete sie still zu sein. Er lehnte ihren Kopf an seine

Schulter, dann strich er schnell mit der Hand über ihre Schläfen. Sie wehrte sich nicht, ruhig atmend lag sie an seiner Brust.

Er hielt sie mit der Linken, während seine Rechte die einschläfernden Striche machte. Er beobachtete sie scharf, sein Blick grub sich in ihre Augen. Dann plötzlich stockte das leichte Blinzeln ihrer Lider, die Bindehäute röteten sich leicht, die Augen standen weit offen.

Befriedigt nickte er. Er stellte sie auf, sie blieb auf dem Flecke stehn. Er erhob sich, nahm ihren Arm, ihre Hand. Alle Glieder zeigten große Nachgiebigkeit, machten automatisch die Bewegungen, die er wünschte, verharrten steif in der Stellung, die er ihnen gab. Große Tränen tropften aus den Augen der Kataleptischen.

Er stach sie heftig mit einer Nadel in die Arme, ihr Gesicht zeigte keinen Ausdruck des Schmerzes. Das genügte ihm, er hatte wenig Lust zu oft wiederholten Spielereien. Rasch schloß er mit dem Finger ihre beiden Augenlider.

Ihre Augen öffneten sich wieder, schlossen sich dann von neuem. Standen noch einmal weit auf und blieben schließlich halb geöffnet stehn. Die Augäpfel waren krampfhaft nach oben gerichtet, die Lider in heftig schwingender, zitternder Bewegung. Ihr Kopf hing tief auf die Brust herab, das leichte Geräusch einer schluchzenden Bewegung drang aus der Stimmritze. Er hob ihren Arm: wie Blei fiel er herab. Er nahm ihren Ellenbogen und suchte den Nerv, drückte ihn stark. Sofort zogen sich die Muskeln, die dieser Nerv bediente, heftig zusammen, ihre Hand formte sich zu einer Kralle.

»Lethargie,« murmelte er. »Nur zu, mein Kind – es ist nicht gut, einen eigenen Willen zu haben!«

Er drückte sie zurück auf den Stuhl, setzte sich vor sie auf den Tisch und zündete eine Zigarette an.

Er schaute sie an, rauchte und grübelte. ›Wie seltsam das doch ist,‹ dachte er, ›sieht es nicht aus, als ob ich der Zauberer wäre? – Und doch weiß ich gut, daß nicht ich die Kraft habe, sondern nur du, mein Kind! – Und wenn ich je mit dir, oder mit dem Narren, den du nicht leiden magst, dem Amerikaner, etwas machen werde, so ist es doch immer nur eure Kraft, die es schafft und nicht die meine! Ich kann nur denken, ihr aber könnt handeln! – Die Wissenschaft sagt, daß ihr arme Kranke seid, und sie hat wohl recht. – Sie will euch heilen, wenn sie es kann. Ich aber bin kein Arzt und ich will euch nicht heilen. Eure Krankheit ist eine Kraft und ich will sie benutzen, wie ich es kann.‹ Er seufzte und warf seine Zigarette durch das offene Fenster. ›Das heißt,‹ fuhr er fort, ›wenn ich Lust habe. – Wer weiß, ob ihr mich morgen noch interessiert? – Vielleicht lohnt es sich der Mühe nicht, euch Puppen tanzen zu machen – wer kann das wissen? Vielleicht seid ihr nur dummes, hysterisches Dutzendzeug, Klinikfutter für neugierige Aerzte! – Denn, siehst du, mein Kind, auf der Bühne, wo ich Herr bin, soll es hoch hergehen! Haupt- und Staatsaktionen!‹ – Er zeigte mit der Hand durch das Fenster, auf das Dorf und den See. »Da schau her, mein Püppchen,« rief er, »da liegen deine Bretter! Willst du tanzen? Einen hübschen Pas de Deux mit deinem lieben Mister Peter? Das ganze Dorf stellt den Chor.« Er lachte laut. »Ah, es müßte ein hübsches Stück werden. – Denn ich bin kein Arzt. – Dank dem Himmel! Ich bin ein Scharlatan. Aber nur ein Scharlatan kann Wunder wirken.«

Er schwieg, trat zu ihr hin. »Komm, mein Kind,« sagte er, »wir wollen einen Schritt weiter gehen.« Er legte ihr die Rechte auf den Kopf, strich mit dem Zeigefinger, löste einen leisen Reiz aus vom Scheitel her. Nach wenigen Augenblicken schlossen sich ihre Augen vollständig, dann holte sie tief Atem, die Lethargie verschwand. Mehr aus Gewohnheit, als um sich von dem Eintreten des dritten Zustandes ihres Schlafes zu überzeugen, machte er einige Versuche; stellte fest, daß durch einen leichten Hautreiz sich die Muskeln der Somnambule zusammenzogen und ebenso leicht durch dieselbe Bewegung wieder lösten. Er sprach sie an, gab ihr ein paar Befehle; sie antwortete leise und führte sofort aus, was er wünschte.

Dann langweilte er sich, dachte daran, sie wieder zu erwecken. Und nur obenhin, ohne rechten Glauben an Erfolg, machte er einen weiteren Versuch.

Er befahl ihr, weit die Augen zu öffnen. Und plötzlich, ohne Uebergang, brachte er sein Gesicht ganz nahe an das ihre, sah sie starr, durchdringend an. Ihre Wangen röteten sich, alles Blut stieg ihr zu Kopf, die Pupillen dehnten sich mächtig. Er griff ihre Hand, ohne den Blick zu senken und zählte den Puls – hundertundfünfundzwanzig Schläge. – Und nun hing sie, klebte sie an seinem Blick.

Er ging rückwärts; das Mädchen folgte ihm, den Kopf weit vorgestreckt, die Schultern in die Höhe gezogen, die Arme lang am Körper herunterhängend. Eigentümlich leer schien ihr Gesicht, unbeweglich die Züge. Die Augen waren starr, nicht eine Fiber zuckte, nicht ein Wort kam über die hart geschlossenen Lippen. Versteinert war dieser Ausdruck und ihr Hirn trieb nur einen Gedanken: diesen leuchtenden Punkt, seine Augen, nicht zu verlieren – mochte es auch eine Welt kosten.

Und das war das Große: jetzt fühlte das Mädchen, was mit ihm geschah. Sie war bei hellem, klarem Bewußtsein, jede kleinste Bewegung prägte sich in ihr Hirn. Er schritt rasch auf sie zu, kniff sie in den Arm, nahm vom Tische ein scharfes Messer, stach sie zwei-, dreimal, daß das Blut hell floß. Sie sah es wohl und wußte, was er tat, aber sie spürte keinen Schmerz und es war ihr nicht unangenehm. Nicht einmal Angst fühlte sie – unbeweglich, starr hing sie an seinen Augen, wie ein kleiner Vogel an dem Blick der Schlange.

Frank Braun hielt sie an seinen Augen. Aber sein Blick wurde froh, still lächelnd, wie eine süße Wärme fühlte er eine große Freude in sich wachsen. »Die Verzückung!« murmelte er. »Oh, das Mädchen ist gut – sie ist gut!«

Er nahm ihren Kopf in die Arme und blies sie leicht auf die Augen. Sofort wachte sie, der starre Ausdruck verlor sich, alle Beweglichkeit kehrte zurück. Sie schien erstaunt und verwirrt, aber nicht ängstlich. »Was hast du mit mir gemacht?« fragte sie.

Er antwortete: »Du weißt es ja.« Dann hob er ihren Arm und küßte ihr das Blut von den Wunden. »Tat es weh?« fragte er.

Sie lächelte: »Nein, gar nicht! Aber warum hast du es getan?«

»Warum?« lachte er. »Warum? Ich weiß es nicht. Und wenn ichs wüßte und es dir sagte, so würdest du es doch nicht verstehen. – Darf ich nicht machen mit dir, was ich will?«

Sie küßte ihm beide Hände. »Doch,« sagte sie, »du darfst alles tun, was du willst.«

Er dachte: ›Wie rührend! Mit deiner gütigen Erlaubnis und der deines Vaters und deines Beichtvaters! – Nun, ich habe ja auch jetzt deine Erlaubnis erst nach dem Feste bekommen!‹ Aber er sagte: »Danke schön, du bist sehr lieb. – Nächstens wirst du mit mir in die Versammlung des Amerikaners gehen.«

Sie senkte die Augen und gab keine Antwort. Ihre Brust hob sich und er sah, wie sie kämpfte. Endlich sagte sie still: »Ja.«

»Doch noch ein bißchen Willen?« fragte er leise. »Komm her, mein Kind.«

Er zog sie an sich, fuhr ihr leicht mit der Hand über Kopf und Gesicht, über Schultern, Arme und Brust. Hier und da machte er einen leichten Strich, suchte irgendwo eine bequeme hypnogene Stelle. Endlich fand er eine, unten an der Maus des linken Daumens. Er drückte sie leicht, sofort fiel das Mädchen in Schlaf.

Aber er blies sie gleich wieder an und erweckte sie. ›Nun ist sie mein Ding,‹ dachte er.

– »Du, ich habe schrecklichen Hunger!« sagte er. »Gibt es nichts zu essen heute abend?«

»Doch, doch,« rief sie, »ich laufe gleich in die Küche! Im Augenblick ist alles fertig.«

»So eil dich,« sagte er. »Und dann wollen wir im Boote hinausfahren in den See. Du ruderst und ich will dir erzählen. Magst du?«

Sie fiel ihm um den Hals. »Ob ich mag!«

Er küßte sie leicht. »Aber weißt du, kein dummes Zeug von meinen Arbeiten da. Ich will dir ein Märchen erzählen.«

Da jauchzte das Mädchen: »Ja – ja! Ein Märchen! Ein Märchen!«

Er trat ans Fenster, sah wie sie zum Garten eilte, die Erdbeeren zu pflücken. Da lief ein Bub auf sie zu, brachte ihr in beiden Händen große Buschen weißer Johannisranken. Er erkannte ihn, es war der kleine Junge, den er gesehn hatte, als er zum erstenmal hinabstieg in das Tal von Scodra. Er winkte ihm zu und fragte: »Wie heißt du?«

Teresa sah hinauf. »Er versteht nicht,« sagte sie. »Gino heißt er; er ist taubstumm.« Sie streichelte ihm die Wangen und machte ihm Zeichen mit den Fingern; da sah der Bub zum Fenster hinauf, wurde rot und grüßte täppisch und verlegen.

Frank Braun fragte: »Er ist dein Schützling?«

Das Mädchen nickte. »Ja, das ist er wohl. Er ist ein Gemeindekind, hat weder Vater noch Mutter; niemand bekümmert sich um ihn.« Sie machte ihm wieder ein paar Zeichen mit den Händen; sein mageres Gesicht strahlte, rasch lief er zur Küche.

Der Deutsche stieg die Treppen hinab. Er warf einen Blick in die Küche, da lag der kleine Bub schon auf dem Boden neben dem Herde und schnitt Späne. Der Knecht trat hinein, nahm einen schweren Korb von den Schultern und schüttete die Holzkloben vor ihm auf die Erde. Marfa, die Ziege, lief hinter ihm her.

»He, Angelo!« rief ihn Frank Braun an. »Wie geht es der Frau des Venier?«

Der Knecht blieb stehn und zog die Achseln hoch, über sein Gesicht legte sich wie stets ein breites, blödes Grinsen.

Frank Braun sah dieses dumme Lachen – war es denn nicht möglich, diesen ewigen dumpfen Gleichmut ein einziges Mal aus dem Lot zu werfen? Eine übermütige kindische Lust faßte ihn, er sprang die Steintreppe hinab und schlug Rad vor dem Hause wie ein tollgewordener Kreisel. Dann zog er den grinsenden Knecht aus der Türe, stellte ihn in der Mitte auf und sprang Bock über ihn. Endlich stellte er sich auf den Kopf, lief dann auf den Händen hin und zurück, sang dazu und brüllte wie ein Besessener. Teresa kam aus dem Garten zurück, den Korb mit den Erdbeeren in der Hand; einen Augenblick starrte sie verwundert auf sein tolles Treiben, dann schrie sie hell auf und setzte sich lachend auf die Steinbank. Gino, der Bub, guckte aus der Türe, seine schwarzen Augen funkelten; er klatschte voller Freude in seine Hände.

Aber der Knecht stand stumm und dumm wie ein breiter Klotz auf seinem Fleck und rührte sich nicht. Frank Braun sprang auf die Füße, schlug dann einen mächtigen Purzelbaum, der ihn dicht vor Angelo hinwarf.

»Nun, Angelo,« rief er, »gefällt dir das?«

Der Knecht grinste verlegen. »Herr,« stammelte er, »ich bin nicht von hier!«

V

Die Dinge sind – weil wir sie sehn.
Osc. Wilde, Verfall der Lüge.

Das Mädchen löste den Strick vom Pfahle, setzte sich auf die Bank und griff die Riemen. Er nahm das Ruder, lenkte mitten in den See.

»Alle Hände!« rief er. Lachend legte sie sich ein. Sie war stark genug; das Boot glitt schnurgerade über den See, hart auf das Westufer zu. Er machte eine schöne Schleife, daß sie dicht unter den Felsen drehten, und gab scharf acht – kaum einen Zoll vom Steine tauchte der Riemen ins Wasser. So hetzte er sie, rund herum um den See, dicht am Ufer entlang. Und noch einmal.

Heiß ward ihr, sie schlug die Aermel hoch und knöpfte die Bluse auf. Ihre Muskeln strafften sich, mit aller Kraft lag sie in den Riemen. Aber ihre Augen leuchteten vor Stolz, als er sie lobte.

Zwischen dem Schilf hieß er sie die Riemen ins Boot legen. Sie lagen still unter den hängenden Weiden, deren lange Zweige ein dichtes Nest um sie bauten. Der Mond stieg im Westen über die Berge und warf hundert tanzende Silberflocken durch die Blätter. Hinten sprang die Fiavè mit langen Sätzen von dem Felsen, ihr Rauschen hüllte die beiden wie ein weiter grauer Mantel.

Da stand das Mädchen auf von ihrer Bank und saß nieder zu seinen Füßen. Sie warf die Zöpfe nach hinten und blickte zu ihm auf. »Erzähle!« bat sie. »Das Märchen!«

»Das Märchen?« fragte er langsam. »Ach, es ist eine traurige Geschichte.«

Seine Hand ruhte auf ihrem Kopfe und doch fühlte er sie nicht. Er blinzelte durch die Zweige nach dem hellen, stillen See – und hinauf in den Mond. Er fühlte sich sicher in seinem einsamen Versteck im Tale von Scodra, rings wohl gedeckt von himmelhohen Bergen. Und nun da wieder still verborgen in dieser grünen Grotte – weit ab von allem Leben. Hier war er sicher vor allen Menschen und kein Feind mochte ihn finden in diesem Mauseloch. Hier war er allein.

Wohl war etwas bei ihm. Ja. Was nur? Etwas, das ihn liebte, etwas, dessen Dasein ihm eine stille, frohe Ruhe gab. Marfa, die Ziege. Oder der Kater. Oder auch Teresa. Irgendeines. Gewiß aber ein Stück der Natur – da galt es ja gleich, wie es hieß. Er fühlte nur: irgend etwas war da, das Leben hatte und Atem, das ein Fremdes war und das doch sein Ding war, welches ihm gehörte.

Das war es, was er brauchte. Ein stummes Ding, zu dem er sprechen konnte.

Er kannte es wohl, dies Gefühl, das allen Menschen eignet. Diese große Sehnsucht zur Beichte. Fromme Leute haben es gut, dachte er, sie gehen zum Priester. Und die nicht fromm sind, wählen doch einen Beichtvater, gehen zur Geliebten oder zum guten Freunde. Der muß hören und der muß vergeben.

Er aber hatte keinen Freund und hatte keine Geliebte.

Früher hatte er einen Pudel gehabt, und den großen Augen dieses Tieres hatte er vieles erzählt. Wenn er ihm die Hand leckte, wenn er wedelte mit dem Schwanz, dann war ihm vergeben.

Aber sein Pudel war tot.

Er streichelte Teresa, wie seinen treuen Hund. Es war ihm, als ob er zu Hause läge, wie in alter Zeit, als er zur

Schule ging. Auf weichen Fellen lag er vor dem Kamin, abends zur Dämmerung, wenn kein Mensch da war in dem großen Hause. Er nur allein und das schwarze Tier.

»Komm, Ali, komm,« sagte er, »ich habe so lange nicht gesprochen mit dir! Komm du, ich habe dir so viel zu erzählen!«

Das Mädchen kauerte still zu seinen Füßen, regte sich nicht.

Er sprach: »Siehst du, mein gutes Tier, das ist nun wieder passiert. Erinnerst du, wie wir zwei spazierengingen, eines Abends in der letzten Woche, unten am Schlosse? – Da kam Thekla! – Nein, nein, du weißt es nicht, du warst ja unten im Garten, die Enten zu jagen. – Immer mit deinen Enten! Gestern ist wieder ein Protokoll von der Polizei gekommen – zehn Mark, weil es schon das dritte Mal ist in diesem Herbste. Die Mutter ist böse und sagt, sie zahle es nicht und ich müsse dich abschaffen. Aber sie zahlt es doch und ich schaffe dich nicht ab. – Uebrigens: was möchte es nützen, wenn man dich auch abschaffte? Du wärst ja doch am andern Tage wieder da!

Ja, du hast es gut! Du benimmst dich gar nicht wie ein wohlerzogener Hund. Du zerkratzt die Beete und jagst die Enten und zerreißt den Leuten die Hosen, die du nicht leiden magst. Das ganze Haus machst du schmutzig, so daß man auf den Treppen schon keinen Läufer mehr legen kann. Zweimal am Tage müssen die Mädchen von oben bis unten aufwaschen, deinetwegen, und um dich reinzuhalten brauchen sie Stunden, du Schmutzfink du! Wenn ich zwei Paar reine Stiefel gebrauche am Tage, dann maulen sie, aber hat sich je eine beklagt über die Arbeit, die du ihnen machst? Sie sind stolz, wenn du gnädig einmal in die Küche gehst oder gar eine begleitest ein paar Straßen weit. Ja, schlag nur den Takt mit dem Schwanze dazu, ich weiß recht gut, daß das deine Art ist, mich auszulachen.

Komm, sei brav, Ali! Sag mir doch, wie du es machst, daß alle Menschen gut sind zu dir?

Denn sieh, zu mir ist niemand gut. Niemand. Alle quälen mich. Alle treten mich. Alle schlagen mich.

Hör zu:

– Also Thekla kam den Graben entlang am alten Schlosse. Ich wurde rot und schämte mich. Ich schäme mich immer.

Lieber Hund, warum nur? Warum? Warum hab ich immer dieses gräßliche Gefühl?

Wenn ich ein Schulheft kaufen soll, stehe ich eine Viertelstunde vor dem Ladenfenster und wage nicht hineinzugehen. Ich schäme mich. – Wenn Besuch ist im Hause, so komme ich nicht heraus aus meinem Zimmer. Ich schäme mich.

Warum denn nur? Ich weine vor Wut und beiße in mein Taschentuch und es nutzt nichts.

– Thekla kam daher. Ich schämte mich und wurde rot und grüßte sie nicht. Dann ging ich ihr nach und wollte sie ansprechen. Sie ging langsam und an der Ekke wartete sie ein wenig. Aber ich drehte wieder um und sprach sie nicht an. Ich schämte mich.

Als ich zuhause war, schrieb ich ihr. Oder vielmehr, ich wollte ihr schreiben. Aber es wurde nichts daraus: ich schämte mich zu sagen, daß ich mich so schämte.

Dann kam es, daß ich ein Gedicht machte. Ich schrieb es ab und schickte es ihr.

Weißt du, Ali, was sie getan hat? Sie hat es ihrer Tante gegeben! Und die Tante hat es meinem Mathematiklehrer geschickt. Und der hat es dem Direktor gebracht. – Nun habe ich zum Samstag zwei Stunden Karzer und der Mutter werden sie's auch noch sagen und das ist das Schlimme.

Siehst du, das ist passiert.

Nun sag doch, was hab ich getan, daß sie alle so schlecht zu mir sind? Wenn Thekla mein Gedicht nicht mag, warum zerreißt sie es nicht? Und die Tante – warum ruft sie mich nicht? Sie kommt doch oft genug her ins Haus – ich hätte ihr gewiß gerne versprochen, nie wieder ein Gedicht der Thekla zu machen. – Nein, sie schickt es aufs Gymnasium! Wenn sie es noch dem deutschen Professor gegeben hätte oder dem griechischen – die sie doch auch kennt! Die hätten ja beide gelacht und mir nur einen Verweis gegeben.

Aber nein – sie muß es dem ekligen Mathematikprofessor schicken! Weißt du, warum? Weil sie recht gut weiß, daß ich gar nichts kann in der Mathematik, und daß der dumme Kerl mich nicht ausstehn mag. Darum! – Und der natürlich muß auch gleich ein großes Geschrei machen und zum Direktor laufen!

Was habe ich nun getan? Ich habe die Thekla nicht gegrüßt, das ist wahr. Aber sie weiß doch recht gut, daß ich sie sehr gerne grüßen will, und mit ihr sprechen und noch viel mehr. Und dann habe ich ihr ein Gedicht gemacht. Ja, das ist doch auch nichts Böses? Ich habe es doch gemacht, weil ich sie lieb hab und weil ich mich entschuldigen wollte. – Das war sehr unpassend, sagte der Direktor. Wenn ich schon Gedichte mache, dürfe erstens, sagte er, nichts von Mädchen darin stehn. Nun frage ich dich, Ali, was soll denn sonst darin stehn? Ich kann ihr doch keine Ballade machen mit Riesen und Rittern – weil ich sie nicht gegrüßt habe und mich nun entschuldigen will! Und zweitens, sagte er, dürfe ich keinesfalls so ein Gedicht abschicken. Ja, aber die Dichter haben doch sicher ihre Gedichte auch abgeschickt, an die, für die sie bestimmt waren. – Man kann sie doch nicht liegen lassen, bis man ein Buch voll hat!

Nein, ich habe ihr nichts Böses getan, der Thekla. Den ganzen Sommer über habe ich jeden Tag Rosen geschnitten im Garten – die Mutter schimpfte, wo sie nur immer blieben. Ihr kleiner Bruder mußte sie ihr bringen. Das habe ich getan. Sie hat sie alle genommen und nun hat sie mich der Tante verklatscht. Und dieser selben alten Tante habe ich vor drei Wochen erst zwei von meinen weißen Meerschweinchen geschenkt, als sie bei uns war. Sogar dem alten Mathematikprofessor habe ich einmal etwas Gutes getan; er verlor neulich sein Taschentuch auf der Straße und ich hob es auf und brachte es ihm.

Warum also sind sie alle so schlecht zu mir?

Schau, Ali, ich bin gut zu dir, nicht wahr? Und ich möchte gut sein zu allen Menschen – aber man darf es nicht. Alle tun mir Böses an, alle. Nur die nicht, die mich gar nicht kennen.

Du darfst es mir ruhig glauben, Ali, ich kenne keinen, gar keinen Menschen, der mir nichts Böses tut. Sag mir, wie muß man es machen, daß sie gut sind?«

Er schwieg, seine Augen blickten sehnsüchtig durch die Zweige.

Das Mädchen zu seinen Füßen trank seine Worte. Sie verstand gar nicht, was das alles sollte, aber seine weiche, traurige Stimme trieb ihr Tränen ins Auge. Sie sah ihn an, die blonden Haarsträhnen fielen ihm über die Stirne, die jungen Lippen standen halboffen über den blanken Zähnen. Seine Hände ruhten auf den Knien, als ob sie ein offenes Buch hielten, aber er blickte weit darüber hinweg.

Wie ein fünfzehnjähriger Bube sah er aus, der da vor ihr saß, einsam, totverlassen auf weiter Welt.

Sie hätte aufspringen mögen und seinen Kopf an ihre Brust betten; wie eine Mutter fühlte sie für ihren armen Jungen.

»Nun bin ich wieder zurück,« sagte Frank Braun. »Wieder einmal. Komm her, komm dicht zu mir, mein gutes Tier!

Weißt du, warum ich so gerne zurückkehre in den Ferien? – Um dich zu sehen, du alter, lieber Kerl.

Warum ich dich nicht mitnehme zur Universität, so wie früher? Sieh, es geht nicht, wirklich nicht! – Was hast du denn auch draußen? Nur mich! – Hier aber hast du alles und darfst tun, was du willst, und bist der Herr!

Draußen bist du nur – irgendein Hund.

Da! Ich hab dir ein Halsband mitgebracht. Sieh dirs nur an, ein schöneres gibt es nicht in der Welt! Es ist ganz aus getriebenem Silber und zeigt den Jagdzug der Diana. Ascanio von Tagliacozzo arbeitete es, Benvenutos Schüler, für die starke Dogge der blonden Herzogin von Ferrara.

Weißt du, wer mirs gab? Eine schöne und kluge Frau. Und es bedeutet, daß sie mich nie wieder küssen will – nie wieder, verstehst du wohl?

So war es, mein liebes Tier. Ich war im Palazzo Gerelli, wie in jeder Nacht. Als wir aufwachten, ich und die schönste Frau in Pisa, brannten die gelben Becken noch und zugleich drang ein weißer Schein durch die offne Tür vom Altane her.

Das ist ein häßliches Gift, weißt du, das erste Licht des jungen Tages. Es macht die Menschen schlecht und böse.

Wir lagen auf dem breiten zerwühlten Bett; Wein stand auf dem Tische in Karaffen und Gläsern, und hohe Schalen standen dabei mit Früchten und Gebäck. Reste unseres Mahles vom Abende. Und viele Rosen, in Gläsern und Vasen und zerstreut auf dem Boden und in den Kissen. Meine Laute aber hing über dem goldenen Bettpfosten.

»Spiele,« sagte die schöne Fürstin Ginevra.

Aber ich war müde und wollte nicht spielen; auch war eine Saite gerissen auf der Laute. Der Raum war voll von einem schweren Hauch, es war als ob da tiefe Schatten lägen von dem Dufte des Malvasiers, von den heißen Rosen und dem Rauche der myrrhengetränkten Becken. Aber ihr nackter Leib und alles Linnen atmete den Duft Armide de Perse und ein schwüler Klang schwebte daher von wehen Umarmungen, die nun alle tot waren.

Ihre Lippen bluteten und sie sagte: »Singe!«

Ich nahm die Laute und zog eine neue Saite auf. Und ich nahm die Malmaisons und gab sie ihr ins Haar, grüne Ranken dazu, und weiße Boules de Neige, die alle Träume binden.

Ich sang ihr Lancelots Lied und ich sagte:

»Amor, che a nullo amato amar perdona,
Mi prese del costui piacer' si forte
Che, come vedi, ancor' non m'abandonna.«

Dann nahm sie Kirschen von den Schalen und wand sie um ihre Zehen. Und sie gab mir den süßen Fuß zum Kusse und ich aß die Kirschen und küßte ihre Zehen – eine Kirsche um einen Kuß – einen Kuß um jede Kirsche.

Sie legte kleine, blaue Feigen auf ihre Brüste und süße Erdbeeren in ihren Schoß. Und ich küßte ihre Brüste und ihren Schoß und ich aß die Feigen und die Erdbeeren. Und ich trank den Wein, den sie mir bot in ihren blutenden Lippen.

Sie fragte mich, ob es etwas gäbe in der Welt, das ich noch liebe, außer der Ginevra Gerelli.

Und ich sagte, daß es nichts gäbe in der weiten Welt, das ich noch liebe, außer dem Leibe der schönen Ginevra Gerelli.

Da sagte sie, ich solle es schwören bei der Madonna und bei allen Heiligen.

Ich aber schwur ihr bei der Madonna und bei allen Heiligen, daß es nichts gäbe, das ich liebe, außer dem süßen Leibe der Ginevra Gerelli.

Und ich sann nach, und es war wirklich wahr, daß ich nichts liebte in der Welt – außer dieser Frau.

Nichts, gar nichts – nur dich, mein schwarzes Tier.

Ich lachte und ich sagte der Fürstin, daß es doch noch ein Ding gäbe, das ich liebte. Mein schwarzer Pudel, zu Hause, am Rhein.

Da richtete sie sich auf, und des frühen Tages giftiges Licht sprang in ihre Augen. Grün wurden sie und bitterböse und grausam. Und sie sagte, ich müsse nach Hause fahren, am Tage noch, und müsse den Hund töten.

Ich müsse dich töten, sagte sie.

Ich weigerte es, da weinte sie und jammerte. Sie lag an meinem Halse und sie bat und flehte, ich solle dich töten, dich töten.

Und sie riß sich los und sagte, sie wolle selbst fahren und wolle es selbst tun.

Aber meine Sinne waren trunken von dieser Nacht und von aller Liebe und allem heißen Duft. Und ich rief, daß sie eher mich töten müsse, als meinen schwarzen Hund.

Sie schlug mich und schalt, und sie schrie, daß ich sie nicht liebe. Ich wußte wohl, daß ich nur ein Wort zu sagen brauchte, nur sagen, daß ich es tun wolle. Sie würde es doch vergessen haben zum Abende.

Aber ich konnte es nicht sagen. Nicht einmal sagen konnte ich, was sie wollte. Sie raste und ihr Schrei gellte in mein Ohr. Oh, ich hätte sie morden mögen, da sie nicht abließ, mich zu quälen.

Da nahm ich den langen Dolch, der auf dem Tische lag. Ich drückte ihr den Griff in die Hand und bot ihr meine Brust. Sie möge nur zustoßen, rief ich. Dann würde sie auch meinen Hund töten – denn er möchte wohl sterben vor Gram, wenn ich nicht mehr heim käme.

Die Fürstin Ginevra hob ihren Arm – einmal, zweimal hob sie den Arm gegen meine Brust. Und wieder hob sie ihn, ein drittes Mal, gegen die eigene Brust. Aber sie stieß nicht zu.

Sie lachte – wie wohl einer lachen mag, der seine Mutter erschlug. Sie sprang auf vom Bett und ging an den Schrank. Sie zog den Kasten heraus, der ihre Juwelen hielt und nahm das silberne Halsband. Sie warf es mir zu, wie ein Stück Brot dem Bettler.

Sie sagte: »Da, Knabe, bring das deinem Hunde!«

Und wieder lachte die nackte Fürstin Ginevra Gerelli und wandte sich und warf keinen Blick zurück und schritt aus dem Raum.

Hier, Ali, mein schwarzer Pudel, hier ist dein Halsreif. Ascanio von Tagliacozzo schuf ihn, Cellinis Schüler. Trag ihn, mein liebes Tier – es kleben Tränen daran.

Tränen von mir – den du lieb hast.

Denn ich liebte diese schöne Frau. Ich weiß nicht, wie andere Männer lieben, aber es deucht mich, daß keiner je sie besser liebte als ich. Ich machte einen Tempel aus ihrem Leibe –

Und sie jagte mich fort.

Nun bin ich wieder zu Hause, bin bei dir. Willst du mich trösten? – Weißt du, es ist gut, einen großen Schmerz zu haben, weil man alle die kleinen vergißt.«

Frank Braun lachte. »Nein, es ist nicht wahr, was ich sage. Man vergißt nichts, weder die großen noch die kleinen Schmerzen. Alle kommen wieder, zu irgendeiner Stunde tauchen sie auf, in endloser Reihe. Und martern und quälen.

Nur die Freuden schwinden – im Augenblick. Aber die Schmerzen bleiben. Des Menschen Seele ist ein goldener Gral mit blitzenden Steinen. Aber drinnen kriechen schwarze Würmer.

Weißt du das, Teresa?

Sie fressen uns auf, dich und mich und alle Menschen, die eine Seele haben. Ich weiß nicht, ob du eine Seele hast, und ich wünschte, du hättest keine, mein armes Kind. – Aber mir gab ein schlimmer Teufel eine Seele, nun lauf ich damit herum mein Leben lang.

Ali, mein schwarzer Pudel, hatte auch eine Seele. Und seine Seele liebte meine Seele. Nun ist er tot und seine arme Seele fliegt einher durch alle Welt und ich suche sie. – Aber ich finde sie nie.

Ich weiß nicht, vielleicht starb sie auch, als mein Hund starb. Vielleicht fressen sie die Würmer in meinem Garten, wie sie seinen Leib fressen.

Soll ich dir sagen, wie er starb?

Einmal war ich zu Hause, wieder einmal. Wir gingen aus, am alten Schlosse vorbei, den Graben entlang. Da kam ein Wagen und darin saß mein guter Freund. Er hielt an und wir sprachen zusammen. Mein Pudel aber mochte den Wagen nicht leiden und die Pferde nicht, weil ihn, vor Jahren einmal, der Kutscher mit der Peitsche schlug. Als wir einander die Hand reichten und Lebewohl sagten, bat ich meinen Freund, einen Augenblick zu warten, ich wollte den Hund an die Leine nehmen. Er aber lachte und winkte dem Kutscher und fuhr davon. Da jagte der Pudel wild in die Pferde und bellte sie an. Eines trat ihn; er fiel, und der Wagen ging über ihn hin. Da lag er und richtete sich auf mit den Vorderbeinen, mit zerbrochenem Rückgrat. Und suchte den Leib nachzuschleppen und sah mich an. Ich hob ihn auf und trug ihn nach Hause in meinen Armen, eine halbe Stunde weit. Der Arzt kam und untersuchte ihn und schüttelte den Kopf. Er lag in meinen Armen auf den weichen Fellen am Kamin, wo wir so oft gelegen. Er klagte nicht und er jammerte nicht. Er sah mich an und leckte die Tränen, die auf meine Hände fielen.

So starb er.

Ich grub ihm ein Grab in meiner Mutter Garten. Eine große Yucca wächst darauf. Manchmal denke ich, daß sie tief hinunter reicht mit drei langen Wurzeln. Zwei stecken in den Höhlen seiner Augen, die dritte aber treibt aus seinem Herzen. Und die starken Wurzeln saugen und trinken, und mein toter Freund wird immer kleiner und immer geringer und die große Yucca immer mächtiger und immer schöner und herrlicher. Hundert weiße Glocken läutet ihr starker Stab.

Dann meine ich wohl: *sie* ist mein Freund.

Aber ich kann nicht zu ihr sprechen. Die Yucca ist blind und böse – so sind alle Wesen, die blind sind. Sie haben keine Seele.

Nein, nein, die Yucca ist nicht mein schwarzer Hund. Sie hat ihn gefressen, wie er tot im Grabe lag.

Siehst du, kleines Mädchen, so herrlich sieht sie aus – und so schlecht ist sie doch!«

– Teresa sah, wie seine Augen leuchteten. Die Lippen zogen sich zusammen, schmerzlich, doch voll hoher Sehnsucht, es schien ihr, als ob er zwischen den Zähnen eine halboffene, glührote Rose halte. Seine Arme hoben sich leicht, wie zum Greifen: irgendein großer Traum wuchs in des Jünglings Seele. Er aber wollte ihn fassen und formen und zum Leben küssen.

Und das Mädchen dachte, daß sie glücklich wäre, wenn sie nur ein kleines Stäubchen sein könnte in dem großen Wirbel dieser Träume.

Lange blieb er so und sprach kein Wort und regte sich nicht. Doch die Flamme brannte in seinen Augen und es war, als brenne sie tief hinab in die Brust. Seine Wangen wurden bleich und fielen ein und es schien dem Mädchen, als könne sie durch die Haut die harten Knochen sehen. Die Rose aber tropfte aus seinen Zähnen und fiel herab, wie ein großer Blutstropfen.

Aengstlich sah sie weg und barg ihr Haupt auf seinen Knien. Sie fühlte, wie seine Finger sich auf ihre Locken legten.

Da sagte er: »Ali, mein lieber Hund, ich komme zurück. Nach vielen Jahren komme ich zurück. So leg dich zu mir auf die weißen Felle – siehst du das Feuer im Kamin? Warte, ich will Scheite ins Feuer geben.

Man muß immer neue Scheite hineinwerfen, sonst stirbt es. Das Feuer frißt und ist unersättlich. Aber gib ihm nur immer und immer zu fressen, so wird es ewig leben. Solch ein Feuer, mein schwarzes Tier, brennt da irgendwo in meinem Hirne. Unersättlich ist es.

– Viele Jahre war ich nun da draußen in vielen Landen. Ich bin ein Renegat, weißt du, und bin aus allen Lagern entwichen.

Immer war es gut zu Beginn und ich glaubte an die neue Fahne. Aber da war keine, die nicht für eine Lüge in der Luft wehte. So brach ich meine Eide – um nicht meineidig zu werden an mir selbst.

Das ist alles.

Mit vielen Brüdern trank ich und ich küßte viele Frauen. Aber die Frauen waren Dirnen und die lieben Brüder erbärmliche Schufte. Sie nahmen mein Geld und aßen mein Brot, sie tranken meinen Wein und gaben mir Gift ins Glas.

Ich saß zu den Füßen kluger Männer: und ihre Weisheit war eine Lüge.

Ich ritt ins Feld mit fröhlichen Reitern: und ihr Mut war eine Lüge.

Ich grub den Boden mit braunen Bauern: und ihr Fleiß war eine Lüge.

Ich schwärmte zur Nacht mit Malern und Dichtern: und ihre Kunst war die frechste Lüge von allen.

Hart wurde meine Hand von tausend Händedrücken und meine Lippe wund von tausend Küssen. Aber ein jeder Kuß und ein jeder Handschlag war eine Lüge am letzten Ende. Alle Tage kamen die Lügen und jede arme Nacht. Selbst in die Träume schlichen sich die Lügen.

Ich watete in einem Sumpfe roter Lügen und nirgend war ein festes Land. Wo ich den Fuß hinsetzte, brach er ein, tiefer sank ich mit jedem Schritte. Wenn ich gen Abend ging, stak ich im Schlamm, wenn ich gen Morgen zog, klebte ich im Moor. Ueberall sank ich ein und nirgend führte ein Weg hinaus.

Dann, weißt du, als es dunkel war, hing ich am Baum – mir selbst geweiht von mir selber. Ein Fetzen Land und die Erle darauf, und rings um mich der Sumpf. Da hing ich am Baume und lauschte. Etwas aber saß in den Zweigen und sang.

Und ich verstand, daß es nur zwei Dinge gab, und das eine war Ich. Das andere aber war alles – das nicht Ich war.

Und es war ein Ding und nicht viele tausend Dinge, wie ehedem. Ein großes Ding und doch kleiner, als das andere war – das Ich selbst war.

Doch es sang aus den Zweigen:

›In hoher Freude leben wir, feindlos in der Welt der Feindschaft; unter Feindschaft erfüllten Menschen leben wir ohne Feindschaft.
In hoher Freude leben wir, gesund unter Kranken, unter den Kranken weilen wir ohne Krankheit.

In hoher Freude leben wir, ohne Trachten unter den Trachtenden. Unter den trachtenden Menschen leben wir ohne Trachten.
In hoher Freude leben wir, denen nichts angehört. Fröhlichkeit ist unsere Speise, wie der lichtstrahlenden Götter.‹

Ich lauschte den süßen Worten. Und ich fühlte wohl, daß das andere Ding, das nicht – Ich war – *nicht* war: daß es das *Nichts* war. So war nur noch ein Ding in der Welt: Ich war. Und außer mir war das Nichts und das Uebernichts.

Wieder sang es durch die dunkle Nacht. Aber nicht ein anderes sang, sondern mein Herz war eine Laute, wie das Israfels, des Engels. Mein Herz war eine Laute und sang. Und war ein helles Licht und leuchtete in die Nacht. Und war eine rote Wunde und blutete aus süßen Wonnen das große Opfer.

So aber sang die Laute:

›*Wo unerschöpfliches Licht, die Welt darinnen die Sonne gesetzt ist: in die trage mich, Flamme, in die unvergängliche Welt der Unsterblichkeit. Dir selber tropfe dein Blut.*
Wo man nach Lust sich bewegt, am dreifachen Firmament, an des Himmels dreifachem Himmel, wo die Lichtwellen sind, dort laß mich ewig sein. Dir selber tropfe dein Blut.
Wo Wunsch und Belieben, wo des rötlichen Himmels Fläche, wo Götterspeise und Sättigung, dort laß mich ewig sein. Dir selber tropfe dein Blut.
Wo Freude und Wonne, Genuß und Genießen wartet, wo des Wunsches Wünsche erlangt sind, dort laß mich ewig sein. Dir selber tropfe dein Blut.‹

So sang die Laute, die mein Herz war.

Und dann fühlte ich, wie mein Ich zerrann.

Denn ich schwebte in dem ersten Wasser der Glückseligkeit.

Kein Gegensatz mehr zwischen Ich und Nicht-Ich: eines ward ich mit dem Nichts.

Das Nichts war die Gottheit und Ich war in dem Nichts und in der Gottheit.

So, zum ersten Male fühlte ich Gottes Nähe und er war das Nichts, in das ich zerrann. Mit mir berührte sich Gottes Geist und zeugte in mir das Kind der Zeiten.

Denn das ist Gottes Wesen, daß es durch alle Ewigkeiten den Sohn gebären will.

So rauschten die Schauer Gottes und aus heiligen Quellen tropfte das zweite Wasser.

Wie der Tropfen verdunstet auf sonndurchglühtem Stein, so zerrannen im Nichts die beiden Gewaltigen: Raum und Zeit.

Es war keine Vergangenheit und war keine Zukunft, war nur eines, der Augenblick. In dem ungeheuren Augenblicke versank alles Geschehen.

Und der Augenblick wuchs und spannte sich über alle Zeiten und Räume und war eine Flamme und ein Klang und eine Wunde.

Und die Flamme sang das Lied, und der Klang tropfte das Blut, und die rote Wunde brannte himmelhoch: so wuchs aus der Gottheit des Nichts das dritte Wasser, das das große Licht war.

Das Licht aber hob sich und alles schwebte. Nur ein Glanz war überall. Es läßt sich nicht sagen, was war; denn das kann keiner sagen, der je es erschaute, wie das Nichts ist, das der Gottheit ewiges Sein ist.

Alles ist Licht und Glanz, wo das dritte Wasser ist. Und ist herrlich über alle Maßen.

Und ist doch nur ein jämmerlich Ding vor dem letzten Wasser. Denn das letzte Wasser – das ist Gott selbst. Nicht ein Zerrinnen in ihm, nein, ein Wachsen und Werden zu Gott. Und wer es fühlt, der ist Gott.

Ich aber sah, wie es kam. Näher und näher, aus mir und in mir und zu mir hin von allen Seiten. –

Und ich fühlte mich nahe dem Hauche des höchsten Wassers.

Da glühten viele Legionen riesiger Würmer aus dem Sumpfe. Und brachen heraus und zogen heran, unzählbar aus allen Ewigkeiten, rote, glührote Lügen. Und alles zerbrach und der Glanz zerstob und in gräßlichem Dunkel versank alles – und die feurigen Würmer.

So starb, ehe er vollendet, der große Augenblick.

Der Strick riß, an dem ich hing und ich lag am Boden auf feuchter Erde unter dem Erlenbaum. Die roten Lügen der Welt fraßen den heiligen Strick, und die Vollendung starb und alle Erlösung.

Und es gab wieder zwei harte Dinge, die sich stießen: Ich und das Andere. Alles war, wie es einst war, und ich war elender, wie ich gewesen. Nun, da ich alle Himmel weit offen gesehn.

Gesehn – o nur gesehn!

Denn die roten Lügen fraßen das letzte, heilige Wasser.

Da wuchs in mir der große Haß. Ich sprang auf und griff das Pferd, das neben mir graste. Ich stieg auf das schwere, schwarze Pferd und ritt dahin.

Hinter mir aber und mir zu Diensten ritten die vier gewaltigen Reiter.

Die Krone trug der erste und den sieghaften Bogen und ritt ein weißes Roß.

Das Schwert trug der zweite und ritt ein rotes Roß, der nahm allen Frieden.

Die Wage trug der dritte, die strenge Wage. Das war der, der das schwarze Roß ritt.

Der vierte aber war der Tod. Und er ritt ein fahles Roß und die Hölle flog in seinem Mantel.

So ritten wir und zwanzig harte Hufe stampften auf nackte Leichen. Die vier Reiter schwiegen, ich aber lachte laut durch die dunkle Nacht.

– So war mein Traum. Und es war doch nur das Leben, das ich träumte.

Wie ich aber wach war, schlang ich mit Gier alles, was böse war. Und ich sah, daß alles, was die Hölle gab, groß war und schön, so schön wie das, was aus dem Himmel kam. Nur was die Erde gab, war nicht gut und nicht böse: so war es häßlich und klein.

Ich aber war nur ein Mensch. So blieb ich unrein für des Himmels Brot und blieb doch zu schwach für der Hölle heißes Blut. Und ging und aß die Speise der Menschen und lebte ihr Leben und tat ihre Taten.

Und alles war verfault und verrottet, was ich tat, und mein Atem stank nach verwestem Aase.

Da floh ich noch einmal in die stille Höhle und war allein mit mir selbst drei Tage lang und drei lange Nächte. Und lag krank und zerrissen und verbrannt in giftiger Fäulnis.

Dann aber brach ich alle Ekel aus. Und so, weißt du, ward ich sehr gesund.

Nun bin ich frei. Alle Liebe starb und aller gute Haß. Und nichts gibt es mehr für mich in aller Welt, nichts mehr. – Nur du, mein Tier, lebst noch, ein müder Traum aus der toten Zeit. Wie ein Schatten huscht er vorbei, rasch wie ein Wind – einmal, alle hundert Jahre.

Nun bin ich frei. Alle Ketten fielen und alle Rosen und stark und sicher gehe ich meinen Weg. Ein guter Panzer liegt um mein Herz, und das Feuer muß stark brennen, das ihn schmelzen mag.

Die Ratten flohen und ich bin gefeit.

Den Frieden habe ich und die große Ruhe. Das ist das letzte, das ein Mensch erreichen mag. Ich aber habe es, denn ich bin frei.

Und selten, selten nur zeigt die zerschlagene Sehnsucht ihr blutwundes Haupt. Ich lasse sie sagen und singen, und ich denke, daß sie zu einem Fremden spricht. Zu einem, der längst tot ist – nicht aber zu mir.

Nur traurig macht mich ihr seltsam Lied, das ich kaum mehr verstehe.

– Ali, du bist mein lieber Freund. Du bist meine Seele und meine Sehnsucht. Du bist das, was zurückblieb von allem zerschlagenen Glück.

Komm, gib deinen Kopf, laß mich deine schwarzen Locken streicheln, mein altes Tier. Frierst du? Ich will neue Scheite ins Feuer werfen.

Glaub mir, es war ein schlimmer Kampf. Aber keiner erschlug mich, und ich sitze da und mein Auge fliegt durch alle Weiten. Nur die alten Wunden bluten und brennen –«

Seine Rede erstarb, eng und fest schlossen sich die Lippen. Das Mädchen hob den Blick: er schien ihr größer und viel älter. Hoch aufgerichtet saß er da, das Haupt in den Nacken geworfen, die Augen scharf geradeaus spähend. Sein Gesicht war bleich und die Züge herb und hart. Sie erschrak und es schien ihr, als ob er auf den Knien mit beiden Händen ein großes, nacktes Schwert halte.

Dann sah sie, wie seine Lippen zuckten. Und sie sah, wie sich die Augen trübten und wie zwei Tränen langsam über die hohlen Wangen schlichen. Sie tropften hinab und ihr war, als ob sie wie glühende Nadeln scharf in ihr Herz sprängen.

Sie schluchzte laut und griff seine Hand und grub ihren Kopf in seinen Schoß. Und weich und leicht, wie ein treuer Hund, leckte sie seine Hand.

Er merkte es wohl, er zitterte und wollte die Hand ihr wegziehen. Aber es tat so wohl und so gut, nichts deuchte ihn so schön, wie diese weiche Liebkosung uralter Tage.

»Ali, mein alter Freund!« flüsterte er. – »Mädchen, liebes Mädchen!«

Er hob sie auf, streichelte ihre Wangen. »Du bist sehr gut,« sagte er. Er sah ihre Augen und sah, daß sie geweint hatte. »Um mich?« fragte er. »Warum weinst du um mich? – Das ist wahr, man soll nicht so traurige Geschichten erzählen. Ich will singen, das ist schon besser. Gib mir die Laute.«

Er küßte sie leicht, dann hieß er sie hinausrudern aus den Weiden, weit in den See und den Mondschein. Er winkte ihr, daß sie die Riemen beilegte; nun sang er durch die blaue Nacht. Halblaut, träumerisch – sehnsüchtige Lieder, wie das Mädchen sie liebte.

Er sang für sie und sie fühlte es wohl. Ein leichter Wind trug sie über den See.

Er sang und er sah sie an und sah, daß sie glücklich war.

Ihr Gesicht, eben noch vom vollen Monde beschienen, verdunkelte sich plötzlich, während die vorgestreckten, gefalteten Hände noch in hellem Lichte erglänzten. Im nächsten Augenblick schien ihr Gesicht wieder hell, aber der Schatten, der sie getroffen, huschte nun über ihn selbst, verließ das Boot, lief über das Wasser und blieb dann, lang und breit, fast in der Mitte des Sees stehn. Verwundert blickte Frank Braun hinauf. Der Mond hing über dem Kamme der Nordseite, sein Schein fiel schräg auf den See, über der steilvorspringenden, überhängenden Platte hin, die die drei großen Kreuze trug. ›Es ist der Schatten des Christusbildes,‹ dachte er. Aber er irrte sich, die Kreuze standen dicht an der Bergwand, lagen längst in tiefem Schatten.

Da griff das Mädchen seinen Arm, zeigte mit der Hand hinauf zu der Platte: »Dort, dort,« flüsterte sie, »schau dorthin!«

Er folgte ihrem Blick und sah, dicht am äußersten Ende, eine seltsame Gestalt. Sie schien schwarz und ihre Silhouette hob sich scharf von der Wand ab. Sie blieb einen Augenblick stehn, dann glitt sie weiter, immer dem letzten Rande der Platte entlang, ruhig, Schritt um Schritt.

»Rudere hin!« befahl er. Das Mädchen griff in die Riemen, mechanisch, gewohnt seinem Wort zu gehorchen. Aber die Arme versagten den Dienst, zitterten vor Angst. Frank Braun stieß sie fort, nahm selbst die Riemen auf. Sie kauerte vor ihm, umklammerte seine Knie.

Mit raschen Schlägen trieb er das Boot heran, versuchte nach Möglichkeit jeden Lärm zu meiden.

»Es ist der Amerikaner!« flüsterte Teresa. Frank Braun drehte das Boot bei und blickte hinauf.

Ja, es war Mister Peter. Die Augen weit offen, stand er am Abhang. Seine Lippen bewegten sich, die Arme hoben und senkten sich, als ob er eine Ansprache hielte. Das Gesicht schien reglos, ohne Bewegung, und nicht ein Wort kam aus seinem Munde.

Frank Braun fühlte, wie das Mädchen sich an ihn preßte. Sie bebte vor Furcht, wimmerte und schluchzte. Er sah, wie sich ihre Lippen öffneten, um ihre Angst gellend hinauszuschreien. Schnell schloß er ihr mit der Hand den Mund.

»Still, still!« flüsterte er. »Siehst du denn nicht, daß er im Schlaf wandelt? Du wirst ihn wecken und er wird sich zu Tode stürzen!«

Aber es war zu spät. Gellend, qualvoll drang der Schrei aus ihrer Brust, hallte laut wieder von allen Seiten des Tales. Befreit und erleichtert, dann erschreckt über ihre Tat, preßte sie sich noch enger an ihn, biß sich fest in seinen Rock.

Der Amerikaner rührte sich nicht; sein Ohr, nur nach innen gerichtet, hatte nichts von dem Schrei gehört. Ruhig blieb er noch eine Weile stehn, heftig predigend; kniete dann nieder und betete inbrünstig mit ausgestreckten Armen. Endlich erhob er sich, ging zurück über die Platte und den breiten Stationsweg hinunter. Frank Braun folgte ihm mit dem Blick, bis er hinter den Büschen verschwand.

Schweigend ruderte er zurück, band das Boot an, trug das schwer auf ihm hängende Mädchen in das Haus.

VI

Agnis est felicis urbis
lumen inocciduum.
Petrus Damianus.
Erzbischof von Ostia.

»Montez, montez,
Voilà l'échelle!«
A. de Musset.

So begann sein Tag:

Er sprang auf vom Bett, pfiff, schlüpfte in den Bademantel. Dann lief er die Treppen hinunter, aus dem Hause und an den See. Mit einem Kopfsprung war er im Wasser. Jedesmal wenn er auftauchte, sagte er: »Pfui Teufel! – Eine Lausekälte!« Aber er badete doch, schwamm weit hinaus in den See.

Später frühstückte er und saß bald bei seiner Arbeit. Er schrieb:

»Im Anfang war das Gefühl. Und als es die Welt beherrschte, machte es sich alles untertan und nichts herrschte außer ihm. Dann kam ein Neues: die Vernunft. Schritt um Schritt kämpfte sie mit der alten Macht und gewann doch nie die gewaltige Alleinherrschaft, die einst jene hatte. Denn, lange ehe sie das Gefühl besiegen konnte, erschien eine neue, größere Kraft, die die beiden alten bedrängte. Schnell schlug die Erfahrung mit starken Schlägen die Vernunft; aber nicht so leicht fertig wurde sie mit der uralten Herrscherin, dem Gefühl.

So steht es nun: kleine Vesten verteidigt schwach die arme Vernunft. Große Lande aber hält noch zäh fest das blinde Gefühl. Und beiden nimmt ihr Land mit immer neuem Rüstzeuge die unbesiegbare Erfahrung.

Das Gefühl war die Herrschaft der Theologie. Gegen sie trat die Philosophie auf – die Vernunft. Dann aber lernte der Mensch durch Erfahrung, er erforschte die Natur und er fand, daß ihm weder das Gefühl noch die Vernunft die Gesetze dieser Welt erschließen könnten. Freilich braucht er sie beide und sie mögen ihn wohl führen: erkennen aber mag er nur durch ein Schürfen zu den letzten Wirklichkeiten der Dinge, die aller Erscheinungsformen entblößt sind. So also steht der dreieinige Gott: Gefühl, Vernunft und Erfahrung.

Mit ihm magst du die Welt erobern.

Das Gefühl fragt: »Woher stammt der Mensch?« Und es gibt seine Antwort, die für alles paßt: »Ein Gott schuf ihn.« Kommt die Vernunft und sagt: »Nein. – Und es gibt keinen Gott.« Aber sie antwortet gar nicht auf die große Frage. Kommt endlich die Erfahrung und lehrt dich, woher der Mensch stamme. Gibt dir eine lange Kette und zeigt dir Glied um Glied seinen Stammbaum. Die Vernunft bläht sich und schreit: »Es sind Lücken da!« Aber die Erfahrung füllt die Lücken, heute eine und wieder eine andere morgen.

Das Gefühl ist schlau, es sagt gar nichts. Es ist blind und hält sich beide Ohren zu.

Das Gefühl predigt sein uraltes Sprüchlein: »Alle Menschen stammen von Adam und Eva.« Die Vernunft aber geht hin und macht Systeme und dünkt sich, wer weiß wie klug. Drei Menschenrassen gibt es auf der Welt, meint der eine, fünf der andere, sieben der dritte, und zwölf der vierte. Hundert Weise machen hundert

Systeme und einer nennt den andern einen Dummkopf. Sie haben alle recht.

Aber man soll sie nicht schelten. Wir suchen und schürfen und es nützt uns nichts, wenn nicht irgendein Zufall uns hilft. Da! Du findest einen alten Knochen und weißt nun plötzlich mehr als alle Gelehrten vor dir wußten. Sei nicht hochmütig – weil du Glück hattest.

Denn die Erfahrung allein mag kaum zur letzten Erkenntnis führen. Das Gefühl muß den Weg zeigen und die Vernunft muß helfen, daß man sich nicht verrenne in alle Irrgärten.«

– Er blickte über den Tisch, über große Stöße von Büchern und Manuskripten. ›Da liegt meine Erfahrung!‹ dachte er. ›Den Weg offenbarte mir das Gefühl – ich weiß, daß er gut ist. – So helfe mir nun die Vernunft!‹

Er grübelte, schloß die Augen, stützte den Kopf in beide Hände. Langsam, Stück um Stück, griff er auf, was er zusammengetragen, formte wieder dasselbe große Bild. Prüfend sann er über jede Einzelheit, suchte hartnäckig da und dort nach einem Irrwege. Und er fand keinen – so mußte wohl alles stimmen. Immer wieder suchte er an einer Stelle einzusetzen, die einen Angriff zu bieten schien – und immer wieder fand er, daß sie fest war.

Nein – er irrte sich nicht: die Rasse von Crô-Magnon war verschwunden aus Europa. ›Schade,‹ dachte er, ›sie war gewiß die beste!‹

Riesen waren sie, diese Crô-Magnon-Leute; über zwei Meter hoch schritten sie daher. Um ein Viertel war ihr Schädel größer als der der anderen Rassen ihrer Zeit. Nase und Kinn sprangen vor und sie glichen – zur Zeit des Mammut – schon den Europäern unserer Tage. Große Jäger waren sie und treffliche Künstler, heute noch sehen wir im Vezèretale staunend auf den Felswänden die Zeichnungen von Tieren, die sie eingruben zum Ende der Eiszeit. Wir haben ihre Spuren in Spanien, in Frankreich und in Mähren – aber ihre Rasse ist tot und sie sind nicht unsere Väter.

Bleiben die Grimaldi-Menschen, die Galley-Hill-Leute und die vom Neandertal. In den Grotten der Rousse, der roten Felsen von Mentone, fand man, unter einer Reihe von Crô-Magnon-Leuten, zwei Skelette von einem andern Typus. Diese Grimaldirasse erinnerte in ihrem Gebiß an heutige Zuluneger, zeigte auch sonst negroide Anklänge. Nun aber war gewiß, daß zu ihrer Zeit die Trennung Europas von Afrika eine viel geringere war, als sie heute ist. Kein Wunder also, daß Tiere und Menschen der beiden Kontinente einander näherstanden. Und auch heute noch fanden sich negroide Anklänge bei den Bewohnern der Länder des Mittelmeeres.

Nichts aber hatte die Grimaldirasse mit den Leuten von Galley-Hill zu tun. Man fand sie nur im Norden, wie man die Grimaldimenschen nur im Süden fand. Und sie waren von ihnen ebenso verschieden wie von der Neandertalrasse der Mitte. Ihr Schädeldach war sehr lang und schmal, höher gewölbt und zeigte keine Augenbrauenwülste. Der Unterkiefer aber trug den Kinnvorsprung, wie bei der edlen Rasse von Crô-Magnon.

Dann, in der Mitte, wohnte in breiter Linie die Rasse vom Neandertal. Nach Norden und Süden mußten sie weit sich ausdehnen, zu ihrer Zeit, als die Alpen vergletschert waren. So fand man die Reste dieser Leute vom Berge überall an den äußersten Enden der Höhen: in den Ardennen, im Bergischen Land und am Neckar, in den letzten Ausläufern des Karst, der Karpathen und der westlichen Alpen. Und es stand fest: der Mensch vom Neandertal und der von Spy, der von Krapina und der von Corrêze – sie gehörten alle zu derselben Rasse, wie der Knabe von Moustier und die Frau von Kerkeulen.

Ein großes Volk, weit von den Ausläufern der Karpathen bis hin zu den Felsen der Bretagne.

Leute der Berge – wie heute.

Frank Braun träumte. War denn der Unterschied ein gar so großer von einst zu jetzt? Drei Millionen und fünfmalhunderttausend Jahre schätzte man – und für diese Zeit schien ihm die Entwicklung unendlich gering. Erinnerten nicht Pietro Nosclere und der kurze, haltlose Venier erschreckend an Menschen der Urzeit? Sah nicht der dichtbehaarte, langarmige Knecht des Amerikaners, mit seiner riesigen Wampe und dem furchtbaren Gebiß genau so aus wie ein starkknochiger Zeitgenosse des Mammut? So, vornübergebeugt, wie er hinter seiner Egge ging, mochte er hineinschleichen in die Grotten, sich mit dumpfem Schrei auf den Höhlenbär werfen, in der Hand das plumpe Steinbeil! Er sah ihn, wie er dasaß, kauernd, zusammengedrückt, wie er das rohe Fleisch zerriß, die harten Knochen zerschlug an den Felsen und das Mark sog.

Ja, das sollte der kropfige Knecht tun, es stand ihm besser, als seine Seele zu sagen!

Das Tal von Scodra schien ihm ein großer Käfig zu sein, voll von wilden Tieren. Rings um den See in die Schlüfte und Höhlen stiegen die Väter der Urzeit – und da kroch noch heute ihr Wurf.

Tiere! Tiere!

Er hob den Arm, als ob er eine Peitsche schwänge. – Sie sollten durch den Reifen springen!

An diesem Tage ging er zu Mister Peter. Die Sonne war herunter und die Bauern krochen in ihre Häuser. ›Wie die Hühner,‹ dachte er.

Er ging durch das Dorf, stieg hinauf zum Hause des Amerikaners. Im Garten traf er die Frau, klein und stark, rund überall. Sie grüßte und zeigte zur Scheune hin. »Mein Mann ist im Saal,« sagte sie, »er wird gleich kommen.«

Sie führte ihn ins Haus, bot ihm einen Stuhl. Er sagte ihr ein Lob über die blanken Kupferkessel und Kannen, die über dem Herde hingen. »Das glänzt und leuchtet!«

Sie nickte mißvergnügt. »Ich bin es nun so gewohnt. Aber mein Mann sagt, daß ich zuviel Zeit verschwende auf irdisches Tun und zu wenig aufwärts blicke zum Herrn Jesus.« Sie begann zu reden. Es war immer »Mein Mann!« und »Mein Mann!« Unaufhörlich wie weißes Mehl floß das »Mein« aus ihrer Mundmühle.

Frank Braun unterbrach sie. »Sag einmal, ist dein Mann auch bei Nacht so fromm? Da schläft er doch?«

Die Bergamaskin schüttelte den Kopf: »Ja, aber auch im Schlafe vergißt mein Mann den Herrn nicht. – Dann steht er plötzlich auf vom Bett, kniet nieder und betet. Mein Mann ist so fromm. Manchmal geht mein Mann auch hinüber in den Saal oder gar ins Dorf, mitten in der Nacht. Und er kommt wieder und legt sich zu Bett und weiß am Morgen nichts von alledem. Mein Mann –«

Plötzlich stand sie erschreckt auf. »Da kommt er,« flüsterte sie.

Sie öffnete ihm die Türe. »Der Herr Doktor ist da!« Dann stellte sie eine Kerze auf den Tisch und schlich leise hinaus.

Pietro begrüßte ihn, mürrisch, zurückhaltend. Er trug den Kopf gesenkt, sah ihn scheu und giftig von unten her an.

Frank Braun dachte: ›Warte nur, mein Tier, du sollst schon tanzen lernen.‹ Er schrie ihn an: »How's business?«

Mister Peter fuhr zusammen, duckte sich wie unter einem Peitschenhieb. Dann, lächelnd, sauer und süß zugleich sagte er: »Danke«. Er wagte nicht einmal sich zu stellen, als habe er den Fremden nicht verstanden, der sein heiliges Tun ein Geschäft nannte. »Danke, alles ruht in des Herrn Hand. Ich bete zu ihm, daß er mein Werk segnen möge.«

Frank Braun sagte: »Der Herr wird dein Werk nicht segnen. Er verlangt mehr als Gesang und Gebet.«

An sich selbst zweifelnd, halb überzeugt von dem bestimmten Tone des Fremden hob Pietro den Blick. »Was verlangt er?« fragte er scheu.

Frank Braun schwieg. Alles was der Amerikaner tat in seinen Versammlungen, war ein sinnloses Nachäffen seiner Pennsylvaniasekte. Dieses Singen und Predigen, dies Beten und Seelesagen und Musikmachen konnte ja nur den Zweck haben: Glauben zu wecken. So mochte es gut sein für protestantische Massen, die den Glauben verloren hatten, mochte stumpfsinnige Haufen, die längst der Kirche den Rücken kehrten, mit seinem Lärm wieder für eine Weile zum Kreuze locken, sowie die Trompete des Ausschreiers die Leute in die Jahrmarktsbuden trieb! Was aber sollte es hier? Alle diese Tiere von Val di Scodra standen in ihrem Glauben fest wie ihre Berge; nie war ihnen irgendein Zweifel aufgestoßen an alledem, was sie einst aus den Zitzen der Mutter sogen.

Glauben für Val di Scodra! Er wuchs ja in allen Ritzen, wucherte mächtig von den Wänden und erstickte das Tal.

Nein, dieses Volk brauchte ein anderes. Wenn es überhaupt irgendwo eine Sehnsucht hatte, unbewußt verlangte nach einem Ereignis, das die träge Leere der Alltagsjahre unterbrach, so konnte das nur *eines* sein, *das Wunder*.

Er legte dem Amerikaner die Hand auf die Schulter; seine Stimme klang weich, still und doch seltsam eindringlich.

»Höre, Pietro Nosclere! Der Herr verlangt ein Wunder von dir.«

Entsetzt starrte ihn Mister Peter an. »Ich soll ein Wunder tun? – Ich? – Menschen tun keine Wunder.«

Frank Braun antwortete: »Versündige dich nicht! Lies die Geschichte der Heiligen – dann weißt du, daß auch Menschen Wunder tun. – Du sollst ein Wunder tun und du kannst es, Pietro. Du bist Elias!«

Pietro starrte ihn an, regungslos, unfähig einer Antwort. Der Deutsche fuhr fort: »Ja, du bist Elias. Elias, der Prophet. Weißt du nicht, daß die Seelen der Heiligen in einen neuen Körper schlüpfen können, wenn es der Herr befiehlt? Du trägst die Seele des Elias!« Seine Worte kamen langsam, gewiß, keinen Zweifel duldend. »Nicht umsonst hat der Herr dich so seltsam begnadet auf deinem Lebenswege. Er führte dich hinüber über das große Meer, ließ dich in langen Jahren bitter arbeiten um dein täglich Brot. Dann leitete er deine Schritte in die Gemeinde deiner Brüder, daß das Licht seines Geistes dich erleuchte. Und in seiner unermeßlichen Gnade gab er dir ein großes Geschenk und machte dich zum reichen Manne.«

Mister Peter nickte stumm. Jedes Wort ging ihm ein, grub sich tief in die Windungen seines Hirns.

Der andere fuhr fort: »Aber der Herr hatte Größeres mit dir im Sinne. Da trieb er dich fort von dem fremden Lande: du solltest im Tale deiner alten Heimat sein Reich verkünden und des Heilandes Gnade. Und hier, während du schliefest, senkte er in deinen Leib die Seele seines frommen Dieners Elias.«

Pietro taumelte wie berauscht, hielt sich fest an der Kante des Tisches. »Es ist wahr,« flüsterte er, »ich träume in jeder Nacht vom Blute des Lammes. Und meine Frau sagt, daß ich aufstehe und im Schlafe wandele.«

»Ja,« nickte Frank Braun. »Aber nicht du bist es, es ist Elias, der Prophet, der in dir wohnt. Er steht auf und preist den Herrn im Schlaf. Und er sinnt, wie er das Reich und die Herrlichkeit verkünden könne, und ausbreiten hier auf Erden.« Er neigte seinen Kopf und sah ihn starr an. »Pietro Nosclere, du bist ein Auserwählter!«

Der Amerikaner vermochte sich kaum aufrecht zu halten. Seine Arme bebten in kurzen Stößen, dünner Geifer floß aus den halboffenen Lippen. Aber sein Blick leuchtete in stolzer Seligkeit, verlor sich in verwirrten Vorstellungen vom höchsten Herrn, dessen Mantel er trug. Er hörte nicht mehr, was der andere sprach, seine starren Augen erblickten des Reiches Herrlichkeit.

Frank Braun schüttelte ihn ärgerlich. »Komm zu dir, Pietro, ich spreche mit dir!«

Herausgerissen, verwirrt, schielte er mißtrauisch auf den Deutschen. – Was wollte dieser Fremde, dieser Ungläubige? Wie saß er da vor ihm, kalt, lächelnd, blies ihm den Rauch der Zigarette ins Gesicht? Ihm – der Elias war, der Prophet!

Frank Braun schlug ihm leicht aufs Knie. »Du sollst zuhören, Pietro, verstehst du mich?«

Ja, er mußte zuhören, das merkte er wohl. Er fühlte, daß der Fremde die Nebel zerriß, die vor seinen Augen lagen und daß er ihm den Weg zeigte, den er gehen sollte. – Aber gerade deshalb haßte er ihn. Er glaubte jedes Wort, das der andere sprach, und allmächtig wuchs in ihm die große Verehrung, die er selbst vor sich haben mußte, wie alle Welt. Vor ihm, dem Propheten, dem Auserwählten des Herrn!

Da aber saß vor ihm dieser hergelaufene Doktor, der schmählich versagt hatte bei der kranken Frau, die er selber geheilt. Dieser ungläubige Hund, der laut gelacht hatte in der Versammlung, als sein Knecht Scuro seine Seele sagte. Da saß er und mit jedem Blick, und mit jeder Geste zeigte er ihm seine grenzenlose Nichtachtung.

Er knirschte mit den Zähnen. Warum gerade der ihm gesandt wurde? – Dann besann er sich. »Die Wege des Herrn sind unerforschlich,« murmelte er. Er neigte sich, sagte klanglos: »Sprechen Sie, Doktor, was soll ich tun?«

Frank Braun sah das verzerrte Gesicht und er las wohl, was jener dachte. Es reizte ihn, ihn zu kränken, es zuckte in seinem Fuße, als ob er ihn treten möchte.

»Bring Wein!« befahl er.

Der Amerikaner blickte auf, er fühlte die Peitsche. »Herr,« stotterte er, »ich habe keinen Wein. Es war nie ein Tropfen in meinem Hause.«

»Nicht?« sagte Frank Braun gleichgültig. »So geh zum Wirtshause des Raimondi. Schläft er, so weck ihn auf: er wird sich freuen, dir Wein zu verkaufen.«

Mühsam erhob sich Pietro. Seine Fäuste krallten sich; wie ein geschlagener Hund schlich er zur Türe.

Frank Braun lachte ihm nach. Hell, kurz, wie er damals gelacht hatte, als der Knecht seine Seele sagte.

Er zündete eine frische Zigarette an und dachte nach, was er dem Amerikaner sagen sollte. Er nickte und sagte halblaut: »Ja, so wird es gehen!«

Mister Peter brachte den Wein. Er stellte schweigend die Flasche auf den Tisch und ging, ein Glas zu holen.

»Zwei!« rief Frank Braun.

Jener gehorchte und der Deutsche zwang ihn, mit ihm anzustoßen. Er mußte sein Glas leeren und sich gleich ein neues eingießen.

»So, Pietro, nun wirst du mich besser verstehn!«

Der Amerikaner biß sich auf die Lippen und preßte die Hände ineinander. Man sah, welche Mühe er sich gab, den Worten des Fremden zu folgen, jeden Gedanken zu verstehen und recht fest sich einzuprägen. Der ungewohnte Wein erhitzte ihn, ließ ihm alles, was jener sagte, noch klarer, noch natürlicher erscheinen.

Aber ehe Frank Braun begann, fragte er ihn: »Pietro, liebst du mich?« Da der andere schwieg, fuhr er fort: »Du weißt doch, man soll seinen Nächsten lieben, wie sich selbst.«

Der Amerikaner blickte zu Boden, wand sich wie ein Schulbube. Aber der Deutsche schenkte ihm nichts. »Du wirst die Wahrheit sagen, Pietro! – Gleich im Augenblick. – Liebst du mich?«

Da stammelte er: »Nein, Herr – ich glaube nicht.«

Frank Braun lachte. »Nun, es ist auch nicht nötig – wenn du nur gehorchst! Und du mußt mir gehorchen, denn niemand wird dir den Weg zeigen, wenn ich es nicht tue.« Mister Peter seufzte, er fühlte wohl, daß es so war.

»So höre zu, Pietro«, fuhr Frank Braun fort. »Was hast du getan in deinem Heimatdorfe? Du hast den Leuten den Glauben gepredigt – aber es war niemand da, der ungläubig war. Du hast von der Buße geredet – und sie alle waren bußfertig, längst ehe du kamst. Du hast sie bestimmt, ihre Sünden zu bekennen, öffentlich, vor der Gemeinde – aber meinst du, daß das genüge vor den Augen des Herrn? Du hast sie weiter vermocht, dem Wein zu entsagen – wer möchte leugnen, daß es ein wohlgefälliges Werk sei! Aber glaube mir, Pietro, der Herr verlangt mehr. Und auch die, die dir folgen, werden bald genug dessen überdrüssig sein, was du sie lehrst. Auch sie verlangen ein Größeres von dir! Du hast sie aufgefordert, den Teufel zu bekämpfen und du hast ihnen versprochen, du wollest ihn verjagen. Doch was war dein Rüstzeug? Gesang und Gebet – hölzerne Waffen! – Ich aber sage dir, Pietro, der Teufel schert sich nicht um Singen und Beten, er lacht dabei und bleibt ruhig hocken hinterm Ofen. – Willst du ihm zuleibe gehen, so brauchst du ein besser Werkzeug!

Wo aber ist die Rüstkammer, die dir Waffen geben kann, stark genug gegen des Satans Macht?

Merke auf, Pietro Nosclere, ich will sie dir zeigen, ich, der ich die Welt kenne und all ihre Tiefen. – Siehe, ich führe dich ein in das Leben der Heiligen.

Wie sagt Sankt Paulus, der Apostel? ›Ich kasteie meinen Leib und zähme ihn, daß ich nicht andern predige und selbst verwerflich werde!‹ – Auch du predigst, Pietro, aber wann je hast du deinen Leib kasteit?

Ich will dir eine Geschichte erzählen, die uns Sankt Vincent berichtet. In dem Kloster des Heiligen Sylvester, bei Urbino, starb vor nun siebenhundert Jahren ein Mönch. Wie immer sangen die Brüder die Totenklagen, Lieder und Psalmen; als sie aber zum Agnus Dei kamen, stand der Tote auf. Alle drängten sich um ihn, zu hören, was er sprechen möchte, er aber fluchte und lästerte Gott, das Kreuz und die heilige Jungfrau. Die Qualen der Hölle seien so grausam, sagte er, und kein Beten und Singen könne ihm helfen. Sie beschworen ihn, zu bereuen; doch aus seinem Munde kamen immer mehr gräßliche Flüche. Da beschlossen die Mönche für seine Seele zu beten; zuletzt aber, als alles nichts half, zogen sie die Kleider aus, griffen die Geißeln und schlugen sich. Da endlich kehrte dem verzweifelten Toten die Vernunft zurück, er bereute seine Fehler und betete um Vergebung. Und so lebte er und lobte und pries Gott den Herrn, bis zum nächsten Tage.

Verstehst du den Sinn der Geschichte, Pietro? Was Gesang und Gebet nicht gelang, das erreichte die Geißelung: sie trieb den bösen Feind aus dem Leibe des armen Klosterbruders.

Das ist der Weg, den uns die Heiligen weisen. Franziskus von Assisi kannte ihn wohl und seine Geißel riß schwere Wunden in sein Fleisch und in das seiner Brüder und Schwestern. Sankt Dominikus von Guzman schlug sich, bis er bewußtlos umsank; aber die Mutter Gottes selbst pflegte seine Wunden. Wenn er sich kasteite, war die Luft voll von bösen Geistern, die heulten und fluchten, weil durch die Taten dieses Mannes viele tausend Seelen dem ewigen Feuer entrissen wurden. Johannes Tauler war sein Schüler und die Zierde seines Ordens; er schwang die Peitsche nicht weniger stark wie sein Herr. Und so handelte Sankt Ignaz von Loyola und führte die Geißel gegen den sündigen Leib.

Höre, Pietro, auf die Lehre, die uns Sankt Johannes von Nitria gibt. Das Blut, sagt er, das dir die Geißel entlockt, vermischt sich mit dem Blute des Erlösers, vergossen am Kreuze, um dich zu retten. Selbstkasteiung macht alle Beichte überflüssig und ist verdienstlicher selbst als der Märtyrer Tod, denn sie ist freiwillig, jener aber erzwungen. Sie ist eine neue Taufe und eine Taufe im Blute des Lammes: in seinem eigenen Blute sollte jeder wahre Christ getauft sein. Selbstgeißelung bewirkt die Vergebung aller früheren und zukünftigen Sünden, sie ist besser als alle guten Werke.

So war dieses heiligen Mannes Lehre.

Vater Achatius, ein frommer Kapuzinermönch des Klosters zu Düren, ruft uns zu: ›Unfähig ist der Mensch, des Fleisches Wünsche zu beherrschen. Aber wenn auch der Leib sündigt, so mag doch die Seele dem Herrn dienen. Die Seele gehört Gott und der Leib der Welt. Von oben her spricht zu dem Menschen Gott und von unten her die Welt, jedes verlangt sein Teil.

Durch die Geißelung des Leibes aber wird die Sünde, welche die Welt dem Menschen befiehlt, weggewaschen und vergeben.‹

Glaube aber nicht, Pietro Nosclere, daß nur heilige Männer ihren Leib demütigten und kasteiten! Schwache Frauen standen nicht hinter ihnen zurück und oft öffnete sich der Himmel dem Anblick ihrer Wunden.

Sankta Teresa, die den Orden der Karmeliter gründete, war die erste, die neben dem Gebetbuche die Geißel trug. Kaum sieben Jahre alt, las sie das Leben der Heiligen, das du, Pietro, heute noch nicht kennst. Mit ihrem kleinen Bruder beschloß sie unter die Heiden zu gehen, um den Märtyrertod zu erleiden. Die Eltern hielten sie zurück und das fromme Kind führte nun das Leben eines Einsiedlers. Eben erwachsen, ging sie ins Kloster, da wurden das härene Gewand, die Rute und die Geißel ihre einzigen Freunde. Nur *eine* Wonne empfand sie: zu schlagen und geschlagen zu werden; sie hätte ihr Leben darum gegeben, die ganze Welt zu geißeln oder sich geißeln zu lassen von der ganzen Welt! Und ihr herrliches Beispiel fand große Nachahmung bei allen Mönchen und Nonnen des Klosters, alle wetteiferten darin, die Geißel zu führen und so zum Reiche des Herrn zu gelangen. Täglich kasteiten sich alle, und manche zwei- und dreimal am Tage. Die fromme Schwester Maria, der die Geisel nicht genügte, schlug sich mit einem Feuerhaken, Bruder Alexander gar mit glühenden Eisen.

Noch frommer aber war Schwester Caterina von Cardona. Sie trug ein härenes Gewand und eiserne Ketten, die tief in ihr Fleisch schnitten. Sie lebte als Einsiedlerin tief unten im Keller, schlief auf dem feuchten Grunde, einen Stein zum Kopfkissen. Sie hatte viele Instrumente sich zu kasteien, und peitschte sich ununterbrochen drei Stunden lang. Sie stach sich mit Nadeln und Dornen und verbrannte ihr Fleisch; selbst in der Nacht schlief sie kaum, sondern fuhr fort in ihrem heiligen Werke. Wenn der fromme Bischof Eulogius von Biserta nur ihren Namen hörte, so weinte er vor demütiger Ehrfurcht.

Eine andere Schwester der Karmeliterinnen war Maria Magdalena dei Pazzi aus Florenz. Sie begann mit zehn Jahren sich selbst zu kasteien. Im Kloster geißelte sie sich viermal am Tage und schlief mit einer Dornenkrone um den Kopf und einem Stachelgürtel um den Leib. Als der Bischof die fromme Nonne bat, einen Wunsch zu äußern, bat sie darum, Sonntags nackt am Altare festgebunden und ausgepeitscht zu werden. Und Gott blickte gnädig auf ihre Demut und nahm das Opfer ihres Blutes wohlgefällig auf. Oft ward sie begnadet mit Visionen und sah weit offen den Himmel und seine Herrlichkeit.

Mutter Pasidea von Siena, die zum Zisterzienserorden gehörte, war nicht weniger streng. Sie schlug sich mit Eisenstücken, schlief im Winter im Schnee und im Sommer in Nesseln und Dornen. Wenn die Geißel ihre Haut in Fetzen riß, ließ sie Salz und Essig in die Wunden gießen. Sie peitschte ihren Leib mit Dornenzweigen und lag auf Steinen und harten Erbsen. Auch ihr war durch die Geißel die Gnade gewährt, den Herrn Jesus mit eigenen Augen zu schauen, gleichwie der frommen Schwester Elisabeth von Genton.

Clara Seiffo war die fromme Freundin des Sankt Franziskus von Assisi, und wie er ihr die Gunst gewährte, ihren nackten Leib mit Ruten zu streichen, so geißelte sie den Leib des Heiligen. Sie beteten zusammen, sie peitschten einander, und beiden erschien zum Lohne die Madonna mit dem Kinde.

Isabella, König Ludwigs XIII. von Frankreich Tochter, gründete den Orden des Heiligen Urban; sie selbst und ihre Schwestern nahmen täglich das Brot der Geißel. Maria Laurentia Longa gründete in Neapel die Kapuzinerinnen und man sagt, daß keine Stelle auf ihrem Leibe und dem ihrer Schwestern gewesen sei, die nicht bedeckt war mit Blut. Ihrem heiligen Beispiele folgte Louise von Lothringen in Marseille, Johanna von Valois in Paris, Angelina von Kortain in Foligny und Beatrice de Portalegre in Madrid. Nie ruhten die Peitschen in diesen frommen Händen.

Sankt Benedikt hat uns gesagt, daß nur die Geißel das Gehör schärfen könne für die Worte, die Gott der Herr zu uns spräche. Zu seinen Nachfolgern gehörte Königin Anna von Oesterreich, die sich oft peitschen ließ von frommen Männern.

Soll ich dir noch mehr Namen nennen, Pietro? Die Geschichte der Heiligen ist voll von frommen Männern und Frauen, die wohl wußten, welche Gnade der Herr in die Geißelschläge legte und in ihre Wunden.

Er denkt daran, wie die Juden seinen Sohn Jesum wegrissen von des Landpflegers Pilatus Haus. Wie ihn die Kriegsknechte banden und auszogen, wie sie ihm eine Dornenkrone aufs Haupt setzten, ihn bespien und schlugen. Und es ist wohlgefällig in den Augen des Herrn, wenn die Frommen freiwillig die Schmach und die Qual ertragen, die sein geliebter Sohn erlitt, um der Welt Heil willen.

Das ist der Weg, der zum Lamme führt, und es gibt keinen andern, außer ihm.

Alle Heiligen gingen diesen Weg und allen zeigte sich der Herr und gab allen die Gnade des Wunders.

Fiel nicht auf einen Wink Sankt Benedikts der Tempel des Heidengottes Apollon in Monte Cassino in Trümmer? Tat nicht Sankt Ignatius allein über zweihundert Wunder? Und wer mag die zählen, die Sankt Franziskus wirkte?

So nimm die Geißel und peitsche deinen Leib, Pietro Nosclere, der du Elias bist, der Prophet!«

Frank Braun schwieg. Der Amerikaner starrte ihn an; seine Lippen bewegten sich stumm, dann die Zunge; es schien, als ob er die Sprache verloren hätte. Und mühselig, stotternd, rissen sich die Worte los: »Herr – Herr – wer bist du?«

»Dummes Vieh!« fuhr ihn der Deutsche an. – Dann goß er ein Glas voll Wein und drückte es ihm an die Lippen. »Da – trink! – So! – Wer ich bin, geht dich nichts an, du Narr! Denk du nach über das, was ich dir sagte, es ist genug für dein Hirn.«

Er stand auf und wandte sich zum Gehn. »Noch etwas will ich dir sagen, Pietro, und merk es dir wohl! Das ist wahr, was dich deine Brüder in Pennsylvanien lehrten, daß der Alkohol ein Gift sei und daß der Teufel darin wohne. Und du tatest recht, als du predigtest, wie sie, daß man den Wein fliehn sollte und nicht einen Tropfen trinken. Doch eines vergaßest du: daß in der Hand des Gesalbten, wenn er vor der Gemeinde zu den Füßen des Herrn steht, der Wein sich verwandelt in das Blut, das der Heiland vergoß für der Menschen Wohl. Du hast vergessen, was du so oft sahst, wenn du zur heiligen Messe gingst. Und sie alle hier, deine Brüder und Schwestern, hast du betört, und alle haben vergessen das große Mysterium der heiligen Wandlung. Nun, Pietro, in dir wohnt des Herrn höchster Diener, du bist ein Erwählter und Gesalbter und in deiner Hand muß sich des Teufels Saft zum Blute des Erlösers wandeln. Nicht hier freilich – nicht jetzt, wenn du trinkst, was ich dir gebe! Jetzt trinkst du des Satans unreines Gift! – Aber wenn du in der Versammlung stehst, dann wandelt sich, so gut wie in jedes Priesters Hand, auch in der deinen der Wein. Und dann sollst du ihn trinken und sollst ihn deinen Brüdern und Schwestern geben, daß auch ihr Leib teilhaftig werde der geheimnisvollen Gnade des Blutes des Lammes.«

Er griff das Glas, füllte es von neuem und nippte daran. Dann fuhr er fort: »Merke es dir, Pietro! – Aber nun, mein Prophet, nimm aus meiner Hand des Satan Mekatrig glühendes Gift! Da, setze deine Lippen hierhin, wo ich getrunken, und leere dies Glas!«

Der Amerikaner sprang auf und stieß ihn zurück. Dann lief er fort, aber Frank Braun vertrat ihm die Türe. Angstvoll duckte Pietro sich in die Ecke des Zimmers hinter der Bank.

»Nein, nein, ich will nicht! Geh fort! Laß mich!«

Frank Braun ging auf ihn zu, das Glas in der Hand. Er sagte: »Ich weiß, daß du nicht willst, Pietro. Aber du mußt! Hörst du: du mußt!«

Er gab ihm das Glas, zitternd brachte es Noscler zum Munde. Er nahm einen Schluck, spie ihn wieder aus, die Lippen brannten ihm wie höllisches Feuer.

»Du mußt trinken,« beharrte der Deutsche.

Und Mister Peter trank. Seine Beine schwankten, die Augen verdrehten sich. Das war flüssiges Blei, was ihm durch den Hals rann.

»So ist es gut,« sagte Frank Braun. »Gute Nacht!«

Dann ging er.

Pietro Noscler kauerte in seiner Ecke. Die Beine schlotterten, versagten den Dienst; wie ein Sack fiel er zusammen. »Er hat mich vergiftet!« stöhnte er. Er kroch auf allen Vieren an den Tisch, richtete sich mühsam auf, nahm die Flasche und zerschlug sie an der Kante.

Seine Eingeweide brannten. Er preßte die Hände auf den Leib, glaubte zu verbrennen von innen heraus. Es war der Teufel, der in ihm steckte und ihn marterte. Sein Leib schwoll zu einer gewaltigen Kugel und darin saß grinsend der Satan, wieherte laut und schlug Purzelbäume. Er war ein schwarzer Riese und seine Krallen waren lang und hart wie Stahl. So griff er in seine Därme, stieß mit den spitzen Hörnern und blies Rauch und Feuer. Pietro fühlte, wie ihm der giftige Qualm aufstieß in die Gurgel, wie der Glutatem aus seinem eigenen Munde drang. Er heulte, wälzte sich am Boden, als könnte er so das Feuer ersticken, das seinen Leib verbrannte. Aber der Satan griff hinauf, stieß ihm den spitzen Nagel des Daumens von unten in den Kopf: da drehte sich Pietro um sich selbst wie ein tollwütiger Hammel.

Er spürte, wie der Teufel von innen her ihn zusammenzog, den Kopf herunterriß und die Knie hochzog zu den Schultern. Wie ein Knäuel, wie ein runder Ball, lag er da; so wollte der Feind in ihm ihn nun vorwärtsrollen – die Treppe hinunter und zum See, tiefer, immer tiefer, hinein in das höllische Feuer. Dann würde er platzen mit lautem Krach, und Beelzebub würde wieder hinausspringen aus ihm, mit höllischem Gelächter, mitten unter seine schwarzen Gefährten.

Mit letzter Kraft warf sich Pietro auf die Knie.

»Herr Gott im Himmel, hilf deinem Diener Elias!«

Da geschah es, daß der Satan aus ihm fuhr. Er riß ihn vorne über, wie eine dicke Kugel stieg es ihm hoch in die Kehle. Es preßte und würgte, dann riß es seinen Mund weit auf. Und durch die Zähne, mit Unrat und Gestank, sprang der Satan, den des Herren Name verjagte –

Pietro spie –

Als Frank Braun die Türe des Hauses schloß, sah er im Schatten der Bäume eine Gestalt; er erkannte Teresa. Er pfiff ihr, wie einem Hund. Sie flog auf ihn zu, hinter ihr kam in großen Sprüngen die Ziege Marfa.

»Ihr habt auf mich gewartet?« fragte er. »So lange?«

»Ja,« sagte das Mädchen. »Verzeih mir.«

Er streichelte ihre Wangen. Er legte einen Arm um ihren Hals, die andere Hand ruhte auf dem Kopfe der Ziege.

Und er wußte, daß sie beide glücklich waren.

So gingen sie nach Hause.

VII

Sie war eine Blume zu Saron
und eine dunkle Rose im Tal.
Hohelied.

Die rauhe polternde Stimme des Gendarmen rief vor dem Hause; Frank Braun trat ans Fenster. Er sah den breiten Leib Aloys Drenkers sich herschieben, der sein kräftiges Pferd am Zügel führte. Auf dem Sattel hing, wie zwei alte Säcke, die übereinander lagen, die Bettlerin Sibylla Madruzzo.

»Hallo!« rief er herunter. »Was ist mit ihr geschehn?«

Drenker schwenkte grüßend den Arm. »Nichts!« antwortete er. »Was soll geschehn sein? Sie ist meine alte Freundin und immer, wenn ich abends zum Dorfe komme, hebe ich sie aufs Pferd oben auf der Straße. Da kommt sie bequemer herab mit ihren steifen Knochen.«

Der Knecht und Teresa halfen der Alten vom Pferde; sie nickte dankend mit dem Kopfe. Drenker lud sie ein mit hineinzukommen, sie solle essen und einen Schluck Wein trinken. Aber sie wehrte heftig ab, kroch mühselig an ihrem kurzen Stabe ins Dorf hinein.

»Die Sibylla trinkt nicht mehr,« erklärte das Mädchen. »Sie hat jetzt auch das Heil gefunden, das der Amerikaner predigt.«

»Sie auch?« Der Gendarm sah ihr nach. »Arme Frau!« Dann rief er hinauf zu Frank Brauns Fenster: »Ich habe Ihnen etwas mitgebracht, Doktor! Kein Mensch soll sagen, daß Aloys Drenker sein Wort nicht halte!«

Teresa kam auf sein Zimmer und brachte ihm wohlverpackt den blankgeputzten Helm. »Hier ist noch etwas,« sagte sie zögernd. »Ein Brief des Pfarrers – er hat ihn Herrn Drenker mitgegeben!«

»So?« lachte er. »Für mich? – Nicht für dich?«

Sie senkte den Blick. »Nein, es steht Ihr Name darauf.«

Er nahm den Brief. »Hast du ihm denn nicht mehr geschrieben?«

Sie schüttelte den Kopf. »Nein.« Ihre Stimme klang ein wenig beschämt. Dann ging sie hinaus.

Er öffnete den Brief und las ihn. So schrieb der Pfarrer:

»Mein lieber Herr! Ich bin beunruhigt, weil ich nichts höre von Val di Scodra; Teresa Raimondi hat in all der Zeit nicht geschrieben, seit sie zum letzten Male zur Beichte kam. Das Mädchen hat Ihnen ja gewiß gesagt, daß sie mir beichtete, so wissen Sie, daß ich ein Mitwisser Ihres Geheimnisses bin. Ich kann zu Ihnen, lieber Herr, ja nicht sprechen wie ein Priester, nicht wie zu meinen Beichtkindern, aber lassen Sie mich zu Ihrem Herzen sprechen, als ein alter Mann, der nichts weiter mehr auf dieser Welt zu tun hat, als zu versuchen, nach seinen schwachen Kräften ein wenig Elend zu lindern und ein wenig Gutes zu stiften.

Ich wäre selbst gerne, trotz allem, nach meinem Heimatdorfe gefahren, um nach dem Rechten zu sehen, ich habe das ungewisse Gefühl, als ob irgend etwas Böses sich da vorbereite. Aber der Bischof, dem ich meinen Wunsch noch einmal vortrug, hat es mir ausdrücklich verboten; ich dürfe nicht eher hin, als bis die Gemeinde selber wieder nach ihrem Hirten rufen würde. Sie kennen ja seine Grundsätze.

Nun war Teresa mein einzig treues Schäflein in dem Tale der Teufelsjäger – wolle Gott, daß der Satan, den sie vertreiben wollen, nicht die Rolle umkehre und aus den Jägern ein hilflos Wild mache! – Teresa aber ist mir genommen durch Sie, lieber Herr. Es liegt mir durchaus fern, Ihnen Vorwürfe zu machen, über die Sie ja doch nur lachen möchten. Ich habe das alles in Gottes gütige Hand gestellt, und Sie mögen mir glauben, daß mein Gebet ebenso warm wie für mein armes Beichtkind, auch für Sie, lieber Herr, zum Himmel dringt.

Mein heißer Wunsch – und einen glühenderen habe ich seit langen Jahren nicht gehabt – ist der, daß der Höchste alles zum Guten wenden möge! War ich es doch, der Sie, lieber Herr, nach Val di Scodra sandte – und so ist meine Schuld eine nicht geringere, wenn – etwas geschähe –

Ich weiß ja nicht, was eigentlich geschehn könnte, und ich schelte mich aus und nenne mich einen Dummkopf, daß ich mir solche Sorge mache um ein Nichts. Es ist nur diese graue, trübe Ahnung, die mich nicht losläßt und Tag und Nacht verfolgt. Und eine Schuld an dem Unglück – das des Himmels barmherzige Güte gnädigst verhüten möge – trage ich noch weit mehr, wie Sie wohl wissen, lieber Herr! Als ich mein armes Beichtkind so qualvoll elend zu meinen Füßen sah, als ich sah, wie sich ihre junge Seele verzehrte in dieser heißen Liebe zu Ihnen, lieber Herr, wie alles in ihr schrie, sie nicht wegzureißen von dem Wege, der ihr höchste Seligkeit schien auf Erden, da – Sie wissen es ja – stieß ich sie nicht zurück.

Wenn ich heute ruhig überdenke, was ich tat in jenem verhängnisvollen Augenblicke – und ich denke hundertmal am Tage daran – so scheint mir, daß ich ein schweres Unrecht beging an dem armen Kinde. Nun liegt sie frei in Ihren Armen, und ich selbst war es, der ihr den Segen gab. Und doch, wenn ich mir den Moment wieder vergegenwärtige, mich ganz zurückversetze in diesen Augenblick, so glaube ich, würde ich wieder so handeln. So werfen mich meine Gefühle hin und her und ich kann kein Ende finden.

Ich denke auch, lieber Herr, an unsere Unterredung, als ich Ihnen von Val di Scodra sprach. Vielleicht habe ich das, was Sie so hinwarfen im Gespräche, viel zu ernst genommen – oder vielmehr, es kommt mir jetzt erst, wenn ich, fast gegen meinen Willen, mich immer damit beschäftige, viel ernster vor, als es wohl gemeint war. Ich grübele vergebens darüber nach, was ich denn eigentlich befürchte, und was Sie, lieber Herr, denn in meinem Heimattale gar so Schlimmes anrichten könnten! Aber ich kann mir gut sagen, daß ich mich grundlos fürchte, und daß Sie gewiß den armen Verblendeten von Val di Scodra nicht einen Streich spielen werden – es ist, als ob mich diese unheilvolle Ahnung nicht loslassen wolle. Und ganz ähnlich geht es mir, wenn ich an mein Beichtkind denke. Freilich ist Ihr Verhältnis zu Teresa unerlaubt und ein Greuel vor dem Herrn – verzeihen Sie, lieber Herr, einem alten Priester, wenn er zuweilen in seiner Sprache spricht. Ich kenne die Welt ja ein wenig und ich weiß sehr gut, daß man nicht jedes Schäflein nach demselben Kamme scheren darf. Teresa liebt Sie und diese Liebe ist das Glück ihres Lebens – vielleicht das einzige, das sie je haben wird. Hatte ich das Recht, ihr dieses kurze Glück zu rauben? Was durfte sie erwarten in dem weltverlassenen Tale unter den rauhen Bauern ihrer Heimat?

Ein langsames Verblühen und Sterben – wie ihre arme Mutter. Und der Zufall, der Sie, lieber Herr, in das Tal warf, gab ihr ein Glück, das sie nie vergessen wird, so kurz es auch sein mag und so alt sie auch werden wird.

Keiner aber, glauben Sie mir, lieber Herr, gönnt ihr dieses Glück mehr wie ihr Beichtvater. So sehr, daß ich mich über alles, was die Religion, was die Sitte der Welt verlangt, hinweggesetzt habe, ich, ein Priester! – Und ich würde mich belohnt sehen, wenn ich für einen Augenblick nur die völlige Gewißheit haben könnte, daß es wirklich ihr Glück wäre!

Aber sehen Sie, lieber Herr, je mehr ich denke und grüble, je mehr ich mich eingrabe in diese Gedanken, um so mehr wächst meine trübe Furcht. Ich wehre mich dagegen, so gut es geht, aber es hilft nichts; immer fester nistet sich der Gedanke in mein Hirn, daß Ihre Anwesenheit im Tale ein Böses bringen wird für Teresa wie für das Dorf. Noch ist nichts geschehn, aber irgend etwas – Furchtbares – kann – ja, wird geschehn! Und ich, ich trage letzten Endes die Schuld daran!

Nennen Sie mich einen alten Narren, lieber Herr, sagen Sie mir, daß ich auf meine alten Tage wieder zum albernen Kinde würde – Sie mögen recht haben. Vielleicht ist es das Greisenalter, das sich plötzlich so meldet und mich am hellen Tage Gespenster sehn läßt. Aber was es auch sei, glauben Sie mir, ich leide sehr darunter. Ich habe alles versucht, um die trüben Gedanken abzuschütteln, aber es geht nicht, geht nicht, mit immer erneuter Heftigkeit leben sie wieder auf.

So wende ich mich nun an Sie, lieber Herr, als an den einzigen, der hier helfen kann. Ich bitte Sie:

packen Sie Ihre Koffer, reisen Sie ab von Val di Scodra! So unsinnig Ihnen meine Bitte erscheinen mag – ich beschwöre Sie, sie zu erfüllen. Während ich dieses schreibe, faßt mich der Gedanke mit unentrinnbarer Gewißheit: es wird irgend etwas geschehn, schrecklich für Val di Scodra, schrecklich für Teresa – schrecklich auch für Sie.

Ich bitte Sie, kniefällig bitte ich Sie, lieber Herr, reisen Sie ab! – Dann wird alles gut werden –

Reisen Sie gleich in dieser Stunde noch –«

Frank Braun las nicht weiter. ›Also auch du bist hellseherisch, Don Vincenzo?‹ dachte er. ›Aber sie ist ein wenig billig, deine Prophezeiung! – Ein großes Unglück – das klingt wie die Orakel einer Kartenlegerin: man wird eine Reise machen, man wird Geld bekommen.‹

›Pfarrer, Pfarrer,‹ fuhr er langsam fort, ›du weißt nicht, was du tust. – Dein Brief ist gut und ist sehr rührend und so anständig. Aber die Zeit ist nun lange vorbei, wo mir das einen Eindruck machte, was rührend war und anständig und gut.‹

Er steckte den Brief in die Tasche, dann ging er hinunter.

Der Gendarm empfing ihn lärmend, er saß mit dem Wirt am Tische, während Teresa das Essen auftrug. Er zeigte stolz seinen neuen Helm und sagte, daß er die Nacht in seinem Leben nicht vergessen wolle, in der er den alten vertrank. Bewundernd sah er Frank Braun an – ja, das war ein Kerl!

Frank Braun war nicht in der Laune zu singen und zu trinken. Die Reden Drenkers belästigten ihn, so lenkte er ab. »Die alte Bettlerin ist Ihre Freundin?«

Der Grenzer sagte: »Gewiß ist sie meine Freundin. Aber so alt ist sie gar nicht: ein paar Jahre jünger als ich und wenigstens zehn Jahre jünger als Raimondi!« Er wiederholte das dreimal, daß ihn der Wirt verstehn könne.

Der nickte bestätigend. »Sie sieht nur so alt aus.«

Drenker lachte. »Die Sibylla sieht aus wie achtzig, oder hundert, oder hundertundzwanzig! Das ist alles eins. Und doch ists wahr, daß wir alle drei verliebt in sie waren!«

Frank Braun war froh, daß der Wein und der Helm erledigt waren. Er hielt ihn fest. »Drei? Wer war in die Alte verliebt?« fragte er.

»Ho, nicht in die alte – in die junge Sibylla!« verbesserte ihn Drenker. »Wir drei waren in sie verliebt: Raimondi, Ussolo und ich – drei flotte Kaiserjäger! Bessere Liebhaber hatte nie eine Dirne in Val di Scodra. – Was, Raimondi? – Aber schlimm ists ausgelaufen, und die arme Sibylla schleppt noch heute ihr Kreuz herum. Denn damals, Herr, war sie schlank und gerade wie eine Tanne und kein Mädel war hübscher in ganz Tirol. – Als der arme Ussolo so jämmerlich zugrunde ging, da bekam sie den Knacks.«

»So erzählen Sie doch,« drängte Frank Braun.

»Erzählen – ja, es ist eine ganze Geschichte!« rief Drenker. »Aber trocken?« Er goß die letzten Tropfen aus der Flasche in sein Glas.

Frank Braun hieß den Wirt ein paar Flaschen Vino Santo holen, vom Tobliner Tal. Er baute sie dicht vor dem Gendarmen auf. Drenker wollte ihm einschenken, aber er wehrte ab. »Nein, danke, ich mag heute nicht trinken.«

Drenker schüttelte den Kopf. »Komische Leute seid Ihr gelehrten Herrn! Einmal trinkt Ihr wie zehn alte Schiffskapitäne und dann wieder keinen Tropfen! – Es ist kein Sinn und Verstand darin.«

»Nein,« bestätigte Frank Braun, »es ist durchaus kein Sinn und Verstand darin. – Aber nun trinken Sie,

Drenker, und erzählen Sie von den drei Liebhabern der jungen Sibylla Madruzzo.«

Der Gendarm schneuzte sich und brannte seine Pfeife an. Er hob das Glas an die Lippen, trank und schnalzte lobend mit der Zunge.

Dann begann er. Er erzählte laut, hastig, in zerhackten Sätzen. Immer wandte er sich schreiend an den Gastwirt: »Wars nicht so, Raimondi?« Der nickte stumm oder brummte ein »Ja!« zwischen den Zähnen.

Aloys Drenker sagte: »Das sind wohl dreißig Jahre her. Wir standen in Bozen alle drei, und waren die besten Freunde von der Welt. Ussolo – der war auch aus Val di Scodra; dort, wo es zur Kreuzplatte hinaufgeht, stand seiner Leute Haus. Nun ist das längst verfallen – der arme Ussolo liegt auf dem Kirchhof und seine Verwandten sind alle drüben in Argentinien. Nichts ist mehr da von der ganzen Sippe! – Also wir drei waren Kaiserjäger in Bozen; Ussolo und ich waren Unteroffiziere – aber Raimondi war gerade Feldwebel geworden. Was, Alter? – Nun gut, wenn die beiden Urlaub hatten, fuhren sie nach Hause und da bin ich ein paarmal mit ihnen gewesen. Denn, wissen Sie, ich hatte kein Heim, mich hat meine selige Mutter im Straßengraben gefunden und ist an dem Schreck schnell draufgegangen. So wurde ich herumgestoßen und geschlagen bei fremden Leuten, und wohl wurde mir erst, als ich in der Kompagnie war. Die Kaiserjäger – das war meine Familie – und eine fesche dazu, nicht Raimondi? Hols der Teufel, eine bessere Truppe gibts auf der ganzen Welt nimmer! Also gut, ich fuhr ein paarmal mit meinen Freunden hinunter nach Val di Scodra – einmal mit Raimondi und zweimal mit Ussolo. Na, Sie können sich denken, wie die Leute schauten, wenn wir ankamen! Das ganze Dorf war vernarrt in uns. Und wir drei – alle drei – waren in die Sibylla vernarrt und jeder tat sein Bestes, ihr zu gefallen.

Aber keiner von uns sagte etwas, weder den andern, noch dem Mädchen. Jeder überlegte, und jeder faßte seinen Plan, aber heraus kam keiner damit. Wir schrieben ihr alle drei und sie schrieb uns auch – aber, wissen Sie, immer zusammen allen drei. Da, eines Winterabends, wie wir gemütlich in der Kantine beim Gossensasser sitzen, sagt der Ussolo, daß er seinen Abschied nehmen wolle und nicht weiter kapitulieren. Ich denke, der Schlag rührt mich, und ich frag ihn, ob ihn der Teufel stäche? Da kommts heraus! Er sagt, daß er die Sibylla liebe und sie heiraten und mit ihr leben und sein Land bebauen wolle in Val di Scodra. Er habe seiner Mutter schon geschrieben – denn der Vater war tot – und die sei einverstanden, daß er den Hof übernehme. Nun, zum nächsten Urlaub, wolle er mit dem Mädchen sprechen. Da fuhr der Raimondi los! – Brauchst dich nicht zu schämen, Alter, es war doch so! – Denn wissen Sie, damals kannte er die schöne Maria noch nicht, des Brixener Schulmeisters Tochter, die dann später seine Frau und Teresas Mutter wurde. Damals war sein Gedanke nur Sibylla und immer wieder Sibylla! – Na, wars nicht so, Alter? – Also, er fuhr los auf den Ussolo und sagte, daß er sich nicht unterstehn sollte, an das Mädchen zu denken. Er müsse sie haben und niemand sonst! Und er sei der Aeltere und er sei Feldwebel. – Da konnte ich auch nicht mehr an mich halten. Aelter oder jünger, Feldwebel oder nicht, das sei ganz gleichgültig, sagte ich. Und ich liebe die Sibylla auch und ich wolle sie haben und kümmere mich den Teufel um die welschen Fack'n. Ich schrie und der Raimondi brüllte und der Ussolo heulte und ehe wirs uns versahen, lagen wir einander in den Haaren und prügelten darauf los, daß es eine Freude war. Ein Leutnant kam dazwischen und störte den Spaß; dann hatten wir im Mittelarrest alle drei genug Zeit, über unsere Liebe und unsere Dummheit nachzudenken. Als wir herauskamen, war unsere Aufregung merklich abgekühlt und wir sahen nun ein, daß es herzlich dumm sei, uns wegen des Mädchens zu zanken, das doch nur einer haben konnte. Wir beschlossen also, der Sibylla selbst die Wahl zu überlassen und zu dem Zweck zum nächsten Septemberurlaub alle drei nach Val di Scodra zu fahren. Inzwischen war abgemacht, daß keiner ihr besonders schreiben solle; so schrieben wir immer zusammen Briefe und schickten ihr auch zu Weihnachten und zu Ostern gemeinschaftlich ein Geschenk. Na, es war ja nicht viel, ein seidenes Kopftuch und eine silberne Schnalle – aber die Sibylla hat sie bis heute aufbewahrt und die Briefe auch. Also gut, der Frühling kam und der Sommer und wir fühlten uns alle nicht recht wohl. Jeder war mißtrauisch auf die andern beiden und alle paar Tage mußte einer dem andern schwören, daß er ganz gewiß nicht hinter dem Rücken doch einen Brief geschrieben habe. Endlich kam das Manöver und dann der Tag, da wir Urlaub bekamen. Es hielt schwer genug, daß wir alle drei loskamen, da Raimondi und ich bei derselben Kompagnie waren – aber schließlich gings doch. – Die Fahrt werd ich meiner Tage nicht vergessen! Keiner sprach ein Wort und jeder machte ein Gesicht, als ob er die andern lebendig auffressen wollte. Ich glaube, es war nur die Uniform, die uns noch zusammenhielt, sonst hätten wir aufeinander losgeschlagen wie an dem Abend in der Kantine.

Damals fuhr noch keine Post ins Tal und wenn es eine gegeben hätte, hätten wir doch nicht drauf gewartet. Wir marschierten los, und spät in der Nacht kamen wir an. Raimondi ging zu seinen Eltern, ich ging mit Ussolo nach Hause. Geschlafen aber habe ich keinen Augenblick, immer fürchtete ich, mein Kamerad möchte aufstehn, um zu dem Hause der Madruzzo zu gehen. Ihm aber gings ebenso. Es war kaum hell, als wir aufbrachen, um Raimondi abzuholen, aus Angst, daß der uns zuvorkommen möchte. Kaum standen wir hier vor dem Hause, als er auch schon herauskam – offenbar mit demselben Gedanken wie wir. Nun sahen wir wohl ein, daß es noch viel zu früh wäre zur Sibylla zu gehen, zumal es gerade ein Sonntag war. Wir gingen wieder in Raimondis Haus, kochten Kaffee und frühstückten. Dann trat Ussolo vor den Spiegel – so sehr hatten wir uns beim Aufstehn geeilt, daß wir kaum die Haare gekämmt hatten. Er frisierte sich und machte sich schön – und da zeigte sichs, daß wir doch noch gute Freunde und Kameraden waren. Raimondi holte alles heran, was er hatte, Stiefelglanz, Bürsten, Kämme, sogar Schnurrbartwichse; und wir halfen einander, uns so stattlich herauszuputzen wie nur möglich. Fesch muß der Kaiserjäger sein, was Raimondi? So ging die Zeit herum, schneller wie wir geglaubt. – Dann kamen Raimondis Eltern und wir mußten noch einmal mit ihnen Kaffee trinken. Endlich brachen wir auf, schnitten im Garten noch ein paar Rosen für die Mützen und dann gings zum Hause der Madruzzo. Aber ehe wir noch da waren, rief Ussolo: ›Da kommt sie!‹ Und wirklich, da stand sie vor uns im Olivengarten und lachte. Sie war im Sonntagputz und sie war so sauber und hübsch, daß mir das Herz lachte im Leibe. Aber dabei klopfte es doch so stark, und ich fühlte eine solche Angst, daß ich kaum wagte, einen Schritt weiterzugehn. Aber auch den beiden Kameraden ergings nicht anders und sie blieben stehn wie ich. Sagt der Raimondi: ›Freunde, ich bin der älteste!‹ ›Ja,‹ sag ich, ›das bist du wohl – doch –‹ Er aber flüsterte: ›Sei still und hör, was ich sag! Wir haben ausgemacht: der, den sie will, der soll sie haben. Aber die andern beiden sollen ihm deshalb nicht feind sein, sondern gute Freunde wie zuvor.‹ – ›Bist du deiner Sache so sicher?‹ dachte ich. Aber ich war meiner Sache auch sicher, denn ich glaubte bestimmt, daß sie gerade mich anlachte und nicht die andern. Darum sagte ich: ›Hand drauf!‹ und schlug ein. Der Ussolo sagte gar nichts, aber er gab auch seine Hand. ›Gut denn,‹ sagte Raimondi. ›Vorwärts, marsch! – Und ich spreche, weil ich der älteste bin und Feldwebel!‹ – Das wollte mir nun gar nicht gefallen, aber es war nichts mehr zu reden, denn er ging mit langen Schritten vor und wir mußten laufen, ihm beizubleiben. Wir grüßten mit der Hand an der Mütze und Raimondi wollte eine Rede beginnen. Aber es kam nichts heraus. Wir standen stumm vor ihr und glotzten sie an. Da lachte die schwarze Sibylla und streckte uns die Hände hin und fragte, wie es uns gehe, und sagte, das sei nett, daß wir alle drei zusammen zum Urlaub gekommen. Sie bedankte sich für die Briefe und die Geschenke und sagte, daß sie für jeden von uns eine Uhrkette geflochten habe aus ihren Haaren. So plauderten wir, aber eigentlich sagten wir gar nichts, und nur die Sibylla lachte und schwatzte, und wir standen da wie die dummen Bauern und starrten sie an. Ich sah wohl ein, daß es eine Schmach sei für uns Kaiserjäger und stieß den Raimondi an, daß er sprechen sollte. Aber der tat, als merkte er es gar nicht. Dann flüsterte ich dem Ussolo zu: ›So red doch!‹ – Der Ussolo redete auch – aber was! Er erzählte stotternd, wo wir im Manöver gewesen. Da wollte ich sprechen, aber es ging auch nicht. Wenn nur die andern nicht dagewesen wären, hätte ichs ganz leicht gekonnt, das fühlte ich. Darauf also gründete ich meinen Plan. Ich sagte der Sibylla, wir drei hätten einen Augenblick etwas allein zu besprechen. Sie lachte und wollte gleich nach Hause gehn, ich aber sagte ihr, daß sie ein klein wenig warten möchte; da ging sie etwas abseits in den Olivengarten. Nun sagte ich den beiden, daß sie Esel seien – und ich auch: alle drei seien wir Esel! Und so ginge es nicht weiter. Ich nahm drei Grashalme und hielt sie in der Hand: wer den längsten ziehe, der solle zuerst mit ihr sprechen dürfen – allein. Damit waren sie einverstanden. Der Feldwebel zog zuerst, dann Ussolo: er fand den längsten Halm. Ich aber hatte den allerkleinsten, kam also zuletzt daran. Nun, ich tröstete mich, war ich doch überzeugt, daß die beiden Welschen einen Korb bekämen, und daß sie auf mich warten würde. Ussolo ging inzwischen zu der Sibylla und wir beide setzten uns ins Gras, drehten ihnen den Rücken und warteten. Ein Soldat, wissen Sie, ist das Warten gewohnt; das lernt man schon beim Postenstehen. Aber obwohl wir zu zweit waren, ist mir doch nie ein Warten so lang geworden wie dieses. ›Sind sie denn immer noch nicht fertig?‹ dachte ich. Keiner von uns sprach ein Wort; ich sah, wie der Raimondi stier vor sich hinguckte. Plötzlich sagte er: ›Nun halt ichs nicht mehr aus. Der Ussolo könnte doch längst fertig sein!‹ Wir drehten uns um, aber die beiden waren verschwunden. Wir standen also auf und gingen ein wenig hinein in den Olivengarten, spähten rechts und links, aber sahen niemanden. Ich rief halblaut und dann lauter: ›Ussolo!‹ Aber niemand gab eine Antwort. Da brüllte Raimondi, als wenn er drei Regimenter vor sich habe: ›Ussolo! Ussolo!‹ – Jetzt antwortete der Kerl: ›Ja! Ja! Wir kommen schon!‹ Und gleich darauf kamen sie auch angelaufen. Ussolo lachte über das ganze braune Gesicht und streckte uns beide Hände entgegen. ›Verzeiht mir, Kameraden, wir beide hatten euch wirklich ganz und gar vergessen!‹ Dann, wie er unsere verdutzten und ärgerlichen Gesichter sah, nahm er vor Raimondi Stellung, legte die Hand an die Mütze und sagte: ›Herr Feldwebel, melde gehorsamst: Unteroffizier Ussolo nebst Braut Sibylla Madruzzo.‹ Und das Mädchen machte ein sehr ernstes Gesicht dazu und einen tiefen Knix. Später habe ich einmal die Sibylla gefragt, wer von uns wohl ein dümmeres Gesicht gemacht habe, Raimondi oder ich. Aber sie hatte leider darauf nicht acht gegeben, und so wird sich das nie feststellen lassen. Dumm aber waren sie beide – das schwöre ich!

Raimondi faßte sich zuerst. Er griff in die Tasche und zog ein hübsches, silberbeschlagenes Portemonnaie heraus, das gab er der Sibylla und gratulierte beiden. Da holte ich auch die Ohrringe hervor, die ich für sie gekauft hatte, und gab sie ihr als Brautgeschenk. Ussolo schlug sich vor den Kopf und rief: »Herrgott – und ich habe ganz vergessen, ihr mein Geschenk zu geben!‹ Damit zog er eine hübsche, kleine Uhr heraus. So hatten wir alle drei ihr heimlich etwas mitgebracht, aber nur dem Ussolo kam es zugute. – Der arme Kerl, wenn er nur gewußt hätte, wie kurz sein Glück sein sollte!

Dann ließen wir die beiden allein und ich ging mit Raimondi nach Hause. Wir waren recht niedergeschlagen, aber dennoch fühlten wir uns erleichtert, daß wenigsten der bisherige unerträgliche Zustand zu Ende war. Wir beschlossen, recht brüderlich zu den beiden zu sein, wie echte Kameraden, die so lange Jahre treue Freunde waren. Aber es ging nicht so leicht, wie wir dachten; jedesmal, wenn wir Ussolo und Sibylla sahen, in ihrem großen Glück, wurden wir neidisch und man sah uns wohl an, wie wenig wir im Grunde es ihnen gönnten. So dachten wir, daß es wohl das beste wäre, wieder abzureisen nach Bozen, ehe der Urlaub zu Ende. Hätten wirs doch getan! Aber Ussolo drängte uns und quälte, wir möchten doch bleiben, wenigstens bis zum nächsten Sonntag. Da war Kirchweih in dem Nachbardorfe – in Cimego, wissen Sie, sieben Stunden über die Berge nach der Grenze zu. Jetzt ist die Gendarmeriestation dort, und ich wohne da. Dahin hatte uns

Ussolo eingeladen; er hatte Verwandte dort, und denen wollte er seine schöne Braut zeigen – und zugleich uns, seine Freunde von den Kaiserjägern. Wir hatten nur wenig Lust, unser Sinn stand gar nicht nach Festen und Kirchweih. Aber Ussolo gab nicht nach und die Sibylla half ihm mit Bitten, so ließen wir uns überreden. Wir wollten also nach Cimego, um dort Abschied zu feiern, ehe wir zurückfuhren zum Regiment. Wir beschlossen nachts aufzubrechen, unterwegs in einer Köhlerhütte zu ruhen, um früh am Morgen im Nachbardorfe einzutreffen.

Nun muß ich sagen, daß Ussolo gerne trank. Nicht, daß er ein Säufer war, aber er konnte so wenig vertragen und nach ein paar Glas schon wurde er sehr lustig und manchmal wild. Und jetzt in seiner Freude als Bräutigam, und daheim im Urlaub unter alten Bekannten und Freunden, die ihn einluden, ein Glas mit ihnen zu trinken, war er jeden Abend fidel und lärmte und randalierte durch die Gassen. Das mochte nun die Sibylla gar nicht leiden, denn was trinken heißt, das wußte sie von Kindesbeinen an. Ihr Vater nämlich, der alte Carlo Madruzzo, hatte die ausgepichteste Kehle im Dorfe, und da verging kaum ein Tag, an dem sie seine schweren trunkenen Fäuste nicht fühlte. So war es denn kein Wunder, wenn sie bei ihrem Bräutigam die Flasche nicht gerade gerne sah; sie machte ihm Vorwürfe und er versprach ihr, kein Glas mehr anzurühren – aber am Abend war er doch wieder betrunken. Daher kam es, daß Sibylla den Wein, den Ussolo trank, noch mehr haßte, wie den, der durch ihres Vaters Gurgel floß. Als wir nun in der Nacht zum Sonntage – sie war finster und kein Stern war am Himmel – aufbrachen, richtete die Sibylla es so ein, daß sie mit mir ging, während Ussolo und der Feldwebel ein wenig voranschritten. Raimondi und Sibylla trugen Laternen; ihr Schatz schleppte einen schweren Korb, in dem er in frisches Laub Fische verpackt hatte, die er am Abend im See gefangen hatte und nun seinem Onkel in Cimego bringen wollte. Den Rucksack, den auch Ussolo eingepackt hatte, trug ich; es war Brot darin, Schinken und Wurst, dazu fünf Flaschen guten Weines. Darauf hatte nun die Sibylla es abgesehn. Als wir nach einer halben Stunde an eine Quelle kamen, blieb sie stehn und bat mich, ihr den Rucksack zu geben. Sie wartete noch eine Weile, bis sie die beiden andern genügend weit entfernt glaubte, dann nahm sie die Flaschen heraus und öffnete sie. Sie fragte, ob ich noch einmal trinken wolle und ich nahm auch ein paar gute Züge. Dann schüttete sie den Wein aus, eine Flasche nach der andern. Ich wollte sie hindern, aber sie lachte und sagte, für diese eine Nacht könnte ich doch wohl verzichten auf den Wein, morgen gäbe es ja genug in Cimego. Sie füllte die Flaschen bis zum Rande mit Wasser voll und verkorkte sie wieder sorgfältig; beide freuten wir uns dabei auf das Gesicht, das Ussolo machen würde, wenn er entdeckte, daß sein Wein so zu Wasser geworden war.

Wir schritten rüstig aus und holten bald die andern ein. Wir brüllten unsere Soldatenlieder und dazwischen sang die schöne Sibylla. So vergingen die Stunden. Ein paarmal schlug Ussolo vor, man solle nun ein Glas Wein trinken; aber ich rückte nicht heraus damit, sagte ihm, daß er warten müsse, bis zu dem Rastplatze in der Köhlerhütte.

Wir waren um neun Uhr abmarschiert und konnten so bequem gegen drei Uhr morgens in der Hütte sein. Dort wollten wir uns stärken und dann etwas ausstrekken; wir hatten ja unsere Mäntel und für die Sibylla war eine warme Decke da, die Raimondi trug. Dann wollten wir nach ein paar Stunden das letzte Stückchen hinabsteigen ins Cimegotal. Es war kalt genug auf dem Wege, und Ussolo hängte seiner Braut seinen Mantel um. Aber wir waren alle froh und gut gelaunt und wie wir so zusammen marschierten, hintereinander im Gänsemarsch, oder auch Arm in Arm, wenn der Weg etwas breiter war, kam es uns vor, als ob die schöne Rose nicht ihm allein gehöre, dem Ussolo, sondern gemeinsam allen drei Brüdern von den Kaiserjägern.

Es war ein Uhr vorbei, als wir durch die Schlucht des Boazol schritten. Raimondi ging voran mit der Laterne, ich war hinter ihm. Dann kam Sibylla und den Schluß machte Ussolo. Plötzlich hörte ich ihn fluchen; er war ausgeglitten und lag auf den Steinen. Aber er sprang gleich wieder auf. Ich wandte mich und sah nach ihm, Sibyllas Laterne beleuchtete ihn hell genug.

›Verdammtes Vieh!‹ rief er, und ich sah, wie er in dem Lichtschein eine kleine Schlange in der Hand hielt. Er faßte sie am Schwanz und zerschlug ihr den Kopf an den Felsen.

›Hat sie dich gebissen?‹ fragte das Mädchen ängstlich.

Er lachte und sagte, er habe jedenfalls nichts davon gemerkt. Wir waren alle zu ihm hingetreten und sahen, daß er sich Gesicht und Hände ein wenig zerschunden hatte bei dem Fall. Sibylla reinigte ihn mit ihrem Tuche. Dann nahm er seinen Korb wieder auf und wir gingen weiter; diesmal schritt er hinter Raimondi, und ich war der letzte.

Noch keine fünf Minuten waren vergangen, als Ussolo zähneklappernd stehen blieb; er zitterte vor Frost und bat Raimondi, ihm seinen Mantel zu leihen. Er zog den Mantel an und legte noch die Decke, die für Sibylla bestimmt war, über die Schultern, aber es fror ihn immer noch. Ich rief ihm zu, tüchtig auszuschreiten und das tat er denn auch. Nach einer Weile sah ich, wie er sich mit der Hand an den Felsen stützte, es war, als ob er betrunken wäre. Aber er sagte nichts und so schwieg ich auch, um seine Braut nicht zu erschrecken. Das ging so eine Zeitlang, dann faßte ihn wieder ein Schwindel; er taumelte nach vorne über und wäre lang hingeschlagen, wenn Raimondi ihn nicht gestützt hätte. Er setzte den Korb nieder und hielt sich mühsam an der Felswand aufrecht.

›Was ist dir?‹ schrie die Sibylla. Er schüttelte den Kopf und versuchte zu lachen. ›Nichts,‹ sagte er. ›Ich weiß nicht –‹ Der Feldwebel hielt ihm die Laterne ins Gesicht. Dann griff er seine linke Hand und betrachtete sie genau von beiden Seiten. ›Da, du Esel,‹ rief er, ›natürlich hat sie dich gebissen!‹ Wir drängten heran und ich bemerkte eine ganz kleine Wunde dicht am Puls; ein Blutströpfchen kam heraus, kaum größer wie ein Nadelknopf. Die Hand und das Gelenk waren geschwollen, und schwollen schnell immer mehr an, fast unter unsern Augen. Raimondi, der einen Samariterkursus durchgemacht hatte, griff schnell in seine Tasche und nahm ein Tuch. Dann fiel sein Blick auf den Rucksack, er steckte das Tuch wieder ein und befahl mir die Schnüre abzuschneiden. Wir banden die Hand ab, oberhalb der Wunde, und zogen die Schnur zu, so fest es nur gehn mochte, sodaß sie ihm tief in die Haut schnitt, inzwischen taumelte Ussolo hin und her; wir mußten ihn platt auf den Boden legen.

Raimondi sagte: ›So, das wäre das erste. Nun müssen wir die Wunde aussaugen.‹ Sofort warf sich Sibylla über ihren Bräutigam, aber Raimondi riß sie zurück. Er leuchtete ihr ins Gesicht und stieß sie gleich weg: sie habe einen kleinen Sprung in der Lippe, da könne sie sich auch noch vergiften, sagte er. Dann zog er mich heran, hieß mich den Mund aufsperren und suchte mit seiner Laterne. ›Du kannst es tun!‹ rief er.

Ich nahm also Ussolos Hand und sog aus Leibeskräften. Der Speichel lief mir zusammen und ich spie aus zur Seite hin, es war mir, als schmeckte ich das Gift mit der Zunge. Aber es mag wohl nur eine Einbildung gewesen sein. Ich sog, bis mich Raimondi wegriß. ›Jetzt muß er trinken,‹ sagte er. ›Je mehr, je besser. Alles was wir haben. Da bleibt das Herz in rascher Tätigkeit.‹

Er griff in den Rucksack und entkorkte die erste Flasche. Ich hörte einen leisen Schrei der Sibylla, sie hielt sich fest an meinem Arm. Sie stammelte leise: ›O Madonna – Madonna!‹ Und ich verstand, daß sie zur Mutter Gottes betete und sie bat, ein Wunder zu tun. Ich war so erschreckt und verwirrt, daß ich leise mit ihr betete, und ich weiß heute noch, daß ich in jenem Augenblicke wirklich die Hoffnung hatte, das Wasser möchte sich wieder in Wein verwandeln. Aber leider geschehn heute keine Wunder mehr, wie auf der Hochzeit zu Kana!

Ussolo setzte die Flasche an die Lippen und trank gierig – aber gleich spie er alles wieder aus. ›Wasser!‹ stöhnte er. Raimondi trank selbst einen Schluck, schüttelte den Kopf und warf die Flasche in die Schlucht. Er glaubte wohl an einen zufälligen Irrtum und öffnete die nächste Flasche. Sibylla zitterte und wagte in ihrer Todesangst kein Wort zu sagen; auch ich war von meiner Mitschuld so niedergedrückt, daß ich nicht eine Silbe über die Lippen brachte.

Wieder nahm Ussolo einen Schluck und wieder spie er ihn aus. Raimondi nahm die nächste Flasche und schlug ihr den Hals ab, sah, daß auch diese voll Wasser war und warf sie fort. Nun faßte ich mir ein Herz und sagte, was geschehn wäre. Aber ich sagte, daß ich den schlechten Witz gemacht hätte und sprach kein Wort von Sibylla – noch heute bin ich froh darüber, daß ich das tat. Raimondi schrie, ich wäre ein Verbrecher; aber Ussolo sagte schwach, daß er wohl wüßte, daß ich es nicht böse gemeint hätte. Er streckte mir die andere Hand hin zum Zeichen der Vergebung, und er sagte, daß es ja nicht so schlimm wäre und daß er wohl bald wieder weiter könnte. Ich redete auch und versuchte ihn zu trösten, doch Raimondi riß mich auf und schrie, daß jetzt keine Zeit sei zu schwatzen. Er nahm sein Taschenmesser, steckte die schärfste Klinge in die Flamme der Laterne und befahl mir, meines zu nehmen und ein Gleiches zu tun. Als sein Messer glühend heiß war, schnitt er in die Wunde und vergrößerte sie. Dann nahm er mein Messer und ich mußte das andere in die Flamme halten; so wechselte er immer und schnitt und brannte in der Wunde. Der arme Ussolo litt entsetzlich, er versuchte seinen Schmerz zu verbeißen, wie ein guter Soldat; es war jämmerlich, wie wir ihn quälten – so völlig nutzlos. Die Sibylla kniete vor ihm und hielt seinen Kopf und er stöhnte und knirschte mit den Zähnen.

Endlich war der Feldwebel fertig. Wir sahen ein, daß wir nicht einen Schritt mit Ussolo weiter konnten, da war es das beste, daß einer von uns nach Cimego lief, um Hilfe zu holen. Ich kannte den Weg nicht, so ging Raimondi; er hoffte beim Pfarrer Aetzkali und Salmiakgeist zu bekommen. Er nahm seine Laterne und schritt rasch aus, nach einer kurzen Weile war er verschwunden.

Die Stelle, wo wir lagen, war mißlich genug. Rechts stieg die Felswand auf – links fiel die Schlucht ab, nicht gerade steil, aber doch unbequem genug in der Dunkelheit. Der Weg dazwischen war sehr schmal. Ich rollte einen Mantel zusammen und gab ihn Ussolo als Kopfkissen, auf dem andern Mantel lag er. Ueber ihn breitete ich die Decke und den dritten Mantel. Aber er fror trotzdem; ein Frostschauer schüttelte ihn über den andern. Nach einer Weile begann er nach Atem zu ringen, er schnappte, und es war, als ob die Lungen nur mühsam arbeiten könnten. Er sagte nichts, nur manchmal stöhnte er leise. Die Sibylla kniete vor ihm; auch sie sprach kein Wort, ganz erstarrt schien sie zu sein. So schwatzte ich denn drauf los, sagte ihm, daß ja nun die Quälerei vorüber wäre und daß der Feldwebel bald kommen werde mit guter Hilfe. Dann wußte ich nichts Rechtes mehr und sagte dasselbe noch einmal – ich glaube, ich habe es wohl hundertmal gesagt in dieser gottverlassenen Nacht. Aber es war ja auch ganz gleichgültig, was ich sagte, es hörte doch keiner zu von den beiden. Manchmal ließ die Atemnot nach, dann befiel sie ihn wieder; auch die Schwindelanfälle kehrten regelmäßig zurück.

Eine Stunde verrann nach der andern. Die Nacht sank und die Nebel krochen von den Bergen. Es wurde Tag, und der kalte, feuchte Frühwind strich durch die Schlucht. Zuweilen, wenn er ruhig dalag, glaubten wir, daß es besser würde, aber bald überfiel ihn wieder ein kräftiges Zittern; auch bewußtlos war er für Augenblikke. An der Handwurzel hatte er stechende, sehr heftige Schmerzen; die Hand war entsetzlich angeschwollen und die wunde Stelle sah tief blaurot aus. Gegen sechs Uhr morgens bekam er Krämpfe, er hob den Leib hoch und ließ ihn schwer zurückfallen. Dann riß es ihn in den Muskeln, die Finger der gesunden Hand krampften sich und die Beine stießen nach vorne in starken Zuckungen. Wir hielten ihn mit Mühe fest und er wurde auch wieder ruhiger; aber bald fing die Atemnot von neuem an und mit ihr der Schüttelfrost.

Es wurde acht Uhr; Raimondi mußte längst zurück sein nach meiner Schätzung. Ussolo war um diese Zeit ein wenig stiller geworden und schien zu schlummern; so dachte ich, daß es das beste sei, wenn ich aufbräche, um den Feldwebel zu suchen. Ich sprang also auf und lief den Pfad entlang, der nach Cimego führte, so schnell mich nur meine Beine tragen mochten. Nach einer Stunde etwa kam mir Raimondi entgegen, mit ihm waren der Pfarrer und drei Burschen von Cimego.

›Lebt er noch?‹ schrie der Feldwebel. Ich nickte und kehrte mit ihnen um. Raimondi sah aus wie ein Wilder, seine schöne Uniform war von oben bis unten voll Schmutz; Gesicht und Hände starrten von Blut und Schweiß. Er war fehlgetreten, abgestürzt und hatte dabei seine Laterne zerschlagen. Nun hatte er im Finstern seinen Weg gesucht, sich verirrt, und erst bei Tagesanbruch gemerkt, daß er in ein falsches Tal geraten war. Er mußte also wieder zurück und fand nur mit Hilfe eines Geißbuben, den er unterwegs traf, den Weg nach Cimego. Dort hatte er gleich den Pfarrer geholt, von der Messe weg, und war dann zurückgelaufen mit den Leuten. Während er mir noch erzählte, hörten wir plötzlich einen wilden, gräßlichen Schrei. Wir erkannten Sibyllas Stimme und rannten nun wie rasend weiter. Raimondi weit voraus; hinter ihm sprang der Pfarrer von Cimego, die schwarze Soutane mit beiden Händen hochhebend. Er war ein braver Mann; konnte er mit seinen Doktormitteln nicht zur rechten Zeit kommen, so hoffte er doch, als Priester nicht zu spät zu sein, um dem Sterbenden die letzte Oelung zu geben.

Aber es war zu spät für beides. Wie wir herauskamen aus der Schlucht, sahen wir dicht vor uns einen Toten liegen. Sein Gesicht war furchtbar verzerrt, die Augen quollen ihm weit aus den Höhlen. Die rechte Hand war festgekrallt in seinen Mantel, die Beine hoch an den Leib gezogen. Vor ihm stand Sibylla, aufrecht, aber den Leib vornüber gebeugt – so, wie sie jetzt geht und steht. Wir gaben zuerst wenig acht auf sie, beschäftigten uns nur mit Ussolo, rieben ihn, gossen ihm Wein in die offenen Lippen und hielten ihm Aether unter die Nase. Aber wir sahen bald ein, daß alles zu spät war, und daß es aus war mit ihm. Wir breiteten einen Mantel über ihn und wandten uns zu seiner Braut.

Wir fragten sie, wie er gestorben sei, sie gab uns keine Antwort. Wir drängten sie und sahen wohl, daß sie uns verstand; ihre Lippen bewegten sich, aber ihr Mund war stumm: sie hatte die Sprache verloren. Ihre Augen blieben trocken, keine Träne fiel, und nicht einmal mehr in all den Jahren – selbst an seinem Grabe nicht – hat sie weinen können. Der Pfarrer nahm sie in die Arme und versuchte sie aufzurichten; es gelang ihm nicht und er bat mich, ihm zu helfen. Alle halfen wir – aber sie blieb steif wie sie war – den Oberkörper gerade nach vorne gerichtet. Wir wollten es nicht glauben, faßten sie rauh an und versuchten es mit Gewalt: es war unmöglich.

Was da vorging in diesen letzten zwei Stunden, die Ussolo lebte, das weiß ich bis heute nicht. Ich habe später oft die Sibylla darnach gefragt, bat sie, sie möchte es mir aufschreiben. Aber sie schlug die Hände vor das Gesicht, schauderte und schüttelte den Kopf – so gab ich es endlich auf. Schrecklich muß es gewesen sein – das las man auf ihrem Gesicht! Ihre Züge waren verzerrt und starr, es war, als habe sie in die offene Hölle gesehen. Und dieser Schreckensausdruck wich nicht, er blieb; erst mit den Jahren, als ihre Haut runzlig und braun wurde, als sie alterte, weit vor ihrer Zeit, ist der Ausdruck allmählich geschwunden. Heute sieht man nur wenig mehr davon.

Aber der furchtbare Krampf, der ihren Körper brach, gab sich nicht, noch fand sie jemals die Sprache wieder. – Wir machten Bahren und trugen sie und Ussolo nach Cimego – dort liegt er begraben.

Das ist die Geschichte von der schönen Sibylla und ihrem armen Bräutigam.«

Der Gendarm schnaufte und trank drei große Gläser Wein, um seine Rührung zu ersticken. Frank Braun fragte: »Und machte man keinen Versuch sie zu heilen?«

»Keinen Versuch?« Drenker lachte. »Wir haben alles getan, was wir konnten, Raimondi und ich! – Als wir sie zurücktrugen in ihr Heimatdorf, war ihr Alter betrunken, wie gewöhnlich. Er schrie und schimpfte und hätte sie am liebsten geschlagen in seiner blinden Wut. Da nahm sie Ussolos Mutter auf. Später fuhren wir sie zur Stadt; aber der Arzt sagte, daß er nicht helfen könnte, sie müßte nach Innsbruck – da lag sie Jahr und Tag im Spital. Man quälte sie gehörig mit allen möglichen Mitteln und experimentierte so an ihr herum. Aber es war nichts zu machen und endlich schickte man sie wieder nach Hause – krumm und steif, wie sie war. – Inzwischen war der Vater gestorben – ertrunken im See, als er wieder einmal völlig besoffen war; ihr Erbteil bestand aus Schulden. Sie wohnte dann wieder bei Ussolos Mutter, und haust noch jetzt in der zerfallenen Hütte, obwohl die Alte auch schon lange tot ist. – Sie braucht ja nicht viel und die paar Kreuzer bettelt sie auf der Landstraße zusammen an den Posttagen. – Sie ist eine krumme, alte, häßliche Bettlerin geworden, aber solange Aloys Drenker lebt, wird er gut zu ihr sein.«

Teresa sagte: »Der Vater ist auch gut zu ihr. Er schickt ihr immer Milch und alles, was übrigbleibt vom Essen.«

Aber der Gendarm fuhr auf. »Ach was!« schrie er. »Du tust es, und nicht dein Vater. Und er möchte es nicht einmal dulden, wenn er sich nicht schämen würde vor mir! Ich weiß es genau. Dein Vater ist ein Geizkragen geworden auf seine alten Tage, wie alle Bauern in diesen welschen Lausedörfern!«

Raimondi spuckte bedächtig aus, aber er antwortete nicht. Er zeigte auf die leeren Flaschen, und als Frank Braun nickte, stand er ruhig auf, um neue zu holen.

Das Mädchen fragte rasch: »Bleiben Sie zur Nacht, Herr Drenker? Soll ich ein Bett zurechtmachen?«

»Nein,« sagte der Grenzer. »Ich muß gleich wieder fort, zur Stadt. Nur der Gaul soll fressen und sich ausruhen.« Er wandte sich an Frank Braun. »Doktor, soll ich Don Vincenzo eine Antwort bringen?«

Der Deutsche sann einen Augenblick nach. Dann schickte er das Mädchen hinauf, Papier zu holen. Er setzte sich an den Fenstertisch und schrieb dem Pfarrer:

> »Lieber Don Vincenzo: ich danke Ihnen sehr für Ihren freundlichen Brief, der mir den sicheren Beweis dafür gibt, daß Sie das sind, was die Welt einen wirklich guten Menschen nennt – wenn ich es nicht schon längst gewußt hätte. Um so mehr bedaure ich, Ihrem Wunsche nicht nachkommen zu können. Sie befürchten – verzeihn Sie, wenn mir Ihre ungewissen Ahnungen klarer zu sein scheinen, als Ihnen selbst – daß ich hier in Val di Scodra auf eine Weise Schicksal spielen könnte, die durchaus nicht in dem Interesse liegt, das Sie für Ihr Heimatdorf für das beste halten. – Sie begnügen sich nicht mehr damit, Don Vincenzo, das, was geschehn mag, getrost in Gottes Hand zu stellen, sondern Sie befürchten, daß ich dem Höchsten hier auf durchaus unehrerbietige Weise ins Handwerk pfuschen möchte. Ist es nicht so, Hochwürden? – Nun gut, ich leugne nicht, daß ich die allergrößte Lust dazu habe, namentlich jetzt, nachdem Sie mich so freundlich noch einmal darauf aufmerksam machten. Gott ist doch das, was Heiden und Ungläubige Schicksal nennen – wenn also der Mensch Schicksal spielt, so spielt er Gott. Es ist vielleicht unfromm und wenig christlich, dieses Spiel, aber Sie werden mir zugeben müssen, daß es gewiß das höchste Spiel ist, das der Mensch überhaupt spielen kann. Und wenn sich nun hier – ich weiß nicht,

ob es so ist – wenn sich mir hier eine Gelegenheit zu diesem edlen Spiel bieten sollte, aus welchem Grunde sollte ich sie wegstoßen? Unser Leben ist nicht so reich, als daß wir das wenige Gute verschmähen dürften, das uns ein Zufall schenkt.

Ich werde also einstweilen hier bleiben und ich wünschte, Hochwürden, daß Sie recht hätten, mit Ihren Ahnungen! Ich freilich sehe weniger optimistisch – oder pessimistisch, wie Sie wollen – wie Sie, Don Vincenzo: ich glaube, daß leider das, was vielleicht geschehn könnte, nur ein sehr Kleines und Geringes und Lächerliches und gar nichts Schreckliches sein wird! Das ist meine ehrliche Ueberzeugung, die Sie vielleicht ein wenig beruhigen wird. Ich werde mir gewiß die beste Mühe geben, ein Spektakelstück herauszubringen – aber es ist das gar nicht so leicht auf der Bühne des Lebens. Ich bin leider kein Hexenmeister, wie Sie zu glauben scheinen, sondern nur ein armseliger Zauberlehrling! Und so werden Sie voraussichtlich lachen und nicht weinen!

Ich bin, lieber Don Vincenzo, Ihr sehr ergebener Frank Braun.«

Er winkte Teresa an den Tisch. Dann faltete er den Brief, gab ihr die Feder und wies ihr die unbeschriebene vierte Seite. »An deinen Beichtvater!« sagte er. »Willst du ihm nicht einen Gruß schicken?«

Ihr Gesicht leuchtete. Sie nahm den Bogen und schrieb in großen Buchstaben:

»Ich bin sehr glücklich! Teresa.«

Der Gendarm war längst fortgeritten; Frank Braun stand in seinem Zimmer und starrte in die Nacht hinaus. Es war ein Wetter aufgezogen und die Wasser des kreisrunden Sees kochten wie in einem Kessel. In langen Stößen schlugen die Wellen an die Felswände, stiegen hoch, als ob sie hinaus wollten aus diesem Loch, in das sie doch gebannt waren für alle Ewigkeiten. Aber es gab keine Flucht, die Felsen hielten sie in hartem Ring und lachten laut über die ohnmächtigen Rebellen.

Frank Braun schloß das Fenster und setzte sich an den Tisch. Es war spät genug und er fühlte, daß er doch nichts mehr arbeiten könnte heute. Aber er hatte auch keine Lust, zu Bett zu gehn; so saß er müßig da, schaute zerstreut in die Bücher und lauschte auf das Heulen und Brausen des Regens, dieses Klatschen und Zischen und tiefdröhnende Rollen. Er nahm des Pfarrers Brief und las ihn noch einmal durch. Leise murmelte er vor sich hin: »Es wird irgend etwas geschehen, schrecklich für Val di Scodra, schrecklich für Teresa – schrecklich auch für Sie.«

Er wiederholte die Worte, zwei-, dreimal. Sprach sie langsam, bedächtig, fast liebkosend. Dann hielt er den Brief über die Lampe; die Flamme griff ihn im Augenblick. Er streute die Asche in den Papierkorb.

Plötzlich war ihm, als hörte er ein Geräusch an der Türklinke. Er horchte auf und fragte: »Teresa?« Aber es kam keine Antwort. Der Wind raste und riß an den Laden und Fenstern, zog auch durch das Zimmer und rüttelte an der Tür. Frank Braun hatte das Gefühl: etwas steht da draußen und will hinein. ›Mag es kommen,‹ dachte er. ›Ich bin bereit.‹

Dann schüttelte er die Gedanken ab und lachte. Er öffnete ein Buch und blätterte darin. Aber wieder, und jetzt deutlich genug, hörte er ein Geräusch von der Türe her. Er rief noch einmal des Mädchens Namen, ging dann in die Mitte des Zimmers. Nein, nein, das war nicht der Sturm – jemand arbeitete an dem Schloß. Er ging zur Türe und öffnete sie rasch: niemand stand davor. Dann aber hörte er, wie das Geräusch von der andern Türe, der des Schlafzimmers herkam, die von innen verriegelt war. Er vernahm ganz deutlich, daß die Klinke, leise und vorsichtig, immer wieder vergeblich niedergedrückt wurde. Er tat einen Schritt auf den Gang und sah, die Hand an der Klinke, eine weiße Gestalt. Instinktiv trat er zurück und warf die Türe ins Schloß.

Er hatte wenig sehn können in dem dunklen Flur, in den nur schwach der Schein seiner Lampe fiel. Teresa war es gewiß nicht, sie wußte ja, daß diese Türe verschlossen war. Ihr Vater vielleicht? Oder der Knecht? Was wollten sie in seinem Schlafzimmer um diese Stunde?

Er ging an den Tisch und nahm aus der Schublade seinen Browning. Er überzeugte sich, daß das Magazin gefüllt war und löste die Sicherung. Dann wandte er sich wieder zur Türe. Aber ehe er noch einen Schritt getan, sah er, daß sich die Klinke bewegte – die Türe öffnete sich weit.

Das volle Licht fiel auf den Eindringling; es war Pietro Nosclere. Er war in schmutzigem, völlig vom Regen durchweichten Hemde, auf den schwarzen Haaren hing schief eine weiße Nachtmütze. Die nackten Füße trieften von Kot, die Beine, unbedeckt bis zum Knie herauf, waren schwarz von langer dichter Behaarung, zwischen der der Schmutz klebte.

›Eine seltsame Besuchstoilette,‹ dachte Frank Braun. Er rief, aber Pietro hörte ihn nicht. Seine Augen waren weit geöffnet und blickten starr geradeaus. Aber sie sahen nichts. Frank Braun nahm die Lampe und leuchtete ihm grade ins Gesicht – nicht einmal die Wimpern zuckten. Wie in tiefster Dunkelheit tappte er dahin, griff an die Wand und tastete weiter.

Plötzlich blieb er stehn. Er schien sich zu besinnen, die Stirn zog sich in Falten. Dann drehte er um, tastete langsam wieder zur Türe zurück und ging hinaus. Der Deutsche folgte ihm, die Lampe in der linken, den Revolver in der rechten Hand. Er sah, wie Pietro sich zur Treppe hinschlich, dann hinuntertappte und unten in das Gastzimmer trat. Rasch ging er ihm nach und trat zugleich mit ihm ein.

Der Amerikaner schlich vorbei an der langen Bank und betastete den Kamin; es war augenscheinlich, daß er etwas suchte. Schließlich fand er den Wirtschaftsschrank, wühlte darin herum und zog ein langes, spitzes Fleischermesser heraus. Er prüfte mit dem Daumen die Schneide und ein breites Grinsen glitt über sein Gesicht. Er faßte den Griff fest mit der Rechten und stieg vorsichtig wieder die Treppe hinauf.

Diesmal ging er gleich durch die offene Tür des Wohnzimmers. Frank Braun stand zwei Schritte neben ihm und beobachtete jede Bewegung; stets bereit, mit seinem Browning das erste Wort zu sprechen. Aber der Nachtwandler gab ihm auch nicht die kleinste Veranlassung, die Hand zu heben; es war ganz offenbar, daß er durchaus nichts sah und hörte. Er stand nun vor der Verbindungstür und öffnete sie mit einem leisen, vorsichtigen Druck, dann ging er in das Schlafzimmer.

Frank Braun trat hinter ihm in die Türe und sah ihm zu. Pietro schritt gerade hin auf das Bett, das nahe dem Fenster stand, er nahm das Messer in den Mund und tastete vorsichtig mit beiden Händen nach dem Kopfende. Der helle Schein der Lampe fiel ihm ins Gesicht und Frank Braun sah, wie es verzerrt war in maßloser Wut.

Endlich schien er seiner Sache gewiß zu sein; er faßte das Kopfkissen mit der Linken, griff das Messer und führte dann mit wahnsinniger Kraft einen Stoß. Noch einmal riß er das Messer hoch und stieß wieder zu, dann wischte er sich mit der Hand über die Augen, als ob ihm das Blut ins Gesicht gespritzt wäre. Und wieder und wieder stieß er das Messer bis zum Heft in die Kissen.

Ein seliges Lächeln voll innerster Befriedigung legte sich auf seine Lippen. Er atmete ein paarmal tief auf, dann ließ er das Messer fallen. Mit ruhigen, fast festen Schritten ging er zur Türe. Frank Braun ließ ihn vorbei und folgte ihm dann wieder, durch das Zimmer und die Treppen hinunter. Er sah, wie der Nachtwandler die Haustüre öffnete und sorgfältig hinter sich schloß. Der Regen schlug ihm ins Gesicht, aber er merkte es nicht, langsam schritt er durch die aufgeweichten Gassen seinem Hause zu.

Der Deutsche ging zurück in sein Zimmer, trat ans Bett und betrachtete es. Die Decken und Kissen waren durchbohrt, die Stiche gingen tief hinein in die Matratze. »Es ist wohl besser für uns beide, daß ich da nicht gelegen habe,« sagte er.

Und jetzt erst faßte ihn eine stille Furcht. Die Hand zitterte, und er mußte die Lampe rasch niedersetzen.

Langsam entkleidete er sich und legte sich nieder.

VIII

Dann werden sich öffnen
die Augen der Blinden
und die Ohren der Tauben
sich erschliessen.
Der Lahme soll springen,
wie ein Hirsch,
und des Stummen Zunge sich lösen.
Jesaias XXXV, 5.

Mit nackten Beinen, ein weißes Tuch um die Schultern, auf dem Kopf einen großen Papierhut zog Gino durch die Gassen, er trug ein langes Holzschwert in der Hand. An kurzer Leine schleppte der taubstumme Junge eine Ziege hinter sich her, die am Halse und am Schwanze, an den Hörnern und allen vier Beinen große Schellen trug. Um den Leib hatte man ihr eine Decke gebunden und darauf rittlings, das Gesicht zum Schwanze hin, eine große Puppe befestigt. Sie war primitiv genug aus Werg und schwarzen Lappen gefertigt; zwei rote Perlen dienten ihr als Augen. Sie hatte zwei Hörner, eine lange rote Zunge und einen grünen Schwanz; die Leute begriffen, daß sie den Satan darstellen sollte.

Gino krächzte seine heiseren Laute, dazu schlug er mit dem Schwert auf den Teufel los. Die Ziege mekkerte ängstlich und läutete dabei mit elf lauten Schellen. So zogen sie durchs Dorf, und hinter ihnen liefen die Kinder und Weiber. Zuweilen griff der Junge in seine Tasche und verteilte kleine Zettel unter die Leute.

Teresa stellte das Brot auf den Tisch und ging ans Fenster. »Oh,« rief sie, »sie haben einen Aff aus dem armen Kind gemacht!«

Frank Braun trat zu ihr. »Das hat gewiß der Amerikaner getan,« lachte er. »Es ist eine Erinnerung an das Yankeeland. Er macht Fortschritte, der Mister Peter, er ist der Barnum von Val di Scodra! – Siehst du nicht, daß der Gino den Erzengel Gabriel vorstellen soll?«

Teresa lief hinaus. Sie löste der Ziege die Schellen und die drückende Decke und warf den schwarzen Puppenteufel in die Gosse. »Armer Junge!« rief sie und streichelte ihn. »Was haben sie mit dir angestellt?«

Aber der Erzengel Gabriel schien gar nicht so mitleidbedürftig, seine Rolle hatte ihm augenscheinlich Freude gemacht. Die Tränen standen ihm in den Augen, als ihm Teresa die Mütze und das Holzschwert abnahm, und ihn bedeutete, die Ziege hinauszuführen zur Weide. Trotzdem gehorchte er, warf dem Teufel einen sehnsüchtigen Blick nach und schlich davon.

»Seit wann spielst du Dorfpolizei und untersagst öffentliche Aufzüge?« fragte Frank Braun lachend. »Gib ihm doch seinen Säbel zurück.«

»Ich werde ihm etwas geben, das er lieber hat,« antwortete sie. Sie winkte Gino wieder heran, ging ins Haus und machte ihm ein großes Butterbrot.

Der taubstumme Junge grinste und biß gierig hinein. Dann griff er in die Tasche und gab Teresa alle die Zettel, die er noch hatte. Sie warf einen Blick darauf und schleuderte sie auf den Boden.

»Warum so wild?« lachte Frank Braun. Er hob einen der Zettel auf und las ihn. Da stand, mit kantigen unbeholfenen Buchstaben:

Heute abend 8 Uhr pünktlich
Im Versammlungslokale
Große Teufelsschlacht.
Alle Christen sind herzlich geladen.
Elias, der Prophet.

»Sieh doch, der Amerikaner kommt in Schuß!« rief er. »Wollen wir hingehn, Teresa?«

»Nein,« sagte das Mädchen.

»Doch!« bestand er. »Wir wollen hingehn. Er wird gewiß eine Ueberraschung haben heute abend; ich habe ihm neulich ein paar gute Lehren gegeben.«

Das Mädchen bat ihn: »Ich möchte nicht hingehn.«

»Und warum nicht?« fragte er. »Das ganze Dorf wird dort sein, warum willst du allein nicht hinkommen?«

»Vater ist auch nicht da,« wandte sie ein.

Er lachte. »Dein Vater? Nun, ich werde ihm zwanzig Kronen geben, dann wird er gewiß mitkommen.«

Sie schwieg, das Blut stieg ihr ins Gesicht.

Aber er ließ sie nicht los. »Glaubst du nicht, daß ers tun wird?«

Sie richtete sich auf und sah ihn an: »Ja, ich weiß wohl daß er dann gehn wird. Ich weiß, daß er alles tut für Geld. Und ich weiß auch, daß er Geld von dir nahm für – für mich –«

Ihre Brust ging hoch, sie rang nach Atem. So gefiel sie ihm gut, und er ließ wieder die Peitsche fallen, sie weiterzutreiben. Er sagte: »Nun, war es nicht sein Recht – seinen Anteil an dir zu Gelde zu machen?«

Sie wich einen Schritt zurück, hob die Arme und schloß sich die Ohren mit den Händen: »Schweig still!« rief sie. »Schweig still, ich will es nicht hören! – Er ist mein Vater.«

»Dein Vater ist ein Schuft,« sagte er lachend, »und du weißt es gut.«

Da brach sie zusammen. Sie warf sich schluchzend auf die Bank. »Was willst du von ihm? – Und was willst du von dem schmutzigen Amerikaner? – Ist es nicht genug, daß du mich hast?«

Er fragte: »Willst du mitkommen heute abend?«

Sie nickte.

Er ließ sie allein und ging auf sein Zimmer. Er war sehr unzufrieden mit sich und pfiff ärgerlich durch die Zähne. Warum nur quälte er dieses Mädchen? Was wollte er mit seiner kindischen, aufgeblasenen Herrschsucht, die so leer und töricht war, so kaum Augenblicke ausfüllend? Ach ja: er war Cäsar im Tale von Scodra. Er beherrschte den giftigen Pietro Nosclere, den Propheten, und mit ihm seine ganze Gemeinde. Was machte es aus, daß der Heilige in seinen Träumen sich selber fand, so sehr, daß er ihn bis zur Vernichtung haßte? Wenn er nur im Wachen seinen Willen tat!

Mit seinem Gelde aber beherrschte er den geizigen Raimondi, mit seinem Blicke das Mädchen, das ihn liebte. Wirklich: er war der König.

Er lachte bitter. Er wußte wohl, was ihm fehlte: nur ein wenig guter, dummer Köhlerglauben. Wenn er nur glauben könnte, daß dieser alte fleckige Lappen ein Purpur wäre – so war es ja ein Königsmantel! Sein Wille geschah, wohin er nur blickte in diesem Tale, oh – warum konnte er nicht glauben an diesen einen Willen? Nur einmal stark und fest glauben an sich und seinen Willen zur Tat!

Ach, nicht einmal das war nötig! Nur ein wenig, ein ganz klein wenig brauchte er von dem wilden Glauben, der hier im Tale üppig blühte und wucherte. Val di Scodra glaubte für ihn, stark und unerschütterlich: Pietro an seine Sendung, Raimondi an die unermeßlichen Schätze des Fremden. Das Mädchen aber an seine Liebe.

Drei große Lügen –

Waren es wirklich Lügen? Hatte sie der große Glauben des Tales nicht längst zur Wahrheit gemacht? Ach, wenn er selbst daran glauben könnte, einen kleinen Augenblick nur, so standen sie schon da, blank und klar, wie je eine große Wahrheit.

Er fühlte es wohl: nur der Glauben gab ein Glück. Er hätte hingehn mögen zu dem letzten kielkröpfigen Bettler und ihn anflehen: »Barmherzigkeit! Gib mir von deinem Glauben!« – Ein Quentchen Glauben war mehr wert als alle große Vernunft.

Er warf sich auf sein Bett und wühlte den Kopf in die Kissen. Er peitschte alle Gedanken zusammen, trieb sie in die Hürde wie eine Rinderherde. Er ließ sie einander begatten und Frucht tragen, immer neue tolle Bilder zur Welt werfen.

Pietro war der Prophet, der Jan Bockelson der Berge, der Zionskönig von Val di Scodra. Und Teresa wurde zur Heiligen, zugleich Divara und die Rose von Lima. Wunder geschahen und seltsame Taten in dem einsamen Tale, ein Hexensabbath hub an und ein toller Tanz aller wilden Wahne. Die ganze Welt war geladen zu diesem Schauspiel; er aber saß in seinem Kasten und zog die Drähte seiner Puppen.

War es nicht doch wert zu leben für dieses Narrenspiel?

Er sprang auf und rief nach Teresa; atemlos kam sie in sein Zimmer.

»Was soll ich?« fragte sie.

Er schrie sie an: »Glaubst du? Glaubst du? – An was glaubst du?«

Sie sah ihn an, ängstlich und scheu. »An was willst du, daß ich glauben soll?«

Er nahm ihren Arm und schüttelte sie. »Ich will wissen, an was du glaubst. Nenne mir alles, woran du glaubst! – Glaubst du an Gott?«

»Ja,« sagte sie.

»Und an Jesum Christum, seinen Sohn?«

»Ja – ja.«

»Und an den Heiligen Geist? Und an die Madonna? Und an die Heiligen?«

Sie zitterte. »Ja,« rief sie, »ja, ja!«

»An die Auferstehung der Toten? An den Himmel? An das Fegefeuer?«

Sie nickte.

»An alles, was die Kirche lehrt?«

»Ja,« sagte sie, »an alles, was sie lehrt. – Warum fragst du?«

Aber er fuhr fort, seine Worte schlugen hart auf, wie Hagelkörner: »Glaubst du an die Liebe? Glaubst du, daß die Erde rund ist? Glaubst du, daß das da ein Stuhl ist? Und das ein Tisch? Daß du ein Mensch bist? Glaubst du, daß es ein Glück gibt auf dieser Welt?«

Sie erschrak, wich fast zurück vor ihm. »Oh, lieber Herr –« sagte sie.

Er schrie: »Gib Antwort!«

Da sagte sie furchtsam: »Ja, ich glaube das alles.«

Er lachte wild. »Alles, alles? – Du kannst alles glauben! – Wenn ich dir sage, daß heute der Pfarrer kommt, wirst du es glauben?«

»Ja – warum sollte ich es nicht glauben, wenn du es sagst.«

»Natürlich – warum nicht?! Ich werde dir sagen, die Sonne wird vom Himmel stürzen, und du wirst es glauben. Ich will dir sagen, daß ein Wurm durch mein Hirn kriecht – du glaubst es – du wirst ihn sehn und ihn fangen!«

Sie trat dicht zu ihm, streichelte leicht seinen Arm.

»Du bist krank,« sagte sie.

»Nein,« schrie er, »nein! Ihr seid krank – ihr alle: euer Glaube ist eure Krankheit! – Erschrick nicht, es ist eine gute, selige Krankheit, und doch die ansteckendste, die es wohl gibt. Und ich sage dir, Kind, daß ich nichts sehnlicher wünsche, als angesteckt zu werden von dir! Aber siehst du, das ist das Schlimme – ich bin immun!« Er lachte bitter.

Er setzte sich auf das Bett und zog sie zu sich. »Du bist der Glaube,« sagte er. »Ich will dich trinken, ich will mich baden in dir. – Weißt du, was ein Moorbad ist? Krüppel gehen hin und Lahme, kommen an Stökken und Krücken und werfen sich nackt in den schmutzigen Schlamm. Und sie steigen heraus und recken die Glieder und gehen frei in alle Welt. – Ich bin nackt und bin rein und will mich nun baden in dem Schmutze des Glaubens. Ich kann nicht mehr gehen, siehst du, und alle meine Glieder sind lahm und steif. Küsse mich, Mädchen, nimm mich und küsse mich! Laß mich baden in deines Glaubens Schlamm.«

Er zog sie an sich, drängte sich an ihre Brust. »Antworte doch, antworte! Fühlst du denn nicht, was ich will? Du hast soviel starken Glauben, und ein bißchen, ein kleines bißchen nur sollst du mir geben! So viel Glauben nur, daß ich darauf stehn mag, oh, so viel nur, um mich festzugreifen mit einer schwachen Hand!«

»Liebster,« sagte sie, »Liebster! Ich will zur Madonna beten – Tag und Nacht –«

Er schüttelte heftig den Kopf. »Nein, nein, sie kann mir nicht helfen! Du mußt es selbst tun, du! – Du bist die Madonna!«

Sie erschrak, ihre Arme zitterten. »Ich – bin – die Madonna –?« stammelte sie.

»Ja!« rief er. »Jeder hat seinen eigenen Gott. Und eines jeden Menschen Gott sieht so aus, wie er selbst ist. Niemand mag ihn schaffen nach fremdem Bilde. Deines frommen Beichtvaters Gott ist gut und milde, wie er selbst. Des Amerikaners Gott ist klein und schmutzig, wie er selber ist. Und deine Madonna ist voller Liebe – wie du!« – Er kniete und warf den Kopf in ihren Schoß. »Alle Menschen«, schluchzte er, »haben einen Gott, an den sie glauben dürfen. Nur ich habe keinen, nur ich nicht. – Ich kann nicht glauben!«

Seine Stimme gellte, wie eines Ertrinkenden Schrei, brannte ihr wie ein Blitzschlag seine Verzweiflung ins Herz. »Nimm mein Leben!« hauchte sie.

Da sprang er auf und stieß sie zurück. »Ich will dein Leben nicht!« schrie er. »Was nutzt mir dein Leben? – Deinen Glauben will ich, den heißen Glauben! – Gib mir die Kraft an mich selbst zu glauben, so bin ich ein Gott, der dich hoch durch alle Himmel tragen will!«

»Ich glaube an dich,« sagte sie.

Er riß sie auf, griff sie und hob sie auf die Arme. »Du?«

Sie schlang ihre Arme um seinen Hals und bedeckte ihn mit Küssen. Aber er machte den Kopf frei, wiegte sie hin und und her wie ein leichtes Bündel. »Du? – Ja, du glaubst an mich! Ihr alle glaubt an mich, dein Vater und Pietro und das ganze Dorf. Sogar dein Pfarrer glaubt an mich. Warum kann ichs selber nicht tun? – Sag mir, bin ich ein König, wenn alle Welt es sagt?«

Sie sah ihn an, aus ihren Augen brach der strahlende Glaube: »Du bist ein König.«

»Und du glaubst an mich? Mehr wie an alles, alles andere?«

Da klang es tief und klingend, wie ein Läuten abgestimmter Glocken: »Nur an dich will ich glauben.«

Ihm schwindelte, seine Füße schwankten, er ließ sich, ohne sie loszulassen auf das Bett fallen.

»Geliebte!« flüsterte er –

Ihres Vaters Stimme drang durch das Haus. Sie löste sich aus seinen Armen, setzte sich auf.

»Wo willst du hin?« fragte er.

»Der Vater ruft mich,« sagte sie. Sie ordnete das Haar, strich die Kleider zurecht. Aber er hielt sie fest.

»Nein, du darfst nicht gehn,« rief er, »ich lasse dich nicht.«

Sie lächelte und küßte seine heiße Stirn. »Ich muß das Essen bereiten, Liebster. Wenn du nicht unten essen willst, bringe ich dir alles herauf.« – Sie beugte sich zu seinem Ohre. »Und zur Nacht bin ich wieder in deinen Armen.«

Er schloß die Augen und lachte bitter. »Zur Nacht? – Nein, nein, ich kann dich nicht lassen, du darfst keinen Augenblick von mir gehn!« Seine Lippen verzogen sich, ein großer Schmerz lag auf seinen Zügen. »Geh nicht, geh nicht, sonst kommt es wieder.«

»Was kommt wieder?« fragte sie.

Er zog ihren Kopf herab und hielt ihn fest. »Höre, Teresa, ich will es so sagen, daß du es vielleicht verstehn magst. Der Zweifel kommt wieder, die Hölle und der Tod. Ich weiß, daß es kommt – es kommt im Augenblick, wenn du gehst, und es frißt das auf, was du mir gabst. Du mußt bleiben. Nur so kann ich glauben, daß ich lebe. Du mußt bei mir sein, ich muß dich sehen und fühlen.«

Sie lachte still und sicher, sie küßte seinen Mund und beide Augen. Dann sagte sie: »Nun – wenn du willst – so komm mit und hilf mir.«

So einfach kamen ihre Worte, so leicht und gewiß. Und ihm war, als ob der Weg, auf dem sie kamen von ihr, so klein sei und kurz: wie aus seinem eigenen Munde sprach sie zu ihm.

»Sags noch einmal!« bat er.

»Ja,« sagte sie, »so hilf mir in der Küche, wenn du magst.«

Er sprang auf, fröhlich wie sie. Hand in Hand eilten sie die Treppe hinab.

Sie warf einen Blick auf die Uhr. »O wie spät es schon ist!« rief sie. »Wir müssen uns eilen, der Vater wird brummen! – Was willst du essen?«

»Speckpfannekuchen!« rief er.

Sie ließ ihn den Teig rühren, dann mußte er den Salat anmachen. Sie band ihm eine Schürze um, und er trug die Schüsseln ins Gastzimmer.

Nach dem Essen half er ihr im Garten. Sie schnitten die Zweige von den Maulbeerbäumen, und streiften die Blätter für die Seidenraupen ab.

Ihr Vater rief sie; sie solle die Bücher für die Post in Ordnung bringen.

Frank Braun biß sich in die Lippen und fuhr mit der Hand in die Tasche: »Er soll dich in Ruhe lassen,« zischte er. »Ich will ihm Geld geben.«

Aber sie sah ihn bittend an; da schwieg er. Sie nahm die Bücher und trug sie auf sein Zimmer. »Bist du nun zufrieden?«

Er nickte und küßte sie.

Das Mädchen sagte: »Es ist acht Uhr vorbei. Wir wollten doch zu Pietros Teufelsschlacht?«

Er sah sie an. »Willst du hingehn?« fragte er unsicher.

Sie lachte. »Natürlich will ich! Mit dir!«

Sie gingen langsam, machten einen großen Umweg durch die Olivengärten. Einmal hielt sie ihn fest am Arm, zog ihn, daß er den Fuß rückwärts setzte.

»Was hast du?« fragte er.

Sie bückte sich, hob sorgsam einen Regenwurm auf, warf ihn in das Gras. »Du hättest ihn fast zertreten!« sagte sie vorwurfsvoll.

Er fragte: »Und du nimmst ihn auf? – Früher hättest du keinen Wurm angerührt.«

Sie sah ihn voll an. »Nein – früher nicht.«

Sie kamen spät genug zu Pietros Scheune. Der große Raum war gedrängt voll und sie standen hinten an der Türe. Die Leute sangen laut, niemand bemerkte ihr Kommen. Es gelang ihnen, sich durchzuschieben zur Seite hin, dort setzte er einen Stuhl auf die lange Bank, die an der Wand stand. Teresa kletterte hinauf und er stellte sich dicht neben sie. Sie legte den Arm auf seine Schulter.

Der Saal war schlecht genug beleuchtet und es dauerte eine Weile, bis ihre Augen sich gewöhnt hatten an den stickigen Dunst. Jedoch hatte der Amerikaner manche Verbesserung angebracht, von allen Querbalken hingen alte Laternen, in den plumpen Pfählen, die hinten das First trugen, staken vier schwälende Pechfakkeln. Große weiße Pappschilder schmückten die Wände und Balken und durchbrachen leuchtend die trübe Luft. Teresa las die Sprüche und flüsterte sie ihm ins Ohr.

»Alleluja! Denn der allmächtige Gott hat das Reich eingenommen!« – »Selig sind, die zum Mahle des Lammes berufen sind.« – »Das Lamm, das erwürgt ist, ist würdig zu nehmen Kraft und Reichtum und Stärke und Weisheit und Ehre und Preis und Lob.« – »Und der Teufel, der sie verführte, ward geworfen in den feurigen Pfuhl und Schwefel.«

Frank Braun lächelte. »Alles aus der Offenbarung!« murmelte er. »Er geht schon den rechten Weg!«

Die Gemeinde sang das Fronleichnamslied; schrill klangen die gellenden Stimmen der Weiber. Frank Braun hörte die überstolpernde Stimme der Frau des Venier, die vorne in der ersten Reihe saß. Viele standen, andere saßen und knieten; gerade unter dem Christusbilde hockte ein zweijähriges Kind auf dem Boden und lutschte eifrig an einem Stückchen Wurzel, unbekümmert um den Lärm ringsum.

Die Musik saß vorne in der linken Ecke des Saales; abscheulich schrien die Instrumente durcheinander: Triangel, Tamburin und Harmonika.

Nicht weit von ihnen saß, auf derselben Bank, ein hageres Weib, ihre Bluse stand weit offen und an jeder ihrer schlaffen Brüste sog ein mageres Kind. Trotzdem sang sie eifrig, wie ihre Nachbarin, eine häßliche uralte Matrone, vor der ein fünfjähriger Bube kniete. Er schlief, den Kopf in ihrem Schoß, und die Alte suchte eifrig die Läuse aus den verfilzten Haaren. In der Mitte, auf einem niedrigen Schemel, den Leib weit vorgestreckt, hockte Sibylla Madruzzo, auf ihren kurzen Stab gestützt; etwas vor ihr saß ein alter Bauer, der stets jedes Wort dann erst begann, wenn die andern damit fertig waren. Um das Christusbild war ein kleiner Halbkreis freigelassen; da saß, ein wenig vor den andern, Pietro Nosclere, neben ihm Girolamo Scuro, sein riesiger Knecht.

Gino, Teresas Schützling, stand auf der andern Seite. Aber er schlüpfte durch die Menge, kroch auf allen Vieren zwischen den Röcken und Beinen durch, bis er bei ihr war. Er küßte ihr das Kleid und kauerte sich unter die Bank.

Das Lied war zu Ende. Der Amerikaner drehte sich um, da stand hinter ihm ein Mann auf und trat in den Halbkreis. Er war mager und dürr, wie ausgetrocknet von der Sonne, die Haut fiel in ledernen Falten über die Knochen. Er hielt das kleine, schwarze Gebetbuch in der Hand.

»Es ist Ronchi, der Schneider!« flüsterte Teresa. »Der, der neben der Kirche wohnt.«

Pietro ergriff das Buch, schlug es auf und gab es ihm dann zurück. Der Schneider nahm es, wischte sich mit dem Tuche über die Stirne. Er las die Litanei vom heiligen Namen Jesu, stockend, mühsam die Worte mit dem Finger verfolgend.

»Herr, erbarme dich unser!
Christe, erbarme dich unser!
Herr, erbarme dich unser!
Christe, höre uns!
Christe, erhöre uns!
Gott Vater im Himmel, erbarme dich unser!
Gott Sohn, Erlöser der Welt –«

Und die Gemeinde antwortete: »Erbarme dich unser!«

Er hob ein wenig seine Stimme. »Gott heiliger Geist –«

»Erbarme dich unser!« rief die Gemeinde.

»Heilige Dreifaltigkeit, ein einiger Gott –«
»Erbarme dich unser!«
»Jesu, du Sohn des lebendigen Gottes« –
»Erbarme dich unser!«
»Jesu, du Abglanz des Vaters –«
»Erbarme dich unser!«
»Jesu, du Glanz des ewigen Lichtes –«
»Erbarme dich unser!«
»Jesu, du König der Glorie –«
»Erbarme dich unser!«

Und so ging es weiter, springend, stolpernd, in endlosem Falle. Jesu, du Licht der Bekenner Jesu, du Reinheit der Jungfrauen – Jesu, du Krone der Heiligen – weiter, weiter –

Die Worte füllten den Saal, troffen von den Wänden, drängten sich in die stickige Luft. Stiegen wie faule Blasen zur Decke, senkten sich drückend und erstickend auf diese armen Bauern.

Der Schneider sagte:

»Von allem Uebel, erlöse uns, o Jesu!
Von deinem Zorne, erlöse uns, o Jesu!
Von den Nachstellungen des Teufels –«

Und wieder fiel die Gemeinde ein: »Erlöse uns, o Jesu!«

»Von dem ewigen Tode –«

»Erlöse uns, o Jesu!«

»Von Verachtung deiner heiligen Einsprechungen –«

»Erlöse uns, o Jesu!«

»Durch das Geheimnis deiner heiligen Menschwerdung –«

»Erlöse uns, o Jesu!«

Oh, wie sie schrien! Wie sie all diese Mittel aufgriffen, um erlöst zu werden! Durch Kindheit und Geburt, durch das göttliche Leben und die Arbeiten, durch Todesangst und Leiden, durch Schmerzen, Tod und Begräbnis, durch Auferstehung und Himmelfahrt, durch die ewige Freude und die Glorie – sie wollten erlöst sein!

»Erlöse uns, o Jesu! – Erlöse uns, o Jesu!«

Der Schneider las die Anrufungen des Lammes Gottes, betete das Vaterunser und das Gebet des heiligen Namens. Und die Gemeinde kniete und fiel ein, im lauthallenden »A-men«.

Pietro erhob sich und fragte, wer jetzt das Bedürfnis fühle, der Gemeinde zu beichten.

Sofort erhob sich sein rotkröpfiger Knecht. Er schob mit der schwieligen Faust die gewaltige Wampe zur Seite und sagte sein Sprüchlein – nun wohl schon zum hundertsten Male. Jedermann wußte es längst, daß er ein furchtbarer Säufer gewesen war, den nun die Gnade des Herrn erleuchtet hatte. Früher sei er viermal in der Woche betrunken gewesen und Sonntags zweimal –

Das vergaß er nicht, das war sein Trumpf: Sonntags zweimal. Und die Gemeinde dankte ihm grinsend und nahm inbrünstig sein reuiges Bekenntnis auf. Die furchtbare Kropfstimme stieß schnell und heiser die Kehllaute aus der hohlen Brust, dazwischen sprangen, sich überstürzend, seltsame Schnalzer.

Frank Braun lauschte auf diese Stimme. »Wie die Hottentotten,« murmelte er, »wie die Clicksprache der Hottentotten.«

Kaum war er zu Ende, als sich hastig die Frau des Venier erhob. Sie wartete das Gebet nicht ab, das gewöhnlich der Amerikaner nach einer jeden Beichte sprach, sie drängte sich hastig durch die Reihen, warf sich vor dem Christusbilde in die Knie, berührte den Boden mit der Stirn und betete schluchzend. Dann sprang sie auf und wandte sich zur Gemeinde.

»Ich will meine Seele sagen!« rief sie. »Ich habe immer geschwiegen und große Sünde auf mich geladen. Da hat der Herr in seinem Zorne seine Plagen geschickt und die Krankheit faßte mich und brachte mich an den Rand des Grabes. Kein Mensch konnte mir helfen, selbst der berühmte deutsche Doktor und seine Kunst waren ohnmächtig gegen den Willen des Herrn. Aber die Brüder und Schwestern verließen mich nicht und knieten an meinem Bette und flehten zum Lamme, daß es mir Zeit lassen möge, noch auf dieser Erde die Sünden zu bereuen, die ich einst beging. Und Pietro Nosclere schrie zum Herrn und der Herr erhörte das Gebet seines Dieners. Und er legte in seine Hand meine Rettung und durch seine Hand bin ich gesund. Liebe Schwestern und Brüder, heute bin ich zum ersten Male wieder in unserer Gemeinschaft und da drängt es mich, allen zu sagen, wie schlecht ich war. Mein ganzes Leben war eine Kette von Sünden, und erst seit Bruder Pietro in unser Dorf kam und uns lehrte, den Weg zu gehen, der zum Heile führt, erst seit der Zeit bin ich ein treues Kind des Lammes. Ich war fest in den Krallen des Satans, aber sein heiliges Gebet brach die Gewalt des Bösen. Höret zu, wie schlecht ich war, und betet, liebe Schwestern, für meine arme Seele!«

Sie sprach schnell, überstürzte sich; sie schluchzte und rang die Hände. Ihr Gesicht war bleich und fast grün, abgezehrt von dem Fieber, aber ihre schwarzen Augen strahlten in heißem Glanze.

»Betet für mich, liebe Brüder und Schwestern, um Vergebung meiner Sünden. Mein Kind, das zweite, die Fiametta, ist nicht das Kind meines Mannes, des Mariano Venier. Ich war in des Teufels Klauen und brach das Wort, das ich ihm gelobte vor dem Tische des Herrn. Tritt her, Fiametta, daß dich alle sehen, du Frucht meiner Sünden!«

Sie drang in die Bänke, riß an den Haaren das verdutzte, kaum achtjährige Kind heraus. Es versuchte sich festzuhalten an dem Rocke des Vaters, heulte und schrie, aber das Weib zerrte es und stieß es vor sich her.

»Da steht es,« schrie sie, »die lebende Erinnerung sündiger Umarmung. Aloys Drenker, der Gendarm, ist sein Vater, mit ihm brach ich die Ehe! – O Brüder, o Schwestern, vergebt mir, betet mit mir zum Lamme um Vergebung meiner großen Sünden!«

Sie schlug die Arme hoch in die Höhe, ließ sie schwer niederfallen auf die mageren Schultern des Kindes. »Auf die Knie mit dir, schmutziger Bankert, und bete für die Sünden deiner Mutter!«

Sie kniete und stieß das Kind in die Knie.

»Oh, du Lamm Gottes, welches du hinwegnimmst die Sünden der Welt, erbarme dich unser, o Jesu!«

Und das Kind schluchzte unter heißen Tränen: »Erbarme dich unser, o Jesu!«

Frank Braun dachte: ›Sieh doch, der Gendarm!‹ – Er sah, wie sie alle hindrängten zu dem Weibe, wie sie schielten nach des Kindes blondem Schopfe. Er sah Venier, der stumpf dastand, das Maul weit aufsperrte und sich in den Haaren kratzte.

Da hörte er Teresas Stimme, dicht an seinem Ohre. »Laß uns gehn, Liebster, laß uns gehn! Diese Leute sind schrecklich.«

Er suchte loszukommen, aber es schien unmöglich. Manche Nachzügler waren noch gekommen und der Raum war so überfüllt, daß man sich kaum regen konnte. Dazu war eine starke Bewegung in dem Saale, alles schob und drängte nach vorne, um Matilda Venier zu sehn, ihren Mann und das arme Kind, das die Frucht ihrer Sünden war.

»Es geht nicht,« flüsterte er ihr zu. »Wir müssen warten, bis sie ein wenig ruhiger sind.« Sie drängte sich eng an ihn, hielt seine Hand in ihren heißen Händen.

Der Amerikaner sagte ein Gebet, alle knieten und sprachen seine Worte mit. Dann hieß er sie aufstehn und begann seine Ansprache. Er sprach ruhig und fast flüssig, aber es war, als ob unter seinen Worten ein wildes Feuer laure, bereit, jeden Augenblick zu hellen Flammen auszubrechen. Es waren dieselben armen, alten Gedanken – daß der Herr gnädig sei – und daß er auch voll Zornes sei. Daß der Heiland sein Blut gegeben habe für der Menschen Sünde – und daß man mit ihm kämpfen müsse gegen des Satans Gewalt. Die Macht des Teufels sei unendlich groß – aber des Erlösers Kraft sei noch viel stärker. Und der Mensch müsse unter des Heilandes Fahne ausziehn und in seinem Herzen die Schlacht schlagen gegen den Satanas.

Leise klatschend, wie aus einer Regenrinne bei leichtem Schauer flossen die alten Sätze. Aber Frank Braun fühlte, daß ein Wind wehte und daß ein wilder Sturm durch die drückende Schwüle fahren müsse. Er preßte Teresa fest an sich, als wollte er sie einhüllen in einen Mantel. »Hör zu,« flüsterte er, »hör zu.«

Die Finger des Amerikaners krampften sich ineinander, in der dumpfen Stille hörte man die Gelenke knakken. Einen Augenblick schwieg er, dann riß es sich von seinen Lippen:

»Gott gab mir ein Zeichen!«

Und laut schrie er noch einmal: »Gott gab mir ein Zeichen!«

Es war, als habe er mit diesem Wort den großen Fluß überschritten, der ihn aufhielt auf seinem Wege. Er blickte rasch über die Versammlung, sah die Augen, die sich in starrer Erwartung auf ihn richteten.

»Wartet nur, geliebte Brüder und Schwestern, ich werde es offenbaren. Aber zuvor höret ein anderes und nehmet mit mir Christi Blut, um eure Seelen zu stärken für den Kampf, in den ich euch führen werde.«

Er ging zum Christusbilde, bückte sich und hob vom Boden einen runden, kupfernen Wasserkessel, den er dem Knechte reichte. Dann nahm er zwei Flaschen roten Weines und goß ihren Inhalt hinein. Er faßte den Kupferkessel mit beiden Händen und wandte sich zu dem Gekreuzigten.

»O Herr Jesu Christe, der du der Welt Sünden trägst! In deines Priesters Hand wandelst du den Wein zu deinem Blute, daß er davon genieße und deine göttliche Kraft empfange! Du hast auch mich gesalbt in deines Vaters Haus, so wolle auch diesen Wein durch das Wunder der Gnade zu deinem Blute wandeln.«

Langsam kniete er nieder, seine Lippen murmelten leise Gebete.

Niemand sprach, es herrschte eine Totenstille. Kaum zu rühren wagte sich die Gemeinde, selbst die Kinder drängten sich atemlos in die Röcke der Mütter. Und nur das Zweijährige, das dicht neben ihm saß auf dem Boden und an seiner Wurzel lutschte, beachtete ihn nicht und schwenkte die nackten Aermchen in der Luft.

Minuten vergingen, Pietro kniete und betete. Leise begann er und flehte um den Segen des Herrn. Bald aber wurde aus seinem Gebet ein lautes Schreien, ein Brüllen, ein Ringen mit Gott, als wolle er ihn zwingen, herniederzukommen und ihn zu segnen. Die Augen fest geschlossen, warf er sich mit dem ganzen Körper hin und her, krümmte sich und riß sich mit den Händen in den Haaren, während ringsum, bald vereinzelt, bald im Chore die Leute »Amen« riefen und »Gelobt sei Gott«. Die schwälenden Pechfackeln hüllten sie in einen dicken roten Nebel.

Plötzlich, mit einem Ruck, stand Pietro auf. Er drehte auf dem Fuße um und streckte den kupfernen Kessel mit beiden Händen der Gemeinde entgegen. Ein weißer Glanz lag auf seinem Gesicht.

»Der Herr hat mein Gebet erhört!« rief er und führte den Kessel an die Lippen. »Und auch ihr, ihr alle sollt seiner Gnade teilhaftig werden. Kommt her und trinket des Heilandes Blut!«

Ein Schauder ging durch die Versammlung; keiner sagte ein Wort, aber die Lippen aller schienen sich zu bewegen. Ihre Augen standen weit auf und die Köpfe streckten sich nach vorne.

Matilda Venier nahm den Kupferkessel aus seinen Händen, sie trank.

»Es ist Blut!« schrie sie auf. »Es ist Blut! Der Herr hat den Wein verwandelt!«

Ihr greller Schrei brach sich an den Wänden, sprang von allen Seiten durch den Raum. Die Versammlung drängte nach vorne; Girolamo Scuro nahm den Kelch. »Blut! Blut!« gurgelte es aus seinem Kropf. Er setzte noch einmal an und tat einen tiefen Zug.

Die Umstehenden tranken, in wenigen Augenblikken war der Kessel geleert. Pietro goß ihn von neuem voll, kniete nieder, betete und bot den verwandelten

Wein. Man gab das Gefäß der kleinen Fiametta Venier, sie drängte sich durch die Reihen und gab jedem zu trinken. Als sie vor ihrem Vater stand, zitterten ihre Arme, aus Furcht, er würde sie schlagen; es sah aus, als ob sie den Kessel fallen ließe. Aber Venier griff zu und nahm den Kessel, er setzte an und leerte ihn mit einem gewaltigen Zuge. Dann ließ er sich schwer auf die Bank fallen.

Wieder goß der Amerikaner Wein hinein und betete um das Wunder der Verwandlung. Und Fiametta lief herum und bot die Gabe den Gläubigen. Die Männer brummten: »Blut! Blut!« und die Weiber kreischten: »Es ist des Heilands Blut!« Ein kleiner Junge weigerte sich und spie den Schluck aus, den er getrunken, aber man hielt ihn fest, goß ihm den Wein in die Lippen und zwang ihn, zu schlucken. Die alte Sibylla faßte den Kessel mit beiden Händen und gab dem Mädchen ihren Stock zu halten. Sie betete stumm und tat einen tiefen Zug. Eine alte Bäuerin, die neben ihr saß, fragte: »Blut?«

Die Bettlerin nickte glückselig und reichte der Nachbarin den kupfernen Kessel.

Alle tranken. Immer neue Flaschen gossen sich in das Gefäß und verwandelten ihren Inhalt zu Blut. Geschäftig trippelte Fiametta durch den Saal, ihr Gesicht strahlte und aller Schmerz war vergessen. Sie reckte sich auf den Fußspitzen und reichte Teresa den Trank.

Das Mädchen schüttelte den Kopf und machte eine abweisende Handbewegung. Aber Frank Braun flüsterte ihr ins Ohr: »Nimm doch, tu so, als ob du tränkest!«

Teresa gehorchte, dann reichte sie ihm den Kessel. Er fühlte, wie aller Augen sich auf ihn wandten. Er schlug ein Kreuz, dann trank er.

Es war guter, klarer Wein.

Er wollte das Gefäß zurückreichen, aber der taubstumme Gino kroch unter der Bank hervor und griff darnach; hastig trank er, in kurzen, gierigen Schlücken. Er war der letzte von allen.

»War es Blut?« flüsterte Teresa. Frank Braun nickte. Sie machte keine Miene mehr zu gehn; ihre Hände brannten, eng drückte sie sich in seinen Arm. Sie zog ihr Tuch über den Kopf, trotz der unerträglichen Hitze, und nur ihre Blicke brachen heraus aus dieser sicheren Hut und hefteten sich fest an das Christusbild und an den Mann, der darunter stand.

Unbeweglich stand er da mit geschlossenen Augen, die Hände eng ineinander verschränkt.

Girolamo Scuro, der Knecht, hatte sich neben ihm erhoben. Er stimmte das Fastenlied an, und dröhnend fiel die Gemeinde ein. Der Gesang schien wilder, rauschender zu sein – diese trägen Köpfe, seit vielen Monaten jeden Alkohols entwöhnt, entzündeten sich rasch an den Tropfen, die sie genossen hatten. Wie ein Schlachtgesang scholl es durch den Raum:

»Wundenvoll, erblaßt, entkräftet,
An das Opferholz geheftet,
Seh ich wie ein Gottmensch stirbt
Und den Sündern Heil erwirbt!
Jesu, drücke deine Schmerzen
Tief in aller Christen Herzen!
Laß mir deines Todes Pein
Trost in meinem Tode sein.«

Der Amerikaner winkte und sie schwiegen im Augenblick. Er sang leise, wie zu sich selber, die Strophe:

»Dich zu binden und zu schlagen,
Zu beschimpfen und zu plagen,
Nahet sich der Feinde Schar
Und du gibst dich willig dar!«

Und in dröhnender Begeisterung heulte die Gemeinde den Chorus und trampelte dazu den Takt mit den Füßen:

»Jesu, drücke deine Schmerzen
Tief in aller Christen Herzen!
Laß mir deines Todes Pein
Trost in meinem Tode sein!«

Dann sprach er, hastig, fanatisch, mit beiden Händen weit in die Luft greifend:

»Brüder! Schwestern! Gott hat euch reiche Gnade geschenkt und euch allen seines Sohnes heiliges Blut gereicht. Aber er will mehr von euch, als nur das Lob eurer Lippen, mehr als Gebet und Gesang! Wir wollen ihm dienen mit Leib und mit Seele und für des Sohnes Blut, das er uns gab, wollen wir ihm unser Blut geben. Das Lamm Gottes wurde gehöhnt und geschlagen, von seinem heiligen Leibe tropfte das Blut unter der Geißel Hieben! Nun wohl, laßt uns seinem Beispiel folgen, laßt uns den Leib kasteien und unser Blut hingeben für den, der sein Blut vergoß um der Welt Sünden willen!«

Er ging hinter seinen Stuhl und schleppte mit Scuros Hilfe von der Wand her einen Sack heran. Er band ihn auf und schüttete seinen Inhalt auf den Boden. Stöcke fielen heraus und Dornenzweige, kurze Hundspeitschen, Birkenruten und Haselgerten. Er ergriff eine starke Rute, in der zwischen den Weidengerten Akazienzweige mit harten, langen Dornen staken. Dann, dicht unter dem Christusbilde, zog er den Rock aus und das Hemd.

Bis zur Hose stand er nackend da. Sein Leib sah schwarz aus, sogar die Arme waren dicht behaart. Lange Zotteln bedeckten die Brust, er schien irgendein seltsamer Affe und kein Mensch.

»Ich will euch ein Beispiel geben!« rief er.

Er nahm noch eine Rute vom Boden auf und hob beide Hände hoch in die Luft. »O Lamm Gottes, erlöse uns!« schrie er und ließ die Ruten mit mächtigen Streichen niederfallen. Sie trafen den Rücken und die Schultern und die Stacheln bohrten sich heftig ins Fleisch. Er riß sie wieder hoch, sogleich sah man durch die langen, schwarzen Haare hindurch rote Blutstropfen sickern. Und wieder zischten die schweren, schwarzen Ruten durch die Luft und fuhren klatschend über Arme und Brust. Ein vorstehender Dorn traf die linke Wange, ritzte sie der Länge nach und hinterließ einen roten Streif.

Seine Züge verzerrten sich, schneller und immer schneller fielen die Streiche. In der dumpfen Stille hörte man das Sausen und Pfeifen in der Luft und das laute Klatschen der Gerten auf der nackten Haut. Sein Oberkörper wiegte sich hin und her, die bleichen Lippen bewegten sich unaufhörlich in leisem Gebete.

Plötzlich hielt er inne. Seine Brust ging hoch, der Atem stieß sich wie aus Kolben aus den mächtig arbeitenden Lungen. Er streckte beide Arme nach vorne aus, wie Palmenzweige hielt er die Ruten über die Gemeinde.

»Hört Brüder!« rief er. »Hört Schwestern! Ich will euch das Zeichen geben, das mir Gott der Herr offenbarte. Er will euch erretten, alle, alle, von den Qualen des ewigen Todes. Und darum senkte er in meinen Leib den Geist seines treuesten Knechtes: *ich bin Elias, der Prophet!*«

Er sprang in die Höhe, mit beiden Beinen zugleich, es war, als ob er fliegen wollte. Er wandte sich zu dem Gekreuzigten, hüpfte vor ihm auf und nieder und rief: »O Lamm Gottes, welches du hinwegnimmst die Sünden der Welt, erlöse uns, o Jesu!«

Und über beide Schultern sausten in scharfen Hieben die dornigen Ruten und zerfleischten den blutigen Rücken.

Die Frau des Venier sprang hoch von den Knien. Sie streifte hastig die blaue Bluse ab und riß in Fetzen ihr Hemd von den Schultern.

»Schlage mich!« schrie sie heiß. »Schlage mich! Du bist Elias, du bist der Prophet! Schlage mich! Ich will leiden für den Herrn, der uns sein Blut gab!«

Ronchi, der Schneider, griff eine Peitsche und faßte sie mit den Zähnen, um mit den Händen den Rock auszuziehen. Girolamo Scuro folgte ihm, seine riesigen Fäuste griffen zwei schlanke Haselstäbe.

Wieder wandte sich der Amerikaner zu der Versammlung. »Brüder! Schwestern! Der Teufel geht umher auf dieser Welt und spottet des Lammes, das seinen Leib gab für unsere Sünden. Ueberall schlägt er sein höllisches Haus auf, doch besonders in den Leibern der armen Menschen. Wir aber wollen ihn austreiben! Wir wollen ihm zu Leibe rücken, mit Gebet und Gesang und wenn er nicht weichen will, so greift zu den Ruten und Geißeln! Da wird er fliehen, wie ein Gestank, und der Sieg ist unser. Auf Brüder, auf Schwestern, singet und betet! Folget mir in die Schlacht gegen die Rotte der Hölle, folget dem, der euch voranschreitet im Kampfe, Elias, dem Propheten! – Ich führe euch: schlaget mich, peitschet mich! Mein Blut fließe für Jesum Christum, unsern Herrn!«

Er wandte sich an die ihm zunächst Stehenden, aber keiner wagte es, den Arm gegen ihn zu erheben. Da schrie er sie an: »Was zaudert ihr, Saumselige? Glaubt ihr, der Herr ließe Spott treiben mit sich? Hört ihr nicht den Satan lachen ob eurer Schwäche? Schlage mich, Ronchi, schlage mich, Girolamo, und du Matilda Venier, nimm die Rute und schlage mich!«

Das Weib hob eine Dornenrute vom Boden, aber sie schlug ihn nicht. Auch die Männer zauderten und standen still mit erhobenen Armen.

Da schrie er: »Ihr sollt mich geißeln, hört ihr? Ich befehle es, der Prophet Elias! Mein Blut soll fließen zum Preise des Herrn! Schlage zu, Schwester Matilda, schlage zu!«

Das Weib schloß die Augen und schlug. Und der Schneider schlug zu und Girolamo Scuro mit beiden mächtigen Fäusten.

»Stärker, stärker!« schrie Pietro.

Die Streiche klatschten und fielen hageldicht. Das Weib heulte: »Schlagt mich auch, mich auch! Ich will leiden für den Herrn!«

Der Knecht gab ihr einen Streich mit dem Haselstock, der sich von den Schultern herab bis zur Hüfte rot abzeichnete. Sie schrie aufheulend vor Schmerz, brach fast in die Knie. Aber gleich richtete sie sich wieder auf und brüllte: »Mehr, mehr! Schlagt mich! Treibt den Satan aus meinem Leibe!«

Zugleich schlug sie mit wilder Kraft ihre Dornenrute über Scuros Brust.

Pietro Nosclere rief: »Singet und betet! Höret, Brüder, den achtunddreißigsten Vers des achtundsiebzigsten Psalmes: ›Er aber war barmherzig und vergab die Missetat und vertilgte sie nicht und wandte oft seinen Zorn ab und ließ nicht seinen ganzen Zorn gehen.‹«

Er wiederholte den Vers halb singend wieder und wieder und die Gemeinde sprach ihn mit in seinem Tonfall. Im Takte fielen die Ruten und Peitschen auf die nackten Leiber.

Girolamos braunrote Haut bedeckte sich mit Blut. Ein Streich Pietros traf den riesigen Kropf, er schien noch mehr zu schwillen und hing wie ein ungeheurer rotblauer Kürbis über der mächtigen Brust. Der Schneider war dürr, die Rippen schienen ihm durch die straffe Haut, über der sich Krusten von Blut und Schmutz bildeten. Am gräßlichsten aber schien das Bild des Weibes des Venier. Abgezehrt, bleich von ihrer Krankheit, leuchteten ihre heißen Augen von fanatischer Begeisterung. Ihre Arme waren dünn wie Kinderärmchen, die kleinen Brüste hingen wie leere Beutelchen herab. Aber sie raste springend und tanzend herum und schrie: »Schlagt mich! Schlagt mich! Treibt den Teufel aus meinem Leibe!«

Das zweijährige Kind brüllte, der Knecht schob es mit dem Fuße zur Seite. Die kleine Fiametta ergriff es, hielt es, in der Angst, selbst getroffen zu werden, wie einen Schild vor sich und drückte sich eng an die schützende Wand.

Hinten schrie einer: »Laßt mich durch, laßt mich durch!« Sie schoben sich zusammen und machten ihm Platz. Es war ein junger, stiernackiger Bursch, er riß rasch Jacke und Hemd mitten im Saale ab und warf sie in die Versammlung. Ihm folgte noch einer, ein Alter, und der Junge half ihm den Rock ausziehen. Frank Braun kannte sie, es waren die Ulpos, Vater und Sohn, die Nachbarn des Venier.

Jeder nahm eine Peitsche.

Teresa ließ keinen Blick von dem Schauspiel. Sie rührte sich nicht, ihre Augen standen starr offen. Nur ihre Hände preßten seine Linke, es war, als erschauerte ihr Körper bei jedem Hiebe.

Plötzlich hörte er sie rufen: »Laßt sie durch, laßt die alte Sibylla durch!« Sie erschrak selbst über ihren Ruf und preßte sich noch enger an ihn.

Er sah, wie die alte Bettlerin sich vergeblich mühte, durch die Menge zu dringen. Sie riß an Jüppen und Jakken und stieß mit ihrem Stocke, aber niemand kümmerte sich um sie, alles starrte gebannt nach vorne. Wie vor einer Mauer stand sie.

Keiner achtete auf Teresas Ruf, er schien verloren in dem Lärm der Musik und in dem Takt der Gebete und der Schläge. Doch sah der Amerikaner zu ihr hin und schrie gleich darauf in hellem Tone: »Macht Platz für Sibylla Madruzzo!«

Sie bildeten eine Gasse und die alte Bettlerin kroch hindurch. Sie schob sich nach vorne, mitten unter die blutenden Männer.

Der Gesang verstummte und die Arme hoben sich nicht mehr. »Was willst du, Schwester Sibylla?« fragte der Prophet.

Sie bewegte die Lippen und deutete mit dem Stock auf ihren Rücken.

Der Amerikaner zauderte, er trat einen Schritt zurück. Aber die Alte kroch ihm nach, sie griff die Rute in seinen Händen und küßte sie. Da faßte er sich und gab ihr einen leichten Schlag auf den krummen Rücken.

Aber sie gab nicht nach, sie hob den Hals und drehte den Kopf seitwärts von unten herauf. Unaufhörlich bewegten sich die stummen Lippen.

»Du bist alt und krank,« sagte Pietro. Sie ließ seine Hand nicht los und flehte stumm.

Er tat, als verstände er sie nicht. Da wandte sie sich um und machte die Geste des Schreibens. Einer gab ihr einen Fetzen Papier und der Schneider zog einen Bleistift aus der Hosentasche. Die Alte kauerte auf dem Boden und schrieb. Dann hielt sie das Blatt in die Höhe.

Der Knecht griff es und warf einen Blick darauf, aber er konnte nicht lesen. Da nahm es der junge Giovanni Ulpo und las laut: »Du hast gesagt, wir sollen alle unser Blut vergießen für Christus! Warum stößt du mich zurück?« Er gab das Blatt an Pietro und fügte hinzu: »Ja, das hast du gesagt!«

Noch immer zauderte der Prophet. Er hielt das Blatt in der Hand, von seiner Wange fielen dunkle Blutstropfen darauf.

Sibylla trat zu der Frau des Venier, sie knöpfte langsam ihr Kleid vorne auf und bedeutete jener, ihr zu helfen. Die Frau griff zu, zog ihr mühsam einen Arm aus dem Aermel und streifte das Hemd zurück, so daß eine Schulter entblößt war und ein Teil des Rückens.

Pietro sah ihr zu. »Schlag sie,« befahl er.

Und Matilda ließ ihre Rute auf den Rücken der Alten fallen.

Aber Sibylla stieß sie zurück. Sie warf sich vor Pietro auf die Knie nieder und umschlang seine Füße.

»Sie will, daß du es tun sollst,« sagte der alte Ulpo.

Und der Schneider rief: »Du mußt es tun! Du bist der Prophet!«

Der Amerikaner kniete nieder neben der Bettlerin. Beide lagen vor dem Gekreuzigten in heißem Gebete.

»Herr, helfe mir! O Lamm Gottes, erhöre mich!« stöhnte Pietro.

Dann sprang er auf und seine Rechte faßte fest die dornige Rute. Er schloß die Augen, und schnell, ohne Unterlaß, fielen die schweren Streiche auf die arme Alte. Ihr gelähmter Leib wand sich und krümmte sich zu seinen Füßen, die zerrissene Schulter schimmerte rot.

Und er schlug sie und schlug, blind und rasend.

Da geschah es –

Sibylla Madruzzo richtete sich auf. Erst kniete sie, dann reckte sie sich zu voller Höhe. Und ihr Leib, durch dreißig Jahre gekrümmt in gräßlichem Krampfe, hob sich hoch und überragte um Kopfeslänge den Propheten.

Er stand vor ihr, zitternd, seine Hand ließ die Rute fallen.

Aber ihre Lippen öffneten sich, laut und klar klangen die Worte: »Der Herr hat mich gesegnet durch deine Hand. Gesegnet seist du, den der Herr sandte!«

Und sie beugte sich und nahm seine Hand und küßte sie demütig.

Ein furchtbares Schweigen lag in der Halle, keiner wagte die Lippen zu öffnen. Selbst Pietro schwieg. Da rief Giovanni Ulpo: »Ein Wunder! Pietro hat ein Wunder getan!«

Aber Ronchi, der Schneider, unterbrach ihn: »Schweig doch! Elias hat es getan. Er ist Elias, er ist der Prophet! Elias, der Prophet, hat ein Wunder getan!«

Alle schrien, alle heulten durcheinander. »Ein Wunder! Ein Wunder!« Sie schoben, sie drängten nach vorne, jeder wollte die Geheilte sehen, jeder den Propheten berühren. Sie traten sich und schlugen, die Weiber kreischten und die Kinder heulten laut.

Dann hörte man die Stimme des Propheten: »Auf die Knie, Brüder und Schwestern, auf die Knie! Danket alle unserm Herrn Jesu Christo! Nicht ich tat das Wunder, Gott tat es durch meine Hand! Betet und danket ihm und singt ihm Preis in alle Ewigkeit!«

Er stimmte das Osterlied an und alle fielen ein:

»O Meer der Seligkeiten,
Für dich, o Lamm zu streiten!
Der Satan sank zur Nacht,
Gewonnen ist die Schlacht!

Alleluja! Alleluja! Alleluja!
Wie du vom Tod erstanden bist,
Laß uns erstehn, Herr Jesu Christ!
Alleluja!«

Und das Lied schwoll, als wollte es die Wände zerbrechen und die Decke in Trümmer reißen und aus dem

Tale hinaus in alle Himmel steigen. Alleluja! Alleluja! Alleluja!

Frank Braun hob das Mädchen von dem Stuhle, willenlos ließ sie sich führen. Er mußte sie unter den Armen stützen und festhalten, jeden Augenblick schien sie zu fallen. Es gelang ihm endlich, an der Wand vorbeizukommen, zwischen den Knieenden die Türe zu erreichen.

Er warf noch einen Blick zurück. Alle lagen betend auf den Knien, nur Pietro stand unter dem Kruzifix und neben ihm, hoch aufgerichtet, Sibylla Madruzzo. Der rote Schein der Pechfackeln fiel auf ihr hageres, scharf geschnittenes Gesicht, die großen, grauen Augen lagen tief in den Höhlen –

O ja, sie mußte einmal schön gewesen sein!

Hinten in der Ecke kauerte der taubstumme Gino. Er hatte den kupfernen Kessel gefunden und leckte begierig die letzten Tropfen –

IX

In manchem Münster nistete die Taube,
Vor der Legende bog die Welt das Knie,
Des Mittelalters frommer Köhlerglaube,
Ich weiss es wohl, auch er war Poesie.
Arno Holz, Buch der Zeit.

Der kühle Seewind schlug ihnen ins Gesicht. Teresa taumelte, wie ein Trunkener, der aus dumpfem Keller heraussteigt auf die Straße und in dem Augenblicke erst, wo ihn die frische Luft umfängt, seines Rausches sich bewußt wird.

Er mußte sie fast tragen, setzte ihr mühsam einen Fuß vor den andern.

Sie gingen den näheren Weg durch das Dorf; er suchte vergeblich nach einer Bank, auf der sie hätte ruhen können. Als sie an der Kirche vorbeikamen, fiel ihm ein, daß man dort wohl rasten könnte. Er drückte auf die Klinke, die Tür war nicht verschlossen.

Sie traten ein, der Mond fiel durch die langen Scheiben. Nirgends standen Bänke, nur niedrige Schemel an den Seiten; so führte er sie zum Altar und setzte sie dort auf die Stufe. Er wollte ihre heiße Stirn kühlen, ging zum Weihwasserbecken und tauchte sein Taschentuch hinein. Aber das Wasser war faul und stank.

Er kehrte zurück zum Altare, setzte sich neben sie und streichelte leise ihre Schläfen und Hände. Langsam beruhigte sie sich. Schweigend saßen sie nebeneinander, lange Zeit.

Er glaubte, sie würde aufstehn, um zu beten. – Ueber dem Altar hing das Bild der Madonna; sie trug das Knäblein im Arme und sieben silberne Schwerter staken in ihrem Herzen. Zu ihren Füßen lagen viele frische Rosen, und er wußte, daß sie Teresa geopfert hatte.

Aber das Mädchen sah nicht einmal auf. Sie schien sich gar nicht bewußt zu sein, daß sie in der Kirche war. Frank Braun dachte: ›Arme Madonna, der Prophet hat dich entthront.‹

Er fühlte eine tiefe Befriedigung. Das alles war sein Werk; die Marionetten tanzten und spielten das Spiel, das er ihnen einblies. Die Probe war gemacht und sie klappte. Er war ein guter Regisseur und er wollte sein Stück schon so herausbringen, daß es Aufsehn erregte in dem Narrentheater der Weltgeschichte.

Sein Kopf war eine gute Requisitenkammer, aller Mummenschanz der Historie lag da hübsch aufgestapelt, schön geordnet nach Völkern und Jahrhunderten. Die Rollen waren verteilt, und er würde seine Puppen anziehn, so bunt und wild, würde einen Fasching machen, wie die Welt noch keinen gesehn.

Teresa aber sollte der Star werden – trotz dem Propheten.

– Und warum sollte er nicht Eintrittsgeld nehmen? War das Geschäft eines Theaterdirektors nicht so gut wie jedes andere? Dies war ein gutes Geschäft und es konnte viele, viele Millionen tragen.

Ach, Val di Scodra war ein so schöner Name wie es Delphi war und Kevelaer und Lourdes und Valle di Pompeï – Bartolo Longo war heute schon der reichste Mann in Italien und doch war seine jämmerliche Mutter Gottes von Pompeï nicht drei Franken wert, als er sie erstand! – Er aber begann hier gleich mit einem ganzen Heer von Wundertätern und hatte allererste Kräfte in seinem Ensemble.

Frank Braun überlegte. Man mußte das Tal von Scodra kaufen, alle Häuser und alles Land. Das wäre schnell genug gemacht und würde kaum ein paar hundert Mille kosten. Und dann dreimal soviel für die Reklame – ach, er würde kaum eine Million brauchen, das genügte durchaus für den Anfang.

Freilich, die hatte er nicht. Aber er hatte Freunde, die sicher intelligent genug waren, ihm für diese Sache Kredit zu geben. Er würde eine G. m. b. H. gründen mit einem schönen Titel – Gesellschaft zum Heiligen Herzen Jesu. Und das war gewiß: er wollte nur Juden hineinnehmen in diese christliche Genossenschaft, tüchtige Leute, die etwas verstanden vom Geschäft.

Dann kamen die Gründungen. Gleich ein Dutzend große Hotels, auf halber Höhe im Halbkreise um den See. Acht deutsche, zwei englische, ein italienisches und ein slawisches. Auch eines für die Franzosen? Ach nein, das möchte sich nicht rentieren, die Franzosen waren Heiden und würden doch nicht kommen.

Und eine Reihe mächtiger Herbergen für die Pilger und eine Basilika, hinter der sich die des Bartolo Longo verkriechen mußte. Auch Sanatorien und entzückende kleine Chalets.

Rings um den See ließ er eine Galerie durch den Felsen schlagen, schuf einen kreisrunden Pfad. Ueberall ankerten schwimmende Badehäuser und der See selbst war die große Wanne und der Gesundbrunnen für alle Leiden.

Wunder – darum war ihm nicht bange! Eines hatte er, das Hunderte von Menschen mit ihren Augen sahen! Wieviel Wunder hatte Lourdes im Jahre? Selbst der alberne Schwindler von Valle di Pompeï brachte ja schon einen guten Rekord! – Wo fünfhundert Menschen glaubten, da würden es auch fünfzig Millionen tun – so würde er jede Woche sein Wunder haben!

Von vorneherein mußte man die Industrie organisieren. Da war das Wasser des Sees, das man in ungeheuren Mengen exportieren konnte, es würde mit fünf Nullen alle Konkurrenz schlagen, Jordanwasser und Eau de Lourdes. Heilige Oelbäume pflanzte man um die Basilika und jedes Blatt war seine Krone wert. Die Andenken-Artikelchen, die Rosenkränze und all den billigen Tand für die Pilger mußte man an Ort und Stelle fertigen. Oben bei der Landstraße, eine halbe Stunde nur vom Dorfe, war zwischen den Felsen eine geräumige flache Stelle, auch ein Gießbach ging da herab. Da war die Wasserkraft – dort mußte die Fabrik hinkommen. Aus Sachsen holte man die Werkmeister –

Die Fiavè aber gab das elektrische Licht für den Wallfahrtort, sie hatte Kraft genug, um zehn Val di Scodra zu speisen. Den Verkehr zur Stadt besorgte alle Stunden eine Autoverbindung – die Pilgerzüge freilich mußten zu Fuße kommen: das erhöhte die Spannung und war sehr zuträglich für alle Wunder.

Und welche Einnahmen! Nicht einen Schritt konnte der Fremde gehn, ohne die Tasche zu öffnen. Eine Kurtaxe und einen Preis für jedes Bad. Fromme Zeitungen und Andenken in jedem Hause. Man sollte nicht umsonst leben in der heiligen Stadt, die den Weg öffnete zum Himmelreich.

Aber dafür bot man auch etwas! Große Prozessionen, so recht im Pöbelgeschmack, die Brüderschaften Sevillas neu aufgeputzt à la Barnum und Bailey. Passionsspiele, raffiniert albern, zurechtgeschnitten auf triefäugige Tränendrüsen; Flagellantenstückchen, hinter denen sich alle heulenden Derwische verkriechen mußten; Kastratenchöre, so lieblich, daß alle Herzen schwellen sollten vor gottseligem Entzücken.

Und ein Spielsaal – warum nicht auch ein Spielsaal? War der Zweck nicht ein überaus heiliger? Und würden diesem Zwecke die Behörden des frommen Landes die Erlaubnis verweigern, wenn sie und die Kirche Prozente bekämen? Ach – mit beiden Händen würden sie zugreifen.

Die Kirche? O sie würde mit vollen Backen Ja und Amen sagen und ihren Segen geben. Hatte nicht auch Bartel ihren vollen Segen und war doch Herr in seinem Hause? Man würde alles hübsch laufen lassen im römischen Mäntelchen; bei den kleinen Seitensprüngen würde die Kirche beide Augen zudrücken. Im Gegenteil, sie würde froh sein, zu helfen beim heiligen Werke und der Herr Bischof würde selbst seine kleine Rolle spielen.

Freilich, die Hauptrollen waren schon vergeben. Da war Pietro, der Prophet, erste Attraktion, allein schon das Entree wert. Und der Schneider Ronchi – der mußte Enoch werden – denn wo Elias ist, da darf Enoch nicht fehlen. Dann Girolamo Scuro, der Knecht, der alle Frömmigkeit in seiner Kürbiswampe trug, und Matilda Venier mit diesen Feueraugen, die allen fanatischen Glauben sprühten. Da war Sibylla Madruzzo – wie gut doch, daß sie damals nach Innsbruck ins Spital kam! Man müßte die Papiere dorther kommen lassen, auch die Bescheinigung des Pfarrers von Cimego und der Behörden. – Ein kleines Buch würde er drucken lassen mit dem schönen Titel:

Dreißig Jahre gelähmt
oder
Sibylla Madruzzo,
Die Wundergeheilte von Val di Scodra.

Vorne ihr Bild und hinten ihr Bild: vor und nach der Heilung – wie bei einer Bartreklame. Stück für Stück eine Krone, ach, man würde Hunderttausende absetzen.

Auch der junge Ulpo würde sich schon entwickeln – und wieviel Talente schlummerten noch in dem gottesfürchtigen Haufen des Bergdorfes! Und das war ja nicht das einzige Feld für den Nachwuchs – immer neue Ueberraschungen würden ihm die Pilgerscharen bringen. Welch ein Material! Fromme, Hysterische, Heißgläubige, Epileptiker, Spiritisten, Idioten, Fanatiker, Nervenkranke, Mystiker, Neurastheniker – o eine Fundgrube für den Teig, den er kneten wollte! Die Fischlein sprangen von selbst in den großen Kessel von Val di Scodra, kochten in Weihrauch und in heiligem Weine, in Beten und Singen, Fasten und Geißeln. All ihre armen Sinne wurden aufgepeitscht, bis ins letzte Mark jede Vernunft erschlagen.

Was – jede Woche? – An jedem Tage würde er sein Wunder haben! – Und sein Dorf würde das größte Narrenhaus der ganzen Welt werden.

Aber sein großer Trumpf blieb doch Teresa. Sie mußte eine Heilige werden, eine Prophetin, daß die delphische Priesterin sich neben ihr schmählich verkriechen sollte in den letzten Spalt ihrer pythischen Grotte. Aller fromme Schwindel der Weltgeschichte mußte aus ihren blanken Zähnen tropfen und ihre blauen Augen waren der Honigleim, auf den die Gimpel aus fünf Erdteilen flogen.

Er aber war der große Herrscher über allen Wahnsinn der Welt. Wie Tabak, wie Zündhölzer oder Alkohol, so wollte er den Wahnsinn zum Monopol machen. Fürwahr, ein jungfräuliches Land, kaum betreten von mystischen Buschkleppern, die barfuß und blind da herumtappten! Er aber hatte alles Wissen und alle Klugheit, die seine Zeit ihm gab, und er kannte dies Nebelland gut von einem Ende zum andern. Er allein konnte seine unermeßlichen Schätze heben. Ah, die Welt war schön und der größte Scharlatan war ihr König!

»Es lebe König Scharlatan!« rief er.

Seine Stimme hallte lautjauchzend durch die leere Kirche; Teresa schreckte auf.

»Was – was ist?« fragte sie.

Er besann sich. Ach ja, sie saßen noch auf der Treppe des Altars. »Ist dir besser?« fragte er. »Wollen wir gehn?«

Sie nickte und stand auf. »O es ist alles wieder gut.« Seine Augen fielen auf die rote Ampel, die an einem Pfeiler unter dem Bilde des heiligen Franziskus hing.

»Versiehst du sie mit frischem Oele?« fragte er.

»Ja,« sagte sie. »Er ist mein Schutzheiliger.«

Es war ein jämmerlicher, halbzerfetzter Oeldruck. Die gekrönte Madonna mit dem Kinde erschien dem Franz von Assisi und begnadete ihn mit den Malen des Erlösers. Um diese alle zu zeigen, war die Stellung des Heiligen eine höchst komplizierte, ein merkwürdiges Mittelding von Stehen, Fallen und Schweben. An beiden Händen und Füßen trug er die Stigmata, dazu war in seine braune Franziskanerkutte ein Loch geschnitten, damit man auch das Wundmal an der Seite des Leibes recht sehen konnte.

»Er ist dein Schutzheiliger?« wiederholte er nachdenklich. »Er, der die Stigmata trägt?« – Er sah sie an und im Augenblick begriff er die Rolle, die sie spielen sollte in seinem großen Stücke. Ein Uebermut faßte ihn und eine große Lust; schnell trat er zu dem Bilde.

»Heiliger Franz von Assisi,« sprach er. »Ich danke dir von ganzem Herzen für den vortrefflichen Gedanken, den du mir eben geschenkt hast. Du bist wirklich ein guter Heiliger, der Schlechtes mit Gutem vergilt. Wir sind ja gute Bekannte, du und ich, waren Nachbarn in meiner Vaterstadt am Rhein: deines Klosters Garten stößt da an den meiner Mutter. Und du weißt gut, wie schlecht wir Buben immer zu dir waren und welchen

Unfug wir mit deinen frommen Patres trieben. Wir haben uns lange Beichten gemacht und den guten Vätern Mord und Totschlag vorgelogen. Wir haben uns die Hände gewaschen in deinem geweihten Wasser oder auch Kröten und dicke Blutegel hineingesetzt. Und wenn der Pater Cyprian und der Pater Barnabas und die andern im Garten wandelten, den Rosenkranz in der Hand, dann haben wir geheult und geschrien und sie mit Kartoffeln beworfen. Aber wenn sie nicht da waren, so stahlen wir ihnen Kirschen, Aepfel und Trauben – und nie, glaube ich, ist etwas reif geworden in diesem schönen Garten. Sie schalten und waren wütend und liefen uns nach – aber man kann ja so schlecht laufen in deinen braunen Kutten, du heiliger Franz von Assisi! – Ach, nie hat mir Obst so gut geschmeckt, wie das, was ich aus deinem Garten stahl. – Aber jetzt, siehst du, will ich es niemals wieder tun, nie mehr, das verspreche ich dir. Zum Danke dafür, daß du mir nichts nachträgst und mir nun gesagt hast, was ich tun soll mit diesem Mädchen hier, das unter deinem heiligen Schutze steht.«

Er sprach sehr ehrbar und voller Salbung; das Mädchen merkte nicht, wie darunter der Spott lustig flakkerte.

»Was hat er dir gesagt?« fragte sie

»Etwas, das dich angeht,« antwortete er. »Ich werde es dir schon sagen. – Er ist ein guter Heiliger und ich war immer so schlecht zu ihm.« Er trat an die Ampel und pustete das Licht aus.

Sie erschrak. »Was tust du?«

Doch er blieb ernsthaft. »Er soll schlafen. Glaubst du, daß er nicht müde würde, wenn immer das Licht unter ihm brennt?«

Er nahm ihren Arm und führte sie aus der Kirche. Aber an der Tür blieb sie stehn. »Nein,« sagte sie fest,

»ein Heiliger wird nicht müde. Und dies ist nur sein Bild und die ewige Lampe brennt zu seiner Ehre. Bitte, laß mich sie wieder anzünden.«

Er lachte: »Ich wußte nicht, daß du so aufgeklärt bist.« Er gab ihr Streichhölzer, sie lief und brannte den Docht wieder an. Dann kam sie zurück.

»Warum hast du nicht frisches Wasser ins Weihbekken gefüllt?« fragte er.

Aber sie gab ihm zurück: »Wer hätte es weihen sollen?«

Sie gingen durch die Türe und schlossen sie. Die Gasse war still und menschenleer, noch immer scholl von des Amerikaners Scheune ein verworrener Klang von Musik und Gesang. Als sie ins Haus traten, fragte er: »Kennst du das Leben der Heiligen, deren Namen du trägst?« Sie schüttelte den Kopf. »So will ichs dir erzählen,« fuhr er fort.

Sie stiegen die Treppe hinauf. »Geh in dein Zimmer,« sagte er, »zieh dich aus und leg dich zu Bett. – Ich komme gleich zu dir.«

Er ging in sein Schlafzimmer, legte die Kleider ab, wusch sich und zog den Pyjama an. Dann kniete er vor dem schweren Bücherkoffer, öffnete ihn und wühlte herum. Endlich fand er, was er suchte – ein dickes Buch und ein paar Heftchen. Er schlug sie auf, blätterte und nickte befriedigt. Dann ging er zu ihr.

Ihr Zimmer war dunkel. »Du hast kein Licht?« fragte er. Er holte seine Lampe, zog einen Stuhl heran und stellte sie darauf. Dann setzte er sich zu ihr aufs Bett.

Sie bemerkte die Bücher und seufzte. Sie schloß die Augen und streckte die Arme nach ihm aus. »Komm doch,« flüsterte sie, »ich bin so müde.«

»Willst du nicht hören, was ich dir erzählen will?« fragte er.

Sie nickte gehorsam. »Doch. Erzähle.«

Sie nahm das dicke Buch, neugierig buchstabierte sie den Titel: »Acta Sanctorum. Willst du mir daraus vorlesen?«

»Ja,« sagte er, »ich will dir von der heiligen Teresa von Jesu erzählen, deren Namen du trägst. Von ihr und von andern frommen Frauen.«

Sie streichelte seine Hände. »Willst du nicht lieber singen?«

Er sagte: »Nein. Ich will nicht singen. Man soll nicht singen in Val di Scodra, es sei denn die Lieder, die der Amerikaner singt.« Er nahm eines der kleinen Heftchen. »Hast du je einmal von Louise Lateau gehört?«

»Nein,« antwortete sie. Sie seufzte, sie wehrte sich immer noch, mit ihm von heiligen Dingen zu sprechen.

Doch er ließ sie nicht los. »Aber du kennst das Bild des heiligen Franziskus gut?« fuhr er fort. »Weißt du, was es darstellt? Den Augenblick in dem Leben des frommen Mannes, in dem ihm die Mutter Gottes erscheint und in dem er die Wundmale des Herrn empfängt.«

»Ja, ich weiß,« sagte das Mädchen.

»Nun gut, diese große Gnade schenkte der Herr nicht nur ihm, sondern noch manchen andern gläubigen Herzen, insbesondere aber frommen Frauen. Die Stigmata trugen Maria von Mörl und Katharina Emmerich von Dülmen; die letzte aber, die des Erlösers Hand mit seinen Wundmalen zeichnete, war die Jungfrau Louise Lateau aus Bois d'Haine in Flandern.«

Mit leiser, einschmeichelnder Stimme erzählte er, nur zuweilen warf er einen Blick in das Buch. Er hielt ihre Hand und er fühlte wohl, wie ihr Widerwillen schwand; sie lauschte und ganz langsam kehrte die stille mystische Stimmung bei ihr ein, die sie in seltsamen Wonnen erzittern ließ, wenn sie zu den Füßen des Pfarrers saß. Dieser süße, klingende Nebel, den sie nun so lange nicht mehr geatmet hatte.

Er sprach ihr von Jeanne des Anges, von der Schwester Katrei und von Marguerite Alacoque, die den Kultus zum heiligen Herzen Jesu stiftete. Er sagte ihr, daß diese gelähmt war und geheilt wurde durch ein Wunder, wie heute die Sibylla Madruzzo. Daß ihr Leben reich gesegnet war mit frommen Visionen, so wie das der heiligen Teresa, der alle sieben Himmel schon auf Erden geöffnet wurden.

»Was ist eine Vision?« fragte das Mädchen leise.

Er antwortete: »Ich kann es dir nicht mit meinen Worten sagen, die du doch nicht verstehen würdest. Ich will dir vorlesen, was die Heilige darüber sagt, deren Namen du trägst: ›Es tritt ein Schlaf der Seelenkräfte ein, die sich weder gänzlich verlieren, noch auch ein Bewußtsein ihrer Wirksamkeit haben. Die freudenvolle Erregung, die Lieblichkeit und Wonne faßt dann die Seele, sie kann noch nicht weiterkommen und weiß auch nicht, wie sie zurückkommen soll. Sie möchte die große Herrlichkeit gerne genießen. Sie gleicht einem Sterbenden, dem man bereits die Kerze in die Hand gegeben, und welchem nur noch wenig daran fehlt, um den ersehnten Tod zu sterben; sie empfindet in diesem Todeskampfe die höchste Wonne, welche man aussprechen kann. Es kommt mir vor, wie ein fast gänzliches Absterben für alle Dinge der Welt, und die Seele weiß nicht, ob sie dann sprechen oder schweigen, ob sie lachen oder weinen soll. Es ist eine Verrücktheit voll Herrlichkeit, eine himmlische Torheit und für die Seele ein Zustand des wundervollsten Genusses.‹«

Er unterbrach sich: »Verstehst du, was die Heilige sagt, Teresa? – Kannst du dir diesen Zustand denken?«

Ihre Augen waren geschlossen, aber sie hob sie langsam und sah ihn voll an. »Ja,« flüsterte sie. »Es ist, wie – wenn ich in deinen Armen liege –«

Er streichelte leicht ihre Wange. »Und doch, Teresa,« fuhr er fort, »ist all dies nur der Anfang. Das Glück der Seele, als Braut in Christi Armen zu liegen, ist viel größer als alles, was Menschen geben können.«

»Und was sieht man?« fragte sie.

Er sagte: »Oh, es ist so schwer zu sagen. Höre zu, was Anna Katharina Emmerich, die auch die Male des Lammes trug, darüber sagte.« Er nahm ein anderes Heftchen, blätterte und las: »Ich habe unendlich viele Dinge gesehn, welche sich mit Worten nicht ausdrükken lassen. Wer kann auch mit der Zunge sagen, was er anders, als mit den Augen, gesehn hat? – Ich sehe dieses nicht mit den Augen, sondern es scheint mir vielmehr, als sehe ich es mit dem Herzen, hier in der Mitte der Brust; es verursacht mir auch an dieser Stelle Schmerz. – Begreifst du das, Teresa, daß man sehn kann mit dem Herzen und nicht mit den Augen?«

Sie sagte leise: »O ja, ich begreife es sehr gut. Wenn ich still liege zur Nacht und alles dunkel ist, sehe ich dich doch. Ich fühle, daß du da bist und lebst in meiner Brust. – Manchmal ist mir, als schlügen zwei Herzen da.«

Sein Blick war fast vorwurfsvoll. »Mußt du immer an mich denken, Teresa? – Die Frauen, von denen ich dir erzähle, dachten an keinen Menschen und nur an Gott.«

»Sie waren Heilige –« wandte sie schüchtern ein. »Der Heilige Geist wohnte in ihnen.«

»Und woher weißt du,« rief er, »daß er in dir nicht wohnen will? Glaubst du, daß Gott dich fragen würde um deine Erlaubnis? So sagt die heilige Teresa: ›Gott kommt, wann er will, offen und ohne unser Zutun. Wenn wir uns auch widersetzen, er faßt unsern Geist, wie ein Riese einen Strohhalm ergreifen würde; ein Widerstand dagegen hilft nicht. Wer könnte glauben, daß Gott, wenn er einmal will, erst warte, bis der aufgeblasene Wurm von selbst auffliegt?‹«

Sie erschrak und es lag eine Angst in ihrer Stimme: »Ich bin voller Sünden –« flüsterte sie. »Glaubst du, daß er doch zu mir kommen könnte?«

Er sagte ernst: »Ja, das glaube ich. Hat Gott nicht des Elias Geist in die Seele Pietro Noscleres gesenkt? Das Buch Jalkuth Rubeni lehrt uns, daß die Seelen von neunhundertundvierundsiebzig Generationen in Labans Schafe fuhren; von dort kamen sie zurück in Menschenleiber – deshalb war Israel so fruchtbar in Aegypten. Und des Herrn Gnade ruht sichtbar auf Val di Scodra – wer weiß, ob nicht deine Heilige in dir lebendig wird?«

Das Bild der Versammlung wurde in ihr wach, alle Ruhe verließ sie. Sie zitterte, sie sah wieder diese wilden, halbnackten Menschen mit ihren Peitschen und Ruten, sie sah die blutigen Wunden in dem roten Scheine der Pechfackeln –

Aber sie sah auch Sibylla Madruzzo langsam sich aufrichten, wachsen, stehen, geheilt durch ein grausiges Wunder, alle überragend –

»Erzähle weiter,« bat sie rasch. »Erzähle von den frommen Frauen.«

Er sprach: »Zur heiligen Katharina von Siena trat einst der Heiland und sagte: ›Ich werde dein Leben mit so überraschenden Wundern anfüllen, daß die unwissenden und fleischlichen Menschen sich weigern werden, sie zu glauben; ich werde deine Seele mit einer solchen Fülle der Gnade schmücken, daß dein Leib selbst die Wirkungen davon spüren und nur noch auf ganz außergewöhnliche Weise leben wird.‹ Und die Heilige genoß durch viele Jahre, bis zu ihrem Tode weder Speise noch Trank: das Licht des Erlösers allein nährte sie. So war es auch mit Louise Lateau – nur das heilige Sakrament empfing sie und verschmähte alle irdische

Speise. Alle Freitage bluteten ihre heiligen Wunden: rings um die Stirne, an der linken Seite und an den Händen und Füßen. Dann sah sie den Herrn. Sie erzählt uns: ›Ich werde dann von einem so großen Gefühl der Gegenwart Gottes ergriffen, daß ich nicht weiß, wo ich mich lassen soll; ich sehe ihn so groß und mich so klein, daß ich nicht weiß, wo ich mich verbergen soll. Und ich sehe ein helles Licht, aber es ist kein Licht, das die Augen des Körpers berührt, es berührt die Seele nach Art eines Blitzes; es ist ein Licht, dessen Ende man nicht sieht, es zeigt mir die Größe Gottes und mein Nichts. Ich befinde mich in einer andern Welt; dasselbe Licht, welches mich von den äußeren Dingen trennt, vereinigt mich in Gott ohne Unterbrechung, ohne Zwischenraum.‹ Sie sah den Erlöser, seine Kleider, seine Wunden, seine Dornenkrone und das Kreuz; sie sah ihn knien und fallen, sie sah, wie ihn die Knechte ans Holz schlugen. Und sie litt mit ihm und kämpfte mit ihm den Todeskampf. Dann aber, wenn sein letzter Seufzer entflohen war, sah sie die Wolken sich öffnen, sah, wie in einem Meere himmlischen Lichtes der Vater seinen Sohn in die Arme schloß.«

Teresas Augen leuchteten. »Es muß herrlich sein,« sagte sie.

Er nickte. »Es ist das höchste Glück, das Menschen widerfahren kann,« fuhr er fort. »Und das Seltsame ist, daß dann das furchtbarste Leiden sich zur höchsten Wonne wandelt. – Wenn du das weißt, so wirst du verstehn, daß die Geißelungen Pietros und der andern nicht Schmerzen, sondern Wonne für sie bedeuten. Du kennst sie ja alle gut und begreifst wohl, daß sie nie von selbst zu den Dornen greifen würden, wenn nicht der Herr sie triebe! Hier, lies, was die Mutter des heiligen Herzens Jesu, Maria Marguerite Alacoque, über die Wonnen der Schmerzen berichtet.«

Er suchte und reichte ihr das Buch. Sie nahm es und las leise: »Es ist ganz gewiß, daß ich ohne das Kreuz und das heilige Sakrament nicht leben und die Länge meiner Verbannung in diesem Tränentale nicht ertragen könnte. Ich habe niemals eine Linderung meiner Leiden verlangt. Je mehr mein Körper von ihnen bedrängt war, desto mehr freute sich mein Geist und desto mehr Freiheit genoß er, sich mit meinem leidenden Jesus zu vereinigen. Der Herr meiner Seele entfernte sich niemals von seinem unwürdigen Opfer, dessen Schwäche und Unfähigkeit er wohl kannte. Bisweilen sagte er zu mir: ›Ich erweise dir viel Ehre, meine liebe Tochter, indem ich mich so edler Werkzeuge bediene, um dich zu kreuzigen. Mein ewiger Vater hat mich in die Hände der Henker geliefert, um mich zu kreuzigen und ich gebrauche für dich zu diesem Zwecke mir geweihte Priester. Ich will, daß du mir zur Erlösung alles darbringst, was du leiden wirst.‹ – So redete der Herr. – Ich aber spreche nun von dem Glücke des Leidens mit solcher Genugtuung, daß es mir scheint, ich könnte ganze Bücher vollschreiben, ohne mein Verlangen zu befriedigen.«

Er nahm ihr das Buch fort. »Siehst du, so wächst aus dem Leiden das höchste Glück; wie es aber ist, das kann niemand sagen. Ueber aller menschlichen Wonne und Seligkeit liegt dieses Glück: die Vereinigung mit Gott. Jeder der diese Wonne kennenlernt, der ist in Gott und der ist Gott selbst. Als die fromme Schwester Katrei so Gott wurde, kam sie dahin, daß sie alles Endliche vergaß und so weit über sich und alles Geschaffene hinausgehoben wurde, daß sie bis auf den dritten Tag dalag und für tot galt. Dann erst kam sie zu sich und sprach: ›Ach, ich Arme, bin ich wieder hier?‹ Was sie aber empfand, das konnte sie keinem Menschen sagen. – Möchtest du nicht solches Glück erleben, Teresa?«

Sie seufzte wieder: »Ich bin so voller Sünden –«

Da unterbrach er sie: »Es gibt nur eine Sünde vor dem Herrn.«

Sie fragte: »Nur eine? – Und welche ist das?«

»Nicht in Gott zu sein. Das ist die eine große Sünde. Wenn du in Gott bist, wie es die heilige Teresa war und Katharina und Louise und Marguerite und Katrei und so viele andere fromme Frauen – so bist du frei von aller Sünde für diese kurze Zeit. Wenn sie aber vorbei ist, wenn du wieder auf Erden wandelst und ein Mensch bist, so ist das die große Sünde und es tut nicht gut, zu unterscheiden zwischen der und jener Sünde, die größer sein mag oder kleiner. Sie alle verschwinden in dem gewaltigen Meere der einen großen Sünde: nicht in Gott zu sein. – Aber du wirst es nicht verstehn und nicht erkennen, wenn nicht Gottes Hand dich einmal fortreißt von dieser Erde in seines Feuers Sturm und dich hochhebt in seine Herrlichkeit.«

Das Mädchen sagte träumerisch: »Ich verstehe es nicht, aber ich glaube wohl, daß ich es empfinden könnte.«

Er nahm ihre Hand und streichelte sie. »Es ist so schwer zu sprechen,« sagte er. »Deine Sprache ist nicht meine Sprache und deine Worte sind nicht meine Worte.« – Er unterbrach sich: »O nein, Teresa, ich meine nicht die deutsche Sprache. Aber sieh, die Welt, in der du lebst, hat eine andere Sprache, als die, aus der ich komme. Die Worte sind dieselben überall, aber wir sagen etwas anderes mit diesen Worten, als ihr darunter versteht. Deshalb nahm ich die Bücher und las dir vor, was diese Frauen sagten, welche der Kirche Sprache sprechen, die auch an dein Ohr klang dein Leben lang. So, meinte ich, würdest du es vielleicht verstehn.«

Sie hob die Arme und schlang sie um seinen Hals. »Geliebter,« sagte sie, »sprich du in deiner Sprache. Wenn ich auch nichts begreife, so fühle ichs doch und fasse es heiß in der Brust! – Geliebter – ich weiß, daß du tief in mir lebst!«

Er saß schweigend, starrte verträumt in die Luft. Dann begann er:

»Einer, der mein Ahne war, suchte viel nach dem höchsten Glück. Er baute in seinem Herzen der Gottheit einen herrlichen Tempel, aber er vergaß, daß man nie des Teufels entraten darf, der ein Teil ist des ewigen Gottes. Und der Teufel rächte sich und zerschlug des armen Narren jungen Leib und gab seine schöne Seele dem Gespötte der Gassenbuben. Hör zu, Teresa, was er sang.«

Seine Stimme zitterte und es war gewiß, daß seine Seele sich einhüllte in die süße Hymne Novalis. Inbrünstig sprach er:

»Wenige wissen
Das Geheimnis der Liebe,
Fühlen Unersättlichkeit
Und ewigen Durst.
Des Abendmahles
Göttliche Bedeutung
Ist den irdischen Sinnen Rätsel;
Aber wer jemals
Von heißen, geliebten Lippen
Atem des Lebens sog,
Wem heilige Glut
In zitternden Wellen das Herz schmolz,
Wem das Auge aufging,
Daß er des Himmels
Unergründliche Tiefe maß,
Wird essen von seinem Leibe
Und trinken von seinem Blute
Ewiglich.

Wer hat des irdischen Leibes
Hohen Sinn erraten?
Wer kann sagen,
Daß er das Blut versteht?
Eins ist alles Leib,
Ein Leib,
In himmlischem Blute
Schwimmt das selige Paar. –
O daß das Weltmeer
Schon errötete!
Und in duftiges Fleisch
Aufquölle der Fels!
Nie endet das süße Mahl,
Nie sättigt die Liebe sich:
Nicht innig, nicht eigen genug
Kann sie haben den Geliebten:
Von immer zarteren Lippen
Verwandelt wird das Genossene,
Inniglich und näher.
Heißere Wollust
Durchbebt die Seele.
Durstiger und hungriger
Wird das Herz:
Und so währet der Liebe Genuß
Von Ewigkeit zu Ewigkeit.
Hätten die Nüchternen
Einmal gekostet,
Alles verließen sie,
Und setzten sich
An den Tisch der Sehnsucht,
Der nie leer wird.
Sie erkennten der Liebe
Unendliche Fülle,
Und priesen die Nahrung
Von Fleisch und Blut.«

Er sprach – aber es war ein süßer Sang. Stille Worte kamen über seine Lippen – aber sie tropften in ihre Hände wie ein Duft heißer Lindenblüten. Und ihre Brust bebte und ihre Augen sahen ein silbernes Licht.

»Was fühlst du?« fragte er.

Da sagte sie leise: »Es ist, als ob die Seele entfliehen wolle in des Bräutigams Arme.«

Er nickte: »Ja – so kann es wohl sein!« Er küßte ihre Augen rasch und sagte: »So, nun magst du schlafen!«

Er griff schnell ihre linke Hand und streichelte leicht mit dem Finger die hypnogene Stelle an der Maus des Daumens. Sie wehrte sich – sekundenlang; dann schlief sie ein. Schnell schloß er ihre Augenlider.

Er legte die Bücher weg. Er saß auf ihrem Bette, regungslos, überlegend und träumend –

»Ja, es wird gehn,« rief er laut. »Es muß gehen.«

Schnell beugte er sich über sie und hob ihren Kopf. Er schob alle Kissen darunter daß sie hoch lag, dann sprach er sie an: »Hörst du mich, Teresa?«

Sie murmelte: »Ja.«

Er brachte seinen Mund dicht an ihr Ohr. Er sprach flüsternd, schnell und befehlend. Oft wiederholte er seine Sätze, sagte sie noch einmal, langsamer und bestimmter. Dann wieder unterbrach er sich. »Hörst du mich?« fragte er sie. Oder: »Du wirst es tun?«

Und immer kam ihr gelehriges, gehorsames: »Ja.«

Manchmal lächelten ihre Lippen, dann wieder verzogen sie sich in Angst und Entsetzen. Aber ihr »Ja« nahm gleich dankbar und demütig die Wonnen und Leiden für alle Ewigkeiten.

Er hielt inne, besann sich; beugte sich wieder herab, irgend etwas hinzuzufügen. Und zum Schlusse wiederholte er noch einmal kurz und scharf alle Befehle.

Dann sagte er: »Nun will ich dich wecken. – Aber du wirst müde sein, sehr müde. Deine Augen werden dir zufallen und du wirst gleich einschlafen.«

Er blies sie leicht an, sie öffnete die Lider. Sie sah ihn an, streckte lächelnd die Hände nach ihm aus. Es war gewiß, daß sie nichts wußte von alledem, das er ihr eben gesagt. Die halb erhobenen Arme fielen zurück, ihre Augen schlossen sich.

Sie schlief.

Er stellte die Lampe fort und blies sie aus. Langsam ging er zur Türe. Und heftig, gegen seinen Willen, drängte es sich auf seine Lippen: »*Nun wirk es fort* –«

Er ging in sein Zimmer und legte sich zu Bett.

»Ich bin ein Sieger,« sagte er. »Ich bin ein König. Ich bin ein Gott.«

Irgend etwas lachte – aber er wollte es nicht hören. Er sprach trotzig und stolz: »Ich bin ein Gott. Ich schaffe. Ich schaffe eine große und seltsame Welt.«

Er fühlte, daß es raschelte und tuschelte. Irgendwo, unter dem Bett, in der Ecke – oder in seinem Hirne. Und er rief sehr laut: »Jagt mir die Ratten weg – ich bin gefeit!«

Er wollte nicht mehr denken – jetzt nicht. Er wollte schlafen – jetzt schlafen, sogleich, im Augenblick. Er wollte schlafen. Er schloß die Augen und biß die Zähne zusammen.

Er wollte schlafen.

So schlief er ein.

Hundert Ratten krochen aus seinem Schädel.

Der Vorhang war hochgezogen und die Bühne zeigte des Propheten Saal. Alle traten sie auf, Pietro und Sibylla, Ronchi, Ulpo und Matilda Venier. Wo nur Teresa war? – Er sah sie nicht.

Girolamo Scuro kam von hinten heran, ein einziger gewaltiger blutroter Kropf, ein Kropfballon mit rotem

Blut gefüllt. Pietro Nosclere war ein schwarzer, langhaariger Affe, der Unterkiefer schob sich weit vor und die langen Arme berührten mit den Fingern den Boden. Wie ein rundes Rad war Sibylla Madruzzo gekrümmt, ihre Zähne bissen in die Fußspitzen, so rollte sie herum. Der Schneider, dürr wie ein Faden, trieb sie mit seiner Peitsche –

Alle zogen auf und warteten auf ihr Stichwort. Denn er saß vor ihnen, unten im Souffleurkasten.

Und dieser Kasten – war seines eigenen Schädels Dach.

Hundert Ratten aber sprangen aus seinem Schädel.

Sie liefen über die Bühne, da verschwanden die Menschen. Und die Ratten raschelten und tuschelten – lächelten.

Sie lächelten. Irgend etwas wollten sie sagen.

Dann aber setzten sie sich auf und jede nahm ihren langen Schwanz in die Zähne und biß ihn ab. Und es waren hundert lange, nackte Würmer, die auf ihn zukrochen. Wo sie krochen, da ließen sie einen weichen, hellen Schleim zurück, und der ganze Boden glänzte von diesem Schleim.

Er aber wußte: die Würmer krochen heran, sie krochen heran. Sie mußten kriechen und kriechen – in seinen Mund und in die Ohren, in die Augen und in die Nasenhöhlen –

Hundert lange, nackte, schleimige Würmer –

Und er schrie –

Seine Schläfen glühten, als er erwachte, und ihre Pulse hämmerten auf das Hirn. Die Decken lagen am Boden und der Wind vom See kühlte schnell den heißen Angstschweiß, der aus allen Poren brach. Seine Zähne klapperten, er fröstelte, nahm die Decken auf und hüllte sich eng hinein.

»Ich bin krank,« murmelte er. »Und das wird ein Fieber.« Er schalt sich; wie dumm war es doch, stundenlang auf des Mädchens Bett zu sitzen in dem dünnen, seidenen Pyjama! – Warum nur?

Nun würde er nicht mehr schlafen können –

– Sie kamen – immer mehr, Ratten, Würmer: Gedanken. Es gab kein Loch sich zu verkriechen; er war nackt und bloß und aller Glauben war in Stücke geschlagen.

Er war ein Bettler, ohne den Glauben, und sein Königreich ging in Rauch auf.

Er fühlte es wohl: er war kein Wundertäter. Er war nur ein Zauberer und ein schlechter dazu. Er dachte:

Wunder ist legitime Zauberei, erzielt durch himmlische Kräfte. Pietro glaubt an den Himmel und so ist er ein Wundertäter. Magie aber ist ein illegitimes Wunder, gewirkt durch die Kräfte des Abgrundes: und dieser Abgrund ist des Menschen Hirn. Er war ein schwarzer Magier und würde nimmer die weiße Kunst erlernen, die er verachtete.

Und beneidete zugleich. – Denn sie allein barg mit dem Glauben das Glück.

Er wußte wohl, es gab keine Grenzen für seines Geistes Macht. Der Mensch war der Schöpfung Herr und so mußte diese seine Einwirkung empfinden. Wohin er wollte, wehte der Geist, und es gab keine Trennung zwischen Geist und Natur.

Nur eines gab es: eine furchtbare Mauer, die alles Glück umschloß. Und wer einmal heraus war aus ihrem engen Kerker, der konnte nie wieder hinein und irrte elend herum im gewaltigen Nichts und fand keinen Grund, auf den er den Fuß setzen konnte. Leicht kam man hinaus aus den starren Quadern des Glaubens, aber kein kleiner Weg führte dahin zurück.

Heute hatte er wohl gedacht, des Mädchens Hand möchte ihn führen. Wenn er an sich glaubte, so war er der Gott und die Welt war sein. Und er glaubte an sich in diesen Stunden.

Nun war es zu Ende.

– Er dachte nach über das, was geschehn war. Sie waren in der Scheune des Amerikaners gewesen. Mister Peter hatte alles getan, was er ihm eingeblasen; und der Erfolg war ein großer und lehrte wohl, daß die Puppen tanzten, und welch ein guter und kluger Regisseur er war. Pietro hatte mit dem Herrn gerungen wie Jakob mit dem Engel: »Ich lasse dich nicht, du segnest mich denn!« Und er hatte den Herrn gezwungen ihn zu segnen und in seiner Hand den Wein in Blut zu wandeln und durch seinen Schlag die gelähmte Sibylla zu heilen.

Alle sahen es und alle glaubten es. Warum nur durfte er allein es nicht glauben? Warum mußte er wissen, daß das Ringen mit dem Engel nur eine schöne Phrase des Morgenlandes war, nichts anderes hieß, als »Krämpfe bekommen«, und daß der Verfasser des Pentateuch nur sagen sollte, daß der arme Jakob ein Epileptiker war!? War es nicht viel schöner, ihn kämpfen zu lassen mit dem Engel des Herrn, wie es alle christlichen Dummköpfe taten?

Für Blut tranken die Leute von Val di Scodra Pietros Trank – warum nur mußte seine Zunge schmecken, daß es ein guter, klarer Wein war? Für ein Wunder nahmen sie der Sibylla Madruzzo Heilung – warum konnte er allein nichts darin sehn? Warum mußte er hundert solcher Schwindelheilungen kennen und mußte wissen, wie leicht sie zu erklären waren?

Allein das Grab des heiligen Franz von Paris brachte ja zu Dutzenden solche Heilungen hervor. Annemaria Couronneau war so vollständig gichtbrüchig und gelähmt, daß alle Aerzte sie für unheilbar erklärten – und sie trug vom Grabe ihre Krücken auf der Schulter weg. Das Fräulein von Coirin litt durch zwölf Jahre am

Krebs in der Brust und im Beine, und das heilige Grab von Sankt Médard heilte sie im Augenblick. Don Alfonso de Palacios war unheilbar blind auf beiden Augen, doch der tote Herr Franz machte ihn sehend im Handumdrehen. Und so ging es fort, durch ein gutes Dutzend Jahre!

Der Heilige Rock von Trier ließ die Freifrau von Droste-Vichering ihre Krücken fortwerfen und tanzen. Lourdes und Knock, Kevelaer und Valle di Pompeï wetteiferten in weißer Magie. Freilich ihre Wunder ließen nach, wurden weniger und immer weniger in dieser Zeit. Und die schwarze Magie trumpfte nun auf und Apollonius von Thyana wurde ein scharfer Konkurrent des Nazareners. Alle die Scherze, die die ägyptischen Magier vor Pharaos Thron Mosi vormachten, konnte der Reisende sich jeden Tag auf dem Fischmarkt Kairos oder auf der Messe zu Tanta vorgaukeln lassen. Die Saidije-Derwische lockten die Schlangen aus allen Winkeln, machten sie starr, wie Mosis Schlangenstab, und spazierten damit herum. Die Ilwanije-Bettelmönche steckten sich ein Schwert durch den Leib, trieben lange Nägel tief ins Fleisch, hielten die Arme ins Feuer, fraßen glühende Kohlen und stießen sich Eisenstachel zolltief in die Augen. Ultranghi-Wahrsager weissagten aus dem Becher oder aus einem Tropfen blauer Gallwespentinte und zeigten darin dem Beschauer deutlich die Personen, die er zu sehn wünschte. Die indischen Yoghi lagen sechzig Tage in starrem Schlafe in der Erde, die Alvinthrapriester ließen Blut aus der Luft speien und die Belgogs von Annam beherrschten wie Mephisto das gewaltige Heer der Flöhe, Wanzen und Läuse. DieYsdrazauberer der Parsen schrieben mit sieben kabbalistischen Worten das Siegel Salomonis in die linke Hand und auf ein Ei die Namen der vier Hauptengel, legten es dann auf die flache Hand, sprachen ihr

Sprüchlein und ließen es sich aufrichten, oder hingen es, wie einen Ring, an das Ohrläppchen. Die Magier der Afghanen fingen die Devas in den Lüften, so wie die gelben Kerle von Theben und Luksor die Geister der Toten, und die Urgamönche von Yemen schwebten in ihrem Tempel daher und lachten über alle Naturgesetze vom Schwergewichte.

Sie waren alle schwarze Magier; ihre Wunder krochen aus ihrem Hirn. Sie waren Menschen und der Meister lehrte den Schüler. Aber sie konnten glücklich sein, denn sie hatten doch etwas, an das sie glaubten: ihrer Geheimnisse Macht.

Er aber hatte nichts. Er kannte viele Geheimnisse; aber da er sie kannte, wußte er auch wie jämmerlich die große Herrlichkeit des Wunders war. Und er wußte gut, daß es viel schwerer war, einen Motor zu bedienen, als alle Wunder der Welt zu vollbringen.

Nun ekelte ihn sein Traum. – Val di Scodra, das große Zion aller Narren der Welt, dessen König er war! Dieser gewaltige Schwindel, der ihm Milliarden zu Füßen legen sollte! Er fühlte: er würde desertieren aus diesem Lager, wie aus allen andern.

»Nun wirk es fort –« hatte er gesagt.

Nein, es sollte nicht fortwirken. – Ach, er würde ja nicht einmal lachen können! Er würde leer bleiben, wie er war, und wenn die ganze Welt mitritt in dem Sabbath des Wahnsinns, so würde doch sein Leben ohne Inhalt bleiben.

Denn er, er wußte ja, daß das alles doch nur eine faule, leere Blase war!

Teresa fiel ihm ein. Nun lag sie und schlief, traumlos. Morgen aber würde geschehn, was er befohlen –

Eine Stigmatisierte – eine Heilige mehr unter Hunderten?! – Was war es Großes? Gab es nicht genug von der Sorte?

Und war es etwa ein gar so Besonderes, daß er sie dazu machte, er, mit seiner posthypnotischen Suggestion? Nicht einmal neu war sein Scherz – wenn auch nicht draußen, so war er doch im Experimentiersaale gemacht worden. Nancy und die Salpetrière kannten ihn gut, sahen manche blutende Transsudation bei ihren Hysterischen. Nein, die Suggestion der Stigmata war ein Scharlatantrick wie jeder andere. Bah, er hätte geradeso gut ein wenig Eisenoxyd und Rhodankalium nehmen können, um die blutenden Male zu erzeugen!

»Nein, nein!« rief er. »Man muß ein Ende machen.«

Er sprang auf und ging hinüber in ihr Zimmer. Er setzte sich auf ihr Bett und lauschte ihrem stillen, ruhigen Atem. Dann schüttelte er sie heftig; sie wachte erschreckt auf.

»Teresa!« rief er.

»Ja,« antwortete sie schlaftrunken, »ja, was soll ich?«

»Teresa, du wirst das nicht tun, was ich dir sagte! Nichts wird geschehn von alledem! Nichts, hörst du?«

Sie richtete sich auf und rieb sich den Schlaf aus den Augen: »Was soll ich nicht tun?« fragte sie erstaunt.

Er wiederholte: »Du sollst nicht –« Aber die Zähne zerbissen den Satz – ah, er hatte vergessen, daß sie wach war! Rasch griff er ihre Hand und drückte heftig die hypnogene Stelle. Gleich fiel sie zurück.

Und er wiederholte ihr, was er eben gesagt. Und er sagte ihr, daß nie wieder, im Wachen nicht und nicht im Schlafe, je ein Gedanke in ihr wieder auftauchen würde an das, was er ihr vorhin befohlen. Gelöscht solle es sein und verschwunden für immer.

Er sprach schnell und wartete auf keine Antwort. Fast erleichtert atmete er auf. Dann weckte er sie rasch, ließ sie liegen und ging zurück in sein Zimmer.

Bitter zogen sich seine Mundwinkel herab.

Er dachte: Nun würde der Pfarrer sagen, ich hätte ein gutes Werk getan. Aber meine Tugenden sind meine schlimmsten Sünden und meine großen Sünden waren immer Tugenden. – Ach, wenn ich nur den Unterschied wüßte!

Und es faßte ihn ein unendliches Mitleid zu sich selbst.

X

Was nützt das Gebet
des Hohenpriesters um Regen,
wenn der Rabbi Chaninaber Dosa
es rückgängig machen kann?
Talmud, Joma Fol. 53, Taanith. 24.

Frank Braun warf einen Blick auf das zerwühlte Bett – es war gewiß, daß er nicht mehr würde schlafen können. Der Morgen brach an und sein schwindsüchtiger Schein mischte sich mit dem grünen Lichte der Lampe.

O dieses fahle Leuchten des frühen Morgens, ehe die Sonne herauf war! O dieses kalte, trostlose, vor der Zeit geborene Licht!

Mechanisch kleidete er sich an, zitternd und fröstelnd. Dann ging er die Treppe hinab.

Wohin wollte er denn?

Einerlei, nur weg von Val di Scodra. Er trat in das Wirtszimmer und schrieb auf einen Zettel: »Ich bin zur Stadt.« – Nein, er wollte nicht länger zögern. Er wollte gleich gehn, zu Fuß, seine Sachen konnte er ja immer noch holen lassen. Er legte das Papier auf den Tisch und trat vor die Türe.

Das Licht tat ihm weh, er schloß die Augen. Er seufzte schwer und nahm seinen Weg; leer, zerschlagen, jämmerlich elend, wie diese blutlose Luft, die der Frühwind trieb.

Er stieg den Berg hinauf; setzte Schritt vor Schritt, hastig, automatisch. Er wußte kaum, wohin er ging und warum er ging – er ging nur. Eine Bewegung war es und nichts sonst, ein Steigen und Schreiten, aufwärts, durch taunasse Büsche.

Irgendein Nebel lag um ihn und legte sich kühl und eng um seine Brust. Es schmerzte ihn, wenn er Atem holte.

Dann blieb er stehn und dachte nach. Aber es machte ihm Mühe zu überlegen und er wußte nicht, was er denken sollte. Endlich fiel ihm auf, daß er die Bergstraße schon vor einer Weile passiert hatte. Er mußte wieder zurück, dies war der Weg nach Cimego.

Aber er mochte nicht zurückgehn. ›So geh ich eben nach Cimego,‹ dachte er.

Er sah nicht rechts und nicht links und lief weiter. Immer dem Weg nach, still, schwer atmend, gedankenlos.

Stundenlang.

Der Tag kam, aber die Sonne brach nicht durch die dicken Wolken. Es war kalt da oben, und doch näßte seine Haut ein heißer Schweiß. Da erinnerte er sich, daß der Gendarm von einer Köhlerhütte gesprochen hatte. Aber er fand sie nicht.

So lief er weiter. Er sah einen Ziegenpfad links eine Schlucht hinabsteigen und ging ihm nach. ›Er wird abkürzen,‹ dachte er.

Dann verlief er sich und verlor den Pfad. Er kroch die Abhänge hinab und stieg in die Täler, wieder hinauf und hinab. Doch die Füße schmerzten und die Lungen stachen bei jedem Atemzuge.

Unter einer verkrüppelten Tanne setzte er sich nieder. Er wollte nur einen Augenblick ruhn und stützte den Rücken an den Stamm. Irgendein weißes Rad kreiste in seinem Kopfe und er fiel zur Seite.

Als er wach wurde, fror ihn jämmerlich. Ein feiner Regen fiel, bis auf die Haut war er durchnäßt. Es schien ihm längst Mittag vorbei zu sein, hastig sprang er auf.

Er lief nun, um sich ein wenig zu erwärmen und begann wieder nach dem Wege zu suchen. Da er ihn nicht fand, beschloß er immer geradeaus zu gehn und sich möglichst in der Höhe zu halten, in der er sich befand. So schleppte er sich weiter.

Einmal fiel ihm ein, daß er doch rufen könnte, vielleicht war irgendein Hirt in der Nähe. Aber er vergaß es wieder. Müde, sinnlos, abgetrieben schleppte er sich durch Stunden und lange Stunden.

Dann wurde es dämmerig, da machte er eine letzte Anstrengung. Er sprang und lief; nun schrie er auch, aber niemand hörte ihn. Als es dunkel war, setzte er sich auf die Steine nieder. ›Es ist gleichgiltig,‹ dachte er, ›ob ich nun sitze oder laufe. Ich will hier warten – vielleicht kommt jemand.‹

Tief unten aus der Schlucht kam ein leiser Schall. Er horchte gespannt und erkannte den Ton: Ziegenglokken. Er schrie nun wieder, aber niemand antwortete, nicht einmal ein Echo warf ihm seine Worte zurück. ›Ich muß hinunter,‹ dachte er. Er stand auf, seine Glieder waren so steif geworden, daß er sie kaum zu rühren vermochte. ›Ich muß hinunter,‹ wiederholte er. ›Ich muß hinunter.‹

Er stieg hinunter. Es war sehr finster; das half ihm und machte ihn blind für alle Gefahr. Er hielt sich an Felskanten und an Wolfsmilchsträuchern; manchmal glitt er, rutschte lange Strecken, überschlug sich auch. Einmal fiel er mit der Stirne auf und schlug sich blutig, zerriß sich am Stechginster Hände und Gesicht.

Unten standen Büsche; er drängte sich durch, so gut es gehen mochte. Er schrie wieder, aber er hörte keine Antwort, auch die Ziegenherde mußte längst fort sein. Die Schlucht war eng und führte rasch hinab; er fand einen Gießbach und trat hinein. Er schob und tastete sich weiter, kroch auf allen vieren.

Dann sah er plötzlich, nicht weit unter sich, ein paar Lichter. Er suchte nun rechts und links, endlich fand er den Ziegenpfad, der längs des Baches lief. Er folgte ihm und kam nun hinaus aus dem Engpaß.

Er trommelte an die Türe der ersten einsamen Hütte und bat um Einlaß. Aber das alte Weib öffnete nicht, rief ihm durchs Fenster zu, er solle sich fortscheren.

»Wie heißt das Dorf?« fragte er. Aber sie schloß das Fenster. Er ging weiter, fand auf der Straße einen Bauern mit einem Ochsenkarren. Von ihm erfuhr er, daß er dicht bei Cimego sei.

»So fahrt mich zum Grenzgendarmen,« sagte er. Der Bauer wollte nicht; da griff er in die Tasche und gab ihm Geld. Nun erst bemerkte er, wie seine Kleider in Fetzen um ihn hingen. Aber er lachte nicht einmal mehr.

»Donnerwetter!« schrie Herr Aloys Drenker. »Donnerwetter! – Sie sind es? Ich glaubte, einen Landstreicher schlimmster Sorte zur Einquartierung zu bekommen.« Er half ihm vom Ochsenwagen und griff ihm unter die Arme, als er sah, wie er schwankte. »Was ist Ihnen?« fragte er erschreckt.

»Ich glaube, ich habe ein wenig Fieber,« sagte Frank Braun.

Der Gendarm nickte. »Das scheint mir auch so!« Er führte ihn und schrie nach der Magd. Er setzte den Kranken auf einen Stuhl und entkleidete ihn vorsichtig, dann wusch er ihm Schmutz und Blut ab mit dem heißen Wasser, das die Magd in hölzernem Kübel holte. Er reichte ihm ein frisches Hemd und brachte ihn zu Bett.

Frank Braun sah immer diese großen plumpen Hände, die ihn hier anfaßten und da, zärtlich, fast mütterlich, mit unendlicher Sorgfalt. Sie waren rot und hart, waren gute und starke Hände, die zu jeder Arbeit taugen mochten. Und er fühlte sich sicher und geborgen in diesen Händen.

Der Gendarm trat an sein Bett und reichte ihm ein hohes Glas. »So!« sagte er. »Grog! Das wird Ihnen gut tun. Trinken Sie, solange er heiß ist.«

Er gab nicht nach, bis sein Freund das Glas geleert hatte. Er brachte ihm ein zweites und ein drittes Glas und ließ ihn trinken ohne abzusetzen. »Das beste Mittel,« lachte er. »Hol mich der Teufel, das einzige Mittel.«

Frank Braun sank zurück, er wollte ihm danken, aber die Zunge war schwer und versagte den Dienst. Er lallte ein paar Laute, dann schlief er ein.

– Der Grenzer saß an seinem Bette, als er erwachte. Das Fieber schien verschwunden und er fühlte sich frisch genug. Doch taumelte er, als er aufstehn wollte, und mußte sich wieder niederlegen.

»Es ist gleich Mittag,« sagte der Gendarm. »Ich werde sehen, ob das Essen fertig ist, Sie werden gewiß Hunger haben.«

Den hatte er, einen wilden, großen Hunger. Er sah sich um, sein Bett nahm die eine Wand der kleinen einfenstrigen Stube ein. In der Mitte standen ein Tisch und ein paar Stühle, an der andern Wand ein niedriger Schrank, auf dem ein paar ausgestopfte Eulen Staub sammelten. Die Wände waren dicht behangen mit alten Säbeln, Musketen und Pistolen, dazwischen prahlten Pfeifen und Pulverhörner.

Aloys Drenker brachte ihm eine Hühnersuppe. »Selbst gekocht!« rief er stolz. Er trug Eier auf, und das Huhn, dazu einen starken Rotwein. Und er freute sich, daß es seinem Kranken so gut schmeckte.

»Ich muß nun ausreiten,« sagte er. »Aber Sie sollen mir versprechen, ruhig liegenzubleiben.«

Frank Braun versprach es. Das Fieber kehrte wieder; bald schlief er ein wenig, bald lag er wach, in Schweiß gebadet. Zum Abend wurde er ruhiger; doch blieb er aufgeregt und fast schlaflos die Nacht. Dann lag er wieder ein paar Tage ohne Bewußtsein.

Als er erwachte, sah er, daß der Gendarm ihm kalte Umschläge um die Stirne machte. Drenker sagte ihm, daß er recht besorgt gewesen sei und den Pfarrer habe rufen lassen. Der sei schon zweimal dagewesen.

»Es ist immer besser,« entschuldigte er sich, »so für alle Fälle! Und dann versteht er auch ein bißchen was von Medizin.«

Bald darauf kam dieser Pfarrer, ein dicker, verschwollener Herr, der schnupfte und etwas schielte. Er meinte, es sei wohl eine Lungenspitzenentzündung, aber nun schon bald überwunden. Frank Braun mochte ihn nicht leiden, er schloß die Augen und steckte die Ohren in die Kissen. Als der Pfarrer draußen war, bat er den Gendarm, ihn nicht wieder herzulassen.

Aloys Drenker lachte: »Mir solls recht sein. Wenn er nicht nötig ist – um so besser!«

Er war wirklich nicht mehr nötig. Das Fieber ließ nach und mit ihm die Stiche in der Brust. Nach ein paar Tagen konnte Frank Braun aufstehn für einige Stunden.

Der Gendarm tat für seinen Kranken, was er konnte. Er erzählte ihm Schmugglergeschichten und wurde nicht müde, neuen Grog zu brauen, oder heißen Würzwein. Und seine Kur half, das war nicht zu leugnen.

Frank Braun berichtete ihm von der wunderbaren Heilung der Sibylla Madruzzo, auch von der Beichte von Veniers Frau.

Der Gendarm fuhr auf: »Diese Kanaille! Und geschlagen hat sie das Kind auch noch?« Er war wütend und erklärte, daß er gleich hinreiten wollte und Ordnung stiften. Frank Braun riet ihm, das lieber noch ein wenig aufzuschieben; aber der Grenzer wollte nur schwer einsehn, daß er jetzt dem Kinde nur schaden könnte.

»Ach was!« schrie er. »Dieser gottverfluchte Firlefanz der Teufelsjäger! Ungebrannte Holzasche – das ist das beste Mittel für den ganzen Wahnsinn. Ich bin grade kein Schriftgelehrter, aber das weiß ich doch, was der Apostel sagt: – ›Soll ich euch mit der Rute kommen?‹«

Frank Braun sagte: »Na, mit der Rute würden Sie nur Jubel erwecken; die ist tägliches Brot geworden im Tale von Scodra.«

Aloys Drenker schüttelte bedenklich den Kopf. »Ja, was soll man denn tun?« Dann erzählte er von seinem Abenteuer mit der Matilda Venier. »Ich war der Dumme, wirklich das war ich.« brüllte er. »Sie hielt mich fest durch die Nächte in dem verdammten Loch von Val di Scodra, und derweil zog ihr Mann mit dicken Ballen über den Pascherweg von Sampiglio nach Brescia hin. Recht gut wußte er Bescheid, was seine Frau machte, und ich war der Betrogene und nicht er! Ihm hat sie gewiß nichts Neues erzählt in der Scheune des Mister Peter, ihm nicht. Aber ich schlag ihm den Schädel ein, wenn er dem Kinde ein Haar krümmt.«

Frank Braun versuchte ihn zu beschwichtigen; er glaube, daß Venier viel zutunlicher sei zu der kleinen Fiametta wie die Mutter. Doch der Grenzer war nicht abzubringen von seinem Vorsatz: er würde hinreiten, morgen schon, um Ordnung zu schaffen in dem verfluchten Schweinestall.

Aber ein dienstliches Telegramm hielt ihn ab; es befahl ihm, sogleich nach Spologna zu reiten, einem kleinen Dorfe dicht an der Grenze. »Das gilt der Bande des Faluppio,« rief er, »derselben, der auch Venier früher angehörte. Unser Hauptmann hat gewiß einen Schlag vor, das werden Sie sehn!« Er fuhr in seine Stiefel; fünf Minuten später schlugen die starken Eisen seines Gaules auf die kleinen ausgewaschenen Steine der Straße.

Frank Braun war allein. Die alte Magd sorgte für ihn; der Gendarm hatte ihm einen alten Pallasch auf die Kissen gelegt, das war seine Schelle. Er ratterte mächtig auf den Holzboden, wenn er die Magd wünschte.

Mit einiger Not bekam er ein glattes Brett, das mußte als Tisch dienen im Bette. Er ließ sich Feder und Papier bringen und begann wieder zu schreiben.

Es war ein Spiel, wie alle Wissenschaft, und zwecklos wie jedes Spiel. Der eine legte Patiencen und der andere entzifferte Keilschriften. Der baute ein logisches System seiner Weltanschauung und der rechnete aus, wieviel »a« in der Bibel vorkommen. Gott, man unterhält sich eben dabei!

Dann war da noch etwas anderes. Er fühlte nun wohl, daß seine – wie alle – Arbeit zwecklos war und kindisch. Aber nun war sie einmal angefangen: ein angeschlagener Akkord, und er mußte ihn auflösen. War es nicht Zelter, dem die Geschichte mit dem Schusterjungen passierte? Der Bengel sang immer: »Wir winden dir den Jungfernkranz.« Und noch einmal: »Wir winden dir den Jungfernkranz.« Und wieder und immer wieder, nur die eine Zeile und kein Wort mehr. Zelter ging hinter ihm und schrie wütend: »Aus veilchenblauer Seide! Aus veilchenblauer Seide!« Worauf ihm der Bub zurief: »Wenn Sie den Jungfernkranz singen wollen, dann fangen Sie'n sich ooch alleene an!«

Er lachte. Weiß Gott, der Schusterjunge war ihm viel sympathischer als Goethes Freund! Ihm genügte der Jungfernkranz und er hatte weiter keine Ambitionen; er tat, was er wollte, und war ein freier Mensch. Dem armen Zelter aber saß der Satan im Nacken, er mußte die veilchenblaue Seide spinnen und war ein elender Sklave seiner Kunst.

Und Frank Braun wußte wohl, daß es nichts nützte, sich zu wehren. Man muß enden, man muß, und kein Widerstand nützt.

Er seufzte lachend und spann seine veilchenblaue Seide.

– Die Paläontologen spielten Osterhäschen. Die Mutter Vorzeit hatte ihnen hübsche Ostereier in die Erde versteckt und nun schnüffelten die artigen Kinder überall herum und suchten. »Kalt,« rief die Mama, da machten sie ein betrübtes Gesicht. »Warm!« rief sie, da leuchteten ihre Augen.

Aber es war ein köstliches Spiel, diese Wissenschaft. Den Neandertaler fand man vor fünfzig Jahren, und die Begeisterten schrien, daß er das »Missing Link« sei, der Affenmensch: das war das allerschönste Osterei, das es gab, und der wurde König, der es fand. Aber die neidischen Enkel sagten, daß er gar nicht echt sei; er sei krankhaft, sagten sie, und anormal – so haben aller Zeiten Dummköpfe ja immer das genannt, was sie gar nicht begreifen konnten. Und sie stritten herum und das Ende war, daß sie alle beide unrecht hatten: echt war er wohl, der Neandertaler, aber doch nicht das »Missing Link«! Es war ein schönes Osterei, aber doch nicht das große goldene.

Also das Uebergangsglied war er nicht: das mußte noch weiter zurückliegen – so um eine kleine Million von Jahren. Im Tertiär lag es gewiß und da mußte man suchen.

Man suchte auch und fand alle möglichen hübschen Eier. Aber immer noch nicht das gelobte. Und so, um sich die Zeit zu vertreiben, sah man diese genauer an. Alle Neandertaler glichen in einem Stücke den Menschen von heute: im Gebiß. Affenhaft aber war das

Fehlen des Kinnes, affenhaft waren die mächtigen Augenbrauenwülste. Darum, überlegte man, mußte der Uebergangsmensch, nach dem man suchte, auch im Gebiß äffischer sein: eine starke Gorillaschnauze haben und mächtige Eckzähne.

Ach, wenn man nur wüßte, wo das Ei lag! Da man es nicht fand, überlegte man weiter und ging einen recht guten Weg. Man fand, daß das einfache Gebiß das ursprüngliche war, und sah diese hübsche Regel überall bestätigt. Mit einem Normalgebiß begannen die Säugetiere und hielten es bei in dem Hauptast. Erst in den Nebenästen begünstigte diese oder jene besondere Anpassung die eine oder andere Zahngruppe: Eckzähne, Backzähne oder Schneidezähne. So stellte man fest: der Mensch hat das einfache, ursprüngliche Gebiß und der Orang ein abgeirrtes, und also ist der Mensch der Vater des großen Affen und nicht umgekehrt. Und man schloß: wenn das so ist, so muß der Schatz im Tertiär in allem andern noch viel affenähnlicher sein als der Neandertaler – dabei aber doch das menschliche Gebiß haben.

So also mußte der Urahne aussehen: Affenzüge und Menschengebiß.

Die Söhne dieses urväterlichen Menschenaffen aber teilten sich. Der artige Abel behielt das Gebiß und legte die Affenzüge ab, der böse Kain aber entwickelte mächtig die starken Zähne und verlor zur Strafe an Schädel und Hirn.

Die guten Kinder, die Paläontologie spielten, malten hübsche Bilderchen, wie das goldene Ei wohl aussehn würde – wenn sie es finden möchten. Und da sie gar so brav waren, rief die Mama sie nach Heidelberg und sagte: »Heiß – Heiß!« Richtig, da fanden sie das Ei und waren unendlich froh und stolz, weil es genau so aussah, wie sie es hingemalt hatten.

Sie fanden den Heidelberger Menschen: er war viel affenhafter wie der vom Neandertal und er hatte doch das einfache menschliche Gebiß. Die braven Kinder sagten: »Aetsch!« und machten eine lange Nase den andern, die falsche Bilderchen gemacht hatten.

Nun war der Heidelberger der Stammvater aus urgrauer Zeit. Und von ihm und seinen Brüdern stammten alle, die Riesen von Crô-Magnon, die Galley-Hillmenschen, die Grimaldiner und die Neandertaler.

Ach, die Neandertaler! Wie oft war er als Junge in diese Höhle hineingeklettert – die alte Leiter war morsch und zerbrochen und der Strick verfault. Das erhöhte den Reiz, es kam ihm so ungeheuer gefährlich vor. Da hatte er gesessen und geträumt: er wäre der Neander und würde verfolgt und dürfte sich nicht rühren in seinem Versteck. Und um es echter zu machen, sang er laut des Verfolgten Lied: »Lobe den Herrn, den mächtigen König der Ehren, lob ihn, o Seele, vereint mit den himmlischen Chören –« Dann, da er Stimmen hörte von unten her, brach er ab und dachte: ›Das sind die Häscher!‹ Aber es war nur die Mutter, die sehr unzufrieden war, weil jeder Aufstieg in die Neanderhöhle ein Paar neue Hosen kostete. – Später hatte er gar kein Interesse mehr für den frommen Liederdichter, aber um so mehr für den alten Menschen, der dessen Namen trug. Nun borgte er Schaufel und Spaten aus einem Bauernhause, oder Hammer und Axt von den Steineklopfern am Wege. Wenn ein Affenmensch da war – warum nicht noch mehr, dachte er. Und grub und suchte eifrig nach dem goldenen Ei.

Gar nichts fand er und hörte betrübt auf, wenn die Dämmerung kam. Aber er blieb in seiner Höhle, wenn die Schatten lang fielen und sein Wachskerzchen unruhig flackerte. Immer betrachtete er den engen Spalt an der Seitenwand; kein Mensch konnte sich durchzwängen, aber wohl konnte man Steine weit hineinwerfen. Und er dachte, daß dieser Spalt unendlich lang sei: stundenlang konnte man da hineinkriechen in den Bauch der Erde. Dann aber öffnete er sich und wurde weiter, lief in eine gewaltige Höhle aus. Und aus dieser Höhle trat man in ein tiefes Tal. Das war rund wie ein alter Krater und die Felswände überdachten es und spitzten sich kegelförmig zu; nur in der Mitte zeigte ein Loch den blauen Himmel. Darunter war ein kleiner See; mächtige Schachtelhalme wuchsen an seinen Ufern und Farrenwälder zogen sich zu den Abhängen hin.

Hier hausten die Neandertaler. Sie waren geblieben durch die Jahrtausende – fischten und jagten, kämpften um ihr Leben mit den mächtigen Sauriern. Ach, wer nur einmal durch den engen Spalt könnte?

Frank Braun zeichnete mit hilfloser Feder merkwürdige Dinge auf das Papier. Er mußte immer dazu schreiben, was es war, sonst hätte er es selbst nicht erkennen können. So schrieb er »Brontosaurus« und »Hatteria« und »Plesiosaurus« und »Neandertaler«. Aber er fand doch, daß der eine seiner Neandermenschen eine außerordentliche Aehnlichkeit mit Pietro Nosclere hatte, und daß der andere dem Girolamo Scuro glich. Nur im Gebiß war der Knecht viel stärker: er war abgeirrt und affenähnlicher geworden –

Vier Tage blieb der Gendarm weg. Frank Braun lag im Bette, er schrieb und träumte. Und er genoß diese stille Freude: Rekonvaleszent zu sein, ohne eigentlich krank gewesen zu sein. Dazwischen stand er auf, schritt langsam durch die Gassen des alten Dorfes. Als der Grenzer zurückkam, lag er im Fenster.

»Nun, haben Sie einen guten Fang getan?« rief er ihm zu.

Aloys Drenker sprang von seinem Gaul. »Ach was,« brummte er. »Vier Nächte haben wir im Regen gelegen für nichts und wieder nichts! Die Kerle hatten Wind bekommen – keine Laus hat sich sehn lassen. Aber wir werden sie doch noch kriegen!«

Frank Braun blieb noch ein paar Tage bei seinem Gastfreunde. Er fühlte sich wieder ganz gesund, aber der Grenzer wollte ihn nicht ziehn lassen; man dürfe die Kur nicht vor der Zeit abbrechen, sagte er. Und er füllte ihn an mit Wein und Grog und nahm tüchtig mit von der guten Medizin – aus Kameradschaft. Eines Morgens kam er früh an sein Bett. »So!« sagte er. »Wenn Sie nun wollen, so können Sie mitreiten. Ich muß zur Stadt und will Sie mitnehmen.«

Frank Braun beeilte sich aufzustehn; die Magd brachte ihm das Frühstück. – Der Gaul stand angebunden vor dem Hause, aber er sah den Gendarmen nicht. »Wo ist Herr Drenker?« fragte er die Magd.

»Schon voraus,« sagte sie. »Ich sollte Ihnen sagen, daß Sie sich nicht beeilen und nur in Ruhe frühstücken möchten; Sie würden ihn schon einholen. Er wartet auf Sie. – Das Pferd kennt den Weg.«

Er ritt langsam den Berg hinauf; nach einer guten Stunde erst traf er den Grenzer, der zu Fuß ging und mächtig schnaufte.

»Nun, und Ihr Gaul?« fragte er verwundert.

Drenker lachte. »Sie sitzen ja drauf. – Ich gehe zu Fuß.« Frank Braun wollte absteigen, aber der Gendarm litt es nicht. Er nahm das Pferd am Zügel und führte es. »Na, Tierchen, du wirst auch zufrieden sein, daß du einmal fünfzig Kilo weniger den Berg hinauf zu schleppen hast. Aber warte nur, wenn wir in Val di Scodra ankommen, bin ich auch um ein paar Kilo leichter.«

Er schnaufte und schwitzte, aber er schritt weit aus mit seinen schweren Stiefeln. »Das wäre noch schöner, wenn ein alter Kaiserjäger nicht mehr bergsteigen könnte! Wir haben andere Partien gemacht, glauben Sie mir, und feldmarschmäßig.«

Unter der Spitze des Teldo rasteten sie; dann ging es weiter. Auf der Landstraße über dem Scodratale stieg Frank Braun ab und der Grenzer hob sich in den Sattel. Sie reichten einander die Hände.

»Grüßen Sie das verdammte Dreckloch!« lachte der Gendarm. »In ein paar Tagen bin ich da, Sie werden schon sehn, wie ich den Herrschaften aufgeige.«

Dann ritt er davon. Frank Braun setzte sich auf den Stein, auf dem die Sibylla zu sitzen pflegte.

So zog er also noch einmal hinunter zum Tale von Scodra. Hierher war er geflohen vor nun bald fünf Monaten – in ein stilles Versteck, in das er sich verkroch. Und war dann wieder geflohen, geflohen vor sich selber. Ach, auch im verborgensten Loche fand ihn dieser Feind.

Was wollte er noch im Dorfe? Er mußte wegfahren mit der nächsten Post. Jeder Stein erinnerte ihn an seine jämmerliche Niederlage. Fort! Die Koffer packen und dann fort! Irgendwohin –

Die Teufelsjäger –? Wie gleichgültig sie ihm doch waren. Und damit hatte er spielen wollen?

Oder Teresa? – Ach Gott, Teresa –

Langsam stieg er hinab.

Heulten sie wieder? Er hörte die wirren Klänge der Musik des Amerikaners, erkannte das Fastenlied. – ›Immer das Fastenlied,‹ dachte er, ›können sie denn gar nichts anderes singen?‹

Aber der Lärm kam nicht von der Scheune her, kam von unten herauf, dicht vom See her. Hatten sie eine Prozession gemacht? – Er beschleunigte seine Schritte.

Nun sah er sie, sie standen alle um Raimondis Haus. Männer, Weiber und Kinder, rings im Halbkreise. Der

Schneider Ronchi stand auf dem Tische und leitete die Musik, zu seinen Füßen spielte die kleine Fiametta Venier.

Er bahnte sich einen Weg durch die Reihen, niemand achtete auf ihn. »Was gibt es?« fragte er hastig. Aber sie sangen weiter. In der Türe traf er den jungen Ulpo, faßte ihn am Arm. »Was ist hier los?« fragte er.

Der Bursche sah ihn erstaunt an. »Was los ist? – Wir verehren die Heilige!« Dann rannte er hinaus.

Eng gedrängt standen die Menschen auf der Treppe. Ebenso im Gastzimmer. Raimondi schenkte große Gläser voll Milch und Himbeerwasser aus, er reichte sie herum und nahm jedem ein Nickelstück ab. »Wo ist Teresa?« rief er ihm zu.

Raimondi blickte auf, verstand nicht und nickte aufs Geratewohl. Aber ein Weib, das vor ihm stand, sah ihn gehässig an und sagte: »Die heilige Teresa ist oben.«

Mühsam arbeitete er sich die Treppen hinauf. »Laßt mich durch!« bat er. »Ich muß sie sehn.« Manche kehrten sich nicht daran, hielten ihren Platz, den sie hatten und sangen weiter; andere aber rückten zusammen, so gut es gehn mochte. Er stieß und drängte, Fuß um Fuß mußte er sich durchkämpfen.

Der Gesang verstummte, er hörte nun ein leises Gebet und erkannte Pietros Stimme. Er sprach leise, fast flüsternd und Frank Braun verstand nur abgerissene Worte: »Dank dem Lamme« hörte er und »neue große Gnade« und »Finger des Herrn«.

»Laßt mich durch!« zischte er. »Laßt mich durch!«

Endlich stand er vor ihrer Türe. Das Zimmer war dicht gefüllt mit Menschen, aber alle knieten; so konnte er gut über sie wegsehn. Der Raum sah wie eine kleine Kapelle aus, außer dem Madonnenbilde hing an der andern Seite noch ein Bild des heiligen Franziskus; unter beiden brannten große Kerzen. Das Fenster war geschlossen und dicht mit weißen Tüchern behangen, die mit Latten gestützt zu einer Art von Baldachin sich nach vorne zogen. Darunter, auf einem langen Korbsessel, ruhte Teresa.

Das Licht war matt genug, es dauerte eine Weile, bis seine Augen sich daran gewöhnt hatten. Er sah das Mädchen, halb sitzend, halb liegend, die Augen starr auf den Kruzifix gerichtet, den ihr der Amerikaner vorhielt. Ein weißes Gewand bedeckte den ganzen Leib; die Hände lagen auf den beiden Lehnen, die nackten Füße ruhten auf einem Schemel, neben dem der taubstumme Gino kauerte.

Und Frank Braun sah große rote Wundmale auf ihren Händen und Füßen.

Pietro Nosclere kniete nieder, beugte das Haupt und küßte inbrünstig die blutigen Male ihrer Füße. Ihm folgte der alte Ulpo, dann Matilda Venier. Alle drängten heftig heran, aber Girolamo Scuro hielt Zucht und stieß sie zurück. Von der linken Seite ließ er die Leute vortreten, einen nach dem andern, dann abtreten nach rechts hin. Es entstand ein Drücken und Stoßen, aber schließlich kam eine Ordnung in die Menge; viele mußten zum Hause hinaus, so daß ein Weg frei wurde auf dem Gange und der Treppe. Nun zogen sie der Reihe nach in langem Gänsemarsche durch die Haustüre, die Treppe hinauf und durch den Gang in das Zimmer, um die blutigen Füße zu küssen, die des Herrn Zeichen trugen. Dann zurück, die Treppe hinab und hinaus, langsam schiebend, in unendlicher Geduld.

Eine Hand legte sich auf seine Schulter. Frank Braun sah sich um, es war Angelo, der Knecht. Der Wirt hatte ihn geschickt, ihm die Schlüssel seines Zimmers zu bringen. Schnell schlüpfte er durch die Leute, öffnete und trat ein. Da lag alles noch so, wie es gelegen hatte vor vierzehn Tagen, kein Buch war verrückt.

Er trat an das Fenster und sah in den Abend hinaus. Unten stand die Menge, aufgestellt in Reih und Glied, geduldig wartend, bis sie eintreten durfte. Das Blut stieg ihm heiß in die Schläfen, seine Gedanken verwirrten sich.

Er fühlte wohl, daß ein Großes geschehn war. – Durch ihn? Trotz ihm? Das wußte er nicht. Aber es war geschehn und war nun eine große Erfüllung. War ein Wunder, das viele Wunder versprach.

Er saß still und hörte den leisen Bittgesang der Leute. Aber er faßte die Worte nicht; es war nur ein dumpfes Tönen, ein Klangfallen und Steigen, das ihn seltsam einlullte.

Er saß still durch lange Zeit. Und eine gute Wärme füllte seine Brust, und seine Augen leuchteten und sein Mund sprach inbrünstig: »Ah – ah – meine Geliebte trägt die Stigmata des Herrn.«

Dann sah er draußen eine Bewegung. Alle kamen heraus aus dem Hause und wichen zurück, der Schneider Ronchi und Giovanni Ulpo ordneten sie. Keiner sprach ein lautes Wort, aber aller Augen hingen gespannt auf der Türe.

Und langsam und vorsichtig trug man den Sessel heraus, auf dem Teresa ruhte. Vier lange Stäbe schoben sie kreuzweise darunter, so daß die Enden gleichmäßig herausstanden, dann luden acht junge Burschen die Last auf ihre Schultern. So zogen sie ab, in stiller, schweigender Prozession.

Frank Braun sah ihnen nach, dann stürzte er die Treppe hinab. Er lief durch eine Seitengasse und stellte sich an der Kirche auf, um sie vorbeiziehn zu sehn. Vorauf eilten die Kinder, oft rückwärts laufend und immer wieder stehn bleibend und sich umschauend. Dann kam der krumme Schuster Lucilio Ratti, der Polizeidiener des

Dorfes; er trug seinen alten Lederhelm mit der hohen Kokarde und hielt den kurzen blankgeputzten Säbel über der Schulter. Neben ihm schritt, doppelt so lang wie er, der Knecht Scuro. Ihnen folgte unter der Führung des Schneiders die Musik, neun Männer und sieben Frauen – aber sie spielten nicht, schritten still und schweigend, wie alle andern. Hinter ihnen ging Pietro Nosclere, zwei alte Männer waren mit ihm. Die acht Burschen folgten, die Teresas Sessel trugen; sie hielt auf ihrem Schoße den Kruzifix, ihre Augen waren fest geschlossen. Gino lief nebenan mit dem Fußbänkchen, seine linke Hand hielt einen Zipfel ihres Kleides. Hinter ihr kamen die Weiber in langem Zuge, darnach die Männer –

Er sah ihnen nach, sie gingen an der Kirche vorbei, wandten sich nach rechts und zogen hinauf zu Pietros Halle. Langsam schritt er zurück.

An der Stalltüre traf er Angelo; der fragte lachend: »Der Herr ist wieder zurück?«

»Ja,« sagte Frank Braun, »wie du siehst.« Er wollte ihn fragen, was vorgefallen wäre, aber er besann sich – Angelo war ja nicht von hier. So sagte er nur: »Na – und du bekümmerst dich um nichts?«

Angelo grinste. »Um was soll ich mich bekümmern?«

Frank Braun trat ins Haus, er fand den Wirt im Gastzimmer, wie er die Einnahme durchzählte. Er setzte sich zu ihm. »Nun, erzählen Sie, Raimondi; was ist hier vorgegangen, während ich fort war?«

Der Wirt kramte in der Schublade und holte eine Rechnung heraus. »Sie waren ja nicht da,« sagte er, »aber Sie hatten doch nicht gekündigt. Ich habe die Zimmer gleich abgeschlossen, niemand ist darin gewesen – ich habe sie für Sie freihalten müssen. Sonst hätte ich sie ja wohl an einen andern Fremden vermieten können –«

Frank Braun griff in die Tasche. »Bemühen Sie sich nicht weiter,« rief er. »Ich will gerne zahlen. Wieviel wollen Sie?« – Er warf ihm das Geld auf den Tisch. Der Wirt zählte es und seufzte – warum hatte er nicht mehr gefordert?

»Die Geschäfte gehn gut, wie es scheint?« fragte Frank Braun. »Die Leute kommen wieder zu Ihnen?«

Raimondi nickte. »Es hat einen schweren Kampf gekostet. Als das mit Teresa passierte, kamen sie in Strömen ins Haus gelaufen, aber keiner wollte etwas verzehren. Da erklärte ich dem Amerikaner, daß ich keinen zur Tür herein ließe, der nicht etwas genießen würde. Er hat mir eine lange Rede gehalten, aber ich blieb fest. So haben wir uns denn geeinigt: Wein trinken sie ja hier nicht, die Teufelsjäger, aber Milch und Fruchtsaft müssen sie eben nehmen. – Dazu bezieht dann der Amerikaner noch eine Menge Wein von mir, den er für das Abendmahl braucht.«

Er schob das Geld in einen alten Lederbeutel, legte ihn in die Schublade und schloß ab. »Wenn es jeden Tag so geht, bin ich zufrieden.«

Frank Braun sagte: »Na, und du trinkst auch Himbeersaft? – Geh in den Keller und hol ein paar Flaschen Vino Santo. Wir wollen trinken und du wirst mir alles erzählen.«

Die Gläser waren gefüllt, Raimondi brannte sich seine Pfeife an.

»Ja – was soll ich erzählen?« sagte er. »Teresa ist eben eine Heilige geworden. Mir solls recht sein – es bringt wenigstens Geld ins Haus.« Er spie aus in weitem Bogen.

Frank Braun starrte ihn an. Es bringt Geld ins Haus! – Hatte er das Wundertal von Scodra nicht auch von dem Standpunkt aus angesehn? Freilich, er wollte sich nicht damit begnügen, für Nickelstücke Milch auszuschenken!

Und war er nicht richtig, dieser Standpunkt? Geld – Geld, das war die große Macht, der nichts standhielt. Und wenn er aus dieser Goldgrube Schätze ohne Ende ziehen würde – würde nicht schließlich auch er glauben können an die Allmacht seines Reichtums? Wenn es für ihn keine Schranke mehr geben würde für die wildeste seiner Launen – würde da die Allmacht des Geldes nicht seine Allmacht sein? Und würde er nicht dahin gelangen – auch an sich selbst zu glauben?

Dieser armselige Geizbauer sammelte Heller, die ihm ein fremder Zufall zutrug. Er aber hatte den Samen gesät: nun blühten die Bäume. Warum sollte er die Früchte nicht pflücken?

Wohl hatte er sich getäuscht, als er meinte, daß die Sache selbst ihn befriedigen könnte. Vielleicht möchten Einzelheiten ihm Spaß machen, aber der ganze große Schwindel würde ihn kaum berühren und seine erste Begeisterung war ein kindisches Strohfeuer. Nicht einen Augenblick würde er glauben können an seinen großen Zauber.

Aber welcher Kaufmann glaubte denn an die Mission seines Hauses? Bei Festbanketten freilich schwatzte der Reeder in beschaulichen Toasten über das Netz seiner Linien, das die Welt umspannte, Völker verband und seines Landes Ruhm in fernste Zonen trug. Aber das alles war ihm doch recht gleichgiltig: Geld verdienen wollte der Mann und seine Aktionäre wollten ihre Dividenden haben. So war ihr Glauben!

Er kannte manche Leute, die es gut verstanden, Millionen zu verdienen. Aber nicht einen kannte er, der sie gut auszugeben verstand! – Das war viel schwerer – und er, o gewiß, er würde es können.

Ja, auch da war ein Königreich.

Er würde – er würde –

Er besann sich und schüttelte die Träume ab. – Er nahm sein Glas auf: »Trink Raimondi, und erzähl mir.«

Der Wirt trank. »Ja, Herr,« begann er, »es ist nicht leicht zu sagen. An dem Tage, als Sie fortgingen, ist noch gar nichts geschehn, wenigstens habe ich nichts bemerkt. Ich fand Ihren Zettel auf dem Tisch und ging sogleich hinauf und schloß Ihre Zimmer ab.« Er unterbrach sich. »Ach, ich glaube, das Bett ist noch gar nicht gemacht worden!«

»Ich habe nicht nachgesehn,« antwortete Frank Braun. »Teresa machte es doch immer, war sie nicht mehr in meinem Zimmer?«

Der Alte schüttelte den Kopf. »Nein, sie war nicht da. Ich hatte die Schlüssel in der Tasche und sie hat sie nicht einmal verlangt. – Ich muß nun das Bett selber machen.« Er wollte aufstehn, aber Frank Braun hielt ihn zurück.

»Dazu ist ja immer noch Zeit,« sagte er.

»Ich werde eine Magd halten müssen,« brummte Raimondi nachdenklich. »Angelo ist zu nichts zu gebrauchen im Hause, nur für das Feld taugt er und für den Stall. Und auf Teresa kann ich nun nicht mehr rechnen. Ich muß eine Magd nehmen – es wird zu viel Arbeit für mich hier werden. Ich will auch vor dem Hause einen Ausschank machen, weil ja doch nur immer ein Teil der Leute ins Haus hereinkann; da wird sichs schon auszahlen. Ich habe an die dicke Maria gedacht, die Tochter des Ulpo – aber es wird besser sein, wenn ich kein Mädchen vom Dorfe nehme. Die haben alle den Kopf voll mit ihrem frommen Getue. Ich will zur Stadt fahren und eine mieten, die sich auskennt, so eine freche Dirne, die nicht so leicht angesteckt wird von den Betbrüdern.«

Frank Braun wurde ungeduldig. »Mieten Sie in Gottesnamen, was Sie wollen, Raimondi. Aber jetzt erzählen Sie mir.«

Der Wirt sog an seiner Pfeife und spie bedächtig aus. »Gut, Herr, wie Sie wollen. Also an dem Tage geschah nichts. Die Teresa kam sehr spät herunter und ich schalt sie aus. Aber sie antwortete gar nichts, tat ihre Arbeit wie gewöhnlich und schwieg.«

»Hat sie nicht nach mir gefragt?«

»Nein, Herr. Ich sagte ihr, daß Sie weggegangen seien für ein paar Tage, aber sie hat nicht gefragt wohin. Nicht einmal hat sie von Ihnen gesprochen in der Zeit.« Er sah ihn lauernd an, dann fuhr er fort: »Das heißt – eigentlich hat sie überhaupt nicht gesprochen. Wenigstens zu mir nicht – nur zu ihren Betbrüdern und Betschwestern.

Am Abende ging sie dorthin, zu der Halle des Mister Peter – jetzt ist nämlich jeden Abend große Versammlung, und jeden Abend ist Teresa dabei. Sie kam spät zurück – noch später wie die Nacht vorher mit Ihnen. – Ich lag noch wach und hörte wie sie die Treppe hinaufging. Der nächste Tag verlief ebenso; nur arbeitete sie wenig und blieb meist auf ihrem Zimmer und las.«

Frank Braun fragte: »Was las sie?«

»Ich weiß nicht,« sagte der Wirt. »Ich habe mich nicht darum bekümmert. Ich rief sie zu irgendeiner Arbeit und da sie nicht hörte, ging ich sie holen. Da saß sie auf ihrem Bett und las, so eifrig, daß sie nicht einmal hörte, daß ich eintrat. Abends war sie wieder bei den Teufelsjägern. So gings auch den nächsten und den übernächsten Tag – bis zum Freitag.«

»Zum Freitag?«

»Ja, am Freitag geschah es dann. Sie kam nicht herunter und als ich endlich ging, nach ihr zu sehn, lag sie krank im Bett. Ich fragte, was ich tun könnte für sie, aber sie antwortete nicht und schüttelte nur den Kopf. So ließ ich sie denn. Was dann geschah, weiß ich nicht, ich ließ ihr durch den Knecht das Mittagessen hinauftragen, aber sie wies es zurück. Endlich, gegen Abend, hörte ich sie den Angelo rufen. Ich dachte, sie wollte nun essen, aber sie schickte ihn weg, den Amerikaner zu holen. Der kam und blieb über eine Stunde bei ihr. Dann kam er herunter und hielt mir eine lange Rede, aber ich verstand nicht viel, da er zu leise sprach. Ich fragte ihn, ob er nicht etwas verzehren wollte, da fing er an zu schreien – na, es endete damit, daß ich ihn zur Türe hinauswarf. Aber nach einer Viertelstunde kam er wieder und mit ihm kamen Venier und Ronchi und Ratti und die beiden Ulpo und andere mehr. Auch einige Weiber waren bei ihnen. Ich wollte keinen hineinlassen und hielt die Türe verschlossen, aber Girolamo Scuro schrie, daß er sie einbrechen würde. Ich hielte ihre Schwester gefangen, und man müßte sie befreien, rief er. Schließlich legte sich der Amerikaner ins Mittel und sagte, daß sie alle etwas trinken würden, wenn ich Milch hätte. Da öffnete ich denn und gab ihnen Milch.

Sie liefen alle gleich die Treppe hinauf und ich hinter ihnen. Teresa lag in ihrem Bette – krank war sie, das war gewiß. Sie zeigten mir ihre Hände, die bluteten leicht an beiden Seiten, als ob sie durchstochen wären mit einem Nagel. Und so war es auch mit ihren Füßen. Ich ging hinab und holte Sublimat und Verbandwatte. Die Betbrüder wollten nichts davon wissen, aber ich wusch ihre Wunden aus; einen Verband ließen sie mich freilich nicht anlegen, nur die große Wunde an der Seite verband ich trotz ihrer Proteste. Uebrigens sind alle diese Wunden nicht gefährlich und gar nicht tief, nur die Haut ist verletzt und tropft ein wenig Blut. – Das ist eigentlich alles.«

Frank Braun fragte: »Und was geschah am nächsten Tag?«

»Am nächsten? Nichts Besonderes. Ihre Wunden blieben, sonst wurde sie besser. Sie stand auf, blieb aber meist in ihrem Zimmer. Der Amerikaner, den sie jetzt den Propheten Elias nennen, räumte mit ein paar Weibern ihr Zimmer um und schleppte dann jeden Abend die ganze Gesellschaft hierher. Danach ziehn sie alle zusammen nach der Halle und da gibt dann die Teresa noch besondere Späße zum besten. – Na, mir solls recht sein, so lange sie Gäste ins Haus bringt.«

Frank Braun biß sich auf die Lippen, um nicht auszubrechen; dieser Vater widerte ihn an. »Was für Späße?« fragte er.

»Ich weiß nicht,« brummte der Wirt, »und will auch nichts davon wissen. Ich schere mich nicht darum. Mag sie allein ihre Albernheiten treiben.«

Frank Braun sah ihn scharf an: »Sagen Sie mal, Raimondi, was denken Sie denn von den seltsamen Wundmalen Ihrer Tochter?«

Wieder spie der Wirt aus. »Was ich denke? – Je nun – gar nichts! Ich will nichts zu tun haben mit alledem. Man soll mich zufrieden lassen. Ich will meinen Wein verkaufen – oder Milch und Fruchtsaft, wenn das den Teufelsjägern besser schmeckt – und basta!« Er lachte breit. »Aber ich will Ihnen einmal etwas sagen. Ich war fünfzehn Jahre lang Soldat und weiß, wie viele Burschen sich das erste Glied vom Daumen oder Zeigefinger abhacken, um nicht dienen zu müssen. Oder sie kochen sich einen Absud aus Fingerhutblüten und Lorbeerblättern – gerade in unsern Bergtälern ist das sehr beliebt. Wenn sie dann zur Untersuchung kommen, sehen sie stier und starr und ihr Herz arbeitet wie eine Dampfmaschine. Aber unsere Doktoren sind schlau und lassen sich nicht so leicht was vormachen von solchen Schwindlern.«

Frank Braun stand auf, der Wirt ekelte ihn an. »Und in solchem Verdacht haben Sie Ihre Tochter?« Er wartete keine Antwort ab, ging schnell hinaus.

Er eilte die Treppe hinauf und öffnete Teresas Zimmer. Die Luft war schwül, schwer von Weihrauch und dem Schweißgeruch schmutziger Menschen. Er zwängte sich hinter den Baldachin, öffnete weit die Fenster und machte einen guten Durchzug. Alle Möbel waren hinausgerückt auf den Flur, nur das Bett stand dicht an der Türe und daneben ein kleiner Stuhl. Da sah er seine Bücher liegen.

Er nahm sie auf und blätterte darin, überall fand er kleine Heiligenbilder als Lesezeichen. Es war augenscheinlich, daß Teresa die Bücher eifrig gelesen hatte, hier und da fand er, mit Bleistift an den Rand gekritzelt, kleine Bemerkungen von ihrer Hand. O ja, vorbereitet hatte sie sich – wenn auch ein wenig anders, als ihr Vater glaubte.

Er setzte sich auf ihr Bett und grübelte. Hier hatte er gesessen, ehe er ging, hier hatte er das erste Gift in ihr Herz geträufelt.

Gift? – War es ein Gift, weil es aus seinem Munde kam? War es nicht möglich, daß er ihr wirklich ein höchstes Glück bot?

So hatte er doch zu ihr gesprochen – und kann man nicht Wahrheiten sagen, die man selbst für Lügen hält?

Oder vielmehr – *ein* Ding war Lüge und Wahrheit zugleich, so wie Tugend und Sünde *ein* Ding war. Lüge bei ihm, Wahrheit bei ihr: und doch eines.

Wie war es nur gekommen? Wie nahmen seine wilden Lügen Gestalt an und jagten herum, lebendig und stark, voll von aller Urkraft?

Er dachte nach. Er hatte ihr lange gesprochen von allen Heiligen, von ihrem Leben und ihren Wundern. Hatte ihr vorgelesen und erzählt von Ekstasen und von Visionen, von der seltsamen Gnade des Stigma. Ihre Seele war aufgeregt durch all das, was sie gehört und gesehn in des Amerikaners Halle, und ganz gewiß empfänglich für alles Wunderbare. Und ihr Glaube, immer groß und stark, wuchs nun ins Unermessene durch ihre Liebe zu ihm und durch all das Unerhörte, das ihre Augen sahen und ihre Ohren hörten. O gewiß – ihr Leib war wohl vorbereitet für jedes Wunder.

Dann gab er ihr seine Suggestion und sie nahm sie an. Sie war Hypnotikerin und hysterisch genug, und er zweifelte keinen Augenblick, daß sie alles tun würde, was er ihr befahl. – Aber er hatte sie ja wieder eingeschläfert und hatte dann alles widerrufen?! Hatte seine Befehle aufgehoben und ihr gesagt, daß sie das alles vergessen müsse, im Wachen wie im Schlafen. Alles sollte ausgelöscht sein und vernichtet in ihrem Gedächtnisse und nie wieder sollte es glimmen in der stillen Asche verbrannter Erinnerungen.

Es fiel ihm ein, daß sie da nicht geantwortet hatte. O ja, er kannte Beispiele genug, wie ein bestes Medium, sonst eine Puppe in der Hand seines Lenkers, sich plötzlich weigerte, irgend etwas auszuführen, das durchaus gegen sein Gefühl ging. Er kannte auch andere seltene Fälle, wo ein posthypnotischer Befehl, einmal gegeben, fest wurzelte in dem Hirne des Mediums und durch keine neue Suggestion zu beseitigen war. – Sollte es hier so sein? Sollte das Mädchen den Befehl, der ihm einmal lieb war, ausgeführt haben – auch gegen seinen späteren Willen?

Aber das, was dann vorging, war ein anderes, als das, was er ihr suggerierte. Was ihm Raimondi erzählt hatte, enthielt freilich alle seine Gedanken in den großen Zügen und war doch ein anderes in allen Einzelheiten. War viel stiller und einfacher und entbehrte völlig all der tollen Schnörkel und Arabesken seiner Phantasie.

Nein, nein – wie es einmal war, war es nicht sein Werk!

Was ihm blieb, war der Gedanke. Aber den Tempel hatte ein anderer gebaut.

Ein anderer – Teresa selbst.

Ein Wunder? – Nein, das war es immer noch nicht. Freilich stand sie nun völlig gleich mit der Maria von Mörl, mit der heiligen Teresa, der Katharina Emmerich, der Marguerite Alacoque und der Louise Lateau. Mit all den heiligen Frauen, von denen er ihr erzählt. Und doch war im Grunde wenig verschoben: nur ein kleines Wörtchen mußte man ändern.

Autosuggestion statt Fremdsuggestion. Das war alles.

Ja, das war alles. – Aber war es nicht wirklich – alles? – *Alles?*

Hatte sie nicht ein Ungeheures getan? Die Flamme ihres heißen Glaubens geschürt zu solchem Feuer, daß sie hinaussprang aus dem Hirn und hell brannte vor aller Augen?

Er biß nervös seine Nägel. Er hielt das Geheimnis in flacher Hand und mochte es doch nicht greifen. Er verstand bis in die letzte Faser das Wachsen des Wunders – und eben weil er es verstand, mußte er unfruchtbar bleiben auf ewig. Er konnte arbeiten und sich mühen, irgendein Einfachstes formen in seinem Hirne und ihm Leben geben und alle Glut und Kraft – es war doch immer eingeschlossen in seinem Schädel und konnte nie hinaus und ein Eigenes werden. Da lag die starre Grenze – und nur der Glauben führte hinüber.

Sie aber überschritt die Brücke leichten Schrittes. Wo er eindrang in das dunkle Neuland, da ward es hell und ein sehr Bewußtes – sie aber blieb in dem Unbewußten und wandelte schlafsicher in dem, was jenseits lag. Wenn er hinausschauen wollte über die engen Grenzen der Natur, so mußte er wühlen in fremden Hirnen: da nur blühten die Wunder, die er schuf. Und so lief er im Kreise, denn alles Jenseits ward zum klaren Diesseits vor seinen scharfen Augen.

Sie aber schuf blind und ging im Traumlande aller Nebel. Alles Unbewußte trug sie in das Leben und ihr

Leben ward ein Uebernatürliches mitten im Diesseits. So war ihr Weg.

Das war es: sie hatte keine Seele. Ihr fehlte das volle Bewußtsein des Gegensatzes von ihrem Ich zu der Außenwelt: so war sie eines mit allem andern, das Nicht-Sie war. So aber war sie in Gott – ja, so war sie Gott selbst.

Das war die Lösung des Geheimnisses: die alte, ewige Wahrheit der Mystiker. Wahrheit? – Für ihn gewiß nicht! Aber ob es auch eine große Lüge war für den Wissenden, so blieb die Wahrheit doch nicht geringer für den, der glaubte.

Und sie glaubte. Ihre Wahrheit war es. Sie aber war eins mit Gott – und so geschah das Wunder –

Stunde verrann um Stunde, er hörte die Uhr im Gastzimmer schwer schlagen. Längst war die Nacht hereingebrochen, immer noch saß er auf ihrem Bette.

Dann vernahm er Stimmen vor dem Hause und Schritte, hastig sprang er auf und ging hinüber in sein Zimmer. Er hörte die Haustüre öffnen und schließen, er ging ans Fenster und sah die Leute, die sich entfernten. Er erkannte keinen. Aber Schritte tönten nun von der Treppe her, er stellte sich an die Türe und lauschte. Zwei gingen da – er erkannte des Mädchens Schritt. Wer war der andere?

Sie sprachen nicht, aber er hörte, wie sie die Türe ihres Zimmers öffneten. Beide gingen hinein.

Und keiner kam zurück. – Wer war der andere?

Frank Braun zitterte. Er nagte an den Lippen und stampfte mit den Füßen auf. Mit langen Schritten durchlief er das Zimmer. Zum Kuckuck, was ging es ihn an, wer der andere war? War er etwa eifersüchtig auf Teresa?

Er lachte. Er ging an den Schreibtisch, zündete die Lampe an und setzte sich nieder. Aber nicht lange litt es ihn da. – Wer war es nur, der da bei dem Mädchen war? Und bei ihm blieb in der Nacht?

Pietro Nosclere?! – Das Blut stieg ihm in die Schläfen. Er? Er?

Er lachte bitter. Also dafür hatte er mit allem Feuer gespielt, um dem Propheten die Kastanien zu braten! Dafür alle Wetterwolken vom Himmel gerissen, daß in ihrem Nebel dieser stinkende Betbruder das süße Mädchen mit schleimigen Lippen beleckte! – Das war das banale Ende seines gewaltigen Traumes?

Er rannte hinaus, riß heftig an der Klinke ihrer Türe. Sie war verschlossen; er schlug mit den Fäusten dagegen. »Aufmachen!« schrie er. »Wenn du nicht aufmachst, trete ich die Türe ein.«

Er hörte ein leises Flüstern, aber nichts rührte sich.

»Aufmachen!« brüllte er. »Aufmachen!«

Wieder kam keine Antwort. Da warf er sich mit beiden Schultern gegen die Türe. Das Schloß brach aus der Füllung, noch ein Stoß und weit flog die Türe auf.

Zwei große Kerzen brannten. Bei ihrem Scheine sah er Teresa, sie lag im Bette, ihre Hände umschlossen den Kruzifix. Auf dem Boden, am Fußende, kauerte der kleine Gino.

Ihr Blick traf ihn. »Was willst du?« fragte sie leise.

Frank Braun antwortete nicht. Er schloß die Tür, so gut es gehn wollte. Dann wankte er in sein Zimmer.

XI

Wem Zeit wie Ewigkeit
Und Ewigkeit wie Zeit,
Der ist befreit
Von allem Streit.

Jacob Böhme.

Die späte Septembersonne kochte das Tal.

Der See dampfte und die nackten Felswände warfen die Glut zurück. Das Gras verkohlte auf den Steinen und die Menschen krochen stumpf in dem siedenden Kessel.

Immer noch war Frank Braun in Val di Scodra. Er hatte seine Koffer und Kasten zur Stadt gesandt; sie lagerten an der Dampferstelle; so hatte er sie gleich zur Hand, wenn er dort ankam und abfahren wollte. Das gab ihm einige Sicherheit – nun konnte er jeden Augenblick fort.

Aber er blieb von einem Tage zum andern. Er versuchte einige Male mit Teresa allein zu sein; sie wich ihm nicht gerade aus, aber sie kam ihm auch in keiner Weise entgegen. Und stets war sie umgeben von den Teufelsjägern. Der taubstumme Junge klebte an ihrem Rock; schon früh am Morgen kam Pietro Nosclere, meist in Gesellschaft einiger anderer. Ein junges Mädchen, Carmelina Gaspari, eine Base der Venier, blieb den ganzen Tag um sie; sie besorgte ihr Zimmer, das Teresa kaum mehr verließ. Am späten Nachmittag kam dann das ganze Dorf, und schließlich zogen alle unter ihrer Führung in die Halle des Propheten.

Um Frank Braun schien sich niemand zu kümmern; instinktiv, ohne daß je einer zu dem andern darüber sprach, hielten sie sich abseits von ihm. Früher grüßte ihn jeder tief auf den Gassen, die Kinder liefen ihm nach, um einen Kreuzer zu bekommen, die Weiber und Mädchen schielten aus den Türen und Fenstern und die Männer baten um eine Zigarette. Es war eine Ehre, wenn er mit ihnen sprach. Nun sah man ihn kaum an. Man grüßte ihn wohl, wenn man gerade an ihm vorbei kam und nicht ausweichen konnte, aber man ging lieber zur Seite weg oder sprach einen andern laut an, um sich den Anschein zu geben, als bemerkte man ihn nicht. Raimondi kroch immer noch vor seinem Gelde, aber in seinem Blicke lag ein schlecht verborgener Hohn; der Amerikaner wich ihm scheu aus, wo er ihn sah. Und in den Leuten vom Dorfe schlummerte eine stille Feindseligkeit und ein versteckter Haß.

Nur Angelo, der Knecht, blieb der gleiche. Er lachte und grinste breit, wie ein scheues, oft geschlagenes Tier, das wohl wußte, daß er ihm nichts tat. Zutraulich genug – und doch ohne die letzte Scheu zu verlieren: vielleicht hebt er doch einmal die Hand. Er steckte den Kopf in den Sand – er tat seine Arbeit und schlief und fraß und das alles ging ihn nichts an. Manchmal gab ihm Frank Braun des Abends eine Flasche Wein, dann ging er in den Stall, legte sich auf das Stroh neben die Ziege und trank.

Selbst die Kinder wichen ihm aus. Als er Fiametta Venier anrief, das Boot zu lösen, rannte sie fort. Ein vierjähriger Bube, des Schusters Ratti Junge, bettelte: »Kraizer, Kraizer!« und er gab ihm ein paar Kupferstücke. Aber seine Schwester schlug ihm das Geld aus der Hand, griff seinen Arm und lief mit ihm weg.

So keimte im Tal der Gedanke: ›Er ist ein Fremder!‹ Brach überall aus zu gleicher Zeit, wuchs schnell wie die Wasserpest und bedeckte die breite Fläche: ›Er gehört nicht zu uns, er ist ein Fremder.‹ – Und dann fraß es weiter – er war *der* Fremde und war der Feind.

Jedermann wußte von seinen Beziehungen zu Teresa. Man hatte sie hingenommen als selbstverständlich, und die jungen Dirnen beneideten sie. Nun aber war sie eine Heilige – und die Bauern fühlten: er hatte sie beschmutzt. Sie dachten nicht nach, aber der Haß wuchs in ihnen.

So waren nur zwei Geschöpfe, die ihm treu blieben, der schwarze Kater und die Ziege Marfa. Die waren froh, als er zurückkam. Jeden Tag kamen sie auf sein Zimmer, und wenn er ausging, liefen sie ihm nach.

Die Bauern dachten: ›Welcher Christ ist gut zu Tieren? – Er ist kein Christ.‹ Und es kam eine versteckte Wut in ihren Haß.

Des Abends, wenn alle zu Raimondis Haus kamen, pflegte er auszugehn und die Tiere liefen mit ihm. Dann schlugen die Leute nach den Tieren, traten sie mit den schweren Stiefeln, hinter seinem Rücken. Eines Nachmittags hatte er gerudert auf dem See; als er nach Hause kam, fand er den Kater vor seiner Türe liegen. Er war bedeckt mit Blut, die Nase klaffte herunter, abgetrennt mit mächtigem Messerhiebe. Ueberall hatte er tiefe Stiche, vier Rippen waren ihm gebrochen. Das Tier hatte sich hinaufgeschleppt vor seine Türe; es starb, wie er es ins Zimmer trug. Ein heller Zorn faßte ihn, er rannte die Treppe hinunter. Vor dem Hause standen die Leute; der Schneider ordnete sie, wie jeden Abend, in weitem Halbkreise.

Frank Braun schritt auf sie zu. »Wer von euch hat den Kater totgeschlagen?« Keiner antwortete, stumm und feige sahen die vorderen zu Boden. Aber aus den hinteren Reihen klang ein dünnes, gehässiges Kichern. Und Girolamo Scuro, der zur Seite stand, lachte breit über das ganze Gesicht.

Der Deutsche ging auf ihn zu: »Warst du es?« zischte er ihn an.

Der riesige Knecht wich einen Schritt zurück. »Nein,« sagte er zögernd, »ich weiß nichts davon.« Aber sein Grinsen blieb und die rote Wampe blähte sich wie bei einem Truthahn.

Frank Braun hob den Arm. »Nimm das,« rief er, »und gib es dem Schuft, der den Kater tötete.« Er zielte gut und stieß ihm mit voller Kraft die Faust auf die Nase, im Augenblick brach das Blut heraus. Der Knecht heulte vor Schmerz und stürzte sich auf ihn, da gab er ihm einen furchtbaren Stoß vor den Magen; dann, als jener zusammenfuhr und sich krümmte, einen dritten Schlag von oben auf den Kopf, der ihn zu Boden streckte.

Einen anderen Burschen, der auf ihn zusprang, faßte er bei der rechten Hand, drehte ihm schnell den Arm um und warf ihn zu Boden.

Dann pfiff er der Ziege. Sie sprang aus dem Stalle hinaus und lief ihm nach. Rechts und links stieß er rauh die Leute zur Seite; sie wichen und machten ihm eine Gasse, keiner wagte es, ihn anzurühren. So schritt er mit dem Tier durch die Menge.

Er stieg in die Olivengärten; seine Brust ging hoch. »Das tat gut,« murmelte er, »das tat sehr gut.« Er setzte sich in das Gras und nahm Zucker aus der Tasche. »Da friß, Marfa,« sagte er. »Hab keine Angst, dir werden sie nichts tun. Du gibst ja Milch – du bist ein Kapital. – Sie müßten dich dem Raimondi bezahlen, wenn sie dich töteten. – Aber Fritzi, weißt du, war kein Kapital. Er war nur ein Kater, er fraß nur und gab nichts: so war er nichts wert. Darum wagten sie sich an ihn, die frommen Leute – darum!«

Er zitterte vor Zorn. Ah, er wollte es schon zahm machen, dieses Vieh vom Berge; sie sollten springen und seine Peitsche küssen. Sein Blut schrie und verlangte wild die Macht des Herrn über die niedere Rasse.

Aber dann kam wieder eine stille Traurigkeit. – Wozu nur, wozu? Welche Genugtuung war es denn, ihnen die Reitgerte durchs Gesicht zu schlagen? Und wie billig war dieser Stolz: du bist ein höheres Wesen.

Er streichelte die weiße Ziege. Er brockte ihr Minze ab, kleine grüne Blätter, und führte sie zu den Brombeersträuchern; er aß die Beeren und sie nahm die frischen Ranken. »Wenn ich ein Faun wäre,« sagte er, »wenn ich zwei Hörner hätte und haarige Bocksbeine, einen langen Bart wie du! Sieben Ziegenfrauen möchte ich haben und zwischen ihnen liegen und die Flöte blasen. Manchmal, zum Abende, würde ich zum See schleichen, wo die Dirnen waschen – ach, du brauchst nicht zu meckern, alte Marfa! Was ist denn so ein Menschenmädchen?! Hat es kühle Zitzen, straff voll von süßer Milch? Kann es springen und klettern über steilste Felsen? Bah, man jagt es und fängt es – man nimmt es und läßt es wieder laufen.«

Von der Scheune her drangen die abgerissenen Laute. »Hörst du sie, Marfa? Sie singen und beten. Und sie wissen nicht einmal, was ein Lachen ist. – Aber wir wissen es gut, Faune und Ziegen und der große Pan in seinem Busch.«

Er ging zurück. Vor der Stalltüre stand Angelo, die Ziege lief auf ihn zu, sprang auf und legte die Hufe auf seine Schulter. Der Knecht grinste, fast verlegen; mit seiner plumpen Tatze kraulte er sie am Halse.

»Der Herr war wieder aus mit der Ziege?« fragte er. Es lag ein seltsames Zucken in seiner Frage, wie der Schimmer eines stillen Wissens und Einverständnisses. Frank Braun sah ihn erstaunt an.

»Was meinst du?« fragte er. Angelo stotterte, wurde rot wie Mohn und grinste breit und dumm. Dann nahm er die Ziege, ging in den Stall und verschwand im Dunkeln.

Frank Braun sah ihm nach – langsam verstand er. »Du bist also ein Faun!« lachte er. – »Armer Kerl – und mußt bei Christenmenschen dienen!«

Er ging in sein Zimmer; er sah gleich, daß jemand dagewesen war. Der Tisch war in Unordnung, die Bücher waren verrückt, das Papier zur Seite geschoben, als ob man etwas gesucht hätte. Er öffnete die Schublade: sein Browning fehlte.

Davor also hatten sie Angst? Seine Nasenflügel blähten sich, die Oberlippe zog sich spöttisch hinauf. Als ob er der Pistole bedürfte für diese Tiere!

Er ging hinunter und speiste. Dann eilte er zu des Amerikaners Halle. Er trat leise ein und stellte sich hinter einen schrägen Balken, der die Wand abstützte. Wieder hatte Pietro Nosclere einige Veränderungen vorgenommen, an allen Wänden und Balken waren nun Pappschilder mit frommen Sprüchen angebracht. In die ganze Rückwand waren in Manneshöhe lange Nägel eingeschlagen, daran hingen die Geißeln, Peitschen, Ruten und Stäbe. Es waren viele Dutzende, man sah, daß der Prophet Schule gemacht hatte. Darunter war mit Brettern ein fußhohes Podium aufgeschlagen, von dem man nun ein wenig auf die Versammlung hinabsehen konnte. Dort, unter dem Christusbilde, stand Teresas Stuhl, sie ruhte darauf mit geschlossenen Augen, immer den kleinen Kruzifix in der Hand. Zu ihren Füßen hockte Gino, rechts saß der Prophet. Zu ihrer Linken stand der alte verwitterte Ulpo.

›Wie ein ausgeblasenes Licht sieht er aus,‹ dachte Frank Braun.

Nahe bei ihm war der Schneider Ronchi; er stand vor der Musik, die die ganze linke Seite des Podiums ausfüllte. Neben dem Amerikaner saß Girolamo Scuro. Die rechte Seite nahm ein gutes Dutzend junger Burschen ein, die alle eine große Kerze in der Hand hielten, vor ihnen stand der krumme Ratti, er schlug mit seinem Säbel den Takt zu ihrem Gesang.

Als man das Lied geendet, trat Matilda Venier auf das Podium und sagte ihre Seele. Ihr folgte Carmelina Gaspari, die sich weinend anklagte, früher Böses gesprochen zu haben von der Heiligen.

Er dachte: ›Wenn nur nicht Teresa ihre Seele sagt!‹ Doch sie rührte sich nicht und öffnete nicht die festgeschlossenen Lider.

Aber die Frau des Venier stieß ihre Tochter nach vorne. Die kleine Fiametta zögerte nicht, hurtig sprang sie die Stufe hinauf, beugte den Kopf, schloß die Augen, faltete die Hände und betete laut. Dann begann sie, stotterte anfangs ein wenig, kam aber schnell in Fluß und sprudelte frech und hastig ihr eingelerntes Sprüchlein. Ihre Schuld sei groß, sagte sie, weil sie nicht ihres Vaters Kind sei, sondern in Sünden empfangen von ihrer Mutter. Durch den Gendarmen, Herrn Aloys Drenker, der ein Säufer und Sünder sei und ein Sohn des Satans. »Nun aber bin ich gerettet,« schloß sie, »und ich danke dem Lamme, daß meine Mutter und ich auf dem Wege zum Himmel sind. Und wir wollen kämpfen gegen den Teufel, bis wir sterben. Aber mein Vater ist noch nicht ganz gerettet und ich bitte euch, meine lieben Mitkämpfer, betet für ihn, daß er zu Jesus komme und um des Kreuzes willen gerettet werde. Amen.«

Frank Braun spie aus, ein bitterer Geschmack lag ihm auf der Zunge. »Die Wände sollten sich erbrechen vor Ekel,« murmelte er. Er sah scharf zu Teresa hin, aber keine Miene ihres Gesichtes rührte sich. Wußte sie nichts von dem, was um sie her vorging?

Ein junger Bursche sagte seine Seele, dann Ratti und Maria Grazia, Ulpos Tochter. Frank Braun dachte: ›Will keiner aufstehen und erzählen, daß er den Kater totschlug?‹ Aber er besann sich – sie waren ja Christen und das war keine Sünde.

Teresa bewegte die Hand und sprach leise. Der Amerikaner und der alte Ulpo streckten die Köpfe vor, auch Scuro und Ronchi traten heran. Sie nickten, dann ging der Schneider nach vorne und sagte, daß man zum Beschlusse das Fastenlied singen würde.

So war man schon zu Ende heute abend? Frank Braun trat aus der Halle in den Abend hinaus. Aber er wartete; er wollte Teresa sehn und mit ihr sprechen – trotz allen Leuten.

Alle sieben Strophen sangen sie und fünfmal den Kehrreim jeder Strophe. Ungeduldig schritt er auf und nieder. Endlich wurden sie doch fertig, drängten hinaus aus der Türe. Zuletzt kam Teresa, sie ging barfuß, die linke Hand leicht gestützt auf des Knaben Schulter. Aber sie wandte sich nach rechts, schritt geradezu auf das Haus des Propheten. Um sie waren die Weiber, Celestina, die Frau Pietros, dann Carmelina, Matilda Venier und Maria Grazia; auch einige der Männer gingen ins Haus. Pietro Nosclere schritt langsam hinter ihnen, er sprach mit seinem Knechte.

Rasch trat Frank Braun auf sie zu, verstellte den beiden die Türe, ehe sie eintraten. Er schob den Knecht mit dem Ellbogen zur Seite, dann faßte er den Amerikaner am Arm. »Ich will mit dir sprechen, Pietro,« sagte er ruhig. »Mach, daß du weg kommst, Scuro.« Der Knecht zögerte, da wandte sich Frank Braun zu ihm: »Muß ich dich wieder schlagen? Weg!« Knurrend schlich der Riese in das Haus.

Der Prophet sah scheu zur Seite. »Was wollen Sie von mir?« fragte er. »Warum sind Sie zurückgekommen?«

Frank Braun antwortete: »Das geht dich nichts an. Ich werde dich fragen und du wirst antworten. Hörst du?«

»Ja,« sagte der Prophet. Seine Zähne knirschten.

»Also gib mir Bescheid: sagt Teresa ihre Seele?«

Der Amerikaner schüttelte den Kopf: »Nein,« antwortete er. »Warum sollte eine Heilige ihre Seele sagen?«

»Geißelt sie sich?« fragte Frank Braun weiter.

Mister Peter schwieg. »Gib Antwort!« herrschte er ihn an.

»Warum kommen Sie nicht in die Versammlungen?« sagte Pietro. »Sie sind frei, jeder mag hingehn und sehn, was sie tut.«

Frank Braun faßte ihn am Rock. »Mach keine Ausflüchte! Führt sie die Geißel?«

»Ja,« gab Pietro zu.

Frank Braun atmete schnell, das Herz schlug ihm bis hinauf zur Zunge. »Sie führt die Geißel,« wiederholte er langsam. – »Wen schlägt sie?«

Der Amerikaner versuchte sich loszumachen. »Herr,« rief er ungeduldig, »sie führt des Herrn Rute gegen alle ihre Brüder und Schwestern. Sie schlägt das sündige Fleisch und vergießt das Blut für den, der am Kreuze starb.«

Ein roter Nebel legte sich vor seine Augen. Aber er gab den Amerikaner nicht frei, hielt ihn fest, wie er sich auch wand.

»Und ihr,« forschte er, »ihr schlagt sie auch?«

Mister Peter schüttelte heftig den Kopf. »Wir! Wir sollen die Heilige schlagen?«

Er ließ ihn los; er hätte ihn umarmen mögen für diese Worte. Aber nur auf einen Augenblick schwand sein Mißtrauen, kehrte sogleich wieder in doppelter Stärke. Rasch fragte er:

»Was macht sie jetzt in deinem Hause?«

»Ich weiß es nicht,« stammelte Pietro.

Da hielt er ihm die Faust unter die Augen. »Sprich, du Hund!« zischte er. »Wenn du nicht willst, daß ich dir den Schädel einschlage.«

Der Prophet zitterte in jämmerlicher Angst. »Herr, ich weiß es nicht, ich weiß es wirklich nicht. Es ist das erste Mal, daß sie zu mir kommt. Sie sagte uns plötzlich, der Herr Gott wäre in ihr und sie müßte gleich fort von all den Menschen. Da fragte ich sie, ob sie vielleicht in mein Haus kommen wollte. Und sie nickte. – So war es.«

Er sah wohl, daß Pietro die Wahrheit sprach; so ließ er ihn los. »Ich werde mit dir hineingehn,« sagte er. Der Amerikaner sah ihn bitterböse an, wagte aber kein Wort der Einrede. Zusammen schritten sie durch die Türe.

Am hinteren Ende der Diele sah er Teresa auf der Ofenbank sitzen; nur der Knabe war dicht bei ihr. Alle andern hielten sich möglichst zurück; es schien, als ob die Heilige das so gewünscht habe. Ungefähr zehn Leute mochten im Zimmer sein; sie blickten ihn neugierig und mißtrauisch an, als er eintrat, aber niemand sagte ein Wort. Seine Absicht war, gleich zu ihr zu treten, um mit ihr zu sprechen, aber er sah, daß ihre Augen starr ins Leere blickten, daß ihr Geist fern ab war von allem, was rings um sie vorging. So setzte er sich auf einen Stuhl, dicht ans Fenster, stützte die Ellenbogen auf die Knie und den Kopf in die Hände und blickte hinüber zu ihr.

Niemand sprach ein Wort, alle warteten auf irgend etwas, das vorgehen sollte.

Teresa hielt den Kruzifix fest in den Händen, aber ihre Augen sahen weit darüber hinweg.

Dann umspielte ein seliges Lächeln ihren Mund; langsam erhob sie sich, das Kreuz glitt aus ihren Fingern. Es war, als ob sie den Herrn sähe. Sie kniete nieder, stand wieder auf, ihre Hände falteten sich, erhoben sich dann, nahmen endlich die Stellung der Priesterhände beim Dominus Vobiscum an. Endlich sank sie wieder in die Knie und blieb so lange Zeit.

Frank Braun ließ kein Auge von ihr, verfolgte jede kleinste Bewegung. Es war kein Zweifel, Teresa war in einem heißen visionären Zustande. Er riß seine Gedanken zusammen, wie ein gutes Pferd, faßte fest die Trense und ritt in das Land ihrer Erscheinungen.

Und er verstand sie wohl.

Sie lag im Oelgarten und betete mit dem Heilande. Ihr Gesicht spiegelte alle Versuchungen, die den Gottessohn als Menschen bedrängten, allen Widerwillen gegen das Leiden und den Tod. Und sie betete inbrünstig und rang sich heraus aus den menschlichen Aengsten durch die Kraft des Gebetes. Kniend sah sie und erlebte sie alle die Foltern und Martern von der Gefangennahme bei Gethsemane bis zur Kreuzigung.

Sie erhob sich von den Knien, langsam fiel ihr Leib nach hinten. Sie lag nun auf dem Rücken, breitete die Arme weit aus und streckte die nackten Füße vor. Legte einen Fuß auf den andern, als wäre sie selbst das Lamm auf der Schlachtbank des Kreuzes. Aber dann richtete sie sich wieder auf, schaute kniend mit tränenden Augen nach oben – so wie die Mutter Gottes in qualvollem Aufblicke auf den Sohn sieht.

Und sie fühlte tief in der Brust die Leiden dessen, der am Kreuze hing. Eine gräßliche Todesangst ergriff sie, die Kraft ihrer Glieder schien völlig gebrochen. Bleicher und bleicher verblaßte ihr Antlitz, eine Farbe des Lebens um die andere erstarb. Aber die heiligen Male an Händen und Füßen glühten immer lebendiger. Blau unterliefen die Nägel, schlaff und trocken hingen die Lippen um den offenen Mund. Ihre Haare lösten sich, kalter Schweiß troff von der Stirn und den eingefallenen Wangen und netzte die Locken. Bittere Tränen brachen aus den starren Augen und fielen herab in großen Tropfen.

Nun aber leuchteten andere rote Tropfen auf ihrer Stirne auf und mischten sich mit den Tränen, ein blutiges Diadem umfing das Haupt: Stigmata der Dornenkrone des Erlösers.

Zuckungen sprangen aus den Winkeln des klaffenden Mundes, fuhren hinab wie Blitze eines nahen Gewitters und warfen den Leib in Todesschauern. Ein schwerer Atem stieß sich laut aus der keuchenden Brust, dazwischen jagte ein ächzendes Seufzen und Stöhnen. Alle Wundmale öffneten weit ihre Quellen, ihr Gesicht bedeckte sich mit Blut, rot färbte sich, von der Wunde an der Seite, ihr weißes Gewand, und lange Streifen Blutes brachen aus den Händen und Füßen.

Das Schluchzen des nahen Todes ergriff sie, immer heftiger schüttelten die Konvulsionen ihren Körper, der immer weniger Widerstand leistete. Das Stöhnen und Seufzen wandelte sich in ein Röcheln des Todes, die Augen schienen zu brechen und der arme Leib rang, verzweifelnd und ermattend, mit dem überall angreifenden Tode. Das Uebermaß aller Schmerzen strömte von innen heraus in steigender Kraft und verzerrte ihr Gesicht zur Unkenntlichkeit.

Dann brach sie zusammen. Die Arme fielen schlaff herab, die Kinnladen klafften weit auseinander. Dunkelblau quoll aus den bleichen Lippen die im Krampfe unförmig aufgeschwollene Zunge, die Lider senkten sich, aus den Augen entfloh der letzte Schimmer in schweren Tränen. Heftig schluchzte sie in kurzen Pausen nach innen auf, dann endlich sank sie nieder, von den Qualen völlig erschöpft. Aus dem Gesicht und den Gliedern wichen die Zeichen des Krampfes; starr lag sie da wie eine Leiche.

Alle blickten stumm auf die Leblose, keiner rührte sich von seinem Platze. Der taubstumme Junge hockte eng zusammengekauert unter ihrem Stuhle, starr vor Angst, kaum fähig Atem zu holen.

Ueber des Propheten Gesicht flog ein epileptisches Zucken und ein dünnflüssiger Geifer säberte aus seinen

Mundwinkeln. Kurze Stoße gingen durch seinen Leib, hart und eckig flogen seine Arme.

»Sie ist tot,« flüsterte er. »Die Heilige ist tot.« Er machte Miene zu ihr zu stürzen.

Aber mit einem Satze war Frank Braun bei ihm, umspannte fest sein Handgelenk und riß ihn mit gewaltsamem Ruck auf die Bank nieder. »Rühr dich nicht!« fuhr er ihn an. »Rühr dich nicht!«

Pietro Nosclere erschrak heftig, seine Zähne klapperten und sein Leib zitterte. Aber der drohende Anfall war erstickt; ruhig blieb er auf seiner Bank sitzen.

Nach wenigen Minuten richtete Teresa den Kopf wieder auf, kniete nieder in neuer Kontemplation. Ihr Gesicht schien ruhig, jeder Ausdruck der Marter war verschwunden; die Augen öffneten sich. Sie wandte sich halb im Kreise, verfolgte mit den Blicken irgend etwas, das sie umschritt. Dann erhob sie sich, stand aufrecht, unbeweglich, ihre Blicke richteten sich nach oben. Die Augäpfel hoben sich immer mehr, verschwanden schließlich ganz unter den Lidern. Langsam hob sie zu gleicher Zeit die flachausgestreckten Hände.

Frank Braun betrachtete sie gespannt. »Die Vision ist fort,« flüsterte er. »Sie gerät in Ekstase.«

Helle Freude lachte aus dem Gesicht des Mädchens. Als wollte sie jubelnd die ganze Schöpfung an ihr Herz drücken, und ihre Wonne hinausküssen in die Welt, so streckte sie Arme und Hände weit aus und schloß sie, wie zum Umfangen, eng und stark, als ob sie das, was sie hielt, nie wieder loslassen wolle. Ihr Antlitz strahlte in einer heißen Wonne und einer Fülle des Entzückens, ihre Brust ging hoch in einem seligen Schauer der Umarmung.

Und sie hob sich auf den Füßen, stand hoch auf den Zehenspitzen, die kaum den Boden berührten. Sie schien zu schweben, alles in ihr jagte nach oben, trug sie in die Luft empor. Und ganz leise sangen ihre Lippen: »Lasset uns wegfliegen, lasset uns wegfliegen zur ewigen Freude!«

Das war nichts Menschliches mehr. Frank Brauns Augen öffneten sich weit, er verschlang diese süße Gestalt, sog sie in sich ein mit allen Poren. Wie Granatblüten leuchteten die Blutstropfen auf der weißen Stirne, die schwarzen Locken fielen weit über die nackten Schultern, ihr weißes Gewand, hier und da mit Blut bespritzt, floß wie eine weiße Wolke, auf die die scheidende Sonne die letzten Grüße ihres Herzblutes wirft.

»Wenn ich ein Maler wäre!« murmelte er.

Plötzlich, ohne Uebergang, schlug sie zu Boden. Lang ausgestreckt lag sie auf dem Rücken, die Augen schlossen sich im Augenblick. Es war, als wäre sie hinabgestürzt aus unendlicher Höhe. Immer noch streckte sie die Arme hoch, faßte mit den Händen in die Luft, als suche sie etwas, um sich zu halten. Dann hob sich ihr Leib, krümmte sich in heftigem Krampfe wie ein Bogen, ruhte nur auf den Füßen und dem Hinterkopfe. In der nächsten Sekunde warf sie sich herum; nun rissen klonische Krämpfe ihre armen Glieder. Sie flog auf, daß sie den Boden nicht mehr berührte, schlug wild mit Armen und Beinen um sich und schrie in fürchterlichem Paroxysmus. Endlich sprang sie in die Knie, stieß einen entsetzlichen Schrei aus und raufte sich große Hände voll Haare aus dem Kopf. Alle gräßliche Furcht, alle wilde Verzweiflung schrie aus ihren Zügen und sie rief: »O der Abgrund! Der Abgrund!« – Sie kauerte sich zusammen, kroch auf allen vieren in die Ecke, wie ein zu Tode gehetztes Beutetier.

Dort lag sie, unbeweglich durch lange Minuten. Ihr Atem wurde ruhig, ihre Züge still.

Behutsam kroch der taubstumme Junge zu ihr heran. Er kniete vor ihr, griff mit beiden kleinen Händen einen Zipfel ihres Gewandes.

Und nun kam wieder Leben in ihren Körper. Die Augen öffneten sich nicht, aber sie streckte den Kopf vor, es schien, als ob sie durch die geschlossenen Lider auf den Knaben blickte. Ihre Wangen färbten sich rot, der Mund öffnete sich halb und ein verlangendes Lächeln lag auf ihrem Gesicht. Sie hob die Arme ein wenig zu dem Knaben hin, es war, als sähe sie vor sich eines schönen Engels süßen Leib. Die Brüste dehnten sich, ein leichtes Zittern lief durch ihren Körper. Nun lehnte sie sich zurück, lag auf dem Rücken, den Kopf leicht angestützt an die Wand. Und leise, unmerklich fast, hob sich ihr Leib, schoben sich unter dem hüllenden Linnen die Beine zur Seite. Wie zum Kusse öffnete und schloß sich ihr Mund, ein tiefer Seufzer heißen Glückes löste sich aus den weißen Zähnen.

Frank Braun sah sie an, sah diese Glieder, die aufgelöst zitterten in höchster Wonne, diese Lippen, die alle wollüstige Seligkeit tranken.

»Incubus, incubus!« flüsterte er.

In solchen Augenblicken hatte er ja oft ihr Gesicht gesehen. Und doch – jetzt war es ein anderes, war ein Bild unerhörtester Wollust, wie sie keine irdische Umarmung je geben mochte. Und er dachte an Berninis Marmor in Santa Maria della Vittoria in Rom, an den weißen Stein, der der heiligen Teresa Transverberation gab. Ja, so, so sah das Mädchen aus, wie die fromme Frau von Avila in dem Genusse der englischen Umarmung. Freilich, der Engel der spanischen Heiligen war ein schöner Page, ein reizender Cherubin von vierzehn jungen Jahren, recht geschaffen zum wonnigheißen Liebestroste für große Damen. Das Mädchen von Scodra hatte nur einen armen, mageren, taubstummen Knaben, aber in ihren Augen wuchs er zum schönsten Jüngling. Ihre Arme hingen zu beiden Seiten herab, ihre Knie hoben sich leicht nach oben. Und von den

Wundmalen der Füße bis hinauf zu denen der Stirne war ihr Leib nur ein Gefäß, das voll sich füllte mit den süßen Schmerzen himmlischer Umarmung.

»Incubus, incubus!« wiederholte er.

Sie lag still da, vollgesogen in allen Poren, ein köstliches Bild der Empfängnis. Und langsam nur, in stillen Minuten wich diese große Wonne aus ihren Zügen.

Frank Braun trat dicht zu ihr hin. Schwer öffnete sie die Augen, die nun wieder nach oben strebten, sich an die Decke hefteten, nur das Weiße noch sehen ließen. Es war wieder ein Schweben, ein Streben nach oben, aber diesmal nur innerlich und außen kaum zu bemerken. Kaum zollhoch hoben sich die Hände.

So saß sie unbeweglich, starr und steif. Aber Frank Braun sah wohl, daß kein tonischer Krampf sie hielt und daß ihr Zustand nichts Kataleptisches hatte. »Nun ist sie bei Gott,« flüsterte er. Er stützte den Kopf in die Hände und seine Blicke streichelten liebkosend die Ekstatische.

Er dachte: ›Nun bist du ein Steinbild am Strome der Zeit und siehst mit ewigen Augen der Schöpfung Geheimnis. Nun bist du kein Mensch mehr, bist nicht Teresa und bist kein ›Ich‹, bist ein Namenloses und Unpersönliches. Dein Auge ist tot, aber dein Geist ist allumfassend, wie das Nichts und das All – nun schwebst du im Leeren und haust bei den Müttern. Du bist zurückgekehrt in die Ewigkeit und dein Bewußtsein begreift sich selbst in seinem Wesen, das keine Form mehr kennt, und in sich selbst Vergangenheit, Zukunft und Gegenwart enthält. Dies Wesen ist ein Nichts, das alles umschließt, es ist die Bewegung der Welt, die sich löst aus sich selbst, um ihr ureigenstes Sein in ewiger Reinheit zu erfassen. Wenn deine Seele eine volle Rose war, so ist sie nun zur Knospe geworden. Alles zerfließt, alles zergeht und kehrt zurück zum Urbeginn. Nun quälen dich nicht mehr grause Visionen gekreuzigter Götter, nun bist du weit ab von ihnen und von allem was Leben hat. Und du erkennst, du Glückliche, die Empfindung des Unendlichen!‹

Er seufzte schwer. ›Wie ich dich beneide, armes Mädchen! Deine Seele steht vor ihrem Ursprung, steht nackt und namenlos, ohne alles Wesen. Du hobst dich hinaus über die Zeit und weißt nichts mehr von gestern und morgen, sondern nur vom ewig Gegenwärtigen. Denn auch der kleinste Teil aller Zeit, das Jetzt, hat ja noch etwas von der Zeit – du aber bist über der Zeit und dem Jetzt. Und du bist über dem Raum und erkennst alles zugleich in allen fernsten Welten. Wir Menschen denken in der Zeit, du aber schaust alles in ewigem Augenblick. Zeit und Raum sind die Grenzen, die uns von Gott trennen, du aber hast sie überschritten, deine Seele erkennt über Raum und Zeit.

Gestaltlos stürzt deine Seele in den gestaltlosen Gott. *Denn Gott* – das weißt du nun, dreimal Glückliche, – *ist ja nichts anderes als dein Erlebnis.* Du bist in Gott – und so bist du Gott.

Fühlst du nun, Geliebte, wie deiner Seele Flügel wachsen? Ein Licht umfängt dich und eine süße Wärme, da schmilzt alles Starre und Harte und die gräßliche Schwere, die uns kleben macht an der Kruste der schmutzigen Erde. Alles löst sich in grenzenlosem Lichte und senkt sich in dich – und du bist das Licht und das All.‹

Er nahm sein Taschentuch und deckte es über ihr Gesicht. »Es ist nicht gut, dich anzusehn, du Glückliche,« flüsterte er. »Es ist, als ob man nach der Sonne schielte, und man weiß doch, daß man sie nimmer greifen kann. Darum soll man sie nicht begehren: man mag blind werden, wenn man Gott schaut.

Die Menschen, die an Gott glauben, wissen nichts von ihm. Dem einen ist er ein Begriff, irgendeine Ursache, ein bequemes Ding, das sie notwendig brauchen für ihre Weltanschauung, ein unsichtbarer Motor, der alle Räder laufen macht. Dem andern ist er ein großer Name, ein Alexander oder Cäsar und Napoleon, ist ein Held wie diese – mit dem Unterschied, daß er heute noch lebt. Man muß mit ihm rechnen und mit seiner Gewalt, muß sich mit ihm abfinden, wie mit dem Steuerbeamten und der Polizei. – Die Heiligen allein aber sind es, die Gott kennen. Sie glauben nicht, was sie hören von andern Menschen, sie sehen mit ihren Augen und greifen mit ihren Händen: aus ihrer Erfahrung heraus kennen sie Gott, wie eine Blume, wie einen Becher Weines. Wie andere die Liebe erleben – *so erlebt ihr Gott.*«

Langsam stand er auf und schritt durch das Zimmer. Er ging auf Pietro zu und legte ihm die Hand auf die Schulter. »Ich bin durstig,« sagte er, »gib mir einen Schluck Wasser.« Der Amerikaner stand auf und sprach mit seiner Frau; sie ging hinaus und blieb eine Weile fort. Frank Braun wurde ungeduldig: »So sieh doch, wo deine Frau bleibt! Ist es denn so schwer, einen Schluck Wasser zu bekommen in diesem Hause?«

Pietro ging selber, endlich brachte er das Wasser. Der Deutsche nahm das Glas und brachte es an die Lippen. Dann faßte ihn ein plötzlicher Verdacht, er setzte es wieder ab. »Trink du zuerst,« sagte er.

»Warum?« fragte der Prophet. »Ich bin nicht durstig.«

»Trink!« befahl er.

Er sah, wie Pietro einen tiefen Zug tat.

›Ich habe mich geirrt,‹ dachte er. ›Wie kam ich nur darauf?‹ Er leerte hastig das Glas.

Teresa rührte sich noch immer nicht. Gino war dicht zu ihr hingekrochen und rieb ihr leicht die todkranken

Füße. Die Männer und Weiber, ruhiger geworden durch die Stille der Heiligen, standen und saßen in Gruppen und flüsterten leise. Celestina Nosclere ging herum und reichte ihnen Holzbecher voll Milch. »Willst du uns nicht das Blut des Lammes geben?« fragte der Knecht den Propheten. Aber Pietro schüttelte den Kopf.

Dann bewegte sich das Mädchen. Das Tuch fiel von ihrem Gesicht, erstaunt blickte sie in den Raum. »Bin ich hier?« fragte sie leise.

Alle drängten zu ihr hin. Die Venier sagte: »Ja, Schwester, du bist nun bei uns. – Und wo warst du?« Aber Teresa antwortete nicht. Man hob sie auf und setzte sie auf die Bank. Carmelina Gaspari holte große Kissen und schob sie ihr in den Rücken. Sie schien schwach und müde, aber ihre Augen blickten klar und frei. Sie machte dem Buben ein paar Zeichen mit den Fingern, er sprang schnell auf und brachte ihr einen Becher Milch vom Tische. Sie nahm ihn und dankte, aber sie netzte kaum ihre Lippen.

Die Venier drang in sie. »Heilige Schwester, willst du nicht sagen, was du gesehn hast?« Teresa streichelte die wirren Strähnen des Knaben. »Nein, nein,« murmelte sie, »man kann es nicht sagen. – Man kann es nicht sagen mit Menschenworten.«

Ihre Augen fielen auf Frank Braun. »Du bist hier?« sagte sie. »Komm her zu mir.« Sie sprach ruhig und sanft, aber es lag ein fester Klang in der weichen Stimme, der nicht befahl und doch ein Gehorchen als selbstverständlich nahm. Er empfand das wohl; so antwortete er nicht und rührte sich nicht vom Flecke.

Da sagte sie still: »Bringt ihn her zu mir.«

Die Leute drängten heran. Erstaunt sah er sie an – sie schienen verwandelt in einem Nu. Er sah ihre Gesichter, sie schauten entschlossen und fest aus, jede Scheu war verschwunden. Er drehte auf dem Fuße um, zur

Türe hin. Aber Girolamo Scuro trat vor ihn hin mit ausgebreiteten Armen. »Sie sollen zu ihr kommen!« sagte er. Und Ratti sagte: »Ja, Herr, Sie sollen zu ihr gehen.«

Dieser kleine Schuster, der sonst zusammenkroch vor seinem Blick vor Respekt und Furcht! Nun stand er da und riß die Augen weit auf und krampfte die Finger, jeden Augenblick bereit, sich auf ihn zu werfen, festzubeißen, wie ein Bulldog.

Frank Braun blieb stehn, verwirrt, unschlüssig –

Was war denn geschehn? Vor wenigen Stunden noch schritt er durch diese feigen Bauern, er allein durch hunderte. Er schlug sich seinen Weg mit der Faust und keiner war da, der nur wagte, die Lippen zu öffnen. Jetzt aber standen sie da, drohend, stark – und der Schwächste von ihnen würde sich auf ihn werfen ohne Bedenken.

Er wandte sich um, schaute auf Teresa. Ihre Augen sahen nieder, ihre Hände streichelten leicht den Kopf des Knaben. Sie blickte nicht einmal auf; alle Ruhe und alle weiche Sanftmut lagen über dem Mädchen.

Und doch war sie es, die den Widerstand gebar, das fühlte er wohl. Das Volk von Val di Scodra war ein großes Tier ohne Hirn, scheu und feige kroch es daher und floh vor seinem Blick. Nun aber hatte es einen Willen. Teresas Willen.

Nun fühlte es sich stark, riß das Maul auf und trat ihm in den Weg. Und wich nicht mehr. Des Herren Stimme zerflog im Wind, nun, da ein anderer Herr befahl.

Eng standen sie um ihn wie ein guter Wall. Er sah, wie Ronchi zur Seite lief und hörte, wie der Schlüssel sich drehte mit heiserem Knirschen. Nun war er gefangen. Die Kraft seines Willens war fortgeblasen und er konnte ihn wegwerfen wie einen alten Handschuh. Nichts blieb mehr, das ihn überlegen machte den Bauern; nun war es ein wilder Kampf der Fäuste. Er zählte sie schnell. Ratti, Ronchi, der alte Ulpo und der Prophet – das war der Mühe nicht wert. Aber der riesige Girolamo Scuro, dem nun keine Hemmung verbot, die Sklavenfäuste zu heben. Und der kräftige junge Ulpo, und Venier und noch drei Bauern. Und die Weiber dazu – diese Weiber – sie würden mit Nägeln und Zähnen an ihm hängen.

Es war kein Zweifel, er mußte unterliegen. Und wenn auch verletzter Stolz und zornige Verachtung seine Muskeln zu Stahl machen würden, und wenn Gewandtheit und Uebung ihn leicht Herr machten über jeden einzelnen – sie würden ihn doch halten und würden doch triumphieren. Und endlich: auch sein bester Sieg war doch immer nur Flucht!

Er biß die Lippen, schweigend trat er zu Teresa.

Sie fragte ihn: »Warst du die ganze Zeit hier?«

Er nickte stumm. »Was ist geschehn?« fragte sie weiter.

Die Fragen beleidigten ihn; es kam ihm wie ein Verhör vor. Trotzdem antwortete er: »Du warst in Ekstase.«

Sie schwieg eine Weile. Langsam sagte sie: »Ja. – Ich habe Gott gesehen.«

Er wartete; dann, als sie zögerte, rief er brüsk: »Was willst du von mir? – Ich will gehn, hörst du? – Bleib du allein bei deinem Propheten.«

Da sprang sie auf, heftig, mit einem Rucke. Dicht stand sie vor ihm; ihr heißer Atem traf sein Gesicht, ihre Augen bohrten sich scharf in die seinen. »Vergißt du, wer mich zu ihm hingeführt hat?«

Aber er schwieg nicht, nahm den Kampf auf, den sie ihm bot. »Ich war es!« rief er laut. »Ich!« Er blickte zur Seite, griff den Amerikaner, der neben ihm stand, am Arme und riß ihn vor. »Ich war es!« wiederholte er scharf. »Ich habe Pietro Noscler zum Propheten gemacht und dich zur Heiligen! Ich habe mit euch gespielt, wie mit Puppen, an meinen Drähten tanzt ihr herum! Meine Geschöpfe seid ihr: Lehmklöße, denen ich Atem einblies!«

Er warf den Kopf zurück, seine Fäuste ballten sich. Jetzt, fühlte er, hatte er die Kraft, jetzt würde ihn keiner zurückhalten können. Jetzt war er frei.

Teresa sah ihn an, es war, als verstünde sie seine Gedanken. »Du willst fort?« fragte sie ruhig.

Er antwortete: »Es geht dich nichts an, ob ich bleibe oder gehe. Aber da du fragst, magst du es wissen: ich werde wegfahren, übermorgen nachmittag um zwei Uhr mit der Post.«

Sie lächelte still. »Die Post wird fahren, übermorgen nachmittag um zwei Uhr. Aber du wirst nicht fahren!« – Sie wandte sich an die andern und hob die Stimme. »Hört ihrs? – Er soll nicht fahren! Und sagt es allen Leuten im Dorfe, daß er nicht fahren darf.«

Er griff ihre Hand und schüttelte sie. »Was?« schrie er. »Ich werde nicht fahren? Ich werde fahren, sage ich dir!«

Sie machte sich los. »Laß meine Hand,« sagte sie ruhig, »du tust mir weh.« – Dann aber wiederholte sie. »Du wirst nicht fahren. Du gehörst mir.«

Er lachte ihr ins Gesicht. »Wirklich? – Dir? – Sieh einmal, und ich habe immer das Gegenteil angenommen.«

Sie sah ihn an, ruhig und gewiß. »Schweige doch,« sagte sie. »Willst du sagen, daß ich deine Geliebte war? – Wem denn? – Mir? Ich weiß es. Und den andern? – Jeder weiß es im ganzen Dorfe. Ja, ich habe in deinen Armen gelegen und leugne es nicht. Noch auch das andere, das mehr ist: daß du es warst, der mir den Weg wies, der zu Gott führt. Glaubst du, Pietro würde leugnen – er so wenig wie ich.« Sie wandte sich zu ihm, sicher lächelnd. »Sags ihm doch selber, Bruder.«

Der Amerikaner zögerte einen Augenblick. Dann begann er laut: »Ja, er hat mich den Pfad geführt. Er hat mir gesagt, daß der Herr mich gesegnet habe mit seiner Gnade und daß des Propheten Elias Geist in mir lebe. Er hat mich gelehrt, welche Kraft Gott in die Schläge der Geißel legte und er hat mir gezeigt, wie in meiner Hand sich der Wein zum Blute des Lammes wandeln müßte.«

»Hörst du es?« sagte Teresa. »Und so will auch ich sagen, was du tatest. Du warst es, der mich mitnahm zu des Propheten Halle, du allein. Du weißt, daß ich nicht wollte und nur gehorchte aus Liebe zu dir. Und du warst es, der mir sprach von all den Dingen, von denen ich nichts wußte. Du erzähltest mir von dem Leben der Heiligen, die des Herrn Wunden trugen und sein Antlitz schauten – du nur allein. Und wenn das hohe Tor aller Gnaden sich auftat in Val di Scodra – du warst es, der uns den Schlüssel brachte.« Ihre Stimme hob sich, klang hell und klar, in großen vollen Akkorden. »Wir wissen es wohl, daß der Herr es war, der dich sandte! – Aber wir wissen auch, daß du allein nicht glaubst an seine Kraft. Sein Werkzeug warst du und meintest, daß du der Meister wärest. Weil du das Tor aufschlossest zum Reiche der Herrlichkeiten, wähntest du, daß es dein Reich sei. – Nun aber ziehen alle ein durch die hohe Pforte – und du allein mußt draußen stehn.«

Prophetisch tönten ihre Worte, sie hob die Arme hoch, unmerklich wiegte sich der Kopf hin und her. »Beschwerlich ist der Weg, der empor führt, voll von Stacheln und spitzen Steinen. Dornen zerreißen die nackten Füße und Blut fließt in hellem Quell. Ich aber gehe den Weg und oben erstrahlt ein helles Licht: da wird die Braut der himmlische Bräutigam umfangen. Dorthin fliegt mein Auge, dorthin und achtet nicht der Schlange, die zwischen den Steinen kriecht. Sie wird mich stechen, sie wird mich stechen, aber mein Fuß schreitet doch weiter hinauf – hinauf!« Ihre Augen glühten, ihre Hand legte sich auf seine Schläfe. »Du bist die Schlange!« rief sie. »Du wirst mich stechen! – Dann aber, wenn diese letzte Qual überwunden, wenn das Fleisch besiegt und die Seele selig jauchzt in dem Kusse des Bräutigams, dann stehst du unten und blickst empor und der Wurm des Leides wird dich fressen. Ewig wirst du kleben an dem Boden der schmutzigen Erde, unstet wandern durch alle Lande, ruhelos, freudenlos, ohne Ende.«

Sie atmete tief, ließ sich schwer zurückfallen auf die Bank. Sie schloß die Augen, schwieg eine kurze Weile. Dann bewegten sich wieder ihre Lippen, leise, fast flüsternd. Er mußte den Kopf hinabbeugen, um zu verstehn, was sie sagte.

»Da fliehst du, und der ewige Tod sitzt dir im Nakken. Ueber Berge und Seen, durch lange Täler und weite Ebenen. Ich sehe dich sitzen auf dem weiten Platze, und die Sonne strahlt von dem weißen Marmor. Rings erheben sich hohe Paläste, du aber starrst stumm auf den Boden. Und jemand ruft deinen Namen – du aber hörst meine Stimme. Und die Wolken decken die Sonne –« Ihr Flüstern erstarb, tonlos bewegten sich ihre Lippen weiter.

Er nahm ihre Hände. »Weiter, Teresa, sage mir, was du weiter siehst.«

Sie zuckte zusammen und richtete sich auf, als ob sie aus einem Schlafe erwache. »Ich weiß nicht,« sagte sie leise, »ich weiß es nicht.« Dann erhob sie sich. »Oh, ich bin müde. Bringt mich nach Hause.«

Carmelina Gaspari huschte heran und stützte sie. Teresa legte den rechten Arm schwer auf ihre Schultern und schritt zu. »Gute Nacht, Schwestern!« sagte sie. »Gute Nacht, Brüder. Betet für mich.«

Gino ging voran, alle andern folgten und brachten sie nach Hause. Langsam schritt Frank Braun hinter ihnen. Er ging zum Ufer hinab, machte das Boot los und ruderte hinaus. Er legte sich mit aller Kraft in die Riemen, suchte in körperlicher Anstrengung ein Ventil für seine heiße Aufregung. Aber es gelang ihm nicht; nach einer Stunde kehrte er zurück und seine Pulse klopften nicht weniger.

Das Haus war umstellt von allen Seiten, unter seinem Fenster sah er den Knecht stehn. Der junge Ulpo und sein Freund Pasquale Pederzoli saßen vor der Türe auf den Treppenstufen. Frank Braun redete sie an: »Ihr bewacht mich? Wollt ihr nicht lieber schlafen gehn?«

Ulpo antwortete: »Die Heilige hat es befohlen. Wir können später schlafen, in drei Stunden werden wir abgelöst.« Er stand auf und machte ihm Platz zur Türe hin.

»Hineinlassen wollt ihr mich also?« fragte Frank Braun. »Aber nicht hinaus aus dem Hause?«

»Doch, Herr,« antwortete der Bursch, »auch hinaus. Sie können gehn, wohin Sie wollen, in das Dorf und in die Gärten. Auch auf den See dürfen Sie hinaus. Aber immer werden zwölf Ihnen folgen und man wird Sie nicht weglassen. So hat es Ratti bestimmt.«

Frank Braun lachte. – Ratti, der Nachtwächter! Der also war Oberbefehlshaber und er war der Gefangene des kleinen, buckligen Schusters! »Ist Ratti da?« fragte er.

»Ja, Herr,« sagte Ulpo. »Er liegt in der Wirtsstube auf der Bank. Soll ich ihn rufen?«

Der Deutsche trat in das Haus und ging in das Gastzimmer; Ratti schlief nicht, er saß bei der Lampe, den Rosenkranz in der Hand.

Frank Braun ging auf ihn zu und nahm eine Banknote aus der Tasche. »Hier sind tausend Kronen!« sagte er.

»Willst du sie? Laß mich gehen heute nacht und du bekommst das Geld.«

Der kleine Schuster drehte sich um. »Ihr seid der Versucher!« sagte er. »Ihr seid der Antichrist!«

»Schon gut,« sagte Frank Braun. »So hatte ich es erwartet. – Gute Nacht, Ratti!«

Pfeifend ging er in sein Zimmer. Sein Anerbieten war nicht ernsthaft, er hatte keinen Augenblick gedacht, daß jener es annehmen würde. Nur ein Wille herrschte in Val di Scodra – und das war Teresas Wille.

Er entkleidete sich langsam. Wie sich doch alles gewandt hatte, das Innerste sich nach außen gekehrt! Er war der Mittelpunkt gewesen, um den alles im Kreise lief, er stand still und war die Sonne, um die die Welten von Val die Scodra heiß sich drehten. Und Teresa war ein Stäubchen, das mitflog im wilden Wirbel rund um ihn herum. Nun aber hatte der tote Stern sein eigenes Leben und Licht; er aber war ein kalter Mond, längst gestorben, festgehalten und gefangen in den engen Banden ihrer Sonnenmajestät.

War es nicht sein Feuer, von dem sie lebte? War es nicht sein gutes Licht, das sie stahl?

Er schüttelte den Kopf – o nein, es war ihr ureigenes Licht und Leben. Er hatte es nur angezündet und aufgeweckt. Er selbst war immer tot gewesen, kalt und starr, ein häßlicher Nebelfleck, der sich blähte und aufflog zur Sonne. Sie aber war die echte und starke Sonne.

Freilich, er hatte gute Augen; sie blendete ihn nicht, wie alle andern. Er mochte hineinsehn bis in ihr tiefstes Herz, und ihre Strahlen sengten ihn nicht und brachen vor seinem Blick.

Was denn nur? – Ihr Stigma quälte ihn nicht; wohl war es ein nicht gewöhnliches Geschehn, aber kein außergewöhnliches. Und die Erklärung schuf ihm wenig Mühe. Dann war ihr Hellsehen. Sie hatte ihm seltsame Worte gesagt, die auf irgend etwas wiesen in naher oder ferner Zukunft. Aber er mußte es wegwerfen – jetzt! Dann erst, wenn wirklich ein Leben erwachen sollte aus ihrem Stammeln, dann erst dürfte er damit rechnen, dann erst konnte er suchen und schürfen nach Gründen und Zusammenhängen. So lange aber waren es Worte, wirre Worte einer Halluzinantin, wertlose Spreu.

Auch ihre fromme Vision war ein Geringes und erklärlich genug; er brauchte sich nicht aufzuhalten mit Dingen, die nur armen Narren ein Uebernatürliches erschienen.

Und die Transverberation? Der inkubische Engel, der sie auf das Pfühl zog, auf dem Maria lag? Bah, es war nur ein Großes für den Künstler, der in seinem Auge wohnte und ein recht Kleines für den Gelehrten in seinem Hirn!

So blieb nur eines: die Ekstase.

Das war kein Zweifel; Teresa Raimondi war in dieser Nacht in Ekstase. Sie ließ damit weit die Louise Lateau hinter sich, die Marguerite Alacoque, die Maria von Mörl und die Tiroler ekstatische Jungfrau. Alles, was diese erlebten und was gute Leute Ekstase nannten, war doch nichts anderes, als nur religiöse Vision. Sie sahen, was alle sehn auf frommen Bildern, was jedem Kinde der Pfarrer erzählt: nie aber sahen sie Gott. Die Ekstasen der heiligen Teresa und der Katharina von Siena freilich waren reiner und echter, aber selbst da drängte sich häufig genug das störende Moment christlicher Vision hinein. Vielleicht blieb nur eine unter all den Frauen: Schwester Katrei –

Was aber war es nun? Wo fand er eine Bresche, einzudringen in diesen höchsten Tempel und die freche Fackel der Zerstörung zu werfen?

Er nahm ein anderes Bild. Die Ekstase war Ophir, das Goldland Salomonis, oder die geheimnisvolle Kupferstadt, von der die Senussi erzählen. Oder Atlantis, das das Meer verschlang, oder das Dorado, oder das Bimini, das die Konquistadoren suchten. Irgendwo lag das Land – und so mußte es einen Weg geben, der dahin führte.

Er wog die Möglichkeiten. Das Psychische war von dem Physiologischen nicht zu trennen, und wenn die Deszendenzlehre richtig war für die Eigenschaften des Körpers, so mußte sie auch stimmen für die der Seele. Wenn in der Entwicklung der Jahrbillionen das Protaplasma zum Menschen wuchs, wenn sich Knochen und Muskeln, Blut und Nerven bildeten, verwandelten und änderten, so mußte auch die Form des Bewußtseins eine andere geworden sein. Nun aber war das gerade der Kern aller Ekstase: daß das Bewußtsein des ekstatischen Menschen ein verändertes war. War es also möglich dieses andere zu finden, irgendwo auf der langen Stufenleiter der Entwicklung?

Dann fiel ihm Faust ein, leise deklamierte er:

»Zwei Seelen wohnen, ach, in meiner Brust,
Die eine will sich von der andern trennen;
Die eine hält in derber Liebeslust
Sich an die Welt mit klammernden Organen,
Die andre hebt gewaltsam sich vom Dust
Zu den Gefilden hoher Ahnen.«

Das war es doch! Nicht zwei Seelen freilich, die sich trennen: eine Seele nur, die zu einer andern wird. Eine Seele, die Heimweh hat nach dem Schmutz der Väter, die sich zurücksehnt aus der freien Luft in die dumpfen Höhlen niederer Ahnen. Mochte sie Goethe immerhin »hohe Ahnen« nennen in seinem Bilde: es war doch derselbe kluge Instinkt, der ihn später zu den »Müttern« führte!

Die Seele des Menschen in diesem Sinne war das Bewußtsein des Gegensatzes vom Ich zur Außenwelt. Daran wagte nun keiner mehr zu rütteln seit Descartes. Das niederste Tier aber hatte keine Nerven und kein Hirn, der Reiz der Oberfläche löste allein eine unmittelbare Wirkung aus: der Anfang eines Bewußtseins mochte da liegen, wo einzelne Teile des Körpers sich ausbildeten, um den Reiz den andern Teilen zuzuführen, die seine Reaktion ausübten. Noch kein kleinstes Hirn war da, wohl aber erste Nerven, die ohne Sammelpunkt sofort den Reiz vermittelten. Das Tier sah und fühlte die im Wasser schwimmenden Nahrungsteilchen nicht, nur die rein äußerlichen chemischen oder auch Druckreize lösten ohne eine Wahrnehmung und ohne Willensentschluß die Wirkung aus. So aber war es unmöglich, daß ein solches Tier ein Bewußtsein hatte, das dem unsern ähnlich war und den Gegensatz des Ichs und der Außenwelt faßte: sein Bewußtsein konnte nur ein Gefühl der Einheit von Ich und Außenwelt sein. Es gab für das Tier noch keine Grenzen zwischen beiden.

Das aber war ja der Inbegriff aller Ekstase! Sie riß die Grenzen ein und machte den Menschen zum All und das All zum Menschen.

Er verstand das gut und suchte nach einem physiologischen Moment, das ihm den Weg zeigen konnte zu diesem Schlusse. Was bot da die Ekstase, das abweichend war vom normalen Zustand und so irgendeine Handhabe bieten konnte? Wenig genug freilich – und doch mochte es genügen.

Einmal war es das Gefühl des Schwebens und Fliegens. Jeder Mensch kannte es aus seinen Träumen – waren Träume nicht verwandt der Ekstase? – Hundert Berichte erzählten von Menschen, die durch die Luft flogen. Gautama Buddha und Maha Sumata schwebten dahin, Platons Schüler Jamblichos hob sich zehn Ellen über den Boden, die Geschichte christlicher Ekstatiker war voll von Berichten von Frommen, deren Körper frei sich erhob, wie der Leib der Teresa von Jesu. Hier, wie immer, war es die christliche Mystik, die am tiefsten schürfte, die weit Größeres und weit mehr Wunderbares hervorbrachte als alle indischen und ägyptischen Heiligen. Die heilige Christina von St. Proud flog weit über Städte und Dörfer zum Himmel hinauf und die »Acta« starren von Zeugnissen von Bürgern und Bauern, die die gebenedeite Fliegerin durch die Lüfte schweben sahen.

Was tat es denn, ob die Berichte über die heilige Christina, deren Flug Diepenbeck malte, und über alle die andern christlichen und heidnischen Flieger objektiv wahr waren oder nicht? Subjektiv waren sie es gewiß. Wie jeder sagen konnte: »Ich bin im Traume geflogen,« so konnten die Heiligen gewiß mit aller Wahrheit sagen: »Ich flog auf in der Ekstase.« Und es war über allen Zweifel, daß sich für dieser Frommen Bewußtsein das Gefühl der Schwere verlor.

Ein anderes Gefühl trat dafür ein, das der Gewichtlosigkeit: das Gleichgewichtsbewußtsein. Kein Wesen konnte es haben, das in der Luft lebte, nur dort konnte es sein, wo ein Körper annähernd ein gleiches spezifisches Gewicht hatte wie das ihn umgebende Element. Die Fische hatten es – unsere niederen Ahnen. Und wie für den Schwimmer die Lunge wieder zur Schwimmblase wurde, aus der sie entstand, so mochten wohl in nervösen Zentralorganen uralte Reste rudimentär vorhanden sein, die in der Ekstase diese längst verlorene Empfindung des Gleichgewichts wieder wachriefen.

Das andere Moment war das Licht. Alle Ekstatiker sahen es, allen war es das größte Glück und die höchste Wonne. Aber sie faßten es nicht mit den Augen – sie fühlten es auch mit geschlossenen Lidern und im Dunkeln: es war ein inneres Licht, das sie nicht sahen, sondern empfanden. War das nicht dasselbe, was vor Jahrbillionen unsere Ahnen taten? Jene Tiere, deren Augen nicht sahen, nicht Gegenstände unterschieden, sondern nur als lichtempfindliche Organe dienten, zentralen Teilen zugeordnet, die diese Lichterscheinung als Erregung aufnahmen?

Wieviel Dinge barg der menschliche Körper, die langsam erstarben, aber doch durch Jahrtausende nutzlos fortlebten, rudimentäre Erinnerungen aus uralter Zeit! Organe, die früher einen Zweck erfüllten, den sie längst verloren und die nun, scheinbar belanglos, nur da waren, um Grund zu geben zu irgendeiner Erkrankung. Aber wenn sie, wie der Blinddarm, pathologisch auf den Gesamtorganismus schädlich wirken konnten – war es nicht möglich, daß sie auch in anderer Beziehung unter gewissen Umständen Einfluß ausüben konnten? Vielleicht war die Zirbeldrüse der Ueberrest eines alten Sinnesorganes –

Nun schloß sich die Kette. Ein Glied noch fehlte ihm: die Möglichkeit zu ergründen, daß sich das menschliche Bewußtsein ändern konnte für Augenblicke, daß es zurückgreifen konnte auf frühere Stufen. Er brauchte nicht lange zu suchen, jeder Tag brachte ihm da viele Beispiele. – Wollust, Wut oder Schreck, boten sie nicht immer wieder das rudimentäre Auftreten von uralten tierischen Instinkthandlungen mit jenem Bewußtsein, das diese einst begleitete? So eng war hier die Verbindung zwischen körperlichem Vorgang und dem Bewußtseinszustand, daß beide nicht zu trennen waren: nur aus ihrer engsten Gemeinschaft wuchs der Affekt. Wenn man dem Schreck die körperlichen Symptome nahm, wenn man den Puls ruhig schlagen ließ, den

Blick fest sein, die Bewegung sicher und schnell, die Farbe gesund, kräftig die Sprache und klar die Gedanken – ja, was blieb dann noch vom Schreck?

Und ebenso schwand beim Verdurstenden, beim Verhungernden die Form des Bewußtseins des heutigen Menschen: irgendeine Ahnenform trat an seine Stelle, die wir Instinkt nennen.

Alle diese Effekte aber waren der Ekstase verwandt. Plotinos sagte, daß selbst die Tiere im Zeugungsakte Ideen sähen und sich sehnten nach einem ewigen Schauen – Goethe würde ihr Gefühl das »hoher Ahnen« genannt haben. Aber es blieb doch immer das *niederer* Väter – ein Zurück und kein Empor! – Die Ekstase aber war bei allen Heiligen der höchsten Wollust letzter Schluß.

Hunger – Durst – Kasteien waren stets Mittel für den großen Zweck. Panischer Schreck oder Berserkerwut – wie oft gingen sie Ekstasen voraus. Und Musik und Rausch und alle Mittel zum Affekte mußten auch hier ihre Dienste tun.

So war die Ekstase die Spitze – oder vielmehr sie war der letzte Grund. Brachten die Affekte das Bewußtsein des Menschen zurück zum Tiere, so war es die Ekstase, die am tiefsten hinab führte: dorthin, wo das Bewußtsein der Einheit von Ich und Außenwelt lag.

Frank Braun atmete tief, nun hielt er den Kern in spitzen Fingern. Die Ekstase war ein Rückfall in den Zustand des niedersten Tieres, bei dem die Reize nicht die Veranlassung zur Bildung von Vorstellungen gaben, sondern sofort die Reaktion auflösten. War ein atavistisches Ereignis, ein Kind mit einem Wolfsrachen, ein Pferd mit drei Hufen an jedem Fuß. Es war ein Zustand, in dem Wille und Vorstellung ungeschieden, bei dem alle Grenzen zur Außenwelt verwischt waren. Es fehlten die Merkmale der Vorstellung von Raum und

Zeit, es fehlte das Bewußtsein des individuellen Wollens. Es fehlte die Einwirkung des Nicht-Ich auf das Ich und die andere des Ich auf das Nicht-Ich: so fehlte Vorstellen und Wollen. Und so geschah es, daß das Ich das Nicht-Ich aufnahm und zum reinen Ich wurde.

Es wurde zu Gott: das war der letzte Atavismus, den es gab.

Frank Braun stand auf und ging zum Fenster, blickte lange in die ungeheure Ruhe der Nacht. Wohl war er nun der Sieger, aber dieser Sieg freute ihn nicht, und er fühlte wohl, daß alle Möglichkeit eines Glückes – nur in der Niederlage war.

Reines Glück aber war am letzten Ende das einzige, das erstrebenswert war. Und war viel mehr wert als jeder schönste Sieg der Erkenntnis. Reines Glück – und es lag immer hinter und niemals vor ihm.

Als im Kampf ums Dasein die ersten Tiere aus dem Wasser stiegen und sich an das Leben auf dem Lande gewöhnten, da war gewiß das nasse Element das Ideal ihres Daseins. Als die Nachttiere, um nicht verhungern zu müssen, die Scheu vor dem Licht überwanden, war ihnen sicher die Helle ein Schlimmes und das Dunkel ein Glück. Das war die ewige Lüge der »alten guten Zeit«: wo immer ein Mensch glücklich sein wollte, da stieg er hinab von der höheren Sprosse, auf der er stand. Er griff zum Rausch und zur Wollust und wurde zum Tier: aber er war glücklich in dieser Zeit.

Und so bot die Ekstase, die niederste Stufe, auf die des Menschen Bewußtsein zurückgelangen konnte, ihm zu gleicher Zeit auch das höchste Glück.

Eines aber gab es, das alles erschlug: die Erkenntnis. Und der freie Geist, der unheilbar an ihr litt, der konnte nichts mehr verbergen und verleugnen und sein Herz war zerbrochen für alle Zeit.

Etwas trieb ihn zu Teresa hin. Er ging hinaus aus dem Zimmer und klopfte an ihrer Türe. Er hörte ein Flüstern, dann schob sich der Riegel zurück. Carmelina Gaspari stand vor ihm, ein Licht in der Hand. »Was wollen Sie, Herr?« flüsterte sie.

»Gib das Licht!« sagte er. Er nahm es und trat zu Teresas Bett. Gino schlummerte ihr zu Füßen auf dem Boden. Die Heilige lag da, tief schlafend.

Sie war schön, wie die Mutter Gottes, und von ihren Zügen strahlte ein großer Friede und ein ewiges Glück.

XII

Vexilla regis prodeunt inferni
Verso di noi.
Dante, Inferno, Can. 34.

Die Bauern hielten ihr Wort. Nacht für Nacht standen sie um das Haus und schliefen nicht. Sie wechselten sich ab, wie Wachtposten, alle drei Stunden zogen andere auf. Tagsüber stand ein Bursch vor seiner Zimmertüre, wenn er ausging, folgte ihm dicht ein gutes Dutzend, starke Knüppel in den Händen. Anfangs machte es ihm Spaß, sie herumzuführen; er kletterte Abhänge hinauf und hinunter, hielt sie auf den Beinen, stundenlang. Sie schnauften, aber sie wichen nicht. Auf die Landstraße ließen sie ihn nicht kommen, stellten sich breit vor ihm auf und versperrten den Weg. Dennoch hätte er leicht genug entkommen können, es gehörte kaum viel Geschicklichkeit dazu, diese Tölpel hinters Licht zu führen.

Aber er wollte gar nicht. Etwas hielt ihn zurück, eine Neugier, ein gieriges Bedürfnis, irgendeines zu erwarten, das kommen würde. So lief er herum, ruhelos, fuhr auf dem See, strich durch die Gassen, stieg kreuz und quer durch die Olivengärten. Dann wieder legte er sich lange Stunden ins Gras und träumte.

Keiner aber von den Burschen sprach mit ihm. Das quälte ihn; er mußte irgendeinen haben, mit dem er redete. Raimondi ekelte ihn an und mit dem Knechte Angelo konnte er ja mit dem besten Willen nicht sprechen.

Selbst die Ziege Marfa hatte er nun verloren, seit er wußte, daß sie dem Knechte gehörte; er gab ihr Zucker, wie er immer tat, aber er nahm sie nicht mehr mit aus und sprach nicht mehr zu ihr.

Endlich gebrauchte er eine kleine List. Er hungerte die Burschen aus, brachte sie um den geistlichen Trost, der ihr tägliches Brot war. Abends, wenn das ganze Dorf zu Raimondis Haus kam, um die Heilige zu der Halle des Propheten zu holen, ging er aus. Dann machte er seine wildesten Ausflüge, flog wie ein Ball durch das Tal von Scodra. Die Folge war, daß man die gewandtesten Burschen vom ganzen Dorfe für diese Stunde aussuchte – die mußten nun fern bleiben der Versammlung. Das verdroß sie sehr, namentlich den jungen Ulpo, der sie führte.

Frank Braun trat zu ihm, eines Abends als er aus dem Hause kam; er zeigte mit der Hand auf die Spitze über der Kreuzplatte. »Siehst du, mein Junge, da werden wir nun herumklettern, fünf Stunden lang. Macht es euch Freude?«

Ulpo blickte hinauf, aber er antwortete nicht.

»Ich will dir was sagen, Bursche,« fuhr der Deutsche fort, »wir wollen Frieden schließen. Ihr braucht mir nicht mehr nachzulaufen, ich gehe mit euch in die Versammlung. Heute, morgen – jeden Tag, wenn ihr wollt. Aber ich habe eine Bedingung, weißt du. Es langweilt mich, wenn ihr immer hinter mir herlauft, wie stumme Schatten, und das Maul nicht aufreißt. Ihr sollt antworten, wenn ich euch frage!«

Der Bursche sah verlegen drein. Dann drehte er um und sprach mit dem Schuster Ratti, der in der Türe stand. Der zuckte die Achseln, spie aus und kaute an seinem grauen Schnauzbart – war es nicht eine große Sünde mit dem Versucher zu reden? Jedenfalls müßte man den Propheten fragen –

In diesem Augenblick trat Teresa aus dem Hause.

»Heilige Schwester,« sagte der junge Ulpo, »der Herr will in die Versammlung kommen –«

Das Mädchen unterbrach ihn. »Ja, er soll hinkommen,« sagte sie.

Sie wagten kein Wort mehr. Die Burschen nahmen ihn in die Mitte und geleiteten ihn zur Halle, stolz, wie auf eine eroberte Kriegsbeute. Sie führten ihn hinauf auf das Podium, stellten ihm einen Stuhl hin, froh wie Kinder, ihre großen Kerzen wieder in die Hand nehmen zu dürfen.

So saß er da, Abend für Abend.

Dafür sprachen sie mit ihm, tagsüber, wenn er ausging. Sie richteten selbst kein Wort an ihn, aber sie antworteten doch, wenn er sie anredete. »Seid ihr zwölf stets als Wachen bestimmt?« fragte er Ulpo.

Der Bursche nickte. »Ja, für den ganzen Tag. Für die Nacht sind zwei andere Gruppen da, die sich ablösen.«

»Und ihr arbeitet nicht mehr?«

Ulpo sah ihn groß an. »Arbeit ist Sünde, jetzt, wo das Himmelreich so nahe ist. Niemand arbeitet mehr im Dorfe. So hat es der Prophet angeordnet.«

Frank Braun seufzte leicht. ›Also da seid ihr schon?‹ dachte er. ›So ist es doch immer das gleiche! Wen des Herrn Geist erweckt, für den wird die Arbeit zur Sünde.‹

Ein andermal fragte er: »Nehmt ihr nicht mehr die Geißeln? Abend für Abend hängen sie an der Wand und schlafen still.«

Giovanni Ulpo sagte: »Die heiligen Wunden sollen schmerzen, aber sie sollen auch heilen – das sind die Worte des Propheten. Nun aber sind sie bald vernarbt.« Er öffnete Jacke und Hemd und blickte wohlgefällig auf die verkrusteten Striemen. »Zum nächsten Sonntag soll das Blut wieder fließen in einer neuen Schlacht gegen den Satan.«

»Nun, es ist doch eine kleine Abwechslung,« lachte der Deutsche.

Der Prophet hatte manche Vorbereitungen getroffen zu dieser neuen Schlacht. Aber sie reizten Frank Braun wenig und er hatte keine Lust zuzusehn. Sein Vertrag mit den Burschen gab wirklich zu sehr alle Vorteile auf ihre Seite und er beschloß, ihn nicht mehr einzuhalten. Er wartete bis zum Abend, dann erklärte er, daß er heute nicht zur Halle gehn würde, sie sollten sich also bereit halten, mit ihm spazieren zu gehen. Er lachte, als er sah, wie niedergeschmettert die Burschen waren, und freute sich seiner kleinen Bosheit.

Nun kamen sie und baten, und er ließ sie bitten. Schließlich gab er doch nach, erklärte ihnen, daß er zu Hause bleiben wollte; sie könnten ihn dort bewachen in seinem Zimmer: da möchte wohl die Hälfte genügen. Die Burschen losten und sechs zogen freudig ab mit der Prozession; recht betrübt blieben die andern zurück, darunter Ulpo. Drei stellten sich unter sein Fenster, drei blieben vor seiner Türe.

Er setzte sich an seinen Schreibtisch. Er schrieb einen langen Brief an Don Vincenzo und zerriß ihn, als er fertig war. Dann schrieb er an Aloys Drenker und zerriß auch diesen Brief.

Es klopfte; auf sein Herein trat Ulpo ins Zimmer und die andern Burschen, die vor der Türe standen. Sie stammelten ein paar Worte, baten durch das Fenster mit ihren Kameraden sprechen zu dürfen. Er fragte, warum sie nicht hinuntergegangen seien vor das Haus? – Sie hätten es nicht gewagt: er hätte derweil das Zimmer verlassen und sich irgendwo verbergen können –

Sie riefen die andern herauf, dann machte Ulpo den Vorschlag, daß noch vier zur Halle gehen sollten – die andern beiden würden genügen, einer vor der Türe, der andere vor dem Fenster.

»Geht doch alle sechs!« sagte Frank Braun. »Ich verspreche euch, das Haus nicht zu verlassen.«

Aber sie trauten ihm nicht. Ulpo riß sechs Schnitzel Papier von einer alten Zeitung, vier große und zwei kleine. Sie losten und wieder zog Ulpo einen kleinen Fetzen. Die hellen Tränen stürzten ihm aus den Augen, schweigend nahm er seinen Platz vor der Türe wieder ein. Frank Braun hörte ihn mit langen Schritten auf und abgehen auf dem Flure, dazwischen sein schlecht unterdrücktes Seufzen.

Eine Stunde verging und wieder eine.

Spät genug ging er hinunter zum Abendessen; er rief die beiden Burschen ins Gastzimmer und lud sie ein, mit ihm zu speisen. Pasquale aß, aber Giovanni Ulpo vermochte nicht einen Bissen herunterzuwürgen; auch die Milch ließ er stehn. »Alle sind da, alle,« seufzte er. »Nur wir nicht!«

Frank Braun nahm eine Krone aus der Tasche. »Bild oder Schrift?« rief er. »Noch einer darf gehen.«

»Einer ist nicht genug hier,« sagte Ulpo.

Der Deutsche lachte. »Zwei sind auch nicht genug. – Glaubt ihr nicht, daß ich mit euch beiden fertig würde? – Aber ich will heute nicht fortgehn. Ich will rudern. Einer von euch soll mich rudern.«

»Bild!« rief Giovanni Ulpo. Aber die Münze warf die Schrift. Pasquale sprang auf und lief zur Tür hinaus.

Der andere brach in Tränen aus. »Nun bin ich allein zurück! Ich allein! – Und ich habe alle Verantwortung.«

Frank Braun zog ihn am Arme auf. »Komm, mein Junge! Die Nacht ist schön, wir wollen rudern!« Draußen griff er den Burschen an den Handgelenken, drehte sie herum, zog beide Arme hinten hoch zwischen den Schultern. So führte er ihn zum Boote, hielte ihn fest, trotz allem Zappeln und Schreien. Er nahm den Strick des Kahnes und band ihm die Hände auf dem Rücken fest.

»Siehst du, nun bist du mein Gefangener!« lachte er. »Schweig nur, dein Schreien nützt dir nichts; die Brüder singen und keiner hört dich. Oder glaubst du, daß dir der alte Raimondi helfen könne, oder Angelo der Knecht?«

»Schlagt mich tot, Herr,« wimmerte Ulpo, »schlagt mich tot!«

»Nein,« sagte Frank Braun, »warum soll ich dich totschlagen? Du bist ein Narr und ein braver Bursch! Komm, rudere mich ein wenig im See, dann will ich dich begleiten zu den Teufelsjägern!« Er löste ihm die Bande und sprang ins Boot.

Einen Augenblick stutzte Giovanni Ulpo, stand verwirrt da, atemlos, ohne ein Glied zu rühren. Dann sprang er ihm nach, stürzte in die Knie und küßte seine Hände.

Frank Braun stieß ihn zurück. »Nimm die Riemen!« befahl er. Aber er ließ ihn nur wenige Schläge machen. »Fahr nur zurück, armes Tier, warum soll ich dich quälen?«

Langsam ging er mit dem Burschen zu Pietros Halle.

Maria Grazia sagte ihre Seele; sie warteten am Eingang, bis sie zu Ende war. Dann führte Ulpo den Fremden hinauf, alle machten ihnen bereitwillig Platz. Sein Gesicht strahlte vor Glück, aber auch seine Kameraden grinsten, froh genug, den Mann, den sie bewachen sollten, nun sicher bei sich zu haben. Sie boten ihm einen Stuhl gerade vor ihnen, aber Frank Braun lehnte ab, setzte sich neben sie auf die erste Bank, dicht an der Wand.

Alles, was gewöhnlich vorging in der Versammlung, war schon abgewickelt, man war zu Ende mit dem Beten und Singen und Seelesagen. Der Prophet erhob sich, um das Abendmahl zu reichen, Girolamo füllte ein gutes Dutzend kupferner Kessel mit Wein. Pietro betete und weihte sie und die Buben und Mädchen liefen durch die Versammlung und boten jedem zu trinken. Scuro, der Knecht, nahm allein einen großen Kessel und leerte ihn in mächtigen Zügen: allem Wein hatte er abgeschworen, seit ihn der Herr gerettet hatte, aber vom Blute des Lammes konnte kein Frommer genug trinken. Auch Teresa trank, und Frank Braun sah, wie ihr das Blut in die bleichen Wangen stieg. Dann reichte sie den Kupferkessel dem kleinen Gino, der wie immer zu ihren Füßen hockte.

Frank Braun schaute über die Versammlung, das ganze Dorf drängte sich in der Scheune. Nur Raimondi fehlte. Und natürlich Angelo – der war bei seiner Ziege.

Auch Sibylla Madruzzo vermißte er. Und es fiel ihm ein, daß er sie auch an den letzten Abenden nicht mehr gesehen hatte. War sie krank?

Die Schwärmer tranken. Immer von neuem füllten sich die Kupferkessel und wandelten unter der betenden Hand des Propheten ihren Inhalt in des Heilandes Blut. Die Kinder lachten verstohlen, manche Frauen lallten und sangen die Kehrreime ihrer Lieder. Aber die Männer saßen auf den Bänken oder standen herum und tranken schweigend. Die Pechfackeln warfen ihr rotes Licht auf die heißen Köpfe und ließen die braunen Züge noch röter und wilder leuchten. Ihr Schein brach sich an den kupfernen Gefäßen, die wie glänzende Kugeln durch die Menge rollten, und an den weißen Pappschildern mit den frommen Sprüchen, die den Augen weh taten. Ein dicker Qualm und stickiger Dunst lag überall und machte das Atmen fast unerträglich; aber niemand schien es zu bemerken außer ihm. Er führte die Lippen an einen Spalt in der Holzwand und versuchte von da ein wenig frische Luft zu bekommen.

Ronchi schlug mit einem Stabe auf den Boden und die Musik setzte ein; Triangel, Harmonika und Tamburin schrien ihre hetzenden Schreie. Die Musikanten auf der rechten und die zwölf Burschen auf der linken Seite begannen zu singen:

»Ob wir auch Sünder sind allzumal:
Jesus starb!
Ob der Teufel auch schreitet durchs Erdental:
Jesus starb!
Wir greifen die Waffen, wir nehmen die Krone,
Wir eilen zu Hilfe dem Menschensohne
Und nehmen die himmlische Wonne zum Lohne:
Jesus starb!«

Sie sangen den Vers dreimal, dann erst fiel die Gemeinde ein. Und nun sangen alle, immer wieder und wieder dieselben Worte. Sie schlugen dazu in die Hände und stampften mit den Füßen den Takt. Immer aufgeregter und wilder, immer schneller wurde ihr Singen, ging über in lautes Heulen und Schreien.

Frank Braun sah gespannt auf die Menge und beobachtete die seltsame Wirkung dieser rhythmischen Töne, die den Taumel steigerten von einer Minute zur andern. Worin lag nur diese geheimnisvolle Macht der Musik?

Die Musik war ein Hauch vom Jenseits, das war gewiß. Sie war nur Form und war nie Stoff, war geboren aus dem ungeheuren Meere des Negativen, das man Gefühl nannte. Sie gab viele tausend Bilder von allen möglichen Erregungen und Aeußerungen des Willens, aber nie die Erscheinung selbst, nur ein schemenhaftes Innerstes, das kein Wesen mehr hatte. Sie war nie ein Abbild der Erscheinung, nur eines des Willens und war recht eigentlich das Ding an sich. Sie erweckte Gefühle, deren Möglichkeit man nicht kannte und deren Bedeutung man nicht begriff, sie gab uns Dinge, die man nie sah und auch nie sehen würde.

Denen, die an sie glaubten, gab sie das Glück.

Wie der Rausch ein Glück gab, wie es die Wollust tat – denen, die an sie glaubten.

Nicht das letzte Glück, das nur die Ekstase gab – aber doch ein Glück.

Unser Glück aber lag bei den Ahnen, unser Glück war ein Hinabtauchen in vergessene Zeiten, war eine große Wandlung des Bewußtseins.

Und es war gewiß, daß die Musik eines der besten Mittel war, dahin zu gelangen –

Der Prophet riß ihn aus seinen Gedanken. Er hielt eine Ansprache, nur wenige Worte. Er sagte, daß man den Satan bekämpfen müsse, mit den Waffen aus der Rüstkammer des Erlösers, und wer nun wolle, der möge vortreten. Die zwölf Burschen legten ihre Kerzen auf den Boden, warfen Röcke und Hemden ab und nahmen von der Rückwand Geißeln, Ruten und Peitschen. Sie knieten nieder vor dem Christusbilde, der Prophet gab einem jeden noch einmal des Lammes Blut zu trinken.

Dann hoben sie die Arme auf, standen ruhig einen Augenblick.

Der Schneider gab das Zeichen. Die Musik setzte ein und die Geißeln fielen auf die nackten Körper. Und zugleich füllte die Halle aus allen Kehlen das Wundenlied:

»Des wunden Kreuzgotts Bundesblut,
Die Wunden – Wunden – Wundenflut,
Ihr Wunden, ja, ihr Wunden,
Macht Wunden – Wunden – Wundenmut
Und Wunden, Herzenswunden, Wunden!
Geißelwunden! Dornenwunden!
Nagelschrunden! Speerschlitzwunden!
Grüß euch Gott, ihr Wunden!«

Niemand schlug sich selbst, eines jeden Peitsche fiel auf des andern Leib. Sie schlugen ohne Erbarmen, rücksichtslos, zum Ruhme des Herrn, ihre Augen verdrehten sich, ihre Körper krümmten sich unter den furchtbaren Schlägen. Und nach dem Takte hoben sie die Beine, sprangen auf und nieder, tanzten rund im Kreise herum.

Frank Braun sah auf Teresa. Sie hatte sich aufgerichtet im Stuhl, beugte Leib und Kopf weit vor und ließ kein Auge von den frommen Tänzern. Gino kniete neben ihr, zuweilen nahm sie aus seinen Händen das Kupfergefäß und tat einen tiefen Zug von dem heiligen Tranke.

»Schlagt zu!« schrie sie. »Schlagt euch stärker! – Oh, Wunden! Wunden – Wunden!«

Die zwölf Burschen rasten auf dem Podium, ihr Blut floß zu Boden und spritzte an die Wände. Einer fiel, die andern rissen ihn wieder hoch. Und immer wilder klatschten die Geißeln auf ihre Körper.

Andere drangen auf das Podium, entkleideten sich, griffen zu den Ruten und mischten sich unter die Tänzer.

Matilda Venier war die erste der Frauen, die hinauftrat; ihr folgten vier, fünf andere. Hier und dort brach einer der Tänzer zusammen; man schleppte ihn zur Seite, sogleich trat ein anderer an seine Stelle.

Teresa stieß Carmelina Gaspari, die vor ihr stand, in die Seite. »Geißele dich,« rief sie, »geißele dich!« Das junge Mädchen zuckte zusammen, aber gehorsam entkleidete sie sich, der Prophet gab ihr eine Peitsche. Ihr Körper zitterte, ohne sich zu regen blieb sie stehn, dicht vor dem Stuhle der Heiligen.

Neben ihr entkleidete sich Girolamo Scuro. Seine Nüstern flogen, sein Maul stand weit auf und zeigte das blanke, riesige Gebiß. Er drehte Hemd und Rock zusammen zu einem Bündel und setzte sich darauf; dann zog er die Stiefel aus, erhob sich und legte die Hose ab. Völlig nackt stand er nun da. Er riß eine Geißel von der Wand, kniete nieder vor dem Christusbilde und betete. Dann sprang er mit wildem Geheul unter die Tänzer. Und wo seine Peitsche hintraf, da riß die Haut in Fetzen.

Erschöpft hatte sich die Frau des Venier zurückgezogen, heftig atmend kauerte sie auf der ersten Bank. Aber der Anblick des rasenden Riesen schien ihr neue Kräfte zu geben. Heiß sprang sie auf, in einem Augenblick streifte sie die Röcke von den Beinen. Und nackt wie er, sprang sie in den Kreis der Teufelsjäger, bereit, ihr Blut von Kopf zu den Füßen hinzugeben für den Erlöser.

Und wie diese beiden, so mischten sich andere völlig nackt unter die Menge. Wozu Hosen und Röcke, die ja nur da waren den halben Leib zu schützen, den sonst der Geißel blutige Gnadenhiebe treffen konnten! Fort mit den Kleidern, mit allem – fort, es war ein frommes Werk!

Und alle stampften und schrieen und schwangen die Peitschen. Immer mehr drängten sich hinzu, man schob die Bänke zu den Wänden hin, hob sie aufeinander, um Platz zu schaffen. Und jeder freie Raum füllte sich mit den Tanzenden. Keiner schloß sich aus, nur Greise und alte Weiber, kleine Buben und Mädchen saßen und standen eng zusammengedrängt an den Wänden.

Nackt kniete der Prophet vor dem Christusbilde, ein Regen von Geißelhieben fiel auf seinen blutigen Rükken. Er schien sie kaum zu fühlen, wand sich nicht, zuckte nicht einmal; die Stirne auf dem Boden lag er in inbrünstigem Gebet vor dem Gekreuzigten.

Frank Braun ließ kein Auge von der Heiligen. Ihre Augen standen weit auf, tranken gierig die wilde Szene. Und er glaubte in ihnen noch einmal das grausige Bild zu sehn: alle diese wahnsinnigen nackten Tänzer, die ihren Leib zerrissen zur Ehre des Reiches Gottes. Ihre Lippen öffneten sich, laut sang sie in die Halle:

»Geißelwunden, Dornenwunden!
Nagelschrunden, Speerschlitzwunden!
Grüß euch Gott, ihr Wunden!«

»Gib, gib!« rief sie. Sie riß dem Buben den Kupferkessel aus den Händen und schlürfte lange. Dann erhob sie sich.

Ihr Blick fiel auf Carmelina, die immer noch zitternd und bebend, nackt bis zur Hüfte, neben ihr stand.

»Zieh dich aus!« rief sie. Carmelina gehorchte und streifte die Röcke ab. Die Heilige wandte sich zur Musik. »Und ihr, ihr?« rief sie. »Wollt ihr Gott nur mit den Instrumenten dienen?« Alle sprangen auf, aber Teresa trat ihnen entgegen. »Nicht alle zugleich!« sagte sie. »Komm du, Linda, und du, Clementina Cornaro. – Du auch, Tullio Tramonte! Ihr andern bleibt sitzen und spielt!«

Tullio zog sich aus, ein hagerer Bursche von siebzehn Jahren. Und die Cornaro riß die Kleider vom Leibe, ein starkes üppiges Weib mit brandrotem Haar. Aber das Mädchen zögerte, streifte langsam und ängstlich das Kleid ab und behielt ihr Hemd und den Rock. Teresa eilte zu der Fünfzehnjährigen. »Du hast Furcht, Linda!« schrie sie. »Du fürchtest dich vor des Erlösers Gnade!« Sie zog ihr das Hemd von den Schultern, faßte den Rock und riß ihn hinab. »Der Herr wird dich segnen, das Blut deiner Lenden wird deine Sünden abwaschen.«

Sie stieß Carmelina zu den dreien und nahm eine schwere Hundepeitsche von der Wand. »Kniet nieder!« befahl sie. »Beugt den Kopf zur Erde und betet zum Herrn!«

Die vier Leiber waren blank und rein; keiner trug Spuren von früheren Narben und Wunden. Aber in der Heiligen schwachen Arm legte des Herrn Gnade eine Kraft, die ihre Schläge furchtbarer machte als die des riesigen Knechtes. In wenigen Minuten waren die Leiber bedeckt mit Blut, die Haut barst und hing in Fetzen. Die vier wälzten sich auf dem Boden, schrien und heulten in wehen Qualen. In verzweifeltem Schmerze faßte Carmelina mit den Zähnen die volle Schulter der Cornaro und biß sich hinein, die aber umfing den Burschen mit heißen Armen und grub ihre Nägel tief in sein Fleisch. Sie wanden sich zu einem wirren Knäuel, umschlangen sich mit Armen und Beinen, dampften von Schweiß und Blut. Und unablässig sauste die schwere Peitsche der Heiligen auf das zerschlagene Fleisch.

»Grüß euch Gott, ihr Wunden!«

Der Prophet sprang auf, wankte, taumelte, fiel dann nieder vor Teresa. »Schlag du mich!« winselte er. Und die Peitsche wand sich ihm in blutigen Striemen um Arme und Brust.

Nun drängte Scuro heran und die Venier. »Mich auch! Mich auch!« Sie knieten nieder und empfingen die Gnadenstreiche der Heiligen. Sie aber rief laut: »Lasset uns freuen und fröhlich sein und ihm die Ehre geben, denn die Hochzeit des Lammes ist kommen, und sein Weib hat sich bereitet!«

Alle drängten heran, jeder verlangte nach den seligen Schlägen ihrer Peitsche. Wieder war es Ronchi, der Ordnung schuf. Zu drei und drei ließ er alle herantreten und niederknien, und der Heiligen Arm erlahmte nicht. Jeder Rücken empfing ihrer Geißel Hiebe und es war, als ob ihre Streiche aufleuchteten aus dem wunden Fleische und rot und breit sich abzeichneten vor allen andern.

Dabei vergaß sie nicht die, deren Leib noch unberührt war. Immer wieder rief sie zur Musik hin. »Zieh dich aus, Silvia! – Komm her, Alessandro Ricciuli.« Es schien, als ob ihre Augen höher leuchteten bei denen, die noch kein Blut befleckte, als ob ihre Stimme lauter jauchzte, wenn sie diese weißen, nackten Leiber in ein feuchtes rotes Gewand hüllte. »Grüß euch Gott, ihr Wunden! Grüß euch Gott, ihr Wunden!«

Und sie wurde nicht müde. Immer wuchtiger, immer schrecklicher fielen ihre Streiche, als ob sie die Halle ertränken wolle in einem Meere von Blut. Ihr weißes Gewand, um die Hüften zusammengewunden mit einem breiten Stricke, war bedeckt mit Blut, die gelösten Haare flogen und warfen die schwarzen Wellen nach vorne bei jedem Hiebe.

Die Plätze in den Ecken und längs der Wände füllten sich von Ermatteten, immer leerer wurde das Podium. Einer kroch hinab nach dem andern, todmatt, halb bewußtlos, niedergebrochen; wie verendende Tiere lagen sie herum. Sie griffen nach den Kesseln, schlürften verlechzend den heiligen Wein. Zu Rattis Füßen lag auf dem Bauche todwund Giovanni Ulpo, sein Rücken schien eine einzige gräßliche Wunde. Aber die Heilige hatte nicht genug, ein wirres Lachen brach aus ihrem Blutrausche. »Niemand mehr?« schrie sie. »Verlangt niemand mehr nach der Gnade des Herrn?« Sie hob die Peitsche hoch und winkte damit. »Der Geist und die Braut sprechen: Komm! Und wer es hört, der spreche: Komm! Und wen dürstet, der komme, und wer will, der nehme das Wasser des Lebens!«

Ein alter Mann trat zitternd heran, mühsam versuchte er die Jacke auszuziehen. Auf Krücken humpelte ein Weib heran, zwei andere Greisinnen folgten ihr. Girolamo half ihnen, und die Heilige peitschte unerbittlich das armselige Fleisch.

Sie stand unter dem Christusbilde, die blutige Peitsche in der Hand. Ihr Blick flog über die Halle und suchte irgendein vergessenes Opfer. Und plötzlich schrie sie laut in frommer Eingebung:

»Lasset die Kindlein zu mir kommen!«

Die Frau des Venier griff nach ihrer Tochter, aber Fiametta entfloh und verbarg sich unter der Bank. Die Kinder kreischten und schrien, krochen unter die Röcke der Mütter, versteckten sich hinter den Balken. Aber man faßte sie doch.

Scuro zog die kleine Fiametta an einem Beine heraus und hielt sie fest. Die Mutter riß ihr die Kleider vom Leibe, splitternackt brachten sie das dünne, magere Geschöpf zu der Heiligen. »Knie nieder!« befahl Teresa. »Bete!« Ratti brachte seine Kinder, die Cornaro ihr rotblondes Mädchen. Ueberall zogen die Mütter die heulenden, zappelnden Kleinen hervor, rissen ihnen die armen Kleider vom Leibe und schleppten sie hinauf. Teresa stand ruhig, wie eines Raubvogels Blick jagte ihr Auge durch den Saal. »Dort!« rief sie. »Fangt ihn! Nicolino Gaspari sitzt da oben!« Der zehnjährige Bube war einen Tragbalken hinaufgeklettert, hing geduckt hinter einem Pappschild. Die rote Pechfackel, die an der andern Seite stak, stieß ihm den beißenden Qualm in die tränenden Augen und röstete ihn fast.

Scuro rannte durch den Saal. Er sprang in die Höhe, faßte beide Beine des Buben und riß ihn herunter. Er entkleidete den Heulenden und warf ihn über die Köpfe der Leute auf den Haufen der Kinder. »Singt!« schrie die Heilige. »Singt!« Und ihre rasende Stimme hub an:

»Des wunden Kreuzgotts Bundesblut –«

Die Menge heulte das Wundenlied und übertönte das jämmerliche Geschrei des Haufens kleiner Leiber. Unbarmherzig sauste die fromme Peitsche und die Heilige gab wohl acht, daß kein Streich fehlte, und daß jeder der zuckenden Leiber einen blutroten Streifen trug zum Zeichen von des Herren großer Gnade.

Frank Braun sah die Heilige die Geißel heben und sie inbrünstig küssen. Die Kinder krochen und flohen schreiend hinab, sie aber schritt groß und hoch daher und ihre nackten Füße wateten in Blut. Er sah sie eines der Kindlein greifen, sah, wie sie ihre Lippen auf den blutigen Striemen drückte, den ihre Hand geschlagen. – Seine Arme zitterten in seltener Erregung und er empfand tief die große Wesenseinheit von Wollust, Religion und Grausamkeit. Diese wilde Grausamkeit, die die Sinne peitschte, das war ja alle Phantasie niederer Kultur, die den Menschen seinem Gotte näher brachte. Diese Raserei blutdürstigen Wahnsinns, dieser Anblick blutiger, gequälter Opfer, der Rausch des starken Weines, der jagende Tanz und die nie rastende, lärmende Musik – mit allen möglichen Mitteln zogen und rissen sie die Menschen zur Tiefe, hinab zu den letzten Gründen, zu dem Urbewußtsein der Welt, zum blinden Willen, der ihr wahrstes Wesen war. Weg von allen Höhen und hinab zum letzten Ursprung aller Dinge. – Hinab zu Gott!

Die Heilige warf die Geißel zu Boden, trat nach vorne und winkte mit beiden Armen der Gemeinde. Sie kamen und schlossen einen dichten Kreis, viele blutige Leiber um die weiße Königin.

»Jesus Christus verlangt ein Opfer,« rief sie. »Wer will seinen Leib hingeben zur Erlösung des Herrn?«

Keiner gab eine Antwort. Sie standen stumm, mit offenen Mäulern, als verständen sie nicht, was die Heilige verlangte. Nur hier und dort brach aus den Ecken das Winseln und Wimmern der Kinder. Dann drängte sich der Prophet an ihre Seite.

»Wachet und betet!« schrie er. »Der Versucher ist nahe, der Antichrist! Immer noch sehe ich das Heer des Satans uns bedräuen; er will uns überwinden! Wir müssen kämpfen und streiten – wer will sein Leben lassen für Christus?«

Die Venier drängte sich vor: »Schlagt mich!« rief sie. »Erschlagt mich! Ich will gerne sterben für der Brüder Seelen!«

Und der junge Ulpo hob sich mühsam, taumelnd und wankend. »Opfert mich!« stammelte er. Nun mochte keiner zurückbleiben, sie schoben sich, rissen sich fort in heiligem Eifer. »Ich bin bereit!« – »Nimm mein Leben!« – »Ich sterbe gern!«

Unschlüssig blickte Teresa im Kreise herum. Da fiel ihr Auge auf Gino, der unter ihrem Stuhle hervorlugte. Dorthin hatte er sich verkrochen, als man die Kinder griff und heranschleppte und niemand hatte auf ihn geachtet. Sein Leib war rein von jedem Blutstropfen, unberührt, unbefleckt – der einzige unter allen.

Die Augen der Heiligen leuchteten, hoch reckte sie die Arme. »Der Herr gab mir ein Zeichen!« rief sie. »Dank sei dem Herrn und seiner Güte!« Sie winkte dem Knaben, er kroch hervor und schmiegte sich zutunlich an sie. Sie hob ihn hoch auf die Arme, umschlang ihn heiß und küßte ihn. Dann setzte sie ihn auf den Stuhl und kniete vor ihm nieder.

»Willst du deinen Leib geben für den, der am Kreuze für uns starb?« fragte sie laut und übersetzte ihm zugleich die Worte mit den Fingern. Der taubstumme Junge verstand wohl die Worte, aber nicht den Inhalt. Er nickte eifrig, fast fröhlich. Wieder schloß sie ihn in ihre Arme und bedeckte sein Gesicht mit heißen Küssen.

»Gino wird für euch sterben!« rief sie. »Ihn hat der Herr erwählt!«

Girolamo griff nach ihm, ihn zu entkleiden, da schrie der Junge und drängte sich an die Heilige.

»Laß ihn nur,« sagte Teresa. »Er braucht die Geißel nicht. Sein Opfer ist mehr wert wie alle eure Wunden!« Sie erhob sich, den Knaben im Arm. »Geht, bringt Nägel her und einen Hammer!«

Scuro machte sich auf, um nach Hause zu laufen, aber Ronchi hielt ihn zurück. Er hatte die Pappschilder angeschlagen und holte nun den schweren Hammer aus der Ecke. Dazu eine Handvoll langer, großer Nägel.

Teresa nahm des Knaben Hand und kniete mit ihm vor dem Christusbilde. Sogleich warf sich auch der Prophet zur Erde, und im Augenblicke kniete die ganze Gemeinde. Er sprach vor und alle beteten mit ihm das heilige Gebet zu den fünf Wunden Jesu.

»O mein Jesu, ich küsse deine heiligen fünf Wunden und sage dir Dank für die vielen und grausamen Schmerzen, welche du um unserer Erlösung willen an all deinen Wunden erlitten hast. Ich bitte dich, laß das Blut und Wasser, welches aus deinem gebenedeiten Herzen geflossen ist, nicht an uns verloren gehen, sondern führe uns in dein Reich zur ewigen Seligkeit. Amen.«

Dann wandte sich die Heilige zu dem Knaben, bedeutete ihn mit sanften, zärtlichen Berührungen, sich niederzulegen auf den Rücken. Sie breitete seine Arme lang aus nach beiden Seiten, legte seine Hände hin und kreuzte die nackten Füße übereinander. Da lag nun Gino, ahnungslos, was mit ihm geschehn solle, fröhlich wie bei einem Spiele. Teresa küßte die offenen Hände, dann winkte sie den Knecht heran. Girolamo nahm den Hammer, kniete nieder und setzte den langen Nagel auf die Handfläche. Im Augenblick zog der Knabe die Hände weg, sah entsetzt auf den Knecht und umschlang Teresa mit beiden Armen. Aber es gelang ihr, ihn zu beruhigen, sie küßte und streichelte ihn und streckte wieder seine Arme aus nach beiden Seiten hin. Sie beugte sich nahe über ihn, so daß er nur sie sehen konnte und nicht mehr den riesigen Mann mit dem roten Kropf, den er fürchtete.

Beruhigt ließ der Knabe die Hände liegen, erlaubte es still, daß Scuro die Linke griff und fest auf den Boden hielt. Teresa wandte ein wenig den Kopf, sah, wie er mit dem Nagel die Mitte berührte und den Hammer erhob. »Schlag zu!« rief sie. Sie warf sich schreiend über Gino, küßte seinen Mund und grub ihre Zähne in die dünnen Lippen des Knaben. Und der Schlag fiel und heftete die kleine Hand fest auf den Boden.

Der Knabe stieß sie zurück mit dem rechten Arm, er krächzte jämmerlich und hob sich hoch. Ein furchtbares Entsetzen malte sich in seinen Zügen, mit seiner schwachen Kraft versuchte er die Linke loszureißen. Aber er zerrte vergebens und riß nur in seiner Wunde und vermehrte die Schmerzen.

Die Heilige sprang auf, ihre Brust flog in schnellen Stößen. Matilda Venier griff die Füße des Knaben und hielt sie fest. Scuro schritt über ihn hinweg und faßte den andern Arm. »Macht schnell!« schrie Teresa. »Macht schnell!«

Wieder setzte Girolamo einen langen Nagel auf die Handfläche und schlug zu. Aber er schlug fehl, der Hammer rutschte aus und traf die mageren Finger. Gino hob sich hoch, jämmerlich röchelnd, mit einer verzweifelten Anstrengung gelang es ihm, seine Linke herauszureißen aus dem Nagel, der sie hielt. Er warf sich herum, deckte die rechte Hand, die immer noch der Knecht festhielt in eisernen Klammern, mit seinem Kopf und dem Leib. Die Heilige sank auf ihre Knie und ihr lauter Schrei mischte sich mit dem fürchterlichen, heiseren Krächzen des Knaben. »Mach ein Ende!« schrie sie. »Schlag ihm den Schädel ein, Scuro! – Mach ein Ende!«

Und der Arm des riesigen Knechtes sauste herab. Dumpf dröhnend fiel der schwere Hammer auf des Knaben Kopf. Lautlos brach er zusammen.

Teresa schob sich auf den Knien zu ihrem Stuhle, hielt sich an der Lehne, faltete eng die Hände und betete zum Christusbilde. Dann ließ sie kraftlos den Kopf sinken. Matilda Venier und Ronchi richteten sie auf und setzten sie nieder; sie hielt die Hand vor das Gesicht, durch ihren Leib ging ein krankhaftes Zucken. »Ist er tot?« flüsterte sie. »Ist er tot?«

Der Prophet nickte. »Ja, heilige Schwester. Er starb den Opfertod für den Herrn.«

Sie nahmen die kleine Leiche und trugen sie zur Seite, legten sie in die Ecke, dort, wo die Kerzen lagen. Sie standen starr und stumm und ein dumpfes Brüten lag in der weiten Halle.

Aber Ronchi rief der Musik. Sie kamen und nahmen die Instrumente auf, Triangel, Tamburin und Harmonika. Sie erhoben die Stimme und sangen, wie erlöst von gräßlichem Drucke fiel die Gemeinde ein. Und das Lied von der Braut Gottes jauchzte durch den Saal:

»Der Braut ist nichts als Lust bewußt;
Gott sieht an ihrer Schönheit Lust,
Sie glänzet in der Sonne,
Man führt sie in den Brautpalast,
Ins Freudenhaus, zur stolzen Rast,
Zu ihres Königs Wonne.
Klagen,
Zagen,
Sonnenhitze,
Donnerblitze
Sind verschwunden!
Gottes Lamm hat überwunden!«

Und während sie sangen, ließ der Prophet von neuem alle Gefäße füllen mit frischem Weine. Er betete und breitete seine Hände aus, segnete den Wein und wandelte ihn. Den ersten Trunk bot er der Heiligen, aber sie schüttelte den Kopf und trank nicht. Regungslos saß sie in ihrem Stuhle. Doch die andern tranken. Sie suchten ihre Kleider zusammen und hingen sie über die blutigen Glieder; dabei tranken sie und hörten nicht auf mit ihrem Gesang:

»Gottes Lamm hat überwunden!«

Frank Braun erhob sich von seiner Bank. Sein Kopf schmerzte, ihm war, als hätte er selbst den Schlag empfangen, der des Knaben Kopf traf. Das alles drehte sich um ihn zu einem wirren Bild, halb blind tappte er die Wand entlang dem Ausgange zu. Er trat durch die Türe, wankte taumelnd geradeaus. Dann setzte er sich auf einen starken Haufen von Holzklaftern, der unter den hohen Linden vor Pietros Garten lag. Er rückte höher hinauf, legte sich nieder, schob den Arm unter den Kopf und starrte zum Himmel empor. Er versuchte nachzudenken, sich klar zu werden über das alles – aber es gelang ihm nicht. Nur Atem holen – tief Atem holen, die Lungen weit füllen mit der reinen, frischen Luft der Nacht –

Dann sah er die Leute aus der Halle treten. Still, schweigend kamen sie, allein und in Gruppen; zerstreuten sich da und dorthin in ihre Häuser. Keiner sprach zu dem andern, nicht einmal »Gute Nacht« sagten sie einander. Er sah Venier kommen, zwei Kinder hielt er auf den Armen, Fiametta und der ältere Bube faßten seinen Rock. Er sah den buckligen Schuster Ratti und seine große, magere Frau; mit acht Kindern zogen sie heim. Alle brachten ihre Kinder, zerschunden und zerschlagen freilich – aber sie lebten doch! Und es war ihm, als ob diese Tiere an diesem Abende eine größere Liebe zeigten zu ihrer Brut und sie zärtlicher in ihren Armen trugen.

Nur Gino blieb zurück, nur der kleine, taubstumme Gino. Das Gemeindekind, vaterlos und mutterlos – und da war keiner, der sich kümmerte um seinen armen, mageren Leib. ›Armer kleiner Junge!‹ dachte er.

Zuletzt kam der Prophet und seine Hausgenossen. Teresa schritt über die Schwelle; Carmelina Gaspari mühte sich, sie zu stützen. Aber selbst völlig entkräftet, schwankte sie, stolperte und fiel zur Erde. Linda Vuoto hob sie auf, und Ronchi übernahm es, die Heilige zu führen. Dann kam Scuro, ihm zu helfen, aber Teresa schrie auf und stieß ihn fort; nun trat der Amerikaner an ihre andere Seite und stützte sie. Langsam, Schritt für Schritt, stiegen sie hinauf zu seinem Hause.

Er sah sie eintreten, einen nach dem andern, auch den jungen Ulpo, den sein Freund Pasquale führte. Der Knecht war der letzte, bedächtig schloß er die niedere Türe.

Frank Braun erhob sich und ging durch die Gassen. Kein Mensch war zu sehn, nun lag die Ruhe des Todes über Val di Scodra. Er ging nach Hause und hinauf in sein Zimmer. Er trat ans Fenster und sah hinaus – in dieser Nacht stand keine Wache da.

Er entkleidete sich, dann wusch er sich von Kopf zu den Füßen, rieb sich hart mit Schwamm und Tuch, als ob auch sein Leib befleckt sei mit Blut – wie alle andern in dieser Nacht.

Er ging zu Bett –

Aber er schlief nicht. Seine Gedanken jagten und liefen ihren Weg, zurück zu der Halle des Propheten. Er trat ein durch die offene Türe, taumelte fast zurück, so schwer schlug ihm der Dunst entgegen, dichter Qualm der Pechfackeln, heißer Rauch von Wein, Schweiß und Blut. Er ging hinein, öffnete das Fenster und setzte sich auf die Bank. Wie gut dieser Durchzug war, frische Nachtluft des Lebens, die in die dumpfe Höhle brach, wo aller Wahnsinn rauchte.

Hinten sah er Gino liegen, ein kleines elendes Häufchen zwischen den starken Weihekerzen. Das war es, was noch übrig war von der Teufelsschlacht dieser Nacht.

Noch einmal sah er das wilde Bild in dem roten Scheine der Fackeln. Der Prophet weihte den Wein und alle tranken. Alle sangen, alle tanzten, alle griffen zur Geißel. Und das Blut floß.

Wie beim Stierkampf war es. Erst kam die Cuadrilla – spielten und hüpften um den Stier die Toreadores mit bunten Tüchern. Dann, in der Garocha, floß das erste Blut und die Picadores fielen und die Klepper brachen zusammen mit aufgerissenen Leibern.

Aber die Banderilleros hefteten ihre Pfeile und dicke, rote Tropfen brachen aus des Stieres Rücken. Wie ein kleines, zierliches Vorspiel. So ließ die Heilige die Kindlein kommen. Dann aber hob der Matador die Klinge. Und das Opfer fiel. Lautlos und stumm.

So fiel der Knabe von Girolamos Hand.

Wie beim Stierkampf war es. Man ekelte sich, schimpfte und schwor, nie wieder hinzugehen. Man verachtete laut das widerliche Schauspiel und fand nicht Worte des Hasses genug für den elenden Pöbel, der ihm zujauchzte. Die ganze Woche hindurch, bis zum Montage – noch um zwei Uhr schimpfte man beim Luncheon. Und dreiviertel Stunden später schrie man nach einem Wagen und fuhr zur Corrida, und um drei Uhr saß man in seiner Loge auf der Schattenseite. Und man sah die Gäule in ihre Eingeweide treten und sah den Sand rot werden vom Blute. Und man blieb doch, bis der letzte Stier gefallen.

Was war es nur? Was jagte uns zu der Arena und klebte uns fest auf die Bänke? Trotz all unserem besseren Wissen, trotz allem Denken, das uns ekeln machte vor uns selber?

Ah, die grausame Wollust der Väter, die rasende Blutgier, die der Ahnen Phantasie war und die immer noch nicht in uns starb!

Die ewige dunkle Sehnsucht – zum Glück – zum Urbewußtsein – und zu Gott.

Und es lag wohl ein Sinn darin, wenn die Toreadores knieten vor dem Bilde der Madonna. Frömmer als sie konnte kein Mensch sein im frommen Spanien.

Religion, Wollust und Grausamkeit!

– Warum war er nicht aufgesprungen, als Teresa die Kindlein rief? Als ihre Peitsche blutig fiel auf die nackten, kleinen, mageren Leiber? Als sie Ginos Lippen zerbiß, als das trunkene Vieh des Knaben Hand auf den Boden nagelte? Und als der furchtbare Knecht den Hammer hob und ihn niedersausen ließ, durch den schwachen Schädel tief hinein in des Knaben Hirn? – Was hielt ihn ab?

»Es hätte ja doch nichts genutzt!« seufzte er. »Was sollte ich tun gegen all die Wahnsinnigen!?« Aber er wußte wohl, daß er log. Nein, nein, es war nicht Angst und Furcht und war auch keine Ueberlegung, die ihn abhielt –

Es war ein anderes. War der ewige Zauber, der ihn festbannte auf seiner Bank, war der Fluch der Väter, dem kein Sterblicher entging –

Es war die siegende Macht des Blutes.

Er hatte den Atem angehalten, hatte die Augen weit aufgerissen. Hatte sich gereckt und den Kopf gehoben, daß ihm nicht ein Kleinstes entgehe von alledem, was da vorging. Und ob er auch still saß auf seiner Bank, war er doch teilhaftig an allem, was nur geschah in des Propheten Halle.

Und war das viel mehr, als ein jeder der Leute, die nur begriffen, was sie gerade taten und nur teil hatten an dem, das sie anging. Er aber erlebte alles, was geschah und aller rasender Wahnsinn brannte in seiner Seele und spie heiße Flammen. Trunken waren jene und sprangen und sangen und schwangen die Geißeln und wußten doch kaum, was sie taten.

Ihn aber verließ nicht einen Augenblick dieses schreckliche, immer wache Bewußtsein. Und was immer geschah: er war es selbst, der es tat.

Er lag still auf dem Rücken und rührte kein Glied. Sein Atem ging ruhig, sein Herz schlug so leise, daß er es selbst nicht fühlte. Es kam ihm vor, als ob ein Fremder dort ruhe, als ob er selbst weit außerhalb sei und nichts zu schaffen habe mit diesem lang ausgestreckten Leibe.

Und er sagte laut: »Das ist die Zukunft.«

Plötzlich, unvermittelt kam ihm dieser Gedanke, flog durch die Nacht wie ein heller Meteor. Aber er verlor ihn nicht, hielt ihn wohl im Auge und fand die Stelle, wo er niederfiel. Nahm den braunen Stein, schliff ihn und faßte ihn gut. Denn es war ein Ding, das sich losriß aus seinem Stern, das weithin floh, durch unendliche Weiten und ein Eigenes ward.

Wie der Mensch! Im Anfang war er bei Gott und war ein Teil des unteilbaren Alls. Und er riß sich los trotz alledem, und aus dem Bewußtsein der Gemeinsamkeit erwuchs in Jahrbillionen das Bewußtsein des Gegensatzes: Ich – und die Welt! Aber noch klebte an diesem Ich ein Teil aller Welt, noch war es gebannt in dem Leibe, wuchs mit ihm und starb mit ihm und war nicht zu trennen von diesem Erdenreste. Und die große Sehnsucht der Befreiung lief den falschen Weg und tappte in schmählichem Dunkel. Lief zurück, immer wieder zurück, den Weg, den sie gekommen war, zum Ursprung und zur Gemeinschaft des Ich mit dem Nicht-Ich. Wußte nicht, daß das Ziel am andern Ende lag.

Die Seele war das Bewußtsein des Gegensatzes von Ich zum Nicht-Ich, aber dieses Bewußtsein nahm den Leib als einen Teil des Ich, ja als das Ich selbst. Und wußte nicht, daß er doch ein Teil des Nicht-Ich war. So aber war des Menschen Leib die unselige Brücke, die immer wieder zurückführte in die Welt, dessen Teil er war. Und alle die, welche die Sehnsucht trieb, zogen hinüber und schritten hinab – tiefer und tiefer, bis sie versanken in Gott.

Wie komisch war es doch, wenn die Frommen schrien: man müsse den Leib überwinden! So gut war das Wort und so schlecht das, was sie darunter verstanden. Sie überwanden den Leib nicht – sie stärkten vielmehr seine Kraft mit allem, was sie taten. Sie überwanden des Menschen Seele und wurden zum Tiere, sie überwanden das Tier und wurden zu Gott.

Aber die Zeit mußte kommen für des Menschen freien Schritt. Wenn die Erkenntnis so tief wurde, so festgewurzelt und stark, daß ein jeder wußte, daß sein Leib nichts anderes war, wie irgendein Baum, der im Walde stand, wie ein Vogel, der in den Lüften flog: irgendein fremdes Ding, das weit außen lag! Wenn ein jedes heiß fühlte, daß der Leib nichts gemein habe mit seiner Seele und so fremd ihm war, wie jeder Stein auf der Gasse. Wenn dem Bewußtsein gewiß ward, daß die Welt da draußen allumfassend war und nur eines nicht hielt: die Seele. Dann kam die große Zeit.

Ah, des Menschen Geist würde den Leib wohl pflegen, wie einen Tempel, wie ein gutes Haus, in dem er wohnte. Nur – *ein Fremder war er, ein Außenstehender, und diese Erkenntnis allein war die große Ueberwindung des Leibes.* Dann war die Brücke zerbrochen, die hinabführte, dann versank aller Wahnsinn der Väter, dann küßten Freiheit und Wahrheit glückselig die ewige Sehnsucht, die unter Tränen lachte über die dunklen Irrwege der Jahrtausende.

Er lächelte – beinahe war er glücklich in diesem Augenblicke. ›Nun will ich zurückkehren in meinen Leib,‹ dachte er.

So schlief er ein.

Spät erwachte er. Er nahm den Bademantel, ging hinab und sprang in den See. Es fiel ihm ein, daß er nie einen der Leute von Val di Scodra hatte baden sehn. Nicht einmal die Buben plätscherten im Wasser.

Er kleidete sich an und ging in das Gastzimmer; er rief dem Wirte, aber niemand kam. Er suchte durch das ganze Haus, ging in Keller und Küche. Endlich traf er Angelo vor seinem Stall.

»Wo ist dein Herr?« fragte er.

»Er will eine Magd mieten,« antwortete der Knecht. »Er ist zur Stadt.«

»Zu Fuß?«

»Nein, mit der Post. Heute ist Posttag. Er ist vor einer Stunde fortgegangen.«

Frank Braun schnaubte ihn an. »Warum hast du mir das nicht gesagt? Ich wäre mitgefahren.«

Der Knecht grinste blöde. – »Geh, setz Wasser auf den Herd, ich will frühstücken,« befahl er ihm.

In diesem Augenblick schrillte die helle Pfeife eines Autos durch das stille Tal. Frank Braun sah auf, dann wandte er sich, blickte nach der Westseite. Dort an einer schmalen Stelle zwischen den Felsen konnte man die Landstraße sehn. Das Auto jagte vorbei – eine dichte Sandwolke zerstäubte am Abhang. Aber er hatte den Wagen wohl erkannt, es war der schwere Opel des Hotels.

»Wann kommt er zurück?« fragte er den Knecht. Angelo lachte und nickte.

Frank Braun faßte ihn am Arm und schüttelte ihn. »Hör zu, Bursche, so gut es gehn mag! Das Auto von der Stadt ist soeben vorbeigefahren, nach Turazzo hin –«

»Da bin ich her!« sagte Angelo.

»Gott sei Dank – so wird es dich also endlich einmal interessieren! Also wie lange bleibt es dort?«

»Wie soll ich das wissen?« grinste der Knecht.

»Aber du weißt doch, wann es gewöhnlich zurückkommt, wenn es morgens hingefahren ist?«

»Nachmittags,« sagte der Knecht.

»Wann – nachmittags?«

Angelo besann sich. »Ja,« sagte er,« »ja –«

»Sieht man die Sonne noch?« fragte ihn Frank Braun.

Wieder zögerte der Knecht. »Nein, man sieht sie dann nicht mehr! – Aber es ist doch noch ganz hell.« Er sprach zögernd, wie fragend; dieses seltsame Phänomen schien ihn zu bedrücken.

Frank Braun lachte. »Man sieht sie nicht mehr, weil die Berge sie verdecken,« erklärte er. »Also gut, es kommt nach fünf Uhr vorbei, und das mag wohl stimmen. – Nun paß auf, Angelo. Um vier Uhr – weißt du, wanns vier Uhr ist?«

Der Knecht nickte: »O ja, wenn der Herr es mir sagt.«

»Wenn ich kann, will ich dirs sagen. Aber auf alle Fälle merk dir das: wenn die Sonne dort über den Bergen steht –« Er zeigte nach Westen hin und Angelo folgte seinem Blick. – »Also, wenn dort oben die Sonne steht über dem Monte Almego, dann trägst du meinen Handkoffer hinauf zur Landstraße. Verstehst du? – Du darfst nicht warten, bis sie ganz fort ist über die Berge, du mußt gehn, so lange sie noch über ihnen steht.«

Angelo nickte eifrig. »Das will ich schon treffen!« sagte er.

Frank Braun fuhr fort. »Oben setzt du dich auf die Straße und wartest auf mich. Du darfst niemand sagen, daß ich abreise, hörst du?«

Der Knecht lachte, er wußte wohl, daß man den Fremden bewachte, wenn er sich auch nicht darum kümmerte, warum und weshalb.

»Fragt dich einer, was du mit meinem Koffer machst, so sagst du, du solltest ihn dem Autoführer abgeben! –

Jetzt will ich packen, dann nimmst du den Koffer und verbirgst ihn in deinem Stall. – Aber so, daß es niemand sieht, verstehst du? Und auch, wenn du hinaufgehst, gib gut acht, daß keiner dich sieht!«

Angelo wurde ernst, die Heftigkeit, mit der der Herr sprach, ließ ihm das alles ungeheuer wichtig erscheinen. »Ich werde den Ziegenpfad hinaufgehen,« sagte er leise.

Frank Braun nickte. »Ja, geh nur, und nimm Marfa mit!« Er gab ihm eine Banknote. »Da nimm! Und wenn ich in dem Wagen sitze, bekommst du noch eine.«

Der Knecht hielt den Schein in losen Fingern, als wagte er nicht, ihn fest anzufassen. »Herr,« stammelte er, »Herr –«

»Ist schon gut!« sagte Frank Braun.

Dann ging er ins Haus. Angelo kochte ihm Eier, brachte Milch, Brot und Schinken; so frühstückte er. »Zum letzten Male in Val di Scodra!« murmelte er. Es schmeckte ihm ausgezeichnet und er aß doppelt so viel wie sonst.

Er packte schnell den kleinen Koffer, dann pfiff er dem Knecht. Er ging vor ihm die Treppe hinunter und zur Türe hinaus – aber niemand war da. Er winkte Angelo, der einen großen Sack über den Koffer geworfen hatte und ihn so mit wichtigem Grinsen in seinen Stall trug.

Langsam schritt er dem Dorfe zu. Wo waren nur seine Burschen? – Wurde er nicht mehr bewacht? Er bedauerte es fast; es hätte ihn mehr gereizt, ihnen einen kleinen Streich zu spielen, als so weggehen zu können, frei, vor aller Augen.

Er ging durch die Gassen, zwischen den Häusern. Nirgends war ein Mensch, leer und ausgestorben schien das ganze Dorf. Die Sonne brannte steil von oben herab; auf den runden Steinen vor der Kirche wälzte sich ein häßlicher, räudiger Hund.

Er kannte ihn wohl, es war Fido, des Nachtwächters Ratti Hund –

Und sonst nichts. Nicht einmal die Kinder spielten auf den Gassen. ›Schläft denn das ganze Dorf noch?‹ dachte er. Er lauschte scharf auf irgendeinen Laut in dieser heißen Stille.

Dann ging er dem Ende des Tales zu, stieg hinauf zu des Amerikaners Scheune. Er öffnete die Tür und trat hinein. Niemand war da, aber er sah wohl, daß man Ordnung gemacht hatte. Die Bänke waren aufgeräumt, der Boden aufgewaschen. Die Kupferkessel und Kerzen waren hinausgeschafft, auch die Geißeln hingen nicht mehr an der Rückwand. Er suchte nach der Leiche des kleinen Gino – sie war verschwunden.

Er stieg durch das Fenster hinaus, blickte nach dem Hause des Propheten. Aber auch dort regte sich nichts. Große blaue Libellen spielten über dem Bach, der den Garten durchfloß.

Er ging den schmalen Pfad weiter, der dem Bach folgte, zwischen Weidenbüschen und Heckenrosen. Da sah er jemanden kauern und schritt rasch auf ihn zu.

Es war Giovanni Ulpo. Er stand in den Hosen, eifrig beschäftigt, Brust und Rücken einzureiben mit einem stinkenden Schmalz. Er hatte sein blutiges Hemd gewaschen im Bache, dann zum Trocknen in die Zweige gehängt.

»Wo sind die Leute von Val di Scodra?« fragte Frank Braun. »Niemand ist auf den Gassen und das Dorf scheint ausgestorben.«

»Sie sind in ihren Häusern,« antwortete der Bursche. »Jeder bereitet sich vor und legt Festkleider an. So hat es der Prophet befohlen.«

»Ist heute ein Fest?«

Ulpo nickte. »Ja,« sagte er ruhig. »Das Fest der Heiligen. Die Heilige wird zum Himmel fahren.«

»Was wird sie?« fragte Frank Braun.

»Zum Himmel fahren. So hat sie selbst verkündet. Der Prophet hat es aufgeschrieben und Ratti und Ronchi haben es vorgelesen vor allen Häusern.«

»Was wird denn geschehn?«

»Ich weiß es nicht. Erst wird man Gino begraben. Man wird eine Prozession machen. Sonst weiß ich nichts.«

Frank Braun erinnerte sich, daß er auch Ulpo in der Nacht in das Haus Pietros hatte gehn sehen. »Warst du nicht auch bei dem Propheten heute nacht?« fragte er. »Was ist dort vorgegangen?«

»Nichts, Herr. – Wir haben gebetet und ich glaube, die Heilige hat die ganze Nacht durchgebetet. Ich aber war zu schwach und schlief ein. Dann ging ich weg bei der ersten Sonne.«

»Und sonst weißt du nichts?«

»Nichts, Herr.«

Frank Braun wandte sich zum Gehn. »Ach,« rief er, »und mich habt ihr vergessen? Oder hat der Prophet die Bewachung aufgehoben für den Festtag? – Und wenn ich nun weggehe heute?«

Der junge Ulpo sah auf, ein heftiger Schreck faßte ihn. Im Augenblick sprang er auf und lief ohne ein Wort mit langen Schritten dem Hause des Propheten zu.

Frank Braun sah ihm nach. ›Da habe ich eine dicke Dummheit gemacht!‹ dachte er.

Langsam ging er weiter, setzte sich dann an den Bach und sah einer großen Spinne zu, die quer darüber ihr Netz gebaut hatte. Ein Marienkäferchen fing sich in den Fäden; er befreite es, ehe die Spinne kam. Aber zwei dicke Fliegen ließ er ihr und sah zu, wie sie sie einspann und aussog.

Er ging weiter, schlug auf das Gras des Randes und freute sich, wenn die kleinen, grünen Frösche kopfüber ins Wasser sprangen. ›Sie mögen die Spinne fressen,‹ dachte er.

Als er nach Hause kam, sah er Ulpo unter seinem Fenster stehn mit fünf andern Burschen. Sie sahen müde und zerschlagen aus, aber ihr Blick zeigte ihm, daß sie ihn wohl halten würden, wenn er Miene machte zu gehn, und daß sie nicht daran dachten, ihn freizugeben.

›Da haben wir die Bescherung,‹ dachte er.

XIII

»Do hedde sich der konnick kostlick uth gemacket mit sammeten paltrocken und kostlick mit gulden ketten, die gulden krone up sin hoevet. Und die konnickin iss auck kostlick gerustet gewest mit sammeten rock, sie hatt auck ein gulden krone up irem hoevet.«

H. Gresbeck, Summarische ertzelungk der wiederdope und wat sich binnen der statt Monster zugetragen im jair MDXXXV.

»Wer die Kraft des Reigens kennet,
wohnet in Gott, denn er weiss,
wie Liebe tötet. Allah hu!«

Dschalaleddin Rumi.

Frank Braun ging in seine Zimmer; sie schienen kahl und unwohnlich, nun nichts mehr darinnen war, das ihm gehörte. Eine Ungeduld faßte ihn, ein heißer Wunsch fortzukommen aus Val di Scodra. Warum war er nicht gleich gegangen, am Morgen schon? Dann wäre er nun längst aus den schmutzigen Händen der Bauern! – Und zum ersten Male faßte ihn eine Angst.

Still, unbestimmt, langsam hinaufkriechend in die Kehle.

Er blickte hinaus – nun standen schon zehn Burschen da. Und Ratti lief auf sie zu vom Dorfe her, mit kurzen, hastigen Schritten. Er trug seinen hohen Lederhelm; der kurze Säbel schlug ihm um die Beine.

Sie steckten die Köpfe zusammen und flüsterten. Dann gingen Ulpo und Pasquale in das Haus, kamen die Treppe hinauf und klopften an seine Türe.

»Was wollt ihr?« fragte er.

Sie baten ihn mitzukommen zu dem Begräbnis des Gino. »Nein!« schrie er. »Ich werde nicht gehn!« Aber er besann sich – war es nicht besser, sich mitten unter die Menge zu mischen? Gewiß würde dieses Begräbnis nicht vorübergehn ohne eine neue wilde Aufregung – da würde man nicht so auf ihn acht geben und er möchte leicht eine Gelegenheit finden zu entwischen.

»Liegt euch soviel daran dabei zu sein?« sagte er schnell. »Also gut, ich werde mit euch kommen. – Holt mich nur ab, wenn es Zeit ist.«

Die zwei gingen; er warf sich aufs Bett, überlegte, wie er fliehen könnte. Er rief den Knecht, wiederholte noch einmal alles, was er ihm gesagt hatte, und schärfte ihm Vorsicht ein. Gott sei Dank, er schien es begriffen zu haben.

Wie sollte er es nur anstellen, wegzukommen von dem Begräbnis? Er brütete die abenteuerlichsten Pläne aus. Sollte er Angelo ins Dorf schicken, derweil alle draußen auf dem Friedhof waren, Feuer legen lassen in fünf, sechs Häusern? Da möchten sie schon zurückrennen und ihn vergessen im Augenblicke. Und es wäre doch ein Spaß, von oben her zuzusehen, wie Val di Scodra in Flammen aufging! Und ein hübscher Abschied!

Aber er lachte nicht einmal; eine atemlose Unruhe faßte ihn, die ihm die kindischsten Gedanken überlegenswert machte. Er wollte fort aus dem Tale, er mußte fort – es gab irgend etwas, vor dem er fliehen mußte um jeden Preis.

Es kostete ihm eine starke Anstrengung, sich zu sammeln, einen Augenblick nur ruhig nachzudenken. Er beschloß, bei Ginos Begräbnis sich möglichst weit nach hinten zu stellen, erst ruhig stehnzubleiben und sich dann, ganz allmählich, Schritt um Schritt rückwärts gehend, dem Ausgange des Friedhofes zu nähern. Dann, wenn alle sangen, alle sich geißelten oder sonst einen Unfug machten, wollte er rasch entschlüpfen. Hinauf rennen zur Landstraße und ihr folgen – irgendwo mußte ihn das Auto ja einholen. Er war naß von Schweiß, als ob er jetzt schon ein paar Stunden getrabt wäre auf der staubigen Straße.

Man schlug an die Türe – er schrak heftig zusammen. Er erkannte Ulpos Stimme, sprang auf und steckte Kopf und Hände in das Waschbecken. Die frische Kühle tat ihm wohl, er fühlte sich ein wenig ruhiger: »Geht nur hinunter,« rief er, »ich komme gleich nach.«

Vor dem Hause traf er die zwölf Burschen unter Rattis Führung. »Wie seht ihr denn aus?« rief er sie an.

Jeder hatte sich in ein großes Leintuch gehüllt, durch einen Riß in der Mitte schaute der Kopf heraus; in den Händen trugen sie die starken Kerzen. »Der Prophet hat es so befohlen,« erklärte Ulpo.

Ratti trat an ihre Spitze mit gezogenem Säbel, sie folgten in Reih und Glied. Frank Braun ging zuletzt, zwischen Pasquale und Giovanni Ulpo. Sie bogen links ab an der Kirche. »Geht ihr nicht zum Friedhofe?« fragte er.

»Nein, zum Hause des Propheten,« antwortete Ulpo.

Noch war niemand auf den Gassen zu sehn. Rattis Hund lag an derselben Stelle, er blickte neugierig auf, aber er rührte sich nicht. Sie stiegen vorbei an der Scheune; erst im Garten des Amerikaners sah er durch das Buschwerk ein paar Leute stehn.

Vor der Türe des Hauses nahmen die Burschen Aufstellung; Ratti allein überschritt die Schwelle und Frank Braun folgte ihm. Die Fenster der Diele waren verhangen, der Raum war dunkel, nur von wenigen Kerzen matt erleuchtet. Als er die Augen ein wenig an die Dunkelheit gewöhnt hatte, sah er hinten auf zwei Stühlen einen kleinen, braunen Sarg stehn. Er trat näher; da lag, in weiße Tücher gehüllt, der kleine Gino.

Sie hatten ihm das Gesicht gewaschen, nur in den Haaren klebte noch geronnenes Blut. Die Hände lagen versteckt unter dem Leinentuch.

Ronchi trat heran. Er hob einen Stuhl auf die Bank und setzte zwei Leuchter darauf mit brennenden Kerzen; nun fiel ihr warmer Schein auf das bleiche Gesichtchen. Auch der Schneider war in ein weißes Tuch gehüllt.

Frank Braun sah sich um – da waren noch mehr Leute in dieser Umhüllung, Männer und Frauen. Niemand sprach, wie weiße Schatten glitten sie durch den düstern Raum.

Dann hörte er flüsternde Stimmen von der Treppe her. Er blickte auf zu den weißen Gestalten, da kamen Venier und seine Frau, Scuro, Alvassi, der Schmied, und der alte Ulpo. Dann die Cornaro, Maria Grazia und Celestina Nosclere. So füllte sich der Raum.

Hinter ihnen schritt der Prophet herab. Er sah wunderlich genug aus, eine grellrote Wolldecke umschlang ihn, ungeschickt über die linke Schulter geworfen und um den Leib mit einem Frauengürtel zusammengehalten. Auf dem Kopfe trug er, aus Pappe geschnitten und mit Goldpapier beklebt, eine große Krone, in der Rechten führte er einen kurzen Stab, der mit Oellaub dicht umwunden war und wohl ein Zepter vorstellen sollte.

Der Prophet schritt langsam dem Sarge zu, blieb dort stehn und schaute zurück. Nun kam die Heilige die Treppe hinab. Sie trug dasselbe weiße Gewand wie gestern und sie schien es nicht abgelegt zu haben in der Nacht. Es war voll von Staub und Schmutz und klebte dicht von schwarzroten Blutflecken. Ihre Haare fielen tief herab, auf dem Kopfe trug sie eine goldene Krone, wie der Prophet. Ihre Augen waren geschlossen, ihre Lippen bewegten sich im Gebet; sie schritt langsam und mühevoll, als ob sie zusammenbräche unter ihren Schmerzen. Carmelina Gaspari und Linda Vuoto führten sie, trugen sie fast und stützten sie zärtlich.

Die Heilige schritt zu dem Sarge, eilig brachten ihr Frauen einen Stuhl. Aber sie wies ihn zurück, kniete nieder und lehnte Kopf und Hände auf den kleinen Sarg.

Der Prophet trat vor. Er sprach ein paar halblaute Worte – von Opfer – von Erlösung – von der Gnade des Heilands – von ewiger Herrlichkeit. Dann kniete er zur Seite der Heiligen. Alle knieten und alle beteten stumm, kein leises Wort flog durch den Raum.

Ronchi öffnete die Tür und winkte mit dem Arm. Die zwölf Burschen traten ein mit ihren Kerzen, knieten am Eingang nieder und beteten. Nach wenigen Minuten schickte Ronchi sie hinaus und winkte andere herein. Die knieten schweigend, beteten und gingen wieder, abgelöst von neuen Scharen. Das ganze Dorf kam, verrichtete seine Andacht und betete für die arme Seele des Knaben, der seinen Leib geopfert hatte für ihre Erlösung.

Endlich erhob sich der Prophet. Die beiden Mädchen kamen und richteten die Heilige auf. Sie legte die Arme auf ihre Schultern; so stand sie zwischen ihnen, sah still zu, wie Venier und Alvassi den kleinen Sarg nahmen und hinaustrugen.

Frank Braun ging vor die Tür, dort ordnete der Schneider den Zug. Und die Leute von Val di Scodra sahen seltsam genug aus in den weißen Tüchern. Alle waren barhaupt und barfuß, aber alle trugen irgendeine Waffe in der Hand. Die meisten hatten Geißeln und

Ruten, andere trugen Spaten, Aexte, oder auch Sensen und lange Mistgabeln. Es war, als ob sie zum wilden Kriege auszögen.

›Wollen sie damit heute den Satan bekämpfen?‹ dachte er. ›Das mag blutig genug werden.‹

Ratti setzte sich an die Spitze des Zuges mit gezogenem Säbel. Ihm folgte die Musik mit ihren Instrumenten – aber sie spielte nicht; auch sang niemand. Es war still ringsum, selbst die Kinder schwiegen. Hinter der Musik trugen die beiden Männer den Sarg, zu dessen Seiten sechs kleine, weiße Mädchen schritten. Dann folgte der Prophet, hinter ihm ging die Heilige mit ihren Frauen. Die zwölf Burschen kamen und endlich die Menge, die Ronchi führte und Girolamo Scuro.

Frank Braun blieb stehn am Hause, wandte sich dann langsam dem Garten zu. Er glaubte sich schon gedeckt hinter den dichten Büschen; plötzlich aber sah er den jungen Ulpo zurücklaufen. »Kommt mit uns, Herr!« sagte der Bursche.

Er biß sich in die Lippen, doch blieb ihm nichts übrig, als schweigend zu folgen. Sie schritten rasch aus, bis sie den Zug einholten. Mißmutig ging er in den Reihen der Kerzenträger, gleich hinter der Heiligen. Der Gottesacker lag dicht bei des Amerikaners Garten, aber der Eingang war von der andern Seite; so mußte man hinuntergehen in das Dorf, an der Kirche vorbei.

Der Friedhof war nicht eben, er senkte sich herab in schmalen Terrassen; auf der untersten lag die kleine, offene Grube, die für Gino bestimmt war. Die Leute drängten heran, aber Ronchi wies sie fort; gehorsam stiegen sie höher hinauf, um von dort zu schauen. Pasquale sprang in das Grab, die beiden Träger reichten ihm den leichten Sarg hinunter.

Der Prophet trat vor und Ronchi winkte allen zu noch größerer Stille. Aber ehe noch Pietro begann, rief die Heilige laut: »Habt ihr ein Kreuz? Habt ihr ein Kreuz für Gino?«

Sie sahen sich an, der Schneider schüttelte den Kopf. »Nein,« sagte er, »daran hat niemand gedacht.«

Die Heilige blickte sich um und wandte sich an die Gemeinde. »Ihr sollt ein Kreuz machen,« sagte sie, »ein großes Kreuz – größer als eines auf dem Kirchhofe. So groß – wie die dort oben!« Sie zeigte mit der Hand hinauf zu der Kreuzesplatte. »So groß sollt ihr es machen!«

Ronchi sagte: »Ja, Schwester, wir werden es tun. Morgen werden wir es machen.«

Aber sie rief heftig: »Nicht erst morgen! Heute sollt ihr es machen! Jetzt gleich!«

Girolamo Scuro warf sein weißes Leintuch ab. Er faßte den neben ihm stehenden Alvassi am Arm: »Komm, wir wollen das Kreuz bauen.« Ronchi folgte ihnen und noch ein vierter. Sie schwangen sich über die niedere Mauer in den anstoßenden Garten des Propheten. Frank Braun sah ihnen nach. Sie gingen zur Scheune, dort stand an der Rückwand das Holz Pietros aufgeschichtet. Scuro wählte einen langen, vierkantigen Balken, sie schnitten ihn ab und nagelten mit starken Haken ein schmales Brett darauf, gaben ihm zur Stütze vier kleine Schrägbalken. Ronchi aber ging in die Halle und kam wieder mit einem Stück weißer Pappe und einem Fetzen Goldpapier. Er schnitt große Buchstaben daraus, klebte sie auf und heftete die Pappe oben auf das Kreuz. Die goldenen Lettern glitzerten in der Sonne: I. N. R. I.

Unterdessen stellte Ratti die Musik am Grabe auf und dazu seine zwölf Burschen. Sie begannen ihren Sang und die Gemeinde fiel ein. Sie sangen das brünstige Lied vom Corpus Domini. Dann kniete der Prophet zum stillen Gebet nieder und alle folgten seinem Beispiel. Scuro und die andern kamen zurück, sie legten ihr Kreuz zur Erde, knieten und beteten mit den andern. Der Prophet stand auf und segnete stumm das Grab, er nahm seine Krone ab und warf drei Hände voll Erde auf den Sarg. Venier nahm eine Schaufel, füllte sie mit Erde und reichte sie der Heiligen; sie griff hinein und küßte die Erde. »Gino ist glücklich,« flüsterte sie, »er ist auf ewig bei Gott.« Sie warf ihre Erde, dann kniete sie schluchzend nieder.

Alle traten heran, so wie ihnen Ronchi winkte. Sie warfen das Grab zu und häuften einen kleinen Hügel darauf. Wieder sangen sie ein Lied, wieder sprach der Prophet ein leises Gebet. Dann gingen sie. Die Frauen richteten die Heilige auf; wankend schritt sie zwischen ihnen her. Und der Zug setzte sich in Bewegung, langsam zogen sie durch die glühheiße Sonne, zurück zu des Propheten Halle – ihrer aller Heimat.

Als sie auf dem Platze vor der Kirche waren, blieb die Heilige stehn. Sie machte sich los, reckte sich und rief laut durch die Stille: »Wo ist das Kreuz?«

Ein paar Leute stürzten zurück, sie aber schritt die Treppe zur Kirche hinauf. Auf der obersten Stufe wandte sie sich und rief wieder: »Jauchzet und frohlocket! Das Lamm hat überwunden! Ihr sollt tanzen und singen zum Preise des Herrn! – Die Musik soll spielen!«

Die Musikanten traten auf die Kirchentreppe und spielten, niemand aber hob die Beine zum Tanz. Was ihnen das Natürlichste erschien in der dunklen Fackelnacht der Halle, kam ihnen unmöglich vor am hellen, sonnenglänzenden Tage.

Die Heilige sah es wohl. »Holt Wein!« rief sie. »Holt die kupfernen Kessel. Der Prophet wird euch zu trinken geben vom Blute des Lammes. Und singet dazu, singet!« – Der Gesang schwoll an und füllte das Tal.

Scuro rannte weg mit einigen Weibern, sie brachten die Kessel. »Bruder,« sagte er zu dem Propheten, »es ist kein Wein mehr im Saale.«

Die Heilige hörte es. »Lauft zu meines Vaters Hause!« rief sie.

Ratti sagte: »Dein Vater ist nicht da. Er ist zur Stadt, Schwester.«

Sie stieß ihn zurück. »Lauft hin!« befahl sie. »Geht zum Keller und öffnet die Türe!«

Sie rasten hinunter zum See, allen voran mit langen Sätzen der riesige Knecht. Und sie brachten den Wein, zehn große Körbe voll.

Der Prophet reckte die Hände zum Himmel: »Heiliger Vater, segne in Gnade Elias, deinen Knecht. Wandle den Wein zu deines Sohnes Blut, der am Marterholze starb zur Vergebung unserer Sünden!« Er fuhr mit den Armen über die Körbe und wandelte aller Flaschen Inhalt zugleich.

Da wandte sich der Schneider an die Heilige. »Segne auch du den Wein, heilige Schwester.«

Sie streckte ihre Arme aus über die Körbe, ihre Lippen murmelten ein Gebet. Die goldene Krone funkelte in der Sonne – ah, sie war wohl eine Hohepriesterin! Ronchi zitterte, starrte sie gebannt an.

»Gießt ein!« befahl der Prophet.

Der Schneider sprang gierig hinzu, griff eine Flasche, schlug ihr den Hals ab und füllte einen Kessel. Rasch führte er ihn zum Mund und trank. Seine Augen strahlten in heißem Glauben.

»Ja!« rief er. »Ja – man schmeckt es wohl! – Heilige Schwester, ich schmecke das Wunder deines Segens: das ist Christi Blut, vermischt mit der Milch der Jungfrau!«

»Mariä Milch!« riefen sie. »Mariä Milch! Des Heilandes Blut und die heilige Milch der Madonna!«

Sie füllten die Kessel und tranken. Und des Herrn Blut und seiner Mutter Milch verliehen ihnen Kraft und ließen ihre Augen leuchten und machten den strahlenden Sommertag zu dunkelster Nacht.

»Tanzt!« rief die Heilige. »Jauchzet und singet!«

Nun, wo der heilige Trank mitten in den nüchternen Sonnentag eine Gasse gebrochen hatte für allen frommen Wahnsinn – nun wirkte auch die Musik.

Sie warfen die Peitschen und Geräte zu Boden, Hand in Hand schlossen sie sich zu Kreisen. Die zwölf Burschen in der Mitte, um sie ein anderer Kreis von Weibern. Und noch ein Kreis und ein vierter und fünfter – wie Wellen, die in stillem Wasser rund weiterlaufen, wenn man einen Stein hineinwirft. In der Mitte stand die Heilige und der Prophet, auch Ronchi; um sie herum schwang sich der Wirbel. Rechts herum drehte sich der erste und dritte, der fünfte und siebente Kreis, alle Männer – aber links herum sprangen die Weiber. So begann der Reigen. Sie sangen das Osterlied, heulten das »Allelujah« aus vollen Kehlen und wiederholten es zehn-, zwölfmal bei jedem Verse.

»Der Heiland ist erstanden,
Befreit von Todesbanden,
Der als ein wahres Osterlamm
Für mich den Tod zu leiden kam.
Allelujah!

Nun ist der Mensch gerettet,
Der Satan angekettet,
Der Tod hat keinen Stachel mehr,
Der Stein ist weg, das Grab ist leer.
Allelujah!

Der Sieger führt die Scharen,
Die lang gefangen waren,
In seines Vaters Reich empor,
Das Adam sich und mir verlor.
Allelujah!

O wie die Wunden prangen,
Die er für mich empfangen!
Wie schallt der Engel Siegsgesang
Dem Starken, der den Tod bezwang!
Allelujah!«

Es war ein triumphierender Siegessang und lauter hätte der Engel Chor auch nicht schallen können. Ihr starker Glaube brach durch das Tal von Scodra, als wollte er die Felswände einreißen und in den See stürzen.

»Mein Glaube darf nicht wanken,
O tröstlicher Gedanken!
Ich werde durch sein Auferstehn
Gleich ihm aus meinem Grabe gehn.
Allelujah!

Die Nacht, die mich dort decket,
Bis mich der Himmel wecket,
Ist kurz, dann ruft mein Heiland mich
Ins Reich, wo niemand stirbt, zu sich.
Allelujah!

O Meer von Seligkeiten!
Ein Ort mir zu bereiten,
Ging mein Erlöser hin vor mir,
Erstandener, ich folge dir.
Allelujah!«

»Allelujah!« schrien sie. Sie waren bereit zu folgen, jeden Augenblick. Sie sprangen und rissen sich im Kreise, als wollten sie im wilden Reigen dem Erlöser folgen, einziehn in sein Reich, ihren Lobgesang vereinen mit dem der Heerscharen.

»Dann werd ich im Gerichte,
Vor deinem Angesichte
Von deinem Blute glänzend stehn
Und zu des Lammes Hochzeit gehn.
Allelujah!«

Ihre Begeisterung stieg, immer wieder sangen sie diese letzte Strophe. Hatten sie nicht alle des Lammes Blut getrunken? Und war ihr Leib nicht voll des Blutes, das sie selbst vergossen hatten für den Gekreuzigten? Wie mußte der Herrgott sich freuen, wenn sie kamen, wie musste der Gerichtstag zum großen Festtag werden für alle Himmel!

Und sie jauchzten und sprangen, glänzendweiße Scharen in der glühenden Sonne. – Allelujah! Allelujah!

Manche fielen, man öffnete die Hände und ließ sie hinaus, dann schlossen sich wieder die Kreise. Sie wurden kleiner und enger, aber ihr Gesang ließ nicht nach in seiner wilden Raserei. Immer von neuem winkte Ronchi den Musikanten, mit neuer Kraft fielen sie ein, sowie nur um ein geringes der Sang der Tanzenden nachließ. Einer nach dem andern brach erschöpft zusammen, kroch mühsam auf die Kirchentreppe, ächzte in heißer Beklemmung.

Aber der Prophet mischte sich in den Tanz und sein Eintritt gab dem letzten Kreise, der noch herumraste, neue Kräfte. Er faßte die Hände der Venier und der Cornaro und riß sie mit sich in schwindelndem Reigen. Dann ließ er sie und drehte sich um sich selbst, wie ein blutroter, wahnsinniger Kreisel. Alle folgten ihm; Allelujah schrien sie, Allelujah!!

Sie tanzten und sangen und brachen nieder. Sprangen wieder auf und tanzten von neuem weiter.

Der Prophet blieb stehn, plötzlich, unvermittelt, mitten in rasendem Wirbel. Er streckte die Arme aufwärts, hob den Kopf und reckte sein Zepter zur Sonne. »Der Himmel steht offen!« schrie er. »Der Himmel hat seine Tore weit geöffnet. Ich sehe Christum sitzen auf dem Throne zur Rechten des Vaters!«

Alle blickten hinauf in die weißglühende Sonne. »Auch ich sehe ihn!« rief die Venier. »Der Erlöser breitet seine Arme aus und segnet uns.« Die Gemeinde kniete und es war, als ob ein Schauer durch die Luft führe und sich niedersenkte auf sie.

»Ich fühle die Hand Gottes!« schrie Maria Grazia. Der junge Ulpo aber sprang auf vom Boden, blutiger Schaum trat ihm aus den Lippen. Er lief mit raschen Schritten hin zur Heiligen, kniete nieder, warf den Kopf zurück und schlug mit den Armen durch die Luft. Worte bildeten sich auf seinen Lippen, leise und heiser, wurden lauter dann und brachen stöhnend und krächzend heraus.

Alle sammelten sich um ihn, auch Frank Braun kam die Stufen herab und näherte sich dem Burschen.

Dort oben hatte er gestanden und dem Tanze zugesehn. Seine Flucht bekümmerte ihn nicht mehr, seit er mitten unter den Leuten war. Schon auf dem Friedhofe hatte er gesehn, daß es ihm leicht sein würde, zu entkommen; er brauchte nur umzudrehen und ruhig seiner Wege zu gehn. Niemand bekümmerte sich um ihn, sah ihn auch nur an. Und hier auf dem Kirchplatz vollends, als sie ihren wilden Tanz begannen, schien kein Auge auch nur einen Moment auf ihm zu ruhen. So blieb er – in der festen Gewißheit, immer gehn zu können, wann er nur wollte.

Neugierig blickte er auf Giovanni Ulpo; es war gewiß, daß seine Besessenheit nichts Visionäres hatte. Aber auch epileptisch war dieser Anfall gewiß nicht.

Der junge Bursche sprach nicht – er erbrach seine wirren Worte. Sie kamen einzeln, tief aus der Kehle, begleitet von Geifer und Blut. Und sie waren in irgendeiner fremden Sprache.

Frank Braun glaubte ein griechisches Wort zu hören, dann ein spanisches. Aber er konnte sich nicht Rechenschaft darüber geben, so schnell, so abgehackt stürzten die Laute aus dem verzerrten Munde.

Und dann, plötzlich, fiel des Burschen Blick auf den Deutschen. Ein jähes Entsetzen warf ihn zurück, vor seinen Augen schien sich ein gräßlicher Abgrund zu öffnen. Und langsam, hell und klar, mit einer Stimme, die nichts gemein hatte mit der, die er sonst führte, sprach Giovanni Ulpo und zeigte auf ihn mit hoch erhobenem Finger:

»Et vidi bestiam – Et apprehensa est bestia et cum ea pseudopropheta qui fecit signa coram ipsa; quibus reduxit eos qui acceperunt characterem bestiae et qui adoraverunt imaginem ejus. Vivi missi sunt hi duo in stagnum ignis ardentis sulphure. Et ceteri occisi sunt in gladio sedentis super equum, qui procedit de ore ipsius: et omnes aves saturatae sunt carnibus eorum.«

Frank Braun suchte in seinem Gedächtnis. Alle Fächer riß er auf in fieberhafter Hast – wo, wo lagen diese Worte? Und endlich fand er sie und zog sie hervor –

Er sah wohl: niemand verstand das Zungenreden des Burschen – das war ein Glück! Ah, sie möchten ihn sonst zu Stücken reißen! Und auch Ulpo verstand seine Worte nicht, mochte er ihren Sinn auch fühlen in seiner Besessenheit. – Nein, noch konnte er sicher sein!

Leise wiederholte er die Verse der Offenbarung:

»Und ich sah das Tier – Und das Tier ward gegriffen und mit ihm der falsche Prophet, der die Zeichen tat vor ihm, durch welche er verführte, die das Malzeichen des Tieres nahmen und die das Bild des Tieres anbeteten; lebendig wurden diese beiden in den feurigen Pfuhl geworfen, der mit Schwefel brannte.

Und die andern wurden erwürget mit dem Schwert des, der auf dem Pferde saß, das aus seinem Munde ging; und alle Vögel wurden satt von ihrem Fleisch.«

Wie kam nur Giovanni Ulpo an die Worte der Vulgata, dieser Bauernbursche, der nie ein anderes Wort gehört hatte als den Dialekt seiner Berge? Es sei denn die rasch gemurmelten lateinischen Brocken des Priesters in der Messe! – Wie kam er nur dazu?

War es nicht wieder ein Rückfall in die Gefilde der Ahnen – wie alles, was vorging in diesem Tale? War er vielleicht ein Urenkelkind irgendeines Pfaffen, wie Fiametta Venier des Gendarmen Tochter? Und sprach dieses Ahnen Rede aus ihm?

Was war es nur, dieses: γλώσσαις λαλεῖν? Paulus, den Apostel, ärgerte es grimmig, denn die Zungenredner priesen nicht nur den Herrn, sie fluchten ihm noch mehr. Aber ob er dagegen eiferte, es blühte fort und lebte weiter in den Jahrtausenden. Die Kamisarden in den Sevennen pflegten es weidlich und die Mormonen machten ein heiliges Studium daraus. In allen Methodistenkirchen konnte man es hören, jahraus, jahrein –

Was war es nur?

– Die Heilige streifte ihn mit ihrem Gewande. Sie schritt an ihm vorüber auf Ulpo zu und hob ihn auf: »Was hast du gesehn, Bruder?« fragte sie.

Er stammelte: »Der Boden ist rot von Blut. Und das Tier lebt und es ist der Hölle Rachen. Der Rachen öffnet sich weit und will uns verschlingen.«

Da schrie die Heilige: »Er hat recht! Giovanni Ulpo hat recht! Die Hölle will uns verschlingen.«

Sie stürzten heran, klammerten sich an sie, als wollten sie Schutz finden bei ihr vor aller Gefahr. »Die Hölle will uns verschlingen!« schrien sie.

Die Heilige reckte den Arm aus. »Der Prophet hat den Himmel offen gesehn und mit ihm die Schwester Matilda

Venier. Christus hat uns gesegnet! Des Reiches Tore stehen offen und der Herrgott erwartet uns. Bereitet euch alle zum Wege des Herrn!« Sie ging rückwärts, stieg einige Stufen der Treppe hinauf, lehnte beide Arme über die Schultern ihrer Frauen. »Aber Bruder Ulpo, Giovanni Ulpo, des Vittorio Sohn, sah, wie die Hölle sich öffnete! Der Satan mißgönnt uns unseren Sieg und rüstet alle seine Scharen euch zu verschlingen. Blut bedeckt den Boden und nur durch Blut führt unser Weg! Seid ihr bereit, den Weg zu gehen, anzukämpfen gegen des Satans Macht?«

»Ja,« schrien sie, »ja! Du sollst uns führen!« Sie drängten sich heran auf die Stufen, griffen ihre Waffen auf, jeden Augenblick bereit, sich auf den wilden Feind zu stürzen, der sie angreifen wollte.

Die Heilige rief: »Verzaget nicht, Brüder und Schwestern! Christus ist der Erlöser, unter seinem Banner werdet ihr siegen! Der Teufel speit sein Höllenfeuer auf uns, stößt nach uns mit den Hörnern, greift nach uns mit langen Krallen! Laßt euch nicht fassen, kämpfet gegen seine unsichtbare Macht! Ueberall ist er um uns: schlagt ihn, tretet ihn, stoßet ihn! Wehrt euch alle, kämpft gegen den Satan! Schlagt zu, schlagt zu und wehrt euch bis aufs Blut!«

Und die Venier schrie: »Ich sehe den Satan, den Schelm, den Seelenmörder! Da ist er, da steht er und streckt seine Arme nach mir aus!« Sie hob die Peitsche und schlug wie rasend in die Luft.

Alle stürzten heran. Sie schlugen mit den Spitzhakken gegen die Kirchenmauer, peitschten den Boden mit Geißeln, Stöcken und Ruten. Sie hoben Hämmer und Beile, stießen mit den Spaten und den langen Heugabeln. Ratti bearbeitete mit seinem Säbel die Holztüre der Kirche, Alvassi warf seine Sichel hoch durch die Luft. Die langen Sensen leuchteten in der Sonne, die Harken und Spaten wirbelten über den Köpfen.

»Haut zu!« schrien sie. »Laßt euer Leben für Christo! – Seht ihr ihn dort, den Beelzebub, den Mörder!? – Auf ihn! Auf ihn! – Das ist der Zorn Gottes! – Herr, erbarme dich unser! – Die Hölle bricht los! – Haut zu!«

Der Prophet rief: »Wer sein Leben in Christo verliert, der wird es gewinnen, wer es behalten will, wird es verlieren! – Haut zu! So werden die Seelen erlöst und der Satan überwunden!«

Sie kämpften in der heißen Sonne. Schmutziger Schweiß brach aus ihren Poren, mischte sich mit dem Blut, das aus den aufgescheuerten Wunden brach. Aber sie wichen nicht und wankten nicht, unermüdlich tobten ihre Waffen.

Die Heilige rief ihre Frauen: »Ihr seid die barmherzigen Schwestern! Gehet hin und stärket die Streiter des Herrn!« Sie ließ die Kessel füllen, segnete sie und ließ sie von dem Propheten segnen. Und Linda und Carmelina nahmen sie auf, Maria Grazia und die kleine Silvia, Ronchis Tochter. Sie liefen zwischen den Kämpfern, stärkten ihre verschmachtenden Lippen mit des Heilandes Blut.

So tobte der rasende Kampf. Sie zerschlugen die starke Wand der Kirche, krachend fiel die Holztüre zusammen. »Er ist in der Kirche!« heulte der Schmied. »Der Satan verbirgt sich im Hause Gottes!«

Sie rasten hinein, zogen die Decken von dem Altare, zerfetzten die Bilder, rissen sie herab und zertrampelten sie mit den Füßen. Sie zerschlugen, was sie nur greifen konnten, legten die starken Aexte an die Tragbalken. Krachend stürzten sie zusammen, prasselnd fiel das alte Dach hinab und begrub fünf, sechs der Streiter Gottes. Da lag Pasquale mit zerbrochenen Beinen, aber mit ungeschwächter Kraft schwang sein Arm das Beil und hieb um sich.

»Haut zu! – Schlagt den Seelenmörder! – Laßt euer Leben für Christo!«

Scuro lief heran. Er kam von der Halle, vier brennende Pechfackeln trug er in den Händen. Und er warf sie in hohem Bogen in die zertrümmerte Kirche.

»Wir wollen ihn ausräuchern, den Hund, den Satan!«

Im Augenblicke fing das trockene, morsche Holzwerk Feuer, flammte auf wie Zunder und füllte die Kirche mit einem Meer von Rauch und Flammen. Sie stürzten heraus, retteten sich, so gut sie konnten, tobten draußen von neuem gegen die Wände.

Die Heilige trat mitten auf den Platz, auf ihren Wink sammelte Ratti die Musik. »Herrgott, dich loben wir!« spielten sie. Triangel, Tamburin und Harmonika –

Sie ließ alle heranrufen: »Ihr habt überwunden!« rief sie. »Brüder, Schwestern, ihr habt überwunden!« Sie lauschte auf, dann fuhr sie fort und hob ihre Stimme: »Hört ihr? Hört ihr? Droben spielen die himmlischen Chöre!« Wieder hielt sie inne, wieder lauschte sie. Und fanatisch jauchzend gellte sie: »Und dort, dort! In der Kirche! Der Satan stirbt – hört ihr ihn stöhnen und ächzen?«

Alle lauschten gespannt – wirklich, es drang ein jämmerliches Stöhnen aus der brennenden Kirche.

»Gelobt sei Jesus Christus!« brüllten sie. »Gelobt sei der Herr! Allelujah! Allelujah!«

Und sie sangen:

»Heilig, Herr Gott Zebaoth!
Heilig, Herr der Kriegesheere,
Starker Helfer in der Not!
Himmel, Erde, Luft und Meere
Sind erfüllt mit deinem Ruhm,
Alles ist dein Eigentum!«

Frank Braun stand immer noch nahe der Kirchentreppe, er lauschte atemlos auf die quälenden Töne, die von drinnen kamen. Von vier, fünf Stellen schienen sie zu kommen – ein Stöhnen hier, da ein verzweifeltes Aechzen. Dann, von links her, drangen ein paar Worte zu ihm. »Barmherziger Gott –« verstand er und wieder: »Christus, Christus, verlaß mich nicht!«

»Himmel!« murmelte er. »Es ist des jungen Ulpo Stimme! – Sie haben ihn vergessen, er verbrennt lebendig!«

Ohne Ueberlegung sprang er die Stufen hinauf, bahnte seinen Weg durch die Türe über die flammenden Balken. Aber er kam nicht durch, sah nichts in dem dicken, beißenden Rauch, der ihm in die Augen schlug. Von allen Seiten versuchte er vorzudringen – und mußte wieder zurück. Dann brach ein langes Brett aus dem Dach, schlug herunter und fiel ihm auf die Schulter, daß er in die Knie sank. Die Wände brannten hell und ihr Einsturz drohte in jedem Augenblick –

Er mußte zurück.

Schwächer wurde das Stöhnen und schwächer. Schrie noch einmal auf. Dann verstummte es. »Nun ist er erstickt!« flüsterte der Deutsche.

Und draußen sangen die Wilden den letzten Vers – Te deum laudamus.

Der Prophet sprach ein Dankgebet, kniend pries er den Herrn mit seiner Gemeinde. Die Heilige sagte: »Danket dem Herrn! Preiset und lobsinget ihm! Ihr werdet eingehen in das Himmelreich, wenn die Zeit erfüllet ist. Der Heiland selbst hat mir offenbart, was geschehen soll.«

Sie lauschten gespannt. Der Prophet fragte: »Was ist es, heilige Schwester?«

Sie aber sagte: »Küsset euch alle, Brüder und Schwestern, der Augenblick ist da, wo das große Opfer gebracht wird!« Und sie trat hin zu dem Propheten, legte ihre Arme auf seine Schultern und küßte ihn auf beide Wangen. Dann küßte sie Ronchi, Ratti und alle ihre

Frauen. Auch Scuro trat heran, da zögerte sie einen kleinen Augenblick. Dann aber hob sie beide Arme: »Küsse mich, Bruder.«

Alle küßten einander, alle traten zu der Heiligen und zu dem Propheten. Und sie grüßten: »Küsse mich, Schwester!« und »Sei willkommen, Bruder, im Namen des Herrn.«

Jeder küßte die Heilige und jedem reichte sie Stirne und Wangen. Dann plötzlich riß sie sich los aus den frommen Umarmungen. »Eilet, eilet,« rief sie, »daß das Zeichen erfüllet werde!« Aber wieder umschlang sie ihre Frauen, küßte sie und benetzte mit warmen Tränen ihre Wangen. »Nehmet Abschied von mir! Nehmt Abschied.«

Es schien, als ob sie sich kaum trennen könnte von Carmelina und Linda Vuoto. Gestern noch hatte ihre grausame Geißel die Leiber der Mädchen zerfleischt und zerschlagen, nun aber lag sie in ihren Armen, zärtlich, weich, lächelnd unter heißen Tränen. »Nehmt Abschied,« sagte sie. »Es muß sein; Christus befiehlt es.« Sie ließ ihnen beide Hände, die die Frauen mit Küssen bedeckten. Sie reckte sich, hob den Kopf und warf das Haar zurück.

»Wo ist das Kreuz?« fragte sie. »Bringt das Kreuz heran.«

Scuro schleppte es her. »Hier, heilige Schwester.« Die Heilige trat heran, legte die Hand auf den Querbalken und streichelte es leicht.

»Hört an, Schwestern und Brüder, was Christus mir offenbart hat: Er will, daß ich sterben soll für euch. Das ist das Pfand, das der Herrgott verlangt zur Erlösung eurer Seelen: mein Opfer!« Und leiser, fast zärtlich, fuhr sie fort: »Ihr müßt mich kreuzigen!«

Sie standen um sie, stumm und starr, mit weit offenhängenden Mäulern. Niemand sprach, selbst der Prophet bewegte die Lippen nicht. Aber die Heilige schwankte nicht.

»Hebt die Blicke!« rief sie. »Schaut dorthin!« Sie reckte den Arm, aller Augen folgten ihrer Bewegung und schauten nach der Kreuzesplatte. »Brüder! Schwestern! Seht ihr die drei Kreuze? Jesum Christum dort zwischen den Schächern? – Da sollt ihr nun ein viertes errichten – dieses Kreuz. Und ich werde hängen und meinen Leib lassen zur Vergebung eurer Sünden und meiner! – So hat es der Herrgott bestimmt!«

Immer noch schwiegen sie, niemand wagte ein Wort. Und es schien, als ob in diesen Köpfen, die gewohnt waren, alles zu greifen ohne Frage, ohne Widerstand, etwas sich sträubte gegen dieses Letzte, Ungeheuerliche.

»Wollt ihr es tun?«

Und sie antworteten nicht.

»Seid ihr zagmütig? Wollt ihr euch stemmen wider des Herrn Willen und locken gegen den Stachel? – Wollt ihr, daß ich mit eigener Hand den Hammer führe, mich ans Holz zu heften?« – Sie griff fest die Hand des Knechtes. »Girolamo Scuro – du wirst es tun!«

»Heilige Schwester –« lallte der Riese, »heilige Schwester –«

Sie schrie: »Du wirst es tun, du wirst es tun! Die Hölle wird dich verschlingen, wenn du dich weigerst – du mußt es tun, Girolamo!«

Und der rotköpfige Knecht sagte – und seine Stimme klang dünn und hell wie die eines Knaben – »Ja, heilige Herrin!«

»Ich wußte es wohl,« sprach sie leise, »ich wußte es wohl. Deine Hand wird mich ans Kreuz heften – deine Hand!« Sie griff diese große furchtbare Hand, beugte sich und küßte sie demütig. Und langsam, sinnend und zweifelnd, fuhr sie fort: »Und doch – soll ich nicht sterben – durch diese Hand –«

Es war, als ob sie nach innen spräche, als ob sie frage und wieder antworte einem, das tief in ihr war.

Aber sie entriß sich ihren Gedanken. »Wie der Herr Jesus Christus es will – in seine Hände befehle ich meinen Leib – es wird geschehen nach seinem Willen!«

Sie wandte sich zu dem Propheten: »Bruder, führe uns hinauf! Auf daß erfüllet werde der Wille des Herrn!« Dann trat sie zurück zu ihren Frauen, schaute ruhig zu, wie der Prophet mit Ronchi und Ratti die Prozession ordnete.

Frank Braun hatte jedes Wort gehört, das sie sprach. Er stand still auf der Treppe, fast unfähig, ein Glied zu rühren. »Sie wird sich opfern,« flüsterte er, »sie wird hängen am Kreuze, um die Seelen der Brüder zu erlösen.«

Sie – Teresa Raimondi – seine Geliebte –

Die er geküßt hatte mit heißen, durstigen Lippen, die in seinen Armen gelegen durch manche Stunde der Nacht –

Sie wird – hängen – dort oben – am Kreuze –

Er begriff es nicht, er fuhr sich mit den Händen über die Augen. Aber er träumte nicht – schon ordneten sie sich zum Zuge: Scuro und Venier hoben das gewaltige Kreuz.

Er erschrak, irgend etwas legte sich eng um seine Kehle. Er schluckte nach Atem, krampfte die Fäuste zusammen –

Das also war das Ende seines Spieles?!

Und er war hilflos, machtlos, ein erbärmlicher, armseliger Wurm! Seine Geschöpfe aber, seine Puppen lebten und wuchsen riesengroß, schritten weit über ihn hinweg und stießen alle Himmel ein –

»Fort,« murmelte er, »fort –«

Es war nicht mehr zu ertragen – er mußte weg, ehe der Vorhang sich hob über dieser letzten entsetzlichen Szene.

Er riß sich zusammen. Er ging geradeaus, taumelnd, den Häusern zu. Er blickte rings um sich – dort die

Gasse hinauf – die Gärten entlang, dem Friedhofe zu, das war das beste. Hinter den Büschen war er sicher –

Er ging die Straße hinauf, hielt sich dicht an den Häusern. Noch hätte man ihn sehn können; so schritt er langsam, um nicht aufzufallen. Aber unwillkürlich wurde sein Gang hastiger, schneller und schneller. Dann lief er. Nun war er bei den grünen Weidenbüschen.

Da hörte er laut schreien.

»Haltet ihn! Greift den Fremden!«

Es war Teresas Stimme – und die Stimme – ihre Stimme – hielt ihn fest auf dem Flecke, mitten im Lauf. Er stand gebannt, wie festgewurzelt in dem Boden, keinen Fuß konnte er mehr vor den andern setzen.

»Greift den Fremden!« hatte sie gesagt. – Den Fremden! – Das war er – der Fremde. – Sie, Teresa, hatte ihn so genannt.

Sechs Burschen liefen auf ihn zu, er rührte sich nicht. Girolamo Scuro schlug ihn auf die Schulter, griff fest seinen Rock und warf ihn herum. Er schnaufte und der rote Kropf blähte sich wie ein widriger, armloser Polyp.

Aber Frank Braun wehrte sich nicht, willenlos ließ er sich zu der Heiligen führen. Sie sah ihn an und sein Auge las in ihrem Blick. Aber es lag nichts darin, was eine kleine Gemeinschaft mit irgendeinem hatte, das vergangen war.

»Gebt acht auf ihn,« sagte sie still. »Es ist Gottes Wille, daß er zugegen ist, wenn ich sterbe.«

Da mischte eine heiße Wut sich in seine klägliche Angst. Ein Fluch und eine wilde Gotteslästerung jagten sein Blut. »Es ist Gottes Wille,« wiederholte er, »und –«

Aber er sprach nicht weiter, seine Zähne zerbissen den Satz in ohnmächtiger Wut.

Dann plötzlich, in einem Augenblick, gebar sein heißes Hirn einen neuen Gedanken. Er stand still, rührte sich nicht, schloß die Augen, als möchten so auch die

Nerven Ruhe halten. Und es gelang ihm wohl, er atmete leichter, seine Züge erhellten sich, um seine Lippen spielte ein freies Lächeln –

Oh, das war ja die leichte, die große Rettung! Warum nur hatte er nicht einmal daran gedacht? – Ach, alles hätte er wohl verhüten können! Ginos schmählichen Tod und den Giovanni Ulpos und der andern, die verbrannt waren in den Trümmern der Kirche!

Zu spät für sie, zu spät! – Aber doch früh genug für Teresa!

Rasch trat er auf sie zu. Er griff ihre linke Hand, suchte mit dem Finger nach der Maus des Daumens. Da war die Stelle! Diese kleine hypnogene Stelle, die sie untertan machte seinem Willen.

Kräftig drückte er sie –

Sie zog ihre Hand nicht weg. Ruhig sah sie ihn an, und erstaunt. »Was willst du?« fragte sie.

Ein Fieber faßte ihn. »Ich – ich –« stammelte er.

Vielleicht hatte er sich geirrt? War es die andere Hand? Er griff ihre Rechte, drückte dieselbe Stelle.

Aber sie senkte die Augen nicht. »Was willst du?« wiederholte sie leise.

Seine Augen umschleierten sich, rings sah er rot. Seine Macht war verschwunden, weggewischt und zerbrochen! Armselig, jämmerlich stand er vor ihr – sie war frei, und alle kleinste Gemeinschaft war zerrissen. Wie einen schreienden letzten Verrat empfand er es.

»Fahr zur Hölle!« flüsterte er heiser.

– Schwer faßte ihn Alvassi am rechten Arme, Cornaro griff ihn am linken. Die starke Geißel schwang der eine und der andere schleppte eine mächtige Heugabel mit langen eisernen Zinken. Rund herum stellten sich die jungen Burschen auf, jeder trug seine Waffe in der einen, die brennende Kerze in der andern.

So traten sie in den Zug –

XIV

Amor mea cruifixa.
St. Ignatius.

Ronchi ordnete die neue Prozession; derweil ließ der Prophet Wein in die Kupferkessel füllen und wandelte ihn. Ratti trat mit der Musik an die Spitze des Zuges, hinter sie stellte er den alten Ulpo und alle Greise und alten Weiber. Der Prophet folgte mit vier Männern, die Geißeln trugen, dann Girolamo Scuro und Venier, das schwere Kreuz auf den Schultern.

Und die Heilige schritt hinter dem Kreuze, umgeben von ihren Frauen.

Dann kam Ronchi selbst, er schwang seine Peitsche hoch durch die Luft. Der Schmied Alvassi und Cornaro führten den Fremden und hinter ihnen schritten die Burschen mit ihren Kerzen. Und das Volk drängte nach in dichten Haufen. Rechts und links aber, zu beiden Seiten des Zuges liefen zehn Knaben und zehn Mädchen auf und nieder; sie trugen die Kessel und reichten dem, der sich erquicken wollte am Blute des Herrn und an Mariä Milch.

So zogen sie die breite Straße hin, die erst hinabführte zum See und dann langsam aufstieg zur Kreuzesplatte. Ronchi ließ keinen Blick von der Heiligen, seine schwarzen Augen glühten in frommer Liebe und heißer Verzückung. Und plötzlich, als die Musik schwieg, begann er mit überlauter Stimme die große Litanei, die man die Lauretanische nennt. Er rief den Herrgott an, den Vater im Himmel, seinen Sohn, den Erlöser der Welt, den Heiligen Geist und die Dreifaltigkeit. Aber seine Stimme hob sich zu fanatischer, inbrünstiger Liebe, als er zu den Anrufungen der Madonna gelangte.

»Heilige Maria – bitt für uns!
Heilige Gottesgebärerin –
Heilige Jungfrau aller Jungfrauen –
Mutter Christi –
Mutter der göttlichen Gnade –
Du allerreinste Mutter –
Du allerkeuscheste Mutter –
Du ungeschwächte Mutter –
Du unbefleckte Mutter –
Du liebliche Mutter –
Du Mutter des Schöpfers –
Du Mutter des Erlösers –
Du allerweiseste Jungfrau –
Du ehrwürdige Jungfrau –
Du lobwürdige Jungfrau –
Du gütige Jungfrau –
Du getreue Jungfrau –
Du Spiegel der Gerechtigkeit –
Du Sitz der Weisheit, bitt für uns.«

Die Gemeinde fiel ein, aus allen Kehlen klang das: »Bitt für uns!« nach jeder Anrufung. Leise erst, fast flüsternd, schwoll dann an und wurde immer lauter und begehrlicher, wie eine gerechte Forderung, die sicherer Erfüllung sich bewußt war.

»Du Ursache unseres Heils –
    Bitt für uns!
Du ehrwürdiges Gefäß –
    Bitt für uns!

Du vortreffliches Gefäß der Andacht –
Bitt für uns!
Du geistige Rose –
Bitt für uns!
Du Turm Davids –
Bitt für uns!

Aber Ronchis Blicke hoben sich nicht nach oben, wo in blauen Himmeln die Madonna thronte. Sie ruhten nur auf der Heiligen und es war, als ob ihr und ihr nur allein alle die Anrufungen gelten sollten. Sie war es, sie allein, die er pries.

Du elfenbeinerner Turm
Du goldenes Haus –
Du Arche des Bundes –
Du Pforte des Himmels –
Du Morgenstern –«

»Du Morgenstern!« jauchzte er ihr zu. »Du Morgenstern!« Und die Gemeinde fiel ein: »Bitt für uns! – Bitt für uns!«

»Du Heil der Kranken –
Du Zuflucht der Sünder –
Du Trösterin der Betrübten –
Du Helferin der Christen –
Du Königin der Engel –«

Er lief zu ihr, warf sich zur Erde und küßte den Saum ihres Gewandes. »Du Königin der Engel!« lallte er.

»Du Königin der Patriarchen –
Du Königin der Propheten –
Du Königin der Apostel –

Du Königin der Märtyrer –
Du Königin der Beichtiger –
Du Königin der Jungfrauen –«

»Bitt für uns!« schrien die Leute. Und es war, als ob die heilige Verehrung, die Ronchi beseelte, übergriff und Besitz nahm von allen. Die hinter ihr schritten, drängten sich näher heran, die vor ihr gingen, drehten sich um, sie zu sehn. Ihre Frauen aber scharten sich um sie, glückselig, ein Stück ihres Gewandes berühren zu dürfen. Sie riefen laut zu ihr hin – und alle fielen ein:

»Du Königin des heiligen Rosenkranzes, bitt für uns! – O du Lamm Gottes, welches du hinwegnimmst die Sünden der Welt, erbarme dich unser!«

Sie sprachen das Vaterunser und das Ave Maria und es war die Heilige, zu der sie beteten. Sie, die nun einging zum Vater, sollte der Bote sein ihrer frommen Wünsche. Sie war ihre Fürbitterin am Throne Gottes. Sie war die Braut des Erlösers.

Sie blieben stehn. Der Prophet wandte sich zu der Heiligen und sprach das Salve Regina.

»Gegrüßt seist du, o Königin, Mutter der Barmherzigkeit, des Lebens Süßigkeit und unsere Hoffnung, sei gegrüßt! Zu dir schreien wir elenden Kinder Evas, zu dir seufzen wir Trauernden und Weinenden in diesem Tale der Zähren. Eja, unsere Fürsprecherin, wende deine barmherzigen Augen zu uns in diesem Elende, zeige uns Jesum, die gebenedeite Frucht deines Leibes, o gütige, o milde, o süße Jungfrau Maria!«

Sie sprachen fünf Vaterunser und fünf Ave Maria; dann segnete sie der Prophet. Sie zogen weiter, hinauf zum Kalvarienberg. Rechts, in der Felswand, war das Bild der ersten Station; Ronchi hob den Arm und sie machten halt.

Der Prophet sagte: »Wir beten dich an, Herr Jesu Christe und preisen dich!« Und sie antworteten: »Denn durch dein heiliges Kreuz hast du die Welt erlöst.«

Frank Braun blickte auf das Bild; es zeigte Christus vor Pilatus. Der Landpfleger saß auf seinem Stuhle, soeben hatte er das Urteil verkündet. Nun griffen die Knechte den Nazarener, setzten ihm die Dornenkrone aufs Haupt und geißelten ihn.

Die Heilige kniete und betete. Dann erhob sie sich, still und ergeben lächelnd. »Löset mein Gewand,« befahl sie ihren Frauen. »Und du, Bruder Ronchi, schaff eine Dornenkrone.« Der Schneider sann einen Augenblick, dann entfernte er sich mit raschen Schritten. Die Frauen aber gingen zaudernd ans Werk, lösten ihr langsam das Gewand von den Schultern, so daß der Nacken frei war.

Ronchi kam zurück, er brachte ein Stück Stacheldraht. Er zerschnitt eine Dornenrute und flocht ihre Stücke um den gewundenen Draht. Er stach sich und seine Finger bluteten.

»Gib her, Bruder!« sagte die Heilige. Sie nahm die goldene Krone ab; die blutigen Stigmata glänzten auf ihrer Stirne. Sie küßte die Dornenkrone und setzte sie fest aufs Haupt.

»Es ist die Krone des Herrn!« sagte sie. »Sie schmerzt, aber es sind die süßen Schmerzen des Erlösers.« Dann zeigte sie auf das Bild. »Seht ihr, Brüder, wie Christus litt unter den Händen der Juden? So muß ich nun leiden – nehmet eure Geißeln und schlaget mich!«

Sie zögerten wieder und sie mußte ihren Befehl wiederholen. Aber die Schläge waren schwach und zaghaft.

»Ihr müßt mich schlagen wie man Christus schlug,« sagte sie. »Gott stärke euren Arm!«

Und sie gehorchten und schlugen zu –

Aber sie klagte nicht. Sie lächelte still und sagte: »Es sind die Schmerzen des Erlösers.« Dann wandte sie sich zu dem Propheten. »Spei mich an,« bat sie, »wie die Juden auf den Heiland spien.«

Der Prophet antwortete: »Verlange das nicht, Schwester! – Wie darf ich dein heiliges Antlitz bespeien?«

Sie gab nicht nach. »Du mußt es tun,« sprach sie. »Ihr müßt es alle tun, auf daß erfüllet werde der Wille des Herrn. – Girolamo Scuro – spei mich an.«

Der Knecht spie und sein schwarzer, entsetzlicher Speichel klebte auf ihrer süßen Wange.

Demütig dankte sie ihm – dann wandte sie sich zu Carmelina: »Spei mich an.« Aber das Mädchen schrie auf, sank schluchzend nieder und küßte ihre nackten blutigen Füße. Die Heilige streichelte das Mädchen und hob es auf. »Liebe Schwester, du mußt es tun; der Herr verlangt es.«

Das arme Mädchen warf sich in ihre Arme und gehorchte. Aber sie küßte sie mehr, als sie spie.

Alle traten heran und alle spien ihr ins Antlitz. Und die Heilige dankte demütig für jede Beleidigung.

»Laßt uns weiter ziehen,« sagte sie.

Sie kamen zur zweiten Station, deren Bild zeigte, wie Christus das Kreuz nimmt.

»Wir beten dich an, Herr Jesu Christe und preisen dich!« sprach der Prophet. Und die Gemeinde antwortete: »Denn durch dein heiliges Kreuz hast du die Welt erlöst.«

Die Heilige wandte sich zu Scuro und Venier. »Legt das Kreuz nieder,« befahl sie. Sie streckte beide Arme danach aus und hob es.

»Du wirst es nicht tragen können, heilige Schwester,« sagte Ronchi. Sie antwortete: »Ich muß es tragen. – Hat nicht auch der Herr sein Kreuz getragen?«

Sie wies die zurück, die ihr helfen wollten. Sie nahm das schwere Holz und legte es auf die blutende Schulter. Ihr Rücken bog sich, die scharfe Kante preßte sich tief in das Fleisch. »Schlagt mich,« verlangte sie, »treibt mich an, wie die Knechte den Herrn hinauftrieben nach Golgatha.« Sie gehorchten und peitschten sie; Schritt um Schritt stolperte sie weiter mit der furchtbaren Last.

Dann, bei der dritten Station, brach sie zusammen – wie Christus auf dem Bilde. Ohnmächtig blieb sie liegen, während die Gemeinde die Gebete sprach. Sie erhob sich mit ihrer Frauen Hilfe, nahm von neuem das Kreuz und schleppte es weiter, ächzend, stöhnend unter den Schlägen der Geißeln.

Bei der vierten Station hielt sie wieder an, legte das Kreuz zur Erde und kniete nieder. Sie blickte tränenden Auges auf das Bild, sah, wie der Erlöser, unter der Kreuzeslast gebückt, seiner betrübten Mutter begegnet.

»Herr Gott, Vater im Himmel, stärke meine Kraft!« betete sie.

Und weiter zogen sie zum fünften Bilde. Ihre Schulter schien zu klaffen, so tief hatte das scharfe Holz sich eingesenkt in das Fleisch. Und es waren nur die Geißelhiebe, die sie vorwärts trieben; sie schleppte sich mühsam, jeden Augenblick stehen bleibend, wie ein Rind, das man zur Schlachtbank führt. – Das Bild zeigte, wie die Knechte den Simon von Kyrene griffen, ihn zwangen, dem erschöpften Heiland zu helfen, mit ihm das Kreuz zu schleppen.

Scuro sprang rasch heran, griff das Holz und lud den hinteren Teil auf seine breite Schulter. So schritt er hinter der Heiligen und half ihr gut, das Kreuz tragen, das immer noch schwer genug auf der Heiligen lastete. Sie kamen zur sechsten Station, die darstellte, wie Veronika vor dem Herrn kniet und ihm ihr Tuch darreicht, sich Blut und Schweiß wegzuwischen. Der Prophet sprach das Gebet und die Gemeinde antwortete, wie bei jedem Bilde.

»Reicht mir ein Tuch,« sagte die Heilige zu ihren Frauen. Da riß Linda Vuoto ein Stück von dem Linnen, das sie umhüllte und gab es ihr. Sie drückte ihr Gesicht hinein, so wie es Jesus tat auf dem Bilde, dann reichte sie es dem Mädchen zurück.

»Nimm es, herzliebe Schwester,« sprach sie, »hebe es gut auf zu meinem Gedenken.«

Sie schritten weiter und die Leute stießen und zerrten sie vorwärts, so wie sie befohlen hatte. Das mächtige Kreuz drückte sie schwer, trotz Scuros Hilfe; sie strauchelte und fiel nieder zum andern Male, wie der Heiland auf dem Bilde der siebenten Station.

Aber sie erhob sich rasch und schritt weiter den bittern Kreuzweg. Beim achten Bilde zeigte sie den Leuten, wie Jesus die weinenden Töchter Jerusalems tröstete. Und sie winkte ihren Frauen und küßte ihnen die tränenden Augen und sprach: »Weinet nicht um mich! Ich gehe, euch einen Ort zu bereiten bei dem Bräutigam. Und in kurzem werdet ihr bei mir sein im Schoße des Herrn.«

Immer schwächer wurden die Schritte der Heiligen, immer tiefer bog sich ihr armer Leib unter des Kreuzes Last. Und wie Jesus von Nazareth zum dritten Male fiel auf dem Leidenswege, so fiel auch sie wieder – unter dem Bilde der neunten Station. Sie stand auf und schleppte sich mühsam, keuchend zum zehnten Bilde, welches zeigte, wie Jesus seiner Kleider beraubt wird und wie er den Gallenwein zurückweist, den die Schergen ihm reichen.

Die Heilige betrachtete das Bild mit leisem Stöhnen; aber um die Leiden des Heilandes flossen ihre Tränen und nicht um die eigenen. Dann wandte sie sich zu der Gemeinde. »Tut eure Pflicht,« sagte sie ergeben. »Tut, wie die Knechte taten.« Die Frauen lösten den Strick von ihren Lenden und zogen das Gewand von den Schultern, das das Blut fest an die Haut geklebt hatte. Sie stellten sich um sie und zogen sie aus, nur um die Hüften und den Leib wanden sie ein leinenes Tuch, schürzten es hoch und gürteten es mit dem Strick. So stand sie da, nackt von Knien zu Füßen und vom Leibe zum Kopf. Ihr weiches Fleisch leuchtete in der Sonne.

»Zerschneidet das Gewand,« sagte sie, »und loset darum!«

Ronchi zerschnitt es mit einem scharfen Messer. Er warf die Fetzen in einen der Kupferkessel und ließ alle herantreten. Jeder zog mit geschlossenen Augen. Sie preßten ihre Stücke an die Lippen – die aber jauchzten laut, auf deren Fetzen ein Blutstropfen war.

Sie schritten weiter hinauf den Kalvarienberg. Scuro trug nun das Kreuz zusammen mit Venier und die Heilige ging an ihrer Seite. Sie kamen zum elften Bilde. »Schaut hin,« sprach sie, »wie sie Jesus ans Kreuz nageln. Und merkt es euch wohl.« Sie knieten, beteten und zogen weiter zur zwölften Station, dem Bilde des Kreuzestodes. Die Heilige betrachtete es lange, als wollte sie tief sich einprägen, was sie tun müsse in der schweren Stunde.

Der Prophet sprach wieder: »Wir beten dich an, Herr Jesu Christe, und preisen dich!«

Und die Gemeinde antwortete: »Denn durch dein heiliges Kreuz hast du die Welt erlöset.«

Die Heilige sagte: »Er ist gehorsam geworden bis zum Tode.«

Und sie sprachen: »Ja, bis zum Tode am Kreuze.«

Beim dreizehnten Bilde, das die Kreuzabnahme darstellte, sagte der Prophet: »Heilige Schwester, wir geloben zu tun, wie Christi Freunde taten, wie Johannes Nikodemus, wie Joseph von Arimathia und die heilige Magdalena.«

Carmelina drängte sich dicht an sie: »Und in meinem Schoße soll dein Haupt ruhen.«

Die Heilige sagte: »Ich danke euch, liebe Schwestern und Brüder. Tut alles, wie es der Herr befiehlt.«

Sie kamen zur letzten Station, deren Bild die Grablegung anzeigte. Und sie sagte: »So wird es geschehen!«

Der Prophet sprach das Gebet zu den heiligen fünf Wunden Jesu, und sie gingen weiter, das letzte kleine Stück des Weges – hinauf nach Golgatha.

Vor dem Bilde des Menschensohnes kniete die Heilige. Dann stand sie auf und bezeichnete eine Stelle vor dem Kreuze des Heilandes. »Hier stellt es auf!« befahl sie.

Ratti und fünf Burschen griffen zu den Schaufeln und Hacken. Sie arbeiteten rasch und das Loch wurde tiefer und tiefer. Sie warfen die Erde zur Seite und hoben mit den Händen die schweren Steine heraus.

»Legt das Kreuz hin!« sagte die Heilige. Scuro und Venier gehorchten.

Dann küßte sie ihre Frauen. Sie legte sich hin auf das Kreuz, schob die Füße aufeinander und streckte beide Arme weit aus auf den Querbalken.

Der Knecht blickte sie an, dann hob er die Augen prüfend zum Christusbilde. »Man kann die Füße nicht annageln,« sagte er.

Cornaro sagte: »Man soll sie binden. Das ist besser.«

Aber die Heilige sah ihn an: »Wollt ihr mich richten wie die Schächer? Macht ein Stützholz für die Füße!«

Scuro schlug mit dem Beile ein Stück des Querbrettes ab, das an beiden Seiten überragte. Er schnitt es zurecht, sah immer hinauf zu dem Christusbilde, wie um dort Maß zu nehmen. Dann nagelte er die Knagge fest auf dem Stamm des Kreuzes zu ihren Füßen.

»Ist es so recht, heilige Schwester?« fragte er.

Sie stemmte die Füße leicht auf und nickte. »Ja,« sagte sie. »Ich liege gut in des Bräutigams Armen.« Sie schloß die Augen und faltete die Hände zum Gebet.

Und die Bauern gruben das Loch. Ein Bursche sprang hinein, er schlug mit der Hacke die Steine los und reichte sie hinauf. Als die nötige Tiefe erreicht war, mauerten sie einen engen Schacht, um dem Kreuze Halt geben zu können.

Frank Braun stand dicht bei ihnen; immer noch hielten ihn Cornaro und der häßliche Alvassi. Es war keine Möglichkeit, zu entweichen, dicht gedrängt stand das Volk auf der breiten Platte und weit hinab auf dem Kreuzweg –

Sie sprachen die Litanei vom bitteren Leiden Jesu; der rote Prophet rief den Sohn Gottes an und die Gemeinde fiel ein: »Erbarme dich unser! – Erbarme dich unser!«

Sein Ohr hörte die heiseren Anrufungen, fing sie auf und schrie sie in sein Hirn. – Jesu, mit Blutschweiß überronnen – Jesu, ins Angesicht gespieen – Jesu, mit Geißelstreichen zerschlagen – Jesu, mit einer Dornenkrone gekrönet – Jesu, wie ein Lamm zur Schlachtbank geführt – Jesu, der Kleider grausam beraubt –

Ah, es war die Heilige, es war Teresa! Sie war der Sohn, wie sie die Mutter war!

Und seine Lippen formten die Worte, die von aller Mund kamen: »Erbarme dich unser!« Er hatte ein Gefühl, als schrumpfte er zusammen, als würde er immer kleiner und niedriger. Aber die Heilige wuchs ins Unermeßliche. Er wandte den Blick ab von diesem stillen Gesicht, das dem Tode entgegenlächelte wie einem schönsten Kusse. Er hätte sich verkriechen mögen in die Grube dort, die die Burschen aufwarfen.

Nicht einmal schreien konnte er. Er hatte ein Gefühl, als müsse ein Schrei ihn befreien – aber seine Lippen klebten fest aufeinander. Er schloß die Augen; mit einer wilden, ungeheuren Anstrengung zwang er sich, sich wegzudenken von dieser Kreuzesplatte, diese gräßlichen Flammen des Affektes zu löschen in kühlem Abwägen und Ueberlegen. Es war ein verzweifelter Kampf des Herrenbewußtseins, ein furchtbares Ringen um die letzte Möglichkeit sich emporzuheben über alles, was um ihn geschah, hinauszuwachsen zum kühlen Zuschauer über die wilde Tragödie dieser Wahnsinnigen.

Er krampfte die Faust eng zusammen, faßte die Zunge mit den Zähnen. Die Adern an den Schläfen schwollen zum Zerspringen an. So kämpfte er.

Mochte es nicht gelingen?

Was denn? Konnte er nicht mehr zusehn, wie man einen Menschen zum Tode brachte? – War es doch nicht das erstemal! Er erinnerte sich gut, daß es eine Zeit gab, wo er keine Gelegenheit versäumte zu solchem Schauspiele, wo er zur Hinrichtung hinlief wie zum Stierkampfe.

Und er dachte nach, rief jedes einzelne Mal ins Gedächtnis. Viermal hatte er die Guillotine arbeiten sehn. Und er war dabei gewesen, wic der Henker der Josefa Kreuter den Kopf abtrennte mit dem Beile. Er hatte mehr wie einen am Galgen hängen sehn und wußte wohl, wie die Garotte arbeitete und der große Stuhl von Sing-Sing. Bah – er hatte schlechte Witze dabei gemacht! – Und was war der große Eindruck am letzten Ende? Doch nicht viel mehr, als ein bißchen schlechten Geschmacks auf der Zunge – so ein bittersüßer Blutgeschmack.

Er hatte gesehen, wie sie Joe Whiting zum Scheiterhaufen führten, den schwarzen Schuft, der des Aldermans Frau lustmordete. Die Lyncher hatten ihn herausgeholt aus dem Gefängnis und in der fackelhellen Nacht unter die Esche auf das Feld geführt, mit Geschrei und Geheul. Oh, ein echtes Bild aus Südkarolina – dreitausend schwarzer Lumpen und eine Handvoll Weißer auf ihren Pferden. Sie bauten den Holzhaufen, tränkten ihn mit Petroleum und stellten den Nigger darauf. Sie legten ihm die Schlinge um den Hals und knüpften sie an einen Ast. Der Richter sprach ein paar Worte, der Reverend hielt ihm das Kreuz vor und der Alderman stieß die Fackel in das Holz. Das flammte hoch auf im Augenblick, zugleich aber krachten dreißig Büchsen und dreißig gute Winchesterkugeln trafen den schwarzen Leib. Ach, es war eine Farce, die nur grausam aussah, eine phantastische Komödie, die nur Eindruck machte auf die tierischen Nigger, die laut Beifall brüllten. Nun mochten sie Ruhe halten für ein paar Jahre und die Frauen und Töchter der Weißen durften freier atmen für diese Zeit.

Das alles war nicht so schlimm. Das erstemal – gewiß, das erstemal war es ein wenig aufregend. So wie des Knaben Herz klopft, wenn er zum ersten Male ins Wasser geht, oder das des Studenten, der vor dem Gegner steht, den schweren Säbel in der Hand. Aber dann war das Wesentliche weggewischt und nur die Einzelheiten interessierten: die Technik. Und wie es beim Estocada zur Hauptsache wurde, daß der Espada beim ersten Stich seinen Degen tief senkte zwischen die Schultern des Tieres, so daß er wie ein Kreuz sich erhob zwischen den Hörnern, wie man beim Hahnenkampfe nur mehr darauf achtete, ob das Tier scharf stieß und gut zielte nach des Gegners Augen, so nahm bei der Hinrichtung die Arbeit des Henkers am Ende allein das Interesse. Gut war sie, wenn er schnell war und recht geschickt. Das war ein Positives und die Gefühle versanken.

Hier aber traten sie heiß hervor in schwüler Angst und wehen Beklemmungen, die ihm die Kehle zuschnürten.

Warum denn?

War denn nichts da, das ihn ablenken konnte? Er suchte –

Giovanni Scuro? – Er schlug das Stützholz auf und nahm Augenmaß bei dem Christusbilde, wie ein Tischler in seiner Werkstätte. Oder Ratti und seine Leute, die das Loch gruben?

Nein, sie waren nicht Henker – keiner von ihnen. Keiner hatte seinen eigenen Willen, sie waren Werkzeuge, nichts andres. Beile, Stricke, Guillotinen – aber keine Henker. Sie gehorchten den Befehlen der Heiligen.

Der Henker gehorchte nicht. Er war ein freier Mann, der sein Geschäft versah. Er nahm das Geld und verpflichtete sich dafür, den Mörder zu töten. Sein starker Wille war es, ihn zu töten.

Von diesen Leuten aber wollte keiner die Heilige töten. So wenig, daß ein jeder gerne sein Leben gegeben hätte, um das ihre zu retten. Nur ihr Wille verlangte die Hinrichtung: so war sie der Henker, sie allein.

Und ihre Arbeit war ungeschickt und war langsam – sie war ein schlechter Henker.

Aber gut oder schlecht – wie mochte dieser Henker die Blicke wegziehn – zu sich – von seinem Opfer? Dieser Henker – der selbst das Opfer war!

Er griff mit beiden Händen seinen Kopf; sein Hirn schwoll an und drückte nach allen Seiten, als wollte es den Schädel zersprengen. Nein, nein, es war nicht möglich, sich zu befreien – er war ein Teil, irgendein Teil dieser tierischen Menge.

– Die Heilige hob die Augen. »Seid ihr fertig?« fragte sie leise. Ratti nickte: »Ja, heilige Schwester.«

Sie lächelte sanft. »So beginnt.« Sie winkte dem Knechte.

»Womit soll ich anfangen?« fragte Scuro.

Sie sagte: »Hefte die Füße ans Holz.«

Der Knecht kniete nieder. Er suchte unter den Nägeln, wählte einen sehr langen mit großem Kopfe und prüfte die Spitze mit den Zähnen. »Soll ich in die Wunden schlagen?« fragte er.

»Ja,« sagte die Heilige, »das ist die Stelle, die der Herr selbst dir zeigt!«

Er setzte den Nagel ein und hob den Hammer. Aber er ließ ihn wieder sinken, sein Arm zitterte.

»Worauf wartest du?« fragte die Heilige. Er stammelte: »Heilige Herrin –«

Sie sprach: »Gebt ihm zu trinken vom Blute des Herrn!« – Man reichte ihm einen Kessel und er leerte ihn in gierigem Zuge.

»Fühlst du dich nun stark genug, Bruder Girolamo?«

Er rutschte auf den Knien zu ihrem Haupte. »Herrin, heilige Herrin, wollt Ihr mir vergeben?«

Sie nickte: »Bruder, was du tun sollst, ist Gottes Wille. Es ist das Opfer, das er von dir verlangt – so erlangst du deiner Sünden Vergebung!«

Noch einmal trank er, dann küßte er die heiligen Wunden ihrer Füße. Er seufzte schwer und setzte den Nagel auf. Er hob den Hammer und schlug –

Frank Braun hörte den Hammer fallen. Des Knechtes Rücken verbarg ihm die Füße der Heiligen, aber er sah ihr Gesicht. Sie lächelte demütig, ihre Lippen bewegten sich leise. Aber sie fühlte den Schmerz wohl: ihre Hände umkrampften das Holz und die Nägel ihrer Finger gruben sich hinein –

Alle knieten, alle beteten still, wagten nicht, aufzusehen. Und nur die hellen Schläge des Hammers schrien durch die Luft.

Girolamo Scuro erhob sich, wischte mit dem weißen Tuche den schmutzigen Schweiß von der Stirne. »Es ist geschehen,« krächzte er.

Sie dankte ihm. »Jetzt die linke Hand,« befahl sie.

Er gehorchte. Frank Braun sah, wie er den Nagel in das Stigma drückte, ihn durchtrieb mit einem starken Schlag und anheftete ans Holz.

»Die rechte Hand,« sagte sie.

Der Knecht zögerte. »Heilige Schwester – es ist nicht fest genug – es möchte abreißen –«

Frank Braun wandte sich, ein dickes Knäuel schob sich ihm hoch im Halse. Oh, dieser Gedanke war scheußlicher als alles andere: sie riß ab mit den Händen, fiel vorne über, hing an den blutigen Füßen –

Aber die Heilige lächelte: »Sorge dich nicht, Bruder, tu, wie ich dir geheißen!«

Er schritt zu der anderen Seite, kniete, faßte ihre Hand. Setzte den Nagel in die Wunde und schwang den Hammer.

Sie sagte: »Bruder, ich danke dir. – Nun gib den Hammer dem Propheten.«

Der Knecht gehorchte. Der Prophet nahm den Hammer. »Was soll ich tun?« fragte er.

»Gib einen guten Schlag auf den Nagel der linken Hand!« Er kniete nieder und tat, was sie verlangte.

»Nun du, Bruder Ronchi.« Auch Ronchi schlug, und sie rief den alten Ulpo.

Frank Braun dachte: ›Es ist gut so. Nun kann sie nicht mehr abreißen.‹

Sie rief ihre Frauen. »Linda Vuoto, nimm den Hammer.«

Das Mädchen hob ihn, aber er entfiel ihrer Hand: »Heilige Schwester, ich kann es nicht tun!«

»Du mußt es tun, alle müßt ihr es tun. Gott will es. – Schlage und gib den Hammer an Carmelina.«

Alle nahmen den Hammer. Carmelina schlug leise zu, kaum berührte der Hammer des Nagels Kopf. Aber Matilda Venier fühlte wohl, daß es ein gutes Werk sei, das ihr des Himmels Pforte öffne. Und sie schrie: »Erlöse uns, o Lamm Gottes, das du der Welt Sünde trägst!« Und hob den Arm hoch und schlug kräftig zu, daß sich der Nagel bog.

Die Heilige fragte: »Haben alle ihren Schlag getan?« Und Ronchi sagte: »Ja, heilige Schwester.«

»So richtet das Kreuz auf!«

Scuro und Cornaro hoben es hinten, fünf andere griffen mit an. Sie trugen es vorsichtig zu dem Schacht, drehten um, so daß das untere Ende die Oeffnung berührte. Dann zauderten sie, als erwarteten sie einen neuen Befehl der Heiligen.

»Richtet es auf!« wiederholte sie.

Ratti und Alvassi drückten das Ende in die Grube, die andern hoben das Kreuz. Da fiel ihr die Dornenkrone vom Haupte.

»Haltet ein!« rief der Prophet. Er hob sie auf und setzte sie ihr wieder auf die Stirne.

»Drücke sie fester – fester!« sagte die Heilige. »Ich darf des Erlösers Krone nicht verlieren, mit ihr soll ich auferstehen in dreien Tagen und einziehen in das Reich des Herrn.«

Der Prophet tat, was sie befahl, drückte die Dornen fest ein, hob ihr Haupt ein wenig und schob die Krone darunter, daß sie sich festklemmte zwischen dem Kopfe und dem Holz.

Von neuem hoben sie das Kreuz, bis es lotrecht dastand. Sie hielten es über der Grube und senkten den Stamm hinab, langsam, Zoll um Zoll, daß er nicht fallen möchte. Sie trieben Holzkeile zwischen Stamm und Schacht, ihn zu stützen, rollten schwere Steine heran und füllten die Lücken mit Erde aus.

Und das Kreuz stand fest und überragte hoch das des Menschensohnes und die beiden andern der Schächer.

Sie blickten hinauf, sie schoben sich, drängten sich, und eine tiefe Unruhe trieb sie. Der Prophet trat an das Kreuz: »Heilige Schwester, was sollen wir tun?«

Ihre Lippen flüsterten: »Betet!«

Sie knieten alle; der Prophet sprach das Karfreitagsgebet.

Frank Braun hob den Blick. Sie war schön – o nie war sie so schön gewesen. Ihr Kopf neigte sich auf die linke Schulter, die langen, schwarzen Locken flossen herab zu beiden Seiten. Der Dornenreif krönte die Stirne und warf korallene Tropfen auf den Grund. Die weißen Brüste, hochgereckt durch die aufgezogenen Arme, lachten in die Sonne, boten sich dar wie reife Früchte auf goldener Schüssel. Das Tuch um ihren Leib bauschte sich hoch, wie bei einem Frauenbildnis von Cranachs Hand, ließ die Schenkel frei und zeigte die herrlichen Beine.

Die Wunden an Händen und Füßen waren eingerissen und ergossen dünne Streifen ihres roten Blutes. Er dachte: ›Wie lange wird sie so hängen müssen, bis der Tod sie erlöst?‹

Jesus von Nazareth hing sechs Stunden. Aber die Schächer zu seinen Seiten lebten noch und man mußte ihnen die Beine zerbrechen, als die Sonne sich senkte und der Sabbath nahte.

›Werden sie auch Teresa die Beine brechen müssen?‹

– Aber das stille Lächeln erstarb auf ihren Lippen; starr und hart wurden ihre Züge. Ein kleiner Blutstropfen drang aus ihrem Munde und fiel hinab. »Wenn sie tot wäre!« flüsterte er.

Sie regte sich nicht, lautlos, unbeweglich hing sie am Kreuze. Dann drang ein Zittern durch die Muskeln ihrer Arme und jagte im Krampf durch den Körper, ihr Leib hob sich hoch und fiel wieder gegen das Holz. Ihr Mund öffnete sich; das Kinn hing tief auf die Brust.

Die Minuten vergingen – oder mochten es Stunden sein? Ah – für ihn waren es Ewigkeiten. Sein Auge hing an ihrem Gesicht, atemlos spähte er nach jeder kleinsten Regung.

»Sie spricht!« flüsterte er.

Der Prophet richtete sich auf. »Heilige Schwester, was sagst du uns?«

Leise, unhörbar fast, kamen von ihren Lippen des Heilands Worte:

»Mich dürstet.«

»Gebt ihr zu trinken!« rief er. »Schnell, schnell!«

Tullio Tramonte ergriff einen Kessel; Scuro trat dicht an das Kreuz und umschlang es mit beiden Armen. »Steig auf meinen Rücken!«

Tullio kletterte hinauf, stellte sich auf die Schultern des Riesen. Sie gaben ihm den Kessel und er reckte ihn hoch. Aber sein Arm war nicht lang genug, kaum zur Hälfte reichte er hinauf.

Ronchi riß ein Stück von seinem Leinentuche, wand es zusammen und tauchte es in den Wein. Dann steckte er es auf Rattis Säbel, langsam und vorsichtig, daß es die Tropfen halten möchte. Er gab den Säbel dem Burschen: »Führ ihr das Tuch zum Munde, Bruder!« Tullio hob den Säbel hoch und drückte das Tuch in ihre offenen Lippen. Sie griff es mit den Zähnen und sog begierig die Tropfen.

»Sie trinkt, die Heilige trinkt,« flüsterte der Prophet.

Alle schauten hinauf. Auch Scuro machte den linken Arm frei vom Kreuze, trat etwas zur Seite, um hinauf sehn zu können; dabei stieß er an einen losen Stein und strauchelte ein wenig. Er fiel nicht, hielt sich gleich wieder fest am Kreuz. Aber Tullio Tramonte, freistehend auf seinen Schultern, verlor das Gleichgewicht und stürzte herab. Unwillkürlich griff er nach einem Halte, faßte das Tuch, das der Heiligen Leib umschlang. Doch der Strick gab nach und löste sich und Tullio fiel. Alvassi fing ihn auf in den Armen.

Frank Braun schrie leicht auf. Einen Augenblick hatte er gefürchtet, der Bursche möchte im Falle die Gekreuzigte selbst herabreißen. Aber er berührte sie kaum – nur das weiße Tuch riß er von ihrem Leibe.

Nur das Tuch –

Noch hing sie oben am Kreuze –

Und er sah, daß ihr Leib hoch sich wölbte. Er starrte sie an –

Sie war schwanger. Sie trug ein Kind unter ihrem Herzen.

Ein Kind –

Sein Kind!! Sein Kind!!

Er schrie. Er stieß die zurück, die vor ihm standen, und drang zum Kreuze.

»Teresa!« rief er. »Teresa!«

Aber sie gab keine Antwort. Ihre Augen waren geschlossen, ohnmächtig hing ihr Kopf auf die Brust herab.

Er starrte entsetzt auf den runden Leib. Er sah das heilige Mal ihrer linken Seite; die Wunde stand offen und ergoß einen hellen, dünnen Blutstreifen. ›Es ist des Kindes Blut,‹ dachte er.

Er faßte das Kreuz mit beiden Händen und rüttelte daran. Sie rissen ihn los, aber er schlug um sich nach allen Seiten, blindwütend, mit unbändiger Kraft. Er schleuderte sie fort und faßte den Stamm des Kreuzes, als wollte er es hochheben, ausreißen und zu Boden werfen.

»Teresa!« schrie er. »Teresa!«

Er sah, wie ihr Körper zitterte, da ließ er los. Sie erwachte aus ihrer Ohnmacht und ihre Augen öffneten sich langsam.

»Wer rief mich?« fragte sie. »Bruder Pietro, wer rief mich zurück zur Erde?«

Der Prophet hob den Arm und zeigte auf Frank Braun. »Er war es, heilige Schwester.«

Sie sah ihn an. Und sie sagte: »Was will der Fremde?«

»Teresa –« flehte er. »Teresa –«

Aber sie hörte ihn nicht. Ihr Kopf hob sich mit gewaltiger Anstrengung, ihre Augen richteten sich nach oben. Die Lippen bewegten sich stumm. Sie betete und sprach mit ihrem Gott.

Dann senkte sie die Augen, blickte wieder auf ihn. Sie sprach: »Der Herr sandte dich her, auf daß sein Wille erfüllet werde. Nimm die Lanze und tu was er befiehlt.«

Er verstand sie nicht. »Was?« stammelte er. »Was?«

Aber sie rief herunter: »Brüder, hört ihr mich nicht? Der Herr sandte ihn! – Wie der fremde Kriegsknecht tat, der des Erlösers Seite traf mit dem Stich seiner Lanze, so soll er tun. Das ist des Herrn Wille. Eilet, Brüder, eilet.«

Sie griffen ihn. Er schlug, er trat um sich und biß. Aber sie faßten ihn und warfen ihn zu Boden. Sie umschlangen seine Beine und seinen Leib, sie hielten die Hände fest und die Arme; so stellten sie ihn aufrecht hin. Und Girolamo Scuro nahm Alvassis mächtige Heugabel und preßte sie ihm in die Hand.

»Tu, was sie befiehlt!« schrie er heiser.

»Nein!« rief er. »Nein!« Er heulte und schrie, aber sie ließen ihn nicht, stießen ihm einen Tuchfetzen zwischen die Zähne und machten ihn so verstummen. Scuros Hand legte sich schwer um die seine, die den Schaft hielt, preßte sie wie ein Schraubstock, daß er nicht loslassen konnte.

Und sie hoben ihn hoch, lehnten die scharfen, krummen Zinken der Heugabel auf der Heiligen Leib.

»Die Heilige will es!« rief der Prophet. »Stoß zu!«

Mit allen Kräften suchte er sich zu befreien, die Hand zu lösen, den Schaft nach unten zu reißen. Aber sie hielten ihn, acht starke Männer, mit wilder, fanatischer Kraft. Und der Wille der, die am Kreuze hing, machte ihre Muskeln zu Eisen.

Ihre Puppe war er.

Dann, mit einem gewaltigen Ruck, stieß Girolamo Scuro von unten gegen seinen Ellenbogen, riß ihm den Arm hoch hinauf. Und die Zinke drang in der Heiligen Leib und bohrte sich hinein bis zum Ende –

Tief hinein – durch Mutter und Kind – Dort, wo das Stigma leuchtete –

Die Heilige schrie.

Einen einzigen, wilden, entsetzlichen Schrei.

Sie ließen ihn los, dumpf fiel er zu Boden.

XV

Out – out are the lights – out all!
And over each quivering form
The curtain, a funeral pall,
Comes down with the rush of a storm.

E. A. Poe, The Conqueror Worm.

Er schlug mit dem Kopf auf einen harten Stein – nun war auch sein Gesicht vom Blute gefärbt. Bewußtlos lag er da.

Er war ihnen im Wege; sie griffen ihn auf, trugen ihn abseits, warfen ihn in das Gestrüpp des Abhanges. Und sie knieten und beteten.

O Lamm Gottes –

Da lag er und regte sich nicht. Aber in seinen Ohren gellte der Heiligen Schrei.

Ihr Schrei, ihr furchtbarer, gräßlicher Todesschrei Der alle Schleier zerriß und durch alle Nebel sah, der alle Himmel einstürzen machte und sie in den Schlund der letzten Hölle warf.

Der riß ihn auf.

Er kroch durch das Buschwerk hinab, vorsichtig, auf allen vieren, wie ein todwundes Tier. Nur fort, fort – gab es nicht ein Loch, in das er sich eingraben konnte? Er hielt sich an Steinen und Brombeerranken, unter ihm brach das Geröll und stürzte in die Tiefe. Fort – fort –

Dann stand er auf einem kleinen Vorsprung. Nun ging es nicht weiter; jäh fiel der Fels in den See. Er stand und suchte –

Da klang es oben – ah, ihre Stimme, ihre Stimme – noch einmal! Wie Mikrophone saugten seine Ohren und er hörte in der entsetzlichen Stille der Sterbenden leise Worte:

»Mein Gott, mein Gott, warum hast du mich verlassen?«

– Fort! Fort!

Alles schwand. Er sah nichts, er hörte nichts. Nur eines jagte durch seine heißen Nerven: fort, fort!

So sprang er hinab.

Oh, es war gut durch die Luft zu fliegen – Er fiel, fiel; durch viele Stunden fiel er.

Und der See nahm ihn auf. Weich und linde, tat ihm kein Leid. Tief tauchte er hinab, bis zum Grunde fast. Er fühlte: ›Nun bin ich in der Heimat.‹ Und es schien ihm ein süßer Gedanke, auf dem feuchten Grunde zu ruhn.

Aber der See hob ihn hoch, gab ihm kein Asyl. Spie ihn wieder aus, als ob er unrein wäre. Er jappte und schnappte nach Luft; instinktiv schwamm er wie ein Hund und teilte das Wasser.

Quer über den See.

Er stieg ans Land, dicht bei Raimondis Hause; gedankenlos schritt er darauf zu. Dann, vor der Treppe, blieb er stehn – was wollte er nur?

Er blickte aufwärts – ah, die Sonne war weit hinter den Bergen! In tiefem Schatten lag Val di Scodra.

Aber vielleicht war das Fahrzeug noch nicht vorbei, das ihn wegtragen konnte?!

Hinauf, den Berg hinauf zur Landstraße!

Er wagte nicht, den Kopf zu wenden – rückwärts zur Kreuzesplatte. Er lief, lief. Er sah den Ziegenpfad zur rechten Seite – da floh er hinauf. Sein Atem keuchte, die Kleider trockneten auf dem Leibe. Trockneten und wurden wieder naß von heißem Schweiß.

Wenn sie hinter ihm waren? Wenn sie gesehn hatten, wie er hinabsprang von der Kreuzesplatte und hinüberschwamm über den See? – Wenn sie ihn fingen?

Ihn – der die Heilige am Kreuze erstach?

Schmähliche Angst jagte ihn, Todesfurcht saß ihm im Nacken. Kamen sie nicht hervor aus den Büschen? Hörte er nicht die schweren Schritte und die gurgelnde Kropfstimme des Knechtes? Wenn ihn der Riese griff mit seinen Tatzen, wenn er ihn anspie, wie die süße Heilige?!

Ah, er würde nicht die Hand heben können, sich zu wehren!

Und es brach in den Büschen! Er hörte es, hörte es genau – Es schob sich und sprang –

Er sah die Landstraße – zehn Schritte nur vor sich –

Und jetzt noch, jetzt!

Er fiel in die Knie vor Angst. Er kroch zur Seite, drückte sich in das Gestrüpp – vielleicht liefen sie vorbei.

Es kam näher heran, näher, den Weg herauf. Er schloß die Augen, drückte den heißen Kopf in das Gras. Aber er wußte wohl, daß es nichts nutzen würde, und das Herz schlug ihm bis hinauf zur Zunge.

Marfa, die Ziege war es. Sie kam heran, leckte ihm rauh und zärtlich über das Gesicht.

»Du bist es, du?« flüsterte er.

Mühsam richtete er sich auf. Er hielt sich an dem Halsgurt des Tieres, ließ sich schleppen von ihm. So kam er auf die Landstraße.

Angelo saß da auf dem Handkoffer.

»Ist das Auto schon vorbei?« fragte er hastig.

Der Knecht antwortete: »Nein, Herr, noch nicht.«

Er seufzte tief auf. – Das war die Rettung!

Er wartete. Er ging die Landstraße auf und nieder, schaute angestrengt nach dem Monte Almego, dorthin, wo sich fern ein heller Streifen zeigte: das Stück der Straße. Dort mußte es zuerst auftauchen.

Aber es kam nicht, kam noch immer nicht.

Er lauschte – mit hundert Ohren. Die Straße hinauf, ob er den Lärm des Motors höre. Und hinunter nach Val di Scodra hin, ob nicht ein Geräusch heraufdrang von den Teufelsjägern, die ihn verfolgten.

War es nicht besser die Landstraße weiterzugehn? So gewann er immerhin einen Vorsprung. – Aber er fühlte wohl: nicht hundert Schritt weit würde er kommen. Er war todmatt, zerschlagen an allen Gliedern.

Er stand am Rand, hielt sich fest an einer Haselstaude und lugte nach Westen. Da kroch etwas zu seinen Füßen, schob sich vorbei an seinen Beinen. Er erschrak heftig; dann besann er sich. »Geh weg, Marfa!«

Aber es war nicht die Ziege. Es war ein Mensch. Sibylla Madruzzo.

Er klammerte sich an den jungen Stamm, um nicht umzufallen. Da kroch die alte Bettlerin – wie am ersten Tage, als er dies Tal betrat. Ihr Rücken war gekrümmt; wie ein Bogen spannte er sich steif nach vorne hin, so daß der Kopf mit den wirren, grauen Haaren kaum sich aus Hüfthöhe hinaushob. Sie drehte das Gesicht zur linken Seite, bewegte die stummen Lippen und schielte seltsam von unten herauf. Sie setzte den kurzen Krückstock auf und streckte ihm die Rechte hin, die um ein Almosen bat.

Er wagte nicht sie zu fragen. Er gab ihr eine Handvoll Silbermünzen und wich scheu zur Seite. »Geh weg!« flüsterte er. »Geh weg!«

– War sie denn nicht geheilt?

War das alles nur ein wilder Traum? Hatte er nie diese Straße verlassen, um hinabzuziehn in das Zaubertal von Scodra?

Nein, nein! Lebhaft sah er das Bild der ersten Teufelsschlacht – unmittelbar, fast mit den Händen zu greifen. Er stand in des Propheten Halle, hinten am Ende, bei der langen Bank. Und Teresa stand neben ihm und umschlang eng seinen Hals und hielt seine Hände und schmiegte sich an ihn. Teresa – damals war sie noch Teresa.

Die roten Fackeln schwälten durch den Saal und Pietro stand unter dem Christusbilde und seine ersten Jünger schwangen die Geißel.

Er sah, wie die alte Bettlerin sich abmühte, durch die Menge zu dringen. Wie sie an Jüppen und Jacken riß, wie sie stieß mit ihrem Stocke, um durchzukommen. Wie sie hockte vor dem Propheten, wie sie mühsam ihren Wunsch auf einen Zettel kritzelte. Wie die wilde Frau des Venier ihre Röcke löste, wie die Dornenrute niederfiel auf ihre alte Schulter.

Und wie sie sich aufrichtete –

Erst kniete. Dann sich hob zu voller Höhe. Wie ihr Leib, der gekrümmt war durch dreißig lange Jahre in gräßlichem Krampfe, hoch sich reckte und alle Umstehenden überragte um Haupteslänge –

Sie war geheilt!

Und ein Wunder war es, ein Wunder!

Nun aber kroch sie wieder herum, jammervoll gekrümmt; wand sich am Boden wie ein zertretener Wurm. Und es kam ihm vor, als ob sie noch gebückter ginge, noch steifer und elender wie zuvor.

Er erinnerte sich, daß er sie nicht mehr gesehn hatte in den Versammlungen der Teufelsjäger, seit er zurück war aus Cimego. Also so kurz, so jammervoll kurz war ihr Glück gewesen?!

Dann dachte er: vielleicht log sie. Vielleicht spielte sie nur die gelähmte Bettlerin und war stark und gesund – gesunder wie er. Vielleicht war sie hierher gestellt von den Bauern, ihm aufzupassen, ihn festzuhalten, ihm an die Kehle zu springen im letzten Augenblicke.

Rief sie nicht? Machte sie nicht Zeichen mit ihrem Stocke den Berg hinunter?

Entsetzt wandte er sich, blickte ihr nach. Aber sie humpelte mühselig, unendlich langsam ihrem Steine zu. Sie setzte sich und er konnte ihr Gesicht sehn. Verwittert, zerstört, wie geschnitten aus braunem, wurmstichigem Holze –

Nein, nein, sie log nicht. Sie war gelähmt und verkrümmt – und nur das Wunder war eine große Lüge.

Sie war Sibylla Madruzzo, die alte Bettlerin.

Und er dachte: – Die Heilige –? Oh, die Heilige –

»Nie!« rief er laut. »Nie, nie! – Sie hängt am Kreuze. – Und ich stach –« Er hielt beide Hände vor das Gesicht. »Nie. Nie!« schrie er.

Und die steilen Wände des Monte Almego griffen den Schall, warfen ihn weit zurück: Nie – nie –

Er biß sich in die Lippen. Warum schrie er nur? Wollte er denn selbst die Verfolger herbeirufen? Atemlos spähte er nach Westen. Kam denn das Auto immer noch nicht? Noch immer nicht?

Er ging zu Angelo. Er wollte ihn bitten, ihm zu helfen, wenn die Feinde kämen. Aber dann schwieg er doch; konnte nicht sprechen.

Er sah den Knecht an, wie er dasaß, breit und zufrieden. Den rechten Arm schlang er um seiner Ziege Hals, mit der linken Hand spielte er an ihren Eutern. ›Du bist glücklich!‹ dachte er. ›Du allein!‹

Er fragte: »Wie lange bist du schon hier?«

»Den ganzen Nachmittag.«

»Weißt du, was unten passiert ist?«

Der Knecht schüttelte den Kopf. »Nein, Herr.«

»Hast du sie nicht lärmen hören?«

Angelo grinste bedächtig. »Doch. Ich hörte so ein Geschrei. – Was gehts mich an, Herr?«

Frank Braun sagte: »Nein, nein, dich gehts nichts an. – Du bist nicht von hier.«

Er ließ ihn stehn, lief auf die Mitte der Landstraße. »Da kommt es!« schrie er. »Da kommt es!«

Oben am Monte Almego tauchte das Auto auf, jagte schnell über das schmale Stück der Straße, das das Auge faßte, hüllte es in eine dichte Wolke weißen Staubes. Dann hörte er das harte Geräusch des Motors, und nun kam es, pfeilgeschwind, näher und näher.

Der Führer stieß in sein kurzes Horn. Aber Frank Braun blieb stehn, reckte die Arme hoch und zwang ihn zum Bremsen.

»Was wollen Sie?« rief der Führer unwillig.

»Mitfahren!« antwortete Frank Braun. »Mitfahren!«

»Ich kann Sie nicht mitnehmen. Sie sehen ja, daß alle Plätze besetzt sind.«

Frank Braun trat dicht zu ihm hin, faßte ihn am Arm. »Sie müssen mich mitnehmen!« schrie er. »Ich werfe mich unter die Räder, wenn Sie mich nicht mitnehmen.«

Der Führer sah ihn verwundert an, er fühlte wohl, daß es diesem Manne Ernst war. »Herr,« sagt er zu seinem Nachbar, »würden Sie vielleicht ein wenig zur Seite rücken?«

Der Herr tat es, kopfschüttelnd und brummend. Frank Braun stieg auf, klemmte sich neben den Führer. Der Knecht schob seinen Koffer zwischen die Knie der Passagiere, streckte dann die Hand aus.

»Was willst du?« fragte Frank Braun.

Angelo grinste, zog seine Banknote heraus und schwenkte sie.

Frank Braun warf ihm, ohne hinzusehn, einen andern Schein hinaus. Er flatterte in der Luft und fiel in den Staub. Der Knecht hob ihn auf und warf rasch einen Blick darauf. Dann sprang er mit erschrecktem

Gesicht zum Wagen und hielt ihm den Schein wieder hin.

»Herr,« sagte der Chauffeur, »Sie haben dem Burschen hundert Kronen gegeben.«

»Behalts!« rief Frank Braun. »Behalts!« Er preßte den Arm des Führers. »Um Gottes willen, fahren Sie zu!«

Achselzuckend sprang der Führer ab und drehte die Kurbel an. Frank Braun wandte unwillkürlich den Kopf, um einen letzten Blick in das Tal zu werfen.

Und – über die Büsche weg – sah er die Platte am See – mit vier großen, gewaltigen Kreuzen –

»Fahren Sie zu!« schrie er in wahnsinniger Angst. »Fahren Sie zu!«

Der Führer sprang auf – endlich liefen die Räder. Endlich –

Nun atmete er freier.

Nach einer Weile fragte er: »Werden wir zeitig genug zur Stadt kommen, um den Abenddampfer zu erreichen?«

»Nein,« sagte der Chauffeur. »Ganz gewiß nicht. – Ich hatte hinter dem Monte Almego eine kleine Panne – daher die Verspätung. Uebrigens macht es kaum etwas, alle Mitreisenden sind unsere Hotelgäste, sie bleiben noch und würden doch nicht heute abend abfahren.«

»Aber ich will fahren!« sagte Frank Braun.

Eine neue Angst überfiel ihn. Die Bauern würden ihn vermissen, sie würden ihn suchen. Sie würden den Knecht fragen und Sibylla Madruzzo. Da würden sie hören, daß er zur Stadt gefahren sei. Dann würden sie sich aufmachen. Marschieren – die ganze Nacht hindurch. Und am andern Morgen standen sie wieder unter seinem Fenster –

Oder drangen hinein ins Hotel, in sein Zimmer. Griffen ihn, packten ihn, holten ihn zurück. Zurück nach

Val di Scodra. Zur Kreuzesplatte. Zu der Heiligen, die dort oben hing.

Oh, er war nicht sicher in der Stadt! Er mußte auch von dort fort, am Abend noch – verlieren mußten sie jede Spur von ihm.

Er wischte sich den Schweiß von der Stirne; zwang sich ruhig zu sprechen. »Hören Sie,« sagte er dem Führer, »ich muß den Dampfer erreichen, heute abend – um jeden Preis! – Fahren Sie zu, was die Maschine läuft. Sie sehen, daß ich dem Knechte hundert Kronen gab, nicht wahr? – Sie bekommen das dreifache, wenn wir zur Zeit ankommen!«

Der Führer besann sich, seufzte und schüttelte den Kopf. »Es tut mir leid genug, Herr,« antwortete er, »ich möchte, weiß Gott, die Scheine gerne verdienen. – Aber es ist unmöglich. Wenn der Dampfer sich nicht ebenso verspätet wie ich, so wird es nicht gehn.«

Frank Braun flüsterte: »Fahren Sie, fahren Sie! Vielleicht hat er Verspätung!« Dann kam ihm ein anderer Gedanke. »Wäre es nicht möglich zu einer weiteren Station zu fahren, zu einer, die er später anläuft? Da würde man vielleicht abschneiden und ihn am Ende noch erwischen!«

Der andere schüttelte den Kopf: »Nein, Herr. Dahin führt keine Straße von hier aus.«

Sie schwiegen. Fieberhaft suchte Frank Braun nach einem Ausweg.

Nichts, nichts! Oh, sie würden ihn fangen! Er fühlte, wie des Scuro roter Kropf sich schwer hinschob über sein Gesicht.

Dann hörte man ein Posthorn rufen. Der Führer hielt nach links, sie fuhren vorbei an der Postkutsche, die ihnen entgegenkam. Er blickte hin – da saß der Gastwirt neben einem starken, häßlichen Weibe. Frank Braun duckte sich – hatte ihn Raimondi gesehn?

Ah, nun würden sie ganz gewiß kommen, ihn aufzuheben in der Stadt! Sie würden dem Wirte sagen, daß er es war, der den Stoß führte, er – sie würden mit ihm kommen, alle, alle. Das Weib des Venier würde ihre Krallen in sein Fleisch schlagen und der schmutzige Alvassi seine Hände greifen. Der Prophet würde sie führen, und Ratti und Ronchi würden vor ihm herschreiten, wenn sie ihn zurückholten im Triumphzuge –

Was würden sie mit ihm tun?

Erst warten drei Tage lang, daß die Heilige auferstehen solle, wie sie verkündet hatte. Und drei Tage lang und drei lange Nächte mußte er liegen vor ihrem offenen Grabe. Dann aber? Dann, wenn sie nicht aufstieg aus ihrer Gruft? Wenn die große Hoffnung zerriß, wenn der furchtbare Alltag mit entsetzlicher Klarheit allen heiligen Wahnsinn erstickte??

Ah, ihm würde geschehn, so wie es der junge Ulpo sagte: sie würden ihn greifen in rasender Wut und lebendig in den See des Feuers werfen, das mit Schwefel brannte! Sie würden ihn zerreißen mit den Zähnen und die Fetzen verstreuen und die Vögel sättigen mit seinem Fleische!

Er fieberte. Seine Zähne klapperten; in sinnloser Angst barg er den Kopf in den Händen.

– Nach einer Weile sagte der Chauffeur leise: »Vielleicht könnte man nach Tremosine fahren. Das ist nicht weit. Es ist die vorhergehende Station.«

»Fahren Sie hin!« flüsterte der Deutsche.

Der Führer zögerte. »Herr, auch da werden wir den Dampfer nur erreichen, wenn er Verspätung hat. Dazu liegt Tremosine oben auf dem Berge; man kann allerdings mit einer Drahtseilbahn hinunter zum See fahren. Aber es ist nicht ganz ungefährlich – nur die Leute des Ortes benutzen sie und auch die nicht alle. Und dann – ich kann Sie wohl nach Tremosine bringen, aber ich kann nicht wissen, ob Sie zurecht zum Dampfer kommen würden.«

Frank Braun sagte: »Versuchen wir es. Sie sollen auf jeden Fall Ihr Geld bekommen.«

Der Führer bremste und wandte den Wagen zurück.

»Wohin?« fragte Frank Braun.

»Der Weg nach Tremosine führt rechts ab von der Straße; wir haben ihn schon passiert. Aber es sind kaum vier Minuten Verlust.«

»Kaum vier Minuten!« rief Frank Braun. »Vier Minuten! Fahren Sie, Mann, fahren Sie, was der Motor hergibt!«

Sie jagten durch die Dämmerung, stiegen hinauf auf einer jammervollen Straße. Das Fahrzeug sprang wie ein Ball, über Steine und harte Furchen, warf die schimpfenden Reisenden von ihren Sitzen und schüttelte sie durcheinander. Es war völlig finster, als sie den Ort erreichten.

Der Führer sprang ab, schrie laut zu den Bauern; fragte, ob der Dampfer schon vorbei sei. »Eben kommt er,« antwortete man.

Er riß den Handkoffer heraus und warf ihn den Leuten zu. »Fahrt den Herrn hinunter!« rief er.

Frank Braun gab ihm sein Geld, lief mit den Bauern auf die Felsklippe. Die Bahn war alt und erbärmlich schlecht, nur bestimmt, Lebensmittel herauf und hinunter zu befördern; die eisernen Hunde waren kaum größer, als ein starker Korb. Er sprang hinein in den ersten, ein Bauer mit seinem Koffer in den nächsten. Jemand pfiff und die Hunde setzten sich in Bewegung, unendlich langsam krochen sie senkrecht den Fels hinab. Er sah den Dampfer – er fuhr schnell und tat gar nicht so, als ob er anhalten wollte.

Oben hörte er den Führer schreien und die Bauern. Sie winkten mit Lichtern, heulten in die Nacht hinaus, um den Kapitän zu veranlassen, beizudrehn. Dann schrien sie nach unten, man solle ein Boot zurechtmachen.

Nun ging es schneller, es war, als ob der eiserne Hund hinabfiele. Hart schlug er auf den Boden auf, Frank Braun fiel vorne über und schlug mit der Stirne auf den harten Rand. Ein paar kräftige Arme hoben ihn heraus, rissen ihn zum Ufer hin und warfen ihn in den Kahn. Sie griffen zu den Riemen und fuhren hinaus in den See, auf den Dampfer zu, dessen Lichter sich langsam im Dunkel entfernten.

Die Schiffer schrien und lärmten; endlich hielt der Dampfer. Frank Braun kletterte an Bord.

Aber er fand keine Ruhe und keine Sicherheit. Seine Gedanken verwirrten sich. Waren die Leute von Val di Scodra nicht schon in der Stadt? Warteten sie nicht schon – bereit, über ihn herzufallen, wenn das Schiff dort anlief? Mit langen Schritten lief er über Deck, hin und zurück, von einer Reeling zur andern.

Dann kam die Stadt und der Dampfer hielt. Die Landungsbrücke war fast leer, auch am Ufer standen nur wenige Menschen. Er spähte vorsichtig herum – nein, nein, es war niemand da.

Hinten, in dem offenen Schuppen, sah er seine Koffer stehn. Er löste sie aus und ließ sie an Bord bringen. Jeden Augenblick spähte er in die dunklen Gassen, ob nicht doch einer da wäre von den Teufelsjägern.

Jemand rannte vom Platze her auf die Brücke zu. Wieder erschrak er. Sah er nicht aus wie Ulpo, wie der junge Giovanni Ulpo? Er besann sich – Giovanni Ulpo war tot. Und nun sah er auch, daß es der Portier irgendeines Hotels war.

Die Dampfpfeife schrie – ein- – zwei- – dreimal. Man zog den Steg zurück und schloß die Reeling. Die Maschine arbeitete, die Schaufelräder griffen ins Wasser.

Er stand auf Achterbord und blickte zurück, sah, wie die Stadt verschwand mit ihren letzten Lichtern. Nun mochten sie kommen, nun war er fortgeflogen! Mochten sie sich doch in den See werfen, ihm nachschwimmen, wie Hunde – bah, nun würden sie ihn nicht mehr erreichen!

Die Angst schwand, aber es blieb eine heiße Unruhe. Er wußte gut, daß er nun gewiß gerettet war, wenn anders seine Furcht wirklich mehr Grund hatte, als den barer Einbildung. Aber dennoch spähte er scharf nach dem Ufer, lugte auf die tiefblauen Wasser der Garda, als möchte jeden Augenblick der mächtige Kropf des Girolamo Scuro dort auftauchen.

Der Dampfer kam zur Endstation; er hatte den Zug verspätet, der den Anschluß hielt zu der großen Strecke nach Norden. Die Reisenden kletterten in die Wagen, feilschten mit den Kutschern und verstreuten sich. Aber er wollte nicht bleiben, auch hier noch nicht. Nur fort, so weit als es möglich war. Ein letzter Zug der Kleinbahn ging noch ab, den bestieg er. Er saß eingekeilt zwischen Weinbauern und Holzwirten, hielt seinen Handkoffer auf den Knien fest. Er starrte vor sich hin und versank in dumpfes, apathisches Brüten. Seine Gedanken faßten nichts mehr, seine Lippen bewegten sich leise und formten immer dieselben trostlosen Worte: »O du Lamm Gottes, welches du hinwegnimmst die Sünden der Welt –«

Ein Schaffner riß ihn auf. »Wollen Sie sitzen bleiben?« fragte er barsch. Er blickte verstört um sich; er war allein. »Nein,« stammelte er.

Er war in Mori. Er ging zum Schalter der Hauptstrecke und verlangte eine Fahrkarte. Er erfuhr, daß der nächste Zug erst am andern Morgen fahre. »Heute nacht kommt kein Zug mehr durch?« fragte er.

»Nein,« sagte der Beamte. »Nur ein Schnellzug, der nach Süden fährt.«

»Bis wohin?«

»Durch nach Venedig.«

»Wann kommt er?«

Der Beamte sah auf die Uhr. »Gleich,« antwortete er. »In fünf Minuten muß er hier sein.«

Frank Braun atmete auf. »Geben Sie mir ein Billett.«

Er stieg in den Zug. Es gelang ihm mit mancher Mühe ein Schlafabteil zu bekommen. Er schloß die Türe. Schwer ließ er sich auf das Bett fallen.

Dann kam der Schaffner, kam der Kontrolleur, der Schlafwagenbeamte – jede Minute eine andere Störung. Fast traten ihm die Tränen in die Augen. »Warum quälen sie mich?« flüsterte er.

A 1a. – Er mußte hinaus, sein Gepäck besichtigen zu lassen. Er schloß auf, stand stumm neben den Zollwächtern, die in seinen Sachen wühlten.

»Zollpflichtiges?«

Er schüttelte den Kopf.

Endlich war er wieder im Zuge. Er entkleidete sich, legte sich nieder.

Schlafen, schlafen!

Aber er schlief nicht. Er zählte die Stöße des Wagens und seines Herzens Schläge. Es klopfte langsam genug, aber schwer und tief, bis in die Kehle hinauf. Er lauschte auf die Stöße des fahrenden Zuges.

›Nun bin ich zurück,‹ dachte er. ›Besiegt, geschlagen, mit Füßen getreten. Wieder einmal.‹

Ach – nie würde es anders werden! Und wie gut er auch die Maske nahm und wie stolz er daherschritt, ein Danton, ein Cesare Borgia – einmal fiel doch die Larve.

Dann stand er da, nackt und verzweifelt: Hamlet.

Und das furchtbare Kainszeichen der Erkenntnis leuchtete auf seiner Stirne – da floh der Wille.

Vernunft und Intellekt – o ja, sie erkannten gut, was war und was geschah. Aber zur Ueberwindung hatten sie keine Kraft, sie schleppten am Fuße das schwere Bleigewicht des Gedankens, das sie immer hielt durch das ganze Leben hindurch. So brach die Kraft im Spiel, so zerplitterte sich die Stärke im zwecklosen Scheinkampf. Aber der Wille jagte daher, dumm und froh und zerschlug die Welten und schuf sie von neuem und sprang leicht von Tat zu Tat.

Oh, diese schöne Larve des Willens! Nun lag sie in heißem Staube des Tales von Scodra, blutbesudelt, beschmutzt und zerfetzt.

Er schrie nach dem Willen. Und jede Faser seines Leibes dürstete heiß und verging in wilder Sehnsucht nach der Tat. Aber die Gedanken lachten laut und sagten: ›Wer den Willen *predigt*, der ist ein Schwächling!‹

Nie war Zarathustra so weich und so schwach, als da er rief: ›Werdet hart.‹

Und Nietzsche fühlte wohl, daß es so war, und eben diese Erkenntnis gebar die Tragik, die ihn zum Wahnsinn führte. Ein Lehrling war er, ein Lehrling, und kein Zauberer. Wie er selber.

– Eine Fliege kroch ihm übers Gesicht. Er faßte zu und griff sie zwischen zwei Fingern. »Werdet hart!« lachte er bitter. Und die hundert Gedanken jagten im Augenblick: »Wozu? Laß sie fliegen! Was willst du mit ihrem armseligen bißchen Leben?« Er schob das Fenster hinab und warf das Tier hinaus. »Werdet hart!« schluchzte er.

Der Mensch des Willens hätte es zerquetscht – gedankenlos. Zwischen den Fingern wäre es gestorben, und das Ereignis seines Todes wäre kaum hingedrungen zu dieses Menschen Hirn. Er aber mußte denken und überlegen –

Unheilbar war er, nie würde sich seine Sehnsucht erfüllen. Seine heiße Sehnsucht nach der Maske, die er so liebte.

Oder doch – vielleicht –? Einmal – am Ende – im Wahnsinn!?

Dann, dann endlich waren die Gedanken frei von der schrecklichen Erkenntnis. Dann war die Kette zerrissen, die ihn schmiedete an die Vernunft. Dann raste der Wille, frei und froh, und zerschlug Welten und schuf sie –

Dann!

War es nicht das beste, wahnsinnig zu sein?

Er lehnte sich ans Fenster, starrte in die Nacht. Er sah die Namen der Stationen, las Buchstaben, Worte – ohne sich Rechenschaft zu geben, was sie bedeuteten. Er warf sich aufs Bett, steckte den Kopf in die Kissen und biß mit den Zähnen hinein.

»O du Lamm Gottes, welches du hinwegnimmst die Sünden der Welt, erbarme dich unser.«

Er stand auf, zog sich wieder an. Lief durch den Zug, von einem Ende zum andern. Kam dann zurück, setzte sich und barg den Kopf in die Hände.

Der Tag kam, und der Zug jagte über die Lagunen. Ueber Venedig lag der erste kalte, giftige Frühschein, den er so haßte. Er stieg in die Gondel; mit geschlossenen Augen fuhr er durch die Kanäle.

Als er die Treppe hinaufstieg zum Hotel, taumelte er und fiel. Der Hausknecht fing ihn in den Armen auf. »Sie sind krank, Herr!« sagte er. Er führte ihn in sein Zimmer, half ihm sich entkleiden. Er lief weg und brachte eine Flasche Wermut. Frank Braun trank gierig drei große Gläser.

Dann fiel er auf das Bett –

Er schlief, schlief fest, stundenlang. Als er erwachte, blieb er einen Augenblick liegen, aber er ermannte sich gleich, sprang schnell auf, klingelte und bestellte ein kaltes Bad. Nicht denken, nicht denken! Nur irgend etwas tun –

Er rasierte sich sorgfältig, dann ging er ins Bad. Das kalte Wasser erfrischte ihn, es schien ihm, als ob es einen dicken, fünfmonatigen Staub herunterspülte. Er kleidete sich an, nahm seinen Hut und ging hinaus.

Er schritt über den Markusplatz, setzte sich an einen der kleinen Tische des Café Quadri und frühstückte. Der Kellner brachte ihm eine Zeitung; er las eifrig, interessierte sich für jede dumme Kleinigkeit des Blattes, als ob er es all die Zeit über täglich verfolgt hätte. Als er jede Zeile gelesen, legte er es weg, schaute über den Platz, den die warme Sonne des letzten Septembertages leuchten machte. Er war fast leer, nur hinten bei dem Holzbau des Campanile fütterten frische, englische Kinder die Tauben. Er blickte nach St. Marco und auf die Procuratien –

Seltsam! Wohl hundertmal hatte er hier gesessen und jeden Stein kannte er. Und doch kam ihm heute alles so fremd vor. So traumhaft und unwirklich –

Er ließ den Kopf hängen und starrte auf die Steinfliesen. Und irgendwoher trug ihm der Wind diese Worte zu: »Da fliehst du, und der ewige Tod jagt dir im Nakken. Ueber Seen und Berge, durch lange Täler und weite Ebenen. Ich sehe dich sitzen auf einem weiten Platze und die Sonne strahlt auf dem weißen Marmor. Rings erheben sich hohe Paläste, du aber blickst stumm auf den Boden –«

›Der Heiligen Worte,‹ dachte er. Aber alle Aufregung war gestorben und er wunderte sich fast über diese schwere Ruhe seiner Seele. »Nun wird jemand rufen,« murmelte er.

Und jemand rief seinen Namen. Er sah nicht auf und er staunte nicht. So mußte es sein.

»Frank Braun!« rief die Stimme. »Frank Braun!«

Er kannte die Stimme wohl – wer war es doch? Es war nicht die Stimme der Heiligen – *aber aus dieser fremden Stimme klang dennoch die ihre.* Und er flüsterte ihre Worte: »Jemand ruft deinen Namen – du aber hörst meine Stimme.« Er stand auf und sagte laut: »Und die Wolken decken die Sonne –«

Die Frau lachte: »Da haben Sie eine tiefe Weisheit gesprochen, Frank Braun, ein Astrolog wird Sie beneiden! Ein Schatten zieht über den Markusplatz und ohne nur aufzusehen, zieht der Herr Philosoph den großen Schluß, daß wohl eine Wolke die Sonne verdecke! Es ist erstaunlich!«

Er wandte sich der schönen Frau zu, die ihm die Hand hinstreckte.

»Lotte Lewi!« sagte er. »Lotte Lewi, die Phönizierin.«

»Immer noch die Phönizierin?« lachte sie.

»Immer noch,« wiederholte er. »Rote Haare, grüne Augen und dünne schwarze Striche darüber. Schlank wie Baaltis und die Nägel mit Henna gefärbt. Jungfräuliche Brüste, die alle Laster kennen und sich sehnen, neue zu erfinden.« Er wandte den Kopf und suchte herum. »Sind da nicht Ihre Eltern?«

Sie nickte. »Ja, da stehn sie bei dem Juwelier. Ich hoffe, sie werden mir die Perlenschnur kaufen, die mir gefällt.« Sie lachte wieder. »Schweigen Sie nur,« fuhr sie fort, »ich weiß gut, was Sie denken! – Tate Lewi: etwas krummbeinig, klein, schwülstige Lippen, dicke Nase und kluge Augen. Mama Lewi – oder nein, sie würde entsetzt sein! – also Frau Geheime Kommerzienrätin Lewi – leider! – geborene Ludmilla Freiin von Kühlbeck – unterstrichen! – Groß, starkknochig, immer noch schön und ein bißchen dumm. Und dann: Lotte. Schlagwort: Tiergarten. – Richtig?«

»Ja,« sagte er. »Richtig. Bestes Halbblut. Soll Tollkirschen ins Haar stecken.«

Sie lachte leicht: »Oder Myrten und Orangenblüten. – Ich bin seit drei Wochen mit einem Grafen verlobt. Mama ist entzückt.«

Er sagte: »Schade! Es wird den Schlag verderben.«

Sie trat dicht zu ihm, sah ihn scharf an: »Ich bin fünfundzwanzig Jahre alt. Fünfundzwanzig! Auf wen soll ich warten? – Soll ich Sie vielleicht heiraten?«

»Behüte!« lachte er. »Heiraten Sie nur den Grafen. – Aber kriegen Sie keine Kinder. – Wenigstens nicht von ihm.«

Sie war ärgerlich. »Sie sind unausstehlich!« rief sie.

Er setzte sich und gab auch ihr einen Stuhl. »Ach, Lotte, das glauben Sie ja selber nicht.«

Sie stützte beide Ellenbogen auf den Tisch und sah ihn voll an. »Nun gut, ich glaube es nicht. Sie sollen recht haben, meinetwegen! – Aber Sie müssen mir versprechen, heute abend mit mir auszugehen.«

»Wohin?«

Ihr Auge lauerte, lag auf dem Sprung wie ein Raubzeug. »Einerlei,« sagte sie. »Ich weiß noch nicht. Ich werde Sie schon führen.«

»Gut,« sagte er. »Uebrigens – wenn Sie's hören wollen – gerne. Ich bin froh, daß ich Sie traf.«

»Sie?« Sie sprach leicht und fast gleichgültig. »Nun – ich auch! Ich langweile mich.«

Er nahm ihre Hand und küßte sie. »Das ist *Ihre* Hand, Lotte, nur *Ihre*. Klug und grausam.«

Sie lachte laut auf. »Oh, Sie haben es nötig, so zu sprechen. – Gibt es denn grausamere und brutalere Klauen als Ihre eigenen?«

Er schwieg, seine Lippen verzogen sich bitter. ›Maske!‹ dachte er. ›Elende Maske.‹

Sie blickte ihn lange an. Nach einer Weile fragte sie: »Wie kommen Sie hierher – um diese Zeit? Die Saison beginnt in Berlin – man wartet auf Sie.«

Er nickte müde. »Ja,« sagte er tonlos, »ich werde hingehn.«

Wieder schwieg sie eine Weile. Dann sagte sie: »Seit einem halben Jahre sind Sie verschwunden vom Erdball. – In welchem Erdteile haben Sie gesteckt? Was haben Sie gemacht? Und wo kommen Sie her?«

Er stand schnell auf. Aber er taumelte, hielt sich mühsam an der Tischkante. Sein Gesicht war bleich, seine Blicke starrten ins Leere. »Wo ich herkomme? Aus den Bergen. Aus einem Loch in den Bergen. Was ich gemacht habe? – Oh – ich habe in den Bauch der Erde gesehen.«

Sie faßte seinen Arm. »Und auf dem Blocksberg getanzt? Und dem Satan Mekatrig einen Sabbat gefeiert?« Sie lachte spöttisch. »Gestehn Sie doch, Frank Braun!«

Er schüttelte müde den Kopf. »Vielleicht habe ich nur einen Roman geschrieben.«

Sie gab ihm rasch die Hand. »Da sind meine Eltern! – Kommen Sie ins Hotel, wenn Sie wollen. Danieli. Und heute abend neun Uhr hier – und lassen Sie mich nicht warten!«

»Alright!« nickte er.

XVI

Souvent femme varie,
Bien fol est, qui s'y fie.
Franz I. von Frankreich.

Er fuhr zum Lido hinaus und schwamm im Meer. Er schlenderte am Strande an den Capannen vorbei. Er traf manchen Bekannten, plauderte hier und dort ein paar gleichgiltige Worte –

Am späten Nachmittag fuhr er zur Stadt zurück. Er ging zu Danieli und gab seine Karte ab; die Damen waren aus, aber den Kommerzienrat traf er an. Sie sassen im Rauchzimmer und redeten; der Kommerzienrat erzählte ihm, daß er eine neue Gesellschaft gegründet habe zur Herstellung von Monoplanen.

»Ich denke, Sie arbeiten mit der Motorluftschiffgesellschaft?« fragte Frank Braun.

Der alte Lewi lachte: »War einmal! Alles abgestoßen – vorteilhaft! Heute bin ich überzeugter Aviatiker.«

»Ist schon alles in Reih und Glied?« fragte Frank Braun. »Wenn Sie noch eine kleine Aufsichtsratsstelle frei haben, so bitte, denken Sie an mich. Ich sammele solche Posten. Dabei bin ich der geborene Aufsichtsrat, bin ebenso diskret wie repräsentativ, mische mich in gar nichts und gebe unbesehn jede Unterschrift.«

»Man kann es überlegen,« sagte der Kommerzienrat. »Vielleicht ist noch etwas frei. Uebrigens ist da auch die Karamingesellschaft, die ich gerade gründe; dafür brauche ich noch ein paar gute Namen. Oder versteifen Sie sich auf die Aviatik, Doktor?«

»Durchaus nicht – ich nehme eines wie das andere. – Karamin? – Was ist denn das?«

Herr Siegfried Lewi blies laut den Atem durch die Nase und klatschte auf die Schenkel mit den etwas zu feisten Fingern. »Keine Ahnung, lieber Doktor, keine Ahnung! Es muß so etwas Aehnliches sein wie Mondamin oder Palmin. Aber äußerst reell, eine sehr gute Sache; wir haben fabelhafte Gutachten!«

»Bah, ich zweifle nicht daran. Aber trotzdem – für Karamin bin ich teurer, mit Ihrer Erlaubnis.«

Er verabschiedete sich; fuhr dann ins Hotel, traf wieder Bekannte und speiste mit ihnen zu Abend.

Es war ein Viertel nach neun Uhr, als er zum Markusplatze ging.

›Ich kann heute nicht warten,‹ dachte er, ›so mag sie es tun.‹

Lotte Lewi kam ihm mit langen Schritten entgegen. »Ich weiß!« rief er ihr zu. »Uebrigens war es Absicht und nicht Nachlässigkeit. Ich war den ganzen Tag unter Menschen. Ich mochte nicht allein sein heute, auch für Minuten nicht. Das war es.«

Sie bot ihm ihren Arm. »Angst?«

Er zuckte die Achseln. »Wie Sie wollen. Vielleicht – Angst. – Gestern freilich war es ein wenig mehr.«

»Und jetzt?« fragte sie.

Er schob seinen Arm in den ihren. »Jetzt? – Jetzt ists gut. Plaudern Sie nur.«

»Danke. Sie kommen um vor Liebenswürdigkeit. – Also dazu bin ich gerade gut, Ihre schlechte Laune fortzutreiben?«

Er drückte leicht ihren Arm. »Ach, Lotte, wir zwei wollen uns doch nichts vormachen. Freilich ists so, wie Sie denken. Aber ist es nicht auch irgendeine Laune, die

Sie veranlaßt, heute nacht mit mir durch Venedig zu schwimmen? – So ist es, Lotte: ich will an irgend etwas *nicht* denken. Und dazu schickte mir ein guter Gott Lotte Lewi hierher, die es wohl versteht, wenn sie will, den Menschen festzuhalten, der neben ihr geht – das ist ein Kompliment, mein kluges Fräulein. – Ich möchte ein anderes denken und aus dem gestern die allerfernste Vergangenheit machen: so bin ich gewiß das allerbeste Objekt für alle Ihre Wünsche zu heute. Sie aber haben irgendeine Idee, die Sie lockt. Ich weiß nicht, was es ist, aber ich weiß gut, daß Ihnen niemand dafür mehr geeignet erscheint, als gerade ich. Sie haben hundert Bekannte hier und Sie konnten keinen davon brauchen – zu dem, was Sie nun einmal wollen. Mich aber können Sie gut dazu gebrauchen – und deshalb waren Sie froh, als Sie mich trafen heute morgen. So bin ich das Kaninchen, an dem die liebe Lotte irgendein Gift probieren will. Und da das Kaninchen krank ist und sich einbildet, daß ihm Lottes Gift vielleicht helfen mag, so ist es zutunlich und frißt aus der Hand. Da haben Sie unsern Pakt, Lotte!«

Sie sah ihn voll an und sagte: »Ich glaube, ja.«

»Und deshalb, Lotte,« fuhr er fort, »muß man das Kaninchen streicheln und recht lieb zu ihm sein. – Versparen Sie also alle kleine Bosheiten für Ihren gräflichen Bräutigam.«

Sie zog die Lippen. »An den Sie mehr denken als ich, wie es scheint. – Um die Wahrheit zu sagen – nun habe ich fast gar keine Lust mehr dazu.«

»Zum Heiraten?« fragte er.

»Ach was! – Zu dem, was ich heute wollte. – Sie haben mir beinahe meinen Wunsch verleidet, Frank Braun.«

»Verleidet?«

»Ach, Sie sollen nicht jedes Wort wägen. – Also nicht – verleidet. Aber abgeschnitten, glatt an der Wurzel.«

»Warten Sie nur, Lotte, er wird von neuem keimen. – Wo wollen wir hingehn?«

»Es ist mir gleich,« seufzte sie. »Schlagen Sie nur vor.«

Sie schritten unter den Lauben der Procuratien. Er zeigte auf ein Plakat: »Zum Theater Goldoni? – Novelli spielt da.«

Sie nickte: »Wie Sie wollen.«

Er las den Zettel – Hamlet. »Nein,« sagte er, »nein! Das ist ein furchtbares Stück.«

»Hamlet?« Sie sah ihn erstaunt an.

Er zog sie fort. »Ja,« sagte er – »heute – für mich.«

Sie gingen durch die Merceria. Sie schwiegen, blickten in die Menge, die dicht sich drängte. Oder in die hellen Schaufenster, vollgepfropft mit billigem Fremdentand.

»Plaudern Sie doch, Lotte,« bat er.

Sie blieb stehn, sah unverwandt auf eine große bunte Affiche – der Graf von Monte Christo, wie er im Sack ins Meer geworfen wird.

»Ein Kinema!« rief er vergnügt. »Wollen wir hingehn, Lotte? Ach, wie lange habe ich keinen Film mehr gesehn!«

Sie sagte: »Wie Sie wollen.« Es klang tonlos, unendlich gleichgiltig. Und doch schien ihm, als läge irgendeine Absicht in dieser Gleichgiltigkeit. Er sah sie an, aber sie erwiderte seinen Blick nicht.

Sie traten ein, setzten sich vorne in eine Loge. Sie sahen Blériot, wie er über den Kanal flog mit seinem Vogel. »Ach, prächtig!« flüsterte Frank Braun. »Prächtig! – Uebrigens müssen wir Ihren Vater herführen, er interessiert sich zur Zeit für Aviatik.«

Sie antwortete nicht. – In der Pause bat sie ihn, ein Programm zu besorgen, und las es aufmerksam durch.

Dann kam die Hauptsache: die Geschichte des Grafen von Monte Christo. Frei nach Dumas Vater. Ein Riesenfilm von Gaumont, der durch zwei Stunden lief. Ein wenig sentimental und bürgerlich romantisch, aber prachtvoll gespielt an Ort und Stelle und mit packenden Einzelheiten, die keine Bühne der Welt entfernt erreichen konnte. Diese Landung auf Château d'If –

Er freute sich, war ausgelassen wie ein Knabe. Er erzählte ihr von seinen Besuchen bei Gaumont und Pathé, sprach entzückt von diesen gewaltigen Etablissements, setzte ihr auseinander, wie man alles mache und erklärte ihr hundert gute Tricks. »Ach, der Kientopp!« rief er begeistert. »Es ist das Herrlichste, was unsere Zeit schuf! Ich weiß nicht, wer ihn erfand – sagen wir Thomas Alva Edison in dubio! Aber mir ist der Mann lieber als Marconi und Zeppelin und Röntgen und Koch und Cook und hundert andere!

Der Kinema läßt uns Reisen machen in alle Länder, er ist der beste Historiker, ein Fanatiker der Wahrheit, der keinen Irrtum kennt. Und zugleich ist dieser selbe Kinema der echte Alchemist, er schlägt in Stücke, was die Vernunft predigt, und ist der einzige Zauberer der Welt. Er macht Gegenwart zur Vergangenheit und Vergangenheit zur Zukunft, macht die Ursache zur Wirkung und die Wirkung zur Ursache. Ist das nicht herrlich? – Haben Sie schon einmal einen Film rückwärts laufen sehen? Warten Sie, ich will nachher mit dem Besitzer sprechen! Also nehmen Sie ein einfachstes Beispiel! Sie, Lotte, sitzen da und rauchen eine Zigarette: dies kleine Genrebild kinematographiere ich! Sie sehen dann auf dem Film die Lotte, die ein Streichholz nimmt, es anzündet an der Schachtel, die Zigarette in Brand setzt und das Streichholz wegwirft. Dann raucht sie und schlägt die Asche in den Becher; die Zigarette wird kürzer und kürzer. Endlich drückt sie sie aus und zieht die leere Hand fort. – Nun aber, Lotte, lassen wir den Film rückwärts laufen. Was geschieht? Die Lotte streckt die leere Hand zur Aschenschale, drückt die Zigarette – an – nicht aus – und führt sie zum Munde. Sie raucht – das heißt: rings aus der Luft fliegen hübsche runde Kringeln in Lottes runden Mund. Aus dem Aschenbecher fliegt die Asche heran, setzt sich vorne ans Feuer, die Zigarette wird länger und länger. Endlich hat sie ihre ursprüngliche Größe, dann fliegt ein brennendes Streichholz vom Boden auf und löscht sie aus. Das Streichholz aber führt Lotte zur Schachtel, reibt – und die Flamme verschwindet. Dann marschiert die Zigarette in ihr Etui und das Streichholz in seine Schachtel und alles ist aus! – Nun, kluge Lotte, ist das nicht Zauberei?«

Sie saß schweigend, aber er bemerkte es nicht. Lachend plauderte er weiter.

»Oder, Lotte, ich esse Maccaroni. Der ganze Teller ist voll und ich nehme Löffel und Gabel und futtere auf Napolitanerart. Ich greife sie mit der Gabel auf, drehe sie hübsch in den Löffel und lasse sie verschwinden zwischen den Zähnen. Nichts bleibt übrig, glatt leer wird der Teller – ich esse sehr gern Maccaroni, wissen Sie!

So, nun wenden wir den Film. Da steht der leere Teller, und ich führe die Gabel zum Mund. Sie kommt zurück, voll von Maccaroni. Die rolle ich im Löffel ab, führe die Gabel zum Teller, dann leer wieder an die Lippen und hole eine neue Portion heraus. – Unästhetisch? – Aber keine Spur! Meine Maccaroni sind so sauber und appetitlich, als wären sie nie zerkaut und verschluckt worden. Und am Ende sitze ich wieder vor meinem hohen Teller mit Maccaroni – die ich doch längst aufgegessen habe.

Aber das sind kleine Spielereien, Lotte, die wir jeden guten Tag machen können! Lassen Sie uns nun ein bißchen unbescheidener werden. Nehmen Sie an, ein Kinematograph begleitet Sie Ihr ganzes Leben hindurch. Er ist fürstlich bezahlt von Ihrem Vater, der will, daß seiner einzigen Tochter Leben allen späteren Geschlechtern im Bilde erhalten bleibt. Der Mann ist also immer um Sie; wenn er müde ist, vertritt ihn einer seiner Vizereservekinematographen. Also: die verflossene Baronin Kühlbeck, damals aber – entsetzlich – einfache Frau Ludmilla Lewi schenkt ihrem Siegfried das erwartete Kindlein. Zwei Aerzte holen es und eine Wehmutter, und der guten Frau Ludmilla ist gar nicht recht wohl dabei, sie schwört leise, daß es ganz gewiß das letztemal sein solle. Aber Lotte wächst, wird ein Mägdlein und ein Backfisch, ein Jungfräulein, ein Fräulein und eine junge Frau. Dann eine ältere Frau und eine noch ältere und eine ganz alte am Ende. Bis sie stirbt und begraben wird – nein, verbrannt wird sie, nicht wahr? Bah, Lotte, es würde ein hübscher, interessanter Film werden, und die liebe Nachwelt möchte allerhand nette Sachen erfahren.

Ich aber, Lotte, der ich noch zwanzig Jahre älter werden will wie Sie, nehme den Film und lasse die Lotte rückwärts leben. Aus der Asche, Zauberlotte, wird im Feuer ein richtiger Leib, ein recht alter, krummer, verhuzzelter freilich, aber doch ein Menschenleib. Und die Tote wird zur Lebenden, und die Greisin zur alten Frau. Die alte Frau wird zur jungen und die junge Frau zum Mädchen, zum Kinde und zum Säugling. Und wieder stehen die klugen Leute an Frau Ludmillas Bett, aber sie holen keine Lotte mehr! Der Herr Medizinalrat reicht das frischgewaschene Baby der Wehmutter zurück, die wäscht es: da wird es schmutzig. Und dann nimmt sie es – und Lotte kriecht wieder in der Mutter Bauch, woher sie einstmals gekommen.

Die Lotte ist weg, weg, als ob sie niemals auf der Welt gewesen sei!

Ach, kann man besser ad oculos demonstrieren, daß alles Leben nur eine große Lüge ist?«

Sie sah ihn an, ihre schmalen Lippen zogen sich hinauf. »Sie sind ein lieber Junge,« sagte sie. Dann erhob sie sich schnell, schüttelte den Kopf, als wollte sie irgendeinen Gedanken wegjagen. »Kommen Sie,« fuhr sie fort, »wir wollen gehn.«

Aber er bat sie: »Ach, Lotte, nur eine Nummer noch. Eine, bitte schön! Ja? Nachher tue ich alles, was Sie haben wollen.«

Sie seufzte und setzte sich wieder. Sie nahm ihren Hut ab, strich leicht das rotbraune Haar aus der Stirne. Sie wandte den Kopf, daß er ihr Gesicht nicht sehn konnte, starrte über die Menge.

Dann war die große Pause zu Ende. Das Licht erlosch, auf dem weißen Vorhange leuchtete der Name des nächsten Films: Schlangenfang auf Java.

Das Bild zeigte einen Laden in Batavia; ein hübsches Liplapmädchen legte einem weißen Herrn ihre Waren vor – Fabrikate aus Schlangenhaut. Der Herr war sehr kauflustig, er erstand Portemonnaies, Briefmappen, Portefeuilles, Peitschen, Stöcke und entzückende kleine Pantöffelchen. Es war ganz gewiß ein sehr feiner Herr, er fragte gar nicht nach den Einzelpreisen, ließ sich nur die Summe nennen, zog ein Scheckbuch und schrieb ihr einen Scheck. Dann gab er ihr die Adresse seines Hotels, zog höflich den Hut und ging.

»Nun werden wir sehn, Lotte, wie alle die hübschen Dinge gemacht werden,« flüsterte Frank Braun.

Einen Moment war es dunkel, dann leuchtete ein ander Bild auf. Malaien strichen durch eine Lichtung des Dschungel, immer zwei und zwei, sie schlugen mit großen Stöcken in das hohe Gras, um die Schlangen aufzuscheuchen. Bald fanden sie eine und flogen wie Katzen auf sie zu. Der eine betäubte den Python mit einem starken Stockschlag auf den Kopf, der andere warf ihm eine Schlinge um den Hals und zog sie fest zu. Dann hoben sie vorsichtig das gut zwei Meter lange Tier auf und trugen es zu einem großen Korbe. Bald fingen sie ebenso eine zweite Schlange; andere Burschen brachten noch mehr heran. Sieben bunte, herrliche Pythonschlangen fingen sie. Sie umschnürten den Korb, luden ihn auf einen starken Esel und zogen ab.

Dunkel auf einen Augenblick. Er fühlte Lottes leichten Atem, dicht bei seinem Ohre. Er wollte irgend etwas sagen, aber schon leuchtete ein neues Bild auf.

Ein Hof, rechts eine Bambushütte der Eingeborenen. In der Mitte war ein großes Reck, daran hingen, regungslos, am Halse angebunden, die sieben Schlangen; der Schwanz schleppte ein wenig auf dem Boden. Aber sie lebten wohl, eine – die zweite war es von links aus – hob den Schwanz, kletterte an sich selbst in die Höhe, verschlang sich und wand sich in festem Knoten oben um das Reck. Dann kamen ein paar Burschen heran, es waren dieselben, die vorhin im Walde den ersten Python griffen. Einer trug ein langes Messer in der Hand, er trat an das Reck und näherte sich einer der Schlangen. Er machte einen Kreisschnitt rings um den Hals und einen andern vom Halse bis hinab zur Schwanzspitze. Dann nahm er das Messer in den Mund und setzte alle Finger in die kreisrunde Wunde. Und während zwei andere das Tier am Schwanze griffen, festhielten und streckten, zog er mit aller Kraft der Schlange die starke Haut vom Leibe.

Rasch ging er zur zweiten Schlange und zur dritten, in wenigen Minuten waren die sechs Schlangen geschunden. Nur die letzte, die zum Knoten verschlungen oben am Reck hing, ließen sie dort hängen.

Und ein Leben kam in die sechs Schlangenleiber. Sie sahen schneeweiß aus auf dem Bilde, leuchtend weißer wie irgend etwas, das es gab. Und im langsamen Todeskampfe arbeiteten die gewaltigen Muskeln der Tiere, sie wanden sich, drehten sich, sahen aus wie die schlanken, gewundenen Marmorsäulen, die man in maurischen Palästen sieht.

Sechs nackte, hautlose, schneeweiße Schlangenleiber –

Die Malaien traten zur Seite, nahmen die Häute und reinigten sie. Aber er sah nicht hin, was sie machten, sah nur auf die sechs lebenden Schlangenleiber, die sich zu Marmorsäulen wanden –

– Einmal – als er ein Sekundaner war, war er ins Affenhaus gekommen im Zoo. Fünf Kinder lachten vor dem Gitter, Buben und Mädchen. Er trat hin und sah, daß sie den Affen kleine Frösche hineinwarfen. Und die Affen griffen die zappelnden Frösche und zogen ihnen lebendig die Haut ab. Das war so possierlich und die Kinder lachten und freuten sich. Er schlug mit seinem Stock nach den Affen, daß sie ihre Beute fallen ließen; er strich mit dem Stock die verstümmelten Frösche heraus aus dem Käfig und zertrat sie in Wut und Angst mit dem harten Absatz. Und dann fiel er über die Kinder her – oh, er erinnerte sich gut, wie jede starke Ohrfeige, die er austeilte, ihm unendlich wohl tat, und wie mit den Schlägen der dumpfe erstickende Druck schwand, der ihm Hals und Kehle zuschnürte.

Er dachte daran –

Hier aber konnte er niemanden schlagen. Es war ja nur ein Bild, das er sah, nur ein Bild. Und nichts gab es, das ihn befreien und ihm Luft schaffen konnte.

Und das Bild, das er anstarrte, war schön, wunderbar schön. Sechs herrliche, weiße, marmorne Säulen.

Und sie lebten –

Es war entsetzlich – es war entsetzlich –

Und so schön war es –

Ihre heiße Hand legte sich auf seine. Er fühlte, daß ihr grüner Blick auf ihm ruhte. Er drang durch das Dunkel und drang durch seine Schädeldecke. Er kroch in sein Hirn und trank sich satt an alle dem, was seine Seele fühlte in diesem Augenblicke –

Ihre kleine Hand streifte über seine Wange. Sie berührte leicht sein Ohr und ihr Finger fuhr unendlich weich rund um seinen Hals. Und es war ihm, als griffe sie in die offene Haut und zöge sie hinab, als hinge er selbst dort, eine nackte, weiße, hautlose Pythonschlange, die sich nun wand zu einer marmornen, lebendigen Säule –

Seine Zähne gruben sich in seine Lippen, er schloß die Augen –

Es ward hell im Saale; sie standen auf und gingen. Vor der Türe fragte er sie: »Warst du schon einmal hier?«

Sie nickte.

»Das also war es?« fragte er. Und sie nickte wieder.

Sie schritten durch die enge Gasse, dem Kanale zu.

»Der Film ist von Pathé,« sagte sie still. »Zur selben Stunde läuft er nun jeden Abend in tausend Städten. Und viele hunderttausend Menschen sehn ihn. Sehn ihn – wie sie jeden andern sehn. Ich aber wußte –«

Sie brach ab. Sie blickte zur Seite, zupfte an dem Seidentuche, das sie in der Hand hielt. »Darum führte ich dich hin.«

Er fragte: »Und –?«

Sie lachte kurz auf. »Oh, es ist schon gut so. Ich bin zufrieden.«

Er rief durch die Nacht: »Gondola! Gondola!«

Sie stiegen ein, schweigend fuhren sie durch Venedig. Das sommerfaule Wasser der Kanäle stank, dicker Unrat schwamm überall. Mücken und Motten standen darüber in ungeheuren Mengen, deckten fast die Fläche, wie ein feiner Totenschleier. Hoch hoben sich zu beiden Seiten die Paläste, leuchteten wie nackte Totenschädel im trüben Scheine der Laternen. Atrappen, herrliche Fassaden, die tagsüber einen Schein des Lebens logen. Aber nun blickte aus tausend toten Augen ihre schmutzige Leere, grinste aus allen Ritzen der faule Moder einer verschwundenen Pracht, die längst der Wurm fraß.

Und er dachte, daß Venedig eine einzige gewaltige Leiche sei. Längst war das Fleisch verfault, nur die harten Rippen und Knochen standen noch aufrecht. Zerbrochen hie und da, angenagt, morsch und zerfressen, aber doch aufrecht. Sie aber schwammen in diesem toten Riesenleibe, glitten lautlos einher durch seine verfaulten Adern.

Ein Geruch der Verwesung brach aus den Fetzen dieses Fleisches, hauchte seine giftigen Fieber in die Nacht. Feiste Ratten liefen über die Grundmauern, sprangen ins Wasser und tauchten zwischen den Gondelpfählen. Häßliche Aaskrabben flohen seitwärts über die ausgebrochenen Treppen, große schwarze Asseln krochen aus ihren Löchern.

Ausgefressen war längst das Gehirn und das Herz und die einstmals atmenden Lungen. Wie Maden hausten die Menschen immer noch in diesem faulen Aase, dessen Moderduft weither alles heranlockte –

– Eine Gondel kam ihnen entgegen, ein schwarzer, schwimmender Sarg, wie alle andern. Sie war gedeckt; unter dem schwarzen Baldachin saß eng aneinandergepreßt ein junges Paar.

›Hochzeitsleute,‹ dachte er. ›Ein Pärchen von den vielen Tausenden, die Jahr um Jahr durch die Lagunen schwimmen.‹ – War es nicht, als ob der Maden Brunst eine heißere würde in dieser Luft, die die Verwesung schwängerte?

Dann fühlte er ihre Hand. Sie war feucht und sehr kalt, aber diese Kälte brannte in sein Fleisch.

Sie sagte: »Frank Braun, ich will ein Kind haben.« Ihre Stimme zitterte; sie sah ihn an und ihre Augen glühten in seltsamer grüner Glut.

»Von dir!« sagte sie –

Nachwort

Weiter währt Wahn ...

Das vorliegende Werk *Der Zauberlehrling oder Die Teufelsjäger* von Dr. Hanns Heinz Ewers (geboren 1871 in Düsseldorf, gestorben 1943 in Berlin) erschien als sein erster Roman 1909 im *Verlag Georg Müller* (München) und wurde bis 1927 in sechs Sprachen übersetzt. Die bis heute letzte deutsche Auflage erschien 1928 im gewerkschaftseigenen Berliner *Sieben Stäbe Verlag*. Die vorliegende Ausgabe ist also die erste Neuauflage seit 77 Jahren.

Warum verschwand der Roman so lange? Waren es die behandelten Themen: Sadomasochismus, Kindesopferung, Kreuzigung einer Schwangeren, Flagellantentum, Vergewaltigung, Blutdurst, Hypnose, religiöse Ekstase, Kirchenbrandstiftung, Wunderheilung, Epilepsie, Unzucht mit einer Ziege, Rassentheorien, Okkultismus? War es der bizarre Lebenslauf von Ewers, der, ursprünglich Anarchist und Kosmopolit, später deutschnational, noch später kurzzeitig nationalsozialistisch und schließlich ausgegrenzt wurde? War es vielleicht auch nur die Rezeption seiner Werke, die 1933 einhellig von links bis rechts »pervers« lautete und Ewers von 1934 bis zu seinem Tod das Schreib- und Publikationsverbot bescherte? Oder ist es die bis heute andauernde Aktualität des Themas »Sekten«?

Hintergründe

Bereits Ende des 19. Jahrhunderts interessierte sich Ewers sehr für Hypnotismus, auch in der Praxis. Versuchsobjekte waren die von ihm begehrten jungen Damen Lili und später Erminia. Bei letzterer könnte er den Hypnosezustand auch zur sexuellen Lustgewinnung benutzt haben.[1] Die Werke »Kitty's Liebe« (1899)[2] und »Der Zauberlehrling« behandeln das Thema.

Ewers war seit 1901 in Berlin mit einem Kreis von Schriftstellern wie Dehmel, Przybyszewski, Mühsam, Scheerbart und auch Herwarth Walden eng befreundet, die unter dem Einfluß von Max Dauthendey (1857–1918) standen. Dauthendey wiederum stand in Kontakt mit dem Okkultisten Samuel Liddle (MacGregor) Mathers (1854–1918), der 1897–1900 Großmeister der 1887 gegründeten englisch-deutschen Geheimgesellschaft »Hermetic Order of the Golden Dawn« (»G.D.«) / »Hermetischer Orden der Goldenen Morgenröte« war. Bekannte Schriftsteller zählten zu den Mitgliedern, so Arthur Machen (1863–1947) und William Butler Yeats (1865–1939, Nobelpreis 1923), der als Großmeister 1900 Nachfolger von Mathers wurde. Auch der Ire George Bernhard Shaw (1856–1950), ebenfalls Nobelpreisträger, soll dem »G.D.« angehört haben. Im Zusammenhang mit dem »G.D.« entstand 1901/02 in Berlin der »Orientalische Templer Orden« (»O.T.O.«). Aleister Crowley (12.10.1872–1.12.1947) wurde ca. 1898 Mitglied des »G.D.«. Ca. 1906 gründete er einen Ableger der Sekte – »Astrum Argentum« (»A.A.«), englisch »Silver Star« (»S.S.«). Am 1.6.1912 wurde der »O.T.O.« in Berlin neu konstituiert und Crowley zum »National-Großmeister für Großbritannien und Irland«. Die britische Sektion trug den Namen »Mysteria Mystica Maxima« (»M.M.M.«). Die Mitglieder der genannten mehr oder weniger satanistischen Sekten beschäftigten sich mit Okkultismus und Mystizismus, huldigten einem Phalluskult unter dem Titel »Sexualmagie« und konsumierten exzessiv Drogen. Ungefähr Ende 1925 wurde Crowley Ordensoberhaupt des »O.T.O.«. Eine Bekanntschaft von Ewers mit Aleister Crowley ist erst ab Ende 1914 in New York (auch durch bis vor kurzem unbekannte Observierungsberichte des FBI) nachweisbar. Ewers protegierte unter anderem deutsche Übersetzungen von Crowleys Aufsätzen in Deutschland. Zu der Zeit, als Ewers den vorliegenden Roman schrieb, verfolgte er die Idee einer Rauschkunst. Leben und Werk von Hanns Heinz Ewers waren stark durch Rauschmittel, insbesondere Halluzinogene beeinflußt. Er wollte das Unbewußte bewußt machen. In seinem »Zauberlehrling« stellt er die Regression in archaische Zustände als das höchste Glück dar. Es ist sehr wahrscheinlich, daß er in Kontakt zu den genannten Sekten stand und durch diese Einflüsse der rauschhaft-mystische Stil des Werkes entstand.

Sujet

Das Sujet für Ewers' Roman ist eine wahre Begebenheit, ein Fall religiösen Wahnsinns, der sich in den Jahren 1817–1823 in dem Schweizer Bergdorf Wildisbuch (auch Wildenspuch) zugetragen hat. Einen ausführlichen Bericht über die Geschehnisse, auf den sich Ewers' Roman stützte, lieferte Johannes Scherr (1817–1886) in seinem Buch »Die Gekreuzigte oder das Passionsspiel von Wildisbuch« (St. Gallen 1860) anhand von Polizeiakten.*

In dem Schweizer Bergdorf Wildisbuch (Wildenspuch) im Kanton Zürich lebte 1817 in einem abgelegenen Gehöft der Bauer Johannes Peter, genannt der »Judenschießer«, mit Frau und Kindern, unter ihnen Margaretha Peter, »das heilig' Margethli«. Margaretha geriet unter den Einfluß christlicher Fanatiker pietistischer und Herrnhuter Prägung, so der Baronin Juliane von Krüdener (1764–1824), des Schneiders Jakob Ganz und des Schusters Johann Moser. 1817,

* Der Bericht ist das von köstlichem Humor durchzogene Produkt eines Freigeistes. Scherr, entschiedener Atheist und Demokrat, war später Professor für Geschichte in Zürich.

Margaretha war 22 Jahre alt, orakelte sie und hatte Visionen. Wenig später versuchte sie sich mit Wunderheilungen, und das Petersche Haus wurde zum Wallfahrtsort. Ab 1819/20 war sie mit dem religiösen Schwärmer Jakob Ganz in Kontakt. Ungefähr 1820 wurde Margaretha Wanderpredigerin. Sie lernte den ebenfalls nach geistigem Heil suchenden verheirateten Schuster Jakob Morf kennen, in dessen Haus sie 1½ Jahre lebte und mit dem sie zunächst geistige, dann aber auch leibliche Liebe verband. Am 10.1.1823 gebar Margaretha eine Tochter, deren Geburt verheimlicht wurde, um Margarethas Mythos nicht zu gefährden. Morfs Ehefrau mußte eine Niederkunft simulieren und zog danach das Kind auf. Margarethas Vater wußte angeblich von alledem nichts. Margaretha kehrte in das väterliche Haus zurück. Sie verkraftete offenbar die Geburt ihres Kindes nicht, auf dessen baldigen Tod sie hoffte. Bei ihr setzte eine Endzeit-Stimmung ein. Sie glaubte, bald zusammen mit Morf zum Himmel zu fahren. Margaretha fühlte sich von satanischen Mächten bedroht, die zu bekämpfen seien, um dem Teufel Seelen zu entreißen, für die sie sich verbürgt habe. Sie fühlte sich als Reinkarnation des Jesus von Nazareth. Sie rief Jakob Morf und Johann Moser zu sich, und auf Anweisung der »Heiligen« schlugen die Anwesenden in religiöser Ekstase am 10.3.1823 das halbe Petersche Haus in Stükke, um den Teufel zu bekämpfen. Man begann, sich gegenseitig zu schlagen, zu verletzen, des Teufels wegen. Durch den Lärm setzte eine Polizeiuntersuchung ein, die allerdings nicht energisch betrieben wurde. Vor dem von innen verbarrikadierten Haus wartete eine Menschenmenge. Doch das Hausrecht wurde respektiert; singend und betend verbrachten die Fanatiker die nächsten Tage. Am 15. März 1823 rief Margaretha zur Entscheidungsschlacht gegen das Böse. Sie verwundete zuerst ihren Bruder schwer, dann auch andere Anwesende, verlangte schließlich Blutopfer. Ihre Schwester Elisabeth war bereit, sich zu opfern, und nachdem Margaretha ihr mit dem Hammer den Kopf bearbeitet hatte, schlugen alle Anwesenden zusammen vormittags um 10 Uhr Elisabeth tot. Ihre letzten Worte waren: »Ich lasse mein Leben für Jesus Christus.« Margaretha versprach, daß sie die Schwester nach drei Tagen auferwecken würde. Sie selbst wolle nun gekreuzigt werden, nach drei Tagen aber auch auferstehen. Sie ließ sich zuerst mit dem Messer einen Kreisschnitt um den Hals und einen Kreuzschnitt auf der Stirn zufügen, dann wurde sie mit Nägeln gekreuzigt (auf ihren ausdrücklichen Wunsch durch die Brüste). Ihr letzter Wunsch war: »Schlagt mir den Schädel ein!«, was um 12 Uhr mittags geschah. Drei Tage wurden die Geschehnisse der Öffentlichkeit verheimlicht. Als aber weder Elisabeth noch Margaretha auferstanden, meldete Johannes Peter die Vorfälle. Alle Beteiligten wurden schließlich verhaftet und zu langen Gefängnisstrafen verurteilt. Das Haus wurde samt Grundmauern eingeebnet.

Intention

In der literarischen Bearbeitung des Themas funktioniert der Protagonist des Romans, Frank Braun, Ewers' Alter ego, eine pietistische Sekte um und »fühlte eine tiefe Befriedigung. Das alles war sein Werk; die Marionetten tanzten und spielten das Spiel, das er ihnen einblies. […] Er war ein guter Regisseur und er wollte sein Stück schon so herausbringen, daß es Aufsehen erregte in dem Narrentheater der Weltgeschichte. Sein Kopf war eine gute Requisitenkammer, aller Mummenschanz der Historie lag da hübsch aufgestapelt, schön geordnet nach Völkern und Jahrhunderten. Die Rollen waren verteilt, und er würde seine Puppen anziehen, so bunt und wild, würde einen Fasching machen, wie die Welt noch keinen gesehen. […] – Und warum sollte er nicht Entree nehmen? War das Geschäft eines Theaterdirektors nicht so gut, wie jedes andere? Dies war ein guter

Job und er konnte viele, viele Millionen tragen. Ach, Val di Scodra [der Ort der Handlung] war ein so schöner Name wie es Delphi war und Kevelaer und Lourdes und Valle di Pompeï! [...] Er aber war der große Herrscher über allen Wahnsinn der Welt. Wie Tabak, wie Zündhölzer oder Alkohol, so wollte er den Wahnsinn zum Monopol machen. Fürwahr, ein jungfräuliches Land [...] Er aber hatte alles Wissen und alle Klugheit, die seine Zeit ihm gab, und er kannte dies Nebelland gut von einem Ende zum andern. Er allein konnte seine unermeßlichen Schätze heben. Ah, die Welt war schön und der größte Scharlatan war ihr König!«[3]

Geistige Werte werden in weltliche verkehrt, bestes Beispiel dafür ist die ideologisch legitimierte Trunksucht (»Blut des Herrn«) anstelle der vorherigen Abstinenz. Die Sekte ergibt sich schließlich sadomasochistischen Exzessen und fordert blutige Opfer. Sie gerät dem »Zauberlehrling« Frank Braun außer Kontrolle.

Entstehungsgeschichte

Anfang März 1906 trat Ewers zusammen mit Gattin Ilna Ewers-Wunderwald und seinem Maler-Freund Albert Hubert von Hamburg mit dem Schiff »Kronprinzessin Cecilie« von der »Hamburg-Amerika-Linie« eine Mittelamerika-Reise an. Während der Überfahrt begann er, an seinem ersten Roman »Der Meister« (späterer Titel: »Der Zauberlehrling oder Die Teufelsjäger«) zu arbeiten. Erst zwischen Juni und September 1909 schrieb er in Riva am Gardasee den Roman zu Ende, erster Teil seiner drei – nach dem Protagonisten benannten – »Frank-Braun-Romane«*. Ewers stellt in seinem ersten Roman einen Experimentator dar, Ewers' Alter ego, der eine Sekte umfunktioniert, später aber die Kontrolle darüber verliert und gerade noch dem von ihm ent-

* 2. Teil »Alraune«, 3. Teil »Vampir«

fesselten Inferno nach Venedig entkommen kann, wo er eine alte Geliebte wiedertrifft.

Im dritten »Frank Braun«-Roman »Vampir«, der Ewers' Geliebter Adele Guggenheimer-Lewisohn alias Lotte van Neß-Lewi gewidmet ist, läßt Ewers diese (datiert mit 1914) plaudern: »Als ich fünfzehn war, als du mich verführ – oder nein: als ich dich zwang, mich zu verführen – war ich nicht so schön. Und nicht, als ich dich wiedernahm mit neunzehn, und auch nicht das letzte Mal in Venedig.«[4] Stimmen die Zeitangaben, so begann Ewers' Verhältnis mit der fünfzehnjährigen Adele 1891, als Ewers zum Militärdienst nach Berlin ging, sein Studium begann und eine wilde Zeit erlebte. Das zum Schluß im Roman »Der Zauberlehrling« geschilderte Zusammentreffen in Venedig[5] dürfte im Mai 1909 stattgefunden haben, kurz bevor Ewers an den Gardasee fuhr, um seinen Roman zu vollenden.

Rezeption

Ewers' Roman rief nach dem Erscheinen sofort eine heftige Kontroverse hervor. Die Tatsache, daß Ewers wahre Begebenheiten literarisch verdichtete, war kaum einem der Rezensenten bewußt. Auch Ewers wies nicht darauf hin, so daß die Kritiker sich über seine »perverse Phantasie« ereifern konnten, die doch eigentlich nicht er, sondern das reale Leben entfaltete. Prof. Dr. Albert Eulenburg ist es fast zu viel. In einer Kritik, betitelt »Ein Roman des religiösen Wahnsinns«, schrieb er: »Also wirklich ein starkes Stück, nur für nervenstarke Leser – und wirklich schläft ›manches Grauen‹ in diesen Blättern und manches grinst heraus, ›was scheußlich und verrucht‹. Aber es ist von Hanns Heinz Ewers – und das will sagen, von einem Dichter geschrieben, dessen siegende Kraft auch den mißlichsten Stoff in Farbe und Gestalt zu zwingen und in reine, lichtere Höhen der Kunst zu erheben vermag. Freilich versagt auch diese Kraft mitunter oder scheint wie erschöpft zu schlummern.«[6] Jakob Elias Poritzky in seiner Kritik: »Muß man noch sagen, daß Ewers diesen düsteren Stoff mit einer beispiellos konzentrierten Kraft zu lebendiger Wirkung gebracht hat? Daß er an unseren Nervensträngen reißt und zerrt und uns die entsetzlichen Bilder seiner kühnen Phantasie mit einer bezwingenden Darstellungskunst vor Augen führt? Wenn andere so stolz sind auf das Himmlische, das in uns ist, hebt Ewers mit brutaler Geste die Vorhänge von unseren verborgensten Häßlichkeiten und Satanismen, und er zeigt, daß der Mensch eine Verruchtheit erreichen kann, die in allen Farben schillert; daß wir unheimlich reich sind an schrecknisbergenden Abgründen und giftigen Sümpfen und daß der *böse Gedanke* tödlicher und verderbenbringender ist als die Pest; daß der Gedanke ebenso ganze Länderstriche entvölkern kann wie eine Seuche. [...] Dieser Atavismus von Lastern, der uns anhaftet, diese Rückkehr zur grauenvollsten Sinnlichkeit, diese Fähigkeit zu den schauerlichsten Extasen, die in Gott münden, sind ihm Beweis dafür, daß wir, so sehr wir auch Satan leugnen, ihn dennoch anbeten und daß uns gerade die Naturwissenschaften dahin gebracht haben, Wunder zu glauben.«[7] Olga Wohlbrück rezensierte: »Diesmal sind es Selbsterkenntnisse, und er erörtert Fragen, die bisher in der Romanliteratur in ähnlich subjektiver und rücksichtsloser Art noch nicht erörtert worden sind. [...] sein Mut ist gewachsen, der Mut, sein satanisches Credo laut hinauszurufen in die Welt und die ganze widerspruchsvolle Wesenheit seines Ichs vor uns auszubreiten.«[8] Wahrhaft enthusiastisch äußerte sich Walter Turszinsky in einem zweispaltigen Beitrag: »Wenn Hanns Heinz Ewers [...] sich anschickt, das innere Wesen der religiösen Ektase aufzuhellen, diese Erscheinung in ihren Fundamenten und Konsequenzen bloßzulegen, so wird man zugeben müssen, daß dieser forscherisch-dichterische Versuch nur einen

Schritt mehr auf dem Wege bedeutet, den dieser Anti-Mystiker energisch seit Jahren zu gehen sucht. [...] seine Kunst bedeutet einen Feldzug gegen Magier und Dunkelmänner, einen Versuch, den schwarzen Künsten den Bankrott ins Haus zu tragen. [...] er weiß, daß die Mystik häufig in dem Bette geboren wird, in dem sich zuvor die Affekte gepaart haben. Er schmiedet sich in der Werkstatt der Wissenschaft auch gewichtigere Waffen, ruft die Hilfsgeister der Völkerpsychologie und Rassentheorie, entwirrt die krausen Schnörkel religiöser Geheimkulte und populärer Geheimlehren und geht zähe und wagehalsig weiter in Kundrys Zauberwald. [...] auch ist Ewers ehrlich genug, um, ohne vor dem ›Wunder‹ zu kuschen, doch schließlich eine Macht anzuerkennen, die seine Heere in die Flucht treibt, vor der er schmerzhaft seine Waffen strecken muß. Das ist die Macht des Temperamentes, das die Masse beherrscht, die Macht des starren Glaubens, der sich wie ein Bollwerk vor das Übernatürliche schiebt, der das Rätsel will und den Materialisten haßt. [...] die Darstellungsmittel [...] sind nicht um der Sensation willen da, sondern stehen mit dem Stoffe in engstem, ursächlichem Zusammenhang. [...] Die Architektur des Ganzen [...] ist meisterhaft gehandhabt. [...] hier ringt einer unserer stärksten Kämpfer, einer unserer unerschrockensten Phantasten um die Erschließung neuer Welten. Man kann sich seiner Führung getrost anvertrauen, auch wenn sein Weg durch Nacht und Grauen führt.«[9] Der Feuilleton-Redakteur der »Täglichen Rundschau«, Dr. Gustav Manz, war nicht so gut auf Ewers' Schöpfung zu sprechen. Der erwiderte ihm: »ich habe mich mit diesem romane, ›Zauberlehrling‹, durch lange jahre beschäftigt. ich habe dann das buch mit blut geschrieben und mehr nerven dazu verbraucht, wie alle andern schriftsteller unserer zeit zu ihrer gesamten production! trotzdem werfen Sie – und viele andere mir ›sensation‹ vor! ja, um gotteswillen, wo ist denn die ›sensation‹? auf was soll ich denn speculiert haben? […] das volk vergiften – – ach, du lieber gott! die paar leute, die meine bücher lesen, sind ganz gewiß – immun!«[10]

1906 widmete Ewers sein Büchlein »Edgar Allan Poe« Gustav Meyrink. Dieser gehörte verschiedenen Sekten an, wahrscheinlich auch dem »G.D.« Bereits seit 1897 war er »Minerval«* eines »Ordens der Illuminaten«**. Dieser Orden wurde später mit dem »O.T.O.« verschmolzen. 1909 heißt es in einer Rezension über Gustav Meyrink, er wäre »der Hanns Heinz Ewers des Gehirns, wie dieser der Gustav Meyrink der Nerven ist; beide haben mit dem Bösen irgendeinen geheimnisvollen Pakt geschlossen, um die Leute zu ärgern. Aber sie fallen oft damit herein und sind dann Teile von jener Kraft, die stets das Böse will und stets das Gute schafft – so meinen wenigstens die Leser.«[11] Von Meyrink, der nie Rezensionen schrieb, ist eine Äußerung über Ewers' »Zauberlehrling« erhalten, eine unbekannte Person (wahrscheinlich Verleger Georg Müller) berichtet in einem Brieffragment am 3. November 1909 über ein Treffen mit Meyrink: »Ich war Sonntag-Nachmittag mit ihm einige Stunden am Roda'schen Stammtisch zusammen. Er hatte am Tage vorher Ihren ›Zauberlehrling‹ gelesen und war davon entzückt – was sage ich: begeistert! Er hat sehr lange und eingehend mit mir über Ihr Werk gesprochen. Er sagte u. a., es sei ein Kunstwerk ersten Ranges und der beste Roman, den er seit Jahrzehnten gelesen hat! Die Steigerung, die Kreuzigungsscene usw. seien meisterhaft gelungen. Kurz, er schätze Sie jetzt als Künstler außerordentlich hoch. An ihren früheren Werken ›Besessenen‹ u. ›Grauen‹ hatte er nicht alle Sachen gleichwertig finden können, aber Ihr Roman offenbare eine Kraft und Stärke, vor der man allen Respekt haben müßte. Er fürchtet nur, daß Sie bei Ihrer

* eine Gradbezeichnung im Orden

** nicht identisch mit den ursprünglichen »Illuminaten« von Adam Weishaupt.

so intensiven Beschäftigung mit dem Satanismus [*unleserlich*] mal selbst der Teufel hole oder daß Sie sehr fromm werden.«[12]

Deutung

Die Parallelen von Ewers' Roman zur Realität sind nicht nur in der Vorlage von Scherr, sondern auch im Österreich des vorigen Jahrhunderts zu suchen, wo der Boden für den deutschen Nationalsozialismus bereitet wurde. Im 19. Jahrhundert begann die »Los von Rom«-Bewegung ein eigenständiges »deutsches Christentum« zu predigen. Es kam zu massenhaften Austritten aus der Römisch-Katholischen Kirche. Führer dieser Bewegung, später im »Bund der Germanen« auch als »Führer« verehrt, war der Antisemit Georg Ritter von Schönerer (1842–1921), der auch eine Vereinigung Österreichs mit dem Deutschen Reich anstrebte. Auch Adolf Hitler war ein Anhänger Schönerers und hatte in Wien über sein Bett den Spruch der Bewegung gehängt: »Ohne Juda, ohne Rom wird erbaut Germaniens Dom! Heil!«[13] Dieses entwurzelte Christentum betrachtete nun Guido (von) List (1848–1919) als seine Spielwiese. List stützte sich auf Reste keltischen Brauchtums im österreichischen Raum, stellte historische Forschungen an und schrieb zuerst Romane. Dann begann er, eine abstruse, okkulte Theorie zu entwickeln, die hier nicht im einzelnen dargestellt werden kann.* 1898 veröffentlichte List die Schrift »Der Unbesiegbare. Ein Grundzug germanischer Weltanschauung«, als ariogermanischer Katechismus konzipiert, der in den Schulen den christlichen ersetzen sollte. Dazu wurden ernsthafte politische Anstrengungen unternommen. List gründete mehrere Zirkel und

---

* Vergleiche hierzu: Inge Kunz »Herrenmenschentum, Neugermanen und Okkultismus. Eine soziologische Bearbeitung der Schriften von Guido List«, Dissertation an der philosophischen Fakultät der Universität Wien, 1961

Geheimgesellschaften, die einen großen Einfluß erlangten. Ernst Freiherr von Wolzogen (1855–1934), schon im 19. Jahrhundert Mitglied der »Guido von List Gesellschaft« und persönlicher Freund von List, formte dessen Katechismus »Der Unbesiegbare« dann 1919 aus zum »Wegweiser zu deutschem Glauben. Versuch einer gemeinverständlichen Darstellung der wesentlichsten Gesichtspunkte der deutschreligiösen Gemeinden und Verbände«.[14] Auf die weitere Entwicklung kann hier nicht eingegangen werden.* Jedenfalls wurde das Werk Lists hauptsächlich von seinem Freund, dem abgefallenen Zisterzienser-Mönch Adolf Lanz (von Liebenfels) (1874–1954), fortgeführt, der ein ideologischer Lehrer Adolf Hitlers war.

In Ewers' Roman tauchen nun längere Passagen auf, in denen er sich über Rassentheorien äußert. Dies deutet auf die Lehren von List hin. Ewers mag List gekannt haben, entweder über seine Mitarbeit (1900–1905) bei der Zeitschrift »Der Scherer«, die völlig unter dem Einfluß von List stand, oder über den Leiter des ersten »Ueberbrettl«, Ernst Freiherr von Wolzogen. Ewers wählte für einige seiner ersten Veröffentlichungen, so auch im »Scherer«, das Pseudonym »Nazi« (in der Bedeutung: Draufgänger, Freibeuter, Schürzenjäger). Dieses Pseudonym haftet ihm, allerdings in anderer Bedeutung und falsch, bis heute an.

Erstmals stellte die kommunistische »Rote Post« am 29.1.1933, einen Tag vor Hitlers Ernennung zum Reichskanzler, einen Zusammenhang zwischen dem »Zauberlehrling« und den Nationalsozialisten her. In der Einleitung zum Beitrag »Blutrausch-Poeten vom Braunen Haus« heißt es: »Dieser Artikel leitet eine zwanglose Folge von Beiträgen ein, deren Ziel die Untersuchung der ›neudeutschen Mystik‹, des politischen ›Irrationalismus‹, des Aberglaubens und ähnlicher Erscheinungen ist.« Der Beitrag schließt

* Vergleiche z. B.: Dietrich Bronder »Bevor Hitler kam«, Genf 1975

nach langen Zitaten aus dem »Zauberlehrling«: »Gleich den Sekten ist die NSDAP so eine Art ›Holding-Gesellschaft‹. Sie sammelt die Trümmer des nicht mehr lebensfähigen kapitalistischen Systems. Devise: Nichts umkommen lassen! Auch die vom Kapitalismus ruinierten Existenzen sind noch gut genug dazu, den Kapitalismus zu stützen. Tüchtige Manager werden selbstverständlich gebraucht, denn ohne ›Glauben‹ und ›hehres Ziel‹ geht die Schose nicht. In Hitler wurde ein ›guter Regisseur‹[15] gefunden, der sein Stück so herausbrachte, daß es ›Aufsehen erregte in dem Narrentheater der Weltgeschichte‹.[16] Propagandachefs des Unternehmens sind die deutschen Künstler von der Sorte Hanns Heinz Ewers. Sie knüpfen an die hysterische Romantik der Vorkriegszeit an und verstehen, den alten Fusel in neuen, politisch-radikalen Flaschen zu servieren. Fusel, Fusel über alles, über alles in der Welt! Paragraph 1 des Naziprogramms: ›Es wird weiter gesoffen!‹ Aus Teufelsjägern wurden Kommunistenjäger, Franzosenjäger, Polenjäger, Russenjäger. Das ist der Zug der Zeit.« Dem Autor des Artikels, H.L., gelang hier, 24 Stunden vor Beginn des 3. Reiches, ein interessanter Vergleich. Die Prophetie des Ewersschen Romans von 1909 erkannte er allerdings nicht.

Eine Diskussion der prophetischen Elemente in Ewers' Roman setzte erst im Kontext der Nachlaß-Publikation von Hermann Brochs (1886–1951) »Bergroman«[17] (Titel 1953: »Der Versucher«) ein. Broch hatte sich bei Ewers' »Zauberlehrling« bedient und dabei den Ansatz einer politischen Ausdeutung geliefert. Der Beitrag von Manfred Durzak »Zur Entstehungsgeschichte und zu den verschiedenen Fassungen von Hermann Brochs Nachlassroman«[18] (1967) zeigte, daß sich Brochs Roman sehr stark an Ewers anlehnt. Unabhängig voneinander stellten dann 1969 zwei Beiträge fast gleichzeitig fest, daß Ewers' »Zauberlehrling« Hermann Broch als Vorlage für seinen »Bergroman« gedient haben mußte, nämlich Jens Malte Fischers »Hermann Brochs

Nachlaßroman und eine Vorlage von Hanns Heinz Ewers«[19] sowie Reinhold Grimms Rezension des »Bergromans«.[20] Der die interessantesten Zusammenhänge aufzeigende Beitrag erschien allerdings bereits 1956, George C. Schoolfields »Notes on Broch's ›Der Versucher‹«.[21] Schoolfield deutete Brochs Roman in Richtung Nationalsozialismus aus, allerdings nicht prophetisch gemeint, denn der »Bergroman« entstand ja erst, als der Nationalsozialismus bereits an der Macht war. Um so erstaunlicher sind die Übereinstimmungen seiner Interpretation nicht in Hinsicht auf Broch, sondern in Hinsicht auf Ewers' Roman, am interessantesten in der Figur des »Ratti«. Bei Ewers untersteht dem Schuster und Polizeidiener des Dorfes Lucilio Ratti die Wachmannschaft, die Frank Braun unter Arrest hält. Weiter führt Ratti dann die Prozessionen der Fanatisierten zu Ginos Begräbnis und zur Kreuzigung Teresas an. Die Figur des Marius Ratti bei Broch (»ein Scharlatan, ein Hypnotiseur, ein Menschenfänger«) trägt einerseits die Züge von Frank Braun, andererseits aber auch die des Ewersschen Sektenführers Nosclere. Schoolfield stellt nun eine Verbindung her zu Achille Ratti, besser bekannt als Papst Pius XI, der am 20.7.1933 das Reichskonkordat mit Hitler schloß. Pius XI. richtete am 20.12.1926 eine Erklärung an alle Völker der Erde, in der es hieß, »Mussolini ist der Mann, den uns die göttliche Vorsehung gesandt hat!«[22] Später erklärte er, »wie beglückt er sei, in Hitler eine Persönlichkeit an der Spitze der deutschen Regierung zu sehen, die den kompromißlosen Kampf gegen den Kommunismus und Nihilismus auf ihre Fahne geschrieben habe!«[23]

Folgen

Ewers gewann immer mehr Interesse am Satanismus und verfiel auf die Idee, daraus Geld zu machen – auch mit der Methode des geistigen Diebstahls. Am 4. Februar 1910 hielt er im Berliner »Künstlerhaus« einen Vortrag »Die Religion des Satan«. Der Saal war ausverkauft. Der Vortrag dauerte 1½ Stunden, beinhaltete auch Goethes »Prometheus« und schloß mit Carduccis »Hymne an Satan«. Das Publikum war begeistert. Die Presse berichtete am nächsten Tag ausführlich, z. B. die »Vossische Zeitung«: »Hans Heinz Evers führte gestern seinen Freund, den Satan, dem er sich als Reklamechef verschrieben hat, in die gute Gesellschaft von Berlin W. ein.« Und über den Inhalt hieß es: »Eines der merkwürdigsten Phänomene aller Zeiten aber waren die Sabbathe des Höllenfürsten. Evers bezeichnet diese Erscheinung als die ›erste, gewaltige, instinktive Emanzipation der Frau‹. [...] Satanistische Sekten haben sich bis in die neueste Zeit erhalten. Eine der bekanntesten ist die Sekte der Adamiten, von der ein Zweig erst vor wenigen Tagen in Mährisch-Ostrau aufgehoben wurde. Eine andere Sekte dieser Art besteht wahrscheinlich noch jetzt in Paris.* [...] Der Vortragende, der für seinen Satansfreund die Vaterschaft aller Wissenschaft und Kunst, aller Philosophie und aller Entdeckungen, aller Evolutionen und Revolutionen in Anspruch nimmt, zitierte Goethes ›Prometheus‹, als ein satanisches Bekenntnis, wies ferner darauf hin, daß Goethes ›Faust‹ reich an satanischen Andeutungen ist und daß ebenso bei Nietzsche, Stirner, E.T.A. Hoffmann starke satanische Einflüsse vorhanden sind, und schloß den Vortrag mit der Vorlesung des berühmten Hymnus an den Satan von Giosué Carducci.«[24]

Am 2. Dezember 1910 referierte Ewers vor der »Freien Studentenschaft« erneut über die »Religion des Satan«; erneut Aufsehen, Zeitungsberichte. Dieser Vortrag gehörte bis mindestens Ende 1925 zu Ewers' festem Repertoire. Der Verleger Heinemann bot nun Ewers an, ein 500 Seiten starkes, reich illustriertes Buch gleichen Themas herauszuge-

---

* möglicherweise eine Anspielung auf den Kreis um Mathers in Paris

ben.[25] Kurz darauf macht Ewers seinem Verleger Müller folgenden Vorschlag: »Sie haben wohl in den blättern gelesen, daß ich mit meinem vortrage über die ›religion des Satan‹ einen sehr starken erfolg hatte. es war in der that eine ›sensation‹, natürlich bekam ich darauf ein halbes dutzend verlagsangebote, über das thema ein buch zu schreiben. [...] ich kann folgendes thun: 1) das buch schreiben: ›Die Religion des Satan‹. (es würde eine erweiterte, stärkere und bessere arbeit werden, wie das von Poritzky für mich geklaute, über das wir ja schon seit jahresfrist reden!) – es würde ill. herauskommen müssen. es würde gewiß einschlagen.«[26] Im Ewers-Nachlaß findet sich ein Vortragsmanuskript »Die Religion des Satan«. Es ist – bis auf die Einleitung – zum größten Teil wörtlich aus Przybyszewskis Buch »Die Synagoge des Satan*«[27] abgeschrieben. Stanislaw Przybyszewski (1868–1927), ein seinerzeit bekannter polnischer, in Berlin lebender Schriftsteller, beschäftigte sich hauptsächlich mit den Themen Sexualität, Anarchismus und Satanismus. Karl R. H. Frick bezeichnet ihn zusammen mit Crowley als »›Ahnherren‹ des modernen Satanismus«.[28] Przybyszewski hatte 1897 in seinem Buch die Entstehungsgeschichte des Satanismus darzustellen versucht. Ebenfalls 1897 war sein Satanisten- und Anarchisten-Roman »Satans Kinder« erschienen.[29] Ewers schrieb 1921 an Przybyszewski, den er – wie sonst nur Gerhart Hauptmann – mit »sehr verehrter Meister« anredete: »Ich erinnere mich gut, dass es Ihr Buch ›Satans Kinder‹ war, das auf mich als junger Student einen ganz außerordentlich tiefen Eindruck gemacht hat. Ich habe dann damals alles verschlungen, was ich von Ihnen finden konnte.«[30] Ewers lernte Przybyszewski wahrscheinlich persönlich kennen, als er Ende 1901 mit seinem Kabarett »Ueberbrettl« durch Polen reiste. Przybyszewski stand damals in Warschau an der Spitze des ersten polnischen

---

* soviel wie »Schwarze Messe«

Ueberbrettls, »Nadscena«. In seinen »Erinnerungen an das literarische Berlin« berichtet Przybyszewski von einem Kreis in München, der sich mit Okkultismus beschäftigte. Richard Dehmel habe ihn dort eingeführt.* Przybyszewski interessierte sich bald sehr stark für »die schwarze Magie, wovon ein paar flüchtige Studien zeugen, die in der Broschüre ›Die Synagoge des Satan‹ vereint sind und die, von Hanns Heinz Ewers als eigenes Werk vorgelesen, ihm die erste Beachtung und ersten größere Honorare einbringen sollten. Ich habe mich an ihm durch die Vorreden gerächt, die ich zu den polnischen Ausgaben seiner Werke schrieb. [...] ich dachte nicht im entferntesten an Ewers, als ich die Vorworte zu seinen Werken schrieb, diese Vorworte sollten Teile sein meines eigenen Werkes ›Zu den Quellen der Seele‹, meiner eigenen Seele. Ich kann mir Ewers' Erstaunen vorstellen, als man ihm diese Vorworte übersetzte: sich selbst fand er darin nicht, konnte er nicht finden.«[31] Was das Geld angeht, so hatte Przybyszewski hier sicher recht, nicht jedoch mit der Beachtung, über die sich ja Ewers nicht beschweren konnte. Przybyszewski übersetzte Ewers' »Zauberlehrling« (1918), »Alraune« (1919) und einen Erzählungsband ins Polnische und schrieb dazu die genannten Vorworte.

Ewers-Freund Otto Wiese berichtete über eine Begebenheit in Berlin, Mitte der 20er Jahre: »Es war an einem Winterabend, als Ewers und ich die Leipziger Straße zum Potsdamer Platz hinuntergingen. [...] Plötzlich glitt Ewers das Einglas aus dem Auge, fiel in den Schnee. Ich reichte es ihm. Doch er klemmte es nicht ein, sah starr, scheu, bestürzt auf eine merkwürdige weibliche Gestalt, die sich uns – ja, entgegenschleppte, den Rücken fast waagerecht vornüber-

---

* In der Wohnung von Richard Dehmel in Berlin-Pankow feierte seinerzeit die Boheme Alkoholorgien. Hier verkehrte auch Strindberg, und hier lernte Herwarth Walden Przybyszewski kennen. Auch Paul Scheerbart gehörte zu diesem Kreis.

gebeugt, die Beine mühsam und schwankend hinter sich her ziehend. Als die Gelähmte – wohl eine Blumenfrau vom Leipziger Platz – im Strom der Fußgänger verschwunden war, setzte Ewers das Einglas wieder ein, entschuldigte sich wegen des Mißgeschicks und fragte wie zögernd: ›Wissen Sie, wer das war?‹ Die Antwort fiel mir nicht schwer: ›Sibylla Madruzzo – aus dem Zauberlehrling‹. So schreckten ihn seine eigenen Gestalten.«[32]

Wilfried Kugel
Berlin 2005

Quellen

HHE: Hanns Heinz Ewers
NL HHE: Nachlaß Hanns Heinz Ewers, Heinrich-Heine-Institut, Düsseldorf

Anmerkungen

1 HHE »Liebe«, in: Richard Rieß (Hrsg.) »Das Buch der Liebesabenteuer«, Müller, München 1921, pp. 417ff.

2 HHE »Kitty's Liebe«, in: »Der Kunstfreund«, 2, 2, Saarbrücken, 1899, pp. 40f.

3 HHE »Der Zauberlehrling«, München 1909, pp. 253–259

4 HHE »Vampir«, München 1921, p. 58

5 HHE »Der Zauberlehrling«, Berlin 1909, pp. 497–517

6 in: »Zeitgeist«, Beilage zum »Berliner Tageblatt«, Nr. 50, 13.12.1909, p. 3

7 Poritzky, J. E. »Dämonisten und Phantasten«, in: »Das literarische Echo«, 13, 2, Berlin 1.10.1910, Sp. 95–97

8 Wohlbrück, Olga »Drei Bücher von Hanns Heinz Ewers«, in: »Berliner Tageblatt«, 18.6.1910

9 in: »Deutsche Nachrichten«, 27.11.1909

10 HHE an Gustav Manz, 3.12.1909 (Universitätsbibliothek Münster)

11 »Roman der XII«, Berlin 1909, p. 424

12 Brief von Unbekannt (Georg Müller?) an HHE, 3.11.1909 (NL HHE)

13 Greiner, Josef »Das Ende des Hitler-Mythos«, Zürich 1947

14 Wolzogen, Ernst Ludwig Freiherr von »Wegweiser zu deutschem Glauben«, Verlag Jungborn, Oranienburg-Eden 1919

15 HHE »Der Zauberlehrling«, München 1909, p. 253

16 HHE »Der Zauberlehrling«, München 1909, p. 253

17 Broch, Hermann »Bergroman« (Kritische Ausgabe in vier Bänden. Die drei Originalfassungen textkritisch herausgegeben von Frank Kress und Hans Albert Maier), Frankfurt 1969; erste Publikation unter dem Titel »Der Versucher« herausgegeben von Felix Stössinger (im Rahmen der zehnbändigen Gesamtausgabe), Zürich 1953. Die Konzeption von Brochs »Bergroman« entstand um 1932, die Niederschrift der ersten Fassung 1935/36. 1936/37 arbeitete Broch an der zweiten Fassung und erst 1950/51 an der letzten, am stärksten politisierten Version.

18 in: »Zeitschrift für deutsche Philologie«, 86, Berlin 1967, pp. 594–627

19 in: »Literatur und Kritik«, Salzburg 1970, pp. 298–302

20 in: »Frankfurter Allgemeine Zeitung«, 7.10.1969

21 in: »Monatshefte für deutschen Unterricht, deutsche Sprache und Literatur«, Vol. XLVIII, 1, January, 1956

22 zit. nach: Dietrich Bronder »Bevor Hitler kam«, Genf 1975, p. 261

23 zit. nach: Dietrich Bronder »Bevor Hitler kam«, Genf 1975, p. 261

24 »Vossische Zeitung«, Berlin 5.2.1910

25 HHE an Ilna E.-Wunderwald, 5.2.1910 (NL HHE)

26 HHE an Georg Müller, Nr. 116, 23.2.1910 (Bayerische Staatsbibliothek München)

27 Przybyszewski, Stanislaw »Die Synagoge des Satan«, Kritik, Berlin 1897; zuerst unter den Titeln: »Entstehung der Satanskirche« (»Kritik«, 11, Berlin 1897) und »Kult der Satanskirche« (»Kritik«, 12, Berlin 1897) erschienen.

28 Frick, Karl R. H. »Satan und die Satanisten. Teil 3. Satanismus und Freimaurerei«, Graz 1986, p. 130

29 Przybyszewski, Stanislaw »Satans Kinder«, Langen, Paris/Leipzig/München 1897

30 HHE an Stanislaw Przybyszewski, 7.4.1921, in: »Listy« (Briefe polnisch), vol. 2 (1906–1917), Warschau 1938, p. 707, n. 61; zit. nach: George Klim »Die Gestalt Stanislaw Przybyszewskis im Rahmen der deutschen Literatur der Jahre 1892–1898, mit besonderer Berücksichtigung seiner Weltanschauung«, Diss. Australian National University, Canberra 1970, p. 192

31 Przybyszewski, Stanislaw »Erinnerungen an das literarische Berlin«, München 1965, pp. 172, 267ff.

32 Wiese, Otto »Erinnerungen an Hanns Heinz Ewers«, unveröffentlichtes Typoskript, 1971 (NL HHE)

Alraune

Die Geschichte eines lebenden Wesens

Auftakt

Wie willst du leugnen, liebe Freundin, daß es Wesen gibt – keine Menschen, keine Tiere – seltsame Wesen, die aus der verruchten Lust absurder Gedanken entsprangen?

Gut, weißt du, meine sanfte Freundin, gut ist das Gesetz, gut ist alle Regel und alle strenge Norm. Gut ist der große Gott, der diese Normen schuf, diese Regeln und Gesetze. Und gut ist der Mensch, der sie wohl achtet, der seine Wege geht in Demut und Geduld und in der treuen Nachfolge seines guten Gottes.

Ein anderer aber ist der Fürst, der den Guten haßt. Er zerschlägt die Gesetze und Normen. Er schafft – merk es wohl – wider die Natur.

Er ist schlecht, ist böse. Und böse ist der Mensch, der so tut wie er. Er ist ein Kind des Satan.

Böse ist es, sehr böse, hineinzugreifen in die ewigen Gesetze, mit frecher Hand sie herauszureißen aus ihren ehernen Fugen.

Der Böse mag es wohl tun – weil ihm Satan hilft, der ein gewaltiger Herr ist; er mag schaffen nach seinem eigenen stolzen Wunsche und Willen. Mag Dinge tun, die alle Regeln zertrümmern, alle Natur umkehren und auf den Kopf stellen. Aber er hüte sich wohl: es ist Lüge nur und irres Blendwerk, was immer er schafft. Es ragt auf und wächst in alle Himmel – – aber es stürzt zusammen am letzten Ende und begräbt im Sturze den hochmütigen Narren, der es dachte –

Seine Exzellenz Jakob ten Brinken, Dr. med., Ord. Professor und Wirkl. Geh. Rat, schuf das seltsame Mädchen, schuf es – – wider alle Natur. Er schuf es, ganz allein, wenn auch der Gedanke einem andern gehörte. Und dieses Wesen, das *sie taufen ließen und Alraune nannten, wuchs heran und lebte wie ein Menschenkind. Was es anfaßte, das ward zu Gold, wo es hinblickte, da lachten die wilden Sinne. Wohin aber sein giftiger Atem traf, schrie alle Sünde, und aus dem Boden, den seine leichten Füße traten, wuchsen des Todes bleiche Blumen. Einer schlug es tot, der war es, der es einst dachte: Frank Braun, der neben dem Leben herlief.*

Nicht für dich, blondes Schwesterchen, schrieb ich dies Buch. Deine Augen sind blau und sind gut und wissen nichts von den Sünden. Deine Tage sind wie die schweren Trauben blauer Glyzenen, tropfen hinab zum weichen Teppich: so schreitet mein leichter Fuß weich dahin durch die sonnenglitzernden Laubengänge deiner sanften Tage. Nicht für dich schrieb ich dies Buch, mein blondes Kind, holdes Schwesterlein meiner traumstillen Tage –

Dir aber schrieb ich es, du wilde, sündige Schwester meiner heißen Nächte. Wenn die Schatten fallen, wenn das grausame Meer die schöne Goldsonne frißt, da zuckt über die Wogen ein rascher giftgrüner Strahl. Das ist das erste schnelle Lachen der Sünde über des bangen Tages Todesfurcht. Und sie reckt sich über die stillen Wasser, hebt sich hoch, brüstet sich in brandigen, gelben und roten, tief violetten Farben. Und die Sünde atmet durch die tiefe Nacht, speit ihren Pesthauch weit hinaus über alle Lande.

Und du fühlst wohl ihren heißen Hauch. Da weitet sich dein Auge, hebt sich frecher die junge Brust. Da fliegt ein Zittern über deine Nüstern, spreizen sich weit die fieberfeuchten Hände. Da fallen die bürgerlichen Schleier aller sanften Tage, da gebiert sich die Schlange aus schwarzer Nacht. Da reckt sich, Schwester, deine wilde Seele, aller Schanden froh, voll aller Gifte. Und aus Qualen und Blut, und aus Küssen und Lüsten jauchzt sie hinauf – schreit sie hinab – durch alle Himmel und Höllen –

Schwester meiner Sünden, dir schrieb ich dies Buch –

Erstes Kapitel,

das zeigt, wie das Haus war, in dem der Gedanke ALRAUNE *in die Welt sprang*

Das weiße Haus, in dem Alraune ten Brinken wurde – lange Zeit, ehe sie geboren, ehe sie noch gezeugt ward – dies Haus lag am Rhein. Ein wenig hinaus aus der Stadt, in der großen Villenstraße, die hinausführt vom alten erzbischöflichen Palast, der heute die Universität hält. Dort lag es. Und damals bewohnte es der Herr Justizrat Sebastian Gontram.

Man schritt, von der Straße her, durch den langen häßlichen Garten, der nie einen Gärtner sah. Man kam zu dem Hause, von dem der Stuck fiel, suchte nach einer Schelle und fand keine. Man rief und schrie, und es kam niemand. Endlich stieß man die Türe auf und ging hinein, stieg über die schmutzige, nie gewaschene Holztreppe. Und irgend eine große Katze sprang durch die Dunkelheit.

Oder aber – der große Garten lebte von tausend Affen. Das waren die Gontramkinder: Frieda, Philipp, Paulche, Emilche, Jösefche und Wölfche. Sie waren überall, staken in den Ästen der Bäume, krochen in tiefen Gruben in der Erde. Dann die Hunde, zwei freche Spitze und ein Bastardfox. Und dazu der Zwergpinscher des Herrn Rechtsanwalt Manasse, so ein Ding, wie eine braune Quittenwurst, kugelrund, kaum größer wie eine Hand. Cyklop hieß er.

Und alles lärmte und schrie. Wölfchen, kaum ein Jahr alt, lag im Kinderwagen und brüllte, hoch, hartnäckig, stundenlang. Nur Cyklop konnte diesen Rekord halten, er kläffte, heiser und zerbrochen, unaufhörlich. Rührte sich nicht vom Platze, wie Wölfchen, schrie nur, heulte nur.

Die Gontrambuben rasten durch die Büsche, spät am Nachmittage. Frieda, die älteste, sollte aufpassen; achtgeben, daß die Brüder artig seien. Aber sie dachte: sie sind artig. Und sie saß hinten, in der zerfallenen Hollunderlaube, mit ihrer Freundin, der kleinen Prinzessin Wolkonski. Die beiden schwatzten und stritten sich, meinten, daß sie nun bald vierzehn Jahre alt würden und dann wohl heiraten könnten. Oder wenigstens könnte man einen Liebhaber haben. Aber sie waren fromm alle beide und beschlossen, noch ein wenig zu warten, vierzehn Tage noch, bis nach der ersten heiligen Kommunion.

Dann bekam man lange Kleider. Dann war man erwachsen. Dann konnte man einen Liebhaber haben.

Sie kamen sich sehr tugendhaft vor bei diesem Entschluß. Und sie überlegten, daß es gut wäre, sogleich zur Kirche zu gehen, in die Maiandacht. Man mußte sich sammeln in diesen Tagen, mußte ernst sein und vernünftig.

»Und dann ist auch vielleicht der Schmitz da!« sagte Frieda Gontram.

Aber die kleine Prinzeß rümpfte das Näschen: »Bah – der Schmitz!« machte sie.

Frieda faßte sie unter den Arm. »Und die Bavaren, die mit den blauen Mützen!«

Olga Wolkonski lachte. »Die –? Das sind – – Blasen! – Weißt du, Frieda, *feine* Studenten gehen überhaupt nicht in die Kirche.«

Das war nun wohl wahr, feine Studenten taten so etwas nicht.

Frieda seufzte. Sie schob rasch den Wagen mit dem schreienden Wölfchen zur Seite und trat nach Cyklop, der sie in den Fuß beißen wollte.

Nein, nein, die Prinzeß hatte recht, es war nichts mit der Kirche. »Laß uns hierbleiben!« entschied sie. Und die Mädchen kehrten zurück zur Hollunderlaube.

– Alle die Gontramkinder hatten eine unendliche Gier zum Leben. Sie wußten es nicht – aber sie ahnten es, fühlten es so im Blute, daß sie sterben mußten, jung, frisch, mitten im Blühen. Daß sie nur einen kleinen Teil der Spanne Zeit hatten, die andern Menschen gegeben war. Und sie nahmen diese Zeit dreifach, lärmten und rasten, fraßen und tranken sich übersatt am Leben. Wölfchen schrie in seinem Wagen, schrie für sich allein so viel wie drei andere Babies. Seine Brüder aber flogen durch den Garten, machten sich zahlreich, taten, als ob ihrer vier Dutzend wären, und nicht nur vier. Schmutzig, rotznasig und zerlumpt, immer irgendwo blutend, vom Schnitt in den Finger, vom zerschundenen Knie, oder irgendeinem tüchtigen Kratz.

Wenn die Sonne sank, schwiegen die Gontrambuben. Kehrten ins Haus zurück, gingen in die Küche. Schlangen gewaltige Haufen von Butterbroten, dick belegt mit Schinken und Wurst. Und tranken ihr Wasser, das die große Magd leicht färbte mit rotem Wein. Dann wusch sie die Magd. Zog sie aus, steckte sie in die Kübel, nahm schwarze Seife und die harte Bürste. Schrubbte sie, wie ein Paar Stiefel. Aber rein wurden sie doch nicht. – Und wieder schrien und tobten die wilden Jungen in ihren hölzernen Kübeln.

Dann, todmüde, krochen sie ins Bett, plumpsten hin wie Kartoffelsäcke, rührten sich nicht mehr. Stets vergaßen sie sich zuzudecken; das besorgte die Magd.

Meist um diese Stunde kam Rechtsanwalt Manasse ins Haus. Er stieg die Treppe hinauf, schlug mit dem Stock an ein paar Türen; bekam keine Antwort und trat endlich ein.

Frau Gontram kam ihm entgegen. Sie war groß, fast doppelt so groß wie Herr Manasse. Der war ein Zwerg nur, kugelrund, und glich genau seinem häßlichen Hund, dem Cyklop. Kurze Stoppeln wuchsen ihm überall aus Wangen, Kinn und Lippen, und mitten heraus schaute die Nase, klein und rund, wie ein Radieschen. Wenn er sprach, kläffte er, es war, als wollte er immer zuschnappen.

»Guten Abend Frau Gontram«, sagte er. »Ist der Herr Kollege noch nicht zu Haus?«

»Juten Nabend Herr Rechtsanwalt«, sagte die große Frau. »Machen Sie et sich bequem.«

Der kleine Manasse schrie: »Ob der Herr Kollege noch nicht zu Haus ist!? – Und lassen Sie das Kind hereinholen, man versteht ja sein eigen Wort nicht!«

»Wat?« fragte Frau Gontram. Dann nahm sie die Antiphone aus den Ohren. »Ach so!« fuhr sie fort. »Dat Wölfche! – Sie sollten sich doch auch so 'ne Dinger anschaffe, Herr Rechtsanwalt, dann höre Se nix.« Sie ging zur Tür und schrie: »Billa, Billa! – Oder Frieda! Hört ihr nit? Schafft dat Wölfche int Haus!«

Sie war noch im Morgenkleid, aprikosenfarbig. Sie hatte gewaltiges, kastanienbraunes Haar, unordentlich aufgesteckt, halb herunterfallend. Ihre schwarzen Augen schienen unendlich groß, weit, weit aufgerissen, und voll sengenden, unheimlichen Feuers. Aber die Stirne höhlte sich an den Schläfen, eingefallen war die schmale Nase und die bleichen Wangen spannten sich eng über die Knochen. Große hektische Flecken brannten hell auf –

»Haben Sie 'ne jute Zigarre, Herr Rechtsanwalt?« fragte sie.

Er nahm sein Etui heraus, ärgerlich, wütend fast. »Wie viele haben Sie denn schon geraucht heute, Frau Gontram?«

»'n Stücker zwanzig«, lachte sie. »Aber Sie wissen ja, dat dreckige Zeug für vier Pfennig et Stück! – 'ne Abwechslung würd' mir jut tun. Da, jeben Sie mich die dicke da!« – Und sie nahm eine schwere, fast schwarze Mexiko.

Herr Manasse seufzte: »Na, was meinen Sie? Wie lang soll das noch so gehn?«

»Böh!« machte sie. »Regen Se sich nur nich auf. Wie lang? Vorjestern meinte der Herr Sanitätsrat: noch sechs Monat. – Aber wissen Se, jenau datselbe hat er vor zwei Jahren auch schon emal jemeint. Ich denk immer: et jaloppiert sich jarnix, et jeht hübsch im Trab mit die jaloppierende Schwindsucht.«

»Wenn Sie wenigstens nicht so viel rauchen wollten!« kläffte der kleine Rechtsanwalt.

Sie sah ihn groß an, zog die blauen, dünnen Lippen hoch über die blanken Zähne. »Wat? Wat, Manasse? Nich mehr rauche? Nu halten Se aber freundlichst die Luft an! Wat soll ich denn sonst tun? Kinder kriegen – alle Jahr eins – Haushalt führen mit all die Bäljer – dabei de jaloppierende – – un nich mal rauche dürfe?« – Sie paffte ihm den dicken Qualm ins Gesicht, daß er hustete.

Er blickte sie an, halb giftig, halb liebend und bewundernd. Dieser kleine Manasse war frech wie keiner, wenn er vor der Barre stand, nie verlegen um einen Witz, um ein scharfes, schneidendes Wort. Kläffte, schnappte, biß um sich, ohne jeden Respekt und jede kleinste Furcht. – Hier aber, vor dieser dürren Frau, deren Leib ein Gerippe war, deren Kopf grinste wie ein Totenschädel, die seit Jahr und Tag zu dreiviertel im Grabe stand, und lachend das letzte Viertel selbst aufschaufelte, hier empfand er Angst. Diese unbändigen, schimmernden Locken, die immer noch wuchsen, immer stärker, immer voller wurden, als ob ihren Boden der Tod selbst düngte, diese ebenmäßigen, strahlenden Zähne, die den schwarzen Stumpf der dicken Zigarre fest umschlossen, diese Augen, übergroß, ohne Hoffnung, ohne Sehnsucht, fast ohne ein Bewußtsein ihrer leuchtenden Gluten – – – ließen ihn stumm werden und kleiner noch als er war, kleiner fast als sein Hund.

Oh, er war sehr gebildet, der Rechtsanwalt Manasse. Sie nannten ihn ein wanderndes Konversationslexikon, und es gab nichts, über das er nicht Bescheid wußte im Augenblick. Nun dachte er: sie schwört auf Epikur. Der Tod geht sie nichts an, meint sie. Solange sie lebt, ist er nicht da. Und wenn er da ist, so ist sie fort.

Er aber, Manasse, sah recht gut, daß der Tod da war, obwohl sie noch lebte. Längst war er da, schlich überall herum in diesem Hause. Spielte Blindekuh mit dieser Frau, die sein Mal trug, ließ ihre gezeichneten Kinder schreien und rasen im Garten. Freilich – er galoppierte nicht. Ging hübsch im Trab, da hatte sie recht. Aber nur – – so aus Laune. Nur so – – weil es ihm Spaß machte, zu spielen mit dieser Frau und ihren lebensgierigen Kindern wie die Katze mit den Fischlein im Goldfischglas –

Ohe, er ist gar nicht da! meinte diese Frau Gontram, die auf dem Longchair lag den langen Tag, die große schwarze Zigarren rauchte, nie endende Romane las und Antiphone in den Ohren trug, um der Kinder Lärm nicht zu hören. – Ohe, er ist gar nicht da!? – Nicht da? grinste der Tod und lachte den Rechtsanwalt an aus dieser jämmerlichen Maske heraus, paffte ihm den dikken Rauch ins Gesicht –

Der kleine Manasse sah ihn, sah ihn deutlich genug. Er starrte ihn an, überlegte lang, welcher Tod es wohl sei aus der großen Gemeinde. Der von Dürer? Oder der von Böcklin? Oder irgendein wilder Harlekintod von Bosch oder Breughel? Oder gar so ein wahnsinniger, unverantwortlicher Tod von Hogarth, von Goya, von Rowlandson, Rops oder Callot?

Keiner war es von diesen. Der da vor ihm saß, war ein Tod, mit dem man umgehen konnte, war gut bürgerlich und dazu romantisch, war ein rheinländischer Tod, ein Rethelscher. War einer, der mit sich reden ließ, einer, der Witz im Leibe hatte, der rauchte und Wein trank und lachen konnte –

»Es ist gut, daß er raucht!« dachte Manasse. »Das ist sehr gut: so riecht man ihn nicht –«

Dann kam der Justizrat Gontram.

»Guten Abend, Collega!« sagte er. »Auch schon da? Das ist recht.« Und er begann eine lange Geschichte, erzählte genau, was alles passiert war heute, auf dem Bureau und vor Gericht.

Lauter merkwürdige Sachen. Was nur Juristen passieren kann im langen Leben, das passierte Herrn Gontram Tag für Tag. Höchst seltsame Begebnisse, manchmal lustig und komisch genug und manchmal blutig und höchst tragisch.

Nur – nicht ein Wort war wahr daran. Der Justizrat hatte dieselbe unbesiegbare Scheu vor der Wahrheit, die er auch vor dem Bad, ja vor der Waschschüssel hatte, er log, wenn er den Mund aufsperrte, und wenn er schlief, träumte er von neuen Lügen. Jedermann wußte, daß er log, aber jedermann hörte doch gerne ihm zu, denn seine Lügengeschichten waren lustig und gut, und waren sie es einmal nicht, so war doch gut die Art, wie er sie auftischte.

Ein guter Vierziger war er, mit schon grauem, kurzem, sehr lückigem Barte und schütterem Haar. Einen goldenen Zwicker trug er an langer schwarzer Schnur, der stets schief über der Nase hing, und die blauen kurzsichtigen Augen sehen ließ. Unordentlich war er, schlampig und ungewaschen, stets mit Tintenflecken auf den Fingern.

Er war ein schlechter Jurist und war sehr gegen jede Arbeit. Die überließ er seinen Referendaren – die aber auch nichts taten, nur zu ihm kamen aus diesem Grunde und sich oft wochenlang nicht sehen ließen im Bureau. Überließ sie dem Bureauvorsteher und den Schreibern: die schliefen. Und wenn sie einmal wachten, so machten sie einen Schriftsatz, der lautete: »Ich bestreite.« Und stempelte den Namenszug des Justizrats darunter.

Und dennoch hatte er eine sehr gute Praxis, viel besser wie die des so kenntnisreichen und gewitzten Manasse. Er verstand die Sprache des Volkes und konnte schwatzen mit den Leuten. Er war beliebt bei allen Richtern und Anwälten, weil er nie Schwierigkeiten machte, alles seinen Gang gehen ließ. Vor der Strafkammer und vor den Geschworenen war er Goldes wert, das wußte man wohl. Einmal sagte ein Staatsanwalt: »Ich beantrage, dem Angeklagten mildernde Umstände nicht zu versagen: Herr Justizrat Gontram verteidigt ihn.«

Mildernde Umstände – – die bekam er stets für seine Klienten. Aber Manasse bekam sie selten genug, trotz seiner Gelehrsamkeit und seiner scharfen Rede.

Und dann war da noch etwas. Justizrat Gontram hatte ein paar Fälle gehabt, große, gewaltige Prozesse, die Aufsehen erregten durchs ganze Land. Hatte sie durchgekämpft durch lange Jahre, in allen Instanzen, und sie schließlich gewonnen. Dann nämlich erwachte plötzlich in ihm eine seltsame, irgendwo schlafende Energie. So eine völlig verfahrene Sache, ein sechsmal verlorener, beinahe unmöglicher Prozeß, der von Anwalt zu Anwalt ging, so ein Fall mit verzwicktesten internationalen Fragen – von denen er keine Ahnung hatte – das mochte ihn interessieren. Die Brüder Koschen aus Lennep, dreimal zum Tode verurteilt, hatte er schließlich doch freibekommen, im vierten Wiederaufnahmeverfahren, trotz eines haarscharfen Indizienbeweises. Und in dem großen Millionenstreit der Galmeibergwerke von Neutral-Moresnet, in dem kein Jurist in drei Ländern sich auskannte – – und gewiß Gontram am allerwenigsten – hatte er doch letzten Endes ein obsiegendes Urteil erzielt. Nun führte er, seit drei Jahren, den großen Ehegültigkeitsprozeß der Fürstin Wolkonski.

Und merkwürdig: nie sprach dieser Mensch je über das, was er wirklich geleistet hatte. Jedem, den er traf, log er die Ohren voll mit seinen frech erfundenen juristischen Heldentaten – nicht eine Silbe aber kam über seine Lippen über das, was er wirklich durchsetzte. So war es schon: er verabscheute alle Wahrheit.

– Frau Gontram sagte: »Dat Abendessen kommt jleich. Und en Böwlche hab ich auch als anjesetzt. Frischer Waldmeister. – – Soll ich mich noch umziehe jehn?«

»Bleib nur so, Frau«, entschied der Justizrat, »der Manasse hat nichts dagegen.« Er unterbrach sich: »Herrgott, wie das Kind schreit! Kannst du es denn nicht still kriegen?«

Die Frau ging mit langen, langsamen Schritten an ihm vorbei. Öffnete die Tür zum Vorzimmer; dorthin hatte die Magd den Kinderwagen geschoben. Und sie nahm Wölfchen, trug es hinein und setzte es in den hohen viereckigen Babystuhl.

»Kein Wunder, dat et so schreit!« sagte sie ruhig. »Et is janz naß.« Aber sie dachte nicht daran, es trocken zu legen. »Bis doch still, kleine Teufel«, fuhr sie fort, »siehst du denn nich, daß mer Besuch haben?«

Aber das Wölfchen ließ sich durchaus nicht stören durch den Besuch. Herr Manasse stand auf, klopfte es, streichelte es auf die dicken Backen, brachte ihm den großen Hampelmann zum Spielen. Doch das Kind stieß den Hampelmann fort, brüllte, schrie unaufhörlich, Und Cyklop begleitete es unter dem Tisch her.

Da sagte die Mama: »Wart nur, lieb Zuckerplätzche. Ich hab wat für dich.« Sie nahm den schwarzen, zerkauten Stummel aus den Zähnen und schob ihn dem Baby in den Mund. »Da, Wölfche, dat is lecker!? Wat?«

Und das Kind war still im Augenblick, lutschte und sog, strahlte überglücklich aus großen, lachenden Augen.

»Na, sehen Se, Herr Rechtsanwalt, wie man mit Kinder umgehen muß?« sagte die große Frau. Sicher und still sprach sie, völlig ernst. »Aber ihr Männer versteht nix von Kinder.«

– Die Magd kam, meldete, daß gedeckt sei. Dann, während die Herrschaft ins Speisezimmer ging, ging sie mit tappigen Schritten auf das Kind zu. »Bäh!« machte sie und riß ihm den Stummel aus dem Mund.

Sofort begann Wölfchen wieder zu heulen. Sie nahm es auf den Arm, wiegte es hin und her, sang ihm ein schwermütiges Liedchen aus ihrer wallonischen Heimat. Doch hatte sie nicht mehr Glück wie Herr Manasse; das Kind schrie nur und schrie. Da nahm sie den Stummel wieder her, spuckte darauf, rieb ihn ab an der schmutzigen Küchenschürze, um das immer noch glimmende Feuer zu ersticken. Gab ihn zurück in Wölfchens roten Mund.

Nahm das Kind, zog es aus, wusch es, gab ihm reine Sachen und bettete es weich in sein Bettchen. Wölfchen rührte sich nicht, ließ alles ruhig geschehen, still und zufrieden. Und es schlief ein, selig strahlend, immer in den Lippen den gräßlichen schwarzen Stummel.

O ja, sie hatte schon recht, diese große Frau. Sie verstand eben was von Kindern. Wenigstens – von den Gontramkindern.

Drinnen speisten sie zu Nacht und der Justizrat erzählte. Sie tranken einen leichten Wein von der Ruwer; erst zum Schlusse brachte Frau Gontram die Bowle.

Ihr Mann schnüffelte kritisch. »Laß doch was Sekt heraufholen«, sagte er.

Aber sie setzte die Bowle auf den Tisch: »Mer han keine Bowlesekt mehr. – – Un nur noch eine Flasch Pommery is im Keller.«

Er sah sie groß an, über seinen Zwicker weg, schüttelte bedenklich den Kopf. »Na, weißt du, du bist eine Hausfrau! Wir haben keinen Sekt und du sagst nicht ein Wörtchen davon? So was! Keinen Sekt im Haus! – Laß die Flasche Pommery heraufholen. – Eigentlich viel zu schad für die Bowle.«

Er wiegte den Kopf hin und her. »Kein Sekt! So was!« wiederholte er. »Wir müssen gleich welchen anschaffen. Komm Frau, bring mir Feder und Papier; ich muß der Fürstin schreiben.«

Aber als das Papier vor ihm lag, schob er's wieder hinüber. »Ach«, seufzte er, »ich hab den ganzen Tag soviel gearbeitet. Schreib du, Frau, ich diktiere dir.«

Frau Gontram rührte sich nicht. Schreiben? Das hätte ihr gerade gefehlt! »Fällt mich nicht ein«, sagte sie.

Der Justizrat sah zu Manasse hinüber. »Wie wär es, Herr Collega? Könnten Sie mir nicht den Gefallen tun? Ich bin so abgespannt.«

Der kleine Rechtsanwalt sah ihn wütend an. »Abgespannt?« höhnte er. »Wovon denn? Vom Geschichtenerzählen? – Ich möchte nur mal wissen, wovon Sie immer alle Finger voll Tinte haben, Herr Justizrat! Vom Schreiben doch gewiß nicht.«

Frau Gontram lachte. »Ach, Manasse, dat is noch von letzte Weihnachte her, als er den Jungens die schlechten Zeugnisse unterschreiben mußte! – – Übrigens, wat zankt ihr euch? Laßt doch die Frieda schreiben.«

Und sie schrie durch das Fenster hinaus nach Frieda. Frieda kam und mit ihr kam Olga Wolkonski.

»Das ist nett, daß du auch da bist!« begrüßte sie der Justizrat. »Habt ihr schon zu Abend gegessen?«

Doch die Mädchen hatten gegessen, unten in der Küche.

»Setz dich her, Frieda«, gebot der Vater, »hierher.« Frieda gehorchte. »So! Nun nimm die Feder und schreib, was ich dir sage.«

Aber die Frieda war ein echtes Gontramkind, sie haßte das Schreiben. Im Nu war sie aufgesprungen vom Stuhl. »Nee, nee!« schrie sie. »Olga soll schreiben, die kann das viel besser als ich.«

Die Prinzeß stand am Sofa; sie wollte auch nicht. Aber ihre Freundin hatte ein Mittel, sie gefügig zu machen. »Wenn du nicht schreibst«, flüsterte sie, »leih ich dir keine Sünden für übermorgen!«

Das half. Übermorgen war Beichttag, und ihr Beichtzettel sah noch sehr dürftig aus. Sündigen durfte man nicht in dieser ernsten Kommunionzeit, aber Sünden beichten mußte man doch. Mußte sich streng erforschen, nachdenken und suchen, ob man nicht irgendwo noch eine Sünde finde. Und das verstand die Prinzeß ganz und gar nicht. Frieda aber konnte es prächtig. Ihr Beichtzettel war der Neid der ganzen Klasse, besonders Gedankensünden erfand sie großartig, gleich dutzendweise auf einmal. Sie hatte das vom Papa: sie konnte mit ganzen Haufen von Sünden aufwarten, nur wenn sie einmal wirklich eine beging, so erfuhr der Beichtvater gewiß nichts davon.

»Schreib, Olga«, flüsterte sie, »dann leih ich dir acht dicke Sünden.«

»Zehn«, forderte die Prinzessin. Und Frieda Gontram nickte; es kam ihr gar nicht darauf an, sie hätte zwanzig Sünden gegeben, um nicht schreiben zu müssen.

Olga Wolkonski setzte sich an den Tisch, nahm die Feder und sah fragend auf.

»Also schreib!« sagte der Justizrat. »Verehrte Frau Fürstin – –«

»Ist das für die Mama?« fragte die Prinzeß.

»Natürlich, für wen denn sonst? Schreib! – Verehrte Frau Fürstin –«

Die Prinzeß schrieb nicht. »Wenn es für die Mama ist, kann ich doch auch schreiben: Liebe Mama!«

Der Justizrat wurde ungeduldig. »Schreib, was du willst, Kind, nur schreib.«

Und sie schrieb: »Liebe Mama!«

Und dann weiter nach dem Diktat des Justizrats:

»Leider muß ich Ihnen mitteilen, daß unsere Angelegenheit nicht recht weiterkommt. Ich muß soviel nachdenken und man kann nicht nachdenken, wenn man nichts zu trinken hat. Wir haben aber keinen Tropfen Sekt mehr im Hause. Schicken Sie uns also gefälligst, im Interesse Ihres Prozesses, einen Korb Bowlensekt, einen Korb Pommery und sechs Flaschen – –«

»St. Marceaux!« rief der kleine Rechtsanwalt.

»St. Marceaux –« fuhr der Justizrat fort. »Das ist nämlich die Lieblingsmarke von Collega Manasse, der auch manchmal hilft.

Mit besten Grüßen

Ihr –«

– »Nun sehen Sie, Collega«, sagte er, »wie bitter unrecht ihr mir tut! Nicht allein diktier ich den Brief, ich unterschreib ihn auch noch eigenhändig!« Und er setzte seinen Namen hin.

Frieda wandte sich halb um vom Fenster. »Seid ihr fertig? Ja? Na, dann will ich euch nur sagen, daß es ganz unnötig war. Eben ist Olgas Mama vorgefahren und kommt nun gerade durch den Garten.« – Sie hatte die Fürstin längst gesehen, hatte aber hübsch still geschwiegen und nicht unterbrochen. Wenn die Olga schon zehn schöne Sünden bekam, so sollte sie doch auch etwas arbeiten dafür! So waren alle die Gontrams, Vater, Mutter und Kinder: sie arbeiteten sehr, sehr ungern, aber sie sahen recht gerne zu, wenn das andere taten.

Die Fürstin trat ein, dick und aufgeschwemmt, große Brillanten an den Fingern und den Ohren, am Halse und im Haar, maßlos ordinär. Sie war eine ungarländische Gräfin oder Baronin; irgendwo im Orient hatte sie den Fürsten kennen gelernt. Eine Heirat war zustande gekommen, das war sicher; aber sicher war auch, daß gleich von Anfang an von beiden Seiten geschwindelt wurde. Sie wollte diese Ehe, die aus irgendwelchen Gründen von vornherein unmöglich war, dennoch gesetzlich durchsetzen, und der Fürst wollte dieselbe Ehe, die er wohl für möglich hielt, durch kleine Formfehler gleich beim Abschluß zu einer ungültigen machen. Ein Netz von Lügen und frechem Schwindel: ein wahres Fressen für Herrn Sebastian Gontram. Alles wankte hier, nichts stand fest, jede kleinste Behauptung wurde prompt von der Gegenseite widerlegt, jeder Schatten eines festen Gesetzes wurde durch das eines andern Staates wieder ausgelöscht. Nur eins blieb: die kleine Prinzeß – – sowohl Fürst wie Fürstin bekannten sich als Vater und Mutter und beanspruchten Olga für sich: dieses Produkt ihrer seltsamen Ehe, dem so viele Millionen zufallen mußten. Die Mutter war im Vorteil zur Zeit, war im Recht der Besitzenden –

»Setzen Sie sich, Frau Fürstin!« Der Justizrat hätte sich eher die Zunge abgebissen, als diese Frau ›Durchlaucht‹ anzureden; sie war seine Klientin und er behandelte sie nicht um ein Haar besser, wie die letzte Bauernfrau. »Legen Sie doch ab!« Aber er half ihr nicht.

»Wir haben gerade an Sie geschrieben«, fuhr er fort. Und er las ihr den schönen Brief vor.

»Aber bitte sehr!« rief die Fürstin Wolkonski. »Aber gewiß doch! Wird morgen in der Früh besorgt!« Sie öffnete ihre Tasche und zog einen schweren Brief heraus. »Sehen Sie, verehrter Herr Justizrat, gerade wegen unserer Sache kam ich. Da ist ein Schreiben vom Obergespan Grafen Ormos aus Groß-Becskerekgyartelep, wissen Sie –«

Herr Gontram runzelte die Stirne: das fehlte noch! Selbst der König hätte ihm keine Arbeit zumuten dürfen, wenn er abends zu Hause war. Er stand auf, nahm den Brief. »Ist schon gut«, sagte er, »schon gut, das erledigen wir alles morgen im Bureau.«

Sie wehrte sich. »Aber es ist sehr eilig. Ist sehr wichtig –«

Der Justizrat unterbrach sie. »Eilig? Wichtig? Nun sagen Sie mir bloß, was verstehen Sie davon, ob etwas eilig oder wichtig ist? Gar nichts! Nur im Bureau kann man das beurteilen.« Dann, im Tone wohlwollenden Vorwurfs: »Frau Fürstin, Sie sind doch eine gebildete Frau! Sie haben doch auch so eine Art von Erziehung genossen!? – Da müssen Sie doch wissen, daß man Leute nicht des Abends zu Hause mit Geschäften belästigt.«

Sie beharrte noch immer. »Aber im Bureau kann ich Sie ja doch nie erwischen, verehrter Herr Justizrat. Ich war in dieser Woche allein viermal –«

Nun wurde er fast ärgerlich. »Kommen Sie nächste Woche! Meinen Sie denn, daß man nur Ihren Kram allein hätte? Was glauben Sie wohl, was man sonst noch alles zu tun hat? Was mich allein der Mörder Houten für eine Zeit kostet? Und da handelt es sich um den Kopf und nicht nur um eine Handvoll Milliönchen.« Und er begann, schnurrte ab, unaufhörlich, erzählte eine ewige Geschichte von diesem merkwürdigen Räuberhauptmann, der nur in seiner Phantasie lebte, und von den juristischen Heldentaten, die er für diesen unvergleichlichen Lustmörder vollbrachte.

Die Fürstin seufzte, aber sie hörte zu. Lachte auch manchmal, immer am falschen Platze. Sie war die einzige von all seinen vielen Zuhörern, die nie fühlte, wie er log, und sie war auch die einzige, die seinen Witz nicht verstand.

»Nette Geschichten für die Kinder!« kläffte Rechtsanwalt Manasse. Die beiden Mädchen hörten gierig zu, starrten den Justizrat an mit weit offenen Augen und Mündern.

Aber der ließ sich nicht unterbrechen. »Ach was, an so was kann man sich nicht früh genug gewöhnen.« Er tat so, als wenn Lustmörder das Allergewöhnlichste seien, was es gäbe im Leben, als ob man ihnen jeden Tag dutzendweise begegne.

Endlich war er zu Ende, sah nach der Uhr. »Zehn schon! Die Kinder müssen zu Bett! Trinkt noch rasch ein Glas Bowle.«

Die Mädchen tranken, aber die Prinzeß erklärte, daß sie auf keinen Fall nach Hause ginge. Sie habe solche Angst und könne nicht allein schlafen. Und mit ihrer Miß auch nicht – – vielleicht sei die auch so ein verkleideter Lustmörder. Sie wolle bei ihrer Freundin bleiben. Sie fragte ihre Mama erst gar nicht, nur Frieda und deren Mutter.

»Meinswegen!« sagte Frau Gontram. »Aber verschlaft euch nicht, daß ihr zur rechten Zeit in die Kirch kommt.«

Die Mädchen knixten und gingen hinaus. Arm in Arm, eng umfaßt.

»Fürchtest du dich auch?« fragte die Prinzeß.

Frieda sagte: »Es ist alles gelogen, was der Papa sagt.« Aber Angst hatte sie trotzdem. Angst – – und daneben ein seltsames Wunschgefühl nach diesen Dingen. Nicht sie zu erleben – o nein, gewiß nicht. Aber sie sich auszudenken, sie auch so erzählen zu können. »Ach, das wären Sünden für die Beichte!« seufzte sie.

Oben trank man die Bowle aus, Frau Gontram rauchte noch eine letzte Zigarre. Herr Manasse war aufgestanden, hinausgegangen ins Nebenzimmer. Und der Justizrat erzählte der Fürstin eine neue Geschichte. Sie versteckte ihr Gähnen hinter dem Fächer, versuchte immer wieder auch einmal zu Wort zu kommen.

»Ach ja, liebster Herr Justizrat«, sagte sie rasch, »ich vergaß es fast! Darf ich Ihre Frau Gemahlin morgen mittag mit dem Wagen abholen? Ein bißchen mitnehmen nach Rolandseck?«

»Gewiß«, antwortete er, »gewiß – wenn sie will.«

Aber Frau Gontram sagte: »Ich kann nich ausfahre.«

»Und warum denn nicht?« fragte die Fürstin. »Es würde Ihnen doch gewiß recht gut tun, ein wenig hinauszukommen in die frische Frühlingsluft.«

Frau Gontram nahm langsam die Zigarre aus den Zähnen. »Ich kann nich ausfahre. Ich han keine anständige Hut aufzusetze –«

Die Fürstin lachte, tat, als ob das ein Scherz hätte sein sollen. Sie wolle gleich morgen die Modistin schikken, mit neuen Frühlingsmodellen zum Aussuchen –

»Meinswegen«, sagte Frau Gontram. »Aber dann schicken Se die Becker, die von der Quirinusjass – die hat de besten.« Sie erhob sich langsam, betrachtete bedächtig ihren ausgebrannten Stummel. »Un jetzt jeh ich schlafe – gute Nacht!«

»O ja, es ist Zeit, ich muß auch gehen!« rief die Fürstin hastig. Der Justizrat brachte sie hinunter, durch den Garten zur Straße. Half ihr in die Equipage, schloß dann bedächtig das Gartentor.

Als er zurückkam, stand seine Frau in der Haustüre, die brennende Kerze in der Hand.

»Mer könne nich zu Bett jehe«, sagte sie ruhig. »Was?« fragte er. »Warum denn nicht?«

Sie wiederholte: »Mer könne nich zu Bett jehe. – Dä Manasse liegt als im Bett!«

Sie stiegen die Treppen hinauf in den zweiten Stock, gingen ins Schlafzimmer. In dem riesigen Ehebett lag, hübsch quer und fest schlafend, der kleine Rechtsanwalt. Seine Kleider hingen sorgfältig über dem Stuhl, die Stiefel standen daneben. Ein reines Nachthemd hatte er aus dem Schrank genommen und angezogen. Neben ihm, wie ein Igeljunges, knüllte sich sein Cyklop.

Justizrat Gontram nahm die Kerze und leuchtete.

»Und der Mann schimpft mich aus, daß ich faul sei!« sagte er in kopfschüttelnder Verwunderung. »Und ist selbst zu faul, um nach Haus zu gehen!«

»Sss!« machte Frau Gontram. »Sss, sonst weckste se alle beide auf.«

Sie nahmen Bettzeug und Nachtwäsche aus dem Schranke und gingen. Ganz leise. Frau Gontram machte unten zwei Lager zurecht, auf den Sofas.

Da schliefen sie.

Alle schliefen im weiten Hause. Unten neben der Küche Billa, die starke Küchenmagd, bei ihr die drei Hunde; im Nebenzimmer die vier wilden Buben, Philipp, Paulche, Emilche und Jösefche. Oben schliefen die beiden Freundinnen, in Friedas großem Balkonzimmer; schlief nebenan Wölfche mit seinem schwarzen Tabakschnuller; schliefen im Salon Herr Sebastian Gontram und seine Frau. Im zweiten Stock schnarchten um die Wette Herr Manasse und sein Cyklop, und ganz oben, in der Mansarde, schlief Söfchen das Stubenmädchen, das vom Tanzboden zurückgekommen und leise hinaufgeschlichen war über die Treppen. Sie alle schliefen, schliefen. Zwölf Menschenkinder und vier scharfe Hunde.

Aber irgend etwas schlief nicht. Schlürfte langsam um das weite Haus –

Draußen, am Garten vorbei, zog der Rhein. Hob seine in Mauern geschnürte Brust, schaute in die schlafenden Villen, drängte sich eng an den Alten Zoll. Katzen und Kater schoben sich durch die Büsche, fauchten, bissen, schlugen einander, fuhren los mit runden, heiß funkelnden Augen. Nahmen sich, lüstern, versagend, in schmerzender, quälender Lust –

Und hinten, weit hinten aus der Stadt her, tönte der trunkene Sang wilder Studenten –

Etwas kroch um das weiße Haus am Rhein. Schlich durch den Garten, vorbei an zerbrochenen Bänken und lahmen Stühlen. Schaute wohlgefällig auf das Sabbathtreiben der liebegierigen Katzen –

Stieg um das Haus. Kratzte mit hartem Nagel an die Wände, daß der Stuck klirrend herabfiel. Knipste auch an die Türe, daß sie leise erbebte. Wie ein Wind, so leicht.

Dann war es im Haus. Schlurfte über alle Treppen, kroch bedächtig durch alle Zimmer. Blieb stehn, sah sich rings um, still lächelnd.

Schweres Silber stand im Mahagonibüfett, reiche Schätze aus der Kaiserzeit. Aber die Fensterscheiben waren gesprungen und die Sprünge mit Papier verklebt. Holländer hingen an den Wänden, gute Bilder von Koekkoek, Verboekhvoeven, Verwée und Jan Stobbaerts. Aber sie hatten Löcher und die alten Goldrahmen waren schwarz von Spinnweben. Aus des Erzbischofs bestem Saale stammte der herrliche Lüster – aber seine zerbrochenen Kristalle klebten von Fliegendreck.

Etwas schlich durch das stille Haus. Und wo es hinkam, da brach etwas. Nur ein Nichts fast, nur eine unnennbare Kleinigkeit. Aber wieder und immer wieder.

Wo es hinkam, wuchs aus der Nacht ein kleinstes Geräusch. Knirschte hell eine Diele, löste sich ein Nagel, bog sich ein altes Möbel. Knarrte es in den verquollenen Läden oder klirrte seltsam zwischen den Gläsern –

Alles schlief in dem großen Hause am Rhein.

Aber irgend etwas schlurfte langsam herum –

Zweites Kapitel,

das erzählt, wie es geschah, daß man ALRAUNE *erdachte*

Die Sonne war schon herunter, und die Kerzen brannten im Kronleuchter des Festzimmers, als Geheimrat ten Brinken eintrat. Er sah feierlich genug aus, war im Frack, den großen Stern auf dem weißen Hemd und die Goldkette im Knopfloch, von der zwanzig kleine Orden baumelten. Der Justizrat stand auf, begrüßte ihn, stellte ihn vor, und der alte Herr ging herum um die Tafel mit einem abgetragenen Lächeln, sagte jedem ein süßes Wort. Bei den Festmädchen blieb er stehn, überreichte ihnen hübsche Lederetuis mit Goldringen, einen Saphir für die blonde Frieda und einen Rubin für die schwarze Olga. Hielt ihnen beiden eine sehr weise Ansprache.

»Wollen Sie nachexerzieren, Herr Geheimrat?« fragte Herr Sebastian Gontram. »Wir sitzen schon seit vier Uhr da – siebzehn Gänge! Fein, was? Da ist das Menü – suchen Sie sich was aus!« Aber der Geheimrat dankte, er habe schon gegessen –

Dann trat Frau Gontram ins Zimmer. Im blauen, etwas altmodischen, seidenen Schleppkleide, hochfrisiert.

»Mer könne kein Eis esse«, rief sie, »dat Billa hat dä Fürst Pückler in der Backofe gestellt!«

Da lachten die Gäste: so etwas mußte ja kommen, sonst fühlte man sich nicht wohl im Gontramhause. Und Rechtsanwalt Manasse rief, man solle die Schüssel hereinholen, das sähe man nicht alle Tage: Fürst Pückler frisch aus dem Backofen!

Geheimrat ten Brinken suchte nach einem Stuhle. Er war ein kleiner Mann. Glattrasiert, dicke Tränensäcke unter den Augen; er war häßlich genug. Wülstig hingen die Lippen, fleischig die große Nase. Tief hing deckend das Lid über dem linken Auge, aber das rechte stand weit offen, schielte lauernd hinaus.

Jemand sagte hinter ihm: »Tag, Ohm Jakob.«

Das war Frank Braun.

Der Geheimrat wandte sich, es schien ihm wenig angenehm, den Neffen hier zu treffen. »Du hier?« fragte er. »Nun, ich hätte es mir eigentlich denken können.«

Der Student lachte. »Aber natürlich! Bist ja so weise, Onkel. Übrigens bist du ja auch da. Und bist da, ganz offiziell, als Wirklicher Geheimer und als Universitätsprofessor, im stolzen Schmucke all deiner Orden. Ich aber bin nur ganz inkognito da – – das Korpsband steckt in der Westentasche.«

»Das beweist eben dein schlechtes Gewissen«, sagte der Onkel. »Wenn du erst –«

»Ja, ja!« unterbrach ihn Frank Braun. »Ich weiß es schon. Wenn ich erst so alt bin wie du, dann darf – und so weiter – das wolltest du doch sagen? Allen Heiligen sei Dank, daß ich noch nicht zwanzig bin, Ohm Jakob. Ich befinde mich ganz wohl dabei.«

Der Geheimrat setzte sich. »Ganz wohl, das kann ich mir denken. Bist im vierten Semester und tust nichts als raufen und saufen, fechten, reiten, lieben und dumme Streiche machen! Hat dich darum deine Mutter zur Universität geschickt? – Sag, Junge, warst du überhaupt schon einmal in einem Kolleg?«

Der Student füllte zwei Kelche. »Da, Ohm Jakob, trink, dann wirst du's leichter ertragen! Also: im Kolleg war ich schon, und zwar nicht nur in einem, sondern in einer ganzen Reihe. In jedem genau einmal – – und öfter gedenke ich auch nicht mehr hinzugehen. – Prosit!«

»Prosit!« sagte der Geheimrat. »Und du meinst, das sei völlig genug?«

»Genug?« lachte Frank Braun. »Ich meine, es sei sogar viel zu viel. Sei vollkommen überflüssig gewesen! Was soll ich im Kolleg? Es ist schon möglich, daß andere Studenten eine ganze Masse lernen können bei euch Professoren, aber ihr Hirn muß dann eingestellt sein auf diese Methode. Meins ist es nicht. Ich finde euch alle, jeden einzelnen, unglaublich albern und langweilig und dumm.«

Der Professor sah ihn groß an. »Du bist ungeheuer arrogant, mein lieber Junge«, sagte er ruhig.

»Wirklich?« Der Student lehnte sich zurück, schlug die Beine übereinander. »Wirklich? Ich glaube es kaum, aber ich meine, wenn's auch so wäre, möchte es nichts schaden. Denn sieh mal, Ohm Jakob, ich weiß doch genau, warum ich das sage. Erstens, um dich ein bißchen zu ärgern – – du siehst nämlich sehr komisch aus, wenn du dich ärgerst. Und zweitens, um nachher von dir zu hören, daß ich doch recht habe. Du, Onkel, zum Beispiel, bist ganz gewiß ein recht schlauer alter Fuchs, sehr gescheit und sehr klug und du weißt eine ganze Menge. Aber im Kolleg, siehst du, bist du ebenso unerträglich wie deine verehrten Herren Kollegen. – Sag selber, möchtest du sie vielleicht im Kolleg genießen?«

»Ich? – Nun, ganz gewiß nicht«, sagte der Professor. »Aber das ist auch ein ander Ding. Wenn du erst – na ja, du weißt es schon. – Aber nun sag mir, Junge, was in aller Welt führt dich hierher? Du wirst mir zugeben müssen, daß es nicht ein Haus ist, in dem dich deine Mutter gerne sehen möchte. Was mich anbetrifft –«

»Schon gut!« rief Frank Braun. »Was dich angeht, so weiß ich Bescheid. Du hast dieses Haus an Gontram vermietet und da er sicher kein pünktlicher Zahler ist, so ist es immer gut, wenn man sich von Zeit zu Zeit sehen laßt. Und seine schwindsüchtige Frau interessiert dich natürlich als Mediziner – – alle Ärzte der Stadt sind ja begeistert von diesem Phänomen ohne Lungen. Dann ist da noch die Fürstin, der du gerne dein Schlößchen in Mehlem verkaufen möchtest. – Und schließlich, Onkelchen, sind die zwei Backfische da, hübsches frisches Gemüse, nicht wahr? – Oh, in allen Ehren natürlich, bei dir ist immer alles in allen Ehren, Ohm Jakob!«

Er schwieg, brannte eine Zigarette an und stieß den Rauch aus. Der Geheimrat schielte ihn an mit dem rechten Auge, giftig und lauernd.

»Was willst du damit sagen?« fragte er leise.

Der Student lachte kurz auf. »O nichts, gar nichts!« Er stand auf, nahm vom Ecktisch eine Zigarrenkiste, öffnete sie, reichte sie dem Geheimrat hin. »Da rauch, lieber Oheim. Romeo und Juliette, deine Marke! Der Justizrat hat sich gewiß nur für dich in die Unkosten gestürzt.«

»Danke!« knurrte der Professor. »Danke! – Noch einmal: was willst du damit sagen?«

Frank Braun rückte seinen Stuhl näher heran.

»Ich will dir antworten, Ohm Jakob. – Ich mag nicht mehr leiden, daß du mir Vorwürfe machst, hörst du? Ich weiß selbst recht gut, daß das Leben ein wenig wüst ist, das ich führe. Aber laß das – – dich geht's nichts an. Ich bitte dich ja nicht, meine Schulden zu zahlen. Nur verlang ich, Onkel, daß du nie wieder solche Briefe schreibst nach Hause. Du wirst schreiben, daß ich sehr tugendhaft, sehr moralisch sei, tüchtig arbeite, Fortschritte mache. Und solches Zeug. – Verstehst du?«

»Da müßte ich ja lügen«, sagte der Geheimrat. Es sollte liebenswürdig klingen und witzig, aber es klang schleimig, als ob eine Schnecke ihren Weg zöge.

Der Student sah ihn voll an. »Ja, Onkel, da sollst du eben lügen. Nicht meinetwegen, das weißt du wohl. Der Mutter wegen.« Er stockte einen Augenblick, leerte sein Glas. »Und um diese Bitte, daß du der Mutter was vorlügen mögest, ein wenig zu unterstützen, will ich dir nun auch erzählen, was ich vorhin – – damit sagen wollte.«

»Ich bin neugierig.« sagte der Geheimrat. Ein wenig fragend, unsicher.

»Du kennst mein Leben«, fuhr der Student fort und seine Stimme klang bitter ernst, »du weißt, daß ich – heute noch – ein dummer Junge bin. So meinst du, weil du ein alter und kluger Mann bist, hochgelehrt, reich, überall bekannt, bedeckt mit Titeln und Orden, weil du dazu mein Oheim bist und meiner Mutter einziger Bruder, daß du ein Recht habest, mich zu erziehen. Recht oder nicht – du wirst es nie tun; niemand wird es tun – nur das Leben.«

Der Professor klatschte sich auf die Knie, lachte breit.

»Ja, ja – das Leben! Warte nur, Junge, es wird dich schon erziehen. Es hat scharfe Kanten und Ecken genug. Hat auch hübsche Regeln und Gesetze, gute Schranken und Stachelzäune.«

Frank Braun antwortete: »Die sind nicht für mich da. Für mich so wenig wie für dich. Hast du, Ohm Jakob, die Kanten abgeschlagen, die Stacheldrähte durchschnitten und gelacht über alle Gesetze – nun wohl, so werde ich es auch können.«

»Hör zu, Onkel«, fuhr er fort, »ich kenne auch dein Leben gut genug. Die ganze Stadt kennt es und die Spatzen pfeifen deine kleinen Scherze von den Dächern. Aber die Menschen tuscheln nur, erzählen sich's in den Ecken, weil sie Angst haben vor dir, vor deiner Klugheit und deinem Gelde, vor deiner Macht und deiner Energie. – Ich weiß, woran die kleine Anna Paulert starb, weiß warum dein hübscher Gärtnerbursche so schnell fort mußte nach Amerika. Ich kenne noch manche deiner kleiner Geschichten. Ah, ich goutiere sie nicht, gewiß nicht. Aber ich nehme sie dir auch nicht übel. Bewundere dich vielleicht ein wenig, weil du, wie ein kleiner König, so viele Dinge ungestraft tun kannst. – Nur begreif ich nicht recht, wie du Erfolg haben kannst bei all den Kindern – – du, mit deiner häßlichen Fratze.«

Der Geheimrat spielte mit seiner Uhrkette. Sah dann seinen Neffen an, ruhig, fast geschmeichelt. Er sprach: »Nicht wahr, das begreifst du nicht recht?«

Und der Student sagte: »Nein, ganz und gar nicht. Aber ich begreife gut, wie du dazu kommst! Längst hast du alles, was du willst, alles, was ein Mensch haben kann in den normalen Grenzen des Bürgertums. Da willst du hinaus. Der Bach langweilt sich in seinem alten Bett, tritt hier und da frech über die engen Ufer. – Es ist das Blut.«

Der Professor hob sein Glas, rückte es hinüber. »Gieß mir ein, mein Junge«, sagte er. Seine Stimme zitterte ein wenig und es klang eine gewisse Feierlichkeit heraus. »Du hast recht: es ist das Blut. Dein Blut und mein Blut.« Er trank und streckte seinem Neffen die Hand hin.

»Du wirst an Mutter so schreiben, wie ich es eine möchte?« fragte Frank Braun.

»Ja, das werde ich!« antwortete der Alte.

Und der Student sagte: »Danke, Ohm Jakob.« Dann nahm er die ausgestreckte Hand. »Und nun geh, alter Don Juan, ruf dir die Kommunikantinnen! Sehen hübsch aus in ihren heiligen Kleidchen, alle beide, was?«

»Hm!« machte der Onkel, »Dir scheinen sie auch nicht schlecht zu gefallen?«

Frank Braun lachte. »Mir? Ach du mein Gott! – Nein, Ohm Jakob, da bin ich kein Rivale – heute noch nicht, heute hab ich noch höhere Ambitionen. Vielleicht – wenn ich einmal so alt bin wie du! – Aber ich bin nicht ihr Tugendwächter und die zwei Feströschen wollen ja nichts Besseres, als gepflückt werden. Einer tut's, und in kürzester Zeit – warum du nicht? Heh, Olga, Frieda! Kommt einmal her!«

Aber die beiden Mädchen kamen gar nicht heran, drängten sich an Herrn Dr. Mohnen, der ihre Gläser füllte und ihnen zweideutige Geschichten erzählte.

Die Fürstin kam; Frank Braun stand auf und bot ihr seinen Platz. »Bleiben Sie, bleiben Sie!« rief sie. »Ich habe ja noch gar nicht mit Ihnen plaudern können!«

»Einen Augenblick, Durchlaucht, ich will nur eine Zigarette holen.« sagte der Student. »Und mein Onkel freut sich schon die ganze Zeit darauf, Ihnen seine Komplimente machen zu dürfen.«

Der Geheimrat freute sich gar nicht darauf, hätte viel lieber die kleine Prinzeß da sitzen gehabt. Nun aber unterhielt er die Mutter –

Frank Braun trat zum Fenster, als der Justizrat Frau Marion zum Flügel führte. Herr Gontram setzte sich nieder, drehte sich im Klavierstuhl und sagte: »Ich bitte um ein wenig Ruhe. Frau Marion wird uns ein Liedchen vorsingen.« – Er wandte sich zu seiner Dame. »Na, was denn, liebe Frau? – Wahrscheinlich wieder mal ›Les Papillons‹? Oder vielleicht ›Il baccio‹ von Arditi? – Also geben Sie nur her!«

Der Student schaute hinüber. Sie war immer noch schön, diese alte, aufgemachte Dame, und man glaubte ihr schon die vielen Aventüren, die über sie erzählt wurden. Damals, als sie die gefeiertste Diva Europas war. Nun aber lebte sie schon seit bald einem Vierteljahrhundert in dieser Stadt, still, zurückgezogen in ihrer kleinen Villa. Machte jeden Abend einen langen Spaziergang durch ihren Garten, weinte dort eine halbe Stunde an dem blumigen Grabe ihres Hündchens –

Jetzt sang sie. Längst gebrochen war diese herrliche Stimme, aber doch war ein seltener Zauber in ihrem Vortrage aus alter Schule. Auf den geschminkten Lippen lag das alte Lächeln der Siegerin und unter dem dicken Puder versuchten die Züge ihre ewige Pose bestrickender Lieblichkeit. Ihre dicke, verfettete Hand spielte mit dem Elfenbeinfächer und die Augen suchten wie einst aus allen Ritzen den Beifall zu ziehen.

O ja, sie paßte hierher, Madame Marion Vère de Vère, paßte in dies Haus, wie alle andern, die zu Gast waren. Frank Braun sah sich um. Da saß sein teurer Onkel mit der Fürstin, und hinter ihnen, an die Tür gelehnt, standen Rechtsanwalt Manasse und Hochwürden Kaplan Schröder. Dieser dürre, lange, schwarze Kaplan Schröder, der der beste Weinkenner war an der Mosel und an der Saar, der den erlesensten Keller führte und ohne den eine Weinprobe schier unmöglich schien im Lande. Schröder, der ein unendlich kluges Buch geschrieben hatte über des Plotinus krause Philosophie und der zugleich die Possen schrieb für das Puppentheater des Kölner Hänneschen. Der ein glühender Partikularist war, der die Preußen haßte, der, wenn er vom Kaiser sprach, nur an den ersten Napoleon dachte und alljährlich am fünften Mai nach Köln hinüberfuhr, um in der Minoritenkirche dem feierlichen Hochamte für die Toten der ›Grande Armee‹ beizuwohnen.

Da saß der gewaltige, goldbebrillte Stanislaus Schacht, cand. phil. im sechzehnten Semester, zu behäbig, zu faul sich auch nur zu erheben vom Stuhle. Seit Jahren wohnte er, als möblierter Herr, bei Frau Witwe Prof. Dr. v. Dollinger – nun waren ihm längst Hausherrnrechte dort eingeräumt. Und diese kleine, häßliche, überschlanke Frau saß bei ihm, füllte ihm immer von neuem das Glas, lud immer höhere Portionen Kuchen auf seinen Teller. Sie aß nichts – aber sie trank nicht weniger wie er. Und mit jedem neuen Glas wuchs ihre Zärtlichkeit; liebend strich sie die knochigen Finger über seine mächtigen Fleischerarme.

Neben ihr stand Karl Mohnen, Dr. jur. und Dr. phil. Er war ein Schulkamerad von Schacht und dessen großer Freund, studierte nun ebensolange wie der. Nur mußte er immer Examina machen, mußte immer umsatteln; augenblicklich war er Philosoph und dicht vor seinem dritten Examen. Er sah aus wie ein Kommis im Warenhaus, rasch, hastig und immer bewegt; Frank Braun dachte, daß er sicher noch einmal zum Kaufmann übergehen würde. Da würde er gewiß sein Glück machen, so in der Konfektionsbranche, wo er Damen zu bedienen hätte. Er suchte immer nach einer reichen Partie – auf der Straße. Machte Fensterpromenaden, hatte auch ein artiges Geschick, Bekanntschaften anzuknüpfen. Besonders reisende Engländerinnen krallte er gern an, aber leider – hatten sie nie Geld.

Noch einer war da, der kleine Husarenleutnant mit dem schwarzen Schnurrbärtchen, der jetzt plauderte mit den Mädchen. Er, der junge Graf Geroldingen, der in jeder Theatervorstellung hinter den Kulissen zu finden war, der ganz hübsch malte, talentvoll geigte und dabei doch der beste Rennreiter war im Regiment. Und der nun Olga und Frieda etwas von Beethoven erzählte, was sie gräßlich langweilte und was sie nur anhörten, weil er ein so hübscher kleiner Leutnant war.

O ja, sie gehörten alle hierher, ohne Ausnahme. Hatten alle ein wenig Zigeunerblut – trotz ihrer Titel und Orden, trotz Tonsuren und Uniformen, trotz Brillanten und goldener Brillen, trotz aller bürgerlichen Stellungen. Waren irgendwo angefressen, machten irgendwie kleine Umwege, seitab von den eingefaßten Pfaden bürgerlichen Anstandes.

Ein Gebrüll ertönte, mitten hinein in Frau Marions Gesang. Es waren die Gontrambuben, die sich prügelten auf der Treppe; ihre Mutter ging hinaus, sie zur Ruhe zu bringen. Dann kreischte Wölfchen im Nebenzimmer und die Mädchen mußten das Kind hinauftragen in die Mansarden. Sie nahmen Cyklop mit, betteten beide zusammen in den engen Kinderwagen.

Und Frau Marion begann ihr zweites Lied: den ›Schattentanz‹ aus Meyerbeers Dinorah.

– Die Fürstin fragte den Geheimrat nach seinen neuesten Versuchen. Ob sie wieder einmal kommen dürfe, die merkwürdigen Frösche zu sehen, die Lurche und die hübschen Äffchen?

Ja gewiß, sie möge nur kommen. Auch die neue Rosenzucht solle sie sich ansehen, in seinem Mehlemer Schlößchen, und die großen weißen Kamelienhecken, die sein Gärtner dort anpflanzte.

Aber der Fürstin waren die Frösche und Affen interessanter als die Rosen und Kamelien. Und so erzählte er von seinen Versuchen der Übertragung von Keimzellen und der künstlichen Befruchtung. Sagte ihr, daß er gerade ein hübsches Fröschlein da habe mit zwei Kopfenden und ein anderes mit vierzehn Augen auf dem Rücken. Setzte ihr auseinander, wie er die Keimzellen ausschneide aus der Kaulquabbe und sie übertrage auf ein anderes Individuum. Und wie sich die Zellen fröhlich weiter entwickelten im neuen Leibe und nach der Verwandlung Köpfe und Schwänze, Augen und Beine hervortrieben. Sprach ihr dann von seinen Affenversuchen, erzählte, daß er zwei junge Meerkatzen habe, deren jungfräuliche Mutter, die sie nun säugte, nie einen männlichen Affen sah –

Das interessierte sie am meisten. Sie fragte nach allen Details, ließ sich bis ins kleinste genau auseinandersetzen, wie er es anstelle, ließ sich alle griechischen und lateinischen Worte, die sie nicht verstand, hübsch in deutsch wiedergeben. Und der Geheimrat triefte von unflätigen Redensarten und Gebärden. Der Speichel tropfte ihm aus den Mundwinkeln, lief über die schleppende, hängende Unterlippe. Er genoß dieses Spiel, dieses koprolale Geschwätz, schlürfte wollüstig die Klänge schamloser Worte. Und dann, dicht bei einem besonders widerlichen Worte, warf er sein ›Durchlaucht‹ hinein, trank mit Entzücken den Kitzel dieses Gegensatzes.

Sie aber lauschte ihm, hochrot, aufgeregt, zitternd fast, sog mit allen Poren diese Bordellatmosphäre, die sich breit aufputzte in dem dünnen wissenschaftlichen Fähnchen –

»Befruchten Sie nur Äffinnen, Herr Geheimrat?« fragte sie atemlos.

»Nein«, sagte er, »auch Ratten und Meerschweinchen. Wollen Sie einmal zusehen, Durchlaucht, wenn ich –« Er senkte seine Stimme, flüsterte beinahe.

Und sie rief: »Ja, ja! Das muß ich sehen! Gerne, sehr gerne! – Wann denn?« – Und sie fügte hinzu, mit schlecht gemachter Würde: »Denn wissen Sie, Herr Geheimrat, nichts interessiert mich mehr als medizinische Studien. – Ich glaube, ich wäre ein sehr tüchtiger Arzt geworden.«

Er sah sie an, breit grinsend. »Zweifellos, Durchlaucht!« Und er dachte, daß sie gewiß noch eine viel bessere Bordellmutter geworden wäre. Aber er hatte sein Fischlein im Garn. Begann wieder von der Rosenzucht und den Kamelienhecken und seinem Schlößchen am Rhein. Es sei ihm so lästig, und er habe es nur aus Gutmütigkeit übernommen. Und die Lage sei eine so ausgezeichnete – und erst die Aussicht. – Und vielleicht, wenn Ihre Durchlaucht sich nun endlich entschließen wolle, könne –

Die Fürstin Wolkonski entschloß sich, ohne einen Augenblick zu zögern. »Ja, Herr Geheimrat, ja gewiß, natürlich nehme ich das Schlößchen!« – Sie sah Frank Braun vorbeigehn und rief ihn an: »Ach, Herr Studiosus! Herr Studiosus! Kommen Sie doch! Ihr Herr Onkel hat mir versprochen, mir einige seiner Experimente zu zeigen – ist das nicht entzückend liebenswürdig? Haben Sie es auch schon einmal gesehen?«

»Nein«, sagte Frank Braun. »Es interessiert mich gar nicht.«

Er wandte sich, aber sie hielt ihn am Ärmel fest. »Geben Sie – geben Sie mir eine Zigarette! Und – ach ja, bitte ein Glas Sekt.« Sie zitterte in heißem Kitzel, über ihre Fleischmassen kroch ein perlender Schweiß. Ihre groben Sinne, aufgepeitscht von den schamlosen Reden des Alten, suchten ein Ziel, brachen wie breite Wogen über den jungen Burschen.

»Sagen Sie mir, Herr Studiosus –« ihr Atem keuchte, ihre mächtigen Brüste drohten das Mieder zu sprengen. – »Sagen Sie mir – glauben Sie, daß – daß der Herr Geheimrat – seine Wissenschaft, seine Experimente mit der – der künstlichen Befruchtung – auch auf Menschen anwenden könnte?«

Sie wußte recht gut, daß er's nicht tat. Aber sie mußte dieses Gespräch fortsetzen, weiterführen um jeden Preis. Da, mit diesem jungen und frischen, hübschen Studenten.

Frank Braun lachte, verstand instinktiv ihre Gedanken. »Aber natürlich, Durchlaucht.« sagte er leicht. »Ganz gewiß! – Der Onkel ist gerade dabei – hat ein neues Verfahren entdeckt, so fein, daß die betreffende arme Frau gar nichts davon merkt. Rein nichts – bis sie eines schönen Tages fühlt, daß sie schwanger ist – so im vierten oder fünften Monat! – Nehmen Sie sich in acht, Durchlaucht, vor dem Herrn Geheimrat, wer weiß, ob Sie nicht schon –«

»Um's Himmels willen!« schrie die Fürstin.

»Ja, nicht wahr«, rief er, »das wäre doch unangenehm? – Wenn man so gar nichts davon gehabt hat!«

– Krach! Da fiel etwas von der Wand herunter, fiel Söfchen, dem Stubenmädchen, grad auf den Kopf. Und das Mädchen schrie laut auf, ließ im Schreck das silberne Tablett fallen, auf dem sie den Kaffee servierte.

»Schad um das schöne Sèvres!« sagte Frau Gontram gleichmütig. »Wat war et denn?«

Dr. Mohnen nahm sich sogleich des weinenden Dienstmädchens an. Schnitt ihr einen Strang Haare weg, wusch die klaffenden Wundränder, stillte das Blut mit gelber Eisenchloridwatte. Vergaß dabei nicht, das hübsche Mädchen auf die Wangen zu klopfen und verstohlen an die straffen Brüste zu fassen. Gab ihr auch Wein zu trinken, sprach ihr zu, leise ins Ohr –

Aber der Husarenleutnant bückte sich, nahm das Ding auf, das das Unheil gestiftet hatte. Hob es hoch, betrachtete es von allen Seiten.

Da, an der Wand hingen alle möglichen merkwürdigen Gegenstände. Ein Kanakengötze, halb Mann und halb Weib, bunt bemalt mit gelben und roten Streifen. Zwei alte Reiterstiefel, unförmig schwer, mit mächtigen spanischen Sporen versehen. Allerhand rostige Waffen, dann, auf grauer Seide gedruckt, das Doktordiplom irgendeines alten Gontram, von der Jesuitenhochschule zu Sevilla. Hing ein wundervolles elfenbeinernes Kruzifix, mit Gold eingelegt; hing ein schwerer buddhistischer Rosenkranz aus großen grünen Jadesteinen.

Ganz oben aber hatte das Ding gehangen, das nun heruntergesprungen war; man sah gut den breiten Riß in der Tapete, wo es den Nagel weggezerrt hatte aus dem zermürbten Mörtel. Es war ein braunes staubiges Ding aus steinhartem Wurzelholz; wie ein uraltes, verrunzeltes Männlein sah es aus.

»Ach, et is unser Alräunche!« sagte Frau Gontram. »Na, et is nur jut, dat jrad dat Söfche vorbeijing: dat is aus der Eifel und hat ene harte Schädel! – Wenn et et Wölfche jewesen wär, hätt ihm dat ekliche Männche jewiß dat weiche Köppche zerschlagen.«

Und der Justizrat erklärte: »Wir haben es nun schon ein paar hundert Jahre in der Familie. Es soll schon einmal eine solche Dummheit gemacht haben; mein Großvater erzählte, daß es ihm einmal in der Nacht auf den Kopf gesprungen sei. – Aber er wird wohl nur betrunken gewesen sein – er trank immer gern ein gutes Tröpfchen.«

»Was ist's denn eigentlich? Und was macht man damit?« fragte der Husarenleutnant.

»Nun, es bringt Geld ins Haus«, antwortete Herr Gontram. »Es ist so eine alte Sage. – Der Manasse wird Ihnen das sagen können. – Kommen Sie, Herr Collega, schnurren Sie ab, Herr Polyhistor! – Wie ist die Sage von den Alraunen?«

Aber der kleine Rechtsanwalt wollte nicht. »Ach was, jeder Mensch weiß es ja.«

»Keiner weiß es, Herr Rechtsanwalt.« rief ihm der Leutnant zu. »Keiner. Sie überschätzen mächtig die moderne Bildung.«

»So lejen Se doch los, Manasse«, sagte Frau Gontram. »Ich wollt et auch immer schon jern wisse, wat dat häßliche Ding eigentlich zu bedeute hät.«

Da begann er. Er sprach trocken, sachlich, als ob er irgendein Stück vorlese aus einem Buche. Überstürzte sich nicht, hob kaum seine Stimme. Und schwang dabei, wie einen Taktstock, das Wurzelmännchen in der rechten Hand, auf und nieder.

»Alraun, Albraune, Mandragora – auch Mandragola genannt, – Mandragora officinarum. Eine Pflanze, die zu den Solanazeen gehört, sie findet sich um das Mittelmeerbecken, dann in Südosteuropa und in Asien bis hin zum Himalaja. Blätter und Blüten halten ein Narkotikum, wurden früher häufig als Schlafmittel benutzt, auch geradezu bei Operationen verwandt von der berühmten Ärztehochschule zu Salerno. Auch rauchte man die Blätter und gab die Früchte in Liebestränke. Sie sollten zur Wollust reizen und dabei fruchtbar machen. Schon Jakob machte damit seinen kleinen Schwindel bei Labaans Herden: Dudaim nennt das Pentateuch die Pflanze. Aber die Hauptrolle in der Sage spielt die Wurzel. Ihre seltsame Ähnlichkeit mit einem alten Männlein oder Weiblein erwähnt bereits Pythagoras; schon zu seiner Zeit glaubte man sich mit ihr unsichtbar machen zu können, verwandte sie als Zaubermittel oder auch umgekehrt als einen Talisman gegen Hexerei. Im frühen Mittelalter, im Anschluß an die Kreuzzüge, entwickelte sich dann die deutsche Alraunsage. Der Verbrecher, splitternackt am Kreuzwege gehenkt, verliert in dem Augenblicke, in dem das Genick bricht, seinen letzten Samen. Dieser Samen fällt zur Erde und befruchtet sie: aus ihm entsteht das Alräunchen, ein Männlein oder Weiblein. Nachts zog man aus, es zu graben; wenn es zwölf Uhr schlug, mußte man die Schaufel unter dem Galgen einsetzen. Aber man tat wohl, sich die Ohren fest zu verstopfen, mit Watte und gutem Wachs, denn wenn man das Männlein ausriß, schrie es so entsetzlich, daß man niederfiel vor Schreck – noch Shakespeare erzählt das. Dann trug man das Wurzelwesen nach Hause, verwahrte es wohl, brachte ihm von jeder Mahlzeit ein wenig zu essen und wusch es in Wein am Sabbathtage. Es brachte Glück in Prozessen und im Kriege, war ein Amulett gegen Hexerei und zog viel Geld ins Haus. Machte auch liebenswert den, der es hatte, war gut zum Wahrsagen und brachte den Frauen Liebeszauber, dazu Fruchtbarkeit und leichte Niederkünfte. Aber bei alledem schuf es doch Leid und Qualen, wo immer es war. Die übrigen Hausbewohner wurden verfolgt vom Unglück, und es trieb seinen Besitzer zu Geiz, Unzucht und allen Verbrechen. Ließ ihn schließlich zugrunde gehen und zur Hölle fahren. – Trotzdem waren die Alräunlein sehr beliebt, kamen auch in den Handel und erzielten recht hohe Preise. Man sagt, daß Wallenstein zeit seines Lebens ein Alräunchen mit sich herumschleppte, und dasselbe erzählt man von Heinrich dem Achten, Englands heiratstüchtigem Könige.«

Der Rechtsanwalt schwieg, warf das harte Holz vor sich auf den Tisch.

»Sehr interessant, aber wirklich sehr interessant«, rief Graf Geroldingen. »Ich bin Ihnen sehr verbunden für den kleinen Vortrag, Herr Rechtsanwalt.«

Aber Madame Marion erklärte, daß sie nicht eine Minute lang ein solches Ding in ihrem Hause dulden würde. Und sie sah mit erschreckten, abergläubischen Augen auf die starre Knochenmaske der Frau Gontram.

– Frank Braun war rasch hingetreten zu dem Geheimrat. Seine Augen leuchteten, er griff aufgeregt den alten Herrn an der Schulter. »Ohm Jakob«, flüsterte er, »Ohm Jakob –«

»Na. was ist denn, mein Junge?« fragte der Professor. Aber er stand auf, folgte dem Neffen ans Fenster.

»Ohm Jakob«, wiederholte der Student, »das ist es! – Da ist das, was dir fehlt. Das ist besser, wie dumme Witze machen mit Fröschen und Affen und kleinen Kindern. Greif zu, Ohm Jakob, geh den neuen Weg, den kein anderer vor dir ging!« Seine Stimme bebte, in nervöser Hast stieß er den Rauch aus der Zigarette.

»Ich verstehe kein Wort!« sagte der Alte.

»Oh, du mußt es verstehen, Ohm Jakob! – Hörtest du nicht, was er erzählte? – *Schaff ein Alraunwesen: eines das lebt, eines das Fleisch hat und Blut! – Du kannst es, Onkel, du allein und sonst kein Mensch auf der Welt!*«

Der Geheimrat sah ihn an, unsicher, fragend. Aber in der Stimme des Studenten lag eine solche Überzeugung, eine solch starke Kraft des Glaubens, daß er stutzig wurde, gegen seinen Willen.

»Drück dich klarer aus, Frank«, sagte er. »Ich weiß wirklich nicht, was du willst.«

Sein Neffe schüttelte hastig den Kopf. »Jetzt nicht, Ohm Jakob. Ich werde dich nach Hause begleiten, wenn du erlaubst.« Er wandte sich rasch, trat zu Minchen, die den Kaffee herumreichte, nahm eine Tasse und noch eine, leerte sie in raschen Zügen.

– – Söfchen, das andere Mädchen, war ihrem Tröster entronnen. Und Dr. Mohnen lief herum, war da und war dort, geschäftig wie ein Kuhschwanz zur Fliegenzeit. In den Fingern immer noch das Bedürfnis, etwas auswaschen, angreifen zu müssen, nahm er das Alräunchen, rieb mit einer großen Serviette daran herum, wischte den Staub ab, der es rings umklebte. Es nutzte kaum etwas: seit Jahrhunderten nicht gereinigt machte das Alräunchen wohl eine Serviette schmutzig nach der andern, aber selbst wurde es darum doch nicht blanker. Da faßte es der geschäftige Doktor, schwang es hoch und warf es mit geschicktem Schwung mitten hinein in die große Bowle.

»Da trink, Alräunchen!« rief er. »Bist schlecht behandelt worden in diesem Hause. Wirst gewiß Durst haben.« Dann stieg er auf einen Stuhl und redete eine lange feierliche Rede auf die beiden weißgekleideten Jungfräulein. »Mögen sie es ewig bleiben«, schloß er, »das wünsche ich von ganzem Herzen!«

Er log; er wünschte es gar nicht. Keiner wünschte es und die zwei jungen Dämchen am allerwenigsten. Aber sie klatschten doch mit den andern, gingen zu ihm, knixten und bedankten sich.

– Kaplan Schröder stand bei dem Justizrat, schimpfte mächtig, daß nun der Termin immer näher rücke, an dem das neue Bürgerliche Gesetzbuch eingeführt werden solle. Kaum zehn Jahre mehr – und aus war's mit dem Code Napoleon. Und man hatte dasselbe Recht im Rheinlande, wie – drüben in Preußen. Gar nicht auszudenken!

»Ja«, seufzte der Justizrat, »und die Arbeit! Was man da alles wieder lernen muß. Als ob man nicht gerade genug zu tun hätte.« – Ihm war's im Grunde völlig gleichgültig: er würde sich ebensowenig mit der Lektüre des Bürgerlichen beschäftigen, wie er je das Rheinische Recht studiert hatte. Gott sei Dank, seine Examina hatte man ja gemacht.

Die Fürstin empfahl sich, nahm Frau Marion mit sich in ihrem Wagen. Aber Olga blieb wieder zurück bei ihrer Freundin. Auch die andern gingen, verabschiedeten sich, einer nach dem andern.

»Willst du nicht auch gehen, Ohm Jakob?« fragte der Student.

»Ich muß noch warten«, sagte der Geheimrat, »mein Wagen ist noch nicht da. Er wird wohl kommen im Augenblick.«

Frank Braun sah aus dem Fenster. Da jagte die kleine Frau von Dollinger über die Treppe, flink wie ein Eichhorn, trotz ihrer vierzig Jahre, hinunter in den Garten. Fiel hin, sprang wieder auf, flog zu auf die starke Buche, umschlang den Stamm mit beiden Armen und Beinen. Und sinnlos, völlig betrunken von Wein und Gier, küßte sie den Stamm mit heißen, brünstigen Lippen. Stanislaus Schacht löste sie ab, wie einen Käfer, der sich festhält. Nicht roh, aber kräftig und stark, immer noch nüchtern, trotz der ungeheuren Mengen Wein, die er trank. Sie schrie, klammerte sich fest, wollte nicht fort von dem glatten Stamm. Aber er hob sie hoch, nahm sie auf seine Arme. Da erkannte sie ihn, riß seinen Hut ab, küßte ihn, laut schallend, wild schreiend, mitten auf die Glatze –

Der Professor war aufgestanden, sprach noch ein letztes Wort mit dem Justizrat.

»Ich habe eine Bitte«, sagte er. »Wollen Sie mir das Unglücksmännchen schenken?«

Frau Gontram ersparte ihrem Manne die Antwort: »Jewiß, Herr Jeheimrat, nehme Sie et nur mit, dat fiese Alräunche! – Dat is sicher mehr wat für Junggeselle!«

Sie griff in die große Bowle, zog das Wurzelmännchen heraus. Aber sie stieß mit dem harten Holz an den Rand, ein heller Klang flog durch den Raum. Und zersprungen bis zum Grunde brach der herrliche alte Kristall auseinander, zerfiel zu Scherben, goß seinen süßen Inhalt über Tisch und Boden.

»Heilige Mutter Jottes!« rief sie aus. »Et is jewiß jut, dat dat freche Ding nu endlich aus'm Haus kommt!«

Drittes Kapitel,

das zu wissen tut, wie Frank Braun den Geheimrat überredete, ALRAUNE zu schaffen

Sie saßen im Wagen, Professor ten Brinken und sein Neffe. Sie sprachen nicht. Frank Braun lehnte sich zurück, starrte vor sich hin, tief versunken in seine Gedanken. Still beobachtete ihn der Geheimrat, schielte lauernd zu ihm hinüber.

Kaum eine halbe Stunde dauerte die Fahrt. Sie rollten über die Landstraße, bogen rechts ein, rappelten über das holprige Pflaster von Lendenich. Dort, mitten im Dorf, lag der große Stammsitz der Brinken, ein mächtiger, fast viereckiger Komplex, Garten und Park, und darin, nach der Straße zu, eine Reihe kleiner unansehnlicher alter Gebäude. Sie bogen um die Ecke, vorbei an dem Schutzpatron des Dorfes, dem heiligen Nepomuk; sein Standbild, geschmückt mit Blumen und zwei ewigen Lämpchen war in eine Ecknische des Herrenhauses eingelassen. Die Pferde standen; ein Diener schloß das innere Tor auf, öffnete den Schlag der Kutsche.

»Bring uns Wein, Aloys«, befahl der Geheimrat, »wir gehen in die Bibliothek.« Er wandte sich zu seinem Neffen. »Willst du hier schlafen, Frank? Oder soll der Kutscher warten?«

Der Student schüttelte den Kopf. »Beides nicht. Ich werde zu Fuß zurückgehen zur Stadt.«

Sie schritten über den Hof, betraten das lange niedere Haus zur rechten Seite. Es war eigentlich nur ein riesiger Saal, dazu ein winziges Vorzimmer und ein paar kleine Nebengelasse. Rings an den Wänden standen die langen, ungeheuren Regale, dicht besetzt mit Tausenden von Bänden. Niedere Glaskasten standen hier und da, voll von römischen Ausgrabungen; viele Gräber waren hier ausgeleert, beraubt um ihre geizig bewahrten Schätze. Den Boden deckten große Teppiche; ein paar Schreibtische, Sessel und Sofas standen herum.

Sie traten ein, der Geheimrat warf sein Alräunchen auf den Diwan. Sie brannten die Kerzen an, rückten ein paar Sessel zusammen, setzten sich nieder. Und der Diener entkorkte die staubige Flasche.

»Du kannst gehen«, sagte sein Herr, »aber leg dich nicht nieder; der junge Herr geht wieder und du mußt das Tor schließen.«

– »Nun?« wandte er sich dann seinem Neffen zu.

Frank Braun trank. Er nahm das Wurzelmännchen auf und spielte damit. Es war immer noch ein wenig feucht und schien jetzt fast biegsam zu sein.

»Es gibt sich deutlich genug«, murmelte er. »Da sind die Augen – alle beide. Da quillt die Nase vor und da öffnet sich der Mund. Schau doch, Ohm Jakob, sieht es nicht aus, als ob es grinse? Die Ärmchen sind etwas verkümmert und die Beinchen zusammengewachsen bis zum Knie hinab. Es ist ein seltsames Ding.« Er hielt es hoch, drehte es nach allen Seiten. »Schau dich um, Alräunchen!« rief er. »Hier ist deine neue Heimat. Hier paßt du her, zu Herrn Jakob ten Brinken, besser noch als in das Haus der Gontrams.«

»Du bist alt«, fuhr er fort, »vierhundert, vielleicht sechshundert Jahre alt und noch mehr. Deinen Vater henkten sie, weil er ein Mordbube war, oder ein Roßdieb, oder auch, weil er Spottverse machte auf irgendeinen großen Herrn im Panzer oder im Priesterhemd. Einerlei was er tat, er war ein Verbrecher in seiner Zeit, und sie henkten ihn. Da spie er sein letztes Leben hinein in die Erde, zeugte dich, du seltsames Wesen. Und die Mutter Erde empfing dieses Lebewohl des Verbrechers in ihrem fruchtbaren Schoß und geheimnisvoll kreißte sie und gebar – dich. Sie, die Riesige, die Allgewaltige – dich, du armseliges, häßliches Männlein! – Und, sie gruben dich aus, zur Mitternachtsstunde, am Kreuzwege, zitternd vor Angst, unter heulenden, kreischenden Beschwörungen. Da sahst du, als du zum ersten Male des Mondes Licht erblicktest, deinen Vater hängen, oben am Galgen: brüchige Knochen und faulige Fleischfetzen. Und sie nahmen dich mit, sie – die ihn aufgeknüpft hatten dort oben: deinen Vater. Dich aber griffen sie, schleppten sie heim: du solltest ihnen Geld bringen ins Haus! Rotes Gold und junge Liebe.

Sie wußten es gut: du würdest auch Qualen bringen, elende Verzweiflung und am Ende schmählichen Tod. Sie wußten das gut – und gruben dich doch aus, nahmen dich doch mit; tauschten alles gern ein um Liebe und Gold.«

Der Geheimrat sagte: »Du hast eine hübsche Art, das alles zu sehen, mein Junge. – Du bist ein Phantast.«

»Ja«, sagte der Student, »das bin ich wohl. Bin es – so wie du.«

»Wie ich?« lachte der Professor. »Nun ich denke, mein Leben ist real genug dahingelaufen.«

Aber sein Neffe schüttelte den Kopf. »Nein, Ohm Jakob, das ist es nicht. Nur nennst du das schon sehr real – was andere Leute Phantastereien nennen. Denk nur an all deine Experimente! Für dich sind es mehr wie Spielereien, sind es Wege, die vielleicht einmal zu irgendeinem Ziele führen werden. Nie aber, nie wäre ein normaler Mensch auf deine Gedanken gekommen: nur ein Phantast konnte das tun. – Und nur ein wilder Kopf, nur ein Mann, durch dessen Adern ein Blut fließt, heiß wie das von euch Brinkens, nur der darf es wagen, das zu tun, was du jetzt tun sollst, Ohm Jakob.«

Der Alte unterbrach ihn, unwillig und doch wieder geschmeichelt.

»Du schwärmst Junge. – Und du weißt ja gar nicht, ob ich überhaupt Lust dazu haben werde, das Geheimnisvolle zu tun, von dem du redest. – Und von dem ich noch immer keine Ahnung habe.«

Aber der Student gab nicht nach; seine Stimme klang hell, zuversichtlich, überzeugungsstark in jeder kleinen Silbe.

»Doch, Ohm Jakob, du wirst es tun. Ich weiß, daß du es tun wirst. – Wirst es schon darum tun, weil es kein anderer kann, weil du der einzige Mensch in der Welt bist, der es vollbringen kann. Gewiß, es gibt noch einige andere Gelehrte, die heute dieselben Versuche machen, mit denen du begannst, die ebenso weit sind wie du, vielleicht viel weiter noch. Aber sie sind normale Menschen, trockene, hölzerne – Männer der Wissenschaft. Sie würden mich auslachen, wenn ich ihnen mit meinen Gedanken käme, würden mich einen Narren schelten. Oder sie würden mich gar zur Türe hinauswerfen, weil ich es wagte, ihnen mit solchen Sachen zu kommen – solchen Gedanken, die sie unsittlich nennen, unmoralisch und verwerflich. Solchen Ideen, die es wagen, dem Schöpfer ins Handwerk zu pfuschen, die aller Natur ein Schnippchen schlagen sollen. Du nicht, Ohm Jakob, du nicht! Du wirst mich nicht auslachen und nicht zur Türe hinauswerfen. Dich wird es reizen, wie es mich reizt: und darum bist du der einzige Mensch, der es kann!«

»Aber was denn, bei allen Göttern?« rief der Geheimrat. »Was denn nur?«

Der Student erhob sich, füllte die beiden Gläser zum Rande. »Stoß an, alter Zauberer«, rief er, »stoß an! Es soll ein neuer junger Wein fließen aus deinen alten Schläuchen. Stoß an, Ohm Jakob, es lebe – – dein Kind!« Er stieß an des Onkels Glas, leerte das seine im Zuge und warf es hoch an die Decke. Oben klirrte es – aber lautlos fielen die Scherben hinab auf die schweren Teppiche.

Er rückte seinen Sessel näher heran. »Und nun hör an, Oheim, wie ich's meine. Wirst schon ungeduldig sein über meine langen Einleitungen – nimm sie mir nicht übel. Sie helfen mir nur, die Gedanken zurechtzudenken, sie zu kneten, sie faßlich zu machen und greifbar.

»So aber faß ich's:

»Du sollst ein Alraunwesen schaffen, Ohm Jakob, sollst diese alte Sage zur Wahrheit machen. Was tut's, ob es Aberglauben ist, mittelalterlicher Gespensterwahn, mystischer Schnickschnack aus uralter Zeit? Du, du machst die alte Lüge zur Wahrheit. Du schaffst sie: sie steht da, klar im Lichte der Tage, greifbar vor aller Welt – – kein dummster Professor wird sie leugnen dürfen.

»Gib acht, wie du es machen sollst!

»Den Verbrecher, Onkel, wirst du leicht finden. Es ist gleich, denk ich, ob er am Galgen starb und am Kreuzwege. Wir sind fortgeschrittene Leute; der Gefängnishof und unsere Guillotine sind ja viel bequemer. Auch für dich bequemer: dank deiner Verbindungen wirst du es leicht anstellen können, den seltenen Stoff zu bekommen, dem Tode selbst ein neues Leben zu entreißen.

»Und die Erde? – Greif das Symbol heraus, Oheim, das ist: die Fruchtbarkeit. Die Erde ist das Weib, sie nährt den Samen, der ihrem Schoße anvertraut wurde. Nährt ihn, laßt ihn keimen, wachsen, blühen und Früchte tragen. So nimm du das, was fruchtbar ist, wie die Erde selbst – nimm das Weib.

»Aber die Erde ist auch die ewige Metze, sie ist allen dienstbar. Sie ist die ewige Mutter, ist die immer feile

Dirne für unendliche Milliarden. Keinem versagt sie den geilen Leib, jeder, der will, mag sie haben. Alles, was Leben hat, befruchtet ihren gebärfreudigen Schoß, durch die Jahrtausende hin.

»Und darum, Ohm Jakob, mußt du eine Dirne wählen. Nimm die schamloseste, nimm die frechste von allen, nimm eine, die geboren wurde zur Metze. Nicht eine, die ihr Gewerbe treibt aus Not, eine die der Verführung erlegen ist. O nein, die nicht! Nimm eine, die schon Buhlerin war, als sie gehen lernte, eine, der ihre Schande eine Lust ist und das einzige Leben. Die mußt du wählen. Ihr Schoß wird sein wie der der Erde. Du bist reich – o du wirst sie finden. Bist ja kein Schulbub in solchen Dingen, du magst ihr viel Geld geben, sie dir kaufen für deinen Versuch. Und wenn sie die rechte ist, wird sie sich winden vor Lachen, wird dich an ihren fettigen Busen pressen und dich abküssen vor Lust. Weil – du ihr etwas bietest, was ihr kein anderer Mann je bot – vor dir!

»Was dann kommt, weißt du besser als ich. Wirst das ja wohl auch mit Menschen zustande bringen, was du mit Affen machst und mit Meerschweinchen. Bereit sein ist alles, bereit für den Augenblick – in dem deines Mörders Kopf fluchend in den Sack springt!«

Er war aufgesprungen, lehnte sich an den Tisch, sah zu dem Alten hinüber mit starren, eindringlichen Augen. Und der Geheimrat fing seinen Blick, parierte ihn schielend. Wie ein schmutziger krummer Türkensäbel, der sich kreuzt mit schwankem Florett.

»Und dann, Herr Neffe?« sagte er. »Und dann? Wenn das Kind zur Welt kommt? Was dann?«

Der Student zögerte; langsam, tropfend, fielen seine Worte. »Dann – werden wir – ein Zauberwesen haben.« Seine Stimme schwang leise, schmiegsam und klingend, wie Saitentöne. »Dann werden wir sehen – was

Wahres ist an der alten Geschichte. Werden hineinschauen können in den tiefsten Bauch der Natur.«

Der Geheimrat öffnete die Lippen, aber Frank Braun fiel ihm ins Wort, ehe er noch sprach. »Dann mag sich zeigen, ob es etwas gibt, irgendein Geheimnisvolles, das stärker ist als alle Gesetze, die wir kennen. Mag sich zeigen, ob es der Mühe wert ist, dies Leben zu leben – – auch für uns.«

»Auch für uns?« wiederholte der Professor.

Frank Braun sagte: »Ja, Ohm Jakob, – auch für uns! Für dich und für mich und die paar hundert Menschen, die – über dem Leben stehn. Und die doch gezwungen sind, die Straßen zu gehen, die alle Herden ziehen.« – Und plötzlich, unvermittelt, fuhr er auf: »Ohm Jakob, glaubst du an Gott?«

Der Geheimrat schnalzte ungeduldig die Lippen. »Ob ich an Gott glaube? – – Was soll das hier?«

Aber der Neffe drängte ihn, ließ ihn nicht überlegen: »Antworte mir, Ohm Jakob, antworte: glaubst du an Gott?« Er beugte sich nieder zu dem Alten, hielt ihn fest im Blick.

Und der Geheimrat sagte: »Was geht's dich an, Junge? – Mit dem Verstande – nach alledem, was ich erkannt habe – glaube ich ganz gewiß nicht an einen Gott. Nur mit dem Gefühl – aber das Gefühl ist etwas so Unkontrollierbares, etwas so –«

»Ja, ja, Onkel«, rief der Student, »mit dem Gefühl also –?«

Der Professor wehrte sich noch immer, rückte hin und her in seinem Sessel. »Nun – wenn ich offen sein soll – manchmal – selten genug in langen Zwischenräumen –«

Da schrie Frank Braun: »Glaubst du – glaubst du an einen Gott!! Oh, ich wußte das wohl. Alle die Brinkens taten es, alle – bis hinab zu dir.« Er warf den Kopf hoch, hob die Lippen und zeigte die blanken Zahnreihen. Und er fuhr fort, jedes Wort hart ausstoßend: »Dann wirst du es tun, Ohm Jakob. Dann mußt du es tun, und nichts wird dich mehr retten. Denn es ist dir etwas gegeben, was nur einem wird unter aber Millionen Menschen: *es ward dir die Möglichkeit – – Gott zu versuchen! Wenn er lebt, dein Gott, so muß er dir Antwort geben auf diese freche Frage!«*

Er schwieg, ging mit großen Schritten hin und wieder durch den langen Saal. Nahm dann seinen Hut auf, trat hin zu dem Alten.

»Gute Nacht, Ohm Jakob.« sagte er. »Wirst du es tun?« Er streckte ihm seine Hand hin.

Aber der Alte sah es nicht. Starrte vor sich hin, brütete. »Ich – ich weiß es nicht«, antwortete er endlich.

Frank Braun nahm das Alräunchen vom Tisch, schob es dem Alten in die Hände. Seine Stimme klang höhnisch und hochmütig. »Da – berat es mit dem da!« Aber dann, im Augenblick, änderte sich der Tonfall. Still sagte er: »Oh, ich weiß es: du wirst es tun.«

Er schritt rasch der Türe zu. Blieb noch einmal stehen. Wandte sich, kam zurück.

»Noch eins, Ohm Jakob! Wenn du es tust – –«

Aber der Geheimrat fuhr auf: »Ich weiß nicht, ob ich's tue.«

»Gut«, sagte der Student. »Ich frage ja nicht danach. – Nur – für den Fall, daß du es tun solltest – willst du mir etwas versprechen?«

»Was denn?« forschte der Professor.

Er antwortete: »Lade nicht – die Fürstin als Zuschauerin ein!«

»Warum denn nicht?« fragte der Geheimrat.

Und Frank Braun sprach, weich und sehr ernst: »Weil – weil diese Sache zu – heilig ist.«

Dann ging er.

Er trat aus dem Haus, schritt über den Hof. Der Diener öffnete das Tor, schloß es dann knarrend hinter ihm. Frank Braun trat auf die Straße. Blieb stehn vor dem Bilde des Heiligen, schaute es prüfend an.

»O lieber Heiliger«, sagte er, »Blumen bringt man dir und frisches Öl für deine Lämpchen. Aber nicht dies Haus sorgt für dich, das dir Obdach gewährt: hier schätzt man dich höchstens als ein Altertum. Gut für dich, daß das Volk noch baut auf deine Macht.«

Und er sang, leise surrend:

»Johann von Nepomuk,
Retter vor Flutgefahr.
Schütze mein Haus!
Vor Fluten sollst du es hüten,
Laß Wasser anderswo wüten,
Johann von Nepomuk,
Schütze mein Haus!«

»Ach, alter Götze«, fuhr er fort, »du hast es leicht, dies Dorf zu schützen vor Flutgefahr – – seit es dreiviertel Stunden abliegt vom Rhein. Und seit der Rhein so hübsch reguliert ist und zwischen Steinmauern läuft. – Aber versuch es doch, du frommer Nepomuk, dies Haus zu erretten vor der Flut, die nun über ihm zusammenbrechen soll! Sieh, ich liebe dich, steinerner Heiliger, weil du meiner Mutter Schutzpatron bist: Johanna Nepomucena heißt sie – heißt dazu Hubertina, da wird sie nie von einem tollen Hund gebissen. Erinnerst du dich, wie sie zur Welt kam in diesem Hause, an dem Tage, der dir geweiht ist? Darum trägt sie deinen Namen, Johann von Nepomuk! Und weil ich sie liebe, mein Heiliger, will ich dich warnen – um ihretwillen.

»Da drinnen, weißt du, ist heute Nacht ein anderer Heiliger eingezogen – ein recht Unheiliger eigentlich.

Ein kleines Männchen, nicht aus Stein, wie du, und nicht schön angezogen im Faltengewande – nur aus Holz ist es und jämmerlich nackt. Aber es ist alt wie du, und älter vielleicht, und man sagt, daß es eine seltsame Macht habe. So versuche es doch, Sankt Nepomuk, beweise deine Kraft! Einer muß fallen von euch, du oder das Männchen: da mag sich entscheiden, wer Herr sein wird über das Haus der Brinken. Zeig nun, mein Heiliger, was du kannst.«

Frank Braun grüßte und schlug ein Kreuz. Lachte kurz auf, zog mit raschen Schritten durch die Gassen. Kam hinaus auf die Felder, sog in vollen Zügen die frische Nachtluft ein, schritt auf die Stadt zu. Dann, in den Alleen, unter den blühenden Kastanien, verlangsamte er seinen Schritt.

Schlenderte träumend, leise summend daher.

Aber plötzlich blieb er stehn, zögerte einen Augenblick, wandte sich. Bog schnell links ab, hinein in den breiten Baumschuler Weg. Blieb stehen, sah sich um nach beiden Seiten. Schwang sich hinauf auf die niedere Mauer, sprang hinunter an der anderen Seite. Lief durch den stillen Garten auf eine breite rote Villa zu.

Dort blieb er stehn, blickte hinauf, spitzte die Lippen. Und sein wilder kurzer Pfiff jagte durch die Nacht, zweimal, dreimal, rasch nacheinander.

Irgendwo schlug ein Hund an. Über ihm aber öffnete sich leise ein Fenster, zeigte in weißem Nachtkleide eine blonde Frau.

Ihre Stimme flüsterte durch das Dunkel: »Bist du's?«

Und er sagte: »Ja! Ja!«

Sie huschte ins Zimmer, kam gleich wieder zurück. Nahm ihr Taschentuch, band etwas hinein, warf es hinunter.

»Da, Lieber, der Schlüssel! – Aber sei leise – leise! Daß die Eltern nicht aufwachen.«

Frank Braun nahm den Schlüssel auf, stieg die kleine Marmortreppe hinauf. Öffnete die Türe, trat hinein.

Und, während er hinauftappte im Dunkeln, leise und vorsichtig, bewegten sich seine jungen Lippen:

»Johann von Nepomuk,
Retter von Flutgefahr,
Schütz mich vor Lieb!
Laß andere liebestoll werden,
Laß mir die Ruh auf Erden.
Johann von Nepomuk
Schütz mich vor Lieb!«

Viertes Kapitel,

das Kunde gibt, wie sie Alraunes Mutter fanden

Frank Braun saß auf der Veste. Oben auf Ehrenbreitstein. Saß schon zwei Monate dort und hatte noch drei zu sitzen. Den ganzen Sommer hindurch. Und das alles, weil er ein Loch in die Luft geschossen hatte und sein Gegner auch.

Er langweilte sich.

Er saß oben auf der Brüstung des Brunnens, der weit hinabsah von dem steilen Fels in den Rhein. Ließ die Beine baumeln, schaute ins Blaue und gähnte. Und genau dasselbe taten die drei Genossen, die mit ihm dasaßen; keiner sprach ein Wort.

Sie trugen gelbe Drillichjacken, die sie den Soldaten abgehandelt hatten. Von ihren Burschen hatten sie sich riesige schwarze Ziffern auf den Rücken malen lassen, die sollten die Nummern ihrer Zellen bedeuten. Zwei, Vierzehn und Sechs waren da. Frank Braun aber trug die Nummer Sieben.

Dann kam ein Trupp Fremder hinauf, Engländer und Engländerinnen, die ein Sergeant von der Wache führte. Er zeigte ihnen die armen Gefangenen mit den großen Nummern, die so trübselig dasaßen: da regte sich ihr Mitleid. Und mit Ach's und Oh's fragten sie den Sergeanten, ob man den elenden Menschen nichts geben dürfe? Das sei streng verboten, sagte der, und er dürfe so etwas nicht sehen. Aber in seines Herzens großer Güte drehte er sich um und erklärte den Herren die

Gegend. Dort liege Coblenz, sagte er, und da hinten Neuwied. Und dort, unten am Rhein –

Derweilen kamen die Damen heran. Die armen Gefangenen streckten die Hand nach hinten, hielten sie gerade unter die dicke Nummer; dahinein tropften die Geldstücke, fielen Zigaretten und Tabak. Manchmal auch eine Visitenkarte mit einer Adresse.

Das war das Spiel, das Frank Braun erfunden und eingeführt hatte hier oben.

»Es ist eigentlich entwürdigend«, meinte Nr. Vierzehn. Das war der Rittmeister Baron Flechtheim.

»Du bist ein Idiot.« sagte Frank Braun. »Entwürdigend ist nur, daß wir uns so vornehm dünken, daß wir alles den Unteroffizieren geben und nichts behalten. Wenn wenigstens die verdammten englischen Zigaretten nicht so parfümiert wären.« – Er besah sich den Raub. »Da! Schon wieder ein Pfundstück dabei! Der Sergeant wird sich freuen. – Herrgott, ich könnt's gut selber gebrauchen heute!«

»Wie viel hast du gestern verloren?« fragte Nr. Zwei.

Frank Braun lachte. »Pah – meinen ganzen Wechsel, der am Morgen ankam. Und dazu ein paar Ehrenscheine auf einige Blaue. Hol der Henker das Bac!«

Nr. Sechs war ein blutjunger Fähnrich, ein Bübchen, das aussah wie Milch und Blut. Das seufzte tief: »Ich hab auch alles verjeut.«

»Na, und du meinst, uns geht es anders?« schnauzte ihn Nr. Vierzehn an. »Und zu denken, daß die drei Halunken sich jetzt mit unserm Geld in Paris amüsieren! – Wie lange denkst du, daß sie bleiben werden?«

Dr. Klaverjahn, Marinearzt, Festungsstubengefangener Nr. Zwei, sagte: »lcb schätze drei Tage. Länger können sie nicht gut wegbleiben, ohne daß man es merkt. Und länger reichen die auch mit dem Gelde nicht!«

Die – das waren Nr. Vier, Nr. Fünf und Nr. Zwölf. Sie hatten in der letzten Nacht tüchtig gewonnen und waren gleich am Morgen den Berg hinuntergeklettert, um mit dem Frühzuge nach Paris zu fahren. Sich – ein bißchen auszuspannen, wie man das auf der Festung nannte.

»Was wollen wir anfangen, diesen Sonntagnachmittag?« fragte Nr. Vierzehn.

»Streng deinen blöden Schädel einmal selber an!« rief Frank Braun dem Rittmeister zu. Er sprang von der Mauer hinab, ging durch den Kasernenhof in den Offiziersgarten. Er war mißgestimmt genug, pfiff laut vor sich hin.

Nicht der Spielverlust war's – das war ihm öfter passiert und drückte ihn durchaus nicht. Aber dieser klägliche Aufenthalt hier oben, dieses unerträgliche Einerlei. Gewiß, die Festungsbestimmungen waren leicht genug und es war dazu keine dabei, die die Herrn Gefangenen nicht in jeder Stunde verletzten. Sie hatten ihr eigenes Kasino hier oben, in dem ein Klavier stand und ein Harmonium; zwei Dutzend Zeitungen hielten sie. Hatten jeder seinen eigenen Burschen und als Zelle einen mächtigen Raum, einen Saal fast, für den sie dem Staate eine tägliche Miete von einem Pfennig zahlten. Sie ließen sich ihr Essen aus dem besten Gasthofe der Stadt kommen und ihr Weinkeller war in allerschönster Ordnung. Nur eines war zu tadeln: man konnte seine Zimmertüre nicht von innen verschließen. Das war der einzige Punkt, in dem die Kommandantur ungeheuer streng war: seitdem einmal ein Selbstmord vorgekommen, wurde jeder Versuch, einen Riegel innen anzubringen, im Keime erstickt. »Sie sind ausgemachte Trottel dort unten«, dachte Frank Braun. »Als ob man sich nicht geradesogut ohne Riegel selbstmorden könnte!«

Dieser fehlende Riegel quälte ihn jeden Tag, verdarb ihm alle Freude am Dasein. Denn so war es unmöglich, allein zu sein auf der Festung. Er hatte mit Seilen und mit Ketten die Türe festgemacht, hatte sein Bett davor gestellt und alle andern Möbel. Es nutzte nichts: nach einem mehrstündigen Kampf war alles zertrümmert und zerschlagen stand doch die ganze Gesellschaft triumphierend in seinem Zimmer.

O diese Gesellschaft! – Jeder einzelne war ein harmloser, netter, gutmütiger Kerl. Jeder einzelne einer, mit dem man – allein – wohl einmal eine halbe Stunde plaudern konnte. – Aber zusammen, zusammen waren sie unerträglich. Es war der »Komment«, der sie alle niederschlug, diese wilde Mischung von Offiziers- und Studentenkomment, aufgeputzt durch einige besondere Narrheiten der Festung. Man sang, man trank und man jeute, einen Tag, eine Nacht um die andere. Und dazwischen: ein paar Mädel, die man heraufschleppte, und ein paar Spritztouren, die man hinunter machte – das waren die Heldentaten.

Und man sprach auch von nichts anderm mehr.

Die, die am längsten oben waren, waren die schlimmsten, ganz verkommen in diesem ewigen Rundlauf. Dr. Bermüller, der seinen Schwager erschossen hatte und nun schon seit zwei Jahren hier oben saß, und sein Nachbar, der Dragonerleutnant Graf von Vallendar, der noch ein halbes Jahr länger die gute Luft hier oben genoß. Und die, die neu kamen, taten es in kaum einer Woche schon den andern gleich; wer am rohesten war und am wildesten – der stand hoch im Ansehn.

Frank Braun stand im Ansehn. Er hatte gleich am zweiten Tag das Klavier abgeschlossen, weil er des Rittmeisters gräßliches ›Frühlingslied‹ nicht länger anhören wollte, hatte den Schlüssel in die Tasche genommen und dann hinuntergeworfen vom Festungswall. Er hatte auch seinen Pistolenkasten mitgebracht und schoß nun den lieben langen Tag. Und saufen konnte er und fluchen, so gut wie einer hier oben.

Eigentlich hatte er sich gefreut auf diese Sommermonate auf der Veste. Er hatte einen großen Stoß Bücher mitgeschleppt; neue Federn und blankes Papier. Er glaubte hier arbeiten zu können, freute sich auf den Zwang in der Einsamkeit.

Aber er hatte kein Buch aufmachen können, hatte nicht einmal einen Brief geschrieben. War hineingezogen in diesen wilden kindischen Strudel, der ihn ekelte, und den er doch so gründlich mitmachte, Tag um Tag. Er haßte seine Kameraden, jeden einzelnen unter ihnen –

Sein Bursche kam in den Garten, salutierte: »Herr Doktor, ein Brief.«

Ein Brief? Am Sonntagnachmittag? Er nahm ihn dem Soldaten aus der Hand. Es war ein Eilbrief, der ihm nachgeschickt war hierher. Er erkannte die dünnen Züge seines Onkels. Von dem? Was wollte der plötzlich von ihm? Und er wog den Brief in der Hand – ah, er hatte gute Lust, ihn zurückgehen zu lassen: Annahme verweigert. Was ging ihn dieser alte Professor an?!

Ja, das war das letzte, was er von ihm sah, als er mit ihm nach Lendenich fuhr – nach jenem Fest bei den Gontrams. Als er ihm einzureden versuchte, er müsse ein Alraunwesen schaffen. Damals – vor zwei Jahren.

Ah, wie weit lag das nun schon zurück!

Er war auf eine andere Universität gegangen, hatte zur rechten Zeit seine Examina gemacht. Saß nun in einem lothringischen Loch – war tätig als Referendar. War tätig –? Bah, er setzte das Leben fort, das er geführt hatte auf der hohen Schule. War gern gesehen bei den Frauen und bei allen denen, die ein lockeres Leben liebten und wilde Sitten. Und war sehr ungern gesehen bei seinen Vorgesetzten. O ja, er arbeitete auch wohl hie und da – so für sich. Aber es war sicher stets etwas, was seine Vorgesetzten groben Unfug nannten.

Wenn er eben konnte, drückte er sich, fuhr nach Paris. War besser zu Hause auf der Butte Sacrée, als im Gericht. Und er wußte nicht recht, wohin das alles führen sollte.

Das war ja gewiß, daß er nie ein Jurist sein würde, Rechtsanwalt oder Richter oder sonst ein Beamter. Aber was sollte er sonst machen? Er lebte dahin, in den Tag hinein, machte neue Schulden –

Immer noch hielt er den Brief in der Hand, begierig ihn aufzureißen, und doch voller Lust, ihn so zurückzugeben, wie er war. Als eine späte Antwort auf den andern Brief, den ihm der Onkel schrieb vor zwei Jahren.

Das war kurz nach jener Nacht gewesen. Mit fünf andern Studenten war er zur Mitternacht durchs Dorf geritten, zurück von einem Ausflug in die sieben Berge. Und er hatte alle eingeladen, aus einer plötzlichen Laune heraus, zum Nachtmahle im Hause ten Brinken.

Sie rissen die Schelle ab, schrien laut, hämmerten gegen das schmiedeeiserne Tor. Machten einen Heidenlärm, daß das Dorf zusammenlief. Der Geheimrat war verreist, aber der Diener ließ sie ein auf des Neffen Befehl. Sie brachten die Gäule zum Stalle und Frank Braun ließ die Dienerschaft wecken. Ließ ein großes Essen herrichten und holte selbst die besten Weine aus des Oheims Keller. Und sie schmausten und tranken und sangen, tobten herum durch Haus und Garten, lärmten, heulten und zerschlugen, was vor ihre Fäuste kam. Früh erst am Morgen ritten sie heim, johlend und gröhlend, hingen auf ihren Gäulen, wie wilde Cowboys die einen und die andern wie alte Mehlsäcke.

»Die jungen Herrn benahmen sich wie die Schweine.« berichtete Aloys dem Herrn Geheimrat.

Doch das war es nicht, was diesen so erboste, kein Wort hätte er darüber verloren. Aber auf dem Büfett lagen seltene Äpfel, taufrische Nektarinen, Birnen und Pfirsiche aus seinen Treibhäusern. Edle Früchte, mit unsäglicher Mühe gezogen. Erstlinge von neuen Bäumen, lagen auf Watte dort auf goldenen Tellern zum Nachreifen. Aber die Studenten hatten keinerlei Pietät vor des Professors Liebe, waren respektlos darüber hergefallen. Hatten sie angebissen, dann, da sie halb unreif noch waren, wieder liegen lassen. Das war es.

Er schrieb seinem Neffen einen erbitterten Brief, ersuchte ihn, nie wieder sein Haus zu betreten

Und Frank Braun wieder war tief verletzt über den Grund dieses Schreibens, den er als jämmerliche Kleinlichkeit empfand.

– Ah, hätte ihn der Brief, den er nun in der Hand hielt, dort erreicht, wohin er gesandt war, in Metz, oder gar auf dem Montmartre – er würde keine Sekunde gezögert haben, ihn zurückgehen zu lassen.

Hier aber – hier – in dieser gräßlichen Langeweile der Festung?

Er entschloß sich. »Auf alle Fälle ist's eine Abwechslung«, murmelte er. Öffnete den Brief.

Der Onkel teilte ihm mit, daß er, nach reiflicher Überlegung, gewillt sei, der Anregung, die er, sein Neffe, ihm damals gegeben, Folge zu leisten. Er habe nun auch schon einen geeigneten Vaterkandidaten: die Revision des Raubmörders Noerrissen sei zurückgewiesen und es sei nicht anzunehmen, daß das Begnadigungsgesuch mehr Erfolg habe. Nun suche er nach einer Mutter. Er habe schon einige Versuche nach dieser Richtung hin gemacht, diese seien aber leider durchaus negativ verlaufen; es scheine doch nicht ganz so leicht, hier das Richtige zu finden. Aber die Zeit dränge und er frage nun seinen Neffen, ob er bereit sei, ihn in dieser Angelegenheit zu unterstützen.

Frank Braun starrte den Burschen an: »Ist der Briefträger noch da?« fragte er.

»Zu Befehl, Herr Doktor«, meldete der Soldat.

»Sag ihm, er solle warten. Da, gib ihm ein Trinkgeld!« Er suchte in seinen Taschen, schließlich fand er noch ein Markstück. Den Brief in der Hand, eilte er zurück, dem Gefangenenhause zu.

Doch kaum war er auf dem Kasernenhofe angelangt, als ihm die Frau des Feldwebels mit einem Depeschenboten entgegenkam. »Ein Telegramm für Sie!« rief die Frau.

Es war von Dr. Petersen, dem Assistenzarzt des Geheimrats. Es lautete:

»Exzellenz befinden sich seit vorgestern in Berlin, Hotel de Rome. Erwarten umgehend Nachricht, ob Sie eintreffen, lassen herzlich grüßen.«

Exzellenz? Also der Onkel war Exzellenz geworden. Und darum war er in Berlin. – In Berlin – ah, das war schade. Er wäre lieber nach Paris gefahren, dort hätte er gewiß viel leichter etwas gefunden und etwas Besseres wohl auch –

Einerlei, nun war es einmal Berlin. Zum mindesten war es eine Unterbrechung in dieser Öde. Er überlegte einen Augenblick. Er mußte fort, heute abend noch. Aber – er hatte keinen Pfennig Geld. Und die Kameraden hatten ja auch nichts.

Er sah die Frau an. »Sie, Frau Feldwebel –« begann er. Aber nein, das ging nicht. Und er schloß: »Geben Sie dem Mann ein Trinkgeld. Schreiben Sie's mir auf die Rechnung.«

Er ging in sein Zimmer, ließ den Handkoffer packen, befahl dem Burschen ihn gleich zum Bahnhofe zu bringen und dort zu warten. Dann ging er hinunter.

In der Türe stand der Feldwebel, der Aufseher des Gefangenenhauses, händeringend, fast aufgelöst. »Sie wollen auch fort, Herr Doktor?« jammerte er. – »Und die drei Herren sind schon weg – nach Paris – ins Ausland! Herrgott, das kann ja kein gutes Ende nehmen! Ich falle herein, ich allein – ich trag die Verantwortung.«

»Na, es wird nicht so schlimm sein«, antwortete Frank Braun. »Ich reise ja nur auf ein paar Tage, und die andern Herren werden dann auch wohl zurück sein.«

Der Feldwebel klagte weiter: »Es ist ja nicht wegen mir. Ich sag gewiß nichts! Aber die andern sind alle so neidisch auf mich. Und heut hat gar der Sergeant Bekker die Wache, der –«

»Der wird's Maul halten!« entgegnete ihm Frank Braun. »Der hat erst eben über dreißig Mark von uns bekommen – mildtätige Gaben der Engländerinnen. – Übrigens geh ich nach Coblenz zur Kommandantur, Urlaub zu erbitten. – Sind Sie nun zufrieden?«

Aber der Gefangenenaufseher war gar nicht zufrieden: »Was? Zur Kommandantur? – Aber Herr Doktor? Sie haben ja keinen Urlaub von hier oben fortzugehen, hinunter zur Stadt. Und Sie wollen gar zur Kommandantur?«

Frank Braun lachte: »Jawohl, gerade dahin! – Ich muß nämlich den Kommandanten um ›Reisegeld‹ anpumpen.«

Der Feldwebel sagte kein Wort mehr, stand da, rührte sich nicht, völlig versteinert, mit weit offenem Munde.

»Gib mir zehn Pfennige, Schorsch«, rief Frank Braun seinem Burschen zu, »fürs Brückengeld.«

Er nahm das Geldstück und ging mit schnellen Schritten über den Hof. In den Offiziersgarten und von dort auf das Glacis. Schwang sich auf die Mauer, faßte an der andern Seite den Ast einer mächtigen Esche und kletterte hinab an ihrem Stamm. Stieg, durch das dichte Unterholz, den mächtigen Fels hinab.

In zwanzig Minuten schon war er unten. Das war der Weg, den sie gewöhnlich einschlugen auf ihren nächtlichen Streifzügen.

Er ging den Rhein entlang bis zur Schiffbrücke, dann hinüber nach Coblenz. Er kam zur Kommandantur, erfuhr, wo der General wohnte, und eilte dorthin. Er gab seine Karte ab und ließ sagen, daß er in sehr dringlicher Angelegenheit komme.

Der Herr General empfing ihn, hielt seine Karte in der Hand.

»Womit kann ich Ihnen dienen?«

Frank Braun sagte: »Gestatten Exzellenz, ich bin Festungstubengefangener.«

Der alte General musterte ihn ziemlich ungnädig, sichtlich verstimmt über die Störung.

»Nun, was wollen Sie? – Wie kommen Sie übrigens hinunter in die Stadt? Haben Sie Urlaub?«

»Jawohl, Exzellenz«, sagte Frank Braun. »Kirchenurlaub.«

Er log, aber er wußte gut: der General wollte nur eine Antwort haben. »Ich komme, um Exzellenz zu bitten, mir drei Tage Urlaub zu geben nach Berlin. Mein Onkel liegt im Sterben.«

Der Kommandant fuhr auf: »Was geht mich Ihr Onkel an? Ist vollkommen ausgeschlossen! Sie sitzen da oben nicht zu Ihrem Vergnügen, sondern weil Sie Staatsgesetze übertreten haben, verstehen Sie? Da könnte jeder kommen mit sterbenden Onkeln und Tanten! Wenn es nicht wenigstens die Eltern sind, verweigere ich einen solchen Urlaub grundsätzlich.«

»Ich danke gehorsamst, Exzellenz«, erwiderte er. »Ich werde meinem Onkel, Seiner Exzellenz, dem Wirklichen Geheimen Rat Professor ten Brinken sofort drahten, daß es seinem einzigen Neffen leider nicht erlaubt wurde, an sein Sterbebett zu eilen, um ihm die müden Augen zudrücken zu können.«

Er verbeugte sich, machte eine Wendung zur Türe hin. Aber der General hielt ihn zurück, wie er erwartet hatte. »Wer ist Ihr Herr Onkel?« fragte er zögernd.

Frank Braun wiederholte den Namen und die schönen Titel, nahm dann das Telegramm aus der Tasche und reichte es hinüber. »Mein armer Onkel versuchte in Berlin eine letzte Rettung, leider ist die Operation sehr unglücklich verlaufen.«

»Hm!« machte der Kommandant. »Fahren Sie, junger Freund, fahren Sie sofort. Vielleicht ist doch noch Hilfe möglich.«

Frank Braun machte eine Jammermiene, sagte: »Das steht nur bei Gott. Wenn mein Gebet da etwas nützen könnte –« Er unterbrach einen schönen Seufzer und fuhr fort: »Ich danke gehorsamst, Exzellenz. – Ich habe noch eine Bitte.«

Der Kommandant gab ihm das Telegramm zurück. »Welche?« fragte er.

Und Frank Braun platzte heraus: »Ich habe kein Reisegeld. Ich möchte Exzellenz bitten, mir dreihundert Mark zu leihen.«

Der General sah ihn an, mißtrauisch genug: »Kein Geld – hm – so – also kein Geld? – Aber gestern war doch der Erste? Wechsel nicht eingetroffen – was?«

»Wechsel prompt eingetroffen, Exzellenz.« erwiderte er rasch. »Aber: ebenso prompt in der Nacht verjeut!«

Da lachte der alte Kommandant. »Ja, ja, das ist zur Sühne Ihres Verbrechens, Sie Missetäter! Also dreihundert Mark brauchen Sie?«

»Jawohl, Exzellenz! Mein Onkel wird sich gewiß sehr freuen, wenn ich ihm mitteilen darf, daß Exzellenz mir aus der Patsche geholfen haben.«

Der General wandte sich, ging zum Arnheim, öffnete ihn und entnahm drei Scheine einer kleinen Kasse. Er reichte seinem Gefangenen Feder und Papier und ließ sich einen Schuldschein ausstellen; dann gab er ihm das Geld. Frank Braun nahm es mit einer leichten Verbeugung. »Danke gehorsamst, Exzellenz.«

»Keinen Dank!« sagte der Kommandant. »Reisen Sie glücklich und kommen Sie pünktlich zurück. Und dann – empfehlen Sie mich ergebenst Seiner Exzellenz.«

Noch einmal: »Danke gehorsamst, Exzellenz.« Dann eine letzte Verbeugung und er war draußen. Er sprang die sechs Stufen der Vordertreppe mit einem Satz hinab, mußte sich fest zusammennehmen, daß er nicht einen lauten Juchzer ausstieß.

»So, das wäre gelungen.« – Er rief einen Wagen an, fuhr hinüber nach Ehrenbreitstein zum Bahnhofe.

Er blätterte im Fahrplan, fand, daß er noch drei Stunden zu warten hatte. Er rief den Burschen, der mit dem Koffer wartete, befahl ihm, schleunigst hinaufzulaufen und den Fähnrich von Plessen herunterzuschicken zum »Roten Hahnen«.

»Aber bring den richtigen, Schorsch!« schärfte er dem Soldaten ein. »Den jungen Herrn, der erst unlängst kam, den, der die Nummer Sechs auf dem Rükken trägt. – Da, warte noch! Dein Groschen hat Zinsen getragen.« Er warf ihm ein Zehnmarkstück zu.

Er ging in das Weinhaus, überlegte lange und bestellte ein ausgesuchtes Nachtmahl. Saß am Fenster, blickte hinab auf die Sonntagsbürger, die am Rhein wandelten.

Endlich kam der Fähnrich. »Na, was ist los?«

»Setz dich.« sagte Frank Braun. »Halt's Maul. Frag nicht. Iß und trink und sei froh.« Er gab ihm einen Hundertmarkschein. »So, die Zeche wirst du zahlen. Der

Rest ist für dich. – Und sag denen droben, ich sei nach Berlin gefahren – mit Urlaub! – Aber ich würde ihn wohl überschreiten, käme erst Ende der Woche zurück.«

Der blonde Fähnrich starrte ihn an, voll ehrlicher Bewunderung. »Sag nur – wie hast du denn das angefangen?«

»Mein Geheimnis.« sagte Frank Braun. »Aber es würde euch auch nichts nützen, wenn ich's euch verriete. Auf den Bluff fällt auch die gutmütigste Exzellenz nur einmal herein. Prosit!«

– Der Fähnrich brachte ihn zum Zuge, hob ihm den Koffer hinein, winkte dann mit dem Hut und dem Taschentuch. Frank Braun trat zurück vom Fenster, vergaß in demselben Augenblick den kleinen Fähnrich und all seine Mitgefangenen und die ganze Festung. Er sprach mit dem Schaffner, streckte sich lang aus in seinem Halbcoupé. Machte die Augen zu, schlief.

Der Schaffner mußte ihn tüchtig schütteln, bis er aufwachte. »Wo sind wir denn?« fragte er schlaftrunken.

»Gleich Bahnhof Friedrichstraße.«

Er suchte seine Sachen zusammen, stieg aus, fuhr zum Hotel. Ließ sich ein Zimmer geben, badete, wechselte die Kleider. Ging dann hinunter zum Frühstückszimmer.

In der Tür schon kam ihm Dr. Petersen entgegen.

»Ah, Sie sind da, lieber Herr Doktor!« rief er. »Wie sich Exzellenz freuen werden!«

Exzellenz! Wieder: Exzellenz! Diese drei »E's« taten ihm ordentlich weh in den Ohren. »Wie geht es denn meinem Onkel?« fragte er. »Besser?«

»Besser?« wiederholte der Arzt. »Wieso besser? Exzellenz sind doch nicht krank!«

»So, so«, sagte Frank Braun. »Nicht krank?! Schade, ich dachte, der Onkel läge im Sterben.«

Dr. Petersen sah ihn verwundert an: »Ich verstehe Sie gar nicht –«

Er unterbrach ihn: »Ist auch nicht nötig. Es tut mir nur leid, daß der Geheimrat nicht im Sterben liegt. Das wäre doch sehr nett! Da würde ich ihn doch beerben, nicht wahr? Vorausgesetzt, daß er mich nicht enterbt hat. – Was auch möglich ist – sogar höchst wahrscheinlich.« Er sah den verblüfften Arzt vor sich stehn, weidete sich einen Augenblick an seiner Verlegenheit. Dann fuhr er fort: »Aber sagen Sie mir doch, Doktor, seit wann ist denn mein Onkel eigentlich Exzellenz?«

»Seit vier Tagen, bei Gelegenheit –«

Er unterbrach ihn: »Seit vier Tagen also! Und wie viele Jahre sind Sie jetzt bei ihm als – als rechte Hand?«

»Nun, das mögen nun wohl zehn Jahre sein«, erwiderte Dr. Petersen.

»Und zehn Jahre lang haben Sie nun zu ihm ›Geheimrat‹ gesagt und ihn mit Sie angeredet. Nun aber, in den vier Tagen, ist er so völlig schon Exzellenz für Sie, daß Sie selbst ihn nicht einmal anders denken können, als in dritter Person Pluralis.«

»Erlauben Sie, Herr Doktor«, sagte der Assistenzarzt, eingeschüchtert und betreten – »erlauben Sie – wie meinen Sie das eigentlich?«

Aber Frank Braun nahm ihn unter den Arm, führte ihn zum Frühstückstisch. »Oh, ich meine, Doktor, daß Sie eben ein Mann von Welt sind! Einer, der Formen hat und Manieren. Einer, der einen angeborenen Instinkt hat für wirkliche Bildung. – So mein ich's. – Und nun, Doktor, wollen wir frühstücken, und Sie erzählen mir, was Sie ausgerichtet haben inzwischen.«

Befriedigt setzte sich Dr. Petersen nieder, durchaus ausgesöhnt, beglückt beinahe. Dieser junge Referendar, den er noch als kleinen Schulbuben gekannt hatte, war ja freilich ein Windhund, war ein rechter Durchgänger – aber er war doch immer der Neffe – von Exzellenz.

Der Assistenzarzt mochte ein Sechsunddreißiger sein, er war mittelgroß. Und Frank Braun dachte, daß alles »mittel« sei an diesem Menschen. Nicht groß und nicht klein war seine Nase, nicht häßlich und nicht hübsch sein Gesicht. Er war nicht mehr jung und noch nicht alt, seine Haarfarbe hielt genau die Mitte zwischen dunkel und hell. Nicht dumm und nicht klug war er, nicht gerade langweilig und doch nicht unterhaltend; seine Kleidung war nicht elegant und doch auch nicht ordinär. So der gute Durchschnitt war er, in allem: das war der rechte Mann, den der Geheimrat brauchte. Ein tüchtiger Arbeiter, gescheit genug, um alles zu begreifen und alles zu leisten, was man von ihm verlangte, und doch nicht so intelligent, um darüber hinauszugehen, klar hineinzublicken in das bunte Spiel, das sein Herr spielte.

»Wieviel Gehalt bekommen Sie eigentlich bei meinem Onkel?« fragte ihn Frank Braun.

»Oh, nicht gerade sehr glänzend – aber doch recht reichlich.« war die Antwort. »Ich kann schon zufrieden sein. Zu Neujahr habe ich wieder vierhundert Mark Zulage erhalten.« Er bemerkte mit einer gewissen Bewunderung, daß der Herr Neffe sein Frühstück mit Obst begann, einen Apfel aß und eine Handvoll Kirschen.

»Was für Zigarren rauchen Sie?« inquirierte der Referendar.

»Was ich rauche? – So eine Mittelsorte, nicht zu stark –« Er unterbrach sich. »Aber warum fragen Sie das eigentlich, Herr Doktor?«

»Nur so.« sagte Frank Braun. »Es interessierte mich eben. – Aber nun erzählen Sie mir, was Sie eigentlich schon getan haben in dieser Sache. Hat Ihnen der Geheimrat seine Pläne mitgeteilt?«

»Gewiß«, nickte Dr. Petersen stolz, »ich bin der einzige, der darum weiß – außer Ihnen natürlich. Der Versuch ist von allerhöchster wissenschaftlicher Bedeutung.«

Der Referendar räusperte sich. »Hm – meinen Sie?«

»Ganz zweifelsohne«, bekräftigte der Arzt. »Und es ist geradezu genial, wie Seine Exzellenz es herausklügelten, jede Möglichkeit einer eventuellen Anfeindung von vornherein zu ersticken. Sie wissen ja, wie vorsichtig man sein muß, wie wir Ärzte immer wieder von einem törichten Laienpublikum angegriffen werden, wegen so mancher, doch so absolut notwendiger Versuche. Da ist die Vivisektion – Gott, die Leute werden ja krank, wenn sie nur das Wort hören. Alle unsere Experimente mit Krankheitserregern, Impfungen und so weiter, sind der Laienpresse schon ein Dorn im Auge, obwohl wir doch fast nur mit Tieren arbeiten. Nun erst, wo es sich um künstliche Befruchtung handelt und wo Menschen in Frage kommen! – Da fanden Exzellenz das einzig Mögliche: einen hingerichteten Mörder und eine eigens für diesen Zweck bezahlte Dirne. Sagen Sie selbst: für ein solches Material wird auch der humanitätsduseligste Pastor sich nicht gerne einsetzen wollen.«

»Ja, es ist großartig«, bestätigte ihm Frank Braun. »Sie haben wirklich recht, wenn Sie die Kapazität Ihres Herrn Chefs so anerkennen.«

Dr. Petersen berichtete dann, daß Seine Exzellenz mit seiner Hilfe in Köln verschiedentlich Versuche gemacht hätten, die geeignete Frauensperson herbeizuschaffen, leider ohne jeden Erfolg. Es habe sich herausgestellt, daß in den Bevölkerungsklassen, aus denen diese Geschöpfe hervorzugehen pflegten, ganz absonderliche Begriffe über die künstliche Befruchtung bestehen müßten. Es sei ihnen beiden beinahe unmöglich gewesen, den Weibern überhaupt nur beizubringen, um was es sich eigentlich handle, geschweige denn, die eine oder die andere zu bewegen, auf den Handel einzugehen. Obwohl Seine Exzellenz das Äußerste aufgeboten hätten an Beredsamkeit, obwohl auch er immer wieder ihnen vor Augen gehalten habe, daß einmal gar nichts Gefährliches dabei sei, daß zweitens sie doch ein recht schönes Stück Geld verdienen würden und daß sie drittens der medizinischen Wissenschaft einen sehr großen Dienst erweisen würden.

Eine habe gar laut geschrien: die ganze Wissenschaft könne ihr – Und sie habe einen sehr häßlichen Ausdruck gebraucht.

»Pfui!« sagte Frank Braun. »Wie konnte sie nur!«

Und da habe es sich dann ja sehr gut getroffen, daß Seine Exzellenz bei Gelegenheit des internationalen Gynäkologenkongresses nach Berlin hätten fahren müssen. Hier, in der Weltstadt, würde man ja zweifellos eine weit größere Auswahl haben, auch sei anzunehmen, daß die Begriffe der in Frage kommenden Personen nicht ganz so beschränkt seien, wie in der Provinz. Daß man auch in diesen Kreisen weniger abergläubische Furcht vor dem Neuen und dafür mehr praktischen Sinn für den materiellen Vorteil und mehr ideelles Interesse für die Wissenschaft habe.

»Besonders letzteres!« unterstrich Frank Braun.

Und Dr. Petersen pflichtete ihm bei. Es sei ja unglaublich gewesen, auf welch veraltete Anschauungen sie da in Köln gestoßen seien! Jedes Meerschwein, jede Äffin sei ja unendlich viel einsichtsvoller und vernünftiger, als diese Weibsstücke. Er habe ordentlich verzweifelt an dem überragenden Intellekt der Menschheit. Aber er hoffe, daß sein erschütterter Glaube hier wieder gefestigt würde.

»Ohne jeden Zweifel!« ermutigte ihn der Referendar. »Das wäre ja auch eine wahre Schande, wenn sich Berliner Dirnen ausstechen lassen würden von Äffinnen und Meerschweinen! – Übrigens, wann wird denn mein Onkel kommen? – Ist er schon aufgestanden?«

»Aber längst!« erklärte der Assistenzarzt eifrig. »Exzellenz sind bereits fort, haben gegen zehn Uhr eine Audienz im Ministerium.«

»Na, und dann?« fragte Frank Braun.

»Ja, ich weiß nicht, wie lange das dauern wird«, meinte Dr. Petersen. »Auf jeden Fall haben mich Exzellenz gebeten, ihn gegen zwei Uhr in der Kongreßsitzung zu erwarten. Gegen fünf haben Exzellenz dann wieder eine wichtige Zusammenkunft hier im Hotel mit einigen Berliner Kollegen und um sieben sind Exzellenz zum Essen beim Rektor geladen. Vielleicht, Herr Doktor, könnten Sie zwischendurch –«

Frank Braun überlegte. Im Grunde war es ihm ganz lieb, daß sein Onkel den ganzen Tag beschäftigt war, da brauchte er sich nicht um ihn zu bekümmern. »Wollen Sie meinem Onkel ausrichten«, sagte er, »daß wir uns um elf Uhr heute nacht hier unten im Hotel treffen wollen.«

»Um elf Uhr?« Der Assistenzarzt machte ein etwas bedenkliches Gesicht. »Ist das nicht etwas reichlich spät? Seine Exzellenz pflegen um diese Zeit schon zu Bett zu sein. Und gar nach einem so anstrengenden Tag.«

»Seine Exzellenz werden sich eben heute noch ein bißchen länger anstrengen müssen. Richten Sie das aus, Doktor.« entschied Frank Braun. »Die Stunde ist durchaus nicht zu spät für unsere Zwecke, eher zu früh – bestimmen wir also lieber zwölf Uhr. Wenn der arme Onkel so sehr abgespannt ist, kann er sich ja vorher ein bißchen ausruhen. – Und nun addio, Doktor – auf heute nacht.« Er stand auf, nickte kurz und ging weg.

Er biß die Zähne aufeinander; empfand in demselben Augenblicke, als er die Lippen schloß, wie kindisch, wie tollpatschig das alles gewesen war, was er dem guten Doktor vorgeschwatzt hatte. Wie klein war sein Spott gewesen, wie billig sein Witz! Er schämte sich fast. Alle Nerven und Sehnen schrien nach irgendeiner Betätigung – und er ließ sie Disteln köpfen; sein Hirn sprühte in tausend Funken – und er schmiedete Studentenwitze!

Dr. Petersen sah ihm lange nach. »Er ist hochmütig«, sagte er zu sich selbst. »Nicht einmal die Hand hat er mir gegeben.« Er schenkte sich noch einmal Kaffee ein, mischte ihn hübsch mit Milch und schmierte bedächtig ein neues Butterbrot. Dann mit innerster Überzeugung: »Hochmut kommt vor dem Fall!«

Und, sehr befriedigt über seine gesunde bürgerliche Weisheit, biß er in die weiße Semmel und hob die Tasse zum Munde.

Es war beinahe ein Uhr in der Nacht, als Frank Braun erschien. »Entschuldige, Oheim«, sagte er leichthin.

»Na, lieber Neffe«, erwiderte der Geheimrat, »hast uns lange genug warten lassen.«

Der Referendar sah ihn groß an. »Ich hatte weiß Gott Besseres zu tun, Onkel. Im übrigen wartest du ja nicht um meinetwillen, sondern nur wegen deiner Zwecke.«

Der Professor schielte zu ihm hinüber: »Junge –« begann er. Aber er beherrschte sich. »Na – lassen wir's. Ich danke dir, Neffe, daß du herkamst, mir zu helfen. Bist du nun bereit, mitzukommen?«

»Nein!« erklärte Frank Braun, blind in kindlichem Trotz. »Ich will erst noch einen Whiskysoda trinken, wir haben Zeit genug.« Das war nun seine Natur, alle Dinge auf die Spitze zu treiben. Feinfühlig, überempfindlich fast gegen jedes kleinste Wort, jeden leisesten Ton eines Vorwurfes, liebte er doch, jeden, mit dem er zusammentraf, auf das frechste zu brüskieren. Immer schrie er gröbste Wahrheiten heraus und konnte selbst nicht die sanfteste vertragen.

Er fühlte wohl, wie er den alten Herrn verletzte. Aber die Tatsache gerade, daß der Onkel verletzt war, daß er seine Dummenjungenmanieren so ernst nahm und tragisch – das gerade kränkte und beleidigte ihn. Er empfand es fast wie eine Herabsetzung, daß ihn der Geheimrat so gar nicht verstand, daß er nicht durchsah durch den blonden Trotzkopf, durch das bißchen lumpige Oberfläche. Und er mußte sich dagegen wehren, ob er wollte oder nicht, mußte noch einen halben Korsaren draufsetzen auf den, der schon da war. Mußte die Maske noch fester ziehen und den frechen Weg gehen, den er auf dem Montmartre gefunden: épater le bourgeois.

Er leerte langsam sein Glas, erhob sich dann nachlässig, wie ein melancholischer Prinz, der sich langweilt. »Wenn es den Herren beliebt?« Seine Geste war von oben herab, wie zu etwas unendlich tief unter ihm Stehenden. »Einen Wagen, Kellner.«

Sie fuhren. Der Geheimrat schwieg, seine Oberlippe hing tief herab, seine dicken Tränensäcke lappten sich über die Wangen. Weit standen nach beiden Seiten die mächtigen Ohren ab, das rechte Auge leuchtete grünschillernd im Dunkel. ›Wie eine Eule sieht er aus,‹ dachte Frank Braun, ›wie eine häßliche alte Eule, die auf ihr Mäuschen lauert.‹

Dr. Petersen saß im Vordersitz, mit offenem Mund. Er begriff das alles gar nicht – dieses unglaubliche Benehmen des Neffen Exzellenz gegenüber.

Aber der junge Mann fand bald genug sein Gleichgewicht wieder. – Ach, wozu sich ärgern über den alten Esel?! Hat ja auch seine guten Seiten am Ende –

Er half dem Geheimrat aus dem Wagen. »Hier!« rief er. »Bitte einzutreten!«

›Café Stern‹ stand auf dem großen Schilde, das die Bogenlampe bestrahlte. Sie traten ein, gingen durch die langen Reihen der kleinen Marmortische, durch eine Fülle schreiender und lärmender Menschen. Setzten sich endlich.

Hier war ein guter Markt. Viele Dirnen saßen herum, aufgetakelt, mit gewaltigen Hüten und bunten Seidenblusen. Riesige Massen von Fleisch, das auf den Käufer wartete, sich möglichst breit hinrekelte, wie in Schaufensterauslagen.

»Ist dies eines der besseren Lokale?« fragte der Geheimrat.

Der Neffe schüttelte den Kopf. »Nein, Ohm Jakob, durchaus nicht. Wir würden da kaum das finden, was wir nötig haben. Aber vielleicht ist selbst das noch zu gut – Wir brauchen die letzte Hefe.«

Hinten saß ein Mann im fettigen, verschlissenen Frack am Klavier. Spielte unaufhörlich einen Gassenhauer nach dem andern. Zuweilen gröhlten mit seinem Spiel ein paar Angetrunkene; dann kam der Direktor, wies sie zur Ruhe, erklärte, daß es das nicht gäbe in diesem anständigen Lokale.

Kleine Kommis liefen herum; ein paar gute Bürger aus der Provinz saßen am Nebentische, kamen sich sehr fortgeschritten vor und sehr unmoralisch in ihrem Geschwätz mit den dicken Dirnen. Und die unappetitlichen Kellner zwängten sich zwischen die Tische, brachten braune Saucen in Gläsern und gelbe in Tassen, die sie dann Bouillon nannten oder Mélange. Auch volle Schnapskaraffen, die jedes kleine Gläschen in Strichen markierten.

Zwei Weiber kamen an ihren Tisch, baten um einen Kaffee. Machten keine Umstände, setzten sich und bestellten.

»Die Blonde vielleicht?« flüsterte Dr. Petersen.

Aber der Referendar winkte ab. »Nein, nein, das ist gar nichts. – Ist nur Fleisch. Da behalten Sie besser Ihre Äffinnen.«

Eine Kleine fiel ihm auf, hinten im Raume. Sie war schwarz und ihre Augen kochten vor Gier. Er stand auf, winkte sie in den Gang. Sie machte sich los von ihrem Begleiter, kam auf ihn zu.

»Hör mal –« begann er. Aber sie sagte: »Heute nicht. Hab schon einen Kavalier. – Morgen, wenn du willst.«

»Laß ihn laufen«, drängte er. »Komm mit, wir gehen ins Separée.«

Das war verlockend. »Morgen – geht's nicht morgen, Schatz?« bat sie. »Kann wirklich nicht heute, es ist ein alter Kunde. Er zahlt zwanzig Mark.«

Frank Braun faßte ihren Arm: »Ich zahl viel mehr, sehr viel mehr, verstehst du! Du kannst dein Glück machen. Es ist nicht für mich – es ist für den Alten dort. Und es handelt sich um eine bessere Sache.«

Sie stutzte, ihr Blick folgte seinem Auge, das auf den Geheimrat wies. »Der da?« sagte sie enttäuscht. »Und was wird der wieder verlangen?!«

»Lucy!« schrie der Mensch von ihrem Tisch.

»Ich komm schon«, antwortete sie. »Also nochmal – heute nicht. Morgen können wir darüber reden, wenn du willst. Komm hierher, so um diese Zeit!«

»Blödes Frauenzimmer!« flüsterte er.

Sie sagte: »Sei nicht bös! Er schlägt mich tot, wenn ich nicht mit ihm gehe heute. Er ist immer so, wenn er betrunken ist! – Komm morgen, hörst du? Und laß den Alten – komm allein. Brauchst auch nicht zu zahlen, wenn du nicht magst.«

Sie ließ ihn stehen, lief zurück an ihren Tisch; Frank Braun sah, wie der schwarze Herr mit dem steifen Filzhut ihr erbitterte Vorwürfe machte. O ja, sie mußte ihm schon treu bleiben – für diese Nacht.

Er ging langsam durch den Saal, betrachtete die Dirnen. Aber er fand keine, die ihm lasterhaft genug erschien. Da war überall noch ein letzter Rest bürgerlicher Ehrbarkeit, irgendein instinktives Sicherinnern der Zugehörigkeit zu irgendeiner Gesellschaft. Nein, nein, da war keine, die losgelöst war von allem, die frech und selbstbewußt ihren Weg ging: da seht – ich bin eine Hure.

Er hätte es kaum definieren können, was er eigentlich suchte. Es lag im Gefühl. Es mußte so eine sein, dachte er, die dahergehört an ihren Platz und nirgend anders. Nicht eine, wie diese alle, die irgendein bunter Zufall hierher verschlagen hatte. Die geradesogut kleine Frauen hätten werden können, Arbeiterinnen, Dienstmädchen, Tippfräulein oder gar Telephondamen, wenn nur ihres Lebens Wind ein klein wenig anders geblasen hätte. Die nur Dirnen waren – weil sie des Mannes rohe Gier dazu machte.

Nein, nein, die er suchte, die sollte Dirne sein, weil sie nicht anders konnte, weil ihr Blut es so heischte, weil jeder Zoll ihres Leibes schrie nach immer neuen Umarmungen, weil, unter den Zärtlichkeiten des einen, ihre Seele sich schon sehnte nach des anderen Küssen.

Sie sollte Dirne sein, so wie er – Er stockte – ja was war er denn eigentlich?

Müde, resigniert schloß er seine Gedanken: nun, so wie er – ein Träumer war.

Er kehrte an den Tisch zurück. »Komm, Oheim, es ist hier nichts. Wir wollen ein Haus weiter gehen.«

Der Geheimrat protestierte, aber der Neffe hörte nicht darauf. »Komm Oheim«, wiederholte er. »Ich versprach dir, eine zu finden, und ich finde sie.«

Sie standen auf, zahlten, gingen über die Straße, immer weiter hinauf, dem Norden zu.

»Wohin?« fragte Dr. Petersen. Der Referendar antwortete nicht, schritt weiter, betrachtete die großen Schilder der Kaffeehäuser. Endlich blieb er stehen.

»Café Trinkherr«, murmelte er. »Das wird das richtige sein.«

In diesen verschmutzten Räumen war verzichtet auf jede Talmieleganz. Freilich standen auch hier die kleinen weißen Marmortische, klebten die roten Plüschsofas an den Wänden. Brannten auch hier überall die elektrischen Birnen, schoben sich plattfüßige Kellner in klebrigen Fracks. Aber es machte den Eindruck, als ob das alles nichts anderes scheinen wollte, als es wirklich war.

Die Luft war elend verräuchert und stickig – aber was hier atmete, fühlte sich doch freier und wohler in dieser Luft. Legte sich keinen Zwang auf, gab sich, wie es eben war.

Am Nebentisch saßen Studenten, ältere Semester schon. Sie tranken ihr Bier, zoteten dazwischen mit den Weibern. Sie waren sattelfest alle, kannten sich aus; eine gewaltige Flut von Schmutz, lustig springend, ergoß sich aus ihren Lippen. Einer von ihnen, klein und dick, das Gesicht zerfetzt von unzähligen Schmissen, schien unerschöpflich. Und die Weiber wieherten, bogen sich, krümmten sich in schallendes Lachen.

Zuhälter saßen herum an den Wänden, spielten Karten. Oder hockten allein, starrten vor sich hin, pfiffen mit dem Spiel des betrunkenen Musikanten, tranken ihren Schnaps. Zuweilen kam, von der Straße her, eine Dirne herein, schritt auf einen von ihnen zu, sprach ein paar rasche Worte und verschwand wieder.

»Das wird stimmen!« sagte Frank Braun. Er winkte dem Kellner, bestellte Kirschwasser, gab ihm den Auftrag, ein paar Frauen an den Tisch zu holen.

Vier kamen. Aber als sie sich setzten, sah er eine andere zur Tür hinausgehen. Eine große, starke Person in weißseidener Bluse; unter dem kleinen Girardihut quoll üppiges brandrotes Haar hervor. Rasch sprang er auf, stürzte ihr nach auf die Straße.

Sie ging über den Fahrweg, lässig, langsam, die Hüften leicht wiegend. Bog zur Linken ab, trat in einen Torweg, über dem im Bogen ein rotes Glasplakat leuchtete. ›Festsäle zum Nordpol‹ las er.

Er schritt ihr nach über den schmutzigen Hof, betrat fast zugleich mit ihr den verräucherten Saal. Aber sie beachtete ihn nicht, blieb vorne stehen, blickte über die tanzende Menge.

Die schrie, johlte, riß weit die Beine auseinander – Männer und Weiber. Wirbelte herum, daß der Staub hochflog, heulte zur Musik die harten Worte des Rixdorfers. Schob sich quer durcheinander, wild, rauh und roh, aber sicher in diesem frechen Tanze, der auf ihrem eigenen Boden wuchs.

Die Craquette fiel ihm ein und die Likette, die sie droben auf Montmartre tanzten, und im Quartier Latin, auf der andern Seite der Seine. Leichter, graziöser, lachend und voll von Charme. Nichts davon lag in diesem Geschiebe, nicht ein kleiner Hauch von dem, was die Midinette ›Flou‹ nannte. Aber ein heißes Blut schrie aus dem gewaltigen Rasen des Rixdorfers, eine wilde Wut fast, die sich austobte durch den niedrigen Saal –

Die Musik schwieg, in schmutzigen, verschwitzten Fingern sammelte der Tanzmeister das Geld ein, von den Weibern, nicht von den Männern. Gab dann, ein Posa der Vorstadt, mit großen Gesten zur Galerie hinauf das Zeichen zu einem neuen Tanze.

Aber die Menge wollte den Rheinländer nicht. Sie schrie hinauf zum Kapellmeister, brüllte ihn an, daß er abklappen solle. Die Musik spielte trotzdem weiter, kämpfte an gegen den Saal, sicher in ihrer Höhe hinter der Ballustrade.

Da drangen sie auf den Maitre. Der kannte seine Weiber und seine Kerle, hielt sie fest in der Hand, ließ sich durchaus nicht einschüchtern durch trunkenes Geschrei oder drohend erhobene Fäuste. Aber er wußte auch, wann er nachgeben mußte.

»Den Emil!« schrie er hinauf. »Spielt den Emil!«

Ein dickes Weib in gewaltigem Hute hob ihre Arme, schlang sie dem Tanzmeister um den staubigen Frack. »Bravo, Justav, dat haste jut jemacht!«

Wie Öl glitt sein Ruf über die tobende Menge. Sie lachten, drängten sich, schrien Bravo, schlugen ihn wohlwollend auf den Rücken oder stießen ihn vor den Bauch. Dann, als der Walzer einsetzte, brach es los, kreischend und heiser:

»Emil, du bist eene Flanze,
Und so jefällst du mi–ir!
Jehst immer jleich uffs janze
Und darum lieb ick di–ir!«

»Die Alma!« schrie einer mitten aus dem Saale. »Da ist die Alma!« Er ließ seine Partnerin stehen, sprang heran, griff die rothaarige Dirne am Arme. Ein kleiner, schwarzer Bursche, die glatte Pomadenlocke tief in die Stirne gekämmt, mit blanken stechenden Augen.

»Komm!« rief er. Faßte sie fest um die Taille.

Die Dirne tanzte. Frecher wie die anderen schritt sie den schiebenden Walzer, ließ sich schneller herumwirbeln von ihrem Tänzer. Nach wenigen Takten schon war sie völlig im Tanze, warf die Hüften heraus, bog sich hin und zurück. Drängte den Leib vor, blieb mit dem Knie in steter Berührung mit ihrem Tänzer. Schamlos, gemein, in brutaler Sinnlichkeit.

Frank Braun hörte eine Stimme neben sich, sah den Tanzmeister, der mit einer gewissen Anerkennung der

Dirne nachblickte. »Verdammt, wie det Aas den Steiß schwingt!«

O ja, sie schwang ihren Steiß! Schwang ihn höher und frecher, wie die »Baronin Gudel de Gudelfeld«, der »der Krone witziger Erbe« sein Lob zollte. Schwang ihn wie eine Flagge, wie ein sturmgefülltes Banner nacktester Sinnenlust.

›Sie ziert sich nicht,‹ dachte Frank Braun. Er folgte ihr mit dem Blick hin durch den Saal und zurück. Trat rasch auf sie zu, als die Musik schwieg, legte ihr die Hand auf den Arm.

»Erst zahlen!« lachte ihn der Schwarze an.

Er gab ihm ein Geldstück. Die Dirne betrachtete ihn mit raschem Blick, musterte ihn von oben bis unten. »Ich wohne nicht weit«, sagte sie, »kaum drei Minuten, in der –«

Er unterbrach sie. »Einerlei, wo du wohnst. Komm mit.«

– Derweilen bot im Café Trinkherr der Geheimrat den Frauen zu trinken an. Sie nahmen Sherry-Brandy und baten dann, daß er ihnen doch gleich ihre andere Zeche mitzahlen möge: ein Bier, und noch ein Bier und einen Pfannkuchen und eine Tasse Kaffee. Der Geheimrat zahlte; dann versuchte er sein Glück. Er habe ihnen einen Vorschlag zu machen, sagte er, und die, die wolle, möge zugreifen. Wenn aber, wie anzunehmen sei, auf seinen sehr vorteilhaften Vorschlag zwei eingehen wollten oder drei, oder gar alle vier – dann sollten sie darum würfeln.

Die hagere Jenny legte ihren Arm um seine Schulter. »Weesste, Alterchen, dann lassen wir lieber jleich knobeln, det is jescheiter! Denn ick und die Damens da – wir machen allet, wat du ooch für neue Zicken uff Lager hast!«

Und Elly, eine kleine mit blondem Puppenköpfchen, sekundierte ihr: »Wat meine Freundin macht, mach ick ooch. Da jibt et nischt! Streng solide fort Jeld!« Sie sprang auf, holte einen Würfelbecher. »Na, los Kinder, wer die Vorschläge von dem Ollen zu akzeptieren hat! – Max und Moritz wird gespielt.«

Aber die dicke Anna, die sie »die Henne« nannten, protestierte. »Ick habe immer Pech im Knobeln«, sagte sie. »Zahlste vielleicht Trostjeld, Onkelchen, für die, die nicht jewinnen?«

»Gewiß«, sagte der Geheimrat, »fünf Mark für jede.« Er legte drei dicke Silberstücke auf den Tisch.

»Du bis nobel!« lobte ihn Jenny. Und um das zu bekräftigen, bestellte sie noch eine Runde Sherry-Brandy.

Sie war es auch, die gewann. Sie nahm die drei Geldstücke und überreichte sie den Kolleginnen: »Da habt ihr euer Schmerzensjeld. Un nu, schieß los, oller Schieber: wie du mir hier siehst, bin ick zu allen Schandtaten bereit!«

»Also höre, liebes Kind«, begann der Geheimrat, »es handelt sich um eine allerdings etwas außergewöhnliche Sache –«

»Hab dich man nich, jeliebter Jlatzkopp!« unterbrach ihn die Dirne. »Mir sind alle keene Jungfern mehr und die lange Jenny erst recht nich! Unser Herrgott hat ja allerhand komische Biester in seinem Tiergarten herumloofen – aber, wenn ma 'ne jute Praxis hat, lernt man alle Sauereien kennen. Mich wirste schwerlich wat Neuet beibringen.«

»Aber Sie mißverstehen mich, liebe Jenny«, sagte der Professor, »ich verlange durchaus nichts Besonderes von Ihnen, wie Sie anzunehmen scheinen. Es handelt sich vielmehr um ein – rein wissenschaftliches Experiment.«

»Kenn ick!« gröhlte die Jenny. »Kenn ick! – Du bis en Doktor, wat Oller? – Ich hatte auch mal so eenen, der immer erst mit die Wissenschaft anfing – det sind de jrößten Schweine von allen! – Na Prost, Onkelchen, ick hab ja nischt dajejen. Bei mir kann ooch jeder uff seine Fasson selig werden!«

»Prosit«, trank ihr der Geheimrat zu. »Ich freue mich, daß du so vorurteilsfrei bist – da werden wir ja bald einig werden. Also kurz, liebes Kind, es handelt sich um den Versuch einer künstlichen Befruchtung.«

»Einer – wat?« fuhr das Mädchen auf. »Einer – – künstlichen – Befruchtung? Wat braucht et denn dazu für 'ne jroße Kunst? – Det pflegt doch im allgemeinen einfach jenug zu sein!«

Und die schwarze Klara grinste: »Mich wär jedenfalls 'ne künstliche Unfruchtbarkeit lieber!«

Dr. Petersen kam seinem Herrn zu Hilfe. »Darf ich einmal versuchen, ihr die Sache auseinanderzusetzen?« Und als der Geheimrat nickte, hielt er einen kleinen Vortrag über die zugrundeliegende Idee, über die bisher erzielten Resultate und über die Möglichkeiten für die Zukunft. Er betonte scharf, daß der Versuch völlig schmerzlos sei und daß sich alle Tiere, mit denen man bisher gearbeitet habe, stets sehr wohl dabei befunden hätten.

»Wat für Tiere?« fragte die Jenny.

Und der Assistenzarzt antwortete: »Nun Ratten, Affen und Meerschweinchen –«

Da fuhr sie auf. »Wat? Meerschweine? – En Schwein bin ick, meinswegen – sojar 'ne olle Sau! Aber ein Meerschwein – dat hat mir noch keiner jesagt! Und du, jlatzköppiger Igel, willst, dat ick mir von euch behandeln lassen soll wie en Meerschwein? – Nee, verstehste, det macht Jenny Lehmann nich!«

Der Geheimrat versuchte sie zu beruhigen, schenkte ihr einen neuen Schnaps ein. »So verstehe doch recht, liebes Kind –« begann er.

Aber sie ließ ihn nicht ausreden. »Ick verstehe recht jenug!« rief sie. »Ick soll mir hergeben für Sachen, wofür ihr sonst schmierige Biester jebraucht! – Ruff uff'n Tiroler – und dann impfen mit so'n Serumdreck un mit Bazillen – – oder am Ende wollt ihr mir jar vivisezieren, wat?« Sie redete sich immer mehr hinein, wurde tiefrot vor Wut und Ärger. »Oder ick soll wohl irjend so'n Monstrum zur Welt bringen, damit ihr et uff'n Jahrmarkt sehen lassen könnt?! Ein Kind mit zwei Köppe und een Rattenschwanz, wat? Oder eins, wat halb wie ein Meerschwein aussieht? – Nu weeß ick ooch, woher sie int Passagepanoptikum und bei Castan alle die villen Mißjeburten herkriegen – ihr seid wohl Agenten für die Brieder!!? – Und dazu soll ick mir hergeben, mir kinstlich von dir befruchten lassen? Paß uff, ollet Schwein – da haste deine kinstliche Befruchtung!« Sie sprang auf, bog sich über den Tisch, spie dem Geheimrat mitten ins Gesicht.

Dann hob sie das kleine Glas, trank es ruhig aus, drehte rasch um und ging stolz davon.

In diesem Augenblick erschien Frank Braun in der Türe, winkte ihnen herauszukommen.

»Kommen Sie her, Herr Doktor, kommen Sie schnell her!« rief ihm Dr. Petersen aufgeregt zu, während er bemüht war, den Geheimrat abzuwischen.

»Nun, was gibt's denn?« fragte der Referendar, als er an den Tisch trat.

Der Professor schielte ihn an, bitterböse, wie ihm dünkte. Die drei Dirnen schrien durcheinander, während Dr. Petersen ihm auseinandersetzte, was geschehen war. »Was soll man nun machen?« schloß er.

Frank Braun zuckte die Achseln. »Machen? – Nun gar nichts. Zahlen und gehen – sonst nichts. – Übrigens habe ich gefunden, was wir brauchen.«

Sie gingen hinaus; vor der Türe stand die rothaarige Dirne, die mit ihrem Schirme eine Droschke heranwinkte. Frank Braun schob sie hinein, ließ dann den

Geheimrat und seinen Assistenzarzt einsteigen. Er rief dem Kutscher eine Adresse zu und kletterte zu den andern.

»Gestatten die Herrschaften, daß ich bekannt mache.« rief er. »Fräulein Alma – Seine Exzellenz, Geheimrat ten Brinken – Herr Doktor Karl Petersen.«

»Bist du verrückt geworden?« fuhr ihn der Professor an.

»Aber durchaus nicht, Ohm Jakob«, sagte der Referendar ruhig. »Du wirst doch einsehen, daß Fräulein Alma, wenn sie sich längere Zeit in deinem Hause oder in deiner Klinik aufhält, sowieso deinen Namen erfährt, ob du's nun willst oder nicht.« – Er wandte sich an die Dirne. »Entschuldigen Sie, Fräulein Alma, mein Onkel wird nämlich schon ein bißchen alt!«

Er sah in dem Dunkel den Geheimrat nicht, aber er hörte gut, wie sich in ohnmächtiger Wut seine breiten Lippen aufeinanderpreßten. Er empfand das angenehm, es deuchte ihn, daß der Onkel nun endlich losfahren müsse.

Aber er irrte sich. Der Geheimrat erwiderte ruhig: »So hast du dem Mädchen schon gesagt, um was es sich handelt? Und sie ist einverstanden?«

Frank Braun lachte ihm ins Gesicht. »Aber keine Ahnung! Ich habe nicht ein Wort davon gesprochen! Ich bin mit Fräulein Alma kaum hundert Schritt weit über die Straße gegangen – habe kaum zehn Worte mit ihr geredet. Vorher – sah ich sie tanzen –«

»Aber Herr Doktor«, unterbrach ihn der Assistenzarzt, »da könnten wir ja, nach den Erfahrungen, die wir soeben wieder gemacht haben –«

»Lieber Petersen«, sagte der Referendar, sehr von oben herab, »beruhigen Sie sich. Ich habe mich eben überzeugt, daß dieses Fräulein das ist, was wir brauchen. Und ich denke – das genügt wohl.«

Die Droschke hielt vor einem Weinlokal. Sie traten ein. Frank Braun forderte ein Separée und der Kellner führte sie hinauf. Er hielt ihm die Weinkarte hin, der Referendar bestellte zwei Flaschen Pommery und eine Flasche Kognak. »Aber beeilen Sie sich!« rief er.

Der Kellner brachte den Wein und entfernte sich.

Frank Braun schloß die Türe. Dann trat er auf die Dirne zu. »Bitte, Fräulein Alma, legen Sie den Hut ab.«

Sie gab ihm den Hut; die wilden, von den Nadeln befreiten Haare quollen nach allen Seiten heraus über Stirn und Wangen. Ihr Gesicht zeigte die fast durchsichtige Farbe rothaariger Frauen, hier und da waren ein paar kleine Sommersprossen sichtbar. Die Augen schimmerten grün, kleine, blanke Zahnreihen leuchteten auf zwischen den dünnen bläulichen Lippen. Und über dem allen lag eine verzehrende, fast unnatürliche Sinnlichkeit.

»Ziehen Sie die Bluse aus«, sagte er. Sie gehorchte schweigend. Er löste die beiden Knöpfchen auf den Schultern und strich das Hemd hinunter. Man sah zwei fast klassisch geformte, nur ein wenig zu starke Brüste.

Frank Braun blickte zu seinem Onkel hinüber. »Das genügt wohl.« sagte er. »Das übrige könnt ihr ja so sehen. – Ihre Hüften lassen gewiß nichts zu wünschen übrig.« – Dann wandte er sich wieder zu der Dirne. »Ich danke Ihnen, Alma. Sie können sich wieder anziehen!«

Das Mädchen gehorchte, nahm den Kelch, den er ihr reichte und leerte ihn.

Und er gab wohl acht, in diesen Stunden, daß ihr Glas nicht einen Augenblick leer stand.

Dann plauderte er. Erzählte von Paris, sprach von hübschen Frauen im Moulin de la Galette und im Elysée Montmartre. Beschrieb genau, wie sie aussahen, schilderte ihre Stiefelchen, ihre Hüte und ihre Kleider.

Und er wandte sich zu der Dirne. »Wissen Sie, Alma, es ist eine Schande, wie Sie herumlaufen! Bitte nehmen Sie mir das nicht übel. Können sich ja gar nirgends sehen lassen. – Waren Sie schon in der Union-Bar oder in der Arkadia?«

Nein, da war sie noch nicht gewesen. Nicht einmal in den Amorsälen. Einmal hatte sie ein Kavalier mitgenommen ins Alte Ballhaus, aber als sie wiederkommen wollte, allein, in der nächsten Nacht, war sie abgewiesen worden am Eingang. Ja, man müßte eben Toiletten haben –

»Natürlich muß man!« bestätigte Frank Braun. Und ob sie glaube, daß sie jemals hochkommen könne, da draußen vor dem Oranienburger Tor?

Da lachte die Dirne: »Ach, im Grunde ist's ja ganz gleich – Mann ist Mann!«

Aber er ließ das nicht gelten. Erzählte ihr fabelhafte Geschichten, von Frauen, die ihr Glück gemacht hätten in den großen Ballhäusern. Sprach von Perlenschnüren und von großen Brillanten, erzählte von Equipagen, von Schimmelgespannen. Dann, plötzlich, fragte er: »Sagen Sie mal, wie lange laufen Sie nun so schon herum?«

Sie sagte ruhig: »Seit zwei Jahren. Seit ich weg bin von Hause.«

Er fragte sie aus, holte stückweise aus ihr heraus, was er wissen wollte. Trank ihr zu, füllte immer von neuem ihr Glas. Und, ohne daß sie es merkte, goß er ihr Kognak in den Sekt.

Sie war nun bald zwanzig Jahre alt, stammte aus Halberstadt. Ihr Vater war ein biederer Bäckermeister, brav und sehr ehrbar, wie die Mutter, wie ihre sechs Geschwister. Sie – nun ja, gleich als sie von der Schule kam, ein paar Tage nach der Konfirmation, hatte sie sich mit einem Manne eingelassen – einem von Vaters

Gesellen. Ob sie ihn liebgehabt habe? Aber gar nicht – das heißt: sonst gar nicht – nur, wenn –

Ja, und dann sei es ein anderer gewesen und wieder einer. Der Vater habe sie geschlagen und die Mutter auch, aber sie sei doch immer wieder fortgelaufen, die Nacht über weggeblieben vom Hause. Das sei so gegangen durch die Jahre – bis sie die Eltern eines Tages hinausgeworfen hätten. Da habe sie ihre Uhr versetzt und sei nach Berlin gefahren. Und nun sei sie eben da, seither –

Frank Braun sagte: »Ja, ja, das ist schon so.« Dann fuhr er fort: »Aber nun ist Ihr Glückstag gekommen heute!«

»So?« fragte sie. »Wieso denn?« Ihre Stimme klang heiser, wie unter Schleiern. »Mir ist ein Tag so lieb wie der andere – nur einen Mann, weiter brauch ich nichts!«

Aber er verstand wohl, wie er sie fassen konnte. »Aber Alma, Sie müssen doch zufrieden sein mit jedem Mann, der Sie will! – Möchten Sie nicht mal, daß es umgekehrt wäre? – Daß Sie jeden nehmen könnten, der Ihnen zusagte?«

Da leuchteten ihre Augen. »O ja, das möcht ich schon!«

Er lachte. »Na, und ist Ihnen noch niemand begegnet auf der Straße, den Sie gerne möchten? Und der doch sich gar nicht kümmerte um Sie, ruhig weiterging? Wäre es nicht famos, wenn Sie mal wählen könnten?«

Sie lachte: »Dich, Bubi, möcht ich schon nehmen –«

»Mich auch«, stimmte er zu. »Und den und jenen – wen du gerade willst! – Das kannst du dir aber nur leisten, wenn du Geld hast. Und darum meine ich, hast du heute deinen Glückstag, weil du heute viel Geld verdienen kannst, wenn du magst.«

»Wieviel denn?« fragte sie.

Er sagte: »Geld genug, um dir die schönsten Toiletten kaufen zu können, die dir die Tore der besten und vornehmsten Ballsäle öffnen. – Wieviel? Sagen wir zehntausend – auch zwölftausend Mark.«

»Was?« rief der Assistenzarzt dazwischen. Und der Professor, der nicht entfernt an eine solche Summe gedacht hatte, schnalzte: »Ich finde, daß du etwas flott mit dem Gelde anderer Leute umgehst.«

Frank Braun lachte vergnügt: »Da hören Sie, Alma, wie der Herr Geheimrat ganz außer sich ist über die Summe, die er dir geben soll. Aber ich sage dir: es kommt gar nicht darauf an. Du hilfst ihm – also soll er dir auch helfen. Ist dir's recht – fünfzehntausend?«

Sie sah ihn groß an: »Ja – aber was soll ich dafür tun?«

»Das ist's ja gerade, was so komisch ist«, sagte er. »Du brauchst eigentlich gar nichts zu tun. Nur ein wenig stillhalten, das ist alles. – Prosit, trink aus.«

Sie trank. »Stillhalten?« rief sie fröhlich. »Ich halte nicht gern still. Aber wenn's sein muß für fünfzehntausend Mark! – Prost, Bubi!« Und sie leerte ihr Glas, das er gleich wieder füllte.

»Es ist nämlich eine großartige Geschichte«, erklärte er. »Da ist ein Herr – ein Graf ist es – oder eigentlich ein Prinz. Ein bildhübscher Kerl, weißt du – er möchte dir schon gefallen. Aber leider wirst du ihn nicht sehen können – sie haben ihn nämlich eingesperrt, und er soll nächstens hingerichtet werden. Der arme Kerl – im Grunde ist er so unschuldig wie du und ich. Nur etwas jähzornig ist er – und so ist das Unglück passiert. Im Rausch bekam er Streit und da hat er seinen allerbesten Freund erschossen. Nun muß er sterben.«

»Und was soll ich dabei?« fragte sie schnell. Ihre Nüstern flogen, ihr Interesse für diesen seltsamen Prinzen war voll erwacht.

»Ja – siehst du«, fuhr er fort, »du sollst ihm helfen, seinen letzten Wunsch erfüllen –«

»Ja!« rief sie rasch. »Ja, ja! – Er will vorher noch einmal mit einer Frau zusammen sein, nicht wahr? Ich tu's, tu es gern – und er soll mit mir zufrieden sein.«

»Bravo, Alma«, sagte der Referendar, »bravo, du bist ein tüchtiges Mädchen. – Aber die Sache ist nicht ganz so einfach. Paß gut auf, daß du's begreifst. Also, als er den Freund totgestochen hatte – totgeschossen, mein ich – lief er zu seiner Familie. Die sollte ihn schützen, ihn verbergen, ihm zur Flucht helfen. Das tat sie nun aber gar nicht. Sie wußte ja, daß er so ungeheuer reich sei, und dachte, nun sei eine günstige Gelegenheit, ihn bald zu beerben. Und darum rief sie die Polizei.«

»Pfui Teufel!« sagte Alma mit Überzeugung.

»Ja, nicht wahr«, fuhr er fort, »es war schrecklich gemein?! Er wurde also eingesteckt – – und was denkst du wohl, was der Prinz jetzt vorhat?«

»Sich rächen!« erwiderte sie prompt.

Er klopfte ihr beifällig auf die volle Schulter. »Richtig, Alma, du hast deine Romane mit gutem Erfolge gelesen. Also er beschloß, sich zu rächen an dieser verräterischen Familie. Und das kann er nur tun, wenn er ihnen ein Schnippchen schlägt mit der Erbschaft. – So weit verstehst du's, nicht?«

»Natürlich versteh ich's.« erklärte sie. »Die lumpige Familie soll nichts kriegen. Geschieht ihr recht.«

»Wie aber das anstellen«, fuhr er fort, »das war die Frage! Doch nach langem Überlegen fand er den einzigen Weg: nur dann konnte die Familie um die vielen Millionen gebracht werden, wenn er selbst ein Kind hätte!«

»Hat der Prinz denn eins?« fragte sie.

»Nein«, antwortete er, »er hat eben leider keins. Aber er lebt ja noch. Kann noch eins zeugen –«

Ihr Atem flog, ihre Brust hob sich rasch. »Ich begreife –« rief sie, »ich soll ein Kind von dem Prinzen bekommen.«

»Das ist es!« sagte er. »Willst du's?«

Und sie schrie: »Ja, ich will!« Sie warf sich zurück in den Sessel, streckte die Beine lang von sich, öffnete weit die Arme. Eine schwere rote Locke löste sich, fiel hinab auf den Nacken. Dann sprang sie auf, leerte wieder ihr Glas. »Heiß ist's hier«, sagte sie. »Sehr heiß!« – Sie riß ihre Bluse auf, fächelte sich mit dem Taschentuche. Hielt ihm dann ihr Glas hin. »Hast du noch was? Komm, wir wollen auf den Prinzen trinken!«

Die Gläser stießen zusammen. »Eine nette Räubergeschichte erzählst du da«, zischte der Geheimrat seinem Neffen zu. »Ich bin neugierig, wie du wieder heraus willst.«

»Hab keine Angst, Ohm Jakob«, gab er zurück, »es kommt noch so ein Kapitel.« Wandte sich dann wieder zu der roten Dirne. »Also, das ist abgemacht, Alma, du hilfst uns. Aber nun ist noch ein Haken dabei, den ich dir erklären muß. Der Baron sitzt, wie du weißt –«

Sie unterbrach ihn: »Der Baron –? Ich denke, es ist ein Prinz?«

»Natürlich ist er ein Prinz«, verbesserte Frank Braun. »Aber wenn er inkognito ist, nennt er sich nur Baron – das ist so Mode bei den Prinzen. Also, Seine Hoheit der Prinz –«

Sie flüsterte: »Ist er Hoheit?«

»Jawohl«, rief er. »Kaiserliche und Königliche Hoheit! Aber du mußt schwören, daß du nicht drüber redest – zu keinem Menschen. – Also der Prinz schmachtet nun im Kerker und wird aufs allerstrengste bewacht. Kein Mensch darf zu ihm, nur sein Rechtsanwalt. Es ist also ganz unmöglich, daß er noch einmal mit einer Frau zusammen sein könnte, ehe sein letztes Stündlein naht.«

»Ah!« seufzte sie. Ihr Interesse für den unglücklichen Prinzen war sichtlich gemindert.

Aber Frank Braun achtete es nicht. »Da« – deklamierte er unbeirrt mit vollklingendem Pathos – »in seines Herzens schrecklicher Not, in seiner furchtbaren Verzweiflung und seinem unstillbaren Durste nach Rache gedachte er plötzlich an die seltsamen Versuche Seiner Exzellenz des Wirklichen Geheimen Rates Professor Doktor ten Brinken, dieser strahlenden Leuchte der Wissenschaft. Der junge, schöne Prinz, der nun in seines Lebens Lenz der Welt Valet sagen muß, erinnerte sich noch gut aus seiner goldenen Knabenzeit des gütigen alten Herrn, der ihn pflegte, als er den Keuchhusten hatte, und der ihm damals mehrmals Bonbons geschenkt hatte. – Da sitzt er, Alma, sehen Sie ihn sich an: das Werkzeug der Rache des unglücklichen Prinzen!« Und er wies mit einer großartigen Gebärde auf seinen Onkel.

»Dieser würdige Herr da«, sprach er weiter, »ist seiner Zeit um einige Meilen vorausgegangen. – Wie Kinder zur Welt kommen, weißt du, Alma, und du weißt auch, wie sie gemacht werden. Aber du kennst nicht das Geheimnis, das dieser Wohltäter der Menschheit entdeckte: Kinder zu zeugen, ohne daß Vater und Mutter sich überhaupt nur sehen. Der edle Prinz wird ruhig weiter in seinem Kerker klagen – oder auch schon im kühlen Grabe ruhen, während du, Mädchen, unter der gütigen Hilfe dieses alten Herrn und unter der sachkundigen Assistenz des braven Doktor Petersen zur Mutter seines Kindes wirst.«

Alma starrte zu dem Geheimrat hinüber – dieses plötzliche Quiproquo, dieses unheimliche Vertauschen eines schönen, edlen, todgeweihten jungen Prinzen gegen einen alten und sehr häßlichen Professor gefiel ihr gar nicht.

Frank Braun bemerkte es wohl, begann eine neue Suada, um ihre Bedenken zu ersticken. »Das Prinzenkind, Alma, dein Kind – muß natürlich in äußerster Verborgenheit zur Welt kommen. Und muß streng verborgen bleiben, bis es herangewachsen ist, um es vor den Nachstellungen und Intrigen der bösen Familie zu schützen. Es ist natürlich auch ein Prinz – wie der Vater!«

»Mein Kind wird ein – Prinz!?« flüsterte sie.

»Ja, natürlich!« bestätigte er. »Oder vielleicht eine Prinzeß, das kann man nicht wissen. Es wird Schlösser haben und große Güter und viele Millionen Geld. – Aber du darfst dem Kind später keine Steine in seinen Weg legen, darfst ihm dich nicht aufdrängen wollen und es kompromittieren.«

Das saß; die dicken Tränen liefen ihr über die Wangen. Oh, sie fühlte sich schon in ihrer Rolle, empfand jetzt schon dieses stille, schmerzhafte Entsagen für das geliebte Kind. – Sie war eine Dirne – aber ihr Kind war ein Prinz! Wie durfte sie ihm nahen? O sie wollte schweigen und dulden und ertragen – nur beten für ihr Kind. Nie sollte es wissen – wer seine Mutter war –

Ein heftiges Schluchzen ergriff sie, schüttelte ihren Leib. Sie warf sich über den Tisch, vergrub den Kopf in die Arme, weinte bitterlich.

Liebkosend, zärtlich fast, ließ er seine Hand über ihren Nacken gleiten, streichelte ihre wilden, aufgelösten Locken. Er schmeckte wohl das Zuckerwasser der sentimentalen Limonade, die er selbst gemischt. Und nahm sie doch ernst in diesem Augenblick. »Magdalena«, flüsterte er. »Magdalena –«

Sie richtete sich auf, streckte ihm die Hand entgegen. »Ich – verspreche es Ihnen – daß ich mich nie aufdrängen will, nie wieder etwas von mir sehen und hören lasse. – Aber – aber –«

»Was denn, Mädchen?« fragte er leise.

Sie faßte seinen Arm, fiel vor ihm auf die Knie, schlug laut aufschlagend ihr Haupt in seinen Schoß.

»Nur eines – nur eines!« rief sie. »Darf ich es nicht manchmal sehen? Nur von weitem – oh, nur ganz aus der Ferne –?«

»Bist du nun endlich fertig mit deiner kitschigen Komödie?« warf ihm der Geheimrat zu.

Frank Braun sah ihn wild an – gerade weil er genau fühlte, wie recht sein Onkel hatte, gerade darum empörte sich sein Blut. Er zischte hinüber: »Schweig, alter Narr! – Siehst du denn nicht, wie schön das ist?« Und er beugte sich hinab zu der Dirne. »Doch, Mädchen, du sollst ihn sehen, deinen jungen Prinzen. Ich werde dich mitnehmen, wenn er einst ausreitet vor seinen Husaren. Oder ins Theater, wenn er oben in der Loge sitzt – da sollst du ihn sehn –«

Sie antwortete nicht, aber sie preßte seine Hände und mischte Küsse in ihre Tränen.

Dann richtete er sie langsam auf, setzte sie behutsam nieder, gab ihr wieder zu trinken. – Ein großes Glas voll, das zur Hälfte Kognak enthielt.

»Willst du also?« fragte er.

»Ja«, sagte sie leise, »ich will. – Was soll ich tun?«

Er besann sich einen Augenblick. »Zuerst – zuerst – wollen wir einen kleinen Vertrag aufsetzen.« Er wandte sich an den Assistenzarzt. »Haben Sie Papier da, Doktor? Und eine Füllfeder? – Gut! So schreiben Sie. Schreiben Sie alles gleich zweimal, wenn's beliebt.«

Er diktierte. Sagte, daß die Unterzeichnete für den Versuch, den Seine Exzellenz ten Brinken zu machen beabsichtige, sich freiwillig zur Verfügung stelle. Daß sie fest verspreche, allen Anordnungen dieses Herrn pünktlich Folge zu leisten. Daß sie weiter, nach der Geburt, allen Ansprüchen auf das Kind völlig entsage.

Dafür verpflichte sich Seine Exzellenz sogleich fünfzehntausend Mark in ein Sparkassenbuch auf den Namen der Unterzeichneten einzuzahlen und ihr dieses Buch nach der Entbindung zu übergeben. Er verpflichte sich ferner, bis zu diesem Zeitpunkte für ihren Unterhalt alle Kosten zu tragen, ihr dazu ein monatliches Taschengeld von hundert Mark bis dahin zu gewähren.

Er nahm das Blatt, las es noch einmal laut vor. »Es steht ja nichts von dem Prinzen darin?« sagte sie.

»Natürlich nicht«, erklärte er, »kein Wort. Das muß strengstes Geheimnis bleiben.«

Das sah sie wohl ein. Aber da war noch etwas, das sie beunruhigte. »Warum –« fragte sie, »warum nehmt ihr gerade mich? Für den armen Prinzen würden doch gewiß alle Frauen gern tun, was sie könnten.«

Er zögerte. Diese Frage kam ihm ein wenig unerwartet. Aber er fand eine Antwort. »Ja, weißt du«, begann er, »das ist – so: – Des Prinzen Jugendliebe nämlich war eine wunderschöne Gräfin. Er liebte sie, mit all der Glut, mit der nur ein echter Prinz zu lieben imstande ist. Und sie liebte den schönen, edlen Jüngling nicht weniger. Aber sie starb.«

»Woran starb sie?« warf Alma dazwischen.

»Sie starb an – an den Masern. – Und diese schöne Geliebte des edlen Prinzen nun hatte gerade so goldrote Locken wie du. Sah überhaupt genau so aus wie du. – Das ist nun des Prinzen letzter Herzenswunsch, daß die Mutter seines Kindes Ähnlichkeit haben möchte mit der Geliebten seiner Jugend. Er gab uns ihr Bild mit, beschrieb sie uns genau: so suchten wir in ganz Europa herum, aber wir fanden die Rechte nicht. – Bis wir heute abend dich sahen.«

Sie lachte geschmeichelt. »Seh ich der schönen Gräfin wirklich so ähnlich?«

»Wie zwei Sternschnuppen!« rief er. »Ihr hättet Schwestern sein können. – Übrigens werden wir dich photographieren lassen; wie wird sich der Prinz freuen, wenn er dein Bild sieht!«

Er reichte ihr die Feder hin. »So, Kind, nun unterschreib!«

Sie nahm das Blatt und setzte an. »Al–« schrieb sie. Sie unterbrach sich. »Da ist ein dickes Haar in der Feder.« Sie nahm die Serviette und reinigte die Feder damit.

»Verflucht –« murmelte Frank Braun, »da fällt mir ein, sie ist ja noch nicht majorenn. Eigentlich müßten wir auch des Vaters Unterschrift haben. – Ach was – für den Vertrag da wird's genügen. – Schreib nur!« rief er laut. – »Wie ist übrigens deines Vaters Name?«

Sie sagte: »Mein Vater ist der Bäckermeister Raune in Halberstadt.«

Und sie schrieb, mit steilen unbeholfenen Zügen ihres Vaters Namen.

Frank Braun nahm ihr das Blatt aus der Hand. Ließ es sinken und hob es wieder hoch. Starrte es an.

»Bei allen Heiligen!« rief er laut. »Das – das ist – –«

»Nun, was gibt es, Herr Doktor?« fragte der Assistenzarzt.

Er reichte ihm den Vertrag herüber. »Da – da – sehen Sie sich die Unterschrift an.«

Dr. Petersen blickte auf den Bogen. »Nun?« fragte er verwundert. »Was soll's? Ich finde nichts Merkwürdiges dabei.«

»Nein, nein, natürlich nicht, Sie nicht!« rief Frank Braun. »Geben Sie den Kontrakt dem Geheimrat. So – nun lies, Ohm Jakob!«

Der Professor betrachtete die Unterschrift. Das Mädchen hatte vergessen, ihren Vornamen zu Ende zu schreiben: *Al Raune* stand auf dem Blatt.

»Allerdings – ein merkwürdiger Zufall«, sagte der Professor. Er faltete den Bogen sorgfältig zusammen und steckte ihn in die Brusttasche.

Aber sein Neffe rief: »Ein Zufall? – Gut – meinetwegen ein Zufall. – Alles was merkwürdig ist und geheimnisvoll – ist ja ein Zufall für euch!« Er schellte dem Kellner. »Wein, Wein!« schrie er. »Gebt mir zu trinken. – Alma Raune – *Al Raune* auf dein Wohl!«

Er setzte sich auf den Tisch, lehnte sich hinüber, dem Geheimrat zu.

»Erinnerst du dich, Ohm Jakob, des alten Kommerzienrates Brunner aus Köln? Und seines Sohnes, den er Marco nannte? Er war mit mir zusammen auf einer Schulklasse, obwohl er ein paar Jahre älter war. Das war ein Witz, daß ihn der Vater Marco nannte, so daß sein Junge nun als Marco Brunner durchs Leben lief! – Nun kommt der Zufall. Der alte Kommerzienrat ist der nüchternste Mensch auf der Welt und so ist seine Frau, so sind alle seine Kinder. – Ich glaube, in ihrem Hause am Neumarkt wurde nie etwas getrunken, als Wasser und Milch, Tee und Kaffee. – Aber der Marco trank. Trank schon, als er noch Sekundaner war – oft genug brachten wir ihn betrunken nach Hause. Dann wurde er Fähnrich, auch Leutnant – da war's aus. Er trank, trank immer mehr, machte Dummheiten und wurde weggejagt. Dreimal hat ihn der Alte in Entziehungsanstalten gebracht und dreimal kam er heraus und war in wenigen Wochen ein noch schlimmerer Säufer wie jemals. Und nun kommt der weitere Zufall: er, Marco Brunner, trank – Marcobrunner. Das wurde seine fixe Idee, er lief in alle Weinhäuser der Stadt, suchte seine Marke, reiste herum am Rhein, trank auf, was er fand von seinem Weine. Er konnte sich's leisten, da er sein eignes Vermögen hatte von der Großmutter her. ›Hallo!‹ schreit er im Delirium. ›Marcobrunner wird Marco

Brunner vertilgen! Warum? Weil Marco Brunner Marcobrunner vertilgt!‹ Und die Leute lachten über seinen Witz. – Alles ein Witz, alles ein Zufall – wie das ganze Leben ein Witz und ein Zufall ist! – Ich weiß aber, daß der alte Kommerzienrat viele Hunderttausende drum geben möchte, wenn er nie diesen Witz gemacht hätte – weiß auch, daß er's sich nie verzeihen wird, daß er seinen armen Jungen Marco nannte und nicht Hans oder Peter. – Trotzdem – es ist ein Zufall, ein sehr närrischer grotesker Zufall – wie dies Geschreibsel des Prinzenbräutchens.«

Das Mädchen war aufgestanden, hielt sich trunken mit der Hand am Stuhle. »Ein Prinzenbräutchen –« lallte sie. »Holt mir den Prinzen ins Bett!«

Sie nahm die Kognakflasche, goß ihr Glas hoch voll. »Den Prinz will ich, hört ihr nicht? Auf dein Wohl, zuckersüßer Prinz.«

»Er ist leider nicht da!« sagte Dr. Petersen.

»Nicht da?« lachte sie. »Nicht da? So soll es ein anderer sein! Du – oder du – oder du, Alterchen! Einerlei – irgendein Mann!« Sie riß ihre Bluse herunter, streifte die Röcke ab, löste das Mieder, warf es krachend gegen den Spiegel. »Einen Mann will ich – kommt doch alle drei! Holt herein von der Straße, wen ihr wollt!«

Das Hemd glitt herab, nackt stand sie vor dem Spiegel, preßte mit beiden Händen ihre Brüste hoch. »Wer will mich?« rief sie laut. »Hereinspaziert – alle zusammen! Kost' keinen Pfennig heute, weil Festtag ist – für Kinder und Soldaten die Hälfte.« Sie breitete die Arme aus, umarmte die Luft. »Soldaten –« schrie sie, »Soldaten – ein ganzes Regiment will ich haben.«

»Schäm dich«, sagte Dr. Petersen, »paßt das für eine Prinzenbraut?« – Aber gierig hingen seine Blicke an ihren starken Brüsten.

Sie lachte. »Ach was – Prinz oder nicht Prinz! Jeder, der will, soll mich haben! Meine Kinder sind Hurenkinder – die kann ein jeder machen – Bettler und Prinz!«

Ihr Leib hob sich, ihre Brüste reckten sich den Männern zu. Heiße Lust jauchzte ihr weißes Fleisch, geile Gier strömte ihr Blut durch die blauen Adern. Und ihre Blicke und ihre bebenden Lippen, und ihre verlangenden Arme und fordernden Beine und ihre Hüften und Brüste schrien die wilde Sehnsucht: Empfangen – empfangen! Keine Dirne mehr schien sie – war, aller Hüllen entblößt, frei aller Fesseln, des Weibes letztes, gewaltiges Urbild: nur Geschlecht vom Scheitel zur Sohle.

»Oh, sie ist die Rechte!« flüsterte Frank Braun. »Mutter Erde – die Mutter Erde –«

Ein rasches Zittern überfiel sie. Ihre Haut fröstelte. Die Füße schwer schleppend schwankte sie auf das Sofa zu.

»Ich weiß nicht recht, was mir ist«, murmelte sie, »das dreht sich alles!«

»Hast einen Schwips«, sagte der Referendar rasch. »Da trink und dann schlaf dich aus.« Er führte ihr wieder ein volles Glas Kognak zum Munde.

»Ja – schlafen möcht ich –« stotterte sie. »Schlafst mit mir, Junge?«

Sie warf sich lang auf das Sofa, streckte beide Beine in die Luft. Lachte hell auf, schluchzte dann laut. Weinte endlich still vor sich hin, warf sich auf die Seite, schloß die Augen.

Frank Braun schob der Schlafenden ein großes Kissen unter den Kopf, deckte sie zu. Er bestellte Kaffee, ging ans Fenster und öffnete es weit. Aber er schloß es wieder im Augenblick, als der junge Morgen hell hereinbrach.

Er wandte sich um: »Nun, meine Herren, sind Sie zufrieden mit diesem Objekt?«

Dr. Petersen sah die Dirne an mit bewundernden Blicken. »Ich glaube, sie wird sich sehr gut eignen«, meinte er. »Wollen Exzellenz gütigst die Hüften betrachten – sie ist wie prädestiniert für eine tadellose Geburt.«

Der Kellner kam und brachte den Kaffee. Frank Braun befahl ihm: »Telephonieren Sie zur nächsten Unfallstation. – Man soll eine Tragbahre herschicken. – Die Dame ist recht krank geworden.«

Der Geheimrat sah ihn erstaunt an: »Was soll das?«

»Das soll heißen –« lachte sein Neffe, »daß ich Nägel mit Köpfen mache, Ohm Jakob. Soll heißen, daß ich für dich denke, und, wie mich deucht, gescheiter als du. Bildest du dir denn ein, daß dies Mädchen, wenn es wieder nüchtern ist, auch nur einen Schritt mit dir gehen würde? – Solange ich sie trunken mache, mit Worten und mit Wein, immer wieder von neuem, so lange mag's am Ende gehen. Aber euch beiden Helden läuft sie an der nächsten Straßenecke davon, trotz allem Geld und allen Prinzen der Welt! – Und darum heißt es jetzt zufassen. Sie, Dr. Petersen, werden, wenn die Bahre kommt, das Mädchen sofort zum Bahnhof schaffen lassen. Der Frühzug geht, wenn ich nicht irre, um sechs Uhr, den werden Sie benutzen. Sie werden ein ganzes Coupé nehmen und Ihre Patientin dort hinbetten. Ich denke, sie wird nicht aufwachen, sollte sie es doch tun, so geben Sie ihr etwas Kognak. Sie mögen ja ein paar Morphiumtropfen noch hineintun. Auf diese Weise werden Sie am Abende bequem in Bonn sein – mit Ihrer Beute. Telegraphieren Sie, daß die Equipage des Geheimrats Sie am Bahnhof erwartet, schaffen Sie das Mädchen in den Wagen und bringen Sie sie zu Ihrer Klinik. – Ist sie einmal dort, wird sie nicht so leicht wieder loskommen – dazu haben Sie ja Ihre Mittel und Wege.«

»Aber, verzeihen Sie, Herr Doktor«, wandte der Assistenzarzt ein, »das sieht ja beinahe so aus, wie eine gewaltsame Entführung.«

»Ist es auch.« nickte der Referendar. »Übrigens ist ja Ihr bürgerliches Gewissen salviert: Sie haben den Kontrakt! – Und nun reden Sie nicht lange herum – tun Sie, was man Ihnen sagt.«

Dr. Petersen wandte sich an seinen Chef, der schweigend und brütend mitten im Zimmer stand. Ob er erste Klasse nehmen könne? Und welches Zimmer man dem Mädchen einräumen solle? Ob es nicht zu empfehlen sei, noch einen besonderen Wärter zu nehmen? Und ob –

Währenddessen trat Frank Braun zu der schlafenden Dirne. »Schönes Mädchen«, murmelte er. »Wie brennende Goldnattern kriechen deine Locken.« Er zog einen schmalen Goldreif vom Finger, der eine kleine Perle trug. Nahm ihre Hand und streifte ihn an. »Da nimm: Emmy Steenhop gab mir den Ring, als mich ihr Blütenzauber vergiftete. Sie war schön und stark und war wie du eine seltene Dirne! – Schlafe, Kind, träume von deinem Prinzen und deinem Prinzenkind!« Er beugte sich und küßte leicht ihre Stirn –

– Die Träger kamen mit der Krankenbahre. Sie betteten die schlafende Dirne, zogen sie notdürftig an, deckten sie warm zu mit wollenen Decken, trugen sie hinaus. ›Wie eine Leiche‹, dachte Frank Braun.

Dr. Petersen verabschiedete sich, ging ihnen nach.

Nun waren die beiden allein.

Einige Minuten verstrichen, keiner von ihnen sprach. Dann ging der Geheimrat auf seinen Neffen zu.

»Ich danke dir«, sagte er trocken.

»Durchaus keine Ursache«, erwiderte der Neffe. »Ich tat's nur, weil mir's selbst Spaß machte und mir eine kleine Abwechslung war. Ich müßte lügen, wenn ich sagen wollte, daß ich es für dich tat.«

Der Geheimrat blieb dicht vor ihm stehen, drehte seine Daumen übereinander. »Das dachte ich mir wohl. Übrigens möchte ich dir noch eine Mitteilung machen, die dich interessieren dürfte. Mir ist da vorhin, als du von dem Prinzenkind schwatztest, ein Gedanke gekommen. Ich werde, wenn das Kind zur Welt kommen sollte, es adoptieren.« Er lächelte schleimig: »Du siehst, lieber Neffe, daß deine Theorie nicht so ganz unrecht war: dies kleine Alraunwesen nimmt dir, ehe es noch gezeugt ist, schon ein hübsches Vermögen weg. Ich werde es zum Erben einsetzen. Ich sage dir das nur, um dich vor unnützen Illusionen zu bewahren.«

Frank Braun fühlte den Hieb; er blickte seinem Onkel offen ins Auge. »Ist gut, Ohm Jakob«, sagte er ruhig. »Es wäre wohl über kurz oder lang doch so gekommen, daß du mich enterbt hättest, nicht wahr?«

Aber der Geheimrat hielt seinen Blick aus, antwortete nicht.

Da fuhr der Referendar fort: »Nun, dann wäre es vielleicht gut, wenn wir die Stunde benutzen würden, um unsere Rechnung miteinander abzumachen. – Ich habe dich oft geärgert und gekränkt – dafür hast du mich enterbt: so sind wir quitt. Aber du wirst zugeben: den Gedanken da – hast du von mir. Und daß du ihn nun ausführen kannst, hast du auch mir zu verdanken. Nun gut – dafür bist du mir wohl eine kleine Erkenntlichkeit schuldig. Ich habe Schulden –«

Der Professor horchte auf. Ein rasches Grinsen huschte über sein Gesicht. »Wieviel?« fragte er.

Frank Braun antwortete: »– Nun – es geht! Einige zwanzig Mille mögen es wohl sein.«

Er wartete, aber der Geheimrat ließ ihn ruhig warten.

»Nun?« fragte er ungeduldig.

Da sagte der Alte: »Wieso – nun? Du glaubst doch nicht im Ernst, daß ich dir diese Schulden bezahlen würde?«

Frank Braun starrte ihn an, das heiße Blut schoß ihm in die Schläfen. Aber er bezwang sich. »Ohm Jakob«, sagte er und seine Stimme zitterte, »ich würde dich nicht bitten, wenn ich es nicht müßte. Einige meiner Schulden sind dringend, sehr dringend sogar. Es sind Spielschulden dabei, Ehrenscheine.«

Der Professor zuckte die Achseln: »Du hättest eben nicht spielen sollen –«

»Das weiß ich recht gut«, antwortete sein Neffe. Noch immer hielt er an sich, mit Aufbietung all seiner Nerven. »Gewiß hätte ich es nicht tun sollen. Aber nun tat ich's – und nun muß ich zahlen. Noch etwas – ich kann meiner Mutter nicht mehr kommen mit diesen Sachen. Du weißt so gut wie ich, daß sie mehr für mich tut, als sie kann; dazu hat sie erst – unlängst – meine Affären geregelt. Zudem ist sie jetzt krank – – kurz, ich kann es nicht tun und ich tu's nicht.«

Der Geheimrat lächelte, bittersüß: »Das tut mir ja sehr leid für deine arme Mutter, aber es kann mich durchaus nicht bewegen, meinen Entschluß zu ändern.«

»Ohm Jakob!« rief er, außer sich über diese kalte höhnische Maske. »Ohm Jakob, du weißt nicht was du tust. Ich bin auf der Festung ein paar Mitgefangenen einige Tausende schuldig und ich muß sie bezahlen zum Ende der Woche. Ich habe weiter eine Reihe jämmerlicher Schulden an kleine Leute, die mir geborgt haben auf mein gutes Gesicht hin – ich kann sie nicht betrügen. Ich habe auch den Kommandanten angepumpt, um hierher reisen zu können –«

»Den auch?« unterbrach ihn der Professor.

»Ja, den auch!« wiederholte er. »Ich habe ihm vorgelogen, daß du sterbenskrank seiest und ich dir nahe sein müßte in deiner letzten Stunde. Daraufhin gab er mir die Lappen.«

Der Geheimrat wiegte den Kopf hin und her. »So – das hast du ihm erzählt? – Du bist ja ein wahres Genie im Pumpen und im Schwindeln. – Das muß nun endlich ein Ende haben.«

»Heilige Jungfrau!« schrie der Neffe. »So nimm doch Vernunft an, Ohm Jakob! Ich muß das Geld haben – ich bin verloren, wenn du mir nicht hilfst.«

Da sagte der Geheimrat: »Nun – der Unterschied scheint mir nicht eben groß zu sein. Verloren bist du ohnehin – ein anständiger Mensch wird nie aus dir werden.«

Frank Braun griff sich mit beiden Händen an den Kopf. »Und das sagst du mir, Onkel, du?«

»Gewiß«, erklärte der Professor. »Wofür hast du denn dein Geld weggeworfen? – Immer nur auf die lumpigste Art und Weise.«

Da warf er ihm ins Gesicht: »Mag sein, Onkel – Aber nie hab ich Geld eingesteckt auf die lumpigste Weise – wie du.«

Er schrie und es schien ihm, als ob er eine Reitpeitsche schwinge und sie niedersausen lasse, mitten in des Alten häßliches Gesicht. Er fühlte, wie sein Hieb traf – aber er fühlte auch, wie er durchschnitt, rasch, ohne Widerstand, wie durch Schaum, wie durch klebrigen Schleim –

Ruhig, fast freundlich, erwiderte ihm der Geheimrat: »Ich sehe, daß du noch recht dumm bist, mein Junge. – Erlaube deinem alten Onkel, dir einen guten Rat zu geben, vielleicht wird er dir einmal nützen im Leben. Wenn man etwas will von den Leuten, so muß man schon eingehen auf ihre kleinen Schwächen, merk dir das. Ich gebrauchte dich heute: du wirst mir zugeben, daß ich darum manches einsteckte, das du mir hinwarfst. Aber du siehst, daß es half. Nun habe ich, was ich von dir wollte. Jetzt ist es anders – du kommst, um mich zu bitten, aber du denkst nicht daran, den unteren Weg zu gehen. – Nicht, lieber Neffe, daß ich glaubte, daß es dir etwas genützt hätte – bei mir. O nein! – Aber vielleicht wird es dir bei andern einmal nützen – dann wirst du mir dankbar sein für den guten Rat.«

Frank Braun sagte: »Onkel, ich ging den unteren Weg. Tat es – zum erstenmal im Leben; tat es, als ich dich bat – so bat, wie es geschah. – Und – ich werde ihn nie wieder gehen. Was willst du denn – soll ich mich noch mehr – demütigen vor dir? – Komm, laß es nun genug sein – gib mir das Geld.«

Da sprach der Geheimrat: »Ich will dir einen Vorschlag machen, Neffe. Versprichst du mir, ruhig zuzuhören? Nicht wieder aufzubrausen, was es auch sein möge?«

Er sagte fest: »Ja, Ohm Jakob.«

»So höre. – Du sollst das Geld haben, das nötig ist, dich zu rangieren. Sollst auch mehr haben – wir werden einig werden über die Summe. Aber ich gebrauche dich – gebrauche dich zu Hause. Ich werde es durchsetzen, daß du dorthin versetzt wirst, auch daß dir der Rest deiner Festungshaft geschenkt wird.«

»Warum nicht?« antwortete Frank Braun. »Es ist mir völlig gleich, ob ich hier bin oder dort. Wie lang soll's dauern?«

»Ein Jahr etwa. Nicht einmal ganz so lange«, antwortete der Professor.

»Einverstanden«, sagte der Referendar. »Was hab ich zu tun?«

»Ah, nicht viel«, erwiderte der Alte. »Auch ist's eine kleine Nebenbeschäftigung, die du gewohnt bist und die dir nicht schwerfällt!«

»Was also?« drängte er.

»Sieh, mein Junge«, fuhr der Geheimrat fort, »ich werde eine kleine Hilfe gebrauchen, für dieses Mädchen, das du mir da angeschafft hast. Du hast ganz recht: sie wird uns fortlaufen. Sie wird sich unsäglich langweilen in der Zeit des Wartens und gewiß versuchen, sie abzukürzen auf ihre Weise. Nun aber überschätzt du unsere Mittel, sie halten zu können. Das geht natürlich sehr gut und bequem in jeder Privatirrenanstalt, in der man einen Menschen viel sicherer bewachen kann, als im Zuchthaus oder Gefängnis. Leider sind wir aber gar nicht darauf eingerichtet. Ich kann sie doch nicht in das Terrarium sperren mit den Fröschen, oder in die Käfige zu den Affen oder Meerschweinchen, nicht wahr?«

»Gewiß nicht, Onkel«, sagte der Referendar. »Du mußt etwas anderes finden.«

Der Alte nickte: »Ich habe gefunden, was nötig ist. Wir müssen etwas haben, das sie festhält. Nun scheint mir aber mein Doktor Petersen nicht die geeignete Persönlichkeit zu sein, um auf längere Zeit ihr Interesse zu fesseln, ich meine, er wird ihr kaum für eine Nacht genügen. Ein Mann aber muß es wohl sein: ich habe daher an dich gedacht –«

Frank Braun preßte die Stuhllehne, als wollte er sie zerbrechen. Sein Atem ging tief. »An mich –« wiederholte er.

»Ja, an dich«, fuhr der Geheimrat fort. »Es scheint das eines der wenigen Dinge zu sein, zu denen du zu gebrauchen bist. Du wirst sie halten können. Wirst ihr immer von neuem irgendeinen Blödsinn vorerzählen – da hat deine Phantasie endlich einmal einen vernünftigen Zweck. Und in Ermangelung ihres Prinzen wird sie sich in dich verlieben – du wirst also auch ihre sinnlichen Bedürfnisse befriedigen können. Wenn ihr das nicht genügt, so hast du ja gewiß Freunde und Bekannte genug, die sehr gern die Gelegenheit wahrnehmen werden, einmal auf ein paar Stunden mit so einem hübschen Geschöpf zusammen zu sein.«

Der Referendar keuchte, seine Stimme klang heiser. »Onkel«, sprach er, »weißt du, was du verlangst? Ich soll der Geliebte dieser Dirne werden, während sie des Mörders Kind trägt? Soll dazu ihr Zuträger sein, soll sie jeden Tag neu verkuppeln – ich soll –«

»Gewiß«, unterbrach ihn der Professor ruhig. »Ich weiß es recht gut. Es scheint das einzige zu sein auf dieser Welt, wozu du gut bist, mein Junge.«

Er antwortete nicht. Er fühlte diese Streiche, fühlte, wie seine Wangen tiefrot wurden, wie seine Schläfen heiß glühten. Es war ihm, als brännten quer durch sein Gesicht diese langen Striemen, die des Onkels scharfe Peitsche schlug. Und er empfand es gut: o ja, der Alte hatte seine Rache.

Der Geheimrat merkte es wohl, ein zufriedenes, triefendes Grinsen legte sich breit über seine hängenden Züge. »Überleg es dir in aller Ruhe, Junge«, sagte er langsam. »Wir brauchen uns ja nichts vorzumachen, wir beide, du und ich. Können die Dinge beim rechten Namen nennen: ich will dich engagieren als – Zuhälter für diese Dirne.«

Frank Braun fühlte: nun liegst du am Boden. Hilflos, völlig wehrlos, elend nackt. Kannst dich nicht rühren. Und der häßliche Alte tritt dich mit schmutzigem Fuß, speit in deine klaffenden Wunden seinen giftigen Speichel –

Kein Wort fand er. Er wankte, taumelte. Irgendwie kam er die Treppe hinab. Stand auf der Straße, starrte in die helle Morgensonne.

Er wußte kaum, daß er ging. Hatte das Empfinden, daß er daläge, lang in der schmutzigen Gosse, niedergeworfen durch einen dumpfen, furchtbaren Schlag auf den Kopf –

Was es war, wußte er kaum mehr. Er schlich durch die Straßen, kroch dahin durch Jahrhunderte. Blieb stehn vor einer Litfaßsäule, las die Theateranzeigen, die Plakate. Aber er sah auf Worte – verstand nichts.

Dann fand er sich am Bahnhofe. Er ging an den Schalter, verlangte ein Billett.

»Wohin?« fragte der Beamte.

Wohin? – Ja – wohin denn? Und er war erstaunt, wie er seine eigene Stimme hörte: »Coblenz.«

Er suchte aus allen Taschen das Geld zusammen.

»Dritter Klasse«, rief er. Dazu langte es noch.

Er stieg die Treppe hinauf zum Perron, da erst bemerkte er, daß er ohne Hut war. – Er setzte sich auf eine Bank und wartete.

Dann sah er, wie sie eine Bahre hinauftrugen, sah hinter ihr Dr. Petersen kommen. Er rührte sich nicht von seinem Platze, es war ihm, als ob das alles gar nichts zu tun habe mit ihm. Er sah, wie der Zug einlief, beobachtete, wie der Arzt ein Abteil erster Klasse öffnen ließ, wie die Träger vorsichtig die Last hineinhoben.

Und, hinten am letzten Ende des Zuges, stieg er ein.

Irgendein Lachen krampfte sich in seine Kinnbacken. »So ist es recht –«, dachte er. »Dritte Klasse – das paßt für den Knecht, für den – Zuhälter.«

Aber er vergaß es wieder, wie er dasaß auf der harten Bank. Drückte sich eng in seine Ecke, starrte auf den Fußboden.

Und dieser dumpfe Druck wich nicht von seinem Kopf. Er hörte den Namen der Stationen rufen; manchmal schien es ihm, als ob drei, vier, gleich hintereinander kämen, als ob dieser Zug dahinsause, wie der Funke durch die Drähte da zur Seite. Und dann wieder lag eine Ewigkeit zwischen einer Stadt und der andern –

In Köln mußte er umsteigen, warten auf den Zug, der den Rhein hinauffuhr. Aber es deuchte ihn keine Unterbrechung, er merkte kaum den Unterschied, ob er dasaß auf der Bank oder im Zuge.

Dann war er in Coblenz, stieg aus, lief wieder durch die Straßen. Die Nacht brach herein, da besann er sich, daß er doch hinauf wollte auf die Festung. Und er ging über die Brücke, stieg im Dunkel den Fels hinauf, den schmalen Fußweg der Gefangenen, durch das Unterholz.

Plötzlich war er oben. Fand sich auf dem Kasernenhof, dann in seinem Zimmer, auf dem Bette sitzend.

Jemand kam den Gang entlang. Trat hinein ins Zimmer, die Kerze in der Hand. Es war der starke Marinearzt, Dr. Klaverjahn.

»Hallo!« rief er in der Tür. »Da hat also der Feldwebel doch recht gehabt! Schon zurück, Bruder? Na, komm gleich rüber – der Rittmeister hat die Bank.«

Frank Braun rührte sich nicht, hörte kaum, was der andere sprach. Da faßte ihn der an der Schulter, schüttelte ihn tüchtig. »Willst wohl schon einschlafen, Murmeltier? – Mach keine Dummheiten, komm mit!«

Frank Braun sprang auf, irgend etwas war da, das ihn hochriß. Er griff einen Stuhl, hob ihn, trat einen Schritt näher. »Geh hinaus«, zischte er, »geh hinaus, du Schuft!«

Dr. Klaverjahn sah ihn dicht vor sich stehn. Blickte in diese bleichen, verzerrten Züge, dieses stiere, drohende Auge. Es erwachte alles, was noch in ihm war von einem Arzt, ließ ihn im Augenblicke die Lage erkennen.

»Steht es so?« sagte er ruhig. – »Entschuldige bitte –« Dann ging er.

Frank Braun stand eine Weile, immer den Stuhl in der Hand. Ein kaltes Lachen hing um seine Lippen. Aber er dachte nichts, gar nichts.

Er hörte ein Klopfen an der Tür, hörte es wie in unendlicher Ferne. Dann schaute er auf – der kleine Fähnrich stand vor ihm.

»Bist du wieder da?« fragte er. »Was fehlt dir?« – Er erschrak, lief dann zurück, als der andere nicht antwortete, kam wieder mit einem Glas und einer Flasche Bordeaux. »Trink. Es wird dir guttun.«

Frank Braun trank. Er fühlte, wie ihm der Wein in die Pulse drang, fühlte, wie seine Beine zitterten, zusammenzubrechen drohten unter ihm. Er ließ sich schwer auf das Bett fallen.

Der Fähnrich stützte ihn. »Trink!« drängte er.

Aber Frank Braun winkte ab. »Nein, nein«, flüsterte er. »Es macht mich trunken.« Er lächelte schwach. »lch glaub nämlich – ich habe noch nichts gegessen heute –«

Ein Lärm drang herüber, ein lautes Lachen und Schreien.

»Was machen sie?« fragte er gleichgültig.

Der Fähnrich antwortete: »Sie spielen. Es sind zwei neue gekommen gestern.« Dann griff er in seine Tasche. »lcb habe übrigens ein Telegramm für dich angenommen, eine Gelddepesche mit hundert Mark. Sie kam heute abend. Da!«

Frank Braun nahm das Blatt, aber er mußte es zweimal lesen, ehe er es verstand.

Sein Onkel schickte ihm hundert Mark, ließ dabei melden:

»Bitte als Vorschuß zu betrachten.«

Er sprang auf mit einem Satz. Der Nebel riß, ein roter Blutregen ging nieder vor seinen Augen –

Vorschuß! Vorschuß? Für – ja für diese – Beschäftigung, die ihm der Alte anbot. Oh – dafür!

Der Fähnrich hielt ihm den Schein hin: »Hier ist das Geld.«

Er griff den Schein. Er fühlte, wie er ihm die Fingerspitzen verbrannte, und dieser Schmerz, den er rein physisch empfand, tat ihm fast wohl. Er schloß die Augen, ließ diese sengende Glut in die Finger steigen, in die Hand und hinauf in den Arm. Ließ sich versengen bis auf der Knochen Mark von diesem letzten, infamsten Schimpf –

»Gib her!« rief er. »Gib mir Wein!« Und er trank, trank, es schien ihm, als lösche der dunkle Wein alle zischenden Gluten.

»Was spielen sie?« fragte er. »Bac?«

»Nein«, sagte der Fähnrich. »Sie knobeln. Lustige Sieben.«

Frank Braun nahm seinen Arm. »Komm – wir wollen hinübergehen!«

Sie traten in das Kasino.

»Da bin ich!« schrie er. »Hundert Mark auf die Acht.« Und er warf seinen Schein auf den Tisch.

Der Rittmeister zog den Becher. Es war Sechs –

Fünftes Kapitel,
das vermeldet, wen sie zu ihrem Vater wählten, und wie der Tod Pate stand, als Alraune zum Leben kam

Dr. Karl Petersen brachte dem Geheimrat ein großes, hübsch gebundenes Buch, das er in dessen Auftrag hatte anfertigen lassen. Der rote Lederband zeigte in der linken Ecke oben das alte Wappen der Brinken; in der Mitte leuchteten die großen goldenen Lettern: A. T. B.

Die ersten Seiten waren frei; der Professor hatte sich selbst vorbehalten, hierhin die Vorgeschichte zu schreiben. So begann ein Abschnitt von Dr. Petersens Hand, der die kurze und einfache Lebensgeschichte der Mutter des Wesens enthielt, für dessen Leben dies Buch bestimmt war. Der Assistenzarzt hatte sich noch einmal der Dirne Lebenslauf erzählen lassen und dann gleich zu Papier gebracht. Sogar ihre Vorstrafen waren angegeben: Alma war bestraft zweimal wegen Vagabondage, fünf- oder sechsmal wegen Übertretung der ihrem Gewerbe auferlegten polizeilichen Vorschriften. Endlich auch einmal wegen Diebstahls – doch behauptete sie, in diesem Falle unschuldig zu sein: der Herr habe ihr die Brillantnadel geschenkt.

Weiter hatte Dr. Petersen auch den zweiten Abschnitt niedergeschrieben, der von dem präsumptiven Vater handelte, dem beschäftigungslosen Bergarbeiter Peter Weinand Noerrissen, im Namen des Königs zum Tode verurteilt durch das Urteil des Schwurgerichts. Die Staatsanwaltschaft hatte ihm in liebenswürdiger

Weise die Akten zur Verfügung gestellt; an deren Hand hatte er seine Auszüge machen können.

Danach schien der p. Noerrissen schon von Kindesbeinen an zu dem Schicksal vorbestimmt zu sein, das ihm werden sollte. Die Mutter war eine notorische Trinkerin, der Vater, ein Gelegenheitsarbeiter, häufig wegen Roheitsdelikten vorbestraft; einer seiner Brüder saß schon seit zehn Jahren aus gleichem Grunde im Zuchthaus. Peter Weinand Noerrissen selbst war nach Beendigung seiner Schulzeit zu einem Schmied in die Lehre getan worden, der ihm übrigens im Laufe der Verhandlung wegen seiner Geschicklichkeit und auch wegen seiner ungewöhnlichen Stärke ein recht gutes Zeugnis ausstellte. Trotzdem habe er ihn wegjagen müssen, da er sich nichts habe sagen lassen wollen, auch die weiblichen Hausgenossen stets belästigt habe. Er arbeitete dann in einer Reihe verschiedener Fabriken, kam endlich auf die Zeche Phönix im Ruhrgebiet, nachdem er vom Militärdienst infolge eines Geburtsfehlers befreit war: an der linken Hand fehlten ihm zwei Finger. Irgendeiner gewerkschaftlichen Bewegung schloß er sich nicht an, weder dem Alten Sozialistischen Verbande, noch den Christlichen, noch endlich den Hirsch-Dunkerschen – was sein Verteidiger im Plädoyer als ein für ihn sprechendes Moment eifrig auszuschlachten versuchte. Er wurde entlassen, als er bei einem Streit mit einem Obersteiger sein Messer zog und diesen ziemlich gefährlich verletzte; hierfür erhielt er auch seine erste Strafe – ein Jahr Gefängnis. Von seiner Entlassung an fehlten begründete Angaben fast vollständig, man war hier lediglich auf seine eigenen Aussagen angewiesen. Danach war er auf die Landstraße gekommen, hatte zweimal die Alpen überschritten und sich durchgeschlagen von Neapel bis Amsterdam. Gelegentlich hatte er auch gearbeitet, einige Male war er, meist wegen

Landstreicherei und kleiner Eigentumsdelikte, festgesetzt worden. Doch schien, so war wenigstens die Ansicht der Staatsanwaltschaft, wohl anzunehmen zu sein, daß er auch im Laufe dieser sieben bis acht Jahre einige größere Verbrechen auf dem Kerbholz hatte.

Die Tat, wegen der er nun verurteilt war, war in ihrer Entstehung nicht so ganz klar, namentlich blieb die Frage völlig offen, ob ein Raubmord oder ein Lustmord beabsichtigt war. Die Verteidigung suchte es so darzustellen, als ob der Angeklagte auf den Ellinger Rheinwiesen, als er in der Abenddämmerung die neunzehnjährige, gut gekleidete und sehr gut gewachsene Hausbesitzerstochter Anna Sibilla Trautwein habe kommen sehen, zunächst nur eine Notzucht habe begehen wollen. Daß er dann, während er das recht kräftige Mädchen zu vergewaltigen versuchte, lediglich, um ihrem wilden Geschrei ein Ende zu machen, zum Messer gegriffen und sie niedergeschlagen habe. Weiter die Ohnmächtige gewaltsam genommen, und ihr endlich, aus Furcht vor Entdeckung, ganz den Garaus gemacht habe. Wobei es dann natürlich gewesen sei, daß er, um die Mittel zur Flucht zu gewinnen, sie auch ihrer geringen Barmittel und wenigen Schmuckgegenstände beraubt habe. Dieser Darstellung stand allerdings der Befund der Leiche einigermaßen entgegen, der eine schreckliche Zerstückelung des Opfers durch zum Teil fast kunstgerechte Schnitte nachwies. Der Bericht endete damit, daß die Revision vom Reichsgericht zurückgewiesen sei, daß die Krone von dem ihr zustehenden Rechte der Begnadigung keinen Gebrauch gemacht habe und daß die Hinrichtung auf den morgigen Tag, frühmorgens um sechs Uhr festgesetzt sei. Zum Schlusse war noch gesagt, daß der Delinquent auf den ihm von Dr. Petersen vorgebrachten Wunsch bereitwillig eingegangen sei, nachdem er ihm dafür zwei Flaschen

Kornbranntwein, die er abends um acht Uhr erhalten solle, zugesagt habe.

Der Geheimrat beendete die Lektüre, gab dann das Buch zurück. »Der Vater ist billiger wie die Mutter!« lachte er. Er wandte sich an seinen Assistenzarzt. »Sie werden also der Hinrichtung beiwohnen. Vergessen Sie nicht, sich mit physiologischer Kochsalzlösung zu versehen, nicht wahr? Und beeilen Sie sich nach Möglichkeit – jede Minute ist kostbar. Besondere Anordnungen hier brauchen ja wohl kaum getroffen zu werden. Ich erwarte Sie morgen früh in der Klinik. Es ist nicht nötig, eine der Wärterinnen zu bemühen: die Fürstin wird uns assistieren.«

»Die Fürstin Wolkonski, Exzellenz?« fragte Dr. Petersen.

»Gewiß«, nickte der Professor. »Icb habe Grund, sie zu der kleinen Operation zuzuziehen – für die sie übrigens viel Interesse hat. Übrigens – wie benimmt sich unsere Patientin heute?«

Der Assistenzarzt sagte: »Ach, Exzellenz, es ist das alte Lied. Immer dasselbe seit den zwei Wochen, die sie nun hier ist. Sie weint und schreit und tobt – kurz, sie will hinaus. Heute hat sie wieder ein paar Waschschüsseln zerschlagen.«

»Haben Sie ihr nochmal ins Gewissen geredet?« fragte der Professor.

»Versucht hab ich's, aber sie ließ mich kaum zu Worte kommen«, antwortete Dr. Petersen. »Es ist ein Glück, daß wir morgen endlich so weit sind. – Wie wir es dann freilich anstellen wollen, sie so lange zu halten, bis das Kind zur Welt kommt, ist mir ein Rätsel.«

»Das Sie nicht zu lösen brauchen, Petersen.«

Der Geheimrat klopfte ihm wohlwollend auf die Schulter. »Da werden wir schon Mittel finden. – Tun Sie nur Ihre Pflicht.«

Und der Assistenzarzt sagte: »Darauf können sich Exzellenz fest verlassen.«

Die frühe Morgensonne küßte die Geisblattlaube des sauberen Gartens, in dem des Geheimrats weiße Frauenklinik lag. Schmeichelte leicht über bunte taufrische Dahlienbeete, liebkoste an den Mauern große, tiefblaue Klematis. Bunte Finken und große Drosseln liefen über die glatten Wege, huschten durch die geschorenen Rasenflächen. Flogen schnell auf, als acht eiserne Hufe aus dem Steinpflaster der Straße helle Funken schlugen –

Die Fürstin stieg aus dem Wagen, kam mit raschen Schritten durch den Garten. Ihre Wangen glühten, ihr starker Busen atmete heftig, als sie die hohen Stufen hinaufstieg zu dem Hause.

Der Geheimrat kam ihr entgegen, öffnete selbst: »Nun, Durchlaucht, das nenne ich pünktlich! Treten Sie näher; ich habe Tee für Sie machen lassen.«

Sie sagte – und ihre Stimme überschlug sich, hastete und sprang –: »Ich komme von – dort. Ich sah es. Es – es war – fabelhaft – aufregend.«

Er führte sie ins Zimmer: »Woher kommen Sie, Durchlaucht? Von der – Hinrichtung?«

»Ja«, sagte sie. »Ihr Doktor Petersen wird auch gleich hier sein. – Ich hatte eine Karte bekommen – gestern abend noch. Es war – ungeheuer – ganz ungeheuer –«

Der Geheimrat bot ihr einen Stuhl. »Darf ich Ihnen einschenken?«

Sie nickte. »Bitte, Exzellenz, sehr liebenswürdig! – Ein Jammer, daß Sie das versäumt haben! – Es war ein Prachtkerl – groß – stark –«

»Wer?« fragte er. »Der Delinquent?«

Sie trank ihren Tee. »Ja gewiß, der! Der Mörder! Sehnig und stramm – eine mächtige Brust – wie ein Ringkämpfer. Er trug eine Art blauen Sweater – sie hatten ihm den Nacken freigelegt. Kein Fett – nur Muskeln und Sehnen. Wie ein Stier –«

»Und konnten Durchlaucht die ganze Exekution gut sehen?« fragte der Geheimrat.

»Aber ganz ausgezeichnet!« rief sie. »Ich stand an einem Fenster im Gang, gerade vor mir war das Gerüst. Er schwankte ein wenig, als er hinaufschritt – sie mußten ihn stützen. – Bitte, noch ein Stück Zucker, Exzellenz.«

Der Geheimrat bediente sie. »Sprach er etwas?«

»Ja«, sagte die Fürstin. »Zweimal. Aber jedesmal nur ein Wort. Das erstemal, während der Staatsanwalt das Urteil vorlas. Da rief er halblaut – aber ich kann es wirklich nicht wiederholen –«

»Aber Durchlaucht!« Der Geheimrat grinste, tatschte ihr leicht auf die Hand. »Vor mir brauchen Sie sich doch gewiß nicht zu genieren.«

Sie lachte auf. »Nein, natürlich nicht. Also – – Aber reichen Sie mir eine Scheibe Zitrone. Danke – geben Sie sie nur gleich in die Tasse! – Also er sagte – nein, ich kann es nicht wiedergeben.«

»Durchlaucht!« sagte der Professor mit leichtem Vorwurf.

Und sie sagte: »Sie müssen die Augen zumachen.«

Der Geheimrat dachte: »Alte Äffin!« Aber er schloß die Augen. »Nun?« fragte er.

Sie zierte sich noch immer. »Ich – ich will es französisch sagen.«

»Also gut – französisch!« rief er ungeduldig.

Da zog sie die Lippen zusammen, beugte sich vor und flüsterte ihm ins Ohr: »Merde!«

Der Professor bog sich zurück, das starke Parfüm der Fürstin irritierte ihn. »So, also das sagte er?«

»Ja«, nickte sie, »und er sprach es so, als ob er sagen wolle, daß ihm das alles gleichgültig sei. Ich fand das hübsch von ihm, fast kavaliermäßig.«

»Gewiß«, bestätigte der Geheimrat. »Schade nur, daß er es nicht auch – französisch sagte. Na, und was war das andere Wort?«

»Ach, das war übel.« Die Fürstin schlürfte ihren Tee, knabberte dazu ein Cake. »Es verdarb völlig den guten Eindruck, den er auf mich gemacht hatte! Denken Sie nur, Exzellenz, als ihn die Henkersknechte recht packten, da begann er plötzlich zu schreien, zu flennen, wie ein kleines Kind.«

»Ach!« sagte der Professor. »Noch ein Täßchen, Durchlaucht? – Und was schrie er denn?«

»Erst wehrte er sich«, erzählte sie, »so gut er konnte, schweigend und stark, obwohl ihm beide Hände eng auf dem Rücken gefesselt waren. Drei Gehilfen waren da, die warfen sich auf ihn, während der Henker im Frack und in weißen Handschuhen ruhig dastand und zusah. Anfangs gefiel es mir, wie der Mörder die drei Fleischer abschüttelte von sich, wie sie immer von neuem an ihm rissen und stießen, ohne ihn nur einen Fußbreit weiter bringen zu können. Oh, es war ungeheuer aufregend, Exzellenz.«

»Kann ich mir denken, Durchlaucht.« warf er ein.

»Dann aber«, fuhr sie fort, »dann änderte es sich. Einer hatte ihm ein Bein gestellt, riß ihm zugleich von hinten die gefesselten Arme hoch, daß er nach vorne stolperte. In der Sekunde fühlte er wohl, daß sein Widerstand nichts nutze, daß er verloren sei. Vielleicht – vielleicht war er auch trunken gewesen – und wurde nun plötzlich hell nüchtern. – Pfui – und da schrie er –«

Der Geheimrat lächelte. »Was schrie er? Muß ich wieder die Augen dazu schließen?«

»Nein«, rief sie, »Sie können sie ruhig offen lassen, Exzellenz. – Er war feige geworden, jämmerlich feige, und voll von Angst. Und er schrie: Mama – Mama – Mama! – Oh, Dutzende von Malen! Bis sie ihn auf den

Knien hatten, herangezerrt unter das Fallbeil, den Kopf hineingezwängt in die kreisrunde Öffnung des Bretts.«

»Also bis zum letzten Augenblick rief er nach seiner Mama?« fragte der Geheimrat.

»Nein«, antwortete sie, »nicht bis ganz zuletzt. Als das harte Brett den Hals fest umschloß und der Kopf auf der anderen Seite herausragte, da schwieg er. Irgend etwas schien in ihm vorzugehen.«

Der Professor wurde aufmerksam. »Konnten Sie sein Gesicht gut sehen, Durchlaucht? Konnten Sie irgendwie erraten, was in ihm vorging?«

Die Fürstin sagte: »Aber so deutlich, wie ich Sie jetzt vor mir sehe. Was in ihm vorging – ja, das weiß ich nicht. Es war ja auch nur ein Augenblick – während der Scharfrichter noch einmal sich umsah, ob alles in Ordnung sei, während seine Hand schon nach dem Knopfe suchte, der das Messer herunterfallen ließ. – Ich sah die Augen des Mörders, die weit offen standen, wie in wahnsinniger Lust, sah den aufgerissenen Mund, der zu schnappen schien, und die gierigen, verzerrten Züge –«

Sie stockte. »Das war alles?« forschte der Geheimrat.

Sie schloß: »Ja. – Dann fiel das Beil. Und der Kopf sprang in den Sack, den einer der Knechte offen hielt. – Bitte, reichen Sie mir doch die Marmelade, Exzellenz.«

Es klopfte; Dr. Petersen öffnete die Tür und trat ein. Er schwang in der Hand ein langes Glas, wohl verkorkt und in Watte gewickelt.

»Guten Morgen, Durchlaucht«, sprach er. »Guten Morgen, Exzellenz. – Hier – hier ist es.«

Die Fürstin sprang auf: »Lassen Sie sehen –«

Aber der Geheimrat hielt sie zurück. »Gemach, Durchlaucht, Sie werden es noch früh genug sehen. – Wenn es Ihnen recht ist, wollen wir gleich an die Arbeit gehen.« Er wandte sich an seinen Assistenzarzt. »Ich weiß nicht, ob es nötig sein wird, aber jedenfalls werden Sie guttun –« Seine Stimme sank, er näherte seine Lippen dem Ohr des Arztes.

Der nickte. »Gut, Exzellenz. Ich werde sofort die Anweisungen geben.«

Sie gingen durch den weißen Korridor, hielten ganz hinten vor Nr. Siebzehn.

»Hier liegt sie«, sagte der Geheimrat und öffnete behutsam die Türe.

Das Zimmer war ganz weiß, strahlte von Licht und Sonne. Das Mädchen lag tief schlafend in dem Bett; ein heller Strahl huschte herein vom engvergitterten Fenster, zitterte auf dem Boden, kletterte auf goldener Leiter hinauf, schlich sich über die Linnen, schmiegte sich zärtlich an ihre süßen Wangen, tauchte die roten Haare in glühende Flammen. Ihre Lippen standen halb offen, bewegten sich – es schien, als ob sie leise Liebesworte flüsterte.

»Sie träumt«, sagte der Geheimrat. »Wohl von ihrem Prinzen!« Dann legte er seine feuchte, kalte Hand auf ihre Schulter, schüttelte sie. »Wachen Sie auf, Alma.«

Ein leichter Schreck flog durch ihre Glieder; sie richtete sich auf, schlaftrunken.

»Wa–as – was denn?« stotterte sie. Dann erkannte sie den Professor, warf sich zurück in die Kissen. »Lassen Sie mich.«

»Kommen Sie, Alma, machen Sie nun keine Faxen«, ermahnte sie der Geheimrat. »Es ist endlich soweit. Seien Sie vernünftig und machen Sie uns keine Schwierigkeiten.« Und er zog ihr mit einem schnellen Ruck die Leintücher weg, warf sie auf den Boden.

Die Augen der Fürstin weiteten sich. »Sehr gut!« rief sie aus. »Das Mädchen ist sehr gut gewachsen. – Das wird schon passen.«

Aber die Dirne strich ihr Hemd herunter, bedeckte sich, so gut es gehen mochte mit den Kissen. »Weg! Fort!« schrie sie. »Ich will nicht.«

Der Geheimrat winkte dem Assistenzarzt. »Gehen Sie«, befahl er. »Beeilen Sie sich, wir dürfen keine Zeit verlieren.« Dr. Petersen verließ rasch das Zimmer.

Die Fürstin kam heran, setzte sich auf das Bett, redete dem Mädchen zu. »Kleine, seien Sie doch nicht töricht. Es tut ja gar nicht weh.« Sie versuchte sie zu streicheln, strich ihr mit den dicken, beringten Fingern schwer über Hals und Nacken, hinunter zu den Brüsten.

Alma stieß sie fort. »Was wollen Sie denn? – Wer sind Sie? – Weg, weg – ich will nicht!«

Die Fürstin ließ sich nicht abweisen. »Ich will ja nur dein Bestes, Kindchen. – Werde dir auch einen hübschen Ring schenken und ein neues Kleid –«

»Ich will keinen Ring«, schrie die Dirne. »Ich brauche kein Kleid. Ich will fort von hier, man soll mich in Ruhe lassen!«

Der Geheimrat öffnete in lächelnder Ruhe das Glas. »Man wird Sie später in Ruhe lassen – und später können Sie auch fortgehen. Einstweilen müssen Sie nur die kleinen Verpflichtungen erfüllen, die Sie uns gegenüber eingegangen sind. – Ah, da sind Sie, Doktor.« Er wandte sich dem Assistenzarzt zu, der eben hereintrat, die Chloroformmaske in der Hand. »Kommen Sie schnell her.«

Die Dirne starrte ihn an, mit weit aufgerissenen, entsetzten Augen. »Nein!« jammerte sie. »Nein! Nein!« Sie machte Miene aus dem Bett zu springen, stieß den Assistenzarzt, der sie zurückzuhalten versuchte, mit beiden Händen vor die Brust, so daß er zurücktaumelte, beinahe niederfiel.

Da warf sich, mit ausgebreiteten Armen, die Fürstin auf das Mädchen, drückte es mit dem mächtigen Gewicht ihres Körpers zurück in das Bett. Umfaßte es rings, krallte die Finger in das leuchtende Fleisch, griff mit den Zähnen eine lange rote Haarsträhne. Die Dirne strampelte, schlug mit den Beinen in die Luft, unfähig, ihre Arme zu gebrauchen, ihren Leib zu rühren unter dieser wuchtigen Last.

Sie sah, wie der Arzt die Maske niedersenkte auf ihr Gesicht, hörte ihn leise zählen: »Eins – zwei – drei – –« Sie schrie, daß es widergellte von den Wänden: »Nein! Nein! Ich will nicht, ich will nicht! – Ach – ah – ich ersticke –«

Dann erstarb ihr Schreien. Wich einem kläglichen, elenden Wimmern. »Mutter – ach – Mut–ter –«

Zwölf Tage später wurde die Prostituierte Alma Raune dem Gerichtsgefängnis zur Untersuchungshaft eingeliefert. Der Haftbefehl wurde verhängt, weil die des Einbruchsdiebstahls Beschuldigte ohne feste Wohnung und somit fluchtverdächtig war. Die Anzeige war von Seiner Exzellenz dem Wirkl. Geh. Rat ten Brinken erstattet worden.

Gleich in den ersten Tagen hatte der Professor seinen Assistenzarzt wiederholt befragt, ob er nicht diese und jene Sache gesehen habe, die er vermisse. So fehlte ihm ein alter Siegelring, den er beim Waschen abgelegt und dann habe liegen lassen, fehlte ihm eine kleine Geldbörse, die er, wie er sich genau erinnere, in seinem Überzieher hatte stecken lassen. Er bat Dr. Petersen, doch ganz unauffällig ein scharfes Auge auf die Angestellten zu haben.

Dann war die goldene Uhr des Assistenzarztes aus seinem Zimmer in der Klinik, aus einer verschlossenen Schublade seines Schreibtisches heraus verschwunden. Und zwar war die Schublade mit Gewalt geöffnet worden. Eine eingehende Untersuchung der Klinik, zu der alle Angestellten sich sofort bereit erklärten, lieferte ein völlig negatives Resultat.

»Es muß eine der Patientinnen gewesen sein«, schloß der Geheimrat und ordnete eine Untersuchung aller Krankenzimmer an.

Auch diese leitete Dr. Petersen, auch hier ohne jeden Erfolg. »Haben Sie keinen Raum vergessen?« forschte sein Chef.

»Keinen, Exzellenz!« antwortete der Assistenzarzt. »Bis auf das Zimmer der Alma.«

»Und warum haben Sie dort nicht nachgeforscht?« fragte der Geheimrat weiter.

»Aber, Exzellenz!« entgegnete Dr. Petersen. »Das ist doch völlig ausgeschlossen. Das Mädchen ist ja Tag und Nacht bewacht, ist nicht einmal herausgekommen aus ihrem Zimmer. Und seitdem sie nun auch weiß, daß unser Eingriff geglückt ist, ist sie erst völlig außer Rand und Band. Sie heult und schreit den ganzen Tag, droht uns völlig verrückt zu werden, denkt nur daran, wie sie hier herauskommen kann, und wie sie es anstellen soll, um unsere Bemühungen nachträglich wieder zu vereiteln. – Geradeheraus gesagt, Exzellenz, es scheint mir völlig unmöglich, das Mädchen die lange Zeit über hier zu halten.«

»So?« Der Geheimrat lachte. »Nun, Petersen, zuerst werden Sie einmal in Zimmer Siebzehn nachforschen. Die Täterschaft der Dirne scheint mir doch nicht so ganz ausgeschlossen.«

Nach einer Viertelstunde kam Dr. Petersen zurück, brachte ein zusammengeknüpftes Taschentuch. »Hier sind die Sachen«, sagte er. »Ich fand sie versteckt, tief unten in dem Wäschesack des Mädchens.«

»Also doch!« nickte der Geheimrat. »Nun, telephonieren Sie gleich der Polizei«

Der Assistenzarzt zögerte. »Verzeihen Exzellenz, wenn ich mir eine Einwendung erlaube. Das Mädchen ist sicher unschuldig, wenn auch der Schein vielleicht gegen sie spricht. Exzellenz hätten sie sehen sollen, als ich mit der alten Wärterin das Zimmer durchsuchte und schließlich die Sachen fand. Sie war völlig apathisch, alles das berührte sie gar nicht. Sie hat ganz sicher nichts mit dem Diebstahl zu tun. Irgend jemand vom Personal muß die Gegenstände genommen, und dann, als eine Entdeckung drohte, in ihrem Zimmer versteckt haben.«

Der Professor grinste. »Sie sind sehr ritterlich, Petersen. – Aber – einerlei! Telephonieren Sie.«

»Exzellenz«, bat der Assistenzarzt, »vielleicht könnten wir doch noch etwas warten. Vielleicht noch einmal das Personal eingehend verhören –«

»Hören Sie, Petersen«, sagte der Geheimrat. »Sie sollten ein wenig mehr nachdenken. Ob die Dirne diese Sachen gestohlen hat oder nicht, ist doch ganz gleichgültig. Die Hauptsache ist, daß wir sie loswerden, und daß sie irgendwo durchaus sicher aufgehoben wird, bis ihre Stunde gekommen ist, nicht wahr? Im Gefängnis ist sie uns sicher – viel sicherer wie hier. Sie wissen, wie anständig wir sie bezahlen und ich bin sogar gewillt, ihr für dies kleine Mißgeschick noch etwas zuzulegen – wenn alles glücklich vorüber ist. – Schlechter hat sie es im Gefängnis auch nicht, wie hier: das Zimmer wird wohl etwas kleiner, das Bett etwas härter und das Essen etwas weniger gut sein, aber dafür hat sie dort Gesellschaft – und das ist viel wert in ihrem Zustand.«

Dr. Petersen sah ihn an, noch immer ein wenig schwankend. »Ganz recht, Exzellenz, aber – wird sie dort nicht schwatzen? Es wäre doch sehr unangenehm, wenn –«

Der Geheimrat lächelte. »Wieso denn? Lassen Sie sie schwatzen, soviel sie mag. Hysteria mendax – wissen Sie, sie ist hysterisch und eine Hysterische hat ja das

Recht zu lügen! Kein Mensch wird ihr glauben. Nun gar eine hysterische Schwangere! – Und was wird sie denn erzählen? Die Geschichte von dem Prinzen, die ihr mein sauberer Neffe vorgeschwindelt hat? Ja, glauben Sie denn, daß der Richter, der Staatsanwalt, der Gefängnisdirektor, der Pastor, oder sonst ein vernünftiger Mensch überhaupt nur hinhören wird, wenn eine Dirne solch abstruses Zeug redet? – Übrigens werde ich selbst mit dem Gefängnisarzt sprechen – wer ist es zurzeit?«

»Kollege Dr. Perscheidt«, sagte der Assistenzarzt.

»Ah, Ihr Freund, der kleine Perscheidt«, fuhr der Professor fort. »Icb kenne ihn auch. Ich werde ihn bitten, ein besonders wachsames Auge auf unsere Patientin zu haben. Ich werde ihm sagen, daß sie mir von einem Bekannten, der mit ihr ein Verhältnis hatte, in die Klinik geschickt wurde, und daß dieser Herr bereit sei, für das zu erwartende Kind in jeder Weise zu sorgen. Ich werde ihn dazu auf die außerordentliche krankhafte Lügenhaftigkeit der Patientin aufmerksam machen und ihm gleich von vornherein erzählen, was sie ihm mutmaßlicherweise vorschwatzen wird. – Außerdem werden wir auf unsere Kosten Herrn Justizrat Gontram mit der Verteidigung betrauen und auch ihm den Fall so erklären, daß er den Reden der Dirne auch nicht eine Sekunde lang Glauben schenkt. – Befürchten Sie noch etwas, Petersen?«

Der Assistenzarzt sah seinen Chef voller Bewunderung an. »Nein, Exzellenz!« sagte er. »Exzellenz denken an alles. – Was in meinen Kräften steht, werde ich gewiß aufbieten, um Exzellenz behilflich zu sein.«

Der Geheimrat seufzte laut, dann reichte er ihm die Hand. »Ich danke Ihnen, lieber Petersen. Sie glauben nicht, wie schwer mir diese kleinen Lügereien werden. Aber, was will man machen? Die Wissenschaft verlangt eben solche Opfer. Unsere tapfern Vorgänger, die Ärzte des späten Mittelalters, waren gezwungen, sich die Leichen von den Friedhöfen zu stehlen, wenn sie Anatomie lernen wollten, sie mußten allen Gefahren einer hochnotpeinlichen Verfolgung wegen Leichenschändung und ähnlichem Unsinn trotzen. – Da dürfen wir uns nicht beklagen. Müssen solche kleinen Schwindeleien schon mit in den Kauf nehmen – im Interesse unserer heiligen Wissenschaft. – Und nun gehen Sie, Petersen, telephonieren Sie!«

Und der Assistenzarzt ging, im Herzen eine große und ehrliche Hochachtung vor seinem Chef.

Alma Raune wurde verurteilt wegen Einbruchdiebstahls. Strafschärfend wirkte ihr hartnäckiges Leugnen, sowie die Tatsache, daß sie schon einmal vorbestraft war wegen Diebstahls. Trotzdem wurden ihr mildernde Umstände zugebilligt, wahrscheinlich weil sie wirklich sehr hübsch aussah und dann auch, weil sie Justizrat Gontram verteidigte. Sie erhielt nur ein Jahr sechs Monate Gefängnis, auf die dazu die Untersuchungshaft noch angerechnet wurde.

Aber Exzellenz ten Brinken erreichte es, daß ihr ein erheblicher Teil dieser Strafe geschenkt wurde, obwohl ihre Führung in der Anstalt durchaus keine mustergültige war. Es wurde jedoch in Erwägung gezogen, daß diese schlechte Aufführung wohl auf ihren hysterischkrankhaften Zustand, den der Geheimrat in seiner Gnadeneingabe stark betonte, zurückzuführen sei; auch wurde berücksichtigt, daß sie nun bald Mutter werden sollte.

Sie wurde entlassen, als sich die ersten Anzeichen einer baldigen Geburt bemerkbar machten, wurde am frühen Morgen in die Klinik ten Brinken geschafft. Lag dort in ihrem alten weißen Zimmer, Nr. Siebzehn, am letzten Ende des Korridors. Schon auf dem Transport hatten die Wehen begonnen: es würde sehr schnell vorüber sein, hatte sie Dr. Petersen beruhigt.

Aber er irrte sich. Die Wehen hielten den ganzen Tag an, die Nacht und den nächsten Tag. Ließen bald ein wenig nach, setzten dann wieder ein mit erneuter Heftigkeit. Und das Mädchen schrie und wimmerte, wand sich in elenden Schmerzen.

– Von dieser merkwürdigen Geburt handelt der dritte kurze Abschnitt in dem Lederbande A. T. B., auch von der Hand des Assistenzarztes geschrieben. Er leitete, in Gemeinschaft mit dem Gefängnisarzte, die sehr schwere Entbindung, die erst am dritten Tage stattfand und mit dem Tode der Mutter endete. Der Herr Geheimrat selbst war nicht dabei zugegen.

In diesem Bericht betonte Dr. Petersen die überaus kräftige Konstitution und den ausgezeichneten Bau der Mutter, die eine sehr leichte Entbindung geradezu bedingten. Nur die äußerst seltsame Querlage des Kindes bewirkten die eintretenden Komplikationen, die es letzten Endes unmöglich machten, beide, Mutter und Kind, zu retten. Weiter war erwähnt, daß das Kind, ein Mädchen, sogleich, fast noch im Mutterleibe, ein ganz außerordentliches Geschrei erhob, so heftig und so durchdringend schrill, wie es weder die beiden Herren noch die assistierende Hebamme je bei einem Neugeborenen erlebt hätten. Dies Geschrei habe beinahe etwas Bewußtes gehabt, als ob das Kind bei der gewaltsamen Lostrennung von dem Mutterschoße außerordentliche Schmerzen empfunden habe; es sei so eindringend und entsetzlich gewesen, daß sie sich eines gewissen Grauens kaum hätten enthalten können, ja, daß sein Kollege, Dr. Perscheidt, sich habe niedersetzen müssen, während ihm ein kalter Schweiß aus den Schläfen gebrochen sei.

Dann allerdings sei das Kind sofort ruhig gewesen und habe nicht einmal mehr gewimmert. Die Hebamme habe beim Baden sofort bei dem überhaupt sehr zarten und dürftigen Kinde eine außergewöhnlich stark entwickelte Atresia vaginalis festgestellt, so zwar, daß auch die Haut beider Beine, bis oberhalb der Knie, zusammengewachsen sei. Diese merkwürdige Erscheinung sei aber nach eingehender Untersuchung nur eine oberflächliche Verbindung der Epidermis, die durch eine baldige Operation leicht behoben werden könne.

Was die Mutter betreffe, so habe sie gewiß sehr heftige Schmerzen und Qualen aushalten müssen. An eine Chloroformierung, oder eine Lumbalanästhesie habe man ebensowenig denken können, wie an eine Injektion von Scopolamin-Morphium, da die nicht zu stillende Blutung eine große Herzschwäche hervorrief. Sie habe alle die Stunden über in der gräßlichsten Weise geschrien und gejammert, sei hierbei nur in dem Augenblicke der Geburt selbst durch das entsetzliche Geschrei des Kindes übertönt worden. Später sei ihr Gestöhne langsam schwächer geworden, sie sei etwa zweieinhalb Stunden später, ohne Bewußtsein, entschlafen. Als direkte Todesursache müsse man einen Gebärmutterriß und die daraus resultierende Verblutung bezeichnen.

Der Körper der Dirne Alma Raune wurde der Anatomie überwiesen, da ihre benachrichteten Angehörigen in Halberstadt keinerlei Ansprüche darauf erhoben, auch erklärten, die Bestattungskosten nicht tragen zu wollen. Er diente dem Anatomieprofessor Holzberger zu Lehrzwecken und hat gewiß in allen seinen Teilen das Studium seiner Hörer wesentlich gefördert; mit Ausnahme des Kopfes, den der cand. med. Faßmann, i. a. C. B. der »Hansea« präparieren sollte. Er vergaß ihn während der Ferien und ließ sich dann, da er schon genug Schädel hatte und das Ding zu einem sauberen Präparat doch nicht mehr zu gebrauchen war, aus der Schädeldecke einen hübschen Knobelbecher machen. Er besaß schon fünf Würfel aus Wirbelknochen des hingerichteten Mörders Noerrissen, und benötigte für diese nun einen geeigneten Becher. Herr cand. med. Faßmann war nicht abergläubisch, aber er behauptete, daß dieser Schädelbecher beim Ausspielen von Frühschoppen ganz außerordentliche Dienste leistete. Er sang sein Lob in so hohen Tönen, daß der beinerne Becher und seine knöchernen Würfel im Laufe der Semester allmählich eine gewisse Berühmtheit erlangten, erst am Stammtische der Herren i. a. C. B. i. a. C. B., dann beim S. C. und schließlich darüber hinaus in der ganzen Studentenschaft. Cand. med. Faßmann liebte seinen Becher und er sah es fast wie eine Art Erpressung an, als ihn – bei Gelegenheit seines Examenbesuches bei Exzellenz ten Brinken – der Geheimrat bat, ihm doch den berühmten Becher und die Würfel zu überlassen. Und er wäre ganz gewiß nicht darauf eingegangen, wenn er sich nicht gerade in Gynäkologie so außerordentlich schwach gefühlt hätte und wenn nicht gerade dieser Professor ein so außerordentlich scharfer und gefürchteter Examinator gewesen wäre. Tatsache ist, daß der Kandidat diese Station mit Glanz bestand: so brachte ihm sein Becher gutes Glück, solange er ihn besaß.

Auch das, was sonst noch übrigblieb von den beiden Menschen, die, ohne einander je gesehen zu haben, Alraune ten Brinkens Vater und Mutter wurden, trat nach deren Tode miteinander in eine gewisse Beziehung: der Anatomiediener Knoblauch warf die Knochen und Fleischfetzen wie gewöhnlich in eine schnell aufgeworfene Grube des Anatomiegartens. Hinten an der Mauer, wo die weißen Kletterrosen so üppig wuchern –

Intermezzo

Alle Sünde, du liebe Freundin, brachte der heiße Südwind aus den Wüsten her. Wo die Sonne glüht durch endlose Jahrtausende, da schwebt über dem schlafenden Sande ein dünner weißer Schwaden. Und der Nebel ballt sich zu weichen Wolken, die rollt ringsherum der Wirbelwind, formt sie wie runde seltsame Eier: die halten aller Sonnen heiße Glut.

Da schleicht zur bleichen Nachtzeit der Basilisk herum, den auf seltsame Art einst der Mond erzeugte. Er, der ewig unfruchtbare, er ist sein Vater; doch die Mutter ist ihm der Sand, unfruchtbar wie jener: das ist das Geheimnis der Wüsten. Manche sagen, daß es ein Tier sei, aber es ist nicht wahr: ein Gedanke ist es, der da wuchs, wo kein Boden war und kein Samen, der heraussprang aus dem ewig Unfruchtbaren und nun wirre Formen annahm, die das Leben nicht kennt. Daher kommt es auch, daß dies Wesen niemand beschreiben kann, weil es unbeschreiblich ist, wie das Nichts selbst.

Wahr aber ist, was die Leute sagen, daß es sehr giftig sei. Denn es frißt die Gluteier der Sonne, die der Wirbelwind rollte im Wüstensande. So kommt es auch, daß purpurne Flammen aus seinen Augen schießen und daß sein Atem heiß schwält von grauen Dünsten.

Aber nicht alle die Nebeleier frißt der Basilisk, des bleichen Mondes Kind. Wenn er satt ist, rings angefüllt mit den heißen Giften, speit er seinen grünen Speichel über die, die noch daliegen im Sande, ritzt die weiche Haut mit scharfer Kralle, daß der widrige Schleim wohl eindringen möge. Und wenn zum Morgen sich der Frühwind hebt, sieht er ein seltsames Wogen und Wachsen unter den dünnen Schalen, wie von violetten und feuchtgrünen Schleiern.

Und wenn ringsum in den Landen des Mittags die Eier bersten, die die Glutsonne brütete, Krokodileier, Kröteneier, Schlangeneier – Eier von allen häßlichen Echsen und Lurchen, dann springen auch mit einem leichten Knall die giftigen Eier der Wüste. Kein Kern ist darin, kein Echslein und Schlänglein: nur ein luftiges, seltsames Gebilde. Allfarbig, wie der Tänzerin Schleier beim Flammentanze, allduftig, wie die bleichen Sangablüten von Lahore, alltönend, wie des Engels Israfel klingendes Herz. Und allgiftig auch, wie des Basilisken greulicher Leib.

Da jagt der Südwind von Mittag her. Kriecht aus den Sümpfen des heißen Waldlandes, tanzt über die Sandwüsten. Der hebt die glühenden Schleier der Sonneneier, trägt sie weit fort über die blauen Meere. Reißt sie mit, wie leichte Wolken, wie lose Gewänder nächtlicher Priesterinnen.

So fliegt zum blonden Norden aller Lüste giftige Pest –

Kühl, Schwesterlein, wie dein Norden, sind unsere stillen Tage. Deine Augen sind blau und sind gut und wissen nichts von den heißen Lüsten. Wie die schweren Trauben blauer Glyzenen sind deiner Tage Stunden, tropfen hinab zum weichen Teppich: da schreitet durch sonnenglitzernde Laubengänge mein leichter Fuß.

Wenn aber die Schatten fallen, blonde Schwester, da kriecht ein Brennen über deine junge Haut. Nebelschwaden fliegen vom Süden her, die atmet deine gierige Seele. Und deine Lippen bieten in blutigem Kusse aller Wüsten glutheißes Gift –

Dann nicht, du mein blondes Schwesterlein, schlafendes Kind meiner traumstillen Tage! – Wenn der Mistral leicht die blauen Wogen kräuselt, wenn aus meines Rosenlorbeers Krone der süßen Vögel Stimmen klingen, dann blättere ich wohl in dem schweren Lederbande des Herrn Jakob ten Brinken. Langsam wie das Meer flutet mein Blut durch die Adern, und ich lese mit deinen stillen Augen in unendlicher

Ruhe Alraunens Geschichte. Gebe sie wieder, wie ich sie finde, schlicht, einfach – recht wie einer, der frei ist von allen Leidenschaften –

Aber ich trank das Blut, das in Nächten aus deinen Wunden floß, das sich mischte mit meinem roten Blute, dies Blut, das vergiftet ward durch der heißen Wüsten sündige Gifte. Und wenn mein Hirn fiebert von deinen Küssen, die Schmerzen sind, und von deinen Lüsten, die Qualen bedeuten – dann mag es wohl sein, daß ich mich losreiße aus deinen Armen, du wilde Schwester –

Mag es sein, daß ich traumschwer dasitze an meinem Fenster zum Meer, in das der Scirocco seine Gluten wirft. Mag es sein, daß ich wieder greife zu dem Lederbande des Geheimrats, daß ich Alraunens Geschichte lese – mit deinen giftheißen Augen. Das Meer schreit an die starren Felsen – so schreit mein Blut durch die Adern –

Anders, ganz anders deucht mich nun das, was ich lese. Und ich gebe es wieder, wie ich es finde, wild, heiß – recht wie einer, der voll ist von allen Leidenschaften –

Sechstes Kapitel,

das davon handelt, wie das Kindlein ALRAUNE *heranwuchs*

Den Erwerb des Würfelbechers erwähnt der Geheimrat in dem Lederbande, der von nun an nicht mehr die deutliche, klare Hand des Dr. Petersen zeigt, sondern seine eigene dünne, langgezogene, kaum leserliche Schrift. Aber schon vor dieser kleinen Episode befinden sich in diesem Bande manche kurze Eintragungen, von denen einige für den Verlauf dieser Geschichte von Interesse scheinen.

Die erste betrifft die Operation der Atresia vaginalis des Kindes, die ebenfalls Dr. Petersen vornahm und der sein vorzeitiges Ende zuzuschreiben ist. Der Geheimrat erwähnt, daß er, in Überlegung einmal der Ersparnis, die ihm der Tod der Mutter gemacht habe, dann der guten Hilfe seines Assistenzarztes in der ganzen Angelegenheit, diesem einen dreimonatlichen Urlaub mit vollen Bezügen für eine Sommerreise bewilligt und ihm obendrein noch eine besondere Gratifikation von eintausend Mark versprochen habe. Dr. Petersen habe sich auf diese Reise, die erste größere, die er in seinem Leben machen sollte, ganz außerordentlich gefreut, habe aber darauf bestanden, vorher noch die ziemlich leichte Operation vorzunehmen, obwohl man sie ohne besondere Bedenken ganz gut noch längere Zeit hätte hinausschieben können. Er habe also diese Operation ein paar Tage vor seiner beabsichtigten Abreise gemacht und zwar mit ausgezeichnetem Erfolge für das Kind.

Leider habe er sich selbst dabei eine schwere Blutvergiftung zugezogen – was um so erstaunlicher sei, als Dr. Petersen sonst stets eine fast übertriebene Sorgfalt an den Tag legte – und sei im Laufe von kaum achtundvierzig Stunden nach sehr heftigen Leiden gestorben. Die direkte Ursache dieser Blutvergiftung sei nicht festzustellen gewesen; es habe sich um eine mit unbewaffnetem Auge kaum wahrnehmbare Wunde am linken Unterarme gehandelt, die vielleicht von einem leichten Kratze der kleinen Patientin herrührte. Der Professor hebt dann noch hervor, daß ihm dadurch nun schon zum zweiten Male in dieser Angelegenheit durch den Tod des Betreffenden die Auszahlung einer größeren Summe erspart worden sei. Irgendein Kommentar ist an diese Bemerkung nicht geknüpft.

Es wird dann weiter berichtet, daß das Baby, das er einstweilen in der Klinik selbst unter der Obhut der Oberwärterin gelassen habe, ein ganz außergewöhnlich stilles und zartes Kind sei. Nur ein einziges Mal noch habe es geschrien und zwar bei Gelegenheit der heiligen Taufe, die der Kaplan Ignaz Schröder im Münster vornahm. Da allerdings habe es ganz fürchterlich gebrüllt, so daß die kleine Gesellschaft – die Wärterin, die es trug, die Fürstin Wolkonski sowie Justizrat Sebastian Gontram, die seine Taufpaten waren, endlich der Pfarrer, der Küster und er selbst – durchaus nichts mit ihm hätten anfangen können. Von dem Augenblick an, als man es hinaustrug aus dem Hause, habe es begonnen zu schreien und habe nicht eher wieder aufgehört, bis es wieder von der Kirche dorthin zurückgebracht worden sei. Im Münster selbst sei sein Geschrei so unerträglich gewesen, daß Seine Hochwürden die heilige Handlung nach Möglichkeit beschleunigt habe, um nur sich selbst und die Anwesenden bald von diesem greulichen Ohrenschmause zu befreien. Man habe ordentlich aufgeatmet, als alles zu Ende gewesen, und die Wärterin mit dem Kinde in den Wagen gestiegen sei.

Es scheint, daß in diesen ersten Lebensjahren des Mädchens, dem der Professor aus einer begreiflichen Laune heraus den Namen »Alraune« gab, nichts Sonderliches vorgekommen sei, wenigstens finden sich in dem Lederbande kaum bemerkenswerte Angaben. Es wird noch berichtet, daß der Professor seinen schon vor ihrem Erscheinen in dieser Welt gefaßten Entschluß wahr machte, das Mädchen adoptierte und in einem beglaubigten Testamente als alleinige Erbin, unter ausdrücklichem Ausschluß aller Verwandten einsetzte. Es wird weiter erwähnt, daß die Fürstin dem Kinde als Patengeschenk einen ganz außerordentlichen kostbaren und ebenso geschmacklosen Halsschmuck übersenden ließ, der aus vier mit Brillanten besetzten Goldketten und zwei Schnüren großer schöner Perlen bestand. In der Mitte aber befand sich, wieder reich mit Perlen besetzt, eine Schnur brandroten Haares, die die Fürstin aus einer Locke hatte anfertigen lassen, die sie bei der Erzeugung des Kindes der bewußtlosen Mutter abgeschnitten hatte.

In der Klinik verblieb das Kind über vier Jahre, bis zu dem Zeitpunkte, als der Geheimrat dieses Institut, sowie die angegliederten Versuchsstationen, die er ohnehin mehr und mehr vernachlässigt hatte, aufgab. Er nahm es dann heraus auf seine Besitzung in Lendenich.

Dort erhielt das Kind einen Spielkameraden, der freilich um fast vier Jahre älter war: das war Wölfchen Gontram, der jüngste Sohn des Justizrates. Geheimrat ten Brinken erzählt wenig genug von dem Zusammenbruche des Gontramhauses; er erwähnt nur kurz, daß dem Tode das Spiel in dem weißen Hause am Rhein doch einmal zu fade geworden sei und daß er in einem Jahre die Mutter und drei ihrer Söhne weggewischt habe. Den vierten der Jungen, Josef, der auf Wunsch der Mutter zum Geistlichen bestimmt war, habe Seine Hochwürden Kaplan Schröder zu sich genommen, während Frieda, die Tochter, mit ihrer Freundin Olga Wolkonski, die inzwischen einen etwas zweifelhaften spanischen Grafen geheiratet hatte, nach Rom gezogen sei und in deren Hause dort lebe. Zugleich mit diesen Ereignissen sei der finanzielle Zusammenbruch des Justizrates erfolgt, der trotz des glänzenden Honorars, das ihm die Fürstin für ihren endlich gewonnenen Eheprozeß gezahlt habe, nicht aufzuhalten gewesen wäre. Der Geheimrat stellt die Tatsache, daß er das jüngste Kind zu sich aufnahm, als eine Art menschenfreundlicher Handlung dar, vergißt aber nicht hinzuzufügen, daß gerade Wölfchen einige Weinberge mit kleinen Baulichkeiten von einer Tante mütterlicher Seite geerbt hatte, so daß seine Zukunft durchaus sichergestellt war. Er bemerkt auch, daß er sich die Verwaltung über dies Vermögen von dem Vater habe übertragen lassen, fügt sogar hinzu, daß er – aus Delikatesse: damit der Junge später einmal nicht das Gefühl habe, aus Gnade und Barmherzigkeit in fremdem Hause aufgezogen worden zu sein – von diesen Zinsen den Unterhalt des Pflegekindes bestreite. – Es ist anzunehmen, daß der Herr Geheimrat bei dieser Rechnung nicht zu kurz kam.

Übrigens läßt sich aus allen den Eintragungen, die Geheimrat ten Brinken in diesen Jahren in den Lederband machte, wohl schließen, daß Wölfchen Gontram das Brot, das er in Lendenich aß, reichlich selbst verdiente. Er war ein guter Spielkamerad für sein Pflegeschwesterchen, war mehr als das: war ihr einziges Spielzeug und ihr Kindermädchen zugleich. Gewohnt mit seinen wilden Brüdern herumzutollen, übertrug sich seine Liebe im Augenblicke auf das kleine zarte Geschöpf, das allein in diesem weiten Garten, in den

Ställen, Treibhäusern und allen Gebäuden herumlief. Das große Sterben im Elternhause, der jähe Zusammenbruch alles dessen, was für ihn die Welt war, hatte einen starken Eindruck auf ihn gemacht – trotz aller Gontramschen Indolenz. Der kleine hübsche Bursche, der seiner Mutter große schwarze Traumaugen hatte, war still geworden, schweigsam und in sich gekehrt. Und das so plötzlich erstickte Interesse für tausend Knabengedanken schlang sich nun wie leichte Ranken um dieses kleine Wesen Alraune, sog sich dort fest mit vielen dünnen Würzelchen. Was seine junge Brust trug, gab er dem neuen Schwesterchen, gab es mit der großen, unbegrenzten Gutmütigkeit, die seiner Eltern sonniges Erbteil war.

Wenn er mittags zurückkam aus der Stadt, vom Gymnasium, wo er stets in den allerletzten Bänken saß, lief er an der Küche vorbei, so hungrig er auch war. Suchte im Garten herum, bis er Alraune fand. Und die Dienstboten mußten ihn oft genug mit Gewalt hereinholen, um ihm sein Essen zu geben. Niemand kümmerte sich so recht um die beiden Kinder, aber während sie alle vor dem kleinen Mädchen ein seltsames Mißtrauen hatten, mochten sie doch Wölfchen gern leiden. So übertrug sich auf ihn diese etwas plumpe Liebe des Gesindes, die vordem durch so lange Jahre Frank Braun, dem Neffen des Herrn galt, wenn er als Knabe seine Schulferien hier verbrachte. Wie einst ihn, so duldete Froitsheim, der alte Kutscher, jetzt Wölfchen gern bei den Pferden, hob ihn hinauf, ließ ihn reiten auf der Wolldekke durch Hof und Garten. Der Gärtner wies ihm die besten Früchte im Garten, schnitt ihm die schwanksten Gerten, und die Mägde stellten sein Essen warm, sahen zu, daß ihm nirgends etwas abging. Es war wohl so, daß der Junge es verstand, sie alle wie seinesgleichen zu nehmen, während das Mädchen, so klein es auch war, doch eine eigentümliche Art hatte, zwischen sich und ihnen allen einen breiten Graben zu ziehen. Es plauderte nie mit ihnen und wenn es überhaupt sprach, so war das irgendein Wunsch, der fast wie ein Befehl klang: gerade das, was diese Leute vom Rhein in innerster Seele nicht ertragen konnten. Von ihrem Herrn nicht – und nun erst von diesem fremden Kinde –

Sie schlugen es nicht; das hatte der Geheimrat streng verboten. Aber sie ließen auf jede Weise das Kind empfinden, daß sie sich durchaus nicht um es kümmerten, taten so, als ob es gar nicht da sei. Es lief da herum – gut, sie ließen es laufen. Sorgten für sein Essen, für sein Bettchen, für Wäsche und Kleider – – aber so, wie sie dem alten bissigen Hofhund sein Essen brachten, wie sie seine Hütte fegten und ihn losketteten zur Nacht.

Der Geheimrat bekümmerte sich in keiner Weise um die Kinder, er ließ sie völlig ihren eigenen Weg gehen. Seitdem er kurz nach der Auflösung der Klinik auch seine Professur aufgegeben hatte, beschäftigte er sich neben allerlei Grundstück- und Hypothekengeschäften nur mehr mit seiner alten Liebhaberei, der Archäologie. Er betrieb sie, wie alles was er anfaßte, als kluger Kaufmann und verstand bei allen Museen der Welt seine geschickt zusammengestellten Sammlungen zu recht hohen Preisen anzubringen. Dieser Boden, rings um den Sitz der Brinken, bis hin zum Rhein und zur Stadt nach der einen Seite, bis weit hinaus an die Eifeler Vorgebirge nach der andern, stak ja voll von Dingen, die einst Rom hertrug und alle seine Hilfsvölker. Von jeher sammelten die Brinken, und wenn, auf zehn Meilen in der Runde, ein Bauer mit der Pflugschar auf irgend etwas stieß, dann grub er sorgfältig nach und brachte seine Schätze nach Lendenich in das alte Haus, das dem Johann von Nepomuk geweiht war. Der Professor nahm alles, ganze Töpfe von Münzen, verrostete Waffen und vergilbte Knochen, Urnen, Schnallen und Tränenkrüglein. Er zahlte mit Pfennigen, mit Groschen höchstens – aber der Bauer war immer gewiß, in seiner Küche einen guten Schnaps zu bekommen, auch, wenn es nötig war, das Geld, das er brauchte zur Aussaat, freilich auf sehr hohe Zinsen, aber ohne die Sicherung, die die Banken verlangten.

Und das war gewiß, daß dieser Boden nie mehr ausspie, als in den Jahren, seit Alraune im Hause war. Der Professor lachte: sie bringt Gold ins Haus. Er wußte gut, daß es zuging auf die natürlichste Weise der Welt, daß nur seine intensivere Beschäftigung mit all diesen Dingen der Grund war, aber er brachte es mit Absicht doch in Verbindung mit dem kleinen Wesen – spielte mit diesem Gedanken. Er ließ sich ein auf recht gewagte Spekulationen, kaufte mächtige Komplexe in der Fortsetzung der breiten Villenstraße, ließ den Boden aufgraben, jede Handvoll Erde durchwühlen. Er machte Geschäfte mit denkbar größtem Risiko, sanierte die Hypothekenbank, der jeder Vernünftige einen sicheren Bankerott in kürzester Frist prophezeite. Aber die Bank hielt sich; was er auch anfaßte, ging den rechten Weg. – Dann, durch einen Zufall, fand sich ein Sauerbrunnen auf einem seiner Grundstücke im Gebirge; er ließ ihn fassen und abfüllen. So kam er auf die Säuerlinge, kaufte auf, was zu haben war im rheinischen Lande, monopolisierte fast diese Industrie. Er bildete einen kleinen Trust, hing ihm ein nationales Mäntelchen um, erklärte, daß man gegen das Ausland Front machen müsse, gegen die Engländer, denen Apollinaris gehörte. Die kleinen Besitzer scharten sich rings um diesen Führer, schworen auf ›ihre Exzellenz‹, ließen ihn gerne mittun, wenn er bei der Gründung von Aktiengesellschaften eine Handvoll Anteile für sich ausbedang. Und sie taten wohl daran: der Geheimrat verdoppelte ihre Interessen und rechnete scharf genug ab mit den Außenseitern, die nicht mittun wollten.

Eine Menge Dinge trieb er durcheinander – nur das eine hatten sie gemein, daß sie alle mit dem Boden etwas zu tun hatten. Auch das war eine Marotte von ihm, ein bewußtes Spiel mit Gedanken. Die Alraune zieht Gold aus dem Boden, dachte er, und so blieb er bei dem, was mit der Erde zusammenhing. Er glaubte nicht eine Sekunde lang selbst daran; aber doch hatte er bei jeder wildesten Grundspekulation das sichere Vertrauen, daß sie gelingen müsse. Alles andere lehnte er ab, ohne es auch nur zu prüfen. Sehr vorteilhafte Börsengeschäfte, deren Chancen sonnenklar schienen, die kaum ein kleinstes Risiko boten. Dagegen kaufte er eine Menge äußerst fauler Kuxen, Erz sowohl wie Kohlen, wurde Gewerke in einer Reihe recht übel beleumdeter Zechen. Er gewann auch hier. – Die Alraune tut es, sagte er lachend.

Dann kam der Tag, wo ihm dieser Gedanke mehr wurde als nur ein Witz.

Wölfchen grub im Garten, hinter den Ställen unter dem großen Maulbeerbaum; dort wollte Alraune ihre unterirdische Burg haben. Er grub, Tag um Tag, und zuweilen half ihm einer der Gärtnerburschen. Das Kind saß dabei, sprach nicht, lachte nicht, sah still zu.

Und dann, eines Abends, gab des Knaben Schaufel einen hellen Klang.

Der Gärtnerbursche half ihm; sie gruben vorsichtig, holten mit den Händen die braune Erde zwischen den Wurzeln vor. Und sie brachten dem Professor ein Wehrgehenk, eine Schnalle und eine Handvoll Münzen. Nun ließ er nachgraben, kunstgerecht; er fand einen kleinen Schatz – lauter gallische Stücke, selten und kostbar genug.

Freilich, absonderlich war das nicht. Wenn die Bauern ringsum bald hier und bald dort etwas fanden – warum sollte nicht auch in seinem eigenen Garten etwas verborgen sein? Aber das war es: er fragte den Jungen, warum er gerade dort gegraben habe, unter dem Maulbeerbaum. Und Wölfchen sagte, daß die Kleine es so gewollt habe – dort und nirgend anders.

Er fragte auch Alraune. Aber Alraune schwieg.

Der Geheimrat dachte: sie ist eine Wünschelrute. Sie fühlt es, wo der Grund Schätze hält. Er lachte dabei – lachte immer noch.

Manchmal nahm er sie mit. Hinaus zum Rhein, an die Villenstraße. Ging mit ihr über die Grundstücke, wo seine Leute gruben. Fragte sie – trocken genug: »Wo soll man graben?« Und beobachtete sie scharf, wenn sie ging über die Wiesen, ob ihr zarter Leib irgendein Anzeichen gäbe, irgend etwas, das vermuten ließe –

Aber sie schwieg und ihr kleiner Körper sagte nichts.

Dann, später begriff sie wohl. Manchmal blieb sie stehen, irgendwo an beliebiger Stelle. Sagte: »Graben.«

Man grub und fand nichts. Dann lachte sie hell.

Der Professor dachte: ›Sie narrt uns.‹ Aber er ließ doch immer wieder graben, wo sie befahl.

Ein- oder zweimal fand man etwas. Fand ein römisches Grab, dann eine große Urne mit frühen Silbermünzen.

Jetzt sagte der Geheimrat: »Es ist Zufall.« – Aber er dachte: ›Es – *kann* auch Zufall sein!‹

Eines Nachmittags, als der Geheimrat aus der Bibliothek trat, sah er den Jungen unter der Pumpe stehn. Halbnackt mit weit vorgerecktem Oberkörper. Und der alte Kutscher pumpte, ließ ihm den kalten Strahl über Kopf und Nacken laufen, über den Rücken und beide

Arme. Rot strahlte die Haut und überall waren kleine Blasen.

»Was hast du, Wölfchen?« fragte er.

Der Junge schwieg, biß die Zähne aufeinander, ob ihm auch die schwarzen Augen voll Tränen standen.

Aber der Kutscher sagte: »Es sind Brennesseln. Die Kleine hat ihn mit Brennesseln geschlagen.«

Da wehrte er sich: »Nein, nein, sie hat mich nicht geschlagen. Ich bin selbst schuld – ich hab mich hineingeworfen.«

Der Geheimrat nahm ihn ins Verhör; mühsam genug, und nur mit Hilfe des Kutschers, gelang es ihm die Wahrheit herauszuholen.

Es war schon so: er hatte sich ausgezogen bis zur Hüfte, sich hineingeworfen in die Brennesseln und darin gewälzt. Aber – auf den Wunsch des Schwesterchens. Die hatte bemerkt, daß er sich die Hand verbrannte, als er zufällig an das Kraut stieß, hatte gesehen, wie sie rot wurde und Blasen trieb. Da hatte sie ihn veranlaßt, auch mit der andern Hand hineinzugreifen, dann sich darin zu wälzen mit der nackten Brust –

»Dummer Junge!« schalt ihn der Geheimrat. Dann fragte er, ob Alraune auch in die Brennesseln gefaßt habe.

»Ja«, antwortete der Knabe, »aber sie verbrannte sich nicht.«

Der Professor ging in den Garten, suchte, fand endlich sein Pflegekind. Sie stand hinten an der großen Mauer, riß von einem Schutthaufen große Büschel von Brennesseln. Trug sie in ihren nackten Ärmchen über den Weg in die Glyzenenlaube, schichtete sie dort auf den Boden auf. Ein richtiges Lager machte sie.

»Für wen ist das?« fragte er.

Die Kleine sah ihn an, sagte dann ernst: »Für Wölfchen!«

Er nahm ihre Hände, betrachtete ihre dünnen Ärmchen. An keiner Stelle war etwas von einem Hautausschlag zu bemerken.

»Komm mit«, sagte er.

Er führte sie in das Treibhaus, da standen in langen Reihen japanische Primeln. »Brich die Blumen«, rief er.

Und Alraune brach, eine Blüte um die andere. Sie mußte hinauflangen, hoch sich recken, überall kamen ihre Arme in Berührung mit den giftigen Blättern. Aber nirgend zeigte sich der brennende Ausschlag.

»Sie ist also immun«, murmelte der Professor. – Und er schrieb in den braunen Lederband eine saubere Abhandlung über das Auftreten von Urticaria beim Anfassen von Urtica dioica und von Primula obconica. Er setzte auseinander, daß die Wirkung eine rein chemische sei, daß die kleinen Härchen des Stengels und der Blätter, die die Haut verletzten, eine Säure ausschwitzten, welche an den verletzten Stellen eine lokale Vergiftung hervorrufe. Er untersuchte, ob und inwiefern die Immunität gegen diese Primeln und Brennesseln, die sich so selten findet, mit der Empfindungslosigkeit der Hexen und Besessenen verwandt sei, und ob man bei beiden Erscheinungen die Ursache in einer Autosuggestion auf hysterischer Basis zu suchen habe, die diese Immunität erklären könne. Nun er einmal angefangen, in dem kleinen Mädchen etwas Absonderliches zu sehen, suchte er gewissenhaft nach allen Zufälligkeiten, die ihm für diesen Gedanken zu sprechen schienen. So findet sich auch an dieser Stelle die nachgetragene Bemerkung – die Dr. Petersen in seinem Bericht als völlig unwesentlich übersehen hatte – daß die eigentliche Geburt des Kindes in der Mitternachtsstunde vor sich ging.

»Alraune wurde also in dies Leben geholt – – *wie es sich gehörte*«, fügte der Geheimrat hinzu.

Der alte Brambach war heruntergekommen vom Hügelland, vier Stunden weit vom Dorfe Filip her. Er war ein Halbinvalide, zog durch die Dörfer des Vorgebirges, verkaufte Kirchenlose und dazu Heiligenbilder und billige Rosenkränze. Er hinkte in den Hof und ließ dem Geheimrat melden, daß er römische Sachen mitgebracht habe, die ein Bauer auf seinem Acker gefunden. Der Professor ließ ihm sagen, daß er keine Zeit habe, und daß er warten solle; da wartete der alte Brambach, saß auf der Steinbank im Hofe und rauchte seine Pfeife.

Dann, nach zwei Stunden, rief ihn der Geheimrat herein. Er ließ immer die Leute warten, auch wenn er gar nichts zu tun hatte – nichts drückt so die Preise, wie warten lassen, sagte er. Aber diesmal war er wirklich beschäftigt; der Direktor des Germanischen Museums aus Nürnberg war da und hatte gerade eine hübsche Sammlung angekauft: gallische Funde im Rheinland.

Der Geheimrat ließ den lahmen Brambach nicht hereinkommen in die Bibliothek, hielt ihn fest in dem kleinen Vorraum. »Na, alter Hümpelepümp, zeigt her, was Ihr habt!« rief er.

Der Invalide knüpfte das große rote Taschentuch auf, legte den Inhalt sorgfältig auf den morschen Rohrstuhl: viele Münzen, ein paar Helmstücke, ein Schildknauf und ein entzückendes Tränenfläschchen. Der Geheimrat wandte sich kaum, nur ein rascher schielender Blick streifte das kleine Fläschchen. »Das ist alles, Brambach?« fragte er vorwurfsvoll. Und als der Alte nickte, begann er ihn tüchtig auszuschimpfen. So alt sei er nun und noch so dumm, wie ein Rotzjunge! Vier Stunden weit käme er her und vier müsse er zurück – ein paar Stunden müsse er warten dazu: so vertrödele er den ganzen Tag um den Quark da! Nichts sei der

Plunder wert, er solle nur alles wieder einpacken und mitnehmen, keinen bergischen Stüber könne er dafür geben! Wie oft müsse er es immer wieder und wieder sagen – die dummen Bauern sollten doch nicht um jeden Dreck nach Lendenich laufen! Hübsch warten, bis sie etwas zusammen hätten und dann alles auf einmal bringen! Oder ob es ihm mit seiner krummen Hinkepote so angenehm wäre, den weiten Weg von Filip in der Sonnenhitze hin und wieder zu traben, um nichts? Schämen solle er sich.

Der Invalide kratzte sich hinter den Ohren, drehte dann verlegen die braune Mütze in den Fingern. Er hätte gern irgend etwas gesagt, um den Professor umzustimmen; sonst konnte er doch ganz gut schwatzen, um seine Sachen anzupreisen. Aber es fiel ihm gar nichts ein, als der weite Weg, den er gekommen – und gerade den machte ihm ja der Professor so zum Vorwurf. Er war völlig zerknirscht und sah durchaus ein, wie dumm er war; so machte er gar keine Widerworte. Bat nur, die Sachen dalassen zu dürfen – dann brauchte er sie wenigstens nicht zurückzuschleppen. Der Geheimrat nickte, dann gab er ihm ein Fünfzigpfennigstück.

»Da, Brambach, für den Weg! Aber seid ein andermal gescheiter und tut, wie ich euch sagte! Und nun geht in die Küche, laßt euch ein Butterbrot geben und ein Glas Bier!«

Der Invalide bedankte sich, froh genug, daß es noch so abgelaufen war. Und er hinkte wieder über den Hof, der Küche zu.

Exzellenz ten Brinken aber nahm mit raschem Griffe das süße Tränenfläschchen. Zog ein seidenes Tuch aus der Tasche, reinigte es sorgfältig, betrachtete das feine violette Glas von allen Seiten. Dann erst öffnete er die Türe, trat zurück in die Bibliothek, wo der Nürnberger

Konservator vor den Glaskästen stand, schwenkte sein Fläschchen in erhobenem Arm.

»Sehen Sie her, lieber Doktor«, begann er, »hier habe ich noch einen besonderen Schatz! Es gehört zu dem Grabe der Tullia, der Schwester des Feldherrn Aulus, beim Lager von Schwarz-Rheindorf – ich zeigte Ihnen ja vorhin die andern Funde von dort!« Er überreichte ihm das Fläschchen und fuhr fort: »Nun bestimmen Sie einmal, wo es herstammt!«

Der Gelehrte nahm das Glas, trat ans Fenster, rückte seine Brille zurecht. Er bat sich eine Lupe aus und einen Seidenlappen, rieb und wischte, hielt das Fläschchen gegen das Licht, wandte es hin und her. Etwas zögernd und nicht ganz sicher sagte er endlich: »Hm – es scheint syrisches Fabrikat zu sein, aus der Glasfabrik zu Palmyra.«

»Bravo!« rief der Geheimrat. »Vor Ihnen muß man sich in acht nehmen, Sie sind ein Kenner!« – Hätte der Nürnberger auf Agrigent geraten oder auf Munda, so würde er geradeso begeistert zugestimmt haben. – »Und nun, Herr Doktor, die Zeit?«

Der Konservator hob noch einmal das Fläschchen auf. »Zweites Jahrhundert«, sagte er dann, »erste Hälfte.« Und diesmal klang es schon recht bestimmt.

»Ich mache Ihnen mein Kompliment!« bestätigte der Geheimrat. »Ich glaube nicht, daß noch jemand so schnell und treffsicher bestimmen könnte!«

»Außer Ihnen natürlich, Exzellenz!« erwiderte der Gelehrte geschmeichelt. Aber der Professor sagte bescheiden: »Sie überschätzen meine Kenntnisse bedeutend, Herr Doktor. Ich habe nicht weniger wie acht Tage angestrengter Arbeit benötigt, um dies Fläschchen mit völliger Gewißheit bestimmen zu können und ich habe eine Menge Bände dazu gewälzt. – Nun, es tut mir nicht leid, es ist ein selten schönes Stück – hab's freilich auch teuer genug erworben. Der Kerl, der es fand, hat sein Glück damit gemacht.«

»Ich möchte es gerne für mein Museum haben«, erklärte der Direktor. »Was verlangen Sie?«

»Für Nürnberg nur fünftausend Mark«, antwortete der Professor. »Sie wissen, daß ich allen deutschen Institutionen besondere Preise berechne. Nächste Woche kommen zwei Herren aus London, da werde ich achttausend fordern – und gewiß bekommen.«

»Aber Exzellenz«, erwiderte der Gelehrte, »fünftausend Mark! Sie wissen doch, daß ich solche Preise nicht bezahlen kann! Das übersteigt meine Befugnisse.«

Der Geheimrat sagte: »Es tut mir sehr leid – aber ich kann das Fläschchen wirklich nicht anders geben.«

Der Herr aus Nürnberg wog das kleine Glas in der Hand: »Es ist ein entzückendes Tränenfläschlein. Ich bin ordentlich verliebt darin. – Dreitausend will ich Ihnen geben, Exzellenz.«

Da sagte der Geheimrat: »Nein, nicht einen Heller weniger, wie fünftausend! – Aber ich will Ihnen was sagen, Herr Direktor: da Ihnen das Fläschchen so gefällt, so erlauben Sie mir, es Ihnen persönlich zum Geschenk anbieten zu dürfen. Behalten Sie es zur Erinnerung an Ihre so treffsichere Bestimmung.«

»Ich danke Ihnen, Exzellenz, ich danke Ihnen!« rief der Konservator. Er stand auf und drückte dem Geheimrat kräftig die Hand. »Aber ich darf keinerlei Geschenke annehmen in meiner Stellung – verzeihen Sie also, wenn ich ablehne. – Im übrigen bin ich bereit, den geforderten Preis zu bezahlen, wir müssen das Stück unserm Vaterland erhalten, dürfen es nicht den Engländern lassen.«

Er ging zum Schreibtisch und schrieb seinen Scheck. Ehe er sich aber empfahl, hatte ihm der Geheimrat noch die anderen, weniger interessanten Stücke angeredet –

aus dem Grabe der Tullia, der Schwester des Feldherrn Aulus.

Der Professor ließ anspannen für seinen Gast, geleitete ihn hinaus bis zum Wagen. Als er zurückkam über den Hof, sah er Wölfchen und Alraune bei dem Hausierer stehen, der ihnen seine bunten Heiligenbilder zeigte. Der alte Brambach hatte sich bei Speis und Trank wieder etwas Mut geholt, auch der Köchin einen Rosenkranz verkauft, von dem er behauptete, daß er vom Bischof geweiht sei, und der deshalb dreißig Pfennige mehr kostete, als die andern. Das alles belebte seine Zunge, die vorhin so furchtsam gewesen war, er faßte sich ein Herz und humpelte auf den Geheimrat zu.

»Herr Professor«, meckerte er, »kaufen Sie den Kindern ein hübsches Josefbildchen!«

Exzellenz ten Brinken war gut gelaunt; so antwortete er: »Den heiligen Josef? – Nein! Aber habt Ihr nicht den Johann von Nepomuk da?«

Nein, den hatte der Brambach nicht. Den Antonius ja, und den Johannes und den Thomas und Jakobus – aber den Nepomuk leider nicht. Und er mußte sich wieder vorwerfen lassen, daß er sein Geschäft nicht verstehe: in Lendenich könne man nur mit St. Nepomuk Geschäfte Machen, mit keinem andern Heiligen. Der Hausierer war betreten genug, aber er machte doch noch einen letzten Versuch.

»Ein Los, Herr Professor! Nehmen Sie ein Los! Für den Wiederaufbau der Laurentiuskirche zu Dülmen! Nur eine Mark kostet's – und jeder Käufer bekommt hundert Tage Ablaß im Fegefeuer! – Da steht's gedruckt!« Er hielt ihm die Lose unter die Nase.

»Nein«, sagte der Professor. »Wir brauchen keinen Ablaß – wir sind Geusen, da kommen wir so in den Himmel. – Und gewinnen kann man bei der Lotterie ja doch nichts.«

»So?« antwortete ihm der Hausierer. »Man kann nicht gewinnen? Dreihundert Gewinne gibt's und als ersten fünfzigtausend Mark in bar! Hier steht's!« Er wies mit dem schmutzigen Finger auf das Los.

Der Professor nahm es ihm aus der Hand. »Du alter Esel!« lachte er. »Und hier steht: fünfmalhunderttausend Lose! Da kannst du dir ausrechnen, wieviel Chancen man zum Gewinnen hat!« Er wandte sich zum Gehen, aber der Invalide hinkte ihm nach, hielt ihn am Rock fest.

»Versuchen Sie es trotzdem, Herr Professor«, bat er. »Unsereins will doch auch leben.«

»Nein!« rief der Geheimrat.

Doch der Hausierer gab nicht nach. »Ich hab so eine Ahnung, als ob Sie gewinnen müßten!«

»Die hast du immer!« sagte der Geheimrat.

»Lassen Sie die Kleine ein Los ziehen, das bringt Glück!« bettelte Brambach. – Da stutzte der Professor.

»Ich will es versuchen«, murmelte er. »Komm einmal her, Alraune!« rief er. »Zieh ein Los.«

Das Kind trippelte heran; sorgfältig machte der Invalide einen Fächer von seinen Losen, hielt ihn ihr entgegen.

»Mach die Augen zu«, gebot er. »So – und nun zieh.«

Alraune zog ein Los und gab es dem Geheimrat. Der zögerte einen Augenblick, dann winkte er den Knaben heran. »Zieh du auch ein Los, Wölfchen«, sagte er.

In dem Lederbande berichtet Exzellenz ten Brinken, daß er fünfzigtausend Mark in der Dülmener Kirchenlotterie gewann. Er könne leider nicht feststellen, setzte er hinzu, ob das von Alraune, oder das von Wölfchen gezogene Los der Treffer war, da er beide zusammen, ohne die Namen der Kinder daraufzuschreiben, in seinen Schreibtisch gelegt hatte. Doch hege er kaum einen Zweifel, daß es das der Alraune gewesen sei.

Im übrigen zeigte er sich dem alten Brambach, der ihm dieses Geld fast mit Gewalt ins Haus gebracht hatte, erkenntlich. Er schenkte ihm fünf Mark und setzte es durch, daß er aus der Provinzialunterstützungskasse für alte notleidende Krieger eine regelmäßige Ehrengabe von jährlich dreißig Mark erhielt.

Siebentes Kapitel,

das mitteilt, was geschah, als Alraune ein Mägdlein war

Von ihrem achten bis zum zwölften Lebensjahre wurde Alraune ten Brinken im Kloster Sacré Coeur zu Nancy erzogen, von dieser Zeit ab bis zu ihrem siebzehnten Geburtstage in dem Pensionat der Mlle. de Vynteelen, Avenue du Marteau, in Spa. Zweimal in jedem Jahre, zu den Ferien, war sie in dieser Zeit im Hause ten Brinken zu Lendenich.

Zuerst versuchte der Geheimrat, sie zu Hause unterrichten zu lassen. Er engagierte ein Fräulein, um das Kind ein wenig zu erziehen, dann einen Lehrer und bald darauf einen zweiten. Aber sie verzweifelten alle in kurzer Zeit: mit dem Mädchen sei mit dem besten Willen nichts anzustellen. Es war durchaus nicht ungezogen, in keiner Weise wild und ungebärdig. Aber es gab eben keine Antworten, war durch nichts von seinem hartnäckigen Schweigen abzubringen. Es saß still und ruhig da, blinzelte mit halboffenen Augen geradeaus; es war kaum festzustellen, ob es überhaupt zuhörte. Den Griffel nahm es wohl in die Hand, aber es war nicht zu bewegen, Haarstriche, Grundstriche oder Buchstaben zu machen – es zeichnete vielmehr irgendein merkwürdiges Tier mit zehn Beinen, oder ein Gesicht mit drei Augen und zwei Nasen.

Was es überhaupt lernte, ehe es der Geheimrat ins Kloster schickte, brachte ihm Wölfchen bei. Dieser Knabe, der selbst auf jeder Klasse sitzenblieb, unendlich faul war in der Schule und auf alle Schularbeit mit souveräner Verachtung herabsah, beschäftigte sich zu Hause mit einer unendlichen Geduld mit dem Schwesterchen. Sie ließ ihn schreiben, lange Reihen von Zahlen, hunderte Male seinen Namen und ihren Namen, und sie freute sich, wenn seine ungeschickte Hand versagte, wenn die kleinen schmutzigen Finger ihm kribbelten. Zu diesem Zwecke nahm sie Griffel, Bleistift und Feder, lernte eine Zahl, ein Wort um das andere, faßte es bald, schrieb es auf und ließ es dann den Knaben durch Stunden wiederholen. Immer hatte sie etwas auszusetzen, da war dieser, hier jener Strich nicht in Ordnung. Sie spielte die Lehrerin – so lernte sie.

Dann, als irgendein Oberlehrer einmal herauskam, sich beim Geheimrat zu beklagen über die jämmerlichen Leistungen seines Pflegesohnes, merkte sie, daß Wölfchen recht schwach sei in den Wissenschaften. Und nun spielte sie Schule mit ihm, kontrollierte ihn, ließ ihn hocken bis in die Nacht hinein, überhörte ihn und machte ihn lernen. Sie sperrte ihn ein, schloß die Türe ab, ließ ihn nicht eher wieder herauskommen, bis er seine Aufgabe erledigt hatte. Und sie tat so, als ob sie das alles wüßte, duldete keinen Zweifel an ihrer Überlegenheit.

Sie faßte sehr leicht und sehr schnell. Sie wollte sich keine Blößen geben vor dem Knaben, so nahm sie ein Buch vor um das andere. Griff dies auf und das, ohne Zusammenhang, wild durcheinander. So weit ging es, daß der Junge, wenn er irgend etwas nicht wußte, zu ihr kam, sie zu fragen, durchaus überzeugt, daß sie es wissen müßte. Dann hielt sie ihn hin, sagte, daß er nachdenken solle, schalt ihn aus. So gewann sie Zeit, suchte in den Büchern, lief auch wohl, wenn sie sich gar nicht zurechtfinden konnte, zu dem Geheimrat und fragte den. Kam dann zurück zu dem Knaben, fragte, ob es ihm noch nicht eingefallen sei. Gab ihm endlich die Antwort.

Der Professor merkte dies Spiel, das ihn amüsierte. Und er würde nie daran gedacht haben, das Mädchen aus dem Hause zu geben, wenn nicht die Fürstin ihn immer wieder gedrängt hätte. Von jeher eine gute Katholikin, wurde diese Frau gläubiger mit jedem neuen Jahre, es war, als ob jedes Kilo Fett sie wieder ein wenig frömmer machte. Sie bestand darauf, daß ihr Patenkind im Kloster erzogen werden müsse, und der Geheimrat, der nun schon seit Jahren ihr finanzieller Berater war und mit den Millionen der Fürstin fast wie mit seinen eignen operierte, hielt es für klug, ihr in diesem Punkte zu Gefallen zu sein: so kam Alraune nach Nancy ins Sacré Coeur.

Für diese Zeit finden sich in dem Lederbande, außer kurzen Eintragungen von des Geheimrats Hand, einige längere Berichte der mère supérieure. Der Professor grinste, als er sie einheftete, besonders bei den lobenden Stellen, wenn von den außerordentlichen Fortschritten des Mädchens die Rede war: er kannte seine Klöster und wußte gut, daß man nirgends auf der Welt weniger lernen kann, als bei den frommen Schwestern. Und es machte ihm Spaß, als die anfänglichen Lobestiraden, die alle Eltern bekamen, bei Alraune sehr bald einer anderen Tonart Platz machten, als die mère supérieure immer wieder und immer mehr bewegliche Klagen über allerlei Grausamkeiten zu berichten hatte. Und diese Klagen hatten stets denselben Grund: nicht das Betragen des Mädchens selbst, nicht ihre Leistungen gaben zu Vorstellungen Anlaß, es war immer nur der Einfluß, den sie auf ihre Mitschülerinnen ausübte.

– »Es ist wohl wahr«, schrieb die révérende mère, »daß das Kind nie selbst Tiere quält; wenigstens ist sie nie dabei ertappt worden. Aber es ist ebenso wahr, daß alle kleinen Grausamkeiten – die sich die Schülerinnen zuschulden kommen lassen, in ihrem Kopfe entstanden sind. Zuerst wurde die kleine Marie, ein sehr braves und folgsames Kind, dabei erwischt, wie sie im Klostergarten mit Grashalmen Fröschlein aufblies. Zur Rede gestellt, wie sie dazu komme, gestand sie, daß Alraune ihr den Gedanken eingegeben habe. Wir wollten das erst nicht recht glauben, dachten vielmehr, daß es nur eine Ausrede sei, um die Schuld einigermaßen von sich abzuwälzen. Aber bald darauf wurden zwei andere Mädchen dabei entdeckt, wie sie einige große Nacktschnecken mit Salz bestreuten, so daß die armen Tiere, die doch auch Gottesgeschöpfe sind, sich auf qualvolle Weise zu Schleim auflösten. Und wieder gaben die zwei Kinder an, daß Alraune sie angestiftet habe. Ich stellte sie nun selbst zur Rede und das Kind gab ohne weiteres alles zu, erklärte, daß es das einmal gehört habe und nun habe sehen wollen, ob es wirklich so wäre. Auch die Anstiftung zum Fröscheaufblasen gestand sie ein; sie sagte, daß es so hübsch knalle, wenn man dann den aufgeblasenen Frosch mit einem Stein zerschlage. Sie selbst würde es freilich nicht tun, weil so leicht von dem zerquetschten Frosch einem etwas auf die Hand spritzen könne. Gefragt, ob sie ihre Sünden einsehe, erklärte sie: nein, sie habe ja nichts getan; und was andere Kinder täten, ginge sie gar nichts an.«

Bei dieser Stelle befindet sich eine Parenthese des Geheimrats, die lautet: »Sie hat vollkommen recht.«

»Trotz allen Strafen«, ging der Brief weiter, »haben wir dann in kurzer Zeit noch einige andere bedauerliche Fälle feststellen müssen, die wieder Alraune zur Urheberin hatten. So stach Clara Maassen aus Düren, ein Mädchen einige Jahre älter als Alraune, das bereits seit vier Jahren in unserer Pflege ist und sonst nie den geringsten Anlaß zur Klage gab, einem jungen Maulwurf mit der glühend gemachten Stricknadel beide Augen aus. Sie war über ihre Tat selbst so entsetzt, daß sie ein paar Tage, bis zum nächsten Beichttag, ein äußerst aufgeregtes Wesen zur Schau trug und ohne jeden Anlaß immer wieder zu weinen begann; sie beruhigte sich erst wieder, nachdem sie Absolution empfangen hatte. Hier erklärte Alraune, daß Maulwürfe in der dunklen Erde kröchen, und es also ganz gleichgültig sei, ob sie sehen könnten oder nicht. Dann fanden wir im Garten Vogelfallen, die sehr sinnreich zusammengesetzt waren, die kleinen Vogelstellerinnen, die Gott sei Dank noch nichts gefangen hatten, wollten durchaus nicht mit der Sprache heraus, wie sie auf den Gedanken gekommen seien. Erst unter der Androhung schärfster Strafen gestanden sie, daß Alraune sie verlockt und zu gleicher Zeit bedroht habe, ihnen etwas anzutun, wenn sie sie verraten würden. – Und leider ist der unheilvolle Einfluß des Kindes auf ihre Mitschülerinnen in letzter Zeit derartig gestiegen, daß wir kaum mehr die Wahrheit ermitteln können. So wurde Hélène Petiot von der Klassenschwester dabei erwischt, wie sie in der Freistunde Fliegen fing, ihnen vorsichtig mit der Schere die Flügel abschnitt, die Beinchen einzeln ausriß und sie dann in einen Ameisenhaufen warf. Das kleine Mädchen blieb aber dabei, daß es ganz allein auf den Gedanken gekommen sei und beteuerte selbst vor Seiner Hochwürden, daß Alraune nichts damit zu tun hätte. Genau so hartnäckig leugnete gestern ihre Cousine Ninon, die unserer braven alten Katze einen alten Blechtopf an den Schwanz gebunden hatte, der das arme Tier halb verrückt machte. Trotzdem sind wir überzeugt, daß auch hier Alraune wieder ihre Hand im Spiele hatte.«

Die mère supérieure schreibt dann weiter, daß sie eine Konferenz zusammenberufen habe und daß man beschlossen habe, Seine Exzellenz ergebenst zu bitten, seine Tochter vom Kloster wegzunehmen und so bald wie möglich abholen zu lassen. – Der Geheimrat antwortete, daß er die Vorkommnisse außerordentlich bedaure, aber bitten müsse, das Kind einstweilen noch im Kloster zu lassen: je schwieriger die Arbeit, um so größer nachher der Erfolg. Er zweifle nicht, daß es der Geduld und der Frömmigkeit der Schwestern gelingen würde, das Unkraut in dem Herzen seines Kindes auszuroden und dieses zu einem schönen Garten des Herrn zu machen.

Im Grunde war es ihm darum zu tun, zu sehen, ob wirklich der Einfluß dieses zarten Kindes stärker wäre als alle Klosterzucht und alle Einwirkung der frommen Schwestern. Er wußte recht gut, daß das billige Kloster von Sacré Coeur in Nancy ohnehin nicht gerade von den besten Familien beschickt war, daß es sehr froh sein mußte, das Töchterlein einer Exzellenz unter seinen Schülerinnen zu zählen. Er täuschte sich nicht: die révérende mère antwortete, daß man es mit Gottes Hilfe noch einmal versuchen wolle und daß alle Schwestern sich freiwillig bereit erklärt hätten, allabendlich in ihr Gebet eine besondere Bitte für Alraune mit einzuschließen. Worauf ihnen der Geheimrat großmütig einen Hundertmarkschein für ihre Armen sandte.

In diesen Ferien beobachtete der Professor ziemlich gründlich das kleine Mädchen. Er kannte die Gontramfamilie vom Urgroßvater her und er wußte, daß ihnen die Liebe zu allen Tieren mit der Muttermilch eingeflößt war. Wie groß auch des Kindes Einfluß auf den soviel älteren Knaben war – hier mußte er einen Damm finden, mußte machtlos werden an diesem innersten Gefühl grenzenloser Güte.

Und doch erwischte er Wölfchen Gontram eines Nachmittags bei dem kleinen Teich, unter dem Trompetenbaum. Er kniete auf der Erde, vor ihm saß auf einem Stein ein großer Frosch. Der Junge hatte ihm eine brennende Zigarette in das breite Maul gesteckt, tief hinein in den Rachen. Und der Frosch rauchte in Todesangst. Er verschluckte den Rauch, sog ihn in den Magen, mehr und immer mehr; aber er stieß ihn nicht wieder aus – so wurde er dicker und dicker. Wölfchen starrte ihn an, dicke Tränen liefen ihm über die Wangen. Aber er zündete doch, als die Zigarette heruntergebrannt war, eine zweite an, nahm den Stummel dem Frosch aus dem Hals, steckte ihm mit zitternden Fingern die frische ins Maul. Und der Frosch schwoll unförmig an, dick quollen ihm die großen Augen aus den Höhlen. Es war ein starkes Tier: zwei und eine halbe Zigarette konnte es vertragen, ehe es zerplatzte. Der Junge schrie jammernd auf, es schien, als ob sein Schmerz noch viel größer sei, als der des Tieres, das er zu Tode quälte. Er sprang zurück, als wollte er fliehen in das Gebüsch hinein, blickte sich um, lief, als er sah, daß der zerrissene Frosch sich noch bewegte, schnell hinzu, trat wild und verzweifelt mit den Absätzen auf dem Tier herum, um es zu töten und so von seinen Qualen zu befreien.

Der Geheimrat nahm ihn am Ohr, untersuchte zuerst seine Taschen. Er fand noch ein paar Zigaretten und der Junge gestand, sie vom Schreibtische aus der Bibliothek genommen zu haben. Aber er war nicht zu bewegen, eine Antwort darauf zu geben, wer ihm das beigebracht habe, daß rauchende Frösche sich selbst aufblasen und endlich zerplatzen. Da half kein Zureden und die Prügel, die ihm der Professor sehr reichlich durch den Gärtner geben ließ, halfen erst recht nichts. Auch Alraune leugnete hartnäckig, selbst dann noch, als eine der Mägde angab, daß sie gesehen habe, wie das Kind die Zigaretten nahm. Trotzdem blieben die beiden dabei:

der Knabe, daß er die Zigaretten gestohlen habe, und das Mädchen, daß sie es nicht getan habe.

Noch ein Jahr blieb Alraune im Kloster, dann wurde sie – mitten im Schuljahr – nach Hause geschickt. Und diesmal gewiß mit Unrecht: nur die abergläubischen Schwestern glaubten an ihre Schuld und, vielleicht, ein klein wenig auch der Geheimrat. Aber kein vernünftiger Mensch würde es tun.

Schon einmal war im Sacré Coeur eine Krankheit ausgebrochen, die Masern. Siebenundfünfzig kleine Mädchen lagen in ihren Bettchen, und nur sehr wenige, darunter Alraune, gingen gesund herum. Diesmal aber war es viel schlimmer: eine Typhusepidemie. Acht Kinder starben und eine Schwester; fast alle andern waren krank. Aber Alraune ten Brinken war nie so gesund wie in dieser Zeit, sie nahm zu, blühte, lief fröhlich durch alle Krankenzimmer. Und da sich niemand um sie kümmerte in diesen Wochen, so lief sie treppauf und ab, setzte sich an alle Bettchen und erzählte den Kindern, daß sie sterben müßten, morgen schon, und daß sie alle in die Hölle kämen. Sie aber, Alraune, würde leben und würde doch in den Himmel kommen. Und sie verschenkte überall ihre Heiligenbildchen, sagte den kranken Mädchen, daß sie fleißig beten sollten zur Madonna und zum heiligen Herzen Jesu – – aber daß es doch nichts nutzen würde. Brennen müßten sie doch und tüchtig braten – o es war erstaunlich wie gut sie das alles ausmalen konnte. Manchmal, wenn sie gut gelaunt war, war sie milde: dann versprach sie nur hunderttausend Jahre Fegefeuer. Aber auch das war am Ende schlimm genug für die kranken Sinne der frommen kleinen Mädchen. Der Arzt warf Alraune höchst eigenhändig aus dem Zimmer und die Schwestern, fest überzeugt, daß sie allein die Krankheit ins Kloster gezogen habe, schickten sie Hals über Kopf nach Hause.

Der Professor lachte und war entzückt über diesen Bericht. Und er wurde kaum ernster, als kurz nach des Kindes Ankunft zwei seiner Mägde am Typhus erkrankten und alle beide bald darauf im Krankenhause starben. Der Vorsteherin des Klosters zu Nancy aber schrieb er einen entrüsteten Brief, in dem er sich bitter beklagte, daß man ihm unter den obwaltenden Umständen die Kleine ins Haus gesandt habe. Er verweigerte die Zahlung des Schulgeldes für das letzte halbe Jahr und verlangte energisch Rückerstattung des Geldes, das er für die kranken Mägde hatte auslegen müssen. Und es ist ja richtig – – vom sanitären Standpunkte aus hätten die Schwestern vom Sacré Coeur nicht so handeln dürfen.

Im übrigen handelte Exzellenz ten Brinken nicht viel anders. Er hatte nicht gerade Angst vor der Ansteckungsgefahr, aber, wie allen Ärzten, so waren auch ihm Krankheiten sehr viel sympathischer bei andern Menschen, als am eigenen Leibe. Er ließ Alraune so lange in Lendenich, bis er sich in der Stadt nach einer guten Pension erkundigt hatte; dann, schon am vierten Tage, sandte er sie nach Spa, in das berühmte Institut der Mlle. de Vynteelen. Der schweigsame Aloys mußte sie begleiten. Die Reise ging für das Kind ohne Zwischenfall vonstatten, während der Diener zwei kleine Erlebnisse hatte: auf der Hinfahrt fand er ein Portemonnaie mit einigen Silberstücken und auf der Rückfahrt zerquetschte er sich, beim Zuschlagen der Coupétür einen Finger. Der Geheimrat nickte befriedigt, als ihm Aloys diesen Bericht abstattete.

Von den Jahren, die Alraune in Spa zubrachte, wußte Fräulein Becker, die deutsche Lehrerin, die auch aus der Universitätsstadt am Rhein stammte und dort ihre Ferien verbrachte, dem Geheimrat viel zu erzählen.

Gleich vom ersten Tage an habe Alraune begonnen in der alten Avenue du Marteau ihre Herrschaft auszuüben, und diese Herrschaft habe sich nicht nur auf ihre Mitschülerinnen erstreckt, sondern auch auf die Lehrerinnen und ganz besonders auf die Miss, die schon nach wenigen Wochen ein fast willenloses Spielzeug der absurden Launen des kleinen Mädchens geworden sei. So habe Alraune gleich beim Frühstück erklärt, daß sie Honig und Marmelade nicht möge, daß sie vielmehr Butter haben wolle; Mlle. de Vynteelen habe ihr natürlich keine Butter gegeben. Nach wenigen Tagen schon hätten einige der andern Pensionärinnen auch Butter verlangt und schließlich sei durch das ganze Institut ein großer Schrei nach Butter gegangen. Miss Patterson aber, die nie in ihrem Leben etwas anderes zum Morgentee genossen habe, als Toast mit Jam, habe plötzlich auch eine unstillbare Sehnsucht nach Butter empfunden – so habe die Vorsteherin nachgeben und die große Butterforderung bewilligen müssen. – Alraune aber habe von diesem Tage an mit Vorliebe Orangenmarmelade genommen.

Tierquälereien, erklärte Fräulein Becker auf die besondere Frage des Geheimrats, kamen in diesen Jahren im Pensionat Vynteelen nicht vor, wenigstens wurde kein einziger solcher Fall entdeckt. Dagegen habe Alraune sowohl die andern Kinder, wie die Lehrer und Lehrerinnen gründlich gequält, besonders den armen Musikprofessor. In seiner Schnupftabaksdose, die er stets im Mantel auf dem Korridor ließ, um nicht in die Versuchung zu kommen, während der Stunden zu schnupfen, seien seit Alraunens Eintritt die merkwürdigsten Gegenstände gefunden worden, so: dicke Kreuzspinnen und Kellerasseln, dann Schießpulver, Pfeffer, Streusand mit Tinte und einmal gar zerhackte Tausendfüsse. Einige Male seien Mädchen dabei ertappt und auch dafür bestraft worden – nie aber Alraune. Doch habe diese dem alten Musiker stets eine passive Resistenz gezeigt, nicht geübt und in der Stunde die Hände in den Schoß gelegt und sie nie zum Spiel erhoben. Als aber der Professor sich in seiner Verzweiflung endlich einmal bei der Leiterin beschwert habe, habe Alraune ruhig erklärt, daß der Alte lüge. Mlle. de Vynteelen wohnte dann der nächsten Stunde persönlich bei – und, siehe da, das kleine Mädchen konnte seine Lektion vorzüglich, spielte besser wie eine der andern und zeigte plötzlich eine ganz erstaunliche Fertigkeit. Die Pensionsdame machte dem Musiklehrer heftige Vorwürfe – der sprachlos dabeistand und nichts anderes zu sagen wußte, als: »Mais c'est aiccoyable – c'est vraiment aiccoyable!«

Weshalb ihn die kleinen Pensionsfräulein von nun an nur noch ›Monsieur Incroyable‹ nannten; sie riefen es ihm nach, wo er sich nur sehen ließ, und sprachen es aus, wie er, als ob sie keine Zähne mehr im Munde hätten.

Was die Miss angehe, so habe sie kaum mehr einen ruhigen Tag erlebt, stets sei ihr wieder ein neuer dummer Streich gespielt worden. Man habe ihr Juckpulver ins Bett gestreut, und einmal, nach einer Landpartie, sogar ein halbes Dutzend Flöhe hineingesetzt. Bald war der Schlüssel zu ihrem Schranke, oder zu ihrem Zimmer verschwunden, bald waren alle Haken und Ösen von dem Kleide, das sie gerade anziehen wollte, abgetrennt. Einmal, als sie zu Bett gehen wollte, erschreckte sie zu Tode die Wirkung des Brausepulvers in ihrer ›Vase de nuit‹, und ein andermal flogen ihr durch das offene Fenster brennende Schwärmer herein, so daß sie laut um Hilfe schrie. Bald war der Stuhl, auf den sie sich setzte, mit Leim oder Farbe beschmiert, bald fand sie in ihren Taschen eine tote Maus oder einen alten

Hühnerkopf. Und so ging es fröhlich weiter, die arme Miss konnte kaum eine Stunde mehr ihres Lebens froh werden. Eine Untersuchung löste die andere ab, stets wurden ein paar Schuldige ermittelt und bestraft. Nie aber befand sich Alraune dabei, obwohl jedermann überzeugt war, daß sie die eigentliche Urheberin all dieser Streiche war. Die einzige, die diesen Verdacht mit Entrüstung zurückwies, war die Engländerin selbst; sie schwor auf die Unschuld des Mädchens, tat es bis zu dem Tage, als sie dem Institut de Vynteelen den Rücken kehrte: dieser Hölle, wie sie sagte, die nur einen kleinen süßen Engel beherbergte.

Der Geheimrat grinste, als er in dem Lederbande eintrug: »Dieser kleine süße Engel ist Alraune.«

Was sie selbst angehe, erzählte Fräulein Becker dem Professor weiter, so habe sie es von vornherein vermieden, mit dem seltsamen Kinde in Berührung zu kommen. Das sei ihr um so leichter möglich gewesen, als sie ja hauptsächlich sich mit den französischen und englischen Schülerinnen beschäftigen mußte und Alraune nur im Turnen und in der Handarbeit zu unterrichten gehabt hätte. Von letzterem Gegenstand habe sie sie gleich dispensiert, als sie gesehen habe, daß Alraune nicht nur kein Interesse dafür, sondern geradezu einen direkten Widerwillen dagegen zeigte; in den Turnstunden aber, in denen sie sich übrigens stets ausgezeichnet, habe sie immer so getan, als ob sie die Launen des Kindes gar nicht bemerkte. Nur einmal habe sie, und zwar bald nach Alraunens Eintritt, einen kleinen Zusammenstoß mit ihr gehabt, bei dem sie, wie sie leider zugeben müsse, durchaus den kürzeren zog. Sie habe zufällig in einer Freistunde gehört, wie Alraune ihren Mitschülerinnen von ihrem Aufenthalte im Kloster erzählte, dabei so abscheulich renommierend und frech aufschneidend, daß sie es für ihre Pflicht gehalten habe, einzuschreiten. Auf der einen Seite habe die Kleine erzählt, wie wundervoll und herrlich da alles sei, auf der andern Seite habe sie wahre Mordgeschichten berichtet über allerhand Untaten der frommen Schwestern. Da sie nun selbst in dem Kloster von Sacré Coeur zu Nancy erzogen worden sei, also recht gut wisse, daß es da sehr einfach und schlicht zugehe, daß auch die Nonnen die harmlosesten Geschöpfe von der Welt seien, so habe sie Alraune herausgerufen und ihr diese Schwindelgeschichten vorgeworfen, auch verlangt, daß das Mädchen sogleich ihren Mitschülerinnen sage, daß sie die Unwahrheit gesprochen. Als das Alraune hartnäckig verweigerte, habe sie erklärt, daß sie es dann selber den Mädchen sagen würde. Darauf habe Alraune sich hoch auf ihre Fußspitzen gereckt, sie still angesehen und ruhig erwidert: »Wenn Sie das sagen, Fräulein, werde ich erzählen, daß Ihre Mutter zu Hause einen kleinen Käseladen hat.«

Sie, Fräulein Becker, müsse bekennen, daß sie schwach genug gewesen sei, einer falschen Scham nachzugeben und dem Kinde seinen Willen zu lassen. Es habe freilich, fügte sie hinzu, aus der leisen Stimme des Mädchens etwas so Überlegenes geklungen, daß sie sich in dem Augenblicke beinahe gefürchtet. Sie habe Alraune stehen lassen und sei in ihr Zimmer gegangen, froh, mit dem kleinen Geschöpf in keinen Streit geraten zu sein. Übrigens habe sie die verdiente Strafe dafür, daß sie ihre gute Mutter so verleugnet, bald genug erhalten: Alraune habe schon am nächsten Tage die andern Pensionärinnen doch mit der Tatsache des mütterlichen Käseladens bekannt gemacht und es habe viel Mühe gekostet, den Respekt, den sie dadurch im Institut einbüßte, nach und nach sich wieder zu erobern.

Viel schlimmer aber, als ihren Vorgesetzten, spielte Alraune ihren Kameradinnen mit – da war nicht eine in der Pension, die nicht darunter zu leiden hatte. Und es schien, seltsam genug, als ob die Kleine sich durch jede neue Untat noch beliebter machte. Wohl schalt jene der Pensionärinnen, die sie sich gerade zum Opfer ausersehen hatte, aber dann waren alle andern stets auf Alraunes Seite; sie war beliebter wie eines der anderen Mädchen. Fräulein Becker berichtete dem Geheimrat darüber eine Menge Einzelheiten, einige der krassesten Fälle erwähnt dieser dann in dem Lederbande.

Blanche de Banville war aus den Ferien zurückgekehrt, die sie bei ihren Verwandten in der Picardie verbracht hatte; bei dieser Gelegenheit hatte sich das warmblütige vierzehnjährige Ding bis über beide Ohren in ihren nicht viel älteren Vetter verliebt. Sie schrieb ihm auch von Spa aus und der Junge antwortete: B. d. B., poste restante; dann aber hatte er wohl etwas Besseres zu tun – jedenfalls blieben die Briefe aus. Alraune wußte um das Geheimnis, sie und die kleine Louison. Blanche war natürlich sehr unglücklich und weinte ganze Nächte hindurch; Louison saß dann bei ihr und suchte sie zu trösten. Alraune aber erklärte, man dürfe sie nicht trösten; ihr Vetter sei ihr untreu geworden und habe sie verraten, und Blanche müsse nun sterben an unglücklicher Liebe. Das sei das einzige Mittel, um dem Falschen seine Untat recht vorzustellen; zeit seines Lebens würde er dann von Furien gefoltert herumlaufen. Und sie wußte eine Menge berühmter Beispiele, wo es auch so gewesen sei. Blanche war einverstanden mit dem Sterben, aber es ging nicht so recht; sogar das Essen schmeckte ihr stets vorzüglich, trotz ihres großen Schmerzes. Da erklärte Alraune, daß Blanche die Pflicht habe, sich selbst umzubringen, wenn sie denn durchaus nicht an gebrochenem Herzen sterben könne. Sie empfahl einen Dolch oder eine Pistole – aber man hatte weder das eine noch das andere. Auch war Blanche nicht zu bewegen, aus dem Fenster zu springen, noch eine Hutnadel sich ins Herz zu stoßen, noch auch sich aufzuhängen. Nur schlucken wollte sie, und sonst nichts. Aber Alraune wußte bald Rat. In dem Arzneischränkchen der Mlle. de Vynteelen stand eine Lysolflasche – die mußte Louison stehlen. Es war leider nur noch ein ganz kleines Restchen darin, darum mußte Louison noch von ein paar Dosen mit Streichhölzern die Phosphorköpfe abkratzen. Blanche schrieb einige Abschiedsbriefe, an ihre Eltern, an die Vorsteherin und an den verräterischen Geliebten; dann trank sie das Lysol und schlang die Zündholzköpfe – beides schmeckte ihr abscheulich genug. Um aber ja ihrer Sache sicher zu sein, ließ sie Alraune noch drei Päckchen mit Nähnadeln herunterschlucken. – Sie selbst war übrigens bei diesem Selbstmordversuche nicht zugegen, war vielmehr unter dem Vorwande, aufpassen zu wollen, in ihr Zimmer gegangen, nachdem ihr Blanche auf das Kruzifix geschworen hatte, alles genau zu tun. Die kleine Louison saß an dem Abend an dem Bette ihrer Freundin, sie reichte ihr unter jämmerlichen Tränen, erst das Lysol, dann die Phosphorköpfchen und endlich die Nähnadelbriefchen. Als aber dieses dreifache Mordgift der armen Blanche sehr schlecht bekam, als sie sich wand und vor Schmerzen schrie, da schrie Louison mit, daß das Haus dröhnte, lief hinaus aus dem Zimmer, holte die Vorsteherin und die Lehrerinnen und zeterte, daß Blanche im Sterben liege.

Blanche de Banville starb gar nicht, ein geschickter Arzt gab ihr gleich ein tüchtiges Brechmittel, das das Lysol und das Phosphor und auch die Nadelbriefchen wieder hervorholte. Freilich hatte sich eines von diesen gelöst und ein halbes Dutzend Nadeln im Magen verloren: die wanderten durch den Körper, kamen an allen möglichen Stellen im Laufe der Jahre wieder heraus und erinnerten die kleine Selbstmörderin noch oft schmerzhaft genug an ihre erste Liebe.

Blanche lag noch lange im Bett und hatte tüchtige Schmerzen; so schien sie genügend bestraft. Alle hatten viel Mitleid mit ihr, waren so lieb zu ihr, wie sie konnten und erfüllten ihr alle ihre kleinen Wünsche. Aber sie wünschte nichts anderes, als daß man ihre beiden Freundinnen, die ihr geholfen hatten, nicht bestrafen solle, Alraune und die kleine Louison. Und sie bat und bettelte so lange, bis die Vorsteherin es versprach – so wurde Alraune nicht weggejagt aus dem Pensionat.

Dann kam Hilde Aldekerk an die Reihe, die so gerne Berliner Pfannkuchen aß; die bekam man in der deutschen Konditorei auf der Place Royale. Sie könne zwanzig essen, meinte sie, aber Alraune behauptete, daß sie gewiß nicht dreißig vertilgen könne. Sie wetteten; wer verlor, sollte die Kuchen bezahlen. Hilde Aldekerk gewann – aber sie wurde krank, daß sie vierzehn Tage das Bett hüten mußte. »Vielfraß!« sagte Alraune ten Brinken. »Es ist dir recht geschehen.« – Und alle die kleinen Mädchen nannten die dicke, runde Hilde nur noch: »Vielfraß«. Diese heulte ein bißchen, gewöhnte sich dann an den Kosenamen und wurde endlich eine der allertreuesten Anhängerinnen Alraunens – genau so wie Blanche de Banville.

Nur ein einziges Mal, berichtete Fräulein Becker, sei Alraune im Pensionat ernsthaft bestraft worden, und merkwürdigerweise in diesem Falle gewiß zu Unrecht. In einer Vollmondnacht sei die französische Lehrerin entsetzt aus ihrem Zimmer gestürzt, habe das ganze Haus wach geschrien und gezetert, daß auf der Balustrade ihres Balkons ein weißes Gespenst sitze. Niemand habe sich in ihr Zimmer hineingetraut, schließlich habe man den Portier geweckt, der, mit einem tüchtigen Knüppel bewaffnet, hineingegangen sei. Das Gespenst entpuppte sich dann als Alraune, die still in ihrem Nachthemde dort saß und mit weit offenen Augen in den Mond starrte. Wie sie dort hinkam, war nicht aus ihr herauszubringen. Die Vorsteherin habe das Gespensterspielen für einen sehr schlechten Streich gehalten – erst viel später habe sich herausgestellt, daß das Mädchen offenbar nur unter dem Einflusse des Vollmondes gehandelt hatte: noch zu verschiedenen andern Gelegenheiten sei sie beim Schlafwandeln erwischt worden. Seltsam sei, daß Alraune diese ungerechte Strafe – das Abschreiben langer Kapitel aus dem ›Télémaque‹ an schulfreien Nachmittagen – ohne Widerrede und höchst gewissenhaft abbüßte: gegen jede gerechte Strafe würde sie sich gewiß bis aufs äußerste empört haben.

– Fräulein Becker sagte zu dem Geheimrat: »Ich fürchte, Exzellenz werden nicht viel Freude an Ihrem Töchterlein erleben.«

Aber der Professor antwortete: »Ich glaube doch. Bisher bin ich recht zufrieden.«

Die beiden letzten Jahre ließ er Alraune nicht in den Ferien nach Hause kommen. Er erlaubte ihr, mit ihren Pensionsfreundinnen zu reisen, nach Schottland einmal mit Maud Macpherson, dann mit Blanche zu ihren Eltern nach Paris und endlich mit den beiden Rodenbergs auf ihr Gut im Münsterlande. Er hatte von diesen Episoden aus Alraunens Leben gar keine bestimmte Nachrichten – malte sich nur aus, was sie in den Ferien vielleicht angestellt haben könnte. Und es war ihm eine Befriedigung zu denken, daß dies Wesen, das er schuf, weit hinaus die merkwürdigen Kreise seines Einflusses ziehen möchte. In der Zeitung las er, daß in dem Sommer, in dem Alraune auf Boltenhagen war, die grünweißen Farben des alten Grafen Rodenberg auf dem Rasen ganz besonders gut abgeschnitten und seinem Gestüt einen sehr erheblichen Gewinn gebracht hatten;

weiter erfuhr er, daß Mlle. de Vynteelen eine ziemlich unerwartete Erbschaft gemacht habe, die sie in den Stand setzte, ihr Institut aufzulösen, so daß sie keine neuen Pensionärinnen mehr aufnahm und nur noch die alten bis zum Schluß ihrer Studien behielt. Beides schrieb er der Gegenwart Alraunens zu und war halb überzeugt, daß sie auch den übrigen Häusern, in denen sie geweilt, dem Kloster in Nancy, dem Reverend Macpherson in Edinburgh und dem Heim der Banville auf dem Boulevard Haussmann Gold ins Haus gebracht habe: so habe sie dreifach ihre kleinen Teufeleien wieder gutgemacht. Er dachte, daß alle diese Menschen seinem Kinde sehr dankbar sein müßten, hatte ein Gefühl, als ob er ein seltsames »Mädchen aus der Fremde« in die Welt gesetzt habe, das jedem seine Gaben brachte und ringsum Rosen auf den Lebensweg der Menschen streute, die das Glück hatten es zu treffen. Er lachte, als ihm einfiel, daß diese Rosen auch scharfe Dornen hatten und manche hübsche Wunde reißen konnten.

Und er fragte das Fräulein Becker: »Sagen Sie mir doch – wie geht es eigentlich Ihrer lieben Mama?«

»Danke, Exzellenz«, antwortete sie, »die Mutter kann nicht klagen. Das Geschäft ist erheblich besser geworden in den letzten Jahren!«

Da sagte der Geheimrat: »Sehen Sie!« – Und er gab Auftrag, daß von nun an aller Käse bei Frau Becker in der Münsterstraße gekauft werden solle, Emmenthaler, Roquefort, Chester und alter Holländer.

Achtes Kapitel,

das ausführt, wie Alraune Herrin ward auf dem Sitze der Brinken

Als Alraune wieder zurückkam in das Haus am Rhein, das dem heiligen Nepomuk geweiht war, da war der Geheimrat ten Brinken sechsundsiebzig Jahre alt. Aber man stellte dies Alter nur mit dem Kalender fest, keine Schwäche und keine kleinsten Leiden erinnerten daran. Er fühlte sich sonnenwarm in seinem alten Dorfe, das nun bald die immer wachsenden, lang sich streckenden Finger der Stadt fassen wollten, hing wie eine feiste Spinne in dem starken Netze seiner Macht, das sich ausspannte nach allen Windseiten hin. Und er empfand einen leichten Kitzel, als Alraune kommen sollte, erwartete sie als willkommenes Spielzeug für seine Launen, und zugleich als lustigen Köder, der ihm noch manche dumme Fliege und Motte ins Netz locken sollte.

Alraune kam und sie deuchte dem Alten nicht viel anders, wie sie als Kind war. Er studierte sie lange, wie sie vor ihm saß in der Bibliothek, und er fand nichts, daß ihn erinnerte an den Vater oder die Mutter. Dies junge Mädchen war klein und war zierlich, schmal, engbrüstig und noch wenig entwickelt. Wie eines Buben war die Figur, waren ihre raschen, etwas eckigen Bewegungen. Er hätte denken mögen: ein Püppchen – nur war der Kopf so gar nicht ein Puppenkopf. Ein wenig heraus traten die Backenknochen, dünn und bleich schoben sich ihre Lippen über die kleinen Zähne. Aber die Haare fielen reich und voll, nicht rot wie ihrer Mutter, sondern schwer und kastanienbraun. »Wie die der Frau Josefa Gontram«, dachte der Geheimrat und der Gedanke gefiel ihm, daß das eine Erinnerung sei an das Haus, in dem man Alraune erdachte. Er schielte zu ihr hinüber, die still vor ihm saß, betrachtete sie kritisch wie ein Bild, belauerte sie, suchte nach andern Erinnerungen –

Ja, ihre Augen! Sie öffneten sich weit unter den frechen dünnen Strichen der Brauen, die die schmale, glatte Stirn abhoben. Blickten kühl und höhnisch, und doch wieder weich und verträumt. Grasgrün, stahlhart – wie seines Neffen Augen, Frank Brauns.

Der Professor schob die breite Unterlippe vor, diese Entdeckung berührte ihn nicht sympathisch. Aber gleich zuckten seine Schultern – – warum sollte der Junge, der sie dachte, nicht dies Teil an ihr haben? Es war wenig genug und dazu teuer erkauft: um all die runden Millionen, die ihm dies stille Mädchen abnahm –

»Du hast blanke Augen«, sagte er. – Sie nickte nur. Er fuhr fort: »Und deine Haare sind schön. Wölfchens Mutter hatte solche Haare.«

Da sagte Alraune: »Ich werde sie abschneiden.«

Der Geheimrat befahl ihr: »Das wirst du nicht tun! Hörst du?«

– – Aber als sie zum Nachtmahl kam, waren die Haare geschnitten. Wie ein Page sah sie aus, rings fielen dic Locken um den Bubenkopf.

»Wo sind deine Haare?« rief er sie an.

Ruhig sagte sie: »Hier.« Sie wies ihm eine große Pappschachtel, da lagen die glänzenden meterlangen Strähnen.

Er begann: »Warum schnittest du sie ab? – Weil ich es dir verbot? – Aus Trotz also?«

Alraune lächelte. »Nein, gar nicht. Ich hätte es auch so getan.«

»Warum also?« forschte er.

Da griff sie die Schachtel, nahm die Haare heraus, sieben lange Strähnen. Jede war umwickelt mit einer goldenen Schnur und jede Schnur hielt eine kleine Karte. Sieben Namen trugen die sieben Karten: Emma, Marguérite, Louison, Evelyn, Anna, Maud und Andrea.

»Das sind deine Schulfreundinnen?« fragte der Geheimrat. »Und du dummes Kind schneidest dir dein Haar ab, um ihnen ein Andenken zu schicken?!« Er ärgerte sich; diese unerwartete Backfischsentimentalität gefiel ihm gar nicht, er hatte sich das Mädchen viel reifer und herber gedacht.

Sie sah ihn groß an. »Nein«, sprach sie. »Sie sind mir ganz gleichgültig. Nur –«

Sie stockte. »Nur –?« drängte der Professor.

»Nur –« begann sie wieder, »nur – sie sollen sich auch die Haare abschneiden.«

»Was sollen sie?« rief der Alte.

Da lachte Alraune. »Sich die Haare abschneiden! Ganz ab! Noch mehr wie ich – dicht am Kopf. Ich schreibe ihnen, daß ich sie dicht am Kopf abgeschnitten habe – da müssen sie's auch tun!«

»Sie werden durchaus nicht so dumm sein«, warf er ein.

»Doch!« beharrte sie. »Sie werden's tun. – Ich sagte, wir sollten uns alle die Haare abschneiden und sie versprachen es, wenn ich's zuerst tun möchte. Aber ich vergaß es und dachte erst wieder daran, als du sprachst von meinem Haar.«

Der Geheimrat lachte sie aus: »Sie versprachen's – man verspricht allerhand. Aber sie werden's doch nicht tun: du allein bist die Dumme.«

Da hob sie sich von ihrem Stuhle, kam nahe heran an den Alten. »Doch«, flüsterte sie heiß, »sie werden es doch tun. Sie wissen alle gut, daß ich ihnen die Haare ausreißen würde, wenn sie es nicht täten. Und – sie haben Angst vor mir, auch wenn ich nicht mehr da bin.«

Erregt, leise zitternd stand sie vor ihm.

»Bist du so sicher, daß sie's tun werden?« fragte er.

Und sie sagte fest: »Ja, ganz sicher.«

Da wuchs auch in ihm diese selbe Gewißheit und er wunderte sich nicht einmal darüber.

»Warum stelltest du es denn an?« fragte er.

Im Augenblick schien sie verwandelt. Alles Absonderliche schwand, sie schien wieder ein launenhaftes kapriziöses Kind.

»Ja!« lachte sie kurz und ihre kleinen Hände streichelten die vollen Haarsträhnen. »Ja – siehst du, das ist so: mir taten sie weh, diese schweren Haare und ich bekam manchmal Kopfschmerzen davon. Und dann – mir stehen die kurzen Locken gut, das weiß ich. Ihnen aber werden sie gar nicht stehen. Wie im Affenhaus wird es aussehen in der ersten Klasse der Mademoiselle de Vynteelen! Und sie werden alle heulen, die dummen Dinger, und die Mademoiselle wird schimpfen und die neue Miss und das Fräulein werden auch schimpfen und heulen dazu.«

Sie klatschte die Hände zusammen, lachte hell und voll Lust.

»Willst du mir helfen?« fragte sie. »Wie soll ich's verpacken?«

Der Geheimrat sagte: »Einzeln. Als Muster ohne Wert. Einschreiben lassen.«

Sie nickte: »Ja, so ist's gut!«

Und sie beschrieb ihm, während des Essens, wie die Mädchen aussehen würden – ohne Haar. Die hoch aufgeschossene Evelyn Clifford, die dünnes, glattes, hellblondes Haar habe, und die vollblütige braune Louison, die bisher eine hohe Turbanfrisur trug. Und nun erst die beiden Rodenbergkomtessen, Anna und Andrea, deren lange Ringellocken rings um die starkknochigen Westfalenschädel fielen.

»Alles weg!« lachte sie. »Sie werden ausschauen wie die Meerkater – jeder wird lachen, wenn sie so daherkommen.«

Sie gingen zurück in die Bibliothek, der Geheimrat half ihr, alles zusammensuchen, gab ihr Pappschachteln, Bindfaden, Siegellack, Freimarken. Rauchte seine Zigarre, zerkaute sie halb, sah zu, wie sie ihre Briefe schrieb.

Sieben Brieflein an sieben Mädchen in Spa. Das alte Wappen der Brinken war auf den Bogen: Johann von Nepomuk, der Flutenheilige, im oberen Felde, unten ein silberner Reiher, der mit einer Schlange kämpfte. Der Reiher – das war das Tier der Brinken.

Er sah ihr zu, und ein leises Jucken kroch über die alte Haut. Alte Erinnerungen wurden wach in ihm, lüsterne Gedanken an halbwüchsige Buben und Mädel –

Die da, Alraune, war ein Mädel und ein Bub zugleich.

Und der feuchte Speichel löste sich aus den fleischigen Lippen, näßte rings die schwarze Havanna. – Er schielte zu ihr hinüber, gierig und voll zitternder Lust. Und er begriff in diesen Minuten, was es war, das die Menschen hinzog zu diesem schlanken kleinen Geschöpfchen. Wie die Fischlein, die nach dem Köder schwimmen und den Haken nicht sehen. Er aber sah den scharfen Haken gut, und er dachte, daß er ihn schon vermeiden wolle und doch den süßen Bissen verzehren –

Wolf Gontram war Junger Mann in dem Bureau, das der Geheimrat in der Stadt hatte. Sein Pflegevater hatte ihn nach dem Einjährigen aus dem Gymnasium genommen, ihn als Lehrling in irgendeine Bank gesteckt. Da hatte er vergessen, was er auf der Schule mühsam gelernt hatte, war seinen Trott gegangen, hatte so das getan, was man von ihm verlangte. Dann, als seine Lehrzeit beendet war, kam er in das Bureau des Geheimrats, das dieser sein »Sekretariat« nannte.

Es war ein seltsamer Betrieb, dies Sekretariat der Exzellenz. Karl Mohnen leitete es, Doktor in vier Fakultäten, und sein alter Chef fand ihn brauchbar genug. Er ging noch immer auf Freiersfüßen; wo er herumkam im Lande, machte er Bekanntschaften, knüpfte stets wieder neue Bande, die nie zu irgend etwas führten. Seine Haare waren längst ausgegangen, aber seine Nase war gut wie je – überall witterte er etwas: eine Frau für sich, ein Geschäft für den Geheimrat. Und der stand sich besser dabei.

Ein paar kaufmännische Beamte hielten die Bücher zur Genüge in Ordnung, sorgten einigermaßen für einen geregelten Betrieb. Ein Raum war da, der das Schild trug: »Rechtssachen«; hier pflegten Justizrat Gontram und Herr Manasse, der noch immer nicht Justizrat war, zuweilen eine Stunde hinzukommen. Sie führten die Prozesse des Geheimrats, die hübsch sich mehrten: Manasse die hoffnungsvollen, die mit einem Siege endeten, der alte Justizrat die faulen, die er immer wieder vertagen ließ und schließlich doch noch zu einem annehmbaren Vergleiche führte.

Auch Dr. Mohnen hatte sein eigenes Zimmer, bei ihm saß Wolf Gontram, den er protegierte und zu bilden suchte auf seine Weise. Dieser Allerweltsmann wußte viel, kaum weniger als der kleine Manasse, aber nirgends trat dieses Wissen in irgendeine Beziehung zu seiner Persönlichkeit. Nichts konnte er damit anfangen; er hatte seine Bildung gesammelt, so wie ein Knabe

Briefmarken sammelt – weil es die Mitschüler auch tun. Irgendwo in einer Schublade lag seine Sammlung, er kümmerte sich nicht darum; nur wenn jemand eine seltene Marke sehen wollte, nahm er das Album heraus, klappte es auf: »Da, Sachsen, drei, rot!«

Etwas zog ihn hin zu Wolf Gontram. Vielleicht waren es die großen schwarzen Augen, die er einst geliebt hatte, als sie noch der Mutter gehörten – geliebt, so gut wie er es eben konnte, und so, wie er fünfhundert andere schöne Augen auch liebte. Je weiter zurück die Beziehungen lagen, die er zu irgendeiner Frau gehabt, um so größer schienen sie ihm; es kam ihm heute fast vor, als ob er der intime Vertraute dieser Frau gewesen sei, obwohl er nicht einmal gewagt hätte, ihr die Hand zu küssen. Und dazu kam, daß dieser junge Gontram alle seine kleinen Liebesgeschichten gläubig hinnahm, nicht eine Sekunde zweifelte an seinen Heldentaten, ihn fest für den großen Verführer hielt, der er so schrecklich gerne sein wollte.

Dr. Mohnen kleidete ihn, zeigte ihm, wie man einen Schlips band, machte ihn elegant – soweit er es verstand. Er gab ihm Bücher, nahm ihn mit ins Theater und in Konzerte, um so stets für sein Gerede ein dankbares Publikum zu haben. Er hielt sich für einen Mann von Welt – und den wollte er auch aus Wolf Gontram machen.

Und es läßt sich nicht leugnen, daß ihm allein der Gontramjunge alles zu verdanken hatte, was aus ihm wurde. Dies war der Lehrer, der ihm nötig war, der nichts forderte und immer nur gab, Tag um Tag und in jeder Minute fast, der ihn bildete, ohne daß er es auch nur merkte. So wuchs ein Leben in Wolf Gontram.

Schön war er, das sah jeder in der Stadt. Nur Karl Mohnen nicht, dem der Gedanke Schönheit nur in engster Verbindung mit einem Rocke möglich war, und dem alles das schön schien, was lange Haare trug und sonst nichts. Aber die andern sahen es. Als er noch zum Gymnasium ging, wandten sich alte Herren nach ihm, schielten ihm nach, blickten blasse Offiziere sich nach ihm um und manch ein gut geschnittener Kopf mit zerrissenen Zügen, in denen verhaltene Sehnsüchte schrien – seufzten, unterdrückten, schnell einen heißen Wunsch. Nun aber kamen die Blicke unter Schleiern her, oder unter großen Hüten, folgten dem Jünglinge schöne Augen der Frauen.

– »Das kann noch gut werden!« brummte der kleine Manasse, als er mit dem Justizrat und dessen Sohn im Konzertgarten saß. »Wenn die sich nicht bald umdreht, wird ihr der Nacken schön weh tun!«

»Wem denn?« fragte der Justizrat.

»Wem? Ihrer Königlichen Hoheit!« rief der Rechtsanwalt. »Schauen Sie doch herüber, Herr Kollege, seit einer halben Stunde starrt sie Ihren Bengel an, dreht sich den Hals nach ihm ab.«

»Gott, lassen Sie sie doch«, antwortete der Justizrat gleichmütig.

Aber der kleine Manasse gab nicht nach. »Setz dich hierher, Wolf!« befahl er. Und der Junge gehorchte, setzte sich neben ihn, drehte der Prinzessin den Rücken.

Ach, diese Schönheit erschreckte den kleinen Rechtsanwalt – wie bei der Mutter glaubte er auch hinter dieser Maske den Tod lachen zu hören. Und das quälte ihn, marterte ihn – so haßte er fast den Jungen, wie er einst die Mutter geliebt hatte. Dieser Haß war seltsam genug, war ein Albdruck, ein heißer Wunsch, daß dem jungen Gontram das Geschick bald werden sollte, das ihm doch einmal werden mußte, – lieber heute als morgen. Es war dem Rechtsanwalt, als ob ihm das eine Befreiung bringen könne. Und dabei tat er doch alles, was diese Erlösung möglichst lange hinausschieben konnte, trat – wo er nur konnte – für Wolf ein, half ihm, sein Leben zu ebnen.

– Als Exzellenz ten Brinken des Pflegesohnes Vermögen stahl, war er außer sich. »Sie sind ein Narr, sind ein Idiot!« bellte er den Justizrat an, wäre ihm am liebsten in die Waden gefahren, wie sein seliger Hund, der Cyklop.

Und er setzte dem Vater haarklein auseinander, in welch gemeiner Weise sein Sohn beschwindelt würde. Der Geheimrat übernahm die Weinberge und Grundstücke, die Wolf von seiner Tante geerbt hatte und zahlte dafür kaum den ortsüblichen Preis. Und dabei hatte er nicht weniger wie drei reiche Säuerlinge in diesem Boden entdeckt, die er nun fassen und ausbeuten ließ.

»Wir hätten doch nie daran gedacht«, erwiderte der Justizrat ruhig.

Der kleine Manasse spuckte vor Ärger. Das sei doch ganz gleichgültig! Die Grundstücke seien heute das Sechsfache wert. Und was der alte Gauner überhaupt bezahlt habe, das habe er zum großen Teile dem Jungen wieder angerechnet für seinen Lebensunterhalt. Eine Schweinerei sei es –

Aber das machte gar keinen Eindruck auf den Justizrat. Er war gut, so voll von warmer Güte, daß er in jedem Menschen auch nur das Gute sah; er brachte es fertig bei den niedrigsten Verbrechern in ihren gemeinsten Taten dennoch ein Stückchen Güte herauszufinden. So rechnete er es dem Geheimrat hoch an, daß er den Jungen in seinem Sekretariat angestellt hatte und warf dann die Trumpfkarte hin, daß er sich zu ihm geäußert habe, er wolle seinen Sohn gar in seinem Testament bedenken.

»Der? Der?« Der Rechtsanwalt wurde hochrot vor verhaltenem Ärger, zupfte sich die grauen Bartstoppeln aus. »Nicht einen Heller wird er dem Jungen vermachen!«

Aber der Justizrat schloß die Debatte: »Übrigens ist es noch nie einem Gontram schlecht gegangen, solange der Rhein fließt.«

Und da hatte er wohl recht.

Jeden Abend ritt Wölfchen hinaus nach Lendenich, seit Alraune zurück war. Dr. Mohnen hatte ihm ein Pferd besorgt, das ihm sein Freund, der Rittmeister Graf Geroldingen, zur Verfügung stellte. Auch Tanzen und Fechten hatte den Jungen sein Mentor lernen lassen. Das müsse ein Mann von Welt, erklärte er, und erzählte von wilden Ritten, siegreichen Mensuren und großen Erfolgen im Ballsaal, obwohl er selbst nie einen Gaul erklettert, nie vor dem langen Messer gestanden hatte und kaum eine Polka hüpfen konnte.

Wolf Gontram brachte des Grafen Pferd in den Stall, dann ging er über den Hof zum Herrenhaus. Eine Rose brachte er, nie mehr wie eine, so hatte ihn Dr. Mohnen belehrt, aber es war stets die schönste, die es gab in der Stadt.

Alraune ten Brinken nahm seine Rose und begann sie langsam zu zerzupfen. Jeden Abend war es so. Sie kniff die Blätter zusammen, machte kleine Blasen und zerschlug sie knallend auf seiner Stirn und an seinen Wangen. Das war die Gunst, die sie ihm gewährte.

Er verlangte nichts anderes. Er träumte – aber nicht einmal zu Wünschen dichteten sich diese Träume. Woben rings in der Luft, füllten die alten Räume, wie herrenlose Sehnsüchte.

Wie ein Schatten folgte Wolf Gontram dem seltsamen Wesen, das er liebte.

Wölfchen nannte sie ihn, wie sie als Kind getan. »Weil du so ein großer Hund bist«, erklärte sie, »so ein gutes, dummes und treues Tier. Schwarz und langzottig und sehr schön, und mit tiefen treuen Frageaugen. –

Darum! Weil du zu nichts gut bist, Wölfchen, als hinterdrein zu laufen, irgendein Täschchen nachzutragen.«

Und sie hieß ihn sich niederlegen vor ihrem Sessel, setzte die Füßchen leicht auf seine Brust. Strich ihm über die Wangen mit den kleinen Wildlederschuhen; warf sie dann fort, bohrte die Spitzen ihrer Zehen zwischen seine Lippen.

»Küß, küß!« lachte sie.

Dann küßte er ringsherum den feinen Seidenstrumpf, der ihren Fuß umschloß.

Der Geheimrat schielte mit saurem Lächeln nach dem jungen Gontram. Er war so häßlich, wie der Junge schön war – das wußte er wohl. Er fürchtete nicht, daß sich Alraune in ihn verlieben würde, nur seine stete Gegenwart war ihm unbequem.

»Er braucht auch nicht jeden Abend herauszukommen.« brummte er.

»Doch!« erwiderte Alraune. – Und Wölfchen kam.

Der Professor dachte: »Auch gut! – Schluck nur den Haken, mein Junge.«

So war es: Alraune war Herrin auf dem Sitze der Brinken, war es vom ersten Tage an, als sie zurückkam aus der Pension. Sie war die Herrin – und blieb doch eine Fremde; blieb ein Eindringling, ein Ding, das nicht verwachsen war mit dieser alten Erde, das mit nichts Gemeinschaft hatte, was hier Atem schöpfte und Wurzel schlug. Die Dienstboten, die Mägde und Kutscher und Gärtner, nannten sie nur das Fräulein und so sagten auch die Leute im Dorfe. Sie sagten: »Da geht das Fräulein«, und sagten es so, als ob sie von jemandem sprächen, der nur zum Besuch da sei. Wolf Gontram aber nannten sie: den jungen Herrn.

Der kluge Geheimrat bemerkte es wohl und es gefiel ihm. »Die Leute merken, daß sie etwas anderes ist«, schrieb er in den Lederband. »Und die Tiere merken es auch.«

Die Tiere – die Pferde und Hunde. Der schlanke Rehbock, der im Garten herumlief und selbst die kleinen Eichhörnchen, die durch die Kronen der Bäume huschten. Wolf Gontram war ihr großer Freund, sie hoben den Kopf, kamen heran, wenn er nur in ihre Nähe kam. Aber sie schlichen still weg, wenn das Fräulein nahte. »Nur auf die Menschen erstreckt sich ihr Einfluß«, dachte der Professor, »Tiere sind immun.« Und er rechnete unbedingt die Bauern und Dienstboten zu den Tieren. »Sie haben denselben gesunden Instinkt«, überlegte er, »diese gleiche unwillkürliche Abneigung, die eine halbe Furcht ist. Sie kann froh sein, daß sie heute zur Welt kam und nicht vor einem halben Jahrtausend: da möchte sie in Monatsfrist als Hexe verschrien sein in dem Dorfe Lendenich, und der Bischof würde einen guten Braten bekommen.« – Dieser Widerwillen der Leute und der Tiere gegen Alraune entzückte den alten Herrn fast ebensosehr, wie die seltsame Anziehung, die sie auf höher Geborene ausübte. Er stellte immer wieder neue Beispiele solcher Zuneigungen und solchen Hassens fest, obwohl er auch Ausnahmen fand in beiden Lagern.

Es geht aus den Aufzeichnungen des Geheimrats mit Gewißheit hervor, daß er immer von dem Vorhandensein irgendeines Momentes in Alraune überzeugt war, das geeignet sein mochte, einen ganz scharf umrissenen Einfluß auf ihre Umgebung hervorzurufen. So kommt es, daß der Professor bestrebt war, alles das zusammenzusuchen und hervorzukehren, das ihm geeignet schien, diese Hypothese zu unterstützen. Freilich ward auf diese Weise die Lebensgeschichte Alraunens, soweit sie ihr Erzeuger niederschrieb, viel weniger ein Bericht über das, was sie tat, als vielmehr eine Wiedergabe dessen, was andere taten – beeinflußt durch sie: erst in den Handlungen der Menschen, die mit ihr zusammenkamen, spiegelte sich das Leben des Wesens Alraune. Sie erschien dem Geheimrat recht eigentlich ein Phantom, ein schemenhaftes Ding, das nicht in sich selbst leben konnte, ein Schattenwesen, das in ultravioletten Strahlen rings reflektierte, und erst zur Form wurde in einem Geschehen, das außerhalb seiner selbst lag. Er verbiß sich so in diesen Gedanken, daß er manchmal nicht recht glaubte, daß sie überhaupt ein Mensch war, daß er sie vielmehr als ein unwirkliches Ding ansprach, dem er Körper und Form gegeben, als eine blutleere Puppe, der er eine Maske geborgt hatte. Das schmeichelte seiner alten Eitelkeit: war doch so er selbst der tiefste Grund zu alledem, was durch Alraune geschah.

Und so putzte er seine Puppe bunter und schöner auf mit jedem Tag. Er ließ sie Herrin sein und fügte sich nicht weniger ihren Wünschen und Launen, wie es die andern taten. Mit dem Unterschiede nur, daß er glaubte, das Spiel stets in der Hand zu haben, daß er voll überzeugt war, daß es letzten Endes nur sein eigener Wille war, der sich äußerte durch das Medium Alraune.

Neuntes Kapitel,

das davon spricht, wer ALRAUNES Liebhaber waren und wie es ihnen erging

Dies waren die fünf Männer, die Alraune ten Brinken liebten: Karl Mohnen, Hans Geroldingen, Wolf Gontram, Jakob ten Brinken und Raspe, der Chauffeur. Von ihnen allen spricht des Geheimrats brauner Lederband, und von ihnen allen muß man erzählen in dieser Geschichte der Alraune.

Raspe, Matthieu-Maria Raspe, kam mit dem Opelwagen, den ihr die Fürstin Wolkonski zum siebzehnten Geburtstag schenkte. Er hatte bei den Husaren gedient und mußte nun auch dem alten Kutscher mit den Pferden helfen. Er war verheiratet und hatte zwei kleine Buben; Lisbeth, seine Frau, übernahm die Wäscherei im Hause ten Brinken. Sie wohnten in dem kleinen Hause, das neben der Bibliothek lag, dicht an dem eisernen Eingangstore zum Hofe.

Matthieu war blond und war groß und stark. Er verstand seine Arbeit, mit dem Kopf wie mit der Hand, und seinen Muskeln gehorchten die Pferde, wie es die Maschine tat. Früh am Morgen sattelte er die irische Stute seiner Herrin, stand im Hofe und wartete.

Langsam kam das Fräulein die Steintreppe hinab vom Herrenhause. Kam als Junge, in gelben Ledergamaschen und grauem Reitanzug; die kleine Schirmmütze über den kurzen Locken. Sie stieg nicht in den Steigbügel, ließ ihn seine Hände hinhalten, trat hinein und blieb so eine kurze Sekunde, ehe sie sich hinaufschwang in den Herrensattel. Dann schlug sie das Tier mit der scharfen Peitsche, daß es aufsprang und hinausjagte durch das offene Tor. Matthieu-Maria hatte alle Not, den schweren Fuchs zu besteigen und ihr nachzukommen auf seinem Wallach.

Die braune Lisbeth schloß das Tor hinter ihnen. Sie preßte die Lippen aufeinander und sah ihnen nach – ihrem Mann, den sie liebte und dem Fräulein ten Brinken, das sie haßte.

Irgendwo auf den Wiesen machte das Fräulein halt. Wandte sich, ließ ihn herankommen.

»Wohin reiten wir heute, Matthieu-Maria?« fragte sie.

Und er sagte: »Wohin das Fräulein befehlen.«

Dann riß sie die Stute herum, galoppierte weiter »Hopp, Nellie!« rief sie.

Raspe haßte diese Morgenritte nicht weniger, wie es seine Frau tat. Es war, als ob das Fräulein allein ritt, als ob er nur Luft, nur ein Stück Staffage in der Landschaft sei, oder auch, als ob er gar nicht existierte für seine Herrin. Dann aber, wenn sie sich um ihn bekümmerte für kurze Augenblicke, dann empfand er das noch unangenehmer. Denn es war gewiß, daß sie wieder etwas Absonderliches von ihm verlangte.

Sie hielt am Rhein, wartete ruhig, bis er ihr zur Seite war. Er ritt langsam genug; wußte, daß sie irgendeine neue Laune hatte, hoffte auch wohl, daß sie daran vergessen möge diesmal. Aber sie vergaß nie eine Laune.

»Matthieu-Maria«, sagte sie, »wollen wir hinüberschwimmen?«

Er machte Einwände, aber er wußte von vornherein, daß sie nichts nutzen würden. Die Böschung drüben sei zu steil, sagte er, man würde nicht hinaufkommen. Auch sei gerade hier die Strömung so reißend und –

Er ärgerte sich. Alles war so zwecklos, was seine Herrin machte. Warum denn durch den Rhein reiten?

Naß wurde man und fror, konnte froh sein, wenn man mit einem Schnupfen davonkam. Riskierte dabei zu ersaufen – um nichts und wieder nichts. Und er nahm sich fest vor, zurückzubleiben – mochte sie doch ihre Narrheiten allein treiben. Was ging es ihn an? Er hatte Frau und Kind –

So weit kam er – dann ritt er doch in die Fluten. Trieb weit hinunter mit dem schweren Mecklenburger, hatte alle Mühe irgendwo zwischen den Klippen ans Ufer zu gelangen. Schüttelte sich und fluchte, ritt im scharfen Trabe den Strom hinauf, seiner Herrin zu. Die sah ihn kaum an, mit einem raschen spöttischen Blick.

»Naß geworden, Matthieu-Maria?«

Er schwieg, verletzt und verärgert. Warum nannte sie ihn beim Vornamen, warum sagte sie »du« zu ihm? Er war Raspe, war Chauffeur und kein Pferdeknecht. Sein Hirn fand ein Dutzend gute Antworten, aber seine Lippen sprachen sie nicht.

Oder sie ritten zum Sand, wo die Husaren übten. Das war ihm noch fataler, manche der Offiziere und Unteroffiziere kannten ihn, von der Zeit her, als er im Regimente diente. Und der schnauzbärtige Wachtmeister der zweiten Schwadron rief ihm höhnisch herüber: »Na, Raspe, wieder einmal ein bißchen mittun?«

»Hol' der Teufel das verrückte Weibsstück!« brummte Raspe, aber er galoppierte doch hinterher, wenn das Fräulein die Attacke zur Seite mitritt.

Dann kam Graf Geroldingen, der Rittmeister, auf seinem englischen Schecken, plauderte mit dem Fräulein. Raspe blieb zurück, aber sie sprach so laut, daß er's hören mußte: »Nun, Graf, wie gefällt Ihnen mein Knappe?«

Der Rittmeister lächelte: »Prächtig! Paßt zu dem jungen Prinzen.«

Raspe hätte ihn ohrfeigen mögen und das Fräulein dazu – und den Wachtmeister und die ganze Schwadron, die ihn angrinste. Er schämte sich, ward rot wie ein Schuljunge.

Aber schlimmer war es, wenn er nachmittags mit ihr fahren mußte im Auto. Er saß auf seinem Sitz am Steuer und schielte nach der Türe, seufzte erleichtert, wenn irgend jemand mit ihr hinaustrat; unterdrückte einen Fluch, wenn sie allein kam. Oft stellte er sein Weib an, um herauszubringen, ob sie allein fahren würde; dann nahm er schnell ein paar Teile aus der Maschine, legte sich platt auf den Rücken, schmierte und fegte, tat, als ob er etwas reparieren müßte.

»Wir können heute nicht fahren, Fräulein«, sagte er. Und er lachte vergnügt, wenn sie hinaus war aus der Garage.

Dann wieder ging es ihm nicht so gut. Sie blieb ruhig da, wartete. Sie sagte nichts, aber es war ihm, als verstände sie gut seinen Schwindel. So setzte er, langsam genug, seine Schrauben zusammen.

»Fertig?« fragte sie. Und er nickte.

»Siehst du«, sagte sie, »es geht besser, wenn ich dabei bin, Matthieu-Maria.«

Wenn er zurückkam von diesen Fahrten, wenn sein Opelwagen wieder unter Dach stand und er sich niedersetzte an den Tisch, den seine Frau ihm gedeckt, zitterte er manchmal. Er war bleich und seine Augen blickten starr. Lisbeth fragte ihn nicht; sie wußte was es war.

»Das verdammte Weibsbild!« murmelte er. – Sie holte ihm die blonden, blauäugigen Buben, weiß in frischen Nachtkitteln, setzte ihm einen auf jedes Knie. Da wurde ihm froh und leicht mit den lachenden Kindern.

Und wenn die Knaben im Bett lagen, wenn er draußen auf der Steinbank saß und seine Zigarre rauchte, wenn er durchs Dorf schlenderte, oder durch den alten Garten der Brinken, dann überlegte er mit seiner Frau.

»Es kann kein gutes Ende nehmen«, sagte er. »Sie hetzt und hetzt – kein Tempo ist ihr schnell genug. Vierzehn Protokolle in drei Wochen –«

»Du brauchst sie nicht zu zahlen«, sagte Frau Lisbeth.

»Nein«, sagte er, »aber ich bin verschrien überall. Die Gendarmen nehmen schon ihr Notizbuch heraus, wenn sie nur den weißen Wagen sehen und die I. Z. 937!« Er lachte. »Na, bei der Nummer irren sie sich ausnahmsweise nicht! – Wir verdienen wenigstens unsere Protokolle.«

Er schwieg, zog einen Schraubenschlüssel aus der Tasche und spielte damit. Seine Frau schob ihren Arm unter den seinen, nahm ihm die Mütze ab und strich ihm das wirre Haar zurück.

»Weißt du eigentlich, was sie will?« fragte sie. Gab sich Mühe dabei, ihre Stimme harmlos und gleichgültig klingen zu lassen.

Raspe schüttelte den Kopf. »Nein, Frau, das weiß ich nicht. Sie ist verrückt – das ist es. Und sie hat eine verdammte Art, daß man alles tun muß, was sie will, ob man sich auch noch so dagegen wehrt und genau weiß, daß es Unfug ist. Heute –«

»Was hat sie heute gemacht?« fragte Frau Lisbeth.

Und er sagte: »Oh – nicht mehr wie sonst. Sie kann kein Auto vor sich fahren sehen – sie muß es überholen und wenn es dreißig Pferdekräfte mehr hat wie unseres. Ketschen nennt sie das. ›Ketsch es!‹ sagt sie zu mir, und wenn ich zögere, legt sie leicht die Hand mir auf den Arm. Da leg ich los, als ob der Teufel selbst die Maschine steure.«

Er seufzte, klopfte sich die Zigarrenasche von der Hose. »Immer sitzt sie neben mir«, fuhr er fort, »und schon, daß sie nur dasitzt, macht mich unruhig und nervös. Ich denke nur, was sie mir diesmal für einen

Blödsinn befehlen wird. Hindernisse nehmen – das ist ihre größte Freude – Planken, Sandhaufen und solche Dinge. Verdammt, ich bin nicht feige – aber es muß doch irgendeinen Zweck haben, wenn man jeden Tag sein Leben riskiert. – ›Fahr nur,‹ sagte sie neulich, ›mir passiert nichts!‹ Sie ist seelenruhig, wenn sie im Hundertkilometertempo über einen Chausseegraben springt – schon möglich, daß ihr nichts passieren kann! – Aber ich schlag mich zuschanden – morgen oder übermorgen!«

Frau Lisbeth preßte seine Hand. »Du mußt es versuchen, ihr einfach nicht zu gehorchen. Sag: nein, wenn sie etwas Dummes will! Du darfst dein Leben nicht so aufs Spiel setzen, das bist du uns schuldig – mir und den Kindern.«

Er sah sie an, still und ruhig. »Ja, Frau, das weiß ich. Euch – und auch mir selbst am Ende. – Aber schau, das ist es ja gerade: ich kann dem Fräulein nicht nein sagen. Niemand kann es. Wie ihr der junge Herr Gontram wie ein Hündchen nachläuft, wie all die andern froh sind, ihre närrischen Launen zu erfüllen! Und keiner von allen Leuten im Hause mag das Fräulein leiden – dabei tut doch ein jeder was sie will und wenn es noch so dumm ist und abgeschmackt.«

»Falsch!« sagte Frau Lisbeth. »Froitsheim, der Kutscher, tut das gar nicht.«

Er pfiff. »Froitsheim! Da hast du recht. Der dreht sich um und geht weg, wenn er sie nur sieht. Aber er ist bald neunzig Jahre alt und hat schon lange kein Blut mehr.«

Sie sah ihn groß an. »Dann kommt es – vom Blut, Matthieu, daß du ihren Willen tun mußt?«

Er wich ihr aus, suchte mit den Augen auf dem Boden. Dann aber nahm er ihre Hand, blickte sie voll an. »Ja, siehst du, Lisbeth, ich weiß es nicht. Ich hab schon oft darüber nachgedacht, was es eigentlich ist. Ich könnte sie erwürgen, ich ärgere mich über sie, wenn ich sie sehe, und wenn sie nicht da ist, laufe ich herum voller Angst, sie möchte mich rufen lassen.« – Er spie auf den Boden. »Verflucht noch mal!« rief er. »Ich wollte, ich wäre diese Stelle los! Wollte, ich hätte sie nie angenommen!«

Sie überlegten, drehten es hin und her, wogen jedes Für ab und jedes Wider. Und sie kamen zu dem Schlusse, daß er kündigen solle. Vorher aber sollte er sich nach einer andern Stelle umsehen, sollte gleich morgen deshalb in die Stadt gehen.

In dieser Nacht schlief Frau Lisbeth ruhig, zum ersten Male seit Monaten; Matthieu-Maria aber schlief gar nicht.

Er bat um Urlaub am nächsten Morgen und er ging in die Stadt zum Vermittlungsbureau. Er hatte großes Glück, der Agent nahm ihn gleich mit zum Kommerzienrat Soenneken, der einen Chauffeur suchte, stellte ihn vor. Raspe wurde engagiert, er bekam ein besseres Gehalt wie bisher und dazu weniger Arbeit, auch mit Pferden hatte er nichts zu tun.

Als sie aus dem Hause traten, gratulierte ihm der Vermittler. Raspe sagte: »Danke« – aber er hatte ein Gefühl, als ob gar nichts da sei, für das er sich zu bedanken habe und als ob er diese neue Stelle nie antreten würde.

Doch freute es ihn, wie er seiner Frau Augen glücklich leuchten sah, als er ihr erzählte. »In vierzehn Tagen also!« sagte er. »Wenn nur diese Zeit erst vorüber wäre!«

Sie schüttelte den Kopf. »Nein«, sagte sie fest, »nicht erst in vierzehn Tagen – morgen schon! Sie müssen es erlauben, du mußt mit dem Geheimrat sprechen.«

»Das nützt gar nichts«, antwortete er. »Der wird mich an das Fräulein weisen – und –«

Frau Lisbeth griff seine Hand: »Laß nur!« schloß sie. »Ich werde selbst mit dem Fräulein reden.«

Sie ließ ihn stehn, ging über den Herrenhof, ließ sich melden. Und während sie wartete, überlegte sie genau, was sie alles sagen wollte, um ihre Bitte durchzusetzen, gleich morgen gehen zu dürfen.

Aber sie brauchte gar nichts zu sagen. Das Fräulein hörte nur, daß er gehen wolle, ohne Kündigung; nickte kurz und sagte, daß es gut sei.

Frau Lisbeth flog zurück zu ihrem Manne, umhalste, küßte ihn. Nur eine Nacht noch – dann sei der böse Traum vorbei. Und man müsse gleich packen – und er solle dem Kommerzienrat telephonieren, daß er morgen schon bei ihm seine Stellung antreten könne. Sie zog den alten Koffer unter dem Bette her; ihr heller Eifer steckte ihn an.

Er schleppte seine eisenbeschlagenen Kisten heran, staubte sie aus, half ihr beim Packen. Reichte ihr alles an, lief zwischendurch ins Dorf, bestellte einen Karren, der ihre Siebensachen fortschaffen sollte. Und er lachte und war zufrieden – zum ersten Male in diesem Hause ten Brinken.

Dann, als er die Kochtöpfe vom Herde nahm, eindrehte in Zeitungspapier, kam Aloys, der Diener. Er meldete: »Das Fräulein will ausfahren.«

Raspe starrte ihn an, sprach kein Wort. »Fahr nicht!« rief seine Frau.

Und er sagte: »Bestellen Sie dem Fräulein, daß ich heute nicht mehr –«

Er endete nicht; Alraune ten Brinken stand in der Türe.

Sie sagte: »Matthieu-Maria, ich hab dich zu morgen entlassen. Heute will ich mit dir fahren.«

Dann ging sie und hinter ihr ging Raspe.

»Fahr nicht – fahr nicht!« schrie Frau Lisbeth. Er hörte es wohl, aber er wußte nicht, wer es rief, noch woher es kam.

Frau Lisbeth ließ sich schwer auf die Bank fallen. Sie hörte die Schritte der beiden, über den Hof hin, der Garage zu. Sie hörte, wie das Eisentor sich öffnete, leise in knirschenden Angeln, hörte das Auto, das hinausfuhr auf die Dorfgasse. Und sie hörte weither, noch einen kurzen Schrei der Hupe.

Das war der Abschiedsgruß, den ihr Mann ihr zurief, jedesmal, wenn er hinausfuhr durch das Dorf.

Sie saß da, beide Hände im Schoß. Wartete.

Wartete, bis sie ihn brachten. Vier Bauern trugen ihn, auf einer Matratze. Legten ihn mitten ins Zimmer, zwischen die Kisten und Kasten. Zogen ihn aus, halfen ihn waschen, wie es der Arzt befahl. Einen langen weißen Körper, voll von Blut, Staub und Schmutz.

Frau Lisbeth kniete bei ihm, wortlos, ohne Tränen. Der alte Kutscher kam, nahm die schreienden Knaben hinüber. Dann gingen die Bauern und endlich auch der Arzt. Sie hatte ihn nicht gefragt, mit Worten nicht und nicht mit Blicken. Sie wußte die Antwort, die er geben würde.

Einmal, mitten in der Nacht, erwachte Raspe, schlug die Augen auf. Er erkannte sie, bat sie um Wasser. Und sie gab ihm zu trinken.

»Es ist aus«, sagte er leise.

Sie fragte: »Wie kam es?«

Er schüttelte den Kopf. »Ich weiß es nicht. Das Fräulein sagte: ›Fahr zu, Matthieu-Maria.‹ Ich wollte nicht. Da legte sie ihre Hand auf meine und ich fühlte sie durch den Handschuh. Dann fuhr ich. Sonst weiß ich nichts mehr.«

Er sprach so leise, daß sie ihr Ohr dicht an seinen Mund legen mußte. Und wie er schwieg, flüsterte sie: »Warum tatest du es?«

Wieder bewegte er die Lippen. »Verzeih mir, Lisbeth! Ich – ich mußte es tun. Das Fräulein –«

Sie sah ihn an, schrak heiß auf über den Glanz in seinen Augen. Und sie rief – o so plötzlich war der Gedanke, daß ihre Zunge ihn sprach, fast ehe ihr Hirn ihn gedacht –: »Du – du liebst sie?«

Da hob er, nur um Daumenbreite, den Kopf. Und er murmelte, mit geschlossenen Augen: »Ja – ja! Ich – fuhr – mit ihr.«

Das war das Letzte, was er sprach. Er sank zurück in seine tiefe Ohnmacht, blieb liegen so bis zum frühen Morgen. Schlummerte dann langsam hinüber.

Frau Lisbeth stand auf.

Sie lief zur Tür, dem alten Froitsheim in die Arme. »Mein Mann ist tot«, sagte sie. Und der Kutscher schlug ein großes Kreuz, wollte an ihr vorbei in die Stube. Aber sie hielt ihn zurück. »Wo ist das Fräulein?« fragte sie schnell. »Lebt sie? Ist sie verletzt?«

Tiefer gruben sich die tiefen Furchen in das alte Gesicht. »Lebt sie? – Ob sie lebt! Da steht sie ja! Verletzt? Nicht eine Schramme – nur ein bißchen schmutzig war sie!« Und er wies mit zitternder Gichthand hinunter in den Hof.

Da stand das schlanke Fräulein in ihrem Knabenanzug. Hob den Fuß, setzte ihn einem Husaren in die Hände, schwang sich in den Sattel –

»Sie hat dem Rittmeister telephoniert«, sagte der Kutscher, »daß sie keinen Reitknecht habe zu heute morgen. Da hat der Graf seinen Burschen herausgeschickt.«

Frau Lisbeth lief über den Hof: »Er ist tot!« rief sie. »Mein Mann ist tot.«

Alraune ten Brinken wandte sich im Sattel, wippte mit der Reitgerte. »Tot«, sagte sie langsam. »Tot – es ist wirklich schade.« Sie schlug leicht ihr Pferd, führte es im Schritt dem Tore zu.

»Fräulein!« schrie Frau Lisbeth. »Fräulein, Fräulein –«

Doch die Hufe schlugen die alten Steine, kleine Funken sprühten herum. Und wieder, wie so oft, sah sie das Fräulein wie einen braungelockten Knaben durch die Dorfgasse traben, frech und keck, wie ein hochmütiger Prinz. Aber ein blauer Königshusar folgte hinter ihr, und nicht mehr ihr Mann – Matthieu-Maria Raspe –

»Fräulein!« schrie ihre wilde Angst. »Fräulein – Fräulein –«

– Frau Lisbeth lief zum Geheimrat, strömte über von aller Verzweiflung und allem Haß. Der Geheimrat ließ sie ruhig reden, sagte, daß er ihren Schmerz verstehe und ihr all das nicht übelnehmen wolle. Auch sei er bereit, trotz der Kündigung, ihr noch auf ein Vierteljahr den Lohn ihres Mannes zu zahlen. Aber sie solle vernünftig sein, solle doch einsehen, daß er allein die Schuld trage an dem bedauerlichen Unglück –

Sie lief zur Polizei; da waren sie nicht so höflich. Sie hätten es kommen sehen, sagten sie, und jeder Mensch wisse, daß der Raspe der wildeste Fahrer gewesen sei am ganzen Rhein. Es sei eine gerechte Strafe, und sie hätte die Pflicht gehabt, ihn beizeiten zu warnen. Ihr Mann allein trage die Schuld, sagten sie, und sie solle sich schämen, dem jungen Fräulein die Sache in die Schuhe zu schieben! Habe die etwa am Steuer gesessen? Gestern? Oder überhaupt?

Und sie lief in die Stadt zu einem Anwalt. Und zu einem zweiten und dritten. Aber es waren ehrliche Leute, und sie sagten ihr, daß sie den Prozeß nicht führen könnten und wenn sie noch soviel Vorschuß zahle. O gewiß, das sei ja alles möglich und denkbar. Warum denn nicht? Aber habe sie Beweise? Nein, gar keine – also! Sie solle nur ruhig nach Hause gehen – da sei gar nichts zu machen. Wenn das auch alles so wäre und wenn man es selbst beweisen könnte – – so trage ja doch ihr Mann die Schuld. Denn er sei eben ein Mann gewesen und ein gelernter und tüchtiger Chauffeur, aber das Fräulein sei ein unerfahrenes, kaum erwachsenes Ding –

Sie kam nach Hause. Sie begrub ihren Mann, hinter der Kirche auf dem kleinen Friedhof. Sie packte ihre Sachen und lud sie selbst auf den Karren. Sie nahm das Geld, das ihr der Geheimrat gab, nahm ihre Buben und ging.

In ihre Wohnung zog ein neuer Chauffeur, ein paar Tage drauf. Der war dick und klein und er trank auch. Das Fräulein ten Brinken mochte ihn nicht und fuhr selten allein mit ihm aus. Nie bekam er Protokolle und die Leute sagten, daß er ein tüchtiger Mensch sei und viel besser als der wilde Raspe.

»Mottchen!« sagte Alraune ten Brinken, wenn Wolf Gontram zum Abend in das Zimmer trat. Dann glühten die schönen Augen des Jungen. »Du bist das Licht.« sagte er.

Und sie sprach: »Du wirst dir die hübschen Flügelchen verbrennen. Dann liegst du am Boden: ein häßliches Würmchen. – Hüte dich, Wolf Gontram.«

Er sah sie an und schüttelte den Kopf. »O nein«, sagte er, »das ist gut so.«

Und er flog um das Licht, jeden langen Abend.

Noch zwei flogen da herum und sie sengten sich: Karl Mohnen war der eine und der andere war Hans Geroldingen.

Daß ihr Dr. Mohnen den Hof machte, war ihm Ehrensache. Eine reiche Partie, dachte er, endlich; die ist die Rechte! – Da rauschte sein Schifflein mit vollen Segeln.

Ein wenig verliebt war er immer, bei jeder Frau. Nun aber brannte sein Hirnchen unter dem kahlen Schädel, machte ihn närrisch, ließ ihn alles fühlen bei dieser einen, was er sonst empfand bei Dutzenden hübsch nacheinander, durch die Jahre hindurch. Und wie er es stets tat, setzte er auch jetzt bei der Partnerin das voraus, was er selbst fühlte: so, deuchte ihn, war er heiß begehrt von Alraune ten Brinken, schrankenlos, atemlos, ohne Grenzen.

Am Tage erzählte er Wolf Gontram von seiner großen neuen Eroberung. Es war ihm lieb, daß der Junge jeden Abend hinausritt nach Lendenich – als seinen Liebesboten betrachtete er ihn und sandte mit ihm: viele Gruße, Handküsse und kleine Geschenke.

Nicht eine Rose nur – das war für den Kavalier. Aber er war ja Liebhaber und Geliebter, er mußte mehr senden: Blumen und Schokolade, Petit Fours, Pralinées, Fächer. Hundert Kleinigkeiten und Kinkerlitzchen. Das bißchen Geschmack, das er hatte, und das er so erfolgreich seinem Schutzbefohlenen lehrte, schmolz im Augenblick in dem Flackerfeuer dieser Verliebtheit.

Oft kam der Rittmeister mit ihm hinaus. Sie waren seit langen Jahren befreundet; wie jetzt Wolf Gontram, so pflegte früher Graf Geroldingen sich von dem Wissensschatze zu nähren, den Dr. Mohnen aufgespeichert hatte. Dieser gab ihm mit vollen Händen, froh genug überhaupt einen Gebrauch von all dem Kram machen zu können. – Oft gingen sie zusammen auf Abenteuer aus; stets war es der Doktor, der die Bekanntschaft gemacht hatte und der dann später einen gräflichen Freund, mit dem er sich brüstete, vorstellte. Und oft genug pflückte schließlich der Husarenoffizier die reifen Kirschen von dem Baume, den Karl Mohnen entdeckt hatte. Das erstemal hatte er Gewissensbisse, kam sich recht gemein vor, quälte sich ein paar Tage herum und sagte dann dem Freunde offen heraus, was er getan. Er entschuldigte sich feierlich: das Mädchen habe ihm solche Avancen gemacht, da habe er zugegriffen; und er fügte hinzu, daß es wirklich gut sei, daß es so gekommen, denn er glaube nicht. daß das Mädchen der Liebe des Freundes würdig sei. Dr. Mohnen machte gar kein Wesen daraus, sagte, daß es ihm ganz gleichgültig sei und völlig in der Ordnung, führte als Beispiel die Maya-Indianer in Yucatan an, bei denen es gälte: ›Meine Frau ist auch meines Freundes Frau‹. Aber Geroldingen merkte doch, daß der andere sich kränkte, so sagte er das nächstemal nichts mehr davon, als wieder einmal eine neue Bekanntschaft des Doktors ihn vorzog. So wurden mit der Zeit gar manche Frauen Dr. Mohnens auch des hübschen Rittmeisters Frauen; genau wie in Yucatan, mit dem Unterschied nur, daß die meisten vorher gar nie Karl Mohnens Frauen gewesen waren. Er war der Chicari, war der Treiber, der das Wild aufspürte und zutrieb – aber der Jäger war Hans Geroldingen. Doch war der verschwiegen, hatte ein gutes Herz und wollte des Freundes Gefühle nicht verletzen – so merkte der Treiber nie, wenn der Jäger schoß und hielt sich selbst für den glorreichsten Nimrod am Rhein.

Oft sagte Dr. Mohnen: »Kommen Sie, Graf! Ich habe eine neue Eroberung gemacht, eine bildschöne Engländerin. Gestern angekrallt beim Promenadenkonzert. Ich treffe sie heute abend am Rheinufer.«

»Aber die Elly?« antwortete der Rittmeister.

»Versetzt!« erklärte Karl Mohnen großartig.

Es war fabelhaft, wie leicht er seine Flammen versetzen konnte. Sowie er eine neue fand, machte er Schluß mit der alten, bekümmerte sich einfach nicht mehr um sie. Und die Mädchen machten ihm nie Schwierigkeiten. Darin war er freilich tüchtiger, als der Husar – der konnte sich stets nur schwer genug losreißen und die Frauen noch schwerer von ihm. Es bedurfte aller Energie und aller Überredungskunst des Doktors, um ihn wieder zu einer neuen Schönheit mitzuschleppen.

Diesmal sagte er: »Sie müssen sie sehen, Rittmeister! Herrgott bin ich froh, daß ich so heil durch alle Abenteuer durchgekommen bin und nirgends hängen blieb: Jetzt ist's die Rechte, endlich! Enorm reich, enorm geradezu – die alte Exzellenz hat über dreißig Millionen – vierzig vielleicht. Na, was sagen Sie, Graf? Und bildsauber, sein Töchterchen, wie ein Blütenzweig frisch! – Übrigens, im Vertrauen, das Vögelchen ist bereits ins Netz gegangen – nie war ich meiner Sache so sicher!«

»Ja – aber das Fräulein Clara?« wandte der Rittmeister ein.

»Abgeschafft!« erklärte der Doktor. »Ich habe ihr heute schon einen Brief geschrieben, daß es mir sehr leid täte, aber daß ich wegen Arbeitsüberhäufung keine Zeit mehr habe für sie.«

Geroldingen seufzte. Fräulein Clara war Lehrerin in einem englischen Pensionat, Dr. Mohnen hatte sie bei einem Bürgerball kennen gelernt und später seinem Freunde vorgestellt. Fräulein Clara liebte den Rittmeister und der machte sich Hoffnung, daß sie Dr. Mohnen einmal ihm abnehmen möchte – wenn er selbst heiraten würde. Denn das mußte über kurz oder lang doch geschehn: immer höher wuchsen seine Schulden und er mußte sich schließlich rangieren.

»Schreiben Sie dasselbe!« riet Karl Mohnen. »Herrgott – wenn ich es tue, können Sie es doch erst recht tun – als bloßer Freund! Sie haben zuviel Gewissen, Mensch, vielzuviel Gewissen.« Er wollte den Grafen durchaus mit nach Lendenich nehmen, der sollte ihm Relief geben bei dem kleinen Fräulein ten Brinken. Er schlug ihn leicht auf die Schulter. »Sentimental sind Sie, Graf, wie ein Primaner! Ich lasse eine sitzen – und Sie machen sich die Vorwürfe; immer dasselbe Lied!

Aber bedenken Sie, was auf dem Spiele steht: die reizendste Erbin am ganzen Rhein – da darf man nicht zögern!«

Der Rittmeister fuhr mit seinem Freunde hinaus. Und er verliebte sich nicht weniger in das junge Wesen, das so ganz anders war, als alles, was ihm bisher die roten Lippen zum Kusse bot.

Als er in dieser Nacht nach Hause kam, hatte er ein ähnliches Gefühl, wie damals, vor zwanzig Jahren, als er zum ersten Male des Freundes Angebetete für sich nahm. Er hielt sich für abgebrüht genug, nachdem er so oft und so erfolgreich den guten Doktor betrogen hatte – und doch schämte er sich jetzt. Denn diese da – diese – das war etwas ganz anderes. Und anders war sein Empfinden diesem halben Kinde gegenüber, anders waren auch, das merkte er gut, die Gefühle seines Freundes.

Etwas beruhigte ihn: den Dr. Mohnen würde das Fräulein ten Brinken gewiß nicht nehmen, viel weniger noch, als eine der andern Frauen es getan hätte. Freilich, ob sie dagegen ihn selbst haben wollte, das schien ihm diesmal durchaus nicht gewiß; alle natürliche Sicherheit hatte ihn diesem Püppchen gegenüber völlig verlassen.

Was den jungen Gontram betraf, so war es augenscheinlich, daß das Fräulein den Jungen, den sie ihren hübschen Pagen nannte, gerne um sich mochte, aber es war ebenso klar, daß er für Alraune nichts anderes war als ein willenloses Spielzeug. Nein, diese beiden waren keine Rivalen, weder der geschmeidige Doktor, noch der schöne Junge. Der Rittmeister wog seine Chancen, zum ersten Male in seinem Leben. Er war von gutem alten Adel und die Königshusaren galten als das beste Regiment im Westen. Er war schlank und gut gewachsen, sah jung genug aus – immer noch, obwohl er nun dicht vor dem Major stand. Er dilettierte – und gut genug – in allen Künsten; wenn er ehrlich sein wollte, mußte er zugeben, daß man nicht leicht einen preußischen Reiteroffizier finden möchte, der mehr Interessen und auch mehr Bildung hatte wie er. Wahrhaftig – es war eigentlich kaum zu verwundern, daß ihm die Frauen und Mädchen an den Hals flogen. – Warum sollte Alraune es nicht tun? Sie würde lange suchen können, bis sie was Besseres fände, um so mehr, als das Adoptivtöchterlein der Exzellenz ja das einzige, was er ihr nicht bieten konnte, in solch ungeheurer Fülle besaß: Geld! – Und er dachte, daß sie beide wohl ein recht gutes Paar abgeben möchten.

Jeden Abend war Wolf Gontram in dem Hause des heiligen Nepomuk, aber wenigstens dreimal in der Woche brachte er den Rittmeister mit und den Doktor. Der Geheimrat zog sich zurück nach dem Essen, kam nur gelegentlich einmal herein auf eine halbe Stunde, hörte zu, beobachtete ein wenig, entfernte sich wieder. Machte Stichproben, wie er das nannte. Und die drei Liebhaber saßen herum um das kleine Fräulein, sahen sie an, machten Liebe, ein jeder auf seine Weise.

Eine Zeitlang gefiel das dem jungen Mädchen, dann aber begann es sie zu langweilen. Und es schien ihr, als ob das ein wenig zu eintönig sei und als ob ein bißchen mehr Farbe hineingehöre in die abendlichen Genrebilder in Lendenich.

»Sie sollten etwas tun«, sagte sie zu Wolf Gontram.

Der Junge fragte: »Wer sollte etwas tun?«

Sie sah ihn an: »Wer? Die beiden! Doktor Mohnen und der Graf.«

»Sag ihnen doch, was sie tun sollen«, erwiderte er, »sie werden es gewiß tun.«

Alraune blickte ihn groß an. »Weiß ich es denn?« sprach sie langsam. » Sie müßten es selbst wissen.« Sie legte den Kopf in beide Hände, starrte geradeaus in den Raum. Nach einer Weile sagte sie: »Wäre es nicht nett, Wölfchen, wenn die zwei sich duellierten? Sich totschössen – gegenseitig?«

Wolf Gontram meinte: »Warum sollen sie sich denn totschießen? Sie sind die allerbesten Freunde.«

»Du bist ein dummer Junge, Wölfchen!« sagte Alraune. »Was hat das damit zu tun, ob sie gute Freunde sind oder nicht? – Dann müßte man sie eben zu Feinden machen.«

»Ja, aber warum denn?« fragte er. »Es hat doch gar keinen Zweck.«

Sie lachte. Nahm seinen Lockenkopf, küßte ihn rasch mitten auf die Nase. »Nein, Wölfchen – einen Zweck hat es gar nicht – wozu auch? Aber es wäre doch einmal etwas anderes. – Willst du mir helfen?«

Er antwortete nicht. Da fragte sie noch einmal: »Willst du mir helfen, Wölfchen?«

Und er nickte.

An diesem Abende überlegte Alraune mit dem jungen Gontram, wie man es anstellen könne, die beiden Freunde ein wenig zu verhetzen, so zwar, daß der eine den andern zum Zweikampfe fordern würde. Alraune überlegte, sie spann den Plan und machte einen Vorschlag nach dem andern; Wölfchen Gontram nickte dazu, immer noch ein wenig befangen. Alraune beruhigte ihn: »Sie brauchen sich ja gar nichts zu tun am Ende – es fliegst immer nur wenig Blut bei Duellen. Und nachher söhnen sie sich wieder aus: das befestigt nur ihre Freundschaft!«

Das leuchtete ihm ein; nun half er überlegen. Erzählte ihr allerhand kleine Schwächen der beiden, wo der empfindlich war und wo jener – so wuchs ihr kleiner Plan. Es war durchaus keine feingesponnene Intrige, war vielmehr kindlich und naiv genug: nur zwei Leute, die so blind verliebt waren, mußten stolpern über diese plumpen Steine. Exzellenz ten Brinken merkte etwas; er holte Alraune aus, dann, als sie schwieg, den jungen Gontram. Da erfuhr er, was er nur wollte, lachte und gab ihm für den kleinen Plan noch einige hübsche Winke.

Aber die Freundschaft zwischen den beiden war fester wie Alraune geglaubt hatte; über vier Wochen dauerte es, bis sie glücklich so weit war, den von seiner Unwiderstehlichkeit so felsenfest überzeugten Dr. Mohnen zu der Meinung zu bringen, daß er dennoch diesmal vielleicht dem Rittmeister das Feld räumen müsse. Und in diesem umgekehrt den Glauben wachsen zu lassen, daß es doch nicht so völlig ausgeschlossen sei, daß auch einmal zur Abwechslung der Doktor über ihn triumphieren könne. Man muß sich aussprechen! dachte er, und so dachte auch Karl Mohnen; aber das Fräulein ten Brinken verstand es, diese Aussprache, die ein jeder wünschte, immer wieder zu verhindern. Sie lud zum einen Abend den Doktor ein, und den Rittmeister nicht; dann wieder ritt sie mit dem Grafen aus und ließ den Doktor in irgendeinem Gartenkonzert auf sie warten. Jeder von ihnen hielt sich nun für den Bevorzugten, aber jeder auch mußte anerkennen, daß ihr Benehmen dem Rivalen gegenüber nicht ganz gleichgültig war.

Es war der alte Geheimrat selber, der schließlich als Blasebalg die glimmenden Funken hochwarf. Er nahm seinen Bureauchef beiseite, hielt ihm eine lange Rede, daß er mit seinen Leistungen zufrieden sei, und daß er gar nicht ungern sehen würde, wenn jemand, der so sehr in alle Geschäfte eingeweiht sei, einmal sein Nachfolger werden möchte. Freilich würde er nie der Entscheidung seines Kindes vorgreifen; doch wolle er ihn warnen: es würde mit allen Mitteln von einer Seite, die er nicht nennen wolle, gegen ihn gekämpft, namentlich alle möglichen Gerüchte über sein lockeres Leben verbreitet und dem Fräulein ins Ohr geflüstert. Fast dieselbe Rede hielt Exzellenz ten Brinken dann dem Rittmeister, nur daß er hier bemerkte, daß er es gar nicht ungern sehen würde, wenn seine kleine Tochter in eine so gute alte Familie, wie die Geroldingen, hineinheiraten würde.

In den nächsten Wochen vermieden die beiden Rivalen es streng, irgendwie zusammenzutreffen, verdoppelten aber ihre Aufmerksamkeiten Alraune gegenüber; besonders Dr. Mohnen ließ keinen ihrer Wünsche unerfüllt. Wie er hörte, daß sie von einem entzückenden siebenfachen Perlenkollier schwärmte, das sie in Köln bei einem Juwelier in der Schildergasse gesehen hatte, fuhr er sofort hinüber und kaufte es. Und als er bemerkte, daß das Fräulein über sein Geschenk wirklich einen Augenblick entzückt war, glaubte er den Weg zu ihrem Herzen nun sicher gefunden zu haben und begann sie mit allen schönen Steinen zu überhäufen. Freilich mußte er zu diesem Zwecke die Geschäftskasse des ten Brinkenschen Bureaus stark in Anspruch nehmen, aber er war seiner Sache so gewiß, daß er das leichten Herzens tat und die kleine Zwangsanleihe nur als einen fast berechtigten Pump betrachtete, den er dem Geschäfte sogleich wieder zurückerstatten würde, sowie er die Mitgiftmillionen des Schwiegervaters bekam. Die Exzellenz, des war er sicher, würde über den kleinen Streich nur lachen.

Die Exzellenz lachte auch – aber ein wenig anders, als sich der gute Doktor dachte. Noch am selben Tage, an dem Alraune das Perlenkollier bekommen hatte, fuhr er in die Stadt und stellte sofort fest, woher der Freier die Mittel zu dem Geschenk genommen hatte. Aber er sagte nicht eine Silbe.

Graf Geroldingen konnte keine Perlen schenken. Da war keine Kasse, die er plündern konnte, und kein Juwelier würde ihm etwas geliehen haben. Aber er dichtete dem Fräulein Sonette, die wirklich recht hübsch waren, malte sie in ihrem Knabenanzuge, und geigte ihr, statt Beethoven, den er liebte, Offenbach vor, den sie gerne hörte.

Dann, an dem Geburtstag des Geheimrats, zu dem alle beide geladen waren, kam es endlich zum Zusammenstoße. Das Fräulein hatte heimlich einen jeden gebeten, sie zu Tisch zu führen, so kamen sie beide auf sie zu, als der Diener meldete, daß serviert sei. Jeder hielt das Vordrängen des andern für taktlos und anmaßend und jeder sagte – und verschluckte halb – ein paar Worte.

Alraune winkte Wolf Gontram heran. »Wenn die Herren sich nicht einigen können –« sagte sie lachend. Und nahm seinen Arm.

Bei Tisch ging es ein wenig still zu am Anfange, der Geheimrat mußte das Gespräch führen. Aber bald wurden auch die beiden Liebhaber warm und man trank auf das Wohl des Geburtstagskindes und seines liebreizenden Töchterleins. Karl Mohnen hielt die Rede und das Fräulein warf ihm ein paar Blicke zu, die dem Rittmeister das Blut heiß in die Schläfen trieben. Später aber, beim Dessert, legte sie leicht ihre kleine Hand auf des Grafen Arm – eine Sekunde nur, aber doch lang genug, um des Doktors runde Fischaugen starr zu machen.

Als sie aufstanden, ließ sie sich von beiden führen, tanzte auch mit beiden herum. Und sie sagte während des Walzers zu jedem von ihnen besonders: »Oh – es war abscheulich von Ihrem Freunde! – Das dürfen Sie sich wirklich nicht gefallen lassen!«

Der Graf antwortete: »Gewiß nicht!« Aber Dr. Mohnen warf sich in die Brust und erklärte: »Rechnen Sie auf mich!«

Am andern Morgen erschien der kleine Zwist dem Husaren nicht weniger kindisch wie dem Doktor – aber sie hatten beide das unsichere Gefühl, als ob sie dem Fräulein ten Brinken etwas versprochen hätten. – »Ich werde ihn vor die Pistole fordern«, sagte sich Karl Mohnen und glaubte dabei, daß es wohl doch nicht nötig wäre. Aber der Rittmeister schickte dem Freunde am frühen Morgen auf alle Fälle ein paar Kameraden hin – mochte später das Ehrengericht sehen, was es daraus machte.

Dr. Mohnen parlamentierte mit den Herrn Kartellträgern, setzte ihnen auseinander, daß der Graf sein allerintimster Freund sei und daß er ihm gar nicht übelwolle. Der Graf solle ihn nur um Verzeihung bitten, dann sei alles gut – und er wolle ihnen im Vertrauen sagen, daß er auch alle Schulden des Freundes bezahlen würde, sogleich am Tage nach seiner Hochzeit. Doch die beiden Offiziere erklärten, daß das alles ja sehr nett sei, aber sie gar nichts anginge. Der Herr Rittmeister fühle sich beleidigt und verlange Genugtuung – sie hätten nur den Auftrag zu fragen, ob er kavaliermäßig genug denke, die Forderung anzunehmen. Dreimaliger Kugelwechsel – fünfzehn Schritte Distanz.

Dr. Mohnen erschrak: »Drei – dreimaliger Kugelwechsel –« stotterte er.

Da lachte der Husarenoffizier. »Nun, beruhigen Sie sich nur, Herr Doktor! – Das Ehrengericht wird ja nie im Leben eine so unsinnige Forderung für eine solche Bagatelle zugeben. – Es ist nur der guten Form halber.«

Dr. Mohnen sah das ein; er rechnete auf den gesunden Menschenverstand der Herren Ehrenrichter und nahm die Forderung an. Er tat noch mehr, lief spornstreichs in das Korpshaus der Sachsen, bat um Waffenschutz und sandte seinerseits zwei der Studenten zu dem Rittmeister, um die Forderung zu überstürzen:

fünfmaligen Kugelwechsel bei zehn Schritten verlangte er. Das mußte sich sehr gut machen – und würde dem kleinen Fräulein gewiß imponieren.

Das gemischte Ehrengericht, das sich aus Offizieren und Korpsstudenten zusammensetzte, war vernünftig genug: es bestimmte einmaligen Kugelwechsel und setzte die Distanz auf zwanzig Schritte fest. Da konnten die beiden nicht viel Unfug anrichten und der Ehre war doch genug geschehen. Hans Geroldingen lächelte, als er den Spruch vernahm und verbeugte sich verbindlich; aber Dr. Mohnen wurde sehr bleich. Er hatte darauf gerechnet, daß man überhaupt jeden Zweikampf für unnötig erklären und sie beide veranlassen würde, sich gegenseitig um Entschuldigung zu bitten. Es war zwar nur *eine* Kugel – aber die konnte doch auch treffen!

Früh am Morgen fuhren sie hinaus in den Kottenforst, alle in Zivil, aber feierlich genug in sieben Wagen. Drei Husarenoffiziere und der Stabsarzt, dann Dr. Mohnen und mit ihm Wolf Gontram. Zwei Korpsburschen der Saxonia und einer der Guestphalia, der als Unparteiischer fungieren sollte; auch der S. C. Arzt, Dr. Peerenbohm, ein alter Herr von den Pfälzern. Und dazu zwei Korpsdiener, zwei Offiziersburschen und noch ein Heilgehilfe des Stabsarztes.

Noch einer war dabei: Exzellenz ten Brinken. Er hatte seinem Bureauchef seine ärztliche Hilfe angeboten, hatte dann sein altes Besteck heraussuchen und hübsch reinigen lassen.

Zwei Stunden fuhren sie durch den lachenden Morgen. – Sehr gut gelaunt war Graf Geroldingen; er hatte am Abende vorher einen kleinen Brief bekommen aus Lendenich. Ein vierblättriges Kleeblatt war darin und auf einem Zettelchen stand das eine Wort: ›Mascotte‹. – In seiner unteren Westentasche steckte der Brief und machte ihn lachen und träumen von allen guten Dingen. Er plauderte mit den Kameraden, machte sich lustig über dieses Kinderduell. Er war der beste Pistolenschütze in der Stadt und er sagte, daß es ihn reizen möchte, dem Doktor einen Knopf vom Rockärmel abzuschießen. Aber man könne bei aller Sicherheit doch nie ganz seiner Sache gewiß sein, besonders nicht bei fremden Pistolen – – da wolle er doch lieber in die Luft knallen. Denn es wäre eine Gemeinheit, wenn er den guten Doktor auch nur ritzen würde.

Dr. Mohnen aber, der mit dem Geheimrat und dem jungen Gontram zusammen im Wagen saß, sagte gar nichts. Auch er hatte ein kleines Briefchen erhalten, das die großen steilen Züge des Fräulein ten Brinken trug und ein zierliches goldenes Hufeisen enthielt, aber er hatte seine Mascotte nicht einmal recht angesehen, hatte etwas von »kindlichem Aberglauben« gemurmelt und das Briefchen auf den Schreibtisch geworfen. Er hatte Angst, rechte und schlechte Angst, die goß sich wie schmutziges Kehrichtwasser in das Strohfeuer seiner Liebe. Er schalt sich einen kompletten Idioten, daß er so früh am Morgen aufgestanden war, nur um herauszufahren zur Schlachtbank; immerzu kämpften in ihm der heiße Wunsch, den Rittmeister um Entschuldigung zu bitten und so aus der Falle herauszukommen, mit dem Schamgefühl, das er vor dem Geheimrat und vielleicht mehr noch vor Wolf Gontram empfand, dem er so erfolgreich von allen seinen Heldentaten erzählt hatte. Mittlerweile gab er sich ein ganz heroisches Aussehen, versuchte eine Zigarette zu rauchen und recht gleichmütig dreinzublicken. Aber er war kreideweiß, als die Wagen im Walde auf der Landstraße hielten, als man den kleinen Fußweg einschlug zu der weiten Lichtung.

Die Herren Ärzte machten ihre Verbandskasten zurecht, der Unparteiische ließ den Pistolenkasten öffnen und lud die Mordgewehre. Wog sorgfältig das Pulver ab, daß beide Schüsse gleich stark waren. Es waren hübsche Waffen, die den Westfalen gehörten; die Sekundanten losten für ihre Klienten, zogen Streichhölzchen: kurz verliert, lang gewinnt. Lächelnd schaute der Rittmeister der etwas gemachten Feierlichkeit zu, die niemand recht ernst nahm; aber Dr. Mohnen wandte sich ab und starrte auf den Boden. Dann nahm der Unparteiische die zwanzig Schritte, er machte ungeheure Sprünge, so daß die Offiziere ein etwas mißmutiges Gesicht zogen, es schien ihnen nicht ganz passend, daß dieser Herr die Sache allzusehr zur Farce machte und das Dekorum gar so wenig wahrte.

»Die Lichtung wird zu klein sein!« rief ihm Major v. d. Osten höhnisch zu. Aber der lange Westfale antwortete seelenruhig: »Dann können sich die Herren ja in den Wald stellen – das ist noch sicherer.«

Die Sekundanten führten ihre Klienten auf ihre Plätze, der Unparteiische forderte sie noch einmal zur Versöhnung auf, wartete aber gar nicht erst eine Antwort ab. »Da eine Versöhnung von beiden Seiten abgelehnt wird«, fuhr er fort, »bitte ich die Herren auf mein Kommando zu achten –«

Ein tiefer Seufzer des Doktors unterbrach ihn. Karl Mohnen stand da, mit schlotternden Knien, die Pistole fiel ihm aus der zitternden Hand; bleich wie ein Leichentuch waren seine Züge.

»Einen Augenblick!« rief der S. C. Arzt herüber, eilte mit langen Schritten auf ihn zu; ihm folgten der Geheimrat, Wolf Gontram und die beiden Herren von Saxonia.

»Was haben Sie?« fragte Dr. Peerenbohm.

Dr. Mohnen gab keine Antwort; völlig aufgelöst starrte er geradeaus. »Nun, was ist Ihnen, Doktor?« wiederholte sein Sekundant, nahm die Pistole vom Boden auf und drückte sie ihm wieder in die Hand.

Aber Karl Mohnen schwieg; wie ein Ertrunkener sah er aus.

Da glitt ein Lächeln über das breite Gesicht des Geheimrats. Er näherte sich dem Sachsen und flüsterte ihm ins Ohr: »Es ist ihm etwas Menschliches passiert!«

Der Korpsbursche verstand ihn nicht gleich. »Wie meinen Exzellenz?« fragte er.

»Riechen Sie doch!« flüsterte der Alte.

Der Sachse lachte rasch auf. Aber sie wahrten den Ernst der Situation, nahmen nur ihre Taschentücher heraus und drückten sie an die Nasen. »Incontinentia alvi« erklärte Dr. Peerenbohm würdig. Er nahm ein Fläschchen aus der Westentasche, gab ein paar Tropfen Opiumtinktur auf ein Stückchen Zucker und reichte es Dr. Mohnen. »Hier, knabbern Sie«, sagte er und steckte es ihm in den Mund. »Nehmen Sie alle Ihre Kräfte zusammen! – Nun, freilich, so ein Duell ist ja auch eine ganz erschreckliche Sache!«

Aber der arme Doktor hörte nichts und sah nichts, nicht einmal den bitteren Geschmack des Opiums fühlte seine Zunge. Er empfand wirr, daß die Menschen sich von ihm entfernten; dann vernahm er die Stimme des Unparteiischen. »Eins«, klang ihm in die Ohren – dann »Zwei« – und gleich mit dem »Zwei« hörte er einen Schuß. Er schloß die Augen, die Zähne klapperten ihm, alles drehte sich rings um in seinem Schädel. »Drei« scholl es von dem Waldrande her – da ging seine eigene Pistole los. Und dieser laute Knall in nächster Nähe betäubte ihn so, daß die Beine den Dienst versagten. Er fiel nicht, sank vielmehr in sich zusammen, wie ein ›sterbendes Schweinchen‹, setzte sich breit auf den taufrischen Boden.

Wohl eine Minute saß er so, und es deuchte ihm eine lange Stunde zu sein; dann kam ihm das Bewußtsein, daß nun wohl der Handel aus sei. »Es ist vorüber«, murmelte er mit einem glücklichen Seufzer. Er befühlte sich überall – nein, er war nirgend verletzt. Nur – nur die Hose hatte wohl Schaden gelitten. Aber was verschlug das?

Niemand bekümmerte sich um ihn, so erhob er sich selbst; fühlte ordentlich mit welch ungeheurer Schnelle alle Lebenskräfte in ihn zurückkehrten. Mit tiefen Zügen trank er die Morgenluft – ah, wie gut es doch war, zu leben!

Hinten, am andern Ende der Lichtung, sah er in dichtem Knäuel die Menschen zusammenstehen. Er putzte seinen Zwicker und sah hindurch – alle drehten sie ihm den Rücken zu. Langsam ging er hinüber, erkannte Wolf Gontram, der ganz zurückstand, sah dann ein paar knien und einen, in der Mitte, lang daliegen.

War das der Rittmeister? – Sollte er ihn getroffen haben? – Ja – – hatte er denn überhaupt geschossen? Er machte einen kleinen Umweg, zwischen den hohen Föhren her. Kam nahe heran und sah nun deutlich genug. Und er sah, wie des Grafen Auge auf ihn fiel, sah, wie er mit der Hand ihn leicht heranwinkte.

Alle machten ihm Platz, so trat er in den Kreis. Hans Geroldingen streckte ihm die Rechte entgegen, da kniete er hin und faßte sie. »Verzeihen Sie mir«, murmelte er. »Ich habe es wirklich nicht gewollt –«

Der Rittmeister lächelte: »Ich weiß es, alter Freund. – Es war ein Zufall – ein gottverdammter Zufall!« Irgendein jäher Schmerz faßte ihn, er stöhnte und ächzte elendiglich. »Ich wollte Ihnen nur sagen, Doktor, daß ich Ihnen nicht böse bin«, fuhr er leise fort.

Dr. Mohnen antwortete nicht, ein heftiges Zucken ging um seine Mundwinkel, seine Augen füllten sich mit dicken Tränen. Dann zogen ihn die Ärzte zur Seite, beschäftigten sich wieder mit dem Verwundeten.

»Nichts zu machen«, flüsterte der Stabsarzt.

»Wir müssen versuchen, ihn möglichst rasch in die Klinik zu schaffen«, sagte der Geheimrat.

»Es wird uns nichts nützen«, erwiderte Dr. Peerenbohm. »Er wird uns auf dem Transport eingehen. – Wir werden ihm nur unnütz jämmerliche Qualen bereiten.«

Die Kugel war in den Unterleib gedrungen, hatte alle Eingeweide durchschlagen und war dann im Rückgrat steckengeblieben. Aber es war, als ob sie dahin gelockt worden sei mit geheimer Kraft: gerade durch die Westentasche war sie gedrungen, durch das Brieflein Alraunens, hatte das vierblättrige Kleeblatt durchschlagen und das liebe Wörtlein: »Mascotte« –

Der kleine Rechtsanwalt Manasse war es, der Dr. Mohnen rettete. Als ihm Justizrat Gontram den Brief zeigte, den er soeben aus Lendenich bekommen, erklärte er, daß der Geheimrat der geriebenste Schuft sei, den er je kennen gelernt habe, und beschwor den Kollegen, nicht eher die Anzeige bei der Staatsanwaltschaft zu übermitteln, bis der Doktor in Sicherheit sei. Nicht um den Zweikampf handelte es sich – deshalb hatte die Behörde noch am selben Tage das Verfahren eingeleitet – sondern um die Unterschlagungen im Bureau der Exzellenz. Und der Rechtsanwalt lief selbst zu dem Delinquenten, holte ihn aus dem Bette heraus.

»Aufstehen!« kläffte er. »Anziehen! Koffer packen! – Fahren Sie mit dem nächsten Zuge nach Antwerpen und dann schnell übers Wasser! Sie sind ein Esel! Ein Kamel sind Sie! – Wie konnten Sie nur solchen Blödsinn anstellen!«

Dr. Mohnen rieb sich die schlaftrunkenen Augen; er konnte das alles gar nicht recht begreifen. So, wie er stehe mit dem Geheimrat –

Aber Herr Manasse ließ ihn gar nicht zu Worte kommen. »Wie Sie mit ihm stehen?« bellte er. »Ja – großartig stehen Sie mit ihm! Glänzend! Unübertrefflich! – Gerade die Exzellenz ist es, Sie Dummkopf, die den Justizrat beauftragte, Sie bei der Staatsanwaltschaft anzuzeigen, weil Sie seine Kasse bestohlen haben.«

Da entschloß sich Karl Mohnen, aus dem Bette zu kriechen.

Stanislaus Schacht war es, sein alter Freund, der ihm forthalf. Er studierte die Fahrpläne, er gab ihm das Geld, das nötig war, er besorgte das Auto, das ihn fortbringen sollte nach Köln.

Es war ein wehmütiger Abschied. Über dreißig Jahre lebte Karl Mohnen in dieser Stadt, in der jedes Haus, jeder Stein fast, ihm eine Erinnerung gab. Hier wurzelte er, hier allein hatte sein Leben eine Berechtigung. Und nun fort, Hals über Kopf, hinaus in irgendein Fremdes –

»Schreib mir«, sagte der dicke Schacht. »Was gedenkst du zu machen?«

Karl Mohnen zögerte. Alles schien ihm vernichtet, zusammengebrochen und zerstört; ein wirrer Schutthaufen lag sein Leben. Seine Schultern zuckten, trübselig blickten seine gutmütigen Augen. »Ich weiß nicht«, murmelte er.

Dann aber kroch die Gewohnheit aus seinen Lippen. Er lächelte unter Tränen: »Ich werde eine Partie machen.« sagte er. »Es gibt ja viele reiche Mädchen – drüben, in Amerika.«

Zehntes Kapitel,

das schildert, wie Wolf Gontram an ALRAUNE zugrunde ging

Karl Mohnen war nicht der einzige, der um diese Zeit unter die Räder kam, die den Prunkwagen der Exzellenz trugen. Der Geheimrat übernahm völlig die große Volkshypothekenbank, die längst unter seinem Einfluß war, und bemächtigte sich zugleich der Kontrolle über das weit im Lande verzweigte System der Frostsilbervereine, die unter klerikaler Flagge bis ins letzte Dorf hinein ihre kleinen Sparbanken ausdehnten. Das ging nicht ohne scharfe Reibungen ab; so strauchelten manche alten Beamten, die dem neuen Regime, das ihnen jede Selbständigkeit nahm, widerstrebten. Rechtsanwalt Manasse, der gemeinsam mit Justizrat Gontram als juristischer Berater bei diesen Transaktionen fungierte, versuchte manche Härten zu mildern, ohne doch verhindern zu können, daß Exzellenz ten Brinken rücksichtslos genug vorging und alles kurzerhand hinauswarf, was ihm nur einigermaßen überflüssig erschien, auch auf recht zweifelhafte Weise einzelne zur Seite stehende kleine Rabattvereine und Sparkassen zwang, sich seiner übermächtigen Kontrolle zu unterwerfen. Bis weit in den Industriebezirk hinein erstreckte sich nun seine Macht, alles was mit dem Boden zu tun hatte, Kohlen und Metalle, Säuerlinge, Wasserwerke, Grundstücke und Gebäude, landwirtschaftliche Genossenschaften, Wegebauten, Talsperren und Kanalanlagen, alles das war im ganzen Rheinlande mehr oder weniger von ihm abhängig. Seit Alraune zurück war im Hause, griff er noch skrupelloser überall zu, von vornherein seines Erfolges bewußt, kannte keine Rücksichten mehr, keinerlei Hemmungen und Bedenken.

In langen Seiten erzählt er in dem Lederbuche von allen diesen Geschäften. Es machte ihm augenscheinlich Freude, genau zu untersuchen, was alles gegen irgendeine neue Unternehmung sprach, wie außerordentlich gering im Grunde die Möglichkeit eines Erfolges schien – nur, um gerade diese Sache dann um so sicherer anzugreifen und schließlich den Erfolg dem Wesen zuschreiben zu können, das in seinem Hause weilte. Auch holte er sich zuweilen Rat von ihr, ohne ihr freilich irgendwelche Einzelheiten anzuvertrauen; er fragte nur: »Soll man das tun?« Wenn sie nickte, tat er's, und ließ es, wenn sie den Kopf schüttelte.

Gesetze schienen schon lange nicht mehr zu existieren für den alten Mann. Hatte er früher oft lange Stunden mit seinen Anwälten beraten, um einen Ausweg zu finden, ein offenes Hintertürchen bei einer besonders heiklen Wendung, hatte er alle möglichen Lücken des Gesetzbuches genau studiert und mit hundert Kniffen und Pfiffen recht übele Handlungen immer noch juristisch haltbar gemacht, so kümmerte er sich nun längst nicht mehr um solche Winkelzüge. Fest vertrauend auf seine Macht und sein Glück, brach er offen genug das Recht; er wußte gut, daß es keinen Richter gab, wo kein Kläger aufzustehen wagte. Freilich häuften sich seine Zivilprozesse, mehrten sich auch die Anzeigen, die meist anonym, oft auch namentlich, bei der Behörde gegen ihn einliefen. Aber seine Verbindungen gingen so weit, ihn deckten der Staat wie die Kirche, mit denen er beiden wie auf Duzfuß stand; seine Stimme im Provinziallandtag war ausschlaggebend und die Politik des erzbischöflichen Palais in Köln, die er zum mindesten materiell unterstützte, gab ihm fast eine noch bessere Rückendeckung. Bis nach Berlin gingen seine Fäden: der außergewöhnlich hohe Orden, der ihm bei Enthüllung des Kaiserdenkmals von allerhöchster Hand selbst um den Hals gehängt wurde, dokumentierte das öffentlich genug. Freilich hatte er eine recht runde Summe zu diesem Monument beigesteuert – aber die Stadt hatte dafür auch das Grundstück, das sie zur Verfügung stellte, sehr teuer von ihm erstehen müssen. Dazu seine Titel, dazu sein würdiges Alter, seine anerkannten Verdienste um die Wissenschaft – welcher kleine Staatsanwalt wäre da gerne gegen ihn vorgegangen?

Ein paarmal drang der Geheimrat selbst auf Untersuchung – da stellten sich die Anzeigen wirklich als arge Übertreibungen heraus, zerplatzten wie Seifenblasen. So nährte er die Skepsis der Behörde gegen die Denunziationen. So weit ging es, daß, als ein junger Assessor in einer Sache, die ihm sonnenklar schien, durchaus gegen die Exzellenz einschreiten wollte, der Erste Staatsanwalt, ohne nur einen Blick in die Akten zu werfen, ihm zurief: »Dummes Zeug! Querulantengeschrei – wir kennen das! Wir würden uns nur blamieren damit.«

Der Querulant war der provisorische Direktor des Wiesbadener Landesmuseums, der von dem Geheimrat alle möglichen Ausgrabungen gekauft hatte, sich betrogen fühlte und ihn nun öffentlich der Fälschung zieh. Die Behörde nahm die Klage nicht auf, aber sie machte dem Geheimrat Mitteilung. Und der wehrte sich gut: schrieb in seinem Leiborgan, der Sonntagsbeilage der »Kölnischen Zeitung« einen schönen Artikel, der den humanen Titel »Museumspflege« führte. Er ging auf nichts ein, was ihm zum Vorwurf gemacht wurde, aber er griff seinen Gegner so blutig an, vernichtete ihn so gründlich, stellte ihn als solchen Nichtswisser und Kretin hin, daß der arme Gelehrte völlig am Boden lag. Und er zog seine Schnüre, ließ seine Rädchen laufen – nach wenigen Monaten schon war ein anderer Herr Direktor des Museums. Der Erste Staatsanwalt nickte befriedigt, als er diese Notiz in der Zeitung las; er brachte das Blatt dem Assessor hinüber und sagte: »Da lesen Sie, Kollege! Danken Sie Gott, daß Sie damals mich fragten und so eine Mordsdummheit vermieden.« Der Assessor bedankte sich, aber er war gar nicht zufrieden.

Zur »Lese« fuhren die Schlitten und die Autos am Tage Mariä Lichtmeß, da war der große Fastnachtball der Gesellschaft. Die Hoheiten waren da, und um sie herum, was immer nur Uniform hatte in der Stadt, oder bunte Korpsbänder und Mützen. Dazu die Professorenkreise und die vom Gericht, von der Regierung und der Stadtverwaltung, endlich die reichen Leute, Kommerzienräte und Großindustrielle. Alles war in Kostüm, nur den erklärten Ballmüttern war »die falsche Spanierin« erlaubt; selbst die alten Herren mußten ihren Frack zu Hause lassen und erschienen im schwarzen Domino, den man ›Mönemantel‹ nannte.

Justizrat Gontram präsidierte an dem großen Tische der Exzellenz; er kannte den alten Keller und verstand es, die besten Marken herbeizuschaffen. Die Fürstin Wolkonski saß da mit ihrer Tochter Olga, Gräfin Figueirera y Abrantes, und mit Frieda Gontram, die beide in diesem Winter bei ihr zu Besuch waren. Dann der Rechtsanwalt Manasse, ein paar Privatdozenten und Professoren und ebensoviel Offiziere. Und der Geheimrat selbst, der sein Töchterlein zum ersten Male auf einen Ball führte.

Alraune kam als das Fräulein von Maupin, in dem Bubenkleide des Beardsley. Sie hatte manche Schränke in dem Hause ten Brinken aufgerissen, in alten Kasten und Truhen herumgestöbert; da fand sie, von der Urahne her, ganze Stöße schöner Mechelner Kanten. Gewiß klebten Zähren armer Näherinnen in feuchten Kellern daran, wie an allen herrlichen Spitzenkleidern schöner Frauen, aber Alraunens frechen Anzug netzten noch frische Tränen – der gescholtenen Schneiderin, die sich nicht zurechtfinden konnte mit dem kapriziösen Kostüm, der Friseurin, die sie schlug, weil sie die Frisur nicht begriff und die Chi-Chis nicht legen konnte, und der kleinen Zofe, die sie beim Anziehen ungeduldig mit langen Nadeln stach. Oh, es war eine Qual, dieses Mädchen Gautiers in der bizarren Auffassung des Engländers – aber als es fertig war, als der launenhafte Knabe auf hohen Stöckeln mit dem zierlichen Prunkdegen durch den Saal stolzierte, da war kein Auge, das ihm nicht gierig folgte, kein altes und kein junges, von Herren keines und keines von Damen.

Der Chevalier de Maupin teilte mit Rosalinde seinen Erfolg. Rosalinde – die der letzten Szene – das war Wolf Gontram, und nie sah die Bühne eine schönere. Zu Shakespeares Zeiten nicht, als schlanke Knaben seine Frauenrollen spielten, und auch später nicht, seit Margaret Hews, Prinz Ruperts Geliebte, zum ersten Male als Frau das schöne Mädchen in ›Wie es euch gefällt‹ darstellte. Alraune hatte den Jungen angezogen; mit unendlicher Mühe hatte sie ihm beigebracht, wie er gehen und wie er tanzen müsse, wie er den Fächer bewegen und wie er lächeln solle. Und wie sie ein Knabe schien und doch ein Mädchen in dem Gewande Beardsleys, dessen Stirne Hermes küßte und Aphrodite zugleich, so verkörperte Wolf Gontram nicht minder die Figur seines großen Landsmannes, der die ›Sonette‹ schrieb: war in seinem Schleppgewande in rotem golddurchwirktem Brokate ein schönes Mädchen und doch wieder ein Knabe.

Vielleicht verstand das alles der alte Geheimrat, vielleicht der kleine Manasse, vielleicht auch ein wenig Frieda Gontram, deren rasche Blicke flackernd von einem zum andern flogen. Sonst gewiß keiner in dem gewaltigen Saale der ›Lese‹, in dem schwere Girlanden roter Rosen rings von der Decke hingen. Aber das fühlten alle, daß hier ein Besonderes war, etwas, das seine eigenen Werte hatte.

Ihre Kgl. Hoheit sandte ihren Adjutanten, ließ die beiden holen und sie sich vorstellen. Sie tanzte den ersten Walzer mit ihnen, als Herr zuerst mit Rosalinde und darauf als Dame mit dem Chevalier de Maupin. Und sie klatschte laut in die Hände als dann beim Menuett Théophile Gautiers lockiger Knabengedanke kokett sich neigte vor Shakespeares holdem Mädchentraume. Ihre Kgl. Hoheit war selbst eine ausgezeichnete Tänzerin, war die erste auf dem Tennisplatze und die beste Schlittschuhläuferin in der Stadt – sie hätte am liebsten die ganze Nacht hindurch nur mit den beiden getanzt. Aber die Menge wollte auch ihr Recht: so flogen Mlle. de Maupin und Rosalinde aus einem Arm in den andern; bald preßten sie sehnige Arme junger Männer, bald fühlten sie heiß atmende Brüste schöner Frauen.

Gleichmütig blickte Justizrat Gontram darein; die Trierische Punschbowle, die er nun braute, interessierte ihn weit mehr als die Erfolge seines Sohnes. Er versuchte der Fürstin Wolkonski eine lange Geschichte von einem Falschmünzer zu erzählen, aber Ihre Durchlaucht hörte nicht hin. Sie teilte die Befriedigung und den freudigen Stolz der Exzellenz ten Brinken, fühlte sie sich doch mitbeteiligt daran, daß dieses Wesen, ihr Patenkind Alraune, in der Welt war. Nur der kleine Manasse war mißmutig genug, schimpfte und knurrte halblaut vor sich hin.

»Du solltest nicht soviel tanzen, Junge«, fauchte er Wolf an, »solltest mehr achtgeben auf deine Lungen!« Aber der junge Gontram hörte ihn nicht.

Gräfin Olga sprang auf, flog hin zu Alraune. »Mein hübscher Kavalier –« flüsterte sie. Und der Spitzenknabe antwortete: »Komm her, kleine Tosca!« Er wirbelte sie daher, links herum, rings durch den Saal, ließ sie kaum Atem schöpfen. Brachte die Atemlose zurück zum Tisch, küßte sie mitten auf den Mund.

Frieda Gontram tanzte mit ihrem Bruder, sah ihn lange an mit klugen grauen Augen: »Schade, daß du mein Bruder bist.« sagte sie.

Er verstand sie gar nicht. »Warum denn?« fragte er.

Sie lachte. »O du dummer Junge! – Übrigens hast du ja im Grunde ganz recht mit deiner Frage: ›Warum denn?‹ Denn eigentlich sollte das wirklich kein Hinderungsgrund sein, nicht wahr? Es ist nur eben, weil uns die Moralfetzen unserer blöden Erziehung immer noch wie die Bleikugeln in unseren Schoßnähten hängen und uns die Tugendröcke fein sittsam strecken. – Das ist es, mein schönes Brüderchen!«

Aber Wolf Gontram begriff nicht eine Silbe; da ließ sie ihn lachend stehen und nahm den Arm des Fräulein ten Brinken. »Mein Bruder ist ein schöneres Mädchen, wie du«, sagte sie, »aber du bist ein süßerer Junge.«

»Und du«, lachte Alraune, »du blonde Äbtissin, du hast die süßen Jungen lieber?«

Sie antwortete: »Was darf Héloise verlangen? Grimmig schlecht ging es meinem armen Abälard, weißt du – der war schlank und war zart wie du es bist! Da lernt man sich bescheiden. Dir aber, mein holder Knabe, der du ausschaust, wie ein seltsam Pfäfflein einer neuen und frechen Lehre, dir wird niemand ein Leid antun.«

»Meine Spitzen sind alt und sind ehrwürdig«, sagte der Chevalier de Maupin.

»Da decken sie am besten die süße Sünde«, lachte die blonde Äbtissin. Sie nahm ein Spitzglas vom Tische und reichte es ihr: »Trink, süßer Junge.«

Die Gräfin kam, heiß mit bittenden Augen. »Laß ihn mir«, drängte sie ihre Freundin, »laß ihn mir!« Aber Frieda Gontram schüttelte den Kopf. »Nein«, sagte sie scharf, »den *nicht*! Freier Wettbewerb, wenn du magst.«

»Sie hat mich geküßt«, machte die Tosca geltend. Und Héloise spottete: »Glaubst du: dich allein in dieser Nacht?« Sie wandte sich zu Alraune.

»Entscheide, mein Paris, wen willst du? Die weltliche Dame oder die geistliche?«

»Heute?« fragte das Fräulein de Maupin.

»Heute – und solange du magst!« rief Gräfin Olga.

Da lachte der Spitzenknabe. »Ich will die Äbtissin – und die Tosca auch.«

Und er lief lachend hinüber zu dem blonden Teutonen, der als roter Henkersknecht daherstolzierte mit einem gewaltigen Richtbeil aus Pappe.

»Du, Schwager«, rief sie, »ich habe zwei Mamas bekommen! – Willst du sie hinrichten, alle beide?«

Der Student reckte sich und streifte die Ärmel hoch. »Wo sind sie?« brüllte er.

Aber Alraune fand keine Zeit zu antworten, der Oberst des 28. Regiments holte sie zum Two-Step.

– – Der Chevalier de Maupin trat an den Tisch der Professoren.

»Wo ist dein Albert?« fragte der Literarhistoriker. »Und wo ist deine Isabella?«

»Mein Albert läuft überall herum, Herr Examinator«, antwortete Alraune, »in zwei Dutzend Exemplaren springt er im Saal! Und Isabella –« sie ließ ihre Augen suchend herumschweifen. »Isabella«, fuhr sie fort, »die will ich dir auch gleich zeigen.«

Sie trat auf das Töchterlein des Professors zu, ein fünfzehnjähriges, verschüchtertes Ding, das sie mit großen blauen Augen verwundert ansah. »Willst du mein Page sein, kleine Gärtnerin?« fragte sie.

Da sagte das flachshaarige Mädel: »Ja – gerne! – Wenn du mich willst!«

»Du mußt mein Page sein, wenn ich eine Dame bin«, belehrte sie der Chevalier de Maupin, »und meine Zofe, wenn ich als Herr gehe.« Und die Kleine nickte.

»Bestanden, Herr Professor?« lachte Alraune.

»Summa cum laude!« bestätigte der Literarhistoriker. »Aber laß mir doch lieber meine kleine Trude.«

»Jetzt frage ich!« rief das Fräulein ten Brinken. Und sie wandte sich an den kleinen, runden Botaniker. »Welche Blumen blühen in meinem Garten, Herr Professor?«

»Rote Hibiskus«, antwortete der Botaniker, der Ceylons Flora gut kannte, »Goldlotos und weiße Tempelblumen.«

»Falsch!« rief Alraune. »Ganz falsch! Weißt du es, Herr Schützenbruder aus Haarlem? Welche Blumen wachsen in meinem Garten?«

Der Professor der Kunstgeschichte sah sie scharf an, ein leichtes Lächeln zuckte um seine Lippen.

»Les fleurs du mal.« sagte er. »Stimmt es?«

»Ja!« rief Mlle. de Maupin. »Ja, es stimmt gut. Aber nicht für euch blühen sie, meine Herren Gelehrten – ihr müßt hübsch warten, bis sie verdorrt und gepreßt in den Büchern liegen, oder auf Bildern unter dem Firnis trocknen.«

Sie zog ihren hübschen Degen, verbeugte sich, schlug die hohen Stöckel zusammen und salutierte. Drehte herum auf dem Absatz, tanzte ein paar Schritte mit dem Baron v. Manteuffel von den Preußen, hörte die helle Stimme Ihrer Kgl. Hoheit und sprang rasch heran an den Tisch der Prinzessin.

»Gräfin Almaviva«, begann sie, »was begehrt Ihr von Eurem treuen Cherubin?«

»Recht unzufrieden bin ich mit ihm«, sagte die Prinzessin, »er hätte wirklich die Rute verdient! Strolcht herum im Saale mit einem Figaro nach dem andern!«

»Die Susannen nicht zu vergessen!« lachte der Prinzgemahl.

Alraune ten Brinken zog die Lippen zum Pfännchen. »Was soll so ein armer Junge auch machen«, rief sie, »der nichts weiß von der bösen Welt?« Sie lachte, nahm dem Adjutanten, der als Frans Hals vor ihr stand, die Laute von der Schulter, präludierte, trat ein paar Schritte zurück und sang:

»Ihr, die ihr Triebe
Des Herzens kennt,
Sagt, ist es Liebe,
Das hier so brennt?«

»Bei wem willst du dir Rat erholen, Cherubin?« fragte die Prinzessin.

»Weiß meine Gräfin Almaviva nicht Bescheid?« gab Alraune zurück.

Da lachte Ihre Kgl. Hoheit. »Du bist sehr keck, mein Page!« sagte sie.

Cherubin antwortete: »Das ist Pagenart.«

Er streifte die Spitzen von dem Ärmel der Prinzessin und küßte ihr die Hand – ein wenig zu hoch am Arme und ein wenig zu lange. »Soll ich dir Rosalinde bringen?« flüsterte er. Und er las die Antwort aus ihren Augen.

Rosalinde tanzte vorbei – nicht einen Augenblick gönnte man ihr Ruhe an diesem Abend. Der Chevalier de Maupin nahm sie ihrem Tänzer fort, führte sie die Stufen hinauf zu dem Tische der Hoheiten. »Gebt ihr zu trinken«, rief sie, »meine Liebste verschmachtet.« Sie nahm das Glas, das ihr die Prinzessin reichte und führte es Wolf Gontram an die roten Lippen. Dann wandte sie sich zu dem Prinzgemahl: »Willst du tanzen mit mir, wilder Raugraf bei Rhein?«

Er lachte derb, wies ihr die riesigen braunen Reiterstiefel mit den ungeheuren Sporn. »Glaubst du, daß ich damit tanzen kann?«

»Versuch es!« drängte sie und zog ihn am Arme von seinem Sitze auf. »Es wird schon gehen! Nur tritt mich nicht tot und zerbrich mich nicht, du rauher Jägersmann!«

Der Fürst warf einen bedenklichen Blick auf das zarte Ding in dem duftigen Spitzengewebe, dann streifte er die Wildlederhandschuhe über. »Also komm, kleiner Page!« rief er.

Alraune warf eine Kußhand hinüber zu der Prinzessin, walzte durch den Saal mit dem schweren Fürsten. Die Leute machten ihnen Platz und es ging gut genug, quer hinüber und wieder zurück. Er hob sie hoch, wirbelte sie durch die Luft, daß sie laut aufschrie, da verwickelten sich seine langen Reitersporen – plumps, lagen sie beide auf dem Parkett. Im Nu war sie wieder auf, streckte ihm ihre Hand hin.

»Aufstehen, Herr Raugraf«, rief sie. – »Ich kann dich doch wirklich nicht aufsammeln.«

Er hob den Oberkörper, aber wie er den rechten Fuß aufsetzte, fuhr ein rasches »Au« aus seinem Munde. Er stützte sich auf die linke Hand, versuchte wieder sich aufzurichten. Aber es ging nicht, ein heftiger Schmerz nahm ihm die Herrschaft über den Fuß.

Da saß er, groß und stark, mitten im Saale, konnte sich nicht erheben. Einige kamen heran, mühten sich, ihm den mächtigen Stiefel abzuziehen, der das ganze Bein deckte. Aber es ging nicht, so schnell schwoll ihm der

Fuß auf; sie mußten mit scharfen Messern das harte Leder herunterschneiden. Prof. Dr. Helban, der Orthopäde, untersuchte ihn, er stellte einen Knöchelbruch fest.

»Für heute ist's aus mit dem Tanzen!« brummte der Prinzgemahl.

Alraune stand vor dem dichten Kreise, der ihn umgab, neben sie drängte sich der rote Henkersknecht. Ihr fiel ein Liedchen ein, das sie die Studenten zur Nachtzeit durch die Straßen hatte johlen hören.

»Sag doch«, fragte sie, »wie geht das Lied von den Feldern und den Wäldern und der Muskelkraft?«

Der lange Teutone, der einen tüchtigen Schwips hatte, reagierte, als ob man einen Groschen in einen Automaten geworfen hätte. Er schwang sein Henkerbeil hoch in der Luft und brüllte los:

»Er fiel auf einen Stein.
Er fiel auf einen – kille, kille, kille –
Er fiel auf einen Stein!
Zerbrach drei Rippen im Leibe,
Und die Felder und die Wälder
 und die Muskelkraft –
Dazu das rechte – kille, kille, kille –
Dazu das rechte Bein!«

»Halt's Maul!« raunte ihm ein Korpsbruder zu, »Bist du ganz verrückt geworden?«

Da schwieg er. Aber der gutmütige Fürst lachte: »Danke für das passende Ständchen! Aber die drei Rippen hättest du dir sparen können – ich habe vollständig genug mit dem Bein da!«

Sie trugen ihn hinaus auf einem Sessel, schafften ihn in seinen Schlitten. Mit ihm verließ die Prinzessin den Saal – sie war gar nicht zufrieden mit diesem Zwischenfall.

Alraune suchte Wolf Gontram, fand ihn noch immer an dem verlassenen Tisch der Hoheiten.

»Was hat sie getan?« fragte sie rasch. »Was hat sie gesagt?«

»Ich weiß es nicht«, antwortete Wölfchen.

Sie nahm seinen Fächer, schlug ihn heftig über den Arm. »Du weißt es wohl«, beharrte sie. »Du mußt es wissen und mußt es mir sagen!«

Er schüttelte den Kopf. »Aber ich weiß es wirklich nicht. Sie hat mir zu trinken gegeben, hat mir die Lokken aus der Stirne gestrichen. Ich glaube, sie hat auch meine Hand gedrückt. – Aber ich kann es nicht genau sagen, weiß auch nichts von alldem, was sie gesagt hat. Ich habe ein paarmal ›ja‹ gesagt, aber ich habe gar nicht auf sie hingehört. – Ich habe an ganz was anderes gedacht.«

»Du bist schrecklich dumm, Wölfchen.« sagte das Fräulein vorwurfsvoll. »Du hast wieder geträumt! – An was hast du denn eigentlich gedacht?«

»An dich«, erwiderte er.

Sie stampfte ärgerlich mit den Füßen auf. »An mich! Immer an mich! – Warum denkst du eigentlich immer nur an mich?«

Da blickten sie seine großen, tiefen Augen bittend an. »Ich kann doch nichts dafür.« flüsterte er.

Die Musik fiel ein, unterbrach die Stille, die der Weggang der Hoheiten verursacht hatte. Weich und lokkend klangen die ›Rosen des Südens‹. Sie nahm seine Hand, zog ihn mit sich fort: »Komm, Wölfchen, wir wollen tanzen!«

Sie traten an, drehten sich, noch allein in dem großen Saal. Der graubärtige Kunsthistoriker sah sie, kletterte auf seinen Stuhl und schrie hinab: »Silentium! Extrawalzer für den Chevalier de Maupin und seine Rosalinde.«

Viele hundert Augen ruhten auf dem hübschen Paar. Alraune bemerkte es wohl und jeder Schritt, den sie tat, geschah in dem Bewußtsein, daß man sie bewundern müsse. Aber Wolf Gontram bemerkte nichts, er fühlte nur, daß er in ihren Armen lag und von weichen Klängen getragen wurde. Und seine großen, schwarzen Brauen senkten sich halb, beschatteten die traumtiefen Augen.

Der Chevalier de Maupin führte. Sicher, selbstbewußt, wie ein schlanker Page, der das glatte Parkett gewohnt ist von der Wiege an. Leicht vorgebeugt den Kopf, die Linke, die zwei Finger Rosalindens hielten, zugleich an dem goldenen Knauf des Degens, den er hinabdrückte, so daß das Ende hinten den Spitzenschoß hob. Seine gepuderten Locken sprangen wie silberne Schlänglein, ein Lächeln öffnete die Lippen und zeigte die blanken Zähne.

Und Rosalinde folgte dem leichten Drucke. Die goldrote Schleppe glitt über den Boden, wie eine holde Blüte wuchs ihre Figur daraus hervor. Ihr Kopf lag weit im Nacken, schwer fielen die weißen Straußenfedern von dem großen Hute. Weltfern, weit entrückt von allem, was da war, schwebte sie unter den Rosengirlanden. Rund durch den Saal, wieder und wieder.

Die Gäste drängten sich am Rande, hinten stiegen sie auf Stühle und Tische. Sahen herüber, atemlos.

»Ich gratuliere, Exzellenz«, murmelte die Fürstin Wolkonski. Und der Geheimrat antwortete: »Danke, Durchlaucht. Sie sehen, daß unsere Mühen damals nicht ganz vergebens waren.«

Sie changierten, der Chevalier führte seine Dame quer durch den Saal. Und Rosalinde schlug die Augen weit auf, warf schweigende, erstaunte Blicke auf die Menge ringsum.

»Shakespeare würde knien, wenn er diese Rosalinde sähe«, erklärte der Literaturprofessor. Aber am Nebentische kläffte von seinem Stuhle herunter der kleine Manasse den Justizrat Gontram an. »Stehen Sie doch auch mal auf, Herr Kollege! Sehen Sie doch! Wie Ihre selige Frau blickt der Junge herum – genau so!«

Der alte Justizrat blieb ruhig sitzen, prüfte eine neue Flasche Ürziger Auslese. »Ich kann mich nicht mehr besonders erinnern, wie das war.« meinte er gleichgültig. Oh, er wußte es gut – aber was gingen seine Gefühle andere Menschen an?

Die beiden tanzten, hin durch den Saal und zurück. Schneller hoben und senkten sich Rosalindens weiße Schultern, röter färbten sich ihre Wangen. Aber gleich zierlich, gleich sicher und gewandt lächelte unter dem Puder der Chevalier de Maupin.

Gräfin Olga riß die roten Nelken aus dem Haare, warf sie dem Paare zu. Und der Chevalier de Maupin haschte eine in der Luft, drückte sie an die Lippen, grüßte hinüber. Da griffen auch die andern nach bunten Blumen, nahmen sie aus den Vasen der Tische, trennten sie von den Kleidern, lösten sie aus der Frisur. Und unter einem Regen von Blüten walzten die beiden daher, links herum, leicht getragen von den ›Rosen des Südens‹.

Immer von neuem setzte die Kapelle ein. Die Musiker, abgestumpft, übermüdet durch das allnächtliche Spiel in der Saison, schienen wach zu werden, bogen sich über die Brüstung der Galerie, blickten hinunter. Schneller flog der Taktstock des Dirigenten, heißer rauschten die Bogen der Geigen. Und unermüdlich in tiefem Schweigen glitt das Paar durch ein Rosenmeer von Farben und Klängen: Rosalinde und der Chevalier de Maupin.

Dann klappte der Kapellmeister ab – da brach es los. Der Freiherr von Platen, Oberst der Achtundzwanziger, schrie mit Stentorstimme herab von der Galerie: »Ein

Hoch dem Paare! Ein Hoch dem Fräulein ten Brinken! Ein Hoch der Rosalinde!« Und die Gläser klangen und die Leute schrien und johlten. Drangen auf das Parkett, umringten die beiden, erdrückten sie fast.

Zwei Korpsburschen von Rhenania schleppten einen mächtigen Korb voller Rosen, den sie unten irgendwo einer Blumenfrau abgehandelt hatten, ein paar Husarenoffiziere brachten Champagner. Alraune nippte nur, aber Wolf Gontram, überhitzt, glühend durstig, schlürfte gierig den kühlen Trank, einen Kelch um den andern. Alraune zog ihn fort, bahnte sich einen Weg durch die Menge.

Mitten im Saale saß der Henkersknecht. Er streckte den langen Hals weit vor, hielt mit beiden Händen ihr sein Richtbeil entgegen. »Ich hab keine Blumen«, schrie er. »Ich bin selbst eine rote Rose! Schneid sie dir ab!«

Alraune ließ ihn sitzen. Führte ihre Dame weiter, an den Tischen unter der Galerie vorbei, in den Wintergarten. Sie sah sich um: hier war es nicht weniger voll von Menschen und alle winkten, riefen ihnen zu. Da sah sie, hinter einem schweren Vorhange, die kleine Türe, die zum Balkon führte.

»Oh, das ist gut!« rief sie. »Komm mit, Wölfchen!« Sie schlug den Vorhang zurück, drehte den Schlüssel um, drückte die Hand auf die Klinke. Aber fünf plumpe Finger legten sich auf ihren Arm. »Was wollen Sie da?« rief eine rauhe Stimme. Sie wandte sich um; es war Rechtsanwalt Manasse in seinem schwarzen Domino. »Was wollen Sie da draußen?« wiederholte er.

Sie schüttelte seine häßliche Hand ab. »Was geht Sie das an?« antwortete sie. »Ein bißchen frische Luft schöpfen wollen wir.«

Er nickte eifrig. »Das dacht ich mir doch! Grade darum kam ich Ihnen nach. – Aber Sie werden es nicht tun, werden es nicht tun!«

Das Fräulein ten Brinken reckte sich, sah ihn hochmütig an. »Und warum sollte ich es nicht tun? Wollen Sie uns vielleicht daran hindern?«

Er duckte unwillkürlich unter ihrem Blicke. Aber er ließ nicht los. »Ja, ich will Sie hindern, gerade ich! Begreifen Sie denn nicht, daß es Wahnsinn ist? Sie sind überhitzt alle beide, fast gebadet in Schweiß – und da wollen Sie auf den Balkon hinaus bei minus zwölf Grad!?«

»Wir werden doch gehen«, beharrte Alraune.

»Gehen Sie doch.« kläffte er. »Es ist mir ganz gleichgültig, was Sie tun, Fräulein. – Nur den Jungen will ich zurückhalten, Wolf Gontram, ihn allein.«

Alraune maß ihn vom Kopf zu den Füßen. Sie zog den Schlüssel aus dem Schlosse, öffnete die Türe weit.

»So!« machte sie. Sie trat hinaus auf den Balkon, hob die Hand und winkte ihrer Rosalinde »Willst du mit mir hinauskommen in die Winternacht?« rief sie. »Oder willst du drinnen bleiben im Saale?«

Wolf Gontram stieß den Rechtsanwalt zur Seite, trat rasch durch die Türe. Der kleine Manasse griff nach ihm, klammerte sich fest an seinen Arm, aber er stieß ihn wieder zurück, schweigend, daß er unbeholfen gegen den Vorhang fiel.

»Geh nicht Wolf!« schrie der Rechtsanwalt, »Geh nicht!« Er jammerte fast, seine heisere Stimme überschlug sich.

Aber Alraune lachte laut. »Adieu, du getreuer Eckart! Bleib hübsch draußen und bewach unseren Hörselberg!« Sie schlug ihm die Türe dicht vor der Nase zu, steckte den Schlüssel ein und drehte ihn zweimal im Schloß.

Der kleine Rechtsanwalt versuchte durch die gefrorenen Scheiben zu sehen. Er riß an der Klinke, stieß mit beiden Füßen wütend auf den Boden. Dann, langsam, beruhigte er sich. Ging zurück hinter dem Vorhang her, trat in den Saal.

»So ist es Fatum«, brummte er. Er biß die starken wirr stehenden Zähne übereinander, kam zurück an den Tisch der Exzellenz, ließ sich schwer auf einen Stuhl fallen.

»Was haben Sie, Herr Manasse?« fragte Frieda Gontram. »Sie sehen aus wie sieben Tage Regenwetter!«

»Nichts!« kläffte er, »Gar nichts. – Ihr Bruder ist ein Esel. – Übrigens – trinken Sie doch nicht alles allein aus, Herr Kollege! Geben Sie mir doch auch was mit!«

Der Justizrat goß ihm sein Glas voll. Frieda Gontram aber sagte überzeugt: »Ja, das glaube ich, daß er ein Esel ist.«

Die beiden traten durch den Schnee, lehnten sich über die Brüstung, Rosalinde und der Chevalier de Maupin. Der volle Mond fiel über die breite Gasse, warf sein süßes Licht auf die barocken Formen der Universität, den alten Palast des Erzbischofs. Spielte über die weiten weißen Flächen da unten, warf phantastische Schatten quer über die Bürgersteige.

Wolf Gontram trank die eisige Luft. »Das ist schön«, flüsterte er, wies mit der Hand hinunter auf die weiße Straße, deren tiefe Stille kein kleinster Laut störte. Aber Alraune ten Brinken sah hinauf zu ihm, sah wie seine weißen Schultern im Mondlichte strahlten, sah seine großen Augen, die tief leuchteten wie zwei schwarze Opale. »Du bist schön«, sagte sie ihm, »du bist schöner noch, als die Mondnacht.«

Da lösten sich seine Hände von der steinernen Brüstung, griffen nach ihr und umschlangen sie. »Alraune«, rief er, »Alraune –«

Einen kleinen Augenblick duldete sie es. Dann machte sie sich los, schlug ihn leicht auf die Hand.

»Nein!« lachte sie, »nein! Du bist Rosalinde – und ich bin ein Knabe: so will ich dir den Hof machen.« Sie sah sich um, griff aus der Ecke einen Stuhl, schleppte ihn her und klopfte mit ihrem Degen den Schnee herunter. »Hier, setz dich, mein schönes Fräulein – du bist leider ein wenig zu groß für mich! So ist's recht – nun gleicht es sich aus!«

Sie verbeugte sich zierlich, ließ sich dann nieder auf ein Knie. »Rosalinde«, zwitscherte sie, »Rosalinde! Darf dir ein fahrender Ritter einen Kuß rauben –«

»Alraune –« begann er. Aber sie sprang auf, schloß ihm die Lippen mit der Hand. »Du mußt ›Mein Herr‹ sagen!« rief sie. »Also – darf ich dir einen Kuß rauben, Rosalinde?«

»Ja, mein Herr.« stotterte er. Da trat sie hinter ihn, nahm seinen Kopf in beide Arme. Und sie begann, zögernd, der Reihe nach. »Die Ohren zuerst«, lachte sie, »das rechte und nun das linke! Und die Wangen alle beide – und die dumme Nase, die hab ich schon oft geküßt. Und endlich – paß auf, Rosalinde – deinen schönen Mund!« Sie beugte sich nieder, drängte ihren Lokkenkopf über seine Schulter, unter dem Hute her. Aber sie fuhr wieder zurück. »Nein, nein, schönes Mädchen, laß deine Hände! Die müssen fein sittsam im Schoße ruhen.« Da legte er die zitternden Hände auf die Knie und schloß die Augen. So küßte sie ihn, küßte ihn lange und heiß. Aber am Ende suchten ihre kleinen Zähne seine Lippe, bissen rasch zu, daß die roten Blutstropfen schwer hinabfielen in den Schnee.

Sie riß sich los, stand vor ihm, starrte in den Mond mit weit offenen Augen. Ein rascher Frost faßte sie, warf ein Zittern über ihre schlanken Glieder. »Mich friert.« flüsterte sie. Sie hob einen Fuß auf und dann den andern. »Der dumme Schnee ist überall in meinen Spitzenschuhen!« Sie zog einen Schuh aus und klopfte ihn aus.

»Zieh meine Schuhe an«, rief er, »die sind größer und wärmer.« Und schnell streifte er sie ab, ließ sie hineintreten. »Ist es besser so?«

»Ja«, lachte sie, »nun ist es wieder gut! Ich will dir noch einen Kuß dafür geben, Rosalinde.«

Und sie küßte ihn wieder – und wieder biß sie ihn. Dann lachten sie beide, wie der Mond leuchtete über den roten Flecken im weißen Grunde.

»Liebst du mich, Wolf Gontram?« fragte sie.

Und er sagte: »Ich denke nichts anderes, wie dich.«

Sie zögerte einen Augenblick, dann fragte sie weiter: »Wenn ich es wollte – würdest du hinabspringen vom Balkon?«

»Ja!« sagte er.

»Auch vom Dache?« Und er nickte.

»Auch von dem Turme der Münsterkirche?« Er nickte wieder.

»Würdest du alles für mich tun, Wölfchen?« fragte sie.

Und er sagte: »Ja, Alraune, wenn du mich liebst.«

Sie zog die Lippen hoch, wiegte sich leicht in den Hüften. »Ich weiß nicht, ob ich dich liebe«, sprach sie langsam. »Würdest es auch tun, wenn ich dich nicht liebte?«

Da leuchteten die herrlichen Augen, die ihm seine Mutter schenkte, leuchteten voller und tiefer, als sie es je getan. Und der Mond dort oben ward neidisch auf diese Menschenaugen, schlich davon, barg sich hinter dem Münsterturme.

»Ja«, sagte der Knabe, »ja – auch dann.«

Sie setzte sich auf seinen Schoß, schlang ihm die Arme um den Nacken. »Dafür, Rosalinde – dafür will ich dich zum dritten Male küssen!«

Und sie küßte ihn – länger noch und heißer. Und sie biß ihn – wilder noch und tiefer. Aber sie konnten die schweren Tropfen nicht mehr sehen in dem weißen Schnee, da der mißgünstige Mond seine Silberfackel versteckte –

»Komm«, flüsterte sie, »komm, wir müssen gehen.«

Sie wechselten die Schuhe, klopften den Schnee von ihren Kleidern. Sie schlossen die Türe auf, traten zurück, schlüpften hinter dem Vorhang her in den Saal. Grell strahlten die Bogenlampen über sie hin, heiß und stickig umfing sie die Luft.

Wolf Gontram schwankte, als er den Vorhang losließ, griff mit beiden Händen rasch an die Brust.

Sie merkte es wohl. »Wölfchen!?« rief sie.

Er sagte: »Laß nur. Es ist gar nichts – irgendein Stich! – Aber es ist schon wieder gut.«

– Hand in Hand schritten sie durch den Saal.

Wolf Gontram kam nicht ins Bureau am nächsten Tage. Stand nicht auf von seinem Bette, lag in wildem Fieber; neun Tage lang lag er so. Manchmal phantasierte er, rief ihren Namen – aber nicht einmal kam er zum Bewußtsein in dieser Zeit.

Dann starb er. Lungenentzündung war es.

Und sie begruben ihn draußen, auf dem neuen Friedhofe.

Einen großen Kranz voll dunkler Rosen sandte das Fräulein ten Brinken.

Elftes Kapitel,

das wiedergibt, welches Ende dem Geheimrat durch ALRAUNE *ward*

In der Schaltnacht dieses Jahres fuhr ein Sturmwind über den Rhein. Fuhr von Süden her, faßte die Eisschollen, die hinuntertrieben, schob sie übereinander und warf sie krachend gegen den Alten Zoll. Riß das Dach der Jesuitenkirche herunter, schlug uralte Linden nieder im Hofgarten, löste die starken Pontons der Schwimmschule und zerschellte sie an den mächtigen Pfeilern der Steinbrücke.

Auch in Lendenich jagte der Sturm. Drei Kamine stürzte er vom Gemeindehaus und zertrümmerte die alte Scheune des Hahnenwirts. Aber das Schlimmste tat er dem Hause ten Brinken an: er verlöschte die ewigen Lämpchen, die dem heiligen Johann von Nepomuk brannten.

Das war nie geschehen, solange das Herrenhaus stand, durch manche hundert Jahre nicht. Zwar füllten die Frommen im Dorfe gleich am andern Morgen die Lämpchen von neuem und brannten sie wieder an, aber sie sagten, daß es ein großes Unglück bedeute und das sichere Ende der Brinken. Denn der Heilige wende seine Hand nun ab von dem lutherischen Hause und das habe er gezeigt in dieser Nacht. Kein Sturm in der Welt hätte die Lämpchen verlöschen können, wenn er es nicht zugelassen –

Ein Zeichen sei es; so sagten die Leute. Manche aber raunten, daß es gar nicht der Sturmwind gewesen sei:

das Fräulein sei hinausgegangen um Mitternacht – sie habe die Lampen gelöscht.

Aber es schien, als ob die Leute wohl irrten mit ihren Prophezeiungen. Große Feste gab es im Herrenhause, trotz der Fastenzeit. Hell strahlten alle Fenster, eine Nacht um die andere, Musik scholl heraus und helles Lachen und Singen.

Das Fräulein verlangte es so. Sie müsse Zerstreuung haben, sagte sie, nach dem Verlust, der sie getroffen. Und der Geheimrat tat, wie sie es wünschte.

Er kroch hinter ihr her, wo sie nur ging, fast war es, als ob er die Rolle Wölfchens übernommen habe. Gierig traf sie sein schielender Blick, wenn sie ins Zimmer trat, gierig folgte er ihr, wenn sie hinausging. Und sie merkte wohl, wie heiß ihm das Blut durch die alten Adern kroch, lachte hell auf und warf den Kopf in den Nacken.

Immer kapriziöser wurden ihre Launen, immer übertriebener ihre Wünsche.

Der Alte gab, aber er handelte, verlangte stets irgend etwas dagegen. Ließ sich leicht kraulen auf der Glatze, oder mit raschen Fingern über den Arm spielen, auf und nieder. Verlangte, daß sie sich auf seinen Schoß setzen solle, oder gar ihn küssen. Und, wieder und wieder, hieß er sie, als Knabe zu kommen.

Sie kam im Reitanzug, kam auch in dem Spitzenkleid vom Lichtmeßball. Kam als Fischerknabe mit offener Bluse und nackten Beinen, kam als Liftboy in roter, prall sitzender Uniform mit vortretenden Hüften. Kam als Wallensteinjäger, kam als Prinz Orlowski oder als Nerissa im Gerichtschreibergewand. Und als Pikkolo im schwarzen Frack, als Rokokopage oder als Euphorion in Trikots und blauer Tunika.

Dann saß der Geheimrat auf dem Sofa, ließ sie, auf und ab, vor sich hinschreiten. Seine feuchten Hände strichen über die Hosen, seine Beine rutschten hin und her über den Teppich. Und er suchte, mit verhaltenem Atem, wie er beginnen solle –

Da blieb sie wohl stehn, sah ihn herausfordernd an. Dann kuschte er unter ihrem Blicke, fand die Worte nicht, suchte umsonst das hüllende Mäntelchen, das er über seine ekeln Wünsche decken könne.

Spöttisch lächelnd ging sie hinaus. Sowie die Türe ins Schloß fiel, sowie er ihr helles Lachen auf der Treppe hörte – kamen ihm die Gedanken. Nun war es leicht, nun wußte er gut, was er sagen, wie er es anstellen sollte. Oft rief er dann – manchmal auch kam sie zurück.

»Nun?« fragte sie. – Aber es ging nicht, ging wieder nicht. »O nichts!« brummte er.

Das war es: die Sicherheit fehlte ihm. Und er suchte herum, nach irgendeinem andern Opfer, nur um sich zu überzeugen, daß er noch Herr sei seiner alten Künste.

Er fand eines, das dreizehnjährige Töchterlein des Klempners, das irgendeinen geflickten Kessel zum Hause brachte.

»Komm mit, Mariechen.« sagte er. »Ich will dir was schenken.« Und er zog sie hinein in die Bibliothek.

Still, wie ein krankes Wild, schlich die Kleine hinaus, nach einer halben Stunde. Drückte sich eng an den Mauern vorbei, mit weit offenen, starren Augen –

Aber triumphierend, mit breitem Lächeln, schritt der Geheimrat über den Hof, dem Herrenhause zu.

Nun war er wohl sicherer – aber nun wich Alraune ihm aus. Kam vor, sowie er ruhig schien, zog sich zurück, wenn sein Auge wirr flackerte.

»Sie spielt – spielt auch mit mir!« knirschte der Professor.

Dann, einmal, als sie aufstand vom Tisch, faßte er ihre Hand. Er wußte genau, was er reden wollte, Wort für

Wort – und hatte es doch vergessen im Augenblicke. Er ärgerte sich, ärgerte sich auch über den hochmütigen Blick des Mädchens. Und rasch, heftig, sprang er auf, drehte ihren Arm herum, warf die Schreiende auf den Diwan.

Sie fiel – aber sie stand wieder auf den Füßen, ehe er noch heran war. Lachte, lachte gell und lang, daß es ihn schmerzte in den Ohren. Und schritt hinaus ohne ein Wort.

Sie blieb in ihren Räumen, kam nicht zum Tee, nicht zum Abendessen. Ließ sich nicht blicken durch Tage hindurch.

Er bettelte an ihrer Türe. Gab ihr gute Worte, flehte und bat. Aber sie kam nicht. Er schickte ihr Briefe hinein, beschwor sie, versprach ihr mehr und immer noch mehr. Aber sie antwortete nicht.

Endlich, als er stundenlang vor ihrer Türe wimmerte, öffnete sie. »Sei still«, sagte sie, »es ist mir lästig. – Was willst du?«

Er bat um Verzeihung. Sagte, daß es ein Anfall gewesen sei, daß er die Herrschaft verloren habe über seine Sinne –

»Du lügst.« sprach sie ruhig.

Da ließ er alle Masken fallen. Sagte ihr, wie er sie begehre, wie er nicht atmen könne ohne ihre Gegenwart. Sagte ihr, daß er sie liebe.

Sie lachte ihn aus. Aber sie ließ sich ein auf Unterhandlungen, machte ihre Bedingungen.

Immer noch handelte er, suchte da und dort ein kleines Mehr zu ergattern. Einmal – nur einmal in der Woche solle sie als Bube kommen –

»Nein«, rief sie. »Jeden Tag, wenn ich mag – – und gar nicht, wenn ich nicht will.«

Da beschied er sich. Und er war, von diesem Tage an, der willenlose Sklave des Fräuleins. War ihr höriger

Hund, winselte um sie herum, fraß die Krumen, die sie mit frechem Finger bedächtig vom Tische knipste. Sie ließ ihn herumlaufen, in seinem eigenen Hause, wie ein altes räudiges Tier, das das Gnadenbrot frißt – nur, weil man zu gleichgültig ist, es totzuschlagen –

Und sie gab ihm ihre Befehle: besorge die Blumen. Kauf ein Motorboot. Lade *die* Herren ein heute und morgen die. Hol mein Taschentuch herunter. Er gehorchte. Fühlte sich reich belohnt, wenn sie plötzlich herunterkam als Etonboy mit hohem Hute und großem rundem Kragen, wenn sie ihm die kleinen Lackschuhe hinstreckte, daß er die Seidenbänder knoten solle.

Manchmal, wenn er allein war, erwachte er. Hob langsam den häßlichen Kopf, neigte ihn hin und her, grübelte nach, was eigentlich vorgegangen wäre. War er nicht gewohnt zu herrschen durch Menschenalter? War es nicht *sein* Wille, der galt auf dem Sitze ten Brinken?

Es war ihm, als ob er ein Geschwür habe, mitten im Hirn, das dick schwoll und die Gedanken erdrückte. Irgendein giftiges Insekt war da hineingekrochen, durch das Ohr oder durch die Nase, hatte ihn gestochen. Und nun schwirrte es herum, dicht um sein Gesicht, summte höhnisch vor seinen Augen. – Warum zertrat er nicht das Geschmeiß? – Er richtete sich halb auf, rang mit einem Entschluß. »Es muß ein Ende haben.« murmelte er.

Aber er vergaß das alles, sowie er sie sah. Dann weitete sich sein Blick, dann schärfte sich sein Gehör, vernahm das leiseste Rauschen ihrer Seide. Dann schnupperte seine mächtige Nase in der Luft, sog begierig den Duft ihres Fleisches, zitterten seine alten Finger, leckte seine Zunge den Speichel von den Lippen. Alle seine Sinne krochen ihr nach, gierig, geil, giftig gefüllt mit eklen Lasten. – Das war der starke Strick, an dem sie ihn hielt.

Herr Sebastian Gontram kam hinaus nach Lendenich; fand den Geheimrat in der Bibliothek.

»Nehmen Sie sich in acht«, sagte er, »wir werden viele Mühe haben, das alles wieder in Ordnung zu bringen. Sie sollten sich selbst ein bißchen mehr darum bekümmern, Exzellenz.«

»Ich habe keine Zeit«, antwortete der Geheimrat.

»Das geht mich nichts an«, sagte Herr Gontram ruhig. »Sie müssen eben Zeit haben. Sie bekümmern sich um nichts mehr in den letzten Wochen, lassen alles laufen, wie es eben läuft. – Passen Sie auf, Exzellenz, es könnte Ihnen an den Kragen gehen!«

»Ach«, höhnte der Geheimrat, »was ist denn los?«

»Ich habe es Ihnen ja geschrieben«, antwortete der Justizrat, »aber Sie scheinen nicht einmal meine Briefe mehr zu lesen. Der frühere Direktor des Wiesbadener Museums hat eine Broschüre geschrieben – das wissen Sie ja – in der er alles mögliche behauptet; er wurde dafür vor Gericht gezogen. Er beantragte nun die Vernehmung von Sachverständigen – jetzt hat die Kommission Ihre Stücke untersucht und sie zum größten Teil für Fälschungen erklärt. Alle Blätter sind voll davon – der Angeklagte wird gewiß freigesprochen werden.«

»Lassen Sie ihn doch.« sagte der Geheimrat.

»Na, mir soll's recht sein, Exzellenz, wenn Sie meinen!« fuhr Gontram fort. »Aber er hat schon eine neue Anzeige gegen Sie bei unserer Staatsanwaltschaft eingereicht und die Behörde wird sie aufnehmen müssen. – Übrigens ist das lange nicht alles. In der Konkurssache der Gerstenberger Erzhütte hat der Konkursverwalter, auf Grund einiger Dokumente, Anzeige wegen Bilanzverschleierung und betrügerischen Bankerotts gegen Sie erstattet; eine ähnliche Anzeige ist, wie Sie wissen, in Sachen der Karpener Ziegeleien eingelaufen. Endlich hat Rechtsanwalt Kramer, der den Klempner Hamecher vertritt, es durchgesetzt, daß die Staatsanwaltschaft die ärztliche Untersuchung seines Töchterchens angeordnet hat.«

»Das Kind lügt«, rief der Professor, »es ist ein hysterischer Fratz.«

»Um so besser«, nickte der Justizrat, »dann wird sich Ihre Unschuld ja herausstellen. Wir haben da ferner eine Klage des Kaufmanns Matthiesen auf Schadensersatz und Rückzahlung von fünfzigtausend Mark, in der mitgeteilt ist, daß zugleich eine Betrugsanzeige erstattet wurde. In einem neuen Schriftsatze in Sachen der Plutus-G.m.b.H. wirft Ihnen der gegnerische Anwalt Urkundenfälschung vor und erklärt ebenfalls, die nötigen Schritte zum strafgerichtlichen Verfahren einleiten zu wollen. – Sie sehen, Exzellenz, die Fälle mehren sich, wenn Sie eine Zeitlang nicht auf das Bureau kommen. Kaum ein Tag vergeht, ohne daß wir irgend etwas Neues da vorfinden.«

»Sind Sie nun fertig?« fuhr ihn der Geheimrat an.

»Nein«, sagte Herr Gontram gleichmütig, »ganz und gar nicht. Es war nur eine kleine Blütenlese aus dem hübschen Strauß, der Sie in der Stadt erwartet. Ich rate Ihnen dringend, Exzellenz, fahren Sie hinein – nehmen Sie die Sachen nicht gar so leicht.«

Aber der Geheimrat antwortete: »Ich sagte Ihnen doch schon, daß ich keine Zeit habe. Sie sollten mich wirklich in Ruhe lassen mit diesen Lappalien.«

Der Justizrat erhob sich, gab seine Akten in die Ledermappe und schloß diese bedächtig. »Ganz wie Sie wollen«, sagte er. »Übrigens wissen Sie, daß das Gerücht geht, die Mühlheimer Kreditbank würde ihre Zahlungen in diesen Tagen einstellen?«

»Dummes Zeug«, erwiderte er. »Übrigens habe ich kaum Geld drin stecken.«

»Nicht?« fragte Herr Gontram ein wenig verwundert, »Sie haben doch erst vor einem halben Jahre das Institut mit über elf Millionen saniert, um Ihre Hand fester in der Kalikontrolle zu haben?! Ich habe ja selbst die Bergwerksobligationen der Fürstin Wolkonski zu diesem Zwecke verkaufen müssen.«

Exzellenz ten Brinken nickte: »Der Fürstin – nun ja. – Bin ich etwa die Fürstin?«

Der Justizrat wiegte bedenklich den Kopf. »Sie wird ihr Geld verlieren.« murmelte er.

»Was geht's mich an?« rief der Geheimrat. »Immerhin wollen wir sehen, was zu retten ist.« Er erhob sich, trommelte mit der Hand auf den Schreibtisch. »Sie haben recht, Herr Justizrat, ich sollte mich etwas mehr bekümmern um meine Angelegenheiten. Erwarten Sie mich, bitte, gegen sechs Uhr im Bureau. – Ich danke Ihnen.«

Er reichte ihm die Hand und geleitete ihn zur Türe.

Aber er fuhr an diesem Nachmittag nicht zur Stadt. Zwei Leutnants kamen zum Tee, da schlich er durch die Zimmer, kam herein, um irgend etwas zu holen, getraute sich nicht aus dem Hause zu gehen. Er war eifersüchtig auf jeden Menschen, mit dem Alraune sprach, auf den Stuhl, auf den sie sich setzte und den Teppich, den ihr Fuß trat.

Und er ging nicht am nächsten Tage, noch am übernächsten. Der Justizrat sandte einen Boten nach dem andern, er schickte sie weg, ohne Antwort; stellte auch das Telephon ab, um nicht mehr angerufen zu werden.

Da wandte sich der Justizrat an das Fräulein, sagte ihr, daß der Geheimrat sehr notwendig zum Bureau kommen müsse. Sie klingelte nach dem Auto, sandte ihre Zofe zur Bibliothek und ließ dem Geheimrat sagen, er möge sich fertigmachen, mit ihr zur Stadt zu fahren.

Er zitterte vor Freude – das war das erstemal seit Wochen, daß sie mit ihm ausfuhr. Er ließ sich den Pelz umhängen, ging in den Hof, öffnete ihr den Wagenschlag.

Sie sprach nicht, aber es beglückte ihn schon, nur sitzen zu dürfen neben ihr. Sie fuhr gleich zum Bureau, hieß ihn da aussteigen.

»Wo fährst du hin?« fragte er.

»Besorgungen machen«, antwortete sie.

Und er bat: »Wirst du mich abholen?«

Sie lächelte: »Ich weiß nicht. Vielleicht.« – Schon für dies »vielleicht« war er dankbar.

Er stieg die Treppe hinauf, öffnete links die Türe zu des Justizrats Zimmer.

»Da bin ich«, sagte er.

Der Justizrat schob ihm die Akten hin, einen hohen Stoß. »Da ist der Kram«, nickte er, »eine hübsche Sammlung. Auch ein paar alte Sachen, die längst erledigt schienen, sind wieder aufgenommen worden. Und drei neue – seit vorgestern!«

Der Geheimrat seufzte: »Ein bißchen viel. – Wollen Sie mir Bericht erstatten, Herr Justizrat?«

Gontram schüttelte den Kopf: »Warten Sie, bis der Manasse kommt, der weiß besser Bescheid. – Er muß gleich hier sein, ich habe ihn rufen lassen. Er ist gerade zum Untersuchungsrichter in Sachen Hamecher.«

»Hamecher?« fragte der Professor. »Wer ist das?«

»Der Klempner.« erinnerte ihn der Justizrat. »Das Gutachten der Ärzte ist recht belastend; die Staatsanwaltschaft hat Voruntersuchung beantragt. – Da liegt die Ladung. – Übrigens scheint mir diese Sache vorderhand die wichtigste.«

Der Geheimrat nahm die Akten auf, blätterte sie durch, ein Heft nach dem andern. Aber er war unruhig, lauschte nervös auf jeden Klingelruf, jeden Schritt, der durch den Flur ging. »Ich habe nur wenig Zeit.« sagte er.

Der Justizrat zuckte die Achseln, brannte gemächlich eine frische Zigarre an.

Sie warteten, aber der Rechtsanwalt erschien nicht. Gontram telephonierte in sein Bureau, dann aufs Gericht, aber er konnte ihn nirgends erwischen.

Der Professor schob die Akten zur Seite. »Ich kann sie heute nicht lesen«, sagte er. »Es interessiert mich auch so wenig.«

»Vielleicht sind Sie krank, Exzellenz«, meinte der Justizrat. Er ließ Wein holen und Selterwasser.

Dann kam das Fräulein. Der Geheimrat hörte das Auto vorfahren und halten, sprang sofort auf und griff nach seinem Pelz. Kam ihr entgegen auf dem Korridor.

»Bist du fertig?« rief sie.

»Natürlich«, erwiderte er, »vollständig.« Aber der Justizrat trat dazwischen. »Es ist nicht wahr, Fräulein. Wir haben noch gar nicht angefangen. Wir warten auf Rechtsanwalt Manasse.«

Der Alte fuhr auf: »Unsinn! Es ist alles ganz unwichtig. Ich fahre mit dir, Kind.«

Sie sah den Justizrat an; der sprach: »Mir scheint es sehr wichtig für den Herrn Papa.«

»Nein, nein!« beharrte der Geheimrat. Aber Alraune entschied: »Du wirst bleiben« – – »Adieu Herr Gontram«, rief sie, drehte um, lief die Treppen hinab.

Er ging zurück in das Zimmer, trat ans Fenster, sah sie einsteigen und abfahren. Und er blieb da stehen, blickte hinab auf die Straße in die Dämmerung. Herr Gontram ließ die Gasflammen anbrennen, saß ruhig in seinem Sessel, rauchte und trank seinen Wein.

Sie warteten. Das Bureau wurde geschlossen, einer nach dem andern gingen die Angestellten hinaus, öffneten die Regenschirme, stapften durch den klebrigen Schmutz der Straße. Kein Wort sprachen die beiden.

Endlich kam der Rechtsanwalt. Schnellte die Treppen hinauf, riß die Türe auf. »Guten Abend«, knurrte er, stellte den Schirm in die Ecke, zog die Galoschen aus, warf den nassen Mantel auf das Sofa.

»Höchste Zeit, Herr Collega.« sagte der Justizrat.

»Höchste Zeit – ja gewiß höchste Zeit!« gab er zurück. – Er ging auf den Geheimrat zu, stellte sich breit vor ihn hin und schrie ihm ins Gesicht: »Der Haftbefehl ist heraus.«

»Ach was!« zischte der Geheimrat.

»Ach was!« höhnte der Rechtsanwalt. »Ich habe ihn gesehen, ich, mit eigenen Augen. – In Sachen Hamecher! Spätestens morgen früh wird er ausgeführt.«

»Wir müssen Kaution stellen.« bemerkte der Justizrat gelassen.

Der kleine Manasse fuhr herum. »Meinen Sie, daß ich daran nicht auch gedacht habe? – Ich habe sofort Kaution geboten – gleich eine halbe Million. – Abgewiesen! – Die Stimmung ist umgeschlagen beim Landgericht, Exzellenz, ich hab mir's immer gedacht. Ganz kühl erklärte mir der Rat: ›Stellen Sie bitte Ihre Anträge schriftlich, Herr Anwalt. – Aber ich fürchte, daß Sie wenig Glück damit haben werden. Unser Material ist geradezu erdrückend – und so erscheint die äußerste Vorsicht geboten.‹ – Da haben Sie seine eigenen Worte! Wenig erbaulich, was?«

Er goß sich ein Glas voll, leerte es in kurzen Schlukken. »Ich kann Ihnen noch mehr sagen, Exzellenz! Ich traf den Rechtsanwalt Meier II auf dem Gericht, unsern Gegner in der Gerstenbergsache; auch die Gemeinde Huckingen vertritt er, die gestern geklagt hat. Ich bat ihn, auf mich zu warten – ich hatte dann eine längere Unterredung mit ihm; das ist auch der Grund, weshalb ich so spät komme, Herr Collega. – Er schenkte mir reinen Wein ein – wir sind loyal an unserm Landgericht,

Gott sei Dank! Da erfuhr ich denn, daß sich die gegnerischen Anwälte geeinigt haben, bereits vorgestern abend hatten sie eine lange Konferenz. Ein paar Pressleute waren auch dabei – darunter der fixe Dr. Landmann vom Generalanzeiger. Und Sie wissen, Exzellenz, daß Sie in dem Blatt keinen Pfennig Geld stecken haben! – Die Rollen sind gut verteilt, erkläre ich Ihnen – diesmal werden Sie nicht so leicht herauskommen aus der Falle!«

Der Geheimrat wandte sich an Herrn Gontram: »Was ist Ihre Meinung, Herr Justizrat?«

»Abwarten«, erklärte der, »es wird sich schon noch ein Ausweg finden.«

Aber Manasse schrie: »Und ich sage Ihnen: es findet sich kein Ausweg! Die Schlinge ist geknüpft, sie wird zugezogen – da baumeln Sie, Exzellenz, wenn Sie der Galgenleiter nicht vorher einen raschen Tritt geben!«

»Was raten Sie also?« fragte der Professor.

»Genau dasselbe, was ich dem armen Dr. Mohnen geraten habe, den Sie auf dem Gewissen haben, Exzellenz! Es war eine Gemeinheit von Ihnen – doch was hilft es, wenn ich Ihnen jetzt Wahrheiten sage?! Ich rate, daß Sie im Augenblick flüssig machen, was möglich ist – übrigens werden wir das ja auch ohne Sie können. Daß Sie Ihre Siebensachen packen und verduften – heute nacht noch! – Das rate ich.«

»Man wird einen Steckbrief erlassen«, meinte der Justizrat.

»Gewiß«, rief Manasse, »aber man wird es ohne besonderen Nachdruck tun. Ich sprach schon mit Kollegen Meier darüber, er teilt meine Ansicht. Es liegt durchaus nicht im Interesse der Gegner, einen Skandalprozeß heraufzubeschwören und auch die Behörden werden froh genug sein, wenn sie das vermeiden können. Man will Sie nur unschädlich machen, Exzellenz,

Ihrem Treiben ein Ende setzen: und dazu – glauben Sie mir – haben die Leute nun die Mittel. Wenn Sie aber verschwinden, irgendwo im Ausland still leben, werden wir hier alles in Ruhe abwickeln können; es wird freilich eine Stange Gold kosten – aber was liegt daran? Man wird Rücksichten auf Sie nehmen, auch heute noch, schon in ureignem Interesse, um der radikalen und sozialistischen Presse nicht diesen prachtvollen Fraß hinzuwerfen.«

Er schwieg, wartete auf Antwort. Exzellenz ten Brinken ging auf und ab im Zimmer, langsam, mit schweren, schlurfenden Schritten. »Wie lange, glauben Sie, muß ich wegbleiben?« fragte er endlich.

Der kleine Rechtsanwalt drehte sich um nach ihm. »Wie lange?« bellte er. »Welche Frage? Genau so lange, wie Sie leben! Seien Sie doch froh, daß Ihnen wenigstens diese Möglichkeit noch bleibt: es ist gewiß angenehmer in einer schönen Villa an der Riviera seine Millionen zu verzehren, als im Zuchthaus sein Leben zu beschließen! Und darauf würde es hinauskommen, dafür garantiere ich Ihnen! – Übrigens hat Ihnen die Behörde selbst dieses Türchen geöffnet, der Untersuchungsrichter hätte genau so gut heute morgen schon den Haftbefehl unterschreiben können; da würde er jetzt schon ausgeführt sein! Verdammt anständig sind die Leute – aber sie würden es Ihnen eklig übelnehmen, wenn Sie das Türchen nicht benutzen wollten. Wenn sie zugreifen *müssen* – fassen sie fest zu: dann, Exzellenz, schlafen Sie heute nacht zum letzten Male als freier Mensch.«

Der Justizrat sagte: »Reisen Sie! – Es scheint mir nach alledem wirklich das beste.«

»O ja«, kläffte Manasse. »Das beste. Das allerbeste. Und sogar das einzigste! Reisen Sie. Verschwinden Sie. Treten Sie ab – auf Nimmerwiedersehen. – Und nehmen Sie Ihr Fräulein Tochter mit – Lendenich wird Ihnen dankbar dafür sein und unsere Stadt auch.«

Da horchte der Geheimrat auf. Zum ersten Male an diesem Abend kam ein wenig Leben in seine Züge, senkte sich die starre apathische Maske, auf der wie leichte Lichter eine nervöse Unruhe flackerte.

»Alraune« – flüsterte er. »Alraune – Wenn sie mitgeht –« Er fuhr mit der plumpen Hand über die mächtige Stirne, zwei-, dreimal. Er setzte sich, ließ sich ein Glas Wein geben, leerte es.

»Ich glaube, Sie haben recht, meine Herren.« sagte er. »Ich danke Ihnen. Wollen Sie mir noch einmal alles auseinandersetzen.« Er griff zu den Akten, nahm die obersten. »Karpener Ziegeleien – bitte –«

Der Rechtsanwalt begann, ruhig, sachlich hielt er seinen Vortrag. Der Reihe nach nahm er die Akten vor, erwog alle Wahrscheinlichkeiten, jede kleinste Chance eines Widerstandes. Und der Geheimrat lauschte ihm, warf hie und da ein Wort ein, fand manchmal eine neue Möglichkeit, wie in alten Zeiten. Immer klarer, immer überlegener wurde der Professor, es schien, als erwache mit jeder neuen Gefahr immer frischer seine alte Elastizität.

Er schied eine Anzahl Sachen aus, als verhältnismäßig ungefährlich. Aber es blieben immer noch genug, die ihm den Hals brechen mußten. Er diktierte ein paar Briefe, gab eine Fülle von Anweisungen. Machte sich Notizen, entwarf Anträge und Beschwerden – Dann studierte er das Kursbuch mit den Herren, machte seine Reisepläne, gab genaue Instruktionen für die nächste Zeit. Und als er das Bureau verließ, durfte er sich sagen, daß seine Angelegenheiten geordnet waren.

Er nahm ein Mietauto, fuhr hinaus nach Lendenich, sicher und selbstvertrauend. Und erst, als ihm der Diener das Tor aufschloß, als er über den Hof schritt und die Treppe hinauf zum Herrenhause, da erst verließ ihn seine Zuversicht.

Er suchte Alraune, nahm es als gutes Vorzeichen, daß niemand zu Gaste war. Er hörte von der Zofe, daß sie allein genachtmahlt habe und nun in ihrem Zimmer sei; so ging er hinauf. Klopfte an ihre Türe, trat ein auf ihr: »Herein«.

»Ich muß mit dir sprechen«, sagte er.

Sie saß am Schreibtisch, sah kurz auf. »Nein!« rief sie. »Es paßt mir jetzt nicht.«

»Es ist sehr wichtig«, bat er. »Es ist unaufschiebbar.«

Sie sah ihn an, schlug leicht die Füße übereinander. »Jetzt nicht«, antwortete sie. »Geh hinunter. – In einer halben Stunde.«

Er ging. Legte den Pelz ab, setzte sich auf das Sofa. Wartete. Und er überlegte, wie er es ihr sagen sollte, wog jeden Satz ab und jedes Wort.

Nach einer guten Stunde hörte er ihre Schritte.

Er erhob sich, ging zur Türe – da stand sie schon vor ihm. Als Liftboy, in erdbeerroter praller Uniform.

»Ah –« machte er, »das ist lieb von dir.«

»Zur Belohnung«, lachte sie. »Weil du so hübsch pariert hast heute. – Und nun rede: was gibt es?«

Der Geheimrat schminkte nicht, sagte ihr alles, wie es war, haarklein, ohne jede Zutat. Und sie unterbrach ihn nicht, ließ ihn reden und beichten.

»Es ist deine Schuld im Grunde«, sagte er. »Ich wäre mit alledem fertig geworden, ohne zu viele Mühe. Aber ich habe es gehen lassen, habe mich nur um dich gekümmert, da wuchsen der Hydra die Köpfe.«

»Die böse Hydra –« spottete sie. »Und nun macht sie dem braven armen Herkules so viele Schwierigkeiten? Übrigens deucht mich, als ob diesmal der Held der Giftmolch sei und das Schlangenungeheuer die strafende Rächerin.«

»Gewiß«, nickte er, »vom Standpunkte der Leute aus. Sie haben ihr ›Recht für alle‹ – ich habe mir mein eigenes gemacht. Das ist eigentlich mein ganzes Verbrechen – ich glaubte, daß du das verstehen würdest.«

Sie lachte vergnügt: »Gewiß, Väterchen, warum nicht? Mach ich dir Vorwürfe? – Nun sag, was du tun willst?«

Er setzte ihr auseinander, daß sie fliehen müßten, in dieser Nacht noch. – Man könnte ein wenig reisen, sich die Welt ansehn. Zuerst nach London vielleicht, oder nach Paris – da könne man bleiben, um sich mit allem Nötigen zu equipieren. Und dann über den Ozean, quer durch Amerika. Nach Japan – oder auch nach Indien – ganz wie sie es wolle. Oder auch beides, man habe ja keine Eile, habe Zeit genug. Und endlich nach Palästina, nach Griechenland, Italien und Spanien. Wo es ihr gefiele – da würde man bleiben; würde abreisen, wenn sie genug habe. Und endlich würde man irgendwo eine schöne Villa kaufen, am Gardasee oder an der Riviera. Mitten in einem großen Garten natürlich. Sie würde ihre Pferde haben und ihre Autos, auch ihre eigene Jacht. Würde empfangen können, wen sie wollte, ein großes Haus machen –

Er kargte nicht mit seinen Versprechungen. Malte in leuchtenden Farben alle verlockenden Herrlichkeiten, fand immer noch ein Neues und besonders Reizvolles. Endlich hielt er inne, tat seine Frage: »Nun, Kind, was sagst du dazu? Möchtest du nicht das alles sehen? – Möchtest du nicht so leben?«

Sie saß auf dem Tisch, baumelte mit den schlanken Beinen. »O ja«, nickte sie. »Sehr gerne sogar. – Nur –«

»Nur?« fragte er rasch. »Wenn du noch einen Wunsch hast – sag ihn! Ich will ihn dir sicher erfüllen.«

Sie lachte ihn an. »So erfüll ihn mir also! – Ich will sehr gerne reisen – nur nicht mit dir!«

Der Geheimrat trat einen Schritt zurück; taumelte fast, hielt sich an einer Stuhllehne. Er suchte nach Worten und fand keine.

Und sie sprach: »Mit dir würde es mich langweilen. – Du bist mir lästig! – Ohne dich!«

Er lachte auch, versuchte sich einzureden, daß sie scherze. »Aber ich bin es ja gerade, der reisen muß«, sagte er. »Ich muß fahren – noch heute nacht!«

»So fahre.« sagte sie leise.

Er griff nach ihren Händen, aber sie legte die Arme auf den Rücken. »Und du, Alraune?« bettelte er.

»Ich?« machte sie. »Ich bleibe.«

Er begann von neuem, flehte und jammerte. Sagte ihr, daß er sie nötig habe, wie die Luft, die er atme. Daß sie doch Mitleid haben solle mit ihm – bald sei er nun achtzig und würde ihr gewiß nicht allzu lange zur Last fallen. Dann wieder drohte er, schrie, daß er sie enterben wolle, auf die Straße werfen, ohne einen Heller –

»Versuch es doch!« warf sie dazwischen.

Immer wieder sprach er, malte den bunten Glanz, den er ihr geben wollte. Sie sollte frei sein, wie kein anderes Mädchen, tun und lassen dürfen, was ihr beliebe. Kein Wunsch, kein Gedanke solle sein, den er ihr nicht zur Wirklichkeit umwandeln würde. Nur mitkommen solle sie – ihn nicht allein lassen.

Sie schüttelte den Kopf. »Mir gefällt es gut hier. Ich habe nichts getan – ich bleibe.«

Sie sprach es ruhig und still. Unterbrach ihn auch nicht, ließ ihn reden und versprechen, immer von neuem. Aber sie schüttelte den Kopf, sowie er die eine Frage tat.

Endlich sprang sie hinab vom Tisch. Ging mit leichten Schritten zur Türe hin, an ihm vorbei.

»Es ist spät«, sagte sie, »ich bin müde. Ich will schlafen gehen. – Gute Nacht, Väterchen, glückliche Reise.«

Er vertrat ihr den Weg, machte noch einen letzten Versuch. Pochte darauf, daß er ihr Vater sei, sprach von Kindespflichten, wie ein Pastor. Da lachte sie: »– auf daß ich in den Himmel komm!« Sie stand neben dem Sofa, setzte sich rittlings auf die Seitenlehne. »Wie gefällt dir mein Bein?« rief sie plötzlich. Und sie streckte ihm das schlanke Bein weit entgegen, wippte damit, hin und her in der Luft.

Er starrte auf ihr Bein. Vergaß, was er wollte, dachte nicht mehr an die Flucht und an alle Gefahr. Sah nichts anderes, fühlte nichts – als dieses erdbeerrote schlanke Knabenbein, das auf und nieder wippte vor seinen Augen.

»Ich bin ein gutes Kind«, zwitscherte sie, »ein sehr liebes Kind, das seinem dummen Väterchen viele Freude macht. – Küß mein Bein, Väterchen, streichle mein hübsches Bein, Väterchen!«

Da fiel er schwer auf die Knie. Griff nach dem roten Beine, fuhr mit irren Fingern über die Schenkel und die prallen Waden. Drückte seine feuchten Lippen auf das rote Tuch, leckte lang darüber mit bebender Zunge –

Dann sprang sie auf, leicht und behende. Zupfte ihn am Ohr, klatschte ihn leicht auf die Wange. »Nun, Väterchen«, klingelte sie, »habe ich meine Kindespflichten gut erfüllt? – Gute Nacht denn! Reise glücklich und laß dich nicht erwischen – es soll recht ungemütlich sein in dem Zuchthaus. Schick auch einmal eine hübsche Ansichtskarte, hörst du?«

Sie war in der Türe, ehe er sich noch erheben konnte. Machte eine Verbeugung, kurz und stramm wie ein Knabe, legte dabei die rechte Hand an die Mütze. »Habe die Ehre, Exzellenz«, rief sie. – »Und mach nicht zuviel Lärm hier unten, wenn du packen läßt – es könnte mich im Schlafe stören.«

Er wankte ihr nach, sah, wie sie hurtig die Treppen hinauflief. Hörte oben die Türe öffnen, hörte das Schloß schnappen und zweimal den Schlüssel sich drehen. Er wollte ihr nach, legte die Hand aufs Geländer. Aber er fühlte, daß sie nicht öffnen würde, trotz aller Bitten. Daß diese Türe geschlossen bliebe für ihn, und wenn er die ganze Nacht über vor ihr stünde, bis zum Morgengrauen, bis – bis –

Bis die Gendarmen kommen würden, ihn abzuholen –

Er blieb stehen, regungslos. Lauschte, hörte ihre leichten Schritte über ihm – hin und her quer durch das Zimmer. Und dann nichts mehr. Dann war es still.

Er schlich zum Hause hinaus, ging barhaupt durch den schweren Regen über den Hof. Trat in die Bibliothek, suchte nach Streichhölzern, brannte am Schreibtische ein paar Kerzen an. Und ließ sich schwer in den Sessel fallen.

»Wer ist sie denn?« flüsterte er. »Was ist sie?«

– »Welch ein Wesen!« raunte er.

Er schloß den alten Mahagonitisch auf, zog eine Schublade auf, entnahm ihr den Lederband. Legte ihn vor sich hin, starrte auf den Deckel. »A. T. B.« las er halblaut – »Alraune ten Brinken«.

Das Spiel war aus, ganz aus, das empfand er wohl. Und er hatte es verloren – keine letzte Karte hielt er mehr in der Hand. Es war sein Spiel gewesen, er allein hatte die Karten gemischt. Alle Trümpfe hielt er – und nun hatte er doch verspielt.

Er lächelte, grimmig genug. Nun mußte er wohl die Zeche bezahlen.

Bezahlen? – O ja! – Und in welcher Münze?

Er sah auf die Uhr – es war zwölf vorbei. Spätestens um sieben Uhr würden die Leute kommen mit dem Haftbefehl – über sechs Stunden hatte er noch. Sie würden sehr höflich sein, sehr rücksichtsvoll – in seinem eigenen Auto würden sie ihn ins Untersuchungsgefängnis bringen. Dann – dann begann der Kampf. Das war nicht schlecht – durch viele Monate würde er sich wehren, jede Spanne breit den Gegnern streitig machen. Aber schließlich – in der Hauptverhandlung – würde er doch zusammenbrechen, da hatte Manasse recht. Und endlich – das Zuchthaus.

Oder die Flucht. – Aber allein. Ganz allein? Ohne sie? Er fühlte, wie er sie haßte in diesem Augenblick, aber er wußte auch, daß er nichts anderes mehr denken könne, als sie. Er würde herumlaufen in der Welt, ziellos, zwecklos, nichts sehen, nichts hören, als ihre helle, zwitschernde Stimme, ihr rotes, wippendes Bein. Oh – verhungern würde er. Draußen oder im Zuchthause – ganz gleich war es.

Dies Bein – dies süße, schlanke Knabenbein! – Ah – wie sollte er leben ohne dies rote Bein?

Das Spiel war verloren – er mußte aufkommen für die Zeche. – So wollte er sie gleich bezahlen, in dieser Nacht noch – keinem etwas schuldig bleiben. – Wollte zahlen, mit dem, was ihm blieb – mit seinem Leben.

Und er dachte, daß es ja doch nichts mehr wert sei, und daß er die Partner noch betrügen würde am Ende.

Das tat ihm wohl; nun grübelte er, ob er ihnen nicht obendrein noch einen letzten Fußtritt versetzen könne. Das wäre eine kleine Genugtuung.

Er nahm sein Testament aus dem Schreibtisch, das Alraune als Erbin einsetzte. Las es durch, zerriß es dann sorgfältig in kleine Fetzen. »Ich muß ein neues machen«, flüsterte er. »– Für wen nur – für wen –?«

Er nahm einen Bogen, tauchte die Feder ein. Da war seine Schwester – war ihr Sohn, Frank Braun, sein Neffe –

Er zögerte. Der – der? War der es nicht, der ihm dieses Geschenk ins Haus brachte, dies seltsame Wesen, an dem er nun zugrunde ging? Er – wie die andern! – Oh, ihn sollte er treffen, ihn mehr noch wie Alraune.

»Du wirst Gott versuchen«, hatte der Bengel gesagt. »Du wirst ihm eine Frage stellen, so frech, daß er antworten muß.« – O ja, nun hatte er seine Antwort!!

Aber wenn er hinab mußte, unerbittlich, so sollte der Junge sein Schicksal teilen, er, Frank Braun, der ihm diesen Gedanken einblies! – Oh, er hatte ja eine blitzblanke Waffe, sie, sein Töchterlein: Alraune ten Brinken. Sie würde auch ihn schon dahin bringen, wo er selbst heute war – Er überlegte. Wiegte den Kopf, grinste selbstgefällig in dem gewissen Gefühl eines letzten Triumphes. Und er schrieb sein Testament, ohne Stocken, in raschen, häßlichen Zügen.

Alraune blieb seine Erbin, sie allein. Aber er vermachte der Schwester ein Legat und ein anderes dem Neffen. Ihn aber bestimmte er zum Testamentsvollstrecker, ihn zum Vormunde des Mädchens, bis es mündig sei. – So mußte er wohl herkommen, mußte in ihrer Nähe sein, mußte die schwüle Luft ihrer Lippen atmen.

Und es würde kommen, wie bei allen andern!

Wie bei dem Grafen und dem Dr. Mohnen, wie bei Wolf Gontram. Wie bei dem Chauffeur. – Wie bei ihm selbst endlich!

Er lachte laut. Machte noch einen Nachtrag, daß die Universität Erbin sein sollte, falls Alraune ohne Erben sterben sollte: so schloß er den Neffen für alle Fälle aus. Unterschrieb dann den Bogen, datierte ihn.

Nun nahm er den Lederband. Las wieder, schrieb die Vorgeschichte, holte auch gewissenhaft alles nach aus der letzten Zeit. Endete mit einer kleinen Ansprache an seinen Neffen, triefend von Hohn. »Versuche dein Glück«, schrieb er. »Schade, daß ich nicht mehr da bin, wenn du an die Reihe kommst: ich hätte das sehr gerne gesehen!«

Er löschte sorgfältig die nasse Tinte, klappte den Band zu, legte ihn zurück in das Schubfach zu den andern Erinnerungen: dem Halsbande der Fürstin, dem Alräunchen der Gontrams, dem Würfelbecher, der weißen, durchschossenen Karte, die er dem Grafen Geroldingen aus der Westentasche nahm. »Mascotte« stand darauf, neben dem vierblättrigen Kleeblatt. Und viel schwarzes, geronnenes Blut klebte herum –

Er trat an die Gardine und löste die seidene Schnur. Er schnitt mit der langen Schere ein Stück herunter, warf es in die Schublade zu dem andern.

»Mascotte!« lachte er, »Ça porte bonheur pour la maison!«

Er suchte herum an den Wänden, stieg auf einen Stuhl, hob mit großer Anstrengung ein mächtiges eisernes Kruzifix von dem schweren Haken. Legte es vorsichtig auf den Diwan.

»Entschuldige«, grinste er, »daß ich dich ausquartiere. – Es ist nur für kurze Zeit – für ein paar Stunden nur – du wirst einen würdigen Stellvertreter haben!«

Er knüpfte die Schlinge, warf sie hoch über den Haken. Zog daran, überzeugte sich, daß sie fest hielt –

Und er stieg zum zweiten Male auf den Stuhl –

Die Gendarmen fanden ihn, am frühen Morgen. Der Stuhl war umgestoßen, dennoch stand, mit einer Fußspitze, der Tote darauf. Es schien, als ob ihn die Tat gereut habe, als ob er im letzten Augenblick versucht habe, sich zu retten. Weit offen stand sein rechtes Auge, schielte hinaus, nach der Türe zu. Und die blaue, dicke Zunge hing ihm weit hinaus –

Sehr häßlich sah er aus.

Intermezzo

Und vielleicht, du mein blondes Schwesterchen, tropfen auch deiner stillen Tage Silberglocken nun weiche Klänge schlafender Sünden.

Goldregen wirft nun sein giftiges Gelb, wo der Akazien blasser Schnee lag, heiße Klematis zeigen ihr tiefes Blau, wo der Glyzenen fromme Trauben allen Frieden läuteten. Süß ist das leichte Spiel lüsterner Sehnsüchte, süßer, scheint mir, zur Nachtzeit der grausame Kampf aller Leidenschaften. Aber süßer als alles deucht mich nun, an heißem Sommermittag, die schlafende Sünde.

– Leicht schlummert sie, meine sanfte Freundin und man darf sie nicht wecken. Denn nie ist sie schöner wie in solchem Schlafe.

Im Spiegel ruht meine liebe Sünde, nahe genug, ruht in dünnem Seidenhemd auf weißem Linnen. Deine Hand, Schwesterlein, fällt über des Bettes Rand, leicht krümmen sich die schmalen Finger, die meine Goldreifen tragen; durchsichtig leuchten, wie erstes Tagesglühen, deine rosigen Nägel. Fanny manikürte sie, deine schwarze Zofe, sie war es, die die kleinen Wunder schuf. Und ich küsse im Spiegel deiner rosigen Nägel durchsichtige Wunder.

Nur im Spiegel – im Spiegel nur. Nur mit kosenden Blikken und meiner Lippen leisem Hauch. Denn sie wachsen, wachsen wenn die Sünde erwacht, werden zu scharfen Krallen der Tigerkatze. Reißen mein Fleisch –

Von dem Spitzenkissen hebt sich dein Haupt, rings fallen deine blonden Locken. Fallen leicht umher, wie ein Flackern goldener Flammen, wie das sanfte Wehen der ersten Winde, bei des jungen Tages Erwachen. Deine kleinen Zähne aber lä-

cheln heraus aus den schmalen Lippen, wie die Milchopale in dem leuchtenden Armband der Mondgöttin. Und die Goldhaare küsse ich, Schwesterlein, und deine leuchtenden Zähne.

Im Spiegel nur – nur im Spiegel. Mit meiner Lippen leisem Hauch und mit kosenden Blicken. Denn ich weiß: wenn die heiße Sünde erwacht, werden zu mächtigen Hauern die kleinen Milchopale und zu feurigen Vipern deine Goldlocken. Da reißen der Tigerin Klauen mein Fleisch, schlagen die scharfen Zähne grause Blutwunden. Zischeln die flammenden Vipern mir rings um das Haupt, kriechen ins Ohr, spritzen ihr Gift ins Hirn, raunen und schmeicheln die Märchen wildester Gierde –

Hinabglitt von der Schulter dein Seidenhemd, da lachen deine Kinderbrüstchen. Ruhen, wie zwei weiße Kätzchen, tagesjung, strecken hinauf in die Luft die süßen, rosigen Schnäuzchen. Blicken auf zu deinen sanften Augen, blauen Steinaugen, die das Licht brechen: die leuchten wie die Sternsaphire in meines Goldbuddhas weltstillem Kopfe.

Siehst du, Schwesterlein, wie ich sie küsse – hinten im Spiegel? Keine Fee hat leiseren Hauch. – Denn ich weiß es gut: wenn sie wach wird, die ewige Sünde, schlagen blaue Blitze aus deinen Augen, treffen mein armes Herz. Machen mein Blut wallen und sieden, schmelzen in Gluten die starken Fesseln, daß aller Wahnsinn frei wird und daherbraust in alle Weiten –

Dann jagt, los ihrer Ketten, die rasende Bestie. Stürzt zu dir, Schwester, in wütenden Qualen. Und in die süßen Kinderbrüstchen, die zu einer Morddirne riesigen Brüsten wurden – nun, da die Sünde erwachte – reißt sie die Pranken, schlägt sie das grimme Gebiß – da jauchzen die Schmerzen in Blutbächen.

Aber stiller noch sind meine Blicke, wie die Tritte der Nonnen am heiligen Grabe. Und leiser noch, leiser fliegt meiner Lippen Hauch, wie im Münster des Geistes Kuß zur Hostie hin, der das Brot wandelt in des Herren Leib.

Sie soll ja nicht erwachen, soll ruhen und schlummern, die schöne Sünde.

Denn nichts, liebe Freundin, deucht mich süßer, wie die keusche Sünde in ihrem leichten Schlaf.

Zwölftes Kapitel,

das berichtet, wie Frank Braun in Alraunens Welt tritt

Frank Braun war zurückgekommen in seiner Mutter Haus. Irgendwoher von einer seiner planlosen Reisen, aus Kaschmir oder vom bolivianischen Chaco. Oder vielleicht von Westindien, wo er Revolution spielte in närrischen Republiken, oder von der Südsee, wo er Märchen träumte mit den schlanken Töchtern sterbender Völker.

Irgendwoher kam er –

Langsam ging er durch seiner Mutter Haus. Hinauf durch das weiße Treppenhaus, an dessen Wänden sich Rahmen an Rahmen drängten, alte Stiche und moderne Radierungen. Durch seiner Mutter weite Räume, in welche die Frühlingssonne durch gelbe Vorhänge fiel. Dort hingen die Ahnen. Viele Brinkens, kluge und scharfe Gesichter, Leute, die wußten, wo sie standen in dieser Welt. Dann Urgroßvater und Urgroßmutter – gute Bilder aus der Kaiserzeit. Und die schöne Großmutter – sechzehnjährig, in der frühen Tracht der Königin Viktoria. Hingen Vater und Mutter, hing auch sein eigen Bildnis. Einmal als Kind, den großen Ball in der Hand, mit langen, weißblonden Kinderlocken, die über die Schultern fielen. Und als Knabe, in schwarzsamtenem Pagenkostüm, lesend in einem dicken, alten Buche.

Dann, im nächsten Zimmer, die Kopien. Überallher, von der Dresdener Gallerie, von der Casseler und der

Braunschweiger. Vom Palazzo Pitti, vom Prado und vom Riyksmuseum. Viele Holländer, Rembrandt, Frans Hals, Ostade, dann Murillo, Tizian, Velázquez und Veronese. Alle waren ein wenig nachgedunkelt, leuchteten in roten Goldtönen in der Sonne, die die Gardine brach.

Und weiter, durch die Zimmer, wo die Modernen hingen. Manche gute Bilder und manche weniger gute – aber nicht ein schlechtes war dabei und kein süßliches. Und rings standen die alten Möbel, viel Mahagoni – Empire, Directoire und Biedermeier. Keine Eiche, aber manch einfaches, modernes Stück dazwischen. Nirgends ein einheitlicher Stil, ein Durcheinander nur, wie es die Jahre brachten. Und doch eine stille, volle Harmonie: unter sich war alles verwandt, was hier stand.

Er stieg hinauf in die Etage, die die Mutter ihm gegeben hatte. Alles war so, wie er es gelassen hatte, als er das letztemal auszog – vor zwei Jahren. Kein Briefbeschwerer stand anders, kein Stuhl war verrückt. Ja, die Mutter paßte schon auf, daß die Mägde vorsichtig waren und respektvoll – trotz allem Reinmachen und Staubwischen. Und hier, mehr noch wie sonst im Hause, herrschte ein wirres Gedränge unzähliger, krauser Dinge, auf dem Boden wie an den Wänden: fünf Weltteile gaben hierher, was sie nur hatten an Absonderlichem und Bizarrem. Große Masken, wilde hölzerne Teufelsgötzen vom Bismarckarchipel, chinesische und anamitische Flaggen, viele Waffen aus aller Herren Länder. Dann Jagdtrophäen, ausgestopfte Tiere, Jaguar- und Tigerfelle, große Schildkröten, Schlangen und Krokodile. Bunte Trommeln von Luzon, langhalsige Streichinstrumente aus Radschputana, naive Gusslen Albaniens. An einer Wand ein mächtiges rotbraunes Fischernetz, bis über die Decke hin, und darin riesige Seesterne und Igel, Sägen vom Sägefisch, silberschimmernde Schuppen vom Tarpon. Gewaltige Spinnen, merkwürdige Tiefseefische, Muscheln und Schnecken. Alte Brokate über den Möbeln, dann indische Seidengewänder, bunte spanische Mantillen und Mandarinenmäntel mit großen Golddrachen. Viele Götter auch, silberne und goldene Buddhas in allen Größen, indische Reliefs Schiwas, Krischnas und Ganeschas. Und die absurden, obszönen Steingötzen der Tschanvölker. Dazwischen, wo nur ein Plätzchen frei war an den Wänden, Glasrahmen. Ein frecher Rops, wilde Goyas und eine kleine Zeichnung Jean Callots. Dann Cruikshank, Hogarth und manche bunten, grausamen Blätter aus Kambodscha und Mysore. Viele moderne daneben, die der Künstler Namen und ihre Widmung trugen. Möbel aller Stile und aller Kulturen, dicht besetzt mit Bronzen, mit Porzellanen und unendlichem Kleinkram.

Dies alles, dies war Frank Braun. Seine Kugel schlug die Eisbärin, deren weißes Fell sein Fuß trat, er selbst angelte den Blauhai, dessen mächtiges Gebiß mit dreifachen Zahnreihen dort im Netze hing. Er nahm den wilden Bukaleuten diese vergifteten Pfeile und Speere ab, ihm schenkte der Mandschupriester diesen närrischen Götzen und diese hohen, silbernen Priesterbügel. Mit eigener Hand stahl er den schwarzen Donnerstein aus dem Waldtempel der Houdon-Badagri, trank mit eigenen Lippen aus dieser Bombita in Mate Blutsbrüderschaft mit dem Häuptling der Tobaindianer an den sumpfigen Ufern des Pilcomayo. Für diese krummen Schwerter gab er seine beste Jagdflinte einem Malaiensultan auf Nordborneo, für jene andern, langen Richtschwerter sein kleines Taschenschachspiel dem Vizekönig von Schantung. Diese wundervollen indischen Teppiche schenkte ihm der Maharadscha von Vigatpuri, dem er das Leben rettete auf der Elefantenjagd, und die tönerne achtarmige Durga, rot bespritzt vom Blute von

Ziegen und Menschen, erhielt er vom Oberpriester der entsetzlichen Kali zu Kalighat –

Sein Leben lag in diesen hohen Räumen, jede Muschel, jeder bunte Fetzen erzählte ihm lange Erinnerungen. Da lagen seine Opiumpfeifen, da die große Mescaldose, aus silbernen Mexikodollars zusammengeschlagen, neben ihr die fest verschlossenen Büchschen mit Schlangengiften von Insulinde. Und ein goldener Armreif – mit zwei herrlichen Katzenaugen – den gab ihm einst in Birma ein ewig lachendes Kind. Viele Küsse mußte er dafür zahlen –

Herum auf dem Boden, übereinandergehäuft, standen und lagen Kisten und Koffer – einundzwanzig. Die hielten seine neuen Schätze – keiner war noch geöffnet. »Wohin nur damit?« lachte er.

Quer vor dem großen Doppelfenster streckte sich eine lange, persische Lanze in die Luft; ein sehr großer, schneeweißer Kakadu saß darauf. Ein Makassarvogel, mit hohem, flamingorotem Schopf.

»Guten Morgen, Peter!« grüßte Frank Braun.

»Atja, Tuwan!« antwortete der Vogel. Er stieg gravitätisch über die Stange, dann seinen Ständer hinab. Kletterte von da auf einen Stuhl und hinab zum Boden. Kam mit krummen, würdigen Tritten zu ihm hin, kletterte an ihm hinauf, auf die Schulter. Spreizte den stolzen Schopf, schlug die Flügel weit auseinander, wie das preußische Wappentier. »Atja, Tuwan! Atja, Tuwan!« rief er.

Er kraulte ihm den Hals, den ihm der weiße Vogel entgegenstreckte. »Wie geht's, Peterchen? – Freust du dich, daß ich wieder einmal da bin?«

Er ging hinab, eine halbe Treppe, trat auf den großen gedeckten Balkon, wo die Mutter ihren Tee trank. Unten im Garten leuchteten alle Kerzen des mächtigen Kastanienbaumes; weiter hinten, in dem großen Klostergarten, lag ein weißes Meer von leuchtendem Blütenschnee. Unter den lachenden Bäumen wandelten die braunkuttigen Franziskaner.

»Da ist der Pater Barnabas!« rief er.

Die Mutter setzte die Brille auf, schaute hinab. »Nein«, antwortete sie, »es ist der Pater Cyprian –«

Auf dem eisernen Geländer des Balkons hockte ein grüner Amazonas. Und wie er den Kakadu dort hinsetzte, eilte der kleine, freche Papagei auf ihn zu. Komisch genug, immer überquer, wie ein latschender, galizischer Hausierer.

»Alright«, schrie er, »alright! – Lorita real di España e di Portugal! – Anna Mari-i-i-i-a!« Und er hackte nach dem großen Vogel, der den Schopf spreizte und ganz leise sagte: »Ka–kadu.«

»Immer noch so frech, Phylax?« fragte Frank Braun.

»Jeden Tag wird er frecher.« lachte die Mutter. »Nichts ist mehr sicher vor ihm, am liebsten möchte er das ganze Haus abnagen.« Sie tauchte ein Stückchen Zucker in ihren Tee und gab es ihm in dem Silberlöffel.

»Hat der Peter was gelernt?« fragte er.

»Gar nichts«, erwiderte sie. »Nur sein schmeichlerisches ›Kakadu‹ spricht er, und dann seine malaiischen Brocken.«

»Und die verstehst du leider nicht«, lachte er.

Die Mutter sagte: »Nein – aber meinen grünen Phylax verstehe ich um so besser. Er redet den lieben, langen Tag, in allen Sprachen der Welt – immer wieder Neues. Bis ich ihn in irgendeinen Schrank sperre, um eine halbe Stunde Ruhe zu haben.« Sie nahm den Amazonas, der nun mitten auf dem Teetisch spazierte und die Butter attackierte, setzte den zappelnden Vogel zurück auf das Geländer.

Ihr braunes Hündchen kam, stellte sich auf die Hinterbeine, schmiegte das Köpfchen an ihr Knie.

»Ja – *du* bist auch da«, sagte sie, »willst deinen Tee haben.« Sie goß Tee und Milch in den kleinen roten Napf, brockte ihm Weißbrot hinein und ein Stückchen Zucker.

Frank Braun blickte hinunter auf die weiten Gärten.

Da spielten zwei runde Stacheligel auf dem Rasen, naschten die jungen Keime. Uralt mußten sie sein – er selbst hatte sie einmal mitgebracht aus dem Walde, von einem Schulausflug. Wotan hieß das Männchen und das Weibchen Tobias Meier. Aber vielleicht waren es auch ihre Enkel oder Urenkel. – Und er sah, neben dem weißblühenden Magnolienbusch einen kleinen Hügel: da hatte er einst seinen schwarzen Pudel begraben. Zwei große Yukkas wuchsen dort, die würden im Sommer große Blüten treiben mit hundert weißen, klingenden Glocken. Nun aber, zum Frühling, hatte die Mutter viele bunte Primeln dort pflanzen lassen.

Efeu kroch hinauf an der hohen Mauer des Hauses und viel wilder Wein, bis hinauf auf das Dach. Da lärmten und zwitscherten die Spatzen.

»Dort hat die Drossel ihr Nest, dort, siehst du?« sagte die Mutter. Sie zeigte hinab auf den hölzernen Torbogen, der vom Hof hinunter in den Garten führte; halbversteckt lag in dichtem Efeu das runde Nestchen.

Er mußte suchen, bis er es entdeckte. »Drei kleine Eier hat sie schon.« sagte er.

»Nein, es sind vier«, belehrte ihn die Mutter, »heute morgen hat sie das vierte gelegt.«

»Ja, vier!« nickte er. »Nun kann ich sie alle sehn. – Es ist schön bei dir, Mutter.«

Sie seufzte, legte ihre alte Hand auf die seine. »O ja, mein Junge – es ist schön. – Wenn ich nur nicht immer so allein wäre.«

»Allein?« fragte er. »Hast du nicht mehr soviel Besuch wie früher?«

Sie sagte: »Doch, jeden Tag kommen sie. Viele junge Menschen, die sich umsehen nach dem alten Frauchen. Kommen zum Tee, kommen zum Abendessen, jeder weiß ja, wie ich mich freue, wenn man sich ein wenig um mich kümmert. Aber siehst du, mein Junge, es sind doch Fremde. – Du bist es doch nicht.«

»Nun bin ich ja da«, sagte er. Und er wechselte das Gespräch, erzählte von allerlei kuriosem Zeug, das er mitgebracht habe, fragte sie, ob sie dabei sein wolle, wenn er auspacke.

Dann kam das Mädchen, brachte die Post herauf, die eben gekommen war. Er riß seine Briefe auf, warf einen flüchtigen Blick hinein.

Er stutzte, sah einen Bogen genau an. Es war ein Brief des Justizrats Gontram, der ihm kurze Mitteilung von dem machte, was in seines Oheims Hause geschehen war. Auch eine Abschrift des Testaments war beigefügt und der Wunsch ausgesprochen, daß er so bald wie möglich herüberfahren möge, um die Angelegenheiten zu ordnen. Er, der Justizrat, sei vom Gericht provisorisch bestellt worden; jetzt, da er höre, daß er wieder zurück sei in Europa, bäte er ihn, ihm seine Verpflichtung abzunehmen.

Die Mutter beobachtete ihn. Sie kannte seine kleinste Geste, jeden geringsten Zug seines glatten, sonnenverbrannten Gesichts. Und sie las in dem leisen Zucken seiner Mundwinkel, daß es etwas Wichtiges sei.

»Was ist es?« fragte sie. Und ihre Stimme zitterte.

»Nichts Schlimmes.« antwortete er leicht. »Du weißt ja, daß Ohm Jakob tot ist.«

»Ja, das weiß ich«, sagte sie. »Es war traurig genug.«

»Nun gut.« nickte er. »Der Justizrat Gontram schickt mir das Testament. Ich bin Vollstrecker und soll dazu Vormund des Mädchens werden. – Da muß ich wohl nach Lendenich fahren.«

»Wann willst du fahren?« fragte sie schnell.

»Nun –« sagte er. »Ich denke – heute abend.«

»Fahre nicht«, bat sie, »fahre nicht! Drei Tage bist du erst zurück bei mir, nun willst du schon wieder fort.«

»Aber Mutter«, wandte er ein, »es ist ja nur für ein paar Tage. Nur um da ein wenig Ordnung zu schaffen.«

Sie sagte: »Das sagst du immer: ein paar Tage nur! – Und dann bleibst du fort, durch Jahre hindurch.«

»Du mußt es doch einsehen, liebe Mutter!« beharrte er. »Hier ist das Testament: der Onkel hat dir eine recht ansehnliche Summe vermacht und mir auch – was ich gewiß nicht von ihm erwartet hätte. Und wir können es doch gut gebrauchen, alle beide.«

Sie schüttelte den Kopf. »Was soll mir das Geld, wenn du nicht bei mir bist, mein Junge?«

Er stand auf, küßte sie auf die grauen Haare. »Liebe Mutter, zum Ende der Woche bin ich wieder bei dir. Ich fahre ja kaum zwei Stunden weit mit der Bahn.«

Sie seufzte tief, streichelte seine Hände: »Zwei Stunden – oder zweihundert Stunden, wo ist der Unterschied? – Du bist fort – so oder so!«

»Adieu, liebe Mutter«, sagte er. Ging hinauf, packte nur einen kleinen Handkoffer, kam noch einmal auf den Balkon. »Da siehst du! Kaum für zwei Tage reicht es – auf Wiedersehen!«

»Auf Wiedersehen, lieber Junge!« sagte sie still. Sie hörte, wie er die Treppen hinabsprang, hörte unten die Türe ins Schloß fallen. Sie legte die Hand auf den klugen Kopf ihres Hündchens, das sie mit treuen Augen tröstend ansah.

»Liebes Tierchen«, sprach sie, »nun sind wir wieder allein. – Oh, nur um zu gehen, kommt er – wann werden wir ihn wiedersehn?«

Schwere Tränen tropften aus ihren guten Augen, zogen über die Furchen ihrer Wangen, fielen hinunter auf die langen, braunen Ohren des Hündleins. Das leckte sie ab, mit seiner roten Zunge.

Dann hörte sie unten die Klingel, hörte Stimmen und Tritte die Treppe hinauf. Rasch wischte sie die Tränen aus den Augen, schob das schwarze Spitzentuch auf dem Scheitel zurecht. Stand auf, beugte sich über das Geländer, rief hinab in den Hof, daß die Köchin frischen Tee bereiten solle, für die Gäste, die da kamen.

Oh, es war gut, daß so viele kamen, sie zu besuchen. Damen und Herren – heute und immer. Mit denen konnte sie plaudern, konnte erzählen – von ihrem Jungen.

Justizrat Gontram, dem er seine Ankunft gedrahtet hatte, erwartete ihn am Bahnhof. Nahm ihn mit, führte ihn auf die Gartenterrasse des Kaiserhofes, erzählte ihm alles, was nötig war. Und er bat ihn, noch heute hinauszufahren nach Lendenich, um mit dem Fräulein zu sprechen und dann gleich am andern Morgen zu ihm aufs Bureau zu kommen. Er könne ja nicht sagen, daß ihm das Fräulein Schwierigkeiten mache, aber er habe ein so seltsames, unangenehmes Gefühl ihr gegenüber, das ihm jedes Zusammenkommen unleidlich mache. Das sei komisch, er habe doch so manche Verbrecher – Raubmörder, Totschläger, Einbrecher, Kindesmörderinnen, Engelmacherinnen und was es nur gäbe, kennen gelernt und er habe immer gefunden, daß es recht nette, umgängliche Menschen seien – außerhalb ihres Berufes. Bei dem Fräulein aber, dem man doch gar nichts vorwerfen könne, habe er immer eine Empfindung, wie sie andere Menschen solchen Zuchthauszöglingen gegenüber hätten. Aber das müsse wohl an ihm liegen –

Frank Braun bat ihn, anzutelephonieren und ihn zu melden bei dem Fräulein. Dann verabschiedete er sich, schlenderte gemächlich durch die Anlagen, schlug den

Fahrweg ein, auf Lendenich zu. Er schritt durch das alte Dorf, kam an dem heiligen Nepomuk vorbei, nickte ihm zu. Stand vor dem Eisentor, schellte, blickte in den Hof. Drei mächtige Gaskandelaber brannten in der Einfahrt, wo früher ein armseliges Lämpchen leuchtete – das war das einzig Neue, was er sah.

Oben, von ihrem Fenster, blickte das Fräulein hinab, suchte die Züge des Fremden in dem flackernden Lichte zu erkennen. Sie sah, wie Aloys seine Schritte beschleunigte, wie er rascher wie sonst den Schlüssel ins Schloß steckte.

»Guten Abend, junger Herr!« rief der Diener. Und der Fremde bot ihm die Hand, nannte ihn beim Namen, als ob er nur zurückgekommen sei von einer kleinen Reise, in sein Haus. »Wie geht's, Aloys?«

Dann wackelte der alte Kutscher über die Steine, so schnell ihn die krummen Gichtbeine tragen wollten. »Junger Herr«, krähte er, »junger Herr! Willkommen auf Brinken!«

Frank Braun antwortete: »Froitsheim! Auch noch da? Das freut mich, Sie noch einmal zu sehen!« Und er schüttelte ihm kräftig beide Hände.

Die Köchin kam und die breithüftige Haushälterin, mit ihnen Paul, der Kammerdiener. Die ganze Gesindestube leerte sich, zwei alte Mägde drängten sich vor, ihm die Hände zu reichen, wischten sie vorher sorgfältig ab an den Schürzen.

»Gelobt sei Jesus Christus!« grüßte ihn der Gärtner. Und er lachte: »In Ewigkeit, Amen!«

»Der junge Herr ist da!« rief die grauhaarige Köchin und nahm dem Dienstmann, der ihm folgte, den kleinen Koffer ab. Alle umstanden ihn, jeder verlangte einen besondern Gruß, einen Händedruck, irgendein Wort. Und die jungen, die, die ihn nicht kannten, standen dabei, starrten ihn an mit offenen Augen und verlegenem Lachen. Etwas abseits stand der Chauffeur, rauchte seine kurze Pfeife: selbst auf seinen indolenten Zügen schimmerte ein freundliches Lächeln.

Das Fräulein ten Brinken schnippte mit den Fingern. »Er scheint beliebt hier, mein Herr Vormund«, sagte sie halblaut. Und sie rief hinunter: »Bringt die Sachen des Herrn in sein Zimmer! – Und du, Aloys, führ ihn herauf.«

Irgendein Reif fiel in den frischen Lenz dieses Willkomms. Sie ließen die Köpfe hängen, sprachen nicht mehr. Nur Froitsheim preßte ihm noch einmal die Hand, geleitete ihn zu der Herrentreppe. »Es ist gut, daß Sie da sind, junger Herr.«

Frank Braun ging auf sein Zimmer, wusch sich. Folgte dann dem Kammerdiener, der meldete, daß gedeckt sei. Trat in das Speisezimmer.

Einen Augenblick war er allein, schaute sich um. Dort stand noch immer das riesige Büfett, prunkte noch immer mit den schweren goldenen Tellern, die das Wappen der Brinken trugen. Aber es lagen heute keine Früchte darauf. »Ist noch zu früh im Jahre.« murmelte er. – »Vielleicht hat auch die Base kein Interesse an den Erstlingen.«

Dann, von der andern Seite, kam das Fräulein. In schwarzem Seidenkleide, reich mit Spitzen besetzt, fußfrei. Einen Augenblick blieb sie stehen in der Türe, trat dann näher, begrüßte ihn: »Guten Abend, Herr Vetter.«

»Guten Abend«, sagte er, streckte ihr die Hand entgegen. Sie reichte ihm nur zwei Fingerspitzen, aber er tat, als bemerkte er es nicht. Nahm die ganze kleine Hand, schüttelte sie kräftig.

Sie lud ihn mit einer Handbewegung ein, Platz zu nehmen, setzte sich ihm gegenüber. »Man muß wohl ›du‹ sagen zueinander?« begann sie.

»Gewiß«, nickte er, »so war es Brauch bei den Brinken von jeher.« Und er hob sein Glas: »Auf dein Wohl, kleine Base.«

›Kleine Base,‹ dachte sie, ›er nennt mich: kleine Base. Wie ein Spielpüppchen betrachtet er mich.‹ – Aber sie tat ihm Bescheid. »Prosit, großer Vetter.« Sie leerte ihr Glas, winkte dem Diener, es neu zu füllen. Und sie trank noch einmal: »Auf dein Wohl – Herr Vormund!«

Das machte ihn lachen. Vormund – Vormund? Es klang so würdig. – ›Bin ich wirklich schon so alt?‹ dachte er. Und er antwortete: »Auf das deine, kleines Mündel.«

Sie ärgerte sich. – ›Kleines Mündel, wieder: kleines?‹ – Oh, es würde sich ja schon zeigen, wer dem andern überlegen war von ihnen beiden.

»Wie geht es deiner Mutter?« fragte sie.

»Danke«, nickte er. »Gut, denke ich. – Du kennst sie ja noch gar nicht? – Hättest sie schon einmal besuchen können.«

»Sie hat uns ja auch nicht besucht.« erwiderte sie. Dann, da sie sein Lächeln sah, setzte sie schnell hinzu: »Wirklich, Vetter, wir haben nie daran gedacht.«

»Kann ich mir denken«, sagte er trocken.

»Papa hat kaum von ihr gesprochen – und von dir überhaupt nicht.« Sie sprach ein wenig zu rasch, überhastete sich. »Es hat mich eigentlich gewundert, weißt du, daß er gerade dich –«

»Mich auch.« unterbrach er sie. »Und er hat es gewiß nicht ohne Absicht getan.«

»Absicht?« fragte sie. »Welche Absicht?«

Er zuckte mit den Achseln. »Das weiß ich noch nicht. – Aber es wird sich ja wohl noch herausstellen.«

Das Gespräch stockte nicht. Wie ein Ballspiel war es, hin und zurück flogen die kurzen Sätze. Sie blieben höflich, liebenswürdig und zuvorkommend, aber sie beobachteten einander, waren wohl auf der Hut. Kamen nie zusammen: ein straffes Netz spannte sich zwischen ihnen.

Nach der Tafel führte sie ihn ins Musikzimmer. »Willst du Tee?« fragte sie. Aber er bat um Whisky und Soda.

Sie setzten sich, plauderten weiter. Dann stand sie auf, ging zum Flügel. »Soll ich etwas singen?« fragte sie.

»Bitte!« sagte er höflich.

Sie hob den Deckel, setzte sich. Wandte sich dann um, fragte: »Hast du besondere Wünsche, Vetter?«

»Nein«, erwiderte er. »Ich kenne ja dein Repertoire nicht, kleine Base.«

Sie preßte leicht die Lippen. ›Das wird er sich abgewöhnen müssen,‹ dachte sie. Sie schlug ein paar Töne an, sang eine halbe Strophe. Brach ab, begann ein ander Lied. Brach auch das ab, sang nun ein paar Takte von Offenbach, und wieder einige Zeilen von Grieg –

»Du scheinst nicht recht in Stimmung zu sein«, bemerkte er ruhig.

Sie legte die Hände in den Schoß, schwieg eine Weile, trommelte nervös auf den Knien. Dann hob sie die Hände, senkte sie rasch auf die Tasten. Und begann:

»Il était une bergère,
et ron et ron, petit patapon,
il était une bergère,
qui gardait ses moutons.«

Sie wandte sich um zu ihm, spitzte das Mäulchen. O ja, dies kleine Gesichtchen, das die kurzen Locken rings umrahmten, konnte ganz gut einer zierlichen Schäferin gehören –

»Elle fit un fromage,
et ron et ron, petit patapon,
elle fit un fromage
du lait de ses moutons.«

›Hübsche Schäferin!‹ dachte er. ›Und – arme Schäfchen.‹

Sie wiegte das Köpfchen, streckte den linken Fuß seitwärts, schlug mit dem zierlichen Schuh den Takt auf dem Parkettboden.

»Le chat qui la regarde,
et ron et ron, petit patapon,
le chat qui la regarde,
d'un petit air fripon!

Si tu y mets la patte,
et ron et ron, petit patapon,
si tu y mets la patte,
tu auras du bâton!«

Sie lächelte ihn voll an, ihre blanken Zähne leuchteten. ›Meint sie, ich solle ihr Kätzchen spielen?‹ dachte er.

Ein wenig ernster wurde ihr Gesicht, ganz versteckt klang eine leichte spöttische Drohung aus ihrer halben Stimme.

»Il n'y mit pas la patte,
et ron et ron, petit patapon,
il n'y mit pas la patte,
il y mit le menton.

La bergère en colère,
et ron et ron, petit patapon,
la bergère en colère,
tua son petit chaton!«

»Hübsch«, sagte er. »Woher hast du das Kinderliedchen?«

»Vom Kloster«, antwortete sie, »die Schwestern sangen es.«

Er lachte: »Sieh da: vom Kloster! Das hätte ich nicht geahnt. – Sing zu Ende, kleine Base.«

Sie sprang auf vom Klavierstuhl. »Ich bin zu Ende: das Kätzchen ist tot – da ist das Liedchen aus!«

»Nicht so ganz.« erklärte er. »Aber deine frommen Nönnchen scheuten die Strafe – so ließen sie das hübsche Schäfermädchen ungestraft seine böse Sünde begehen! – Spiel noch einmal: ich will dir erzählen, wie es dem Mädchen weiter erging.«

Sie ging zurück zum Flügel, spielte die Melodie. Da sang er:

»Elle fut à confesse,
et ron et ron, petit patapon,
elle fut à confesse
pour obtenir pardon.

Mon père, je m'accuse,
et ron et ron, petit patapon,
mon père, je m'accuse,
d'avoir tué mon chaton!

Ma fille, pour pénitence,
et ron et ron, petit patapon,
ma fille, pour pénitence,
nous nous embrasserons!

La pénitence est douce,
et ron et ron, petit patapon,
la pénitence est douce –
nous recommencerons!«

»Fertig?« fragte sie.

»O ja, ganz und gar!« lachte er. »Wie gefällt dir die Moral, Alraune?«

Es war das erstemal, daß er sie mit ihrem Namen anredete – das fiel ihr auf, so achtete sie nicht die Frage. »Gut!« erwiderte sie gleichgültig.

»Nicht wahr?« rief er. »Eine nette Moral: sie lehrt, daß kleine Mädchen nicht ungestraft ihr Spielkätzchen umbringen dürfen!«

Er stand dicht vor ihr. Wohl zwei Haupteslängen überragte er sie und sie mußte hoch aufsehen, um seinen Blick zu fassen. Sie dachte, wie viel es doch ausmacht – diese dummen dreißig Zentimeter! Sie wünschte auch in Herrentracht zu sein: schon ihre Röcke gaben ihm einen Vorteil. Und zugleich fiel ihr ein, daß sie bei keinem der andern diese Empfindung gehabt habe. Aber sie reckte sich auf, schüttelte leicht die Locken. »Nicht alle Schäferinnen tun solche Busse«, zwitscherte sie.

Er parierte: »Und nicht alle Beichtvater absolvieren so leicht.«

Sie suchte nach einer Antwort und fand keine. Das ärgerte sie. Sie hätte ihm gerne gedient – auf seine Weise. Aber diese Art war ihr neu – wie eine ungewohnte Sprache war es, die sie wohl verstand, aber selbst noch nicht recht sprechen konnte.

»Gute Nacht, Herr Vormund«, sagte sie rasch. »Ich will zu Bett.«

»Gute Nacht, kleine Base«, lächelte er. »Träume süß!«

Sie stieg die Treppe hinauf. Sprang nicht wie sonst; ging langsam und nachdenklich. Er gefiel ihr nicht, der Vetter, o nein! Aber er reizte sie, spornte ihren Widerspruch. ›Wir werden schon mit ihm fertig werden,‹ dachte sie.

Und sie sagte, als die Jungfer ihr das Mieder löste und das lange Spitzenhemd reichte: »Es ist gut, Käte, daß er da ist! Das unterbricht die Langeweile.« – Es freute sie fast, daß sie dies Vorpostengeplänkel verloren hatte.

Frank Braun hatte lange Sitzungen mit Justizrat Gontram und Rechtsanwalt Manasse. Er beriet mit dem Vormundschaftsrichter und dem Erbschaftsrichter, hatte manche Laufereien und recht überflüssige Scherereien. Mit dem Tode seines Onkels waren die strafrechtlichen Anzeigen freilich abgeschnitten, dafür aber waren die zivilrechtlichen Klagen zu einer Hochflut angeschwollen. Alle kleinen Krämer, die sonst ein schielender Blick der Exzellenz zittern machte, wagten sich nun hervor, kamen mit immer neuen Forderungen, Ansprüchen auf Entschädigung oft recht zweifelhafter Natur.

»Die Staatsanwaltschaft hat nun Ruhe vor uns«, sagte der alte Justizrat, »und die Strafkammer braucht sich auch nicht zu bemühen. Aber dafür haben wir das Landgericht für uns allein gepachtet. – Die zweite Zivilkammer ist auf ein halbes Jahr hinaus ein Privatinstitut des seligen Geheimrats.«

»Das wird Seiner Seligkeit Spaß machen, wenn sie es von ihrem höllischen Bratkessel aus beobachten kann«, bemerkte der Rechtsanwalt. »Solche Prozesse waren ihm nur dutzendweise sympathisch.«

Und er lachte auch, als ihm Frank Braun die Burberger Erzkuxe übergab, die sein Erbteil waren.

»Jetzt möchte der Alte hier sein«, knurrte er, »Ihr Gesicht zu belauern auf eine halbe Stunde! Warten Sie nur, Sie werden eine kleine Überraschung haben.«

Er nahm die Papiere, zählte sie. »Hundertachtzigtausend Mark«, referierte er, »hundert Mille für die Frau Mutter – der Rest für Sie! – Nun passen Sie einmal auf.« Er nahm das Hörrohr, ließ sich mit dem Schaafhausenschen Bankverein verbinden, verlangte einen der Herren Direktoren zu sprechen.

»Hallo!« bellte er. »Sind Sie es, Friedberg? – Also bitte, ich habe einige Burberger Erzkuxe da – zu welchem Preise kann man sie veräußern?«

Ein wieherndes Lachen scholl aus dem Telephon, in das Herr Manasse laut einstimmte.

»Ich dachte es mir –« rief er dazwischen. »– Also gar nichts wert – was? Auf Jahre hinaus neue Zubussen zu erwarten?! – Am besten den ganzen Kram verschenken – na natürlich! – Ein Schwindelunternehmen, das sich sicher über kurz oder lang in Wohlgefallen auflöst?! – Ich danke Ihnen, Herr Direktor, verzeihen Sie die Störung!«

Er hing das Hörrohr an, wandte sich grimmig an Frank Braun. »So, nun wissen Sie Bescheid! – Und nun machen Sie genau das dumme Gesicht, das Ihr menschenfreundlicher Onkel erwartet hatte – entschuldigen Sie gütigst die Wahrheitsliebe! – Aber lassen Sie mir nur die Papiere – es ist möglich, daß einer der andern Gewerken aus irgendeinem Interesse sie doch nimmt und Ihnen ein paar hundert Mark dafür zahlt: dann werden wir einen guten Tropfen dafür trinken.«

Die größte Schwierigkeit, ehe Frank Braun zurück war, bildeten die fast täglichen Verhandlungen mit der großen Mühlheimer Kreditbank. Von Woche zu Woche hatte sich die Bank mit äußerster Kraftanstrengung hingeschleppt, immer in der Hoffnung, die von dem Geheimrat feierlich versprochene Hilfe von seinen Erben wenigstens zum Teil zu erhalten. Mit heroischem Mute hatten die Direktoren, die Herren vom Vorstand und vom Aufsichtsrat das lecke Schiff über Wasser gehalten, stets gewärtig, daß der kleinste neue Stoß es zum Kentern bringen müsse. Die Exzellenz hatte, mit Hilfe der Bank, sehr gewagte Spekulationen glücklich durchgeführt, ihm war dies Institut eine blanke Goldquelle gewesen. Aber die neuen Unternehmungen, die sein Einfluß durchsetzte, schlugen alle fehl – freilich war sein Vermögen nicht mehr in Gefahr, wohl aber das der Fürstin Wolkonski und mancher anderen reichen Leute. Und dazu die ersparten Taler von einer großen Anzahl kleiner Leute, Pfennigspekulanten, die dem Sterne der Exzellenz folgten. Die Rechtsvertreter der Erbschaftsmasse des Geheimrats hatten ihre Hilfe zugesagt, soweit es in ihrer Macht stand; aber dem Justizrat Gontram, als provisorischem Vormund, waren ja durch das Gesetz nicht weniger die Hände gebunden, wie dem Vormund schaftsrichter. Mündelgeld – auf einmal war es heilig!

Freilich gab es eine Möglichkeit, die hatte Manasse herausgefunden. Man konnte das Fräulein ten Brinken für majorenn erklären: dann hatte sie freie Verfügung, konnte die moralische Verpflichtung des Vaters einlösen. Daraufhin arbeiteten alle Beteiligten, in dieser Hoffnung brachten die Leute der Bank jedes letzte Opfer aus eigener Tasche. Schon hatten sie, mit letzter Kraft, vor vierzehn Tagen einen starken Run auf die Kassen siegreich abgeschlagen – nun mußte die Entscheidung fallen.

Das Fräulein hatte den Kopf geschüttelt bisher. Sie hatte ruhig angehört, was ihr die Herren auseinandergesetzt hatten, dann gelächelt und ein ›Nein‹ gesagt. »Warum soll ich mündig sein?« fragte sie. »Ich fühle mich ja ganz wohl so. – Und warum soll ich Geld weggeben um die Bank zu retten, die mich gar nichts angeht?«

Der Vormundschaftsrichter hielt ihr eine lange Rede: um die Ehre ihres Vaters handle es sich! Jedermann wisse, daß er allein der Urheber aller der Schwierigkeiten des Instituts sei – da sei es wohl eine Kindespflicht, seinen guten Namen rein zu bewahren.

Alraune lachte ihm hell ins Gesicht: »Seinen guten Namen!?« Sie wandte sich an Rechtsanwalt Manasse: »Sagen Sie doch, was halten Sie davon?«

Manasse antwortete nicht, rollte sich zusammen in seinem Sessel, fauchte und zischte wie ein getretener Kater.

»Nicht sehr viel mehr wie ich, scheint's!« sagte das Fräulein. »Und ich will keinen Pfennig dafür geben«,

Der Kommerzienrat Lützman, der Vorsitzende des Aufsichtsrates, stellte ihr vor, daß sie doch Rücksicht nehmen solle auf die alte Fürstin, die dem Hause Brinken so lange intim befreundet sei. Und auf alle die kleinen Leute, die ihre sauer verdienten Groschen verlieren würden.

»Warum spekulieren sie?« fragte sie ruhig. »Warum legen sie ihr Geld in eine so zweifelhafte Bank? – Wenn ich Almosen geben wollte, wüßte ich eine bessere Verwendung.«

Ihre Logik war klar und grausam, wie ein scharfes Messer. Sie kenne ihren Vater, sagte sie, und wer mit ihm gemeinsame Sache gemacht habe, sei gewiß nicht sehr viel besser.

Aber es handele sich ja gar nicht um ein Almosen, wandte der erste Bankdirektor ein. Es bestehe die sichere Wahrscheinlichkeit, daß die Bank sich durchaus halten würde mit ihrer Hilfe; nur über diese Krise müsse man wegkommen. Sie würde ihr Geld zurückerhalten, auf Heller und Pfennig und mit allen Zinsen.

Sie wandte sich an den Vormundschaftsrichter.

»Herr Landgerichtsrat«, fragte sie, »ist ein Risiko dabei? – Ja oder nein?«

Das mußte er zugeben. Ein Risiko war freilich dabei. Unvorhergesehene Umstände konnten natürlich eintreten. Er habe die amtliche Pflicht ihr das zu sagen – aber als Mensch könne er nicht anders als ihr dringend zureden, seine Bitten mit denen der andern Herren vereinen. Sie tue ein großes und gutes Werk, rette eine Menge von Existenzen. Und die Möglichkeit eines Verlustes sei nach menschlichem Ermessen so gering.

Sie erhob sich, unterbrach ihn rasch. »Also ein Risiko ist da, meine Herren«, rief sie spöttisch, »und ich will eben kein Risiko eingehn. Ich will auch keine Existenzen retten und habe durchaus keine Lust, große und gute Werke zu tun.«

Sie nickte den Herrn leicht zu, ging hinaus, ließ sie sitzen mit dicken, roten Köpfen.

Noch aber gab sich die Bank nicht, noch kämpfte sie weiter. Schöpfte neue Hoffnung, als ihr der Justizrat drahtete, daß Frank Braun, der eigentliche Vormund, angekommen sei. Die Herrn setzten sich sogleich mit ihm in Verbindung, verabredeten eine Zusammenkunft für einen der nächsten Tage.

Frank Braun sah wohl ein, daß er nicht so rasch wegkomme, wie er geglaubt hatte. Das schrieb er seiner Mutter.

Die alte Frau las seinen Brief, faltete ihn vorsichtig, legte ihn in die große, schwarze Truhe, die all seine Schreiben enthielt. Die öffnete sie, an langen Winterabenden, wenn sie ganz allein war, las dann ihrem braunen Hündchen vor, was er ihr einmal schrieb.

Und sie ging auf ihren Balkon, schaute hinunter auf den hohen Kastanienbaum, der in mächtigen Armen viele leuchtende Kerzen trug. Auf die weißen Blütenbäume des Klostergartens, unter denen die braunen Mönche still wandelten.

›Wann wird er kommen, mein lieber Junge?‹ dachte sie.

Dreizehntes Kapitel,

das erwähnt, wie die Fürstin Wolkonski ALRAUNE *die Wahrheit sagte*

Der Justizrat Gontram schrieb der Fürstin, die in Nauheim zur Kur war, schilderte ihr die Lage. Es dauerte einige Zeit, bis sie verstand, um was es sich handele; Frieda Gontram mußte sich große Mühe geben, sie alles begreifen zu machen.

Erst lachte sie nur, dann wurde sie nachdenklich. Und zum Schluß jammerte sie und schrie. Als ihre Tochter eintrat, fiel sie ihr wehklagend um den Hals. »Armes Kind«, heulte sie, »wir sind Bettler. Wir liegen auf der Straße!«

Und sie goß große Laugen östlichen Zornes über die tote Exzellenz, sparte ihr kein unflätiges Schimpfwort.

»Ganz so schlimm ist es nicht«, wandte Frieda ein. »Sie haben immer noch Ihre Bonner Villa und das Schlößchen am Rhein. Dann die Zinsen aus den ungarischen Weingärten. Endlich bekommt Olga ihre russische Rente und –«

»Davon kann man nicht leben!« unterbrach sie die alte Fürstin. »Man verhungert damit!«

»Wir müssen versuchen, das Fräulein umzustimmen«, bemerkte Frieda. »Wie Papa es uns rät!«

»Er ist ein Esel!« schrie sie. »Ein alter Schuft! Er war im Bunde mit dem Geheimrat, der uns bestahl! Nur durch ihn bin ich mit dem häßlichen Gauner zusammengetroffen.« Und sie meinte, daß alle Männer betrügerische Schurken seien, und daß sie noch nie im

Leben einen kennen gelernt hätte, der anders gewesen wäre. Wie stünde es denn mit Olgas Mann, dem sauberen Grafen Abrantes –? Hätte der nicht auch alles durchgebracht mit schmutzigen Tingeltangelfrauenzimmern, was er nur von ihrem Gelde habe erwischen können? Nun sei er davon mit einer Zirkusreiterin, da der Geheimrat den Daumen auf die Papiere gedrückt und ihm nichts mehr herausgerückt habe –

»So hat die alte Exzellenz doch da wenigstens Gutes getan!« sagte die Gräfin.

»Gutes?« schrie ihre Mutter. – Als ob es nicht ganz gleichgültig wäre, wer die Banknoten gestohlen hätte! Schweine seien sie, der eine wie der andere.

Aber sie sah doch ein, daß man einen Versuch machen müsse. Sie wollte selbst fahren, doch redeten die beiden ihr ab. Sie würde sich hinreißen lassen, würde sicher nicht mehr erreichen, wie die Herren von der Bank. Man müsse sehr diplomatisch vorgehen, erklärte Frieda, müsse Rücksicht nehmen auf die Launen und Kapricen des Fräuleins. Sie wolle fahren, das sei das beste.

Olga meinte, daß es noch besser wäre, wenn sie führe.

Die alte Fürstin widersprach, aber Frieda erklärte, daß es gewiß nicht gut sei, wenn sie die Kur unterbreche und sich solchen Aufregungen aussetze. Das sah sie ein.

Dann einigten sich die beiden Freundinnen und fuhren zusammen. Die Fürstin blieb im Bade, aber untätig war sie nicht. Sie ging zum Pfarrer, bestellte hundert Messen für die arme Seele des toten Geheimrats: das ist echt christlich, dachte sie. Und da ihr verstorbener Mann orthodox war, so fuhr sie hinüber nach Wiesbaden, ging zur russischen Kapelle und bezahlte auch dort für hundert Seelenmessen dem Popen. Das beruhigte sie ungemein. Einmal, überlegte sie, würde es ja doch kaum etwas nützen, da die Exzellenz protestantisch war und freidenkerisch dazu. Dann aber zählte es für sie ganz gewiß als ein besonders gutes Werk: ›Segnet, die euch fluchen, liebet eure Feinde, tut wohl denen, die euch beleidigen und verfolgen.‹ – Oh, das mußte man schon anerkennen dort oben.

Und, zweimal am Tage, sprach sie in ihrem Gebete eine Fürbitte für die Exzellenz – mit ganz besonderer Inbrunst. So bestach sie den lieben Gott.

Frank Braun empfing die beiden Frauen in Lendenich, führte sie auf die Terrasse, plauderte mit ihnen von alten Zeiten. »Versucht euer Glück, Kinder«, sagte er. »Mir hat mein Reden nichts genutzt!«

»Was hat sie Ihnen geantwortet?« fragte Frieda Gontram.

»Nicht viel«, lachte er. »Sie hat gar nicht zugehört. Sie machte einen tiefen Knix und erklärte mit einem verteufelt würdigen Lächeln, daß sie die hohe Ehre meiner Vormundschaft wohl zu schätzen wisse, daß sie gar nicht daran denke, um der Fürstin willen darauf zu verzichten. Sie fügte hinzu, daß sie nicht mehr über die Sache zu sprechen wünsche. Dann knixte sie wieder, noch tiefer, lächelte wieder, noch ehrerbietiger – und verschwunden war sie!«

»Haben Sie nicht noch einen zweiten Versuch gemacht?« fragte die Gräfin.

»Nein, Olga«, sagte er. »Das muß ich nun Ihnen überlassen. – Ihr Blick, als sie fortging, war so bestimmt, daß ich die feste Überzeugung gewann, daß meine Überredungskünste genau so unfruchtbar sein würden, wie die der andern Herrn.« Er erhob sich, klingelte dem Diener, ließ Tee bringen.

»Übrigens haben Sie ja vielleicht eine Chance, meine Damen«, fuhr er fort. »Ich sagte meiner Muhme, als der Justizrat Sie beide vor einer halben Stunde telephonisch anmeldete, daß Sie kommen würden und weshalb – ich fürchtete, daß sie Sie vielleicht überhaupt nicht empfangen würde, und das wollte ich jedenfalls durchsetzen. Aber ich irrte mich, sie erklärte, daß Sie ihr alle beide sehr willkommen seien, daß sie seit Monaten schon mit Ihnen in sehr reger Korrespondenz stehe. – Darum –«

Frieda Gontram unterbrach ihn. »Du schriebst ihr?« rief sie scharf.

Gräfin Olga stotterte: »Ich – ich – habe ihr ein paarmal geschrieben – ihr kondoliert – und – und –«

»Du lügst!« rief Frieda.

Da sprang die Gräfin auf. »Und du? – Schriebst du ihr nicht? Ich wußte, daß du es tatest, alle zwei Tage schriebst du, darum bliebst du stets so lange allein auf in deinem Zimmer.«

»Du hast mich ausspionieren lassen durch die Kammerjungfer!« warf ihr Frieda entgegen. Die Blicke der Freundinnen kreuzten sich, warfen einen glimmenden Haß, schärfer als Worte. Sie verstanden sich gut: die Gräfin fühlte, daß sie zum ersten Male nicht tun würde, was die Freundin verlangte, und Frieda Gontram empfand diesen ersten Widerstand gegen ihre herrschende Überlegenheit. Aber sie waren verbunden durch zu lange Jahre ihres Lebens, durch zu viele gemeinsame Erinnerungen – das konnte nicht so niederbrennen im Augenblick.

Frank Braun sah es wohl. »Ich störe«, sagte er. »Übrigens wird Alraune gleich selbst kommen, sie wollte nur Toilette machen.« Er ging zur Gartentreppe, grüßte. »Ich werde die Damen ja nachher wohl noch sehen.«

Die Freundinnen schwiegen. Olga saß in dem Rohrsessel, mit großen Schritten ging Frieda auf und nieder. Dann hielt sie an, blieb stehen vor der Freundin.

»Höre, Olga«, sagte sie leise. »Ich habe dir immer geholfen. Im Ernst und im Spiel. Bei allen deinen Abenteuern und Liebschaften. – Ist das nicht wahr?«

Die Gräfin nickte: »Ja, das ist wahr. – Aber ich habe genau das Gleiche getan, habe dir nicht weniger geholfen.«

»So gut du's eben konntest!« sprach Frieda Gontram. »Doch will ich es gerne anerkennen. – Wollen wir also Freundinnen bleiben?«

»Gewiß!« rief Gräfin Olga. »Nur – nur – Ich verlange ja nicht viel!«

»Was verlangst du?« fragte die andere.

Und sie antwortete: »Mach mir keine Hindernisse!«

»Hindernisse?« gab Frieda zurück. »Was für Hindernisse? Jede soll ihr Glück versuchen – wie ich es dir schon sagte auf dem Lichtmeßball!«

»Nein«, beharrte die Gräfin. »Ich will nicht mehr teilen. Ich habe so oft mir dir geteilt – und habe immer den kürzeren gezogen. Es ist ungleich – darum sollst du verzichten diesmal, mir zuliebe.«

»Wieso ungleich?« rief Frieda Gontram. »Doch höchstens zu deinen Gunsten – du bist die Schönere.«

»Ja«, erwiderte ihre Freundin, »aber das ist nichts. Du bist die Klügere. Und ich habe es oft erfahren müssen, daß das mehr wert ist in – in diesen Sachen.«

Frieda Gontram griff ihre Hand. »Komm Olga«, schmeichelte sie, »sei vernünftig. Wir sind ja hier nicht nur wegen unserer Gefühle. – Hör zu: wenn es mir gelingt, das kleine Fräulein umzustimmen, wenn ich dir und deiner Mutter die Millionen rette – willst du mir dann freie Hand lassen? – Geh in den Garten, laß mich allein mit ihr.«

Große Tränen traten aus den Augen der Gräfin. »Ich kann nicht«, flüsterte sie. »Laß du mich mit ihr reden –

ich will dir ja gerne das Geld lassen. – Dir ist es ja doch nur eine rasche Laune.«

Frieda seufzte laut auf, warf sich auf die Chaiselongue, griff mit den hageren Händen tief in die Seidenkissen. »Eine Laune? – Glaubst du, daß ich solche Umstände mache einer Laune willen? – Bei mir, fürchte ich, sieht es nicht viel anders aus wie bei dir!« Starr schienen ihre Züge, hart blickten die klaren Augen ins Leere. Olga sah sie, sprang auf, kniete nieder vor der Freundin, die beugte den blonden Kopf. Ihre Hände fanden sich, eng preßten sie sich aneinander, schweigend mischten sich ihre Tränen.

»Was sollen wir tun?« fragte die Gräfin.

»Verzichten!« sagte Frieda Gontram scharf. »Verzichten – alle beide. – Mag daraus werden, was will!«

Gräfin Olga nickte, drängte sich eng an die Freundin.

»Steh auf«, flüsterte diese. »Da kommt sie. – Trockne rasch deine Tränen. – Da, nimm mein Taschentuch.«

Olga gehorchte, ging hinüber auf die andere Seite. Aber Alraune ten Brinken sah wohl, was geschehen war.

Sie stand in der großen Türe, in schwarzen Trikots, wie der lustige Prinz aus der Fledermaus. Sie verbeugte sich kurz, grüßte, küßte den Damen die Hände. »Nicht weinen«, lachte sie, »nicht weinen, das macht die schönen Äuglein trüb.«

Sie klatschte in die Hände, rief dem Diener zu, daß er Champagner bringen solle. Sie füllte selbst die Kelche, reichte sie den Damen und nötigte sie, zu trinken. »'s ist mal bei mir so Sitte«, trällerte sie, »chacun a son goût.«

Sie führte die Gräfin Olga zu der Chaiselongue, streichelte ihre vollen Arme. Setzte sich dann neben Frieda Gontram, schenkte ihr einen langen, lachenden

Blick. Sie blieb in ihrer Rolle, bot Cakes an und Petits fours, tropfte Peau d'Espagne aus ihrem Goldfläschchen auf die Tücher der Damen.

Und dann, plötzlich, begann sie. »Ja, nicht wahr, es ist sehr traurig, daß ich Ihnen nicht helfen kann. Es tut mir so sehr leid.«

Frieda Gontram richtete sich auf, öffnete die Lippen, mühsam genug. »Und warum nicht?« fragte sie.

»Ich habe gar keinen Grund«, antwortete Alraune. »Wirklich gar keinen! – Ich mag einfach nicht – das ist alles.« Sie wandte sich an die Gräfin: »Glauben Sie, daß die Mama sehr darunter leiden wird?« Sie schliff das: sehr – dabei zwitscherte sie süß und grausam zugleich, wie eine Schwalbe auf ihrem Jagdflug.

Die Gräfin zitterte unter ihrem Blick. »Ach nein«, sagte sie, »nicht so sehr.« Und sie wiederholte Friedas Worte: – »Sie hat ja noch ihre Bonner Villa und das Schlößchen am Rhein. Dann die Zinsen aus den ungarischen Weingärten. Und endlich bekomme ich meine russische Rente und –«

Sie stockte, mehr wußte sie nicht; sie hatte keine Ahnung von ihren Verhältnissen, wußte kaum, was Geld eigentlich war. Nur, daß man damit in schöne Läden gehen könne, Hüte zu kaufen und andere hübsche Sachen. Und dazu würde es ja wohl völlig genug sein. Sie entschuldigte sich ordentlich, es sei nur so ein Gedanke von Mama gewesen. Aber das Fräulein möge sich nur ja nicht bemühen, sie hoffe nur, daß dieser unliebsame Zwischenfall keine Trübung bringe in ihre Freundschaft –

Sie schwatzte daher, ohne nachzudenken, unvernünftig und sinnlos. Fing nicht einen der strengen Blikke der Freundin, duckte sich warm unter dem grünstrahlenden Auge des Fräulein ten Brinken, wie ein Waldhäschen in der Sonne der Kohlfelder.

Frieda Gontram wurde unruhig. Zuerst ärgerte sie sich über die ungeheure Dummheit ihrer Freundin, dann fand sie ihre Art abgeschmackt und lächerlich. Keine Fliege, dachte sie, fliegt so täppisch auf den Giftzucker. Endlich aber, je mehr Olga plauderte, je schneller unter dem Blicke Alraunens die konventionelle Schneedecke ihrer Gefühle dahinschmolz, erwachte auch in Frieda das Empfinden wieder, das zu unterdrücken sie gerade fest bestrebt war. Nun wanderten ihre Blicke hinüber, hefteten sich eifersüchtig genug auf des Prinzen Orlowski schlanke Gestalt.

Alraune bemerkte es. »Ich danke Ihnen, liebe Gräfin«, sagte sie, »das beruhigt mich ungemein, was Sie da sagen.« Sie wandte sich zu Frieda Gontram: »Der Justizrat hat mir nämlich solche Mordgeschichten von dem sicheren Ruin der Fürstin vorerzählt!«

Frieda suchte nach einem letzten Halt, gab sich gewaltsam einen Ruck. »Mein Vater hat recht gehabt.« erklärte sie schroff. »Natürlich ist der Zusammenbruch unvermeidlich. – Die Fürstin wird das Schlößchen verkaufen müssen –«

»Oh, das macht gar nichts«, erklärte die Gräfin, »wir sind ohnehin nie dort!«

»Schweig doch!« rief Frieda. Ihre Augen trübten sich, sie fühlte, daß sie ganz zwecklos für eine verlorene Sache kämpfte. »Die Fürstin wird ihren Haushalt auflösen müssen, wird sich nur sehr schwer an die veränderten Verhältnisse gewöhnen. Ob sie sich ein Auto halten kann, ist zweifelhaft; vermutlich nicht mehr.«

»Ach, wie schade!« flötete der schwarze Prinz.

»Auch Pferde und Wagen wird sie verkaufen müssen«, fuhr Frieda fort, »die Dienerschaft größtenteils entlassen –«

Alraune unterbrach sie: »Wie ist es mit Ihnen, Fräulein Gontram? Werden Sie bei der Fürstin bleiben?«

Sie stutzte bei dieser Frage, die ihr völlig unerwartet kam. »Ich –«, stammelte sie, »– ich – aber gewiß –«

Da flötete das Fräulein ten Brinken: »Sonst würde ich mich sehr freuen, wenn ich Ihnen mein Haus anbieten dürfte. Ich bin so allein, ich gebrauche Gesellschaft – kommen Sie zu mir.«

Frieda kämpfte, schwankte einen Augenblick: »Zu Ihnen – Fräulein –?«

Aber Olga warf dazwischen: »Nein, nein! Sie muß bei uns bleiben! – Sie darf meine Mutter jetzt nicht verlassen.«

»Ich war nie bei deiner Mutter.« erklärte Frieda Gontram. »Ich war bei dir.«

»Einerlei!« rief die Gräfin. »Bei mir oder ihr. – Ich will nicht, daß du hier bleibst!«

»O Verzeihung«, spottete Alraune, »ich glaubte, daß das Fräulein seinen eigenen Willen habe.«

Gräfin Olga erhob sich, alles Blut wich aus ihrem Gesicht. »Nein«, schrie sie, »nein, nein!«

»Ich nehme keinen, der nicht von selbst kommt«, lachte der Prinz, »das ist mal so Sitte bei mir. Und ich dränge auch nicht – bleiben Sie nur bei der Fürstin, wenn Sie das lieber mögen, Fräulein Gontram.« Sie trat nahe hin zu ihr, griff ihre beiden Hände. »Ihr Bruder war mein guter Freund«, sagte sie langsam, »und mein Spielkamerad. – Ich habe ihn oft geküßt –«

Sie sah, wie diese Frau, fast doppelt so alt wie sie selbst, ihre Lider senkte unter ihren Blicken, fühlte, wie ihre Hände feucht wurden unter ihrer Finger leichter Berührung. Sie trank diesen Sieg, kostete ihn aus.

»Wollen Sie hier bleiben?« flüsterte sie.

Frieda Gontram atmete schwer. Ohne den Blick zu heben, trat sie hin zu der Gräfin. »Verzeih mir, Olga«, sagte sie, »ich muß bleiben.«

Da warf sich ihre Freundin auf das Sofa, grub den Kopf in die Kissen, wand sich in hysterischem Schluchzen.

»Nein«, jammerte sie, »nein, nein!« Richtete sich auf, hob die Hand, als ob sie die Freundin schlagen wolle, lachte dann gell auf. Lief die Treppe hinab in den Garten, ohne Hut, ohne Sonnenschirm. Über den Hof und hinaus in die Gassen.

»Olga!« rief ihr die Freundin nach. »Olga! – Höre doch! Olga!«

Aber das Fräulein ten Brinken sagte: »Laß sie nur. Sie wird schon zahm werden.« – Hochmütig klang ihre Stimme.

Frank Braun frühstückte, draußen im Garten, unter dem Fliederbaum; Frieda Gontram gab ihm seinen Tee. »Es ist gewiß gut für dies Haus«, sagte er, »daß Sie da sind. Nie sieht man, daß Sie etwas tun und doch läuft alles am Schnürchen. Die Dienstboten haben eine seltsame Abneigung gegen meine Base, gefallen sich in einer passiven Resistenz. Die Leute haben keine Ahnung von sozialen Kampfmitteln, aber schon waren sie bei einer Art Sabotage angelangt. Und die offene Revolution wäre längst ausgebrochen, wenn sie nicht ein wenig Liebe zu mir hätten. Nun sind Sie im Hause – und plötzlich geht alles von selbst. – Ich mache Ihnen mein Kompliment, Frieda!«

»Danke«, erwiderte sie. »Ich bin froh, wenn ich etwas tun kann für Alraune.«

»Nur«, fuhr er fort, »werden Sie bei der Fürstin um so mehr vermißt, da geht alles drunter und drüber, seit die Bank ihre Zahlungen eingestellt hat. Da, lesen Sie meine Post!« Er schob ihr einige Briefe hinüber.

Aber Frieda Gontram schüttelte den Kopf. »Nein – entschuldigen Sie – ich will nichts lesen. Will nichts wissen von alledem.«

Er beharrte: »Sie müssen es wissen, Frieda. Wenn Sie die Briefe nicht lesen wollen, will ich Ihnen die Tatsachen kurz mitteilen. »Ihre Freundin ist aufgefunden worden –«

»Lebt sie?« flüsterte Frieda.

»Ja, sie lebt!« erklärte er. »Als sie von hier weglief, irrte sie herum, die ganze Nacht durch und den nächsten Tag. Sie muß erst hineingegangen sein ins Land auf die Berge zu. Dann im Bogen zurück an den Rhein. Fährleute sahen sie nicht weit von Remagen. Sie beobachteten sie, blieben in ihrer Nähe, da ihnen ihr Benehmen verdächtig vorkam. Und als sie den Sprung tat von der Krippe hinab, ruderten sie heran, fischten sie nach wenigen Minuten aus den Fluten. Das war gegen Mittag, vor vier Tagen. Sie brachten die heftig sich Sträubende zum Gerichtsgefängnis –«

Frieda Gontram stützte ihren Kopf in beide Arme. »Ins Gefängnis –?« fragte sie leise.

»Gewiß«, antwortete er. »Wohin hätten sie sie wohl sonst bringen sollen? Es lag auf der Hand, daß sie in Freiheit den Selbstmordversuch sofort erneuern würde – so wurde sie in Schutzhaft genommen. Dazu verweigerte sie jede Auskunft, schwieg hartnäckig. Uhr, Portemonnaie, sogar ihr Taschentuch hatte sie längst weggeworfen – und aus der Krone und den verrückten Buchstaben in ihren Wäschezeichen konnte niemand klug werden. Erst als die von Ihrem Vater veranlaßten behördlichen Recherchen eintrafen, stellte man ihre Persönlichkeit fest.«

»Wo ist sie?« fragte Frieda.

»In der Stadt«, erwiderte er. »Der Justizrat holte sie von Remagen, brachte sie in die Privatirrenanstalt des Professors Dalberg. Hier ist sein Bericht – ich fürchte, daß Gräfin Olga wohl recht lange dort wird bleiben müssen. Gestern abend ist die Fürstin eingetroffen. –

Sie, Frieda, sollten Ihre arme Freundin bald einmal besuchen, der Professor stellt fest, daß sie sehr still und ruhig ist.«

Frieda Gontram erhob sich. »Nein, nein!« rief sie. »Ich kann nicht –« Langsam ging sie über die Kieswege unter duftendem Flieder.

Frank Braun sah ihr nach. Wie eine marmorne Larve schien dies Gesicht, wie ein festes Schicksal in harten Stein geschnitten. Dann, plötzlich, fiel ein Lächeln auf die kalte Maske, wie ein leichter Sonnenstrahl, mitten durch tiefen Schatten. Ihre Lider hoben sich, ihre Augen suchten durch die Rotbuchenallee, die zum Herrenhause führte. – Und er hörte das helle Lachen Alraunes.

›Seltsam ist ihre Macht,‹ dachte er. ›Ohm Jakob hat schon recht in seines Lederbandes Meditationen.‹

Er überlegte. O ja, es war schwer sich ihr zu entziehen. Keiner wußte, was es war, und doch flogen sie alle in diese heiße Stichflamme. – Auch er? Er?

Das war gewiß: es war da etwas, das ihn reizte. Er verstand nicht recht, wie es wirkte – auf seine Sinne, auf sein Blut, oder vielleicht auf das Hirn – aber *daß* es wirkte, empfand er gut. Es war nicht wahr, daß er allein um ihrer Angelegenheiten willen noch immer da war, wegen der Prozesse und Vergleiche – nun der Fall der Mühlheimer Bank entschieden war, konnte er mit Hilfe der Anwälte recht gut alles erledigen – auch ohne persönlich hier zu sein.

Und doch war er da – immer noch. Er stellte fest, daß er sich selbst belog, daß er künstlich neue Gründe sich schuf, mit allen möglichen langwierigen Verhandlungen, um seine Abreise zu verschieben. Und es deuchte ihn fast, als ob seine Base das merke, ja, als ob ihr stiller Einfluß ihn so handeln mache.

›Ich werde morgen nach Hause fahren,‹ dachte er.

Dann sprang ihm der Gedanke in den Nacken: ›Warum denn?‹ Fürchtete er sich etwa? Hatte er Angst vor diesem zarten Kinde? Steckten ihn die Narreteien an, die sein Oheim in dem Lederbande niedergelegt hatte?

Was würde geschehen? Im schlimmsten Falle ein kleines Abenteuer! Gewiß nicht sein erstes – und sein letztes kaum! War er nicht ein ebenbürtiger Gegner, ein überlegener vielleicht? Lagen nicht auch Leichen auf dem Lebenswege, den sein Fuß schritt? – Warum sollte er fliehen?

Er schuf sie einst: er, Frank Braun. Sein war der Gedanke, und ein Instrument nur war des Onkels Hand. Sein Wesen war sie – viel mehr noch wie das der Exzellenz.

Jung war er damals, schäumend wie Most. Voll bizarrer Träume, voll himmelstürmender Phantasien; er spielte Fangball mit den Sternen. Da brach er eine seltene Frucht aus dem finsteren Urwald des Unerforschlichen, der seine wilden Schritte hemmte. Fand einen guten Gärtner, dem gab er sie. Und der Gärtner senkte den Kern in die Erde, begoß den Keim, pflegte das Reis, wartete des jungen Bäumchens.

Nun war er zurück: da leuchtete ihm sein Blütenbaum. Giftig war er sicherlich: wer unter ihm ruhte, den traf sein Hauch. Manche starben davon – viele, die lustwandelten in seinem süßen Dufte – der kluge Gärtner auch, der ihn pflegte.

Er aber war nicht der Gärtner, dem über alles sein seltener Blütenbaum lieb ward. War nicht einer der Leute, die im Garten wandelten, zufällig und unbewußt.

Er war der, der einst die Frucht brach, die den Kern gab. Seither aber war er manche Tage geritten durch die wilden Wälder des Unerforschlichen, war tief gewatet durch die schwülen Fiebersümpfe des Unbegreiflichen.

Manches heiße Gift hatte da seine Seele geatmet, manchen Pesthauch und manch grausamen Rauch sündiger Brände. Ach, es schmerzte wohl, quälte sehr und riß eiternde Schwären – aber es warf ihn nicht. Gesund ritt er von neuem unter des Himmels Dach – nun ward er sicher genug, wie in blauem Panzer aus Stahl.

O gewiß: er war immun –

Kein Kampf, ein Spiel schien es ihm nun.

Dann aber – gerade dann, wenn es nur ein Spiel war – sollte er gehen – war es nicht so? Wenn sie nur ein Püppchen war – gefährlich für alle andern, ein harmloses Spielzeug aber für seine starken Fäuste – dann war dies Abenteuer billig genug. Nur – wenn es wirklich ein Kampf war, einer mit gleich starken Waffen – nur dann war es der Mühe wert –

›Schwindel!‹ dachte er wieder. Wem erzählte er denn eigentlich diese Heldeneigenschaften? Hatte er nicht oft genug allzu sichere Siege gekostet? – Episoden?

Nein, es war nicht anders, wie es stets war. Kannte man jemals des Gegners Kräfte? War nicht der kleinen Giftwespe Stich weit gefährlicher, wie des Kaimans Rachen, dem seine Winchesterbüchse in sicherem Arm gegenüberlag?

Er fand nicht heraus, lief herum im Kreise, wie er sich auch drehte. Kam immer zu dem Punkte: Bleibe!

– »Guten Morgen, Vetter«, lachte Alraune ten Brinken. Sie stand dicht vor ihm, neben Frieda Gontram.

»Guten Morgen«, antwortete er kurz. »Lies die Briefe da. – Es würde dir nichts schaden, wenn du dir ein wenig überlegen wolltest, was du da wieder angestellt hast. – Es wäre Zeit, die Narrheiten zu lassen, etwas Vernünftigeres zu tun, etwas, das der Mühe wert wäre.«

Sie sah ihn scharf an. »So?« sagte sie, jedes Wort lang dehnend: »Und was, meinst du, wäre wohl der Mühe wert?«

Er erwiderte nichts – da er keine Antwort wußte im Augenblick. Er erhob sich, zuckte mit den Achseln und ging in den Garten. Hinter ihm scholl ihr Gelächter.

»Schlechter Laune, Herr Vormund?«

Am Nachmittage saß er in der Bibliothek. Irgendwelche Akten lagen vor ihm, die gestern Rechtsanwalt Manasse geschickt hatte. Aber er las sie nicht. Starrte in die Luft, rauchte hastig eine Zigarette nach der andern.

Dann zog er die Schublade auf, nahm wieder einmal des Geheimrats Lederband heraus. Las, langsam und genau, dachte nach über jedes kleine Geschehnis.

Es klopfte, rasch trat der Chauffeur ein. »Herr Doktor«, rief er, »die Fürstin Wolkonski ist da. Sie ist sehr aufgeregt, schrie nach dem Fräulein, noch aus dem Wagen heraus. Aber wir dachten, daß es vielleicht besser wäre, wenn Sie sie zuerst empfingen – so bringt sie der Aloys hierher.«

»Recht so!« sagte er. Sprang auf, ging der Fürstin entgegen. Sie schob sich mühsam durch die schmale Tür, wälzte ihre Massen in den halbdunklen Saal, dessen grüne Holzläden die Sonne nur spärlich einließen. »Wo ist sie?« keuchte sie. »Wo ist das Fräulein?«

Er reichte ihr die Hand, führte sie zum Diwan. Sie erkannte ihn wohl, nannte seinen Namen, aber sie dachte nicht daran, sich auf irgendein Gespräch mit ihm einzulassen.

»Fräulein Alraune suche ich«, schrie sie, »schaffen Sie das Fräulein her!« Sie gab nicht eher Ruhe, bis er dem Diener schellte und ihm Auftrag gab, dem Fräulein den Besuch der Fürstin zu melden, dann erst schenkte sie ihm Gehör.

Er fragte sie nach dem Befinden ihres Kindes und die Fürstin erzählte ihm mit einem ungeheuren Wortschwall, wie sie ihre Tochter angetroffen habe. Nicht einmal erkannt habe die ihre Mutter, still und apathisch habe sie am Fenster gesessen und hinausgesehen in den Garten. Es sei die frühere Klinik des Geheimrats, dieses Betrügers, die nun Professor Dalberg zur Nervenheilanstalt umgewandelt habe. Dasselbe Haus, in dem diese –

Er unterbrach sie, schnitt ihren Redefluß ab. Ergriff schnell ihre Hand, beugte sich nieder, blickte mit geheucheltem Interesse auf ihre Ringe. »Verzeihen Durchlaucht«, rief er rasch, »Woher stammt dieser wundervolle Smaragd? Ein Kabinettstück geradezu!«

»Es ist ein Knopf von der Magnatenmütze meines ersten Mannes.« erwiderte sie. »Ein altes Erbstück.« Sie schickte sich an, weiterzureden, aber er ließ sie nicht zu Worte kommen.

»Es ist ein Stein von ungewöhnlicher Reinheit!« beteuerte er. »Und von seltener Größe! Einen ähnlichen sah ich nur in dem Marstalle des Maharadscha von Rolinkore – er hatte ihn seinem Lieblingspferde als linkes Auge eingesetzt. Als rechtes trug es einen birmanischen Rubin, der nur wenig kleiner war.« Und er erzählte von der Liebhaberei indischer Fürsten, ihren schönen Pferden die Augen auszustechen und ihnen dafür Glasaugen oder große Cabochons einzusetzen.

»Es klingt grausam«, sagte er, »aber ich versichere Sie, Durchlaucht, die Wirkung ist verblüffend, wenn Sie so ein herrliches Tier sehen, das Sie mit starren Alexandritaugen ansieht oder Ihnen Blicke zuwirft aus tiefblauen Sternsaphiren.«

Und er sprach von Steinen; er erinnerte sich gut aus seiner Studentenzeit, daß sie von Juwelen und Perlen etwas verstand und daß das im Grunde das einzigste war, das sie wirklich interessierte. Sie gab ihm Antwort; rasch erst und abgerissen, wurde dann ruhiger mit jeder Minute. Zog ihre Ringe ab, zeigte sie ihm der Reihe nach, erzählte ihm von jedem eine kleine Geschichte.

Er nickte, tat aufmerksam genug. ›Nun mag die Base kommen,‹ dachte er, ›der erste Sturm ist vorbei.‹

Aber er irrte sich. Alraune kam; lautlos öffnete sie die Tür. Schritt leise über den Teppich, setzte sich dann in einen Sessel, ihnen gegenüber.

»Ich bin *so* froh, Sie zu sehen, Durchlaucht«, flötete sie.

Die Fürstin schrie auf, jappte nach Atem. Schlug ein großes Kreuz, dann noch ein zweites auf orthodoxe Art.

»Da ist sie«, stöhnte sie, »da sitzt sie!«

»Ja«, lachte Alraune, »wirklich und lebendig!«

Sie stand auf, streckte der Fürstin die Hand hin. »Es tut mir so leid«, fuhr sie fort. »Mein aufrichtiges Mitleid, Durchlaucht!«

Die Fürstin nahm ihre Hand nicht. Eine Minute lang war sie sprachlos, keuchte, rang nach Fassung. Dann aber fand sie sich wieder. »Ich brauche dein Mitleid nicht!« rief sie. »Ich habe mit dir zu sprechen.«

Alraune setzte sich, winkte leicht mit der Hand. »Bitte sprechen Sie, Durchlaucht.«

Nun begann die Fürstin. Ob das Fräulein wisse, daß sie ihr Vermögen verloren habe durch die Manipulationen der Exzellenz? Aber natürlich wisse sie es ja, alle die Herren hätten ihr ja haarklein erzählt, was sie hätte tun müssen – sie aber habe sich geweigert, ihre Pflicht zu erfüllen! Ob sie wisse, was mit ihrer Tochter geschehen sei? Sie erzählte, wie sie sie gefunden habe in der Anstalt, und was die Meinung der Ärzte sei. Immer erregter wurde sie, immer höher und kreischender schwoll ihre Stimme.

Sie wisse das alles genau, erklärte Alraune ruhig.

Die Fürstin fragte: was sie nun zu tun gedenke? Ob sie etwa die Absicht habe in die schmutzigen Fußstapfen ihres Vaters zu treten? Oh, der sei ein sauberer Gauner gewesen, in keinem Romane könne man einen geriebeneren Lumpen finden. Nun habe er ja seinen Lohn. Sie beharrte nun bei der Exzellenz, schrie alles laut heraus, wie es ihrer Zunge gefiel. – Sie nahm an, daß der plötzliche Anfall Olgas auf das Fehlschlagen ihrer Mission zurückzuführen sei, sowie darauf, daß ihr Alraune die langjährige Freundin abspenstig gemacht habe. Und sie glaubte, daß, wenn das Fräulein jetzt helfen wurde, nicht nur ihr Vermögen gerettet sei, sondern durch diese Nachricht auch ihr Kind.

»Ich bitte nicht«, schrie sie »ich fordere. Ich verlange mein Recht. Du hast das Unrecht begangen, du, mein eigenes Patenkind, und dein Vater! Mach es nun wieder gut, soweit das möglich ist. Es ist eine Schande, daß ich dir das erst sagen muß – aber du wolltest es ja nicht anders.«

»Was soll ich noch retten?« sagte Alraune leise. »Soviel ich weiß, ist die Bank bereits vor drei Tagen zusammengebrochen. Da ist Ihr Geld futsch, Durchlaucht!« Sie pfiff es: pfffutsch – man hörte, wie die Banknoten in alle Winde flatterten.

»Das macht nichts!« erklärte die Fürstin. »Der Justizrat sagte mir, daß es nicht ganz zwölf Millionen seien, die dein Vater in dieser elenden Bank von meinem Gelde investierte. Du wirst mir einfach diese zwölf Millionen geben – von deinem Gelde. Dir macht es so nichts aus – das weiß ich gut!«

»Ach?« machte Fräulein ten Brinken. »Befehlen Sie sonst noch etwas, Durchlaucht?«

»Allerdings«, rief die Fürstin. »Du wirst Fräulein Gontram mitteilen, daß sie gleich dein Haus zu verlassen hat. Sie soll sofort mit mir zu meiner armen Tochter fahren, ich verspreche mir von ihrer Gegenwart, und besonders wenn sie ihr die Mitteilung bringt, daß diese leidige Vermögensangelegenheit geregelt ist, eine sehr günstige Wirkung für die Gräfin – vielleicht eine plötzliche Heilung. Ich werde Fräulein Gontram keinerlei Vorwürfe über ihr undankbares Benehmen machen, und auch dir gegenüber verzichte ich darauf, dein Verhalten weiter zu kennzeichnen. Nur wünsche ich, daß die Angelegenheit sogleich in Ordnung gebracht wird.«

Sie schwieg, holte tief Atem nach der gewaltigen Anstrengung dieser langen Rede. Sie nahm ihr Taschentuch, fächelte sich, wischte die dicken Schweißtropfen ab, die von ihrem hochroten Gesichte perlten.

Alraune erhob sich ein wenig, machte eine leichte Verbeugung. »Durchlaucht sind zu gütig«, flötete sie.

Dann schwieg sie. Die Fürstin wartete eine Weile; fragte endlich: »Nun?«

»Nun?« gab das Fräulein zurück in demselben Tonfalle.

»Ich warte –« rief die Fürstin.

»Ich auch –« sagte Alraune.

Die Fürstin Wolkonski rutschte hin und her auf dem Diwan, dessen alte Federn sich tief bogen unter ihrer Fülle. Eingepreßt in ihre gewaltige Corsage, die immer noch in die mächtigen Fleischmassen eine Art Figur einschnitt, war sie schwer und schleppend in ihren Bewegungen. Ihr Atem ging kurz, unwillkürlich leckte ihre dicke Zunge die trockenen Lippen.

»Darf ich Ihnen ein Glas Wasser bringen lassen, Durchlaucht?« zwitscherte das Fräulein.

Sie tat, als hörte sie nicht. »Was gedenkst du nun zu tun?« fragte sie feierlich.

Und unendlich einfach sprach Alraune: »Gar nichts.«

Die alte Fürstin starrte sie an mit runden Kuhaugen, als verstände sie gar nicht, was dieses junge Ding da meine. Schwerfällig erhob sie sich, tat ein paar Schritte, ließ die Blicke umherschweifen, als suchte sie etwas. Frank Braun stand auf, nahm die Wasserkaraffe vom Tische, schenkte ein Glas ein, reichte es ihr. Sie trank es gierig.

Auch Alraune war aufgestanden. »Ich bitte mich zu entschuldigen, Durchlaucht«, sagte sie. »Darf ich Fräulein Gontram von Ihnen grüßen?«

Die Fürstin ging auf sie zu, siedend, zum Platzen voll von verhaltener Wut.

›Nun zerspringt sie.‹ dachte Frank Braun.

Aber sie fand die Worte nicht, suchte vergeblich nach einem Anfang. »Sag ihr«, keuchte sie, »sag ihr, daß sie mir nie wieder vor die Augen kommen soll! Ein Frauenzimmer ist sie – nicht besser wie du!«

Sie stampfte mit schweren Schritten durch den Saal, fauchend, schwitzend, die mächtigen Arme in der Luft schwingend. Da fiel ihr Blick auf die offene Schublade, sie sah das Halsband, das sie einst dem Patenkinde schenkte: Goldketten mit Brillanten und Schnüre großer Perlen um die brandrote Haarlocke der Mutter. Ein Zug triumphierenden Hasses flog über ihr verschwommenes Gesicht, rasch riß sie das Halsband heraus.

»Kennst du das?« schrie sie.

»Nein«, sagte Alraune ruhig, »ich habe es noch nie gesehen.«

Die Fürstin trat dicht vor sie hin: »So hat der Schuft von Geheimrat es dir unterschlagen – das sieht ihm ähnlich genug! Es war mein Patengeschenk für dich, Alraune!«

»Danke«, sagte das Fräulein. »Die Perlen scheinen recht hübsch zu sein, und die Steine auch – wenn sie echt sind.«

»Sie sind echt!« schrie die Fürstin. »Sie sind so echt, wie die Haare, die ich deiner Mutter abschnitt!« Sie warf das Halsband dem Fräulein in den Schoß.

Alraune nahm das sonderbare Schmuckstück, wog es prüfend in der Hand. »Meiner – Mutter?« sagte sie langsam. »Sie hatte sehr schöne Haare, die Mutter, scheint es.«

Die Fürstin stellte sich breit hin, stemmte die Hände fest in die Hüften. Ihrer Sache sicher, wie ein Waschweib. »Sehr schöne Haare«, lachte sie, »sehr schöne! So schöne, daß alle Männer ihr nachliefen und ihr einen ganzen Taler bezahlten, um eine Nacht zu schlafen bei diesen schönen Haaren!«

Das Fräulein sprang auf, einen Augenblick wich ihr das Blut aus dem Gesicht. Aber sie lächelte gleich wieder, sagte ruhig und höhnisch: »Sie werden alt, Durchlaucht, alt und kindisch.«

Das war das Ende, nun gab es kein Zurück mehr für die Fürstin. Sie brach los, ordinär, unendlich schamlos wie eine trunkene Bordellwirtin. Schrie, überschlug sich, heulte, goß ihre Nachttöpfe unflätiger Reden. Eine Hure sei Alraunens Mutter gewesen, eine der niedrigsten Sorte, die um Markstücke sich verschachert habe. Und ein elender Lustmörder der Vater, Noerrissen sei sein Name gewesen, sie wisse es wohl. Für Geld habe der Geheimrat die Dirne gekauft zu seinem schuftigen Experiment, habe sie befruchtet mit dem Samen des Hingerichteten. Sie sei dabei gewesen, sie selbst, wie er der Mutter den eklen Samen eingespritzt habe, dessen stinkende Frucht sie sei – sie, Alraune, die da vor ihr sitze! Eines Mörders Tochter und einer Dirne Kind!

Das war ihre Rache. Sie ging hinaus, triumphierend, leichten Schritts, geschwollen von dem Stolze ihres Sieges, der sie um zehn Jahre verjüngte. Schlug die Türe krachend ins Schloß.

– Nun war es still in der weiten Bibliothek.

Alraune saß in ihrem Sessel, schweigend, ein wenig bleich. Nervös spielten ihre Hände mit dem Halsbande, ein leichtes Zucken spielte um ihre Lippen.

Endlich erhob sie sich. »Dummes Zeug«, flüsterte sie.

Sie machte ein paar Schritte, dann besann sie sich. Trat hin zu ihrem Vetter.

»Ist es wahr, Frank Braun?« fragte sie.

Er zögerte einen Augenblick. Stand auf, sagte langsam: »Ich glaube, daß es wahr ist.« Er trat hin zum Schreibtisch, nahm den Lederband, reichte ihn ihr hin.

»Lies das.« sagte er.

Sie sprach kein Wort, wandte sich zum Gehen.

»Nimm auch das mit.« rief er ihr nach. Und er reichte ihr den Knobelbecher, der aus ihrer Mutter Schädel, und die Würfel, die aus ihres Vaters Knochen gefertigt waren.

Vierzehntes Kapitel,

das verzeichnet, wie Frank Braun mit dem Feuer spielte und wie ALRAUNE erwachte

An diesem Abende kam das Fräulein nicht zum Essen, ließ sich von Frieda Gontram nur ein wenig Tee und ein paar Cakes hinaufbringen. Frank Braun wartete auf sie eine Weile, hoffte, daß sie vielleicht später noch herunterkommen würde. Dann ging er in die Bibliothek, nahm unlustig die Akten vom Schreibtisch auf. Aber er konnte sich nicht recht hineinlesen, klappte sie wieder zu, entschloß sich zur Stadt zu fahren. Vorher entnahm er der Schublade noch die letzten kleinen Erinnerungen: das Stückchen der Seidenschnur, die durchschossene Karte mit dem Kleeblatte und endlich das Alraunmännlein. Er packte alles zusammen, siegelte dann das braune Papier, ließ das Paketchen dem Fräulein hinaufbringen. Er schrieb kein Wort hinzu – alle Erklärungen würde sie ja in dem Lederbande finden, der ihre Initialen trug.

Dann klingelte er dem Chauffeur, fuhr in die Stadt. Wie er erwartet hatte, traf er Herrn Manasse in dem kleinen Weinhause am Münsterplatze; bei ihm war Stanislaus Schacht. Er setzte sich zu ihnen, begann zu plaudern. Er vertiefte sich mit dem Rechtsanwalt in einige Rechtsfragen, erörterte das Für und Wider bei diesem und jenem Prozeß. Sie beschlossen, einige zweifelhafte Sachen allein dem Justizrat zu überlassen, der sie schon zu irgendeinem annehmbaren Vergleich führen würde, bei anderen wieder glaubte Manasse bestimmt ein obsiegendes Urteil zu erreichen. In manchen Fällen schlug Frank Braun vor, ruhig ein Anerkenntnisurteil hinnehmen zu wollen, aber Manasse widersprach. Nur nicht anerkennen – und wenn des Gegners Verlangen sonnenklar war und hundertmal berechtigt! Er war der gradeste und ehrlichste Anwalt beim Landgericht, einer, der seinem Klienten gewiß stets alle Wahrheit ins Gesicht sagte und vor der Barre wohl schwieg, nie aber log – und doch war er viel zu sehr Jurist, um nicht einen eingefleischten Haß gegen jede Anerkennung zu haben.

»Es erhöht uns nur die Kosten«, wandte Frank Braun ein.

»Wenn schon!« kläffte der Rechtsanwalt. »Was macht das bei den Objekten!? – Und ich sage Ihnen: man kann nie wissen. – Irgendeine Chance hat man immer noch.«

»Eine juristische – vielleicht –« antwortete Frank Braun – »aber –« Er schwieg: anderes gab es ja nicht für den Anwalt. Das Gericht sprach Recht – darum war das Recht, wie es eben entschied. Heute so freilich – und ganz anders nach ein paar Monaten in der höheren Instanz. Dennoch: das Gericht gab schließlich das Urteil, das dann heilig war – und nicht die Partei tat es. Anerkenntnisnehmen aber hieß selbst Urteil sprechen, hieß dem Gerichte vorgreifen. Manasse aber war Anwalt, war ganz Partei: und wie er den Richter parteilos wünschte, so war es ihm ein Greuel, wenn er selbst ein Urteil nehmen sollte oder geben für seine Partei.

Frank Braun lächelte. »Wie Sie wollen«, sagte er.

Er sprach mit Stanislaus Schacht, ließ sich von dessen Freunde Dr. Mohnen erzählen und von all den andern, die damals hier waren, als er studierte. Ja, der Joseph Theyssen war nun lange schon Regierungsrat und der Klingelhöffer war Professor in Halle – der würde wohl nächstens den neuen Lehrstuhl für Anatomie hier bekommen. Und der Fritz Langen – und der Bastian – und –

Frank Braun hörte zu, blätterte in diesem lebenden Gotha der Universität, der alle Personalien kannte. »Sind Sie immer noch immatrikuliert?« fragte er.

Stanislaus schwieg, ein wenig gekränkt. Aber der Rechtsanwalt bellte: »Was? Das wissen Sie nicht? Er hat ja sein Doktorexamen gemacht – – vor fünf Jahren schon!«

Schon – vor fünf Jahren schon! Frank Braun rechnete nach. Das mußte also in seinem fünfundvierzigsten, nein, im sechsundvierzigsten Semester geschehen sein.

»Also doch!« sagte er. Er erhob sich, streckte ihm die Hand hin, die der andere kräftig schüttelte. »Da erlauben Sie mir, Ihnen zu gratulieren, Herr Doktor!« fuhr er fort. – »Aber – sagen Sie mir – was fangen Sie denn nun eigentlich an?«

»Ja, wenn er das wußte!« rief der Rechtsanwalt.

Dann kam Kaplan Schröder, Frank Braun trat auf ihn zu, ihn zu begrüßen –

»Auch einmal wieder im Lande?« rief der Schwarzrock. »Das muß man feiern!«

»Ich bin der Wirt«, erklärte Stanislaus Schacht. »Er muß mit mir auf meinen Doktorhut anstoßen.«

»Und mit mir auf meine neue Vikarswürde«, lachte der Geistliche, »also teilen wir uns in die Ehre, wenn's Ihnen recht ist, Dr. Schacht.«

Sie einigten sich und der weißhaarige Vikar bestellte dreiundneunziger Scharzhofberger, den das Weinhaus durch seine Vermittlung bekommen hatte.

Er prüfte den Wein, nickte befriedigt, stieß an mit Frank Braun. »Sie haben's gut«, sagte er, »stecken die Nase in alle unbekannten Meere und Länder, man liest es ja in den Blättern. – Unsereins muß zu Hause sitzen, sich damit trösten, daß an der Mosel immer noch ein guter Wein wächst. – Die Marke da bekommen Sie draußen gewiß nicht!«

»Die Marke schon«, antwortete er, »aber den Wein nicht. – Nun, Hochwürden, was treiben Sie sonst?«

»Was soll ich treiben?« erwiderte der Geistliche. »Man ärgert sich eben: immer preußischer wird's an unserm alten Rhein. Da schreibt man zur Erholung faule Stücke für den Tünnes und den Bestevader, für den Schäl und den Speumanes und die Marizzebill. Den ganzen Plautus und den Terenz hab ich schon ausgeplündert für Peter Millowitschs Kölner Hänneschen-Theater – nun bin ich bei Holberg. Und denken Sie, der Kerl – Herr Direktor nennt er sich heute – bezahlt mir jetzt sogar Honorare – auch so eine preußische Erfindung.«

»Freuen Sie sich doch!« knurrte Rechtsanwalt Manasse. »Übrigens hat er eine Arbeit über Jamblichos herausgegeben«, wandte er sich an Frank Braun, »und ich sage Ihnen, es ist ein ganz vorzügliches Buch.«

»Nicht der Rede wert«, rief der alte Vikar. »Nur ein kleiner Versuch –«

Stanislaus Schacht unterbrach ihn. »Gehen Sie doch!« sagte er. »Ihre Arbeit ist grundlegend für das ganze Wesen der alexandrinischen Schule, Ihre Hypothese über die Emanationslehre der Neoplatoniker –«

Er ging los, dozierte, wie ein streitbarer Bischof auf dem Konzil. Machte hie und da einige Bedenken, meinte, daß es nicht richtig sei, daß der Verfasser sich so ganz auf den Boden der drei kosmischen Prinzipien gestellt habe, wenn es ihm auch vielleicht nur so habe gelingen können, den Geist Porphyrs und seiner Schüler völlig zu erfassen. Manasse mischte sich ein, endlich auch der Vikar. Und sie stritten, als ob es nichts Wichtigeres gäbe auf der weiten Welt, als diesen seltsamen

Monismus der Alexandriner, der doch im Grunde nichts war, als eine mystische Selbstvernichtung des Ichs, durch Ekstase, Askese und Theurgie.

Schweigend hörte Frank Braun zu. ›Das ist Deutschland,‹ dachte er, ›das ist mein Land.‹ – Vor einem Jahre, fiel ihm ein, hatte er in einer Bar gesessen, irgendwo in Melbourne oder Sidney – drei Männer waren mit ihm, ein Oberrichter, ein Bischof der Hochkirche und ein berühmter Arzt. Die disputierten und stritten nicht minder eifrig, wie die drei, die nun bei ihm saßen – aber es handelte sich darum, wer der bessere Boxer sei: Jimmy Walsh aus Tasmanien oder der schlanke Fred Costa, der Champion von Neu-Süd-Wales.

Hier aber saß ein kleiner Rechtsanwalt, der noch immer beim Justizrat übergangen wurde, saß ein Geistlicher, der närrische Stücke für die Puppenbühne schrieb, der wohl ein paar Titel, aber nie eine Pfarre hatte, saß endlich der ewige Student Stanislaus Schacht, der mit einigen vierzig Jahren glücklich seinen Doktor gemacht hatte und nun nicht mehr wußte, was er mit sich anfangen sollte. Und diese drei kleinen Schlucker sprachen über die gelehrtesten, weltfernsten Dinge, die dazu nicht das geringste mit ihrem Berufe zu tun hatten, sprachen mit derselben Leichtigkeit, mit derselben Sachlichkeit, mit der sich die Herren in Melbourne über einen Boxmatch unterhielten. Oh, ganz Amerika und ganz Australien konnte man durchsieben und dazu neun Zehntel von Europa – und man würde nicht eine solche Fülle von Wissen finden –

›Nur – es ist tot,‹ seufzte er. ›Es ist längst verstorben und riecht nach Verwesung – freilich, die Herren merken es nicht!‹

Er fragte den Vikar, wie es seinem Pflegesohne ginge, dem jungen Gontram. Sogleich unterbrach sich Rechtsanwalt Manasse.

»Ja, erzählen Sie, Hochwürden, deshalb bin ich ja gerade hergekommen. Was schreibt er?«

Vikar Schröder knüpfte den Rock auf, zog seine Brieftasche heraus und entnahm ihr einen Brief. »Da, lesen Sie selbst!« sagte er. »Sehr tröstlich klingt's nicht!« Er reichte das Kuvert dem Rechtsanwalt.

Frank Braun warf einen raschen Blick auf den Poststempel. »Aus Davos?« fragte er. »So ward ihm doch seiner Mutter Erbteil?«

»Leider«, seufzte der alte Geistliche. »Und er war ein so frischer, guter Junge, der Josef! Eigentlich gar nicht zum Geistlichen geschaffen, – ich hätte ihn, weiß Gott, was anderes studieren lassen, ob ich auch selbst den schwarzen Rock trage, wenn ich's nicht seiner Mutter versprochen hätte auf dem Totenbette. Übrigens würde er schon seinen eigenen Weg gegangen sein, so wie ich auch – ich sag Ihnen: summa cum laude hat er sein Doktorexamen gemacht! Ich bekam alle Dispense für ihn beim Erzbischof, der mir persönlich ja sehr wohlwill. Bei der Arbeit über Jamblichos hat er mir tüchtig geholfen – ja aus ihm könnte etwas werden! Nur – leider –«

Er stockte, leerte langsam sein Glas. »Kam es so plötzlich, Hochwürden?« fragte Frank Braun.

»Das kann man wohl sagen«, antwortete der Geistliche. »Den ersten Anstoß gab gewiß eine seelische Impression: der plötzliche Tod seines Bruders Wolf. Sie hätten den Josef sehen sollen, draußen auf dem Friedhof; er wich nicht von meiner Seite, während ich meine kleine Rede hielt, starrte auf einen gewaltigen Kranz blutroter Rosen, der auf dem Sarge lag. Er hielt sich aufrecht, bis die Feier beendet war, dann aber fühlte er sich so schwach, daß wir ihn förmlich tragen mußten, Schacht und ich. Im Wagen schien er besser, aber zu Hause bei mir wurde er wieder ganz apathisch. Und das einzige, das ich an diesem Abend aus ihm herausholen konnte, war: daß er nun der Letzte sei von den Gontrambuben und daß jetzt er an der Reihe sei. Und diese Apathie wich nicht mehr, er blieb von Stund an überzeugt, daß seine Tage gezählt seien, obwohl die Professoren nach sehr eingehender Untersuchung mir eigentlich im Anfang recht viel Hoffnung machten. Dann ging es rapid, von Tag zu Tag konnte man den Verfall feststellen. – Nun haben wir ihn nach Davos geschickt – aber es scheint, daß das Lied bald aus ist.«

Er schwieg, dicke Tränen standen in seinen Augen. – »Seine Mutter war zäher«, brummte der Rechtsanwalt, »die lachte sechs Jahre lang dem Klappermann ins Gesicht.«

»Gott schenke ihrer Seele ewigen Frieden«, sagte der Vikar und füllte die Gläser. »Trinken wir auf sie einen stillen Schluck – in memoriam.«

Sie hoben die Gläser und leerten sie. »Nun ist er bald ganz allein, der alte Justizrat«, bemerkte Dr. Schacht. »Nur seine Tochter scheint völlig gesund zu sein – sie ist die einzige, die ihn einmal überleben wird.«

Der Rechtsanwalt knurrte: »Die Frieda? – Nein, das glaub ich nicht.«

»Und warum nicht?« fragte Frank Braun.

»Weil – weil –« begann er. »Ach, warum soll ich's nicht sagen!?« Er sah ihn an, bissig, wütend, als wolle er ihm an die Kehle fahren. »Warum die Frieda nicht alt werden wird, wollen Sie wissen? – Ich will's Ihnen sagen: weil sie nun ganz in den Klauen steckt – von der verdammten Hexe da draußen! – Darum nicht – nun wissen Sie's!«

›Hexe‹ – dachte Frank Braun, ›er nennt sie Hexe, so wie es Ohm Jakob tut in seinem Lederbande.‹ »Wie meinen Sie das, Herr Rechtsanwalt?« fragte er.

Und Manasse bellte: »Genau, wie ich's sage. – Wer dem Fräulein ten Brinken zu nahe kommt – der klebt fest, wie die Fliege im Sirup; und wer einmal festklebt bei ihr – der erstickt und da nützt kein Zappeln! – Nehmen Sie sich in acht, Herr Doktor, ich warne Sie! Es ist undankbar genug – so zu warnen, ich hab's schon einmal getan – ohne jeden Erfolg – bei dem Wölfchen. – Jetzt sind Sie daran – fliehen Sie fort, solange es noch Zeit ist. Was wollen Sie auch noch hier? – Es sieht mir gerade so aus, als ob Sie schon leckten von ihrem Honig!«

Frank Braun lachte, aber es klang ein wenig gewollt. »Meinetwillen kein Grund zur Angst, Herr Rechtsanwalt!« rief er. – Aber er überzeugte den andern nicht – und weniger noch sich selbst.

Sie saßen und tranken. Tranken auf den Doktorhut Schachts und auf die Vikarswürde des Geistlichen. Tranken auch auf das Wohlergehen Karl Mohnens, von dem keiner mehr etwas gehört hatte, seit er die Stadt verließ. »Er ist verschollen.« sagte Stanislaus Schacht; dann wurde er sentimental und sang gefühlvolle Lieder.

Frank Braun empfahl sich. Ging zu Fuße hinaus nach Lendenich, durch die duftenden Frühlingsbäume – wie in alter Zeit.

Er kam über den Hof, da sah er Licht in der Bibliothek. Er ging hinein – Alraune saß auf dem Diwan.

»Du hier, Mühmchen?« grüßte er. »So spät noch auf?«

Sie antwortete nicht, winkte ihm mit der Hand Platz zu nehmen. Er setzte sich ihr gegenüber, wartete. Aber sie schwieg und er drängte sie nicht.

Endlich sagte sie: »Ich wollte mit dir sprechen.« Er nickte, aber sie schwieg wieder.

So begann er: »Du hast den Lederband gelesen?«

»Ja.« sagte sie. Sie holte tief Atem, sah ihn an. »Ich bin also nur ein – ein Witz, den du einmal machtest, Frank Braun?«

»Ein Witz –?« wandte er ein. »Ein – Gedanke, wenn du willst –«

»Also gut, ein Gedanke«, sagte sie. »Was liegt an dem Wort? – Was ist ein Witz anderes als ein lustiger Gedanke? Und ich meine – er war lustig genug.« Sie lachte hell auf. »Aber nicht darum warte ich hier auf dich; ich will etwas anderes von dir wissen. Sag mir: glaubst du daran?«

»Woran soll ich glauben?« antwortete er. »Ob alles so war, wie es der Onkel erzählt in dem Lederband? Ja, das glaub ich wohl.«

Sie schüttelte ungeduldig den Kopf. »Nein, das meine ich nicht. Natürlich ist es so – warum sollte er lügen in diesem Bande? – Ich will wissen, ob du auch glaubst – so wie das mein – mein – also: dein Onkel tat – daß ich ein anderes Wesen bin, wie andere Menschen, daß ich – nun, das bin, was mein Name bedeutet?«

»Wie soll ich dir diese Frage beantworten?« sagte er. »Frag einen Physiologen – der wird dir sicher erwidern, daß du genau so gut ein Mensch bist wie jeder andere auf der Welt, wenn auch dein Debüt hier ein etwas ungewöhnliches war. – Wird hinzufügen, daß alle die Geschehnisse reine Zufälligkeiten waren, Nebensächlichkeiten, die –«

»Das geht mich nichts an«, unterbrach sie. »Für deinen Onkel wurden diese Nebensächlichkeiten zur Hauptsache. Es ist auch im Grunde wohl gleichgültig, ob sie das waren, oder nicht. Ich will von dir wissen: teilst du diese Ansicht? Glaubst du auch, daß ich ein besonderes Wesen sei?«

Er schwieg, suchte nach einer Antwort; wußte nicht, was er erwidern sollte. Er glaubte es wohl – und glaubte es doch wieder nicht –

»Siehst du –« begann er endlich.

»Sprich doch«, drängte sie. »Glaubst du: daß ich dein frecher Witz bin – der dann Formen annahm? Dein Gedanke, den der alte Geheimrat in seinen Tiegel warf, den er kochte und destillierte, bis das daraus wurde, was nun vor dir sitzt?«

Diesmal besann er sich nicht. »Wenn du es so fassest: Ja, das glaube ich.«

Sie lachte leicht auf. »Ich dachte es mir wohl. – Und darum wartete ich auf dich, heute nacht, um dich, so bald wie möglich, von diesem Hochmut zu heilen. Nein, Vetter, du warfst nicht diesen Gedanken in die Welt, du nicht – so wenig, wie der alte Geheimrat es tat.«

Er verstand sie nicht: »Wer denn sonst?« fragte er.

Sie griff mit der Hand unter die Kissen. »Das da!« rief sie. Sie warf das Alräunchen leicht in die Luft, fing es wieder auf. Streichelte es zärtlich mit nervösen Fingern.

»Das da? Warum das da?« fragte er.

Sie gab zurück: »Dachtest du je früher daran – vor dem Tage, als Justizrat Gontram die Kommunion der beiden Kinder feierte?«

»Nein«, erwiderte er, »gewiß nicht.«

»Dann aber sprang dies Ding von der Wand herab: da kam dir der Gedanke! – Ist es nicht so?«

»Ja«, bestätigte er, »so war es.«

»Nun wohl«, fuhr sie fort, »so kam er von außen zu dir hin, irgendwoher. Als der Rechtsanwalt Manasse seine Rede hielt, als er wie ein gelehrtes Buch schwatzte, euch auseinandersetzte, was dies Alräunchen sei und was es bedeute – da wuchs die Idee in deinem Hirn. Ward groß und stark, so stark, daß du die Kraft fandest, sie deinem Onkel zu suggerieren, ihn zu bestimmen, sie auszuführen: mich zu schaffen. Wenn es also stimmt, Frank Braun, daß ich ein Gedanke bin, der in die Welt kam und Menschenform annahm, so bist du nur ein vermittelndes Werkzeug – nicht mehr, wie der Geheimrat oder sein Assistenzarzt, nicht anders wie –« Sie stockte, schwieg.

Nur einen Augenblick. Dann fuhr sie fort: »– wie die Dirne Alma und der Raubmörder, die ihr zusammenkuppeltet – ihr und – der Tod!«

Sie legte das Alräunchen auf die Seidenkissen, sah es an mit fast innigen Blicken. Und sie sagte: »Du bist mein Vater, du bist meine Mutter. Du bist das, was mich schuf.«

Er schaute ihr zu. ›Vielleicht ist es so,‹ dachte er. ›Die Gedanken wirbeln durch die Lüfte, wie der Blütenstaub, spielen herum, senken sich endlich in irgendeines Menschen Hirn. Oft verkümmern sie dort, verdorren und sterben – O wenige nur finden einen guten Nährboden. – Vielleicht hat sie recht,‹ dachte er. ›Mein Hirn war immer eine gut gedüngte Pflanzstätte für alle Narrheiten und krausen Phantasien.‹ Und es schien ihm gleichgültig, ob er einst dieses Gedankens Samen in die Welt warf – oder ob er die fruchtbare Erde war, die ihn aufnahm.

Aber er schwieg, ließ sie bei ihren Gedanken. Blickte sie an: ein Kind, das mit seinem Püppchen spielte.

Sie erhob sich langsam, ließ das häßliche Männlein nicht aus den Händen.

»Ich wollte dir noch etwas sagen«, sprach sie leise. »Zum Danke dafür, daß du mir den Lederband gabst und ihn nicht verbranntest.«

»Was ist es?« fragte er.

Sie unterbrach sich. »Soll ich dich küssen?« fragte sie. »Ich kann küssen –«

»Das wolltest du sagen, Alraune?« sagte er.

Sie erwiderte: »Nein, das nicht! – Ich dachte nur: dann könnte ich dich auch einmal küssen. Dann – Aber erst will ich dir das sagen, was ich wollte: geh fort!«

Er biß sich in die Lippen. »Warum?«

»Weil – weil es wohl besser ist«, antwortete sie. »Für dich – vielleicht auch für mich. Aber darauf kommt es nicht an. – Ich weiß ja nun, wie es steht – bin nun ja – aufgeklärt. Und ich denke: wie es bisher ging, wird es wohl weiter gehen – nur, daß ich nicht blind mehr daherlaufe – daß ich nun *sehe*: alles. Und dann – dann wäre nun wohl an dir die Reihe. Und darum ist es besser, wenn du gehst.«

»Bist du deiner Sache so sicher?« fragte er. Und sie sprach: »Muß ich nicht?«

Er zuckte die Achseln. »Vielleicht – ich weiß es nicht. Aber sage mir: warum möchtest du mich schonen?«

»Ich hab dich gern.« sagte sie still. »Du warst gut zu mir.«

Er lachte. »Waren das die andern nicht?«

»Doch«, antwortete sie, »jeder war es. Aber ich empfand es nicht so. Und sie – alle – sie liebten mich. – Du nicht – noch nicht.«

Sie ging zum Schreibtisch, nahm eine Postkarte und gab sie ihm. »Hier ist eine Karte von deiner Mutter; sie kam heute abend schon, der Diener brachte sie aus Versehen herauf, mit meiner Post. Ich las sie. Deine Mutter ist krank – sie bittet dich so sehr, zurückzukommen – auch sie.«

Er nahm die Karte. Starrte vor sich hin, unschlüssig. Er wußte, daß sie recht hatten, alle beide, fühlte gut, daß es Narrheit sei, hier zu bleiben. Und dann faßte ihn ein knabenhafter Trotz, der ihm ›nein‹ zuschrie, ›nein!‹

»Wirst du fahren?« fragte sie.

Er zwang sich; sprach mit fester Stimme: »Ja, Base!«

Er sah sie scharf an, belauerte jeden Zug ihres Gesichtes. Ein kleines Zucken um die Mundwinkel, ein leichter Seufzer hätte ihm genügt, irgend etwas das ihm ihr Bedauern gezeigt hätte. Aber sie blieb still und ernst, kein Hauch bewegte ihre starre Maske.

Das kränkte ihn, verletzte ihn, deuchte ihm ein Affront und eine Beleidigung. Er preßte die Lippen fest aufeinander. ›So nicht,‹ dachte er, ›so gehe ich nicht.‹

Sie kam auf ihn zu, reichte ihm die Hand. »Gut«, sagte sie, »gut. – Nun will ich gehen. – Ich will dich auch küssen zum Abschied, wenn du magst.«

Da flackerte ein rasches Feuer in seinen Augen. Ohne es zu wollen, sagte er: »Tu es nicht, Alraune, tu es nicht!« Und seine Stimme nahm ihren Tonfall an.

Sie hob den Kopf, fragte rasch: »Warum nicht?«

Wieder gebrauchte er ihre Worte, aber sie empfand, daß es nun Absicht war. »Ich hab dich gern«, sagte er, »du warst gut zu mir, heute. – Manche rote Lippen küßte mein Mund – und sie wurden sehr bleich. Nun – nun wäre wohl die Reihe an dir. Und darum ist es besser, wenn du mich nicht küßt!«

Sie standen sich gegenüber, stahlhart leuchteten ihre Augen. Unmerklich spielte ein Lächeln um seine Lippen, blank und scharf war seine gute Waffe. Nun mochte sie wählen. Ihr ›Nein‹ war sein Sieg und ihre Niederlage – leichten Herzens konnte er dann gehen. Ihr ›Doch‹ aber war der Kampf.

Und sie empfand das alles – so gut wie er. Wie am ersten Abende würde es sein, genau so. Nur: damals war es der Anfang und ein erster Hieb – da war noch Hoffnung auf manchen Gang in dem Zweikampf. Jetzt aber – war es das Ende.

Er aber war es, der den Handschuh warf –

Sie griff ihn auf. »Ich fürchte mich nicht«, sprach sie.

Er schwieg, sein Lächeln erstarb auf seinen Lippen. – Nun wurde es Ernst.

»Ich will dich küssen«, wiederholte sie.

Er sagte: »Nimm dich in acht! – Auch ich werde dich küssen.«

Sie hielt seinen Blick. »Ja«, sagte sie. – Dann lächelte sie. »Setz dich, du bist ein wenig zu groß für mich!«

»Nein«, rief er hell, »so nicht!« Er ging zu dem breiten Diwan, legte sich lang hin, bettete den Kopf in die Kissen. Streckte die Arme weit aus nach beiden Seiten, schloß die Augen.

»Nun komm, Alraune!« rief er.

Sie trat näher, kniete zu seinen Häupten. Zögerte, schaute ihn an, warf sich dann plötzlich zu ihm nieder, faßte seinen Kopf, drängte ihre Lippen auf die seinen.

Er umarmte sie nicht, rührte die Arme nicht. Aber seine Finger krampften sich zur Faust. Er fühlte ihre Zunge, spürte ihrer Zähne leichten Biß –

»Küß weiter«, flüsterte er, »küß weiter.«

Irgendein roter Nebel lag vor seinen Augen. Er hörte des Geheimrats häßliches Lachen, sah die großen, seltsamen Augen der Frau Gontram, wie sie den kleinen Manasse bat, ihr das Alräunchen zu erklären. Hörte das Kichern der beiden Festmädchen Olga und Frieda und die zerbrochene und doch so schöne Stimme der Madame de Vère, die »Les Papillons« sang. Sah den kleinen Husarenleutnant, der eifrig dem Rechtsanwalt zuhörte, sah Karl Mohnen, wie er das Alräunchen abwischte mit der großen Serviette –

»Küß weiter!« murmelte er.

Und Alma – ihre Mutter. Rot wie ein Feuerbrand, schneeweiß die Brüste mit kleinen blauen Adern. Und die Hinrichtung ihres Vaters – so wie sie Ohm Jakob geschildert hatte in dem Lederbande – aus der Fürstin Mund –

Und die Stunde, in der der Alte sie schuf – und die andere, in der sein Arzt sie zur Welt brachte –

»Küß mich«, flehte er, »küß mich.«

Er trank ihre Küsse, sog das heiße Blut seiner Lippen, die ihre Zähne zerrissen. Und er berauschte sich, wissend und mit Willen, wie an schäumendem Wein, wie an seinen Giften vom Osten –

»Laß«, rief er plötzlich, »laß, du weißt nicht, was du tust!«

Da drängten sich ihre Locken noch enger um seine Stirn, fielen ihre Küsse wilder noch und heißer.

Nun lagen zertreten des Tages klare Gedanken. Nun wuchsen die Träume, schwoll des Blutes rotes Meer. Nun schwangen Mänaden die Thyrsosstäbe, schäumte des Dionysos heiliger Rausch.

»Küß mich –« schrie er.

Aber sie ließ ihn los, ließ die Arme sinken. Er schlug die Augen auf, blickte sie an.

»Küß mich!« wiederholte er leise. Glanzlos blickte ihr Auge, kurz ging ihr Atem. Langsam schüttelte sie den Kopf.

Da sprang er auf. »So will ich dich küssen«, rief er. Hob sie hoch auf die Arme, warf die Sträubende auf den Diwan. Kniete nieder – dahin, wo sie eben gekniet hatte.

»Schließ die Augen –« flüsterte er.

Und er beugte sich nieder –

Gut, gut waren seine Küsse. – Schmeichelnd und weich, wie ein Harfenspiel in der Sommernacht. Wild auch, jäh und rauh, wie ein Sturmwind über dem Nordmeer. Glühend, wie ein Feuerhauch aus des Ätna Mund, reißend und verzehrend, wie des Maelstroms Strudel –

›Es versinkt,‹ fühlte sie, ›alles versinkt.‹

Dann aber schlugen die Lohen, brannten himmelhoch alle heißen Flammen. Flogen die Brandfackeln, zündeten die Altäre, wie mit blutigen Lefzen der Wolf durch das Heiligtum sprang.

Sie umschlang ihn, preßte sich eng an seine Brust –

»Ich brenne«, jauchzte sie – »ich verbrenne –«

Da riß er die Kleider ihr vom Leibe.

Hoch schien die Sonne, da erwachte sie. Sie sah wohl, daß sie nackt dalag, aber sie bedeckte sich nicht. Sie wandte den Kopf, sah ihn aufrecht neben sich sitzen – nackt wie sie selbst.

Sie fragte: »Wirst du fahren heute?«

»Willst du, daß ich fahren soll?« gab er zurück.

»Bleibe«, flüsterte sie, »bleibe!«

Fünfzehntes Kapitel,

das sagt, wie ALRAUNE *im Parke lebte*

Er schrieb seiner Mutter nicht, an diesem Tage nicht, noch am nächsten. Schob es auf bis zur anderen Woche und weiter – durch Monate. Er lebte in dem großen Garten der Brinken, wie einst als Knabe, als er die Schulferien hier verbrachte. Saß in den warmen Gewächshäusern oder unter der gewaltigen Zeder, deren Sproß irgendein frommer Ahne vom Libanon brachte. Wandelte unter den Maulbeerbäumen, vorbei an dem kleinen Teiche, den die Hängeweiden tief überschatteten.

Ihnen gehörte der Garten in diesem Sommer, ihnen allein, Alraune und ihm. Das Fräulein hatte strengen Befehl gegeben, daß keiner hinein durfte von den Dienstboten, bei Tage nicht und nicht in der Nacht. Nicht einmal die Gärtner waren ausgenommen; sie wurden weggeschickt in die Stadt, erhielten den Auftrag, die Gärten ihrer Villen in der Coblenzer Straße zu pflegen. Die Mieter freuten sich und erstaunten über des Fräuleins Aufmerksamkeit.

Nur Frieda Gontram ging durch die Wege. Sie sprach kein Wort über das, was sie nicht wußte und doch ahnte, aber ihre verkniffenen Lippen, ihre scheuen Blicke redeten laut genug. Sie wich ihm aus, wo sie ihn traf – und war doch immer da, sowie er mit Alraune zusammen war.

»Hol's der Kuckuck«, brummte er, »ich wollte, sie wäre auf dem Blocksberg!«

»Ist sie dir lästig?« fragte Alraune.

»Dir etwa nicht?« gab er zurück.

Sie erwiderte: »Ich hab es nicht so bemerkt. Ich achte sie kaum.«

– An diesem Abend traf er Frieda Gontram bei dem blühenden Schlehdorn. Sie stand auf von ihrer Bank, wandte sich zum Gehen. Ein heißer Haß traf ihn aus ihrem Blick.

Er ging auf sie zu: »Was ist es, Frieda?«

Sie sagte: »Nichts! – Sie können zufrieden sein. Sie werden ja nun bald von mir befreit sein.«

»Wieso?« fragte er.

Ihre Stimme zitterte: »Ich muß eben gehen – morgen! Alraune sagte mir, daß Sie mich nicht wünschen.«

Ein unendlicher Jammer sprach aus ihren Blicken. »Warten Sie hier, Frieda, ich will mit ihr reden.«

Er eilte ins Haus, kam zurück nach einer Weile.

»Wir haben es überlegt«, begann er, »Alraune und ich. Es ist nicht nötig, daß Sie fortgehen – für immer. Nur, Frieda, ich mache Sie nervös mit meiner Gegenwart – und Sie ebenso mich, verzeihen Sie. Darum wird es besser sein, daß Sie verreisen – nur für eine Zeitlang. Fahren Sie nach Davos zu Ihrem Bruder, kommen Sie zurück in zwei Monaten.«

Sie stand auf, sah ihn fragend an, immer noch voll Angst. »Ist das wahr?« flüsterte sie. »Nur für zwei Monate?«

Er antwortete: »Gewiß ist's wahr, warum sollte ich lügen, Frieda?«

Sie griff seine Hand, eine große Freude machte ihr Gesicht leuchten. »Ich bin Ihnen sehr dankbar!« sagte sie. »Dann ist alles gut – wenn ich nur wiederkommen darf!«

Sie grüßte, ging dem Hause zu. Blieb plötzlich stehen, kam zu ihm zurück. »Noch etwas, Herr Doktor«, sagte sie. »Alraune gab mir einen Scheck heute morgen, aber ich zerriß ihn, weil – weil – kurz, ich zerriß ihn. Nun werde ich doch Geld gebrauchen. Zu ihr will ich nicht gehen – sie würde fragen – und ich will nicht, daß sie frägt. Darum – wollen Sie mir das Geld geben?«

Er nickte. »Natürlich will ich. – Darf auch ich nicht fragen, warum Sie den Scheck zerrissen?«

Sie sah ihn an, zuckte mit den Schultern. »Ich hätte eben das Geld nicht mehr gebraucht, wenn ich sie auf immer hätte verlassen müssen –«

»Frieda«, drängte er, »wohin wären Sie gegangen?«

»Wohin?« Ein bitteres Lachen klang aus ihren dünnen Lippen. »Wohin? Denselben Weg, den Olga ging! – Nur, glauben Sie mir, Doktor, ich hätte mein Ziel gefunden!«

Sie nickte ihm leicht zu, schritt weg, verschwand zwischen den Birkenstämmen.

Früh, wenn die junge Sonne erwachte, kam er im Kimono aus seinem Zimmer. Ging in den Garten, den Weg, der an den Spalieren vorbeiführte. Ging in die Rosenbeete, schnitt Boule de Neige, Kaiserin Augusta Viktoria, Frau Carl Drusky und Merveille de Lyon. Bog links ein, wo die Lärchen standen und die Silbertannen.

Auf der Brüstung des Teiches saß Alraune. Saß in schwarzem Seidenmantel, brockte Brotkrumen, warf sie den Goldfischen zu. Wenn er kam, flocht sie einen Kranz aus den bleichen Rosen, rasch und geschickt, krönte dann ihre Locken. Sie warf den Mantel ab, saß im Spitzenhemde, plätscherte mit den nackten Füßen in dem kühlen Wasser.

Sie sprachen kaum. Aber sie zitterte, wenn seine Finger leicht ihren Nacken rührten, wenn sein naher Hauch ihrer Wange schmeichelte. Langsam streifte sie das Hemd ab, legte es auf die Bronzenixe an ihrer Seite. Sechs Najaden saßen herum auf der Marmorbrüstung des Teiches, gossen Wasser aus Krügen und Urnen, spritzten es in dünnem Strahle aus den Brüsten. Allerlei Getier kroch um sie herum, große Hummern und Langusten, Schildkröten, Fische, Wasserschlangen und Reptile. In der Mitte aber blies Triton sein Horn, um ihn prustete pausbackiges Meervolk mächtige Wasserstrahlen in die blaue Höhe.

»Komm, mein Freund!« sagte sie.

Dann stiegen sie in das Wasser. Es war sehr kühl und ihn fröstelte; blau wurden seine Lippen und eine rasche Gänsehaut zog sich um seine Arme. Er mußte tüchtig schwimmen, um sich schlagen und treten, sein Blut zu erwärmen, sich anzupassen an die ungewohnte Temperatur. Sie aber merkte davon nichts, war in ihrem Elemente im Augenblick, lachte ihn aus. Wie ein Fröschlein schwamm sie herum.

»Dreh die Hähne auf!« rief sie.

Er tat es; da hoben sich nahe am Rande, bei der Galatea Bild, leichte Wogen an vier Stellen des Teiches. Wallten eine kleine Weile, überschlugen sich, wuchsen dann höher und höher. Stiegen auf, stark und gewaltig, steigend und fallend, höher noch als der Meermänner Strahlen. Vier leuchtende, funkenregnende Silberkaskaden.

Da stand sie, zwischen den vieren, mitten im schimmernden Regen. Wie ein holder Knabe, schlank, zart. Lange küßte sie dann sein Blick. Kein Mangel war in dem Ebenmaß dieser Glieder, kein kleinster Fehler in dem süßen Bildwerk. Gleichmäßig war ihre Farbe, weißer Parosmarmor mit einem leichten Hauche von Gelb. Nur die Innenseiten der Oberschenkel leuchteten rosig, zeigten eine seltsame Linie.

›Daran ging Dr. Petersen zugrunde,‹ dachte er. Beugte sich nieder, kniete, küßte die rosigen Stellen.

»Was sinnst du?« fragte sie.

Er sagte: »Nun will mich deuchen: eine Melusine seist du! – Sieh die Meermädchen rings – sie haben keine Beine; nur einen langen schuppigen Fischschwanz. Sie haben keine Seele, die Nixen, aber es heißt, daß sie dennoch manchmal ein Menschenkind lieben. Irgendeinen Fischer oder einen fahrenden Ritter. So lieben, daß sie hinauskommen aus der kühlen Flut, hinaus auf das Land. Dann gehen sie zu einer alten Hexe oder zu einem Zauberdoktor – der braut widrige Gifte, die müssen sie trinken. Und er nimmt ein scharfes Messer und beginnt zu schneiden. Mitten hinein in den Fischschwanz. Es tut sehr weh, sehr weh, aber Melusine verbeißt ihren Schmerz um ihrer großen Liebe willen. Klagt nicht, weint nicht, bis ihr der Schmerz die Sinne raubt. Aber wenn sie erwacht – ist ihr Schwänzlein verschwunden und sie geht daher auf zwei schönen Beinen – wie ein Menschenkind. – Nur die Marken sieht man, wo der Giftdoktor schnitt.«

»Aber sie bleibt doch eine Nixe?« fragte sie, »Auch mit Menschenbeinen? – Und eine Seele schafft ihr der Zauberer nicht?«

»Nein«, sagte er, »das kann er nicht. – Aber noch etwas sagt man von den Nixen.«

»Was sagt man?« fragte sie.

Und er erzählte: »Nur so lange sie unberührt ist, hat Melusine ihre unheimliche Macht. Aber wenn sie ertrinkt in des Liebsten Küssen, wenn sie ihr Magdtum einbüßt in ihres Ritters Umarmung – da verliert sich der Zauber. Keine Schätze kann sie mehr bringen und kein Rheingold, aber auch das schwarze Leid, das ihr folgte, meidet nun ihre Schwelle. Wie ein anderes Menschenkind ist sie von nun an –«

»Wenn es so wäre!« flüsterte sie. Sie zerriß den weißen Kranz ihres Hauptes, schwamm weg, zu den Meermännern und Tritonen, zu den Nixen und Najaden. Warf ihnen blühende Rosen in den Schoß.

»Nehmt sie, Schwestern – nehmt sie!« lachte sie. »Ich bin ein Menschenkind –«

Ein gewaltiges Himmelbett stand in Alraunens Schlafzimmer, niedrig, auf barocken Säulchen. Zwei Schäfte wuchsen am Fußende, die trugen Schalen mit goldenen Flammen. Schnitzarbeiten zeigten die Seiten: Omphale, der Herakles den Rocken spinnt, Perseus, der Andromeda küßt, Hephaistos, der Ares und Aphrodite in seinem Netze fängt – viele Ranken woben sich dazwischen, Tauben spielten darin und geflügelte Knaben. Schwer vergoldet war das alte Prachtbett, das Fraulein Hortense de Monthyon einst brachte aus Lyon, als sie des Urgroßvaters Frau wurde.

Er sah Alraune auf einem Stuhle stehen, im Kopfende des Bettes, eine schwere Zange in der Hand.

»Was machst du da?« fragte er.

Sie lachte. »Warte nur, gleich bin ich fertig.« Sie klopfte und riß, vorsichtig genug, an dem goldenen Amor, der mit Pfeil und Bogen ihr zu Häupten schwebte. Zog einen Nagel und noch einen heraus, faßte den kleinen Gott, drehte ihn hin und her – bis er lose war. Griff ihn, sprang hinab, legte ihn oben auf den Schrank. Nahm das Alraunmännchen dort heraus, kletterte mit ihm wieder hinauf auf ihren Stuhl, befestigte es zu des Bettes Häupten mit Drähten und Schnüren. Kam herab, betrachtete kritisch ihr Werk.

»Wie gefällt es dir?« fragte sie ihn.

»Was soll das Männlein da?« gab er zurück.

Sie sagte: »Da gehört es hin! – Der goldene Amor gefällt mir nicht – der ist für alle Leute. – Ich will Galeotto haben, mein Wurzelmännlein.«

»Wie nennst du es?« fragte er.

»Galeotto!« erwiderte sie. »War er es nicht, der uns zusammenbrachte? – Nun mag er da hängen, mag zuschauen durch die Nächte.«

Manchmal ritten sie aus, zur Abendzeit, oder auch in den Nächten, wenn der Mond schien. Ritten durch die sieben Berge, oder nach Rolandseck und ins Land hinein.

Einmal fanden sie eine weiße Eselin, am Fuß des Drachenfels, bei den Leuten, die die Tiere vermieteten, um hinaufzureiten zur Burg. Er kaufte sie. Es war ein noch junges Tier, gut gepflegt und schimmernd wie frischer Schnee. Bianka hieß sie. Sie nahmen sie mit sich, hinter den Pferden, an einem langen Strick, aber das Tier blieb stehen, stemmte die Vorderbeine ein wie ein störrisches Maultier, ließ sich würgen und zerren.

Endlich fanden sie ein Mittel, es gefügig zu machen. Er kaufte in Königswinter eine große Düte voll Zucker, nahm Bianka den Strick ab, ließ sie frei laufen, warf ihr ein Stück Zucker nach dem andern aus dem Sattel zu. So lief die Eselin nach, hielt sich dicht am Bügel, schnupperte an seinen Gamaschen.

Der alte Froitsheim nahm die Pfeife aus dem Munde, als sie ankamen, spuckte bedächtig aus, grinste wohlgefällig. »Ein Esel«, kaute er, »ein neuer Esel! Das ist nun bald dreißig Jahre her, daß wir keinen Esel mehr im Stall hatten. Wissen Sie noch, junger Herr, wie ich Sie reiten ließ auf dem alten grauen Jonathan?« – Er holte einen Bund junger Mohrrüben, gab sie dem Tiere, streichelte ihm sein zottiges Fell.

»Wie heißt sie, junger Herr?« fragte er. Er sagte ihm den Namen.

»Komm Bianka«, sprach der Alte, »du sollst es gut haben bei mir, wir wollen Freundschaft schließen.« Dann wandte er sich wieder an Frank Braun. »Junger

Herr«, fuhr er fort, »ich hab drei Enkelkinder im Dorf, zwei kleine Mädchen und einen Jungen; es sind des Schusters Kinder, hinten auf dem Wege nach Godesberg. Sie kommen manchmal mich zu besuchen, Sonntagnachmittags. Darf ich sie einmal reiten lassen, auf dem Esel? – Nur hier im Hofe?«

Er nickte, aber ehe er noch antworten konnte, rief das Fräulein: »Warum fragst du mich nicht, Alter? Es ist mein Tier, er hat es mir geschenkt! – Nun will ich dir sagen: du darfst sie reiten lassen. – Auch durch den Garten, wenn wir nicht zu Hause sind.«

Des Freundes Blick dankte ihr – nicht der alte Kutscher. Der sah sie an, halb mißtrauisch und halb verwundert. Brummte irgend etwas Unverständliches. Lockte die Eselin mit den saftigen Mohrrüben hinein in den Stall. Rief den Stallburschen, stellte ihm Bianka vor, dann den Pferden, der Reihe nach. Führte sie herum hinter die Wirtschaftsgebäude, zeigte ihr den Kuhstall mit den schweren holländischen Kühen und dem jungen Kälbchen der schwarz-weißen Liese. Zeigte ihr die Hunde, die beiden klugen Spitze, den alten Hofhund und den frechen Fox, der im Stalle schlief. Brachte sie zu den Schweinen, wo die mächtige Yorkshiresau ihre neun Ferkelchen nährte, zu den Ziegen und zum Hühnerhofe. Mohrrüben fraß Bianka und folgte ihm; es schien ihr zu gefallen auf Brinken.

– Oft, am Nachmittage, klang des Fräuleins helle Stimme vom Garten her.

»Bianka!« rief sie. »Bianka!«

Dann öffnete der alte Kutscher ihre Box, machte die Stalltüre weit auf. Und in leichtem Trabe kam die Eselin in den Garten. Blieb stehen ein paarmal, fraß grüne saftige Blätter, tat sich gütlich in dem hohen Klee. Wandte sich ab, lief weiter, wenn wieder der Lockruf erscholl: »Bianka«. Suchte die Herrin.

Auf dem Rasen lagen sie, unter den Eschenbäumen. Kein Tisch – nur eine große Platte auf dem Grase, die war mit weißem Damasttuch gedeckt. Viele Früchte lagen da, allerlei Leckerbissen und Naschwerk, zwischen den Rosen; zur Seite standen die Weine.

Bianka schnupperte. Sie verachtete Kaviar und die Austern nicht minder, wandte sich verächtlich ab von allen Pasteten. Aber vom Kuchen nahm sie und ein Stückchen Eis aus dem Kühler, fraß ein paar Rosen zwischendurch.

»Zieh mich aus!« sagte Alraune. Dann löste er die Ösen und Haken und öffnete die Druckknöpfe.

Wenn sie nackt war, hob er sie auf die Eselin. Rittlings saß sie auf des weißen Tieres Rücken, hielt sich leicht an der zottigen Mähne. Langsam, im Schritt, ritt sie über die Wiesen, er ging ihr zur Seite, legte die rechte Hand auf des Tieres Kopf. Klug war Bianka, stolz auf den schlanken Knaben, den sie trug, blieb nicht einmal stehen, ging wie mit Samthufen leicht.

Da, wo die Dahlienbeete endeten, führte der schmale Weg an dem kleinen Bache vorbei, der den Marmorteich speiste. Sie gingen nicht über die Holzbrücke; vorsichtig, Fuß um Fuß, watete Bianka durch das klare Wasser. Sah neugierig zur Seite, wenn vom Ufer ein grüner Frosch in die Wellen sprang. Er führte das Tier, vorbei an den Himbeerstauden, pflückte rote Beeren, teilte sie mit Alraune. Und durch die dichten Büsche der Rosenlorbeern.

Dort, rings umschlossen von dichten Ulmen, lag das große Nelkenfeld. Sein Großvater legte es an, für Gottfried Kinkel, seinen guten Freund, der diese Blumen liebte. Jede Woche sandte er dem Dichter einen großen Strauß, solange er lebte.

Kleine Federnelken, viele Zehntausende, wohin nur das Auge sah. Silberweiß leuchteten alle die Blumen, silbergrün ihre langen schmalen Blätter. Weithin, weithin in der Abendsonne, ein silberner Grund.

Quer hinüber trug Bianka das weiße Mädchen, quer hinüber und rund herum. Tief trat die weiße Eselin durch das silberne Meer, das mit leichten Wellen des Windes ihre Füße küßte.

Er aber stand am Rande und schaute ihr zu. Trank sich satt an den süßen Farben.

Dann ritt sie zu ihm. »Ist es schön, Lieber?« fragte sie.

Und er sagte ernst: »Es ist sehr schön. – Reite weiter.«

Sie antwortete: »Ich bin froh.« Leicht legte sie die Hand dem klugen Tiere hinter die Ohren, dann schritt es aus. Langsam, langsam durch leuchtendes Silber –

»Was lachst du?« fragte sie.

Sie saßen auf der Terrasse, am Frühstückstisch und er las seine Post. Da war ein Brief des Herrn Manasse, der schrieb ihm über die Burberger Erzkuxe. »Sie werden in den Blättern von den Goldfunden in der Hocheifel gelesen haben«, sagte der Rechtsanwalt. »Die Funde befinden sich zum großen Teile auf dem Mutungsgebiete der Burberger Gewerkschaft. Ob sich allerdings herausstellen wird, daß die kleinen Goldadern bei den sehr erheblichen Kosten einen rationellen Abbau verlohnen werden, erscheint mir recht zweifelhaft. Immerhin sind die Papiere, die vor vier Wochen noch völlig wertlos waren, zum Teil auch durch die geschickten Pressenachrichten der Gewerkschaftsdirektoren rapid gestiegen und standen vor einer Woche schon auf Pari. Heute nun erfahre ich durch Bankdirektor Baller, daß sie bereits zweihundertvierzehn notieren. Ich habe daher dem mir befreundeten Herrn Ihre Aktien übergeben und ihn gebeten, sie sofort zu veräußern; das wird morgen geschehen, vielleicht werden Sie also einen noch höheren Kurs erzielen.«

Er reichte den Bogen Alraune herüber. »Das hätte sich Ohm Jakob auch nicht träumen lassen«, lachte er, »sonst hätte er meiner Mutter und mir gewiß andere Kuxen vermacht!«

Sie nahm den Brief, las ihn aufmerksam durch, bis zum Ende. Dann ließ sie ihn sinken, starrte vor sich hin. Wachsbleich war ihr Gesicht.

»Was ist dir?« fragte er.

»Doch – er hat es gewußt«, sagte sie langsam, »er hat es genau gewußt! –« Dann wandte sie sich zu ihm: »Wenn du Geld verdienen willst – verkaufe die Kuxen nicht«, fuhr sie fort und ihre Stimme klang sehr ernst. »Man wird noch mehr Gold finden – sie werden noch höher steigen, viel höher, deine Kuxen!«

»Es ist zu spät«, sagte er leicht, »die Papiere sind bereits verkauft um diese Stunde! – Übrigens – bist du so sicher?«

»Sicher?« wiederholte sie. »Wer sollte sicherer sein als ich?«

Sie ließ ihren Kopf sinken auf den Tisch, schluchzte laut auf. »So fängt es an – so –«

Er stand auf, legte ihr den Arm um die Schulter. »Unsinn!« sagte er. »Schlag dir doch die Grillen aus dem Hirne! – Komm Alraune, wir wollen baden gehen, das frische Wasser spült die dummen Spinnweben fort. Plaudere mit deinen Nixenschwestern – die werden dir bestätigen, daß Melusine kein Unheil mehr bringen kann, seit sie ihren Liebsten küßte.«

Sie stieß ihn fort, sprang auf. Stand ihm gegenüber, sah ihm starr in die Augen.

»Ich hab dich lieb«, rief sie, »ja, das hab ich. – Aber es ist nicht wahr – der Zauber wich nicht! Ich bin keine

Melusine, bin nicht des frischen Wassers Kind! Aus der Erde stamm ich – und die Nacht schuf mich.«

Gelle Töne brachen von ihren Lippen – und er wußte nicht, ob es ein Schluchzen war oder ein Lachen.

Er griff sie in seinen starken Armen, achtete nicht auf ihr Sträuben und Schlagen. Wie ein wildes Kind faßte er sie, trug sie fort, die Stufen hinab in den Garten. Trug die Schreiende hin zu dem Teiche, warf sie hinein, weit im Bogen, mit allen Kleidern.

Sie erhob sich, stand einen Augenblick, betäubt und verwirrt. Nun ließ er die Kaskaden spielen, ein plätschernder Regen umfing sie.

Da lachte sie laut. »Komm«, rief sie, »komm auch du!« Sie entkleidete sich, warf ihm übermütig die nassen Stücke an den Kopf. »Bist du noch nicht fertig?« drängte sie. »So eil dich doch!«

Wie er bei ihr stand, sah sie, daß er blutete. Von den Wangen fielen die Tropfen, vom Halse und vom linken Ohre. »Ich hab dich gebissen«, flüsterte sie.

Er nickte. Da reckte sie sich hoch, umfing seinen Nacken, trank mit glühenden Lippen das rote Blut.

»Nun ist es gut!« sagte sie.

Sie schwammen herum. – Dann ging er ins Haus, brachte ihr einen Mantel. Und wie sie zurückkehrten, Hand in Hand, unter den Blutbuchen, sagte sie: »Ich danke dir, Liebster!«

Nackt lagen sie unter dem roten Pyrrhus. Auseinander fielen ihre Leiber, die eines waren durch heiße Mittagstunden –

Zerknickt und zertreten lagen ihre Zärtlichkeiten, alle Liebkosungen und süßen Worte. Wie die Blümchen, wie die zarten Gräser, über die ihrer Liebe Sturm brach. Tot lag der Feuerbrand, der sich selbst fraß mit gierigen Zähnen: da wuchs aus der Asche ein grausamer, stahlharter Haß.

Sie sahen sich an – nun wußten sie, daß sie Todfeinde waren.

Ekel und widrig deuchte ihn die lange rote Linie auf ihren Schenkeln, der Speichel rann ihm im Mund, als habe er ein bitteres Gift aus ihren Lippen gesogen. Und die kleinen Wunden, die ihre Zähne rissen und ihre Nägel, schmerzten und brannten, schwollen auf –

›Sie wird mich vergiften,‹ dachte er, ›wie sie es einst mit Dr. Petersen machte.‹

Ihre grünen Blicke lachten hinüber, aufreizend, höhnisch und frech. Er schloß die Augen, biß die Lippen aufeinander, krampfte die Finger fest zusammen. Aber sie stand auf, wandte sich um, trat ihn mit dem Fuße, nachlässig und verächtlich.

Da sprang er hoch, stand vor ihr, kreuzte ihren Blick –

Nicht ein Wort kam aus ihren Zähnen. Aber sie spitzte die Lippen, hob den Arm. Spie ihn an, schlug ihm die Hand ins Gesicht.

Und er warf sich auf sie, schüttelte ihren Leib, wirbelte sie herum an ihren Locken. Schleuderte sie zu Boden, trat, schlug sie, würgte sie eng am Halse.

Sie wehrte sich gut. Ihre Nägel zerfetzten sein Gesicht, ihr Gebiß schlug sich in Arme und Brust. Und in Geifer und Blut suchten sich ihre Lippen, fanden sich, nahmen sich, in brünstigen Schmerzen –

Dann griff er sie, schleuderte sie fort, meterweit, daß sie ohnmächtig niedersank auf den Rasen.

Taumelte weiter, ein paar Schritte, sank nieder, starrte hinauf in den blauen Himmel, wunschlos, willenlos – lauschte auf seiner Schläfen Schlag –

Bis ihm die Lider sanken –

Wie er erwachte, kniete sie zu seinen Füßen. Trocknete mit ihren Locken seiner Wunden Blut, riß ihr Hemd in lange Streifen, verband ihn, kunstgerecht –

»Laß uns gehen, Geliebter.« sagte sie. »Der Abend fällt.«

Kleine, blaue Eierschalen lagen auf dem Wege. Er suchte in den Büschen, fand das geplünderte Nest eines Kreuzschnabels.

»Diese frechen Eichhörnchen!« rief er. »Es sind viel zu viele im Parke, sie werden uns noch alle Singvögel vertreiben.«

»Was soll man tun?« fragte sie.

Er sagte: »Ein paar abschießen!«

Sie klatschte in die Hände. »Ja, ja!« lachte sie. »Wir wollen auf die Jagd gehen!«

»Hast du irgendeine Büchse?« fragte er.

Sie besann sich. »Nein – ich glaube, es ist keine da, wenigstens keine, die man gebrauchen kann. – Man muß eine kaufen – Aber warte«, unterbrach sie sich, »der alte Kutscher hat eine. Der schießt manchmal die fremden Katzen, wenn sie wildern.«

Er ging zum Stall. »Hallo, Froitsheim«, rief er. »Hast du eine Büchse?«

»Ja«, erwiderte der Alte, »soll ich sie holen?«

Er nickte. Dann fragte er: »Sag mir doch, Alter, du wolltest doch deine Urenkel reiten lassen auf Bianka? Sie waren hier, letzten Sonntag – aber ich habe nicht gesehen, daß du sie auf die Eselin gesetzt hast.«

Der Alte brummte, ging in sein Zimmer, nahm die Büchse von der Wand. Kam wieder, setzte sich schweigend hin, schickte sich an, sie zu reinigen.

»Nun?« machte er, »willst du mir nicht antworten?«

Froitsheim kaute mit trockenen Lippen. »Ich mag nicht –« brummte er.

Frank Braun legte ihm die Hand auf die Schulter. »Sei vernünftig, Alter, sag was du auf dem Herzen hast. Ich denke, mit mir kannst du frei sprechen!«

Da sagte der Kutscher: »Ich will nichts annehmen von unserm Fräulein – mag von ihr kein Geschenk. Ich bekomme mein Brot und meinen Lohn – dafür tu ich meine Arbeit. Mehr will ich nicht.«

Er fühlte, daß kein Zureden half bei diesem harten Schädel. So schlug er eine kleine Volte, warf einen Köder hin, auf den er anbeißen konnte. »Wenn das Fräulein etwas Besonderes von dir verlangt, tust du's?«

»Nein«, sagte störrisch der Alte, »nicht mehr, als meine Pflicht.«

»Aber wenn sie für eine besondere Leistung dich besonders bezahlt«, fuhr er fort, »dann wirst du's tun?«

Der Kutscher wollte noch immer nicht recht heran. »Das kommt darauf an –« kaute er.

»Sei nicht bockbeinig, Froitsheim!« lachte Frank Braun. »Das Fräulein – nicht ich – will deine Büchse ausleihen, um Eichhörnchen zu schießen – das hat gar nichts zu tun mit deiner Pflicht. Und dafür – verstehst du: zum Entgelt! – erlaubt sie dir, daß du die Kinder auf der Eselin darfst reiten lassen. – Es ist ein Handel: schlägst du ein?«

»Ja«, sagte der Alte grinsend, »so mach ich's.«

Er reichte ihm die Büchse hin, nahm aus der Schublade eine Schachtel Kugelpatronen.

»Die geb ich drein!« sprach er. »So hab ich's gut bezahlt und bin ihr nichts schuldig – Reiten Sie aus heute nachmittag, junger Herr?« fuhr er fort. »Gut, um fünf Uhr sind die Pferde fertig.« – Dann rief er dem Stallburschen, trug ihm auf, zu der Schusterfrau zu laufen, seiner Enkelin. Sie solle die Kinder herschicken zum Abend –

– Früh am Morgen stand Frank Braun unter den Akazien, die des Fräuleins Fenster küßten, pfiff seinen kurzen Pfiff.

Sie öffnete, rief herunter, daß sie gleich kommen würde.

Hell klangen ihre leichten Schritte auf den Steinfliesen, mit einem Sprunge war sie die Stufen der Gartenterrasse hinunter. Stand vor ihm.

»Wie siehst du aus?« rief sie. »Im Kimono? Geht man so auf die Jagd?«

Er lachte: »Nun, für Eichkatzeln wird's ja noch langen. – Aber wie schaust du denn aus?!«

Sie war als Wallensteinischer Jäger. »Regiment Holk!« rief sie. »Gefall ich dir?«

Hohe gelbe Reiterstiefel trug sie, ein grünes Wams und einen mächtigen graugrünen Hut mit wippenden Federn. Eine alte Pistole steckte im Gürtel und ein langer Säbel schlug ihr um die Beine.

»Den leg nur ab!« sagte er. – »Das Wild wird eine mächtige Angst vor dir bekommen, wenn du so auf die Pürsch gehst.«

Sie verzog die Lippen: »Bin ich nicht hübsch?« fragte sie.

Er nahm sie in die Arme, küßte rasch ihre Lippen. »Reizend bist du, du eitler Fratz!« lachte er. »Und für die Eichhörnchen wird dein Holkscher Jäger es so gut tun, wie mein Kimono.«

Er schnallte ihr den Säbel ab und die langen Sporen, legte ihre Steinschloßpistole weg und nahm dafür des Kutschers Lefaucheuxbüchse. »Nun komm, Kamerad«, rief er, »Weidmannsheil!«

Sie gingen durch den Garten, traten leise auf, lugten durch die Büsche und hinauf in die Kronen der Bäume.

Er schob eine Patrone in die Büchse und spannte den Hahn. »Hast du schon einmal geschossen?« fragte er.

»O ja«, nickte sie. »Wölfchen und ich waren zusammen auf der großen Kirmes in Pützchen, da haben wir in der Schießbude uns geübt.«

»Gut«, sagte er, »dann weißt du ja, wie du den Lauf anlegen und wie du visieren mußt.«

Es raschelte über ihnen in den Zweigen. »Schieß«, flüsterte sie, »schieß! Da oben ist eins!«

Er hob die Büchse, schaute hinauf. Aber er ließ sie wieder sinken. »Nein, das nicht!« erklärte er. »Das ist ein junges Tier, kaum ein Jahr alt. Dem wollen wir noch etwas das Leben lassen.«

Sie kamen zum Bach, dorthin, wo er aus dem Birkenwäldchen hinaustrat in die Wiesen. Dicke Junikäfer surrten in der Sonne, gelbe Schmetterlinge schaukelten über den Margeriten. Ein Pispern und Wispern überall, Grillen zirpten, Bienen summten, Heuhüpfer in allen Größen sprangen zu ihren Füßen. Die Unken quakten im Wasser und oben jubelte eine kleine Lerche. Sie schritten über die Wiesen, den Rotbuchen zu. Da hörten sie, dicht am Rande ein ängstliches Gezwitscher, sahen einen kleinen Hänfling aus den Büschen flattern. Frank Braun ging leise vor, schärfte die Blicke.

»Da ist der Räuber!« murmelte er.

»Wo?« fragte sie. »Wo?«

Aber schon krachte sein Schuß – ein starker Eichkater fiel herab von dem Buchenstamme.

Er hob ihn hoch am Schwanz, zeigte ihr den Schuß. »Der plündert keine Nester mehr!« sagte er.

Sie pürschten weiter durch den großen Park; ein zweites Eichhorn schoß er von der Geißblattlaube und ein drittes, graubraunes, aus der Krone eines Birnbaums.

»Du schießt immer!« rief sie. »Laß mir nun einmal die Büchse!«

Er gab sie ihr. Zeigte ihr wie man laden müsse, ließ sie ein paarmal auf einen Stamm schießen. »Nun komm!« rief er. »Zeig was du kannst!« Er drückte ihr den Lauf herunter. »So!« belehrte er sie, »immer zur Erde die Mündung und nicht in die Luft.«

Nahe beim Teiche sah er ein junges Tier auf dem Wege spielen. Sie wollte gleich schießen, aber er hieß sie noch ein paar Schritte heranschleichen. »So ist's nahe genug – nun gib's ihm.«

Sie knallte los – das Eichhörnchen sah sich erstaunt um, sprang dann schnell einen Stamm hinauf und verschwand in den dichten Zweigen.

Ein zweites Mal ging es nicht besser – viel zu groß nahm sie die Entfernung. Wenn sie aber versuchte, näher heranzukommen, flüchteten die Tiere, ehe sie noch einen Schuß abgeben konnte.

»Die dummen Geschöpfe!« schimpfte sie. »Warum halten sie denn bei dir still?«

Sie schien ihm entzückend in diesem kindlichen Ärger. »Wahrscheinlich, weil sie mir eine besondere Freude machen wollen«, lachte er. »Du machst zuviel Lärm in deinen Lederröhren, das ist es! Aber warte nur, wir wollen schon näher herankommen!«

Dicht beim Herrenhause, wo die Haselnußsträucher sich an die Akazien drängten, sah er wieder ein Eichhorn.

»Bleib hier stehen«, flüsterte er, »ich treibe es dir zu. Schau nur dort auf die Büsche hin und wenn du es siehst, so pfeife schnell, daß ich Bescheid weiß. Es wird sich wenden bei deinem Pfiff – dann schieße!«

Er ging herum in weitem Bogen, spähte durch das Buschwerk. Endlich entdeckte er das Tier auf einer niedern Akazie, trieb es herunter, jagte es in die Haselstauden. Er sah, daß es die Richtung auf Alraune nahm, ging ein wenig zurück, wartete dann auf ihren Pfiff.

Aber er hörte nichts. Nun ging er zurück in demselben Bogen, kam hinter ihr auf den breiten Weg. Da stand sie, die Büchse in der Hand, starrte angestrengt in das Buschwerk geradeaus. Und – ein wenig links von ihr – kaum drei Meter entfernt, spielte das Eichhörnchen lustig in den Haselzweigen.

»Da ist es ja!« rief er halblaut. »Da! Oben, ein wenig nach links!«

Sie hörte seine Stimme, wandte sich hastig nach ihm um. Er sah, wie sie die Lippen zum Sprechen öffnete, hörte zugleich einen Schuß und fühlte einen leichten Schmerz an der Seite.

Dann hörte er ihren gellenden, verzweifelten Schrei, sah, wie sie die Büchse wegwarf und auf ihn zustürzte. Sie riß seinen Kimono auf, griff mit den Händen an die Wunde.

Er bog den Kopf, schaute hinab. Es war eine lange, aber ganz leichte Streifwunde, kaum drang ein wenig Blut heraus. Nur die Haut war verbrannt, zeigte eine breite, schwarze Linie.

»Hol's der Henker!« lachte er. »Das war nahe vorbei! – Gerade über dem Herzen.«

Sie stand vor ihm, zitternd, bebend in allen Gliedern, vermochte sich kaum aufrechtzuerhalten. Er stützte sie, redete ihr zu. »Aber es ist ja nichts, Kind, ist ja gar nichts! Wir werden es etwas auswaschen, dann mit Öl befeuchten. – So überzeug dich doch, daß es nichts ist!«

Er schlug den Kimono noch weiter zurück, wies ihr die nackte Brust. Mit irren Fingern fühlte sie die Streifwunde.

»Dicht über dem Herzen«, murmelte sie, »dicht über dem Herzen.«

Dann plötzlich griff sie mit beiden Händen nach ihrem Kopf. Ein jäher Schreck faßte sie, sie sah ihn an mit entsetzten Blicken, riß sich los aus seinen Armen, lief zum Hause, sprang die Stufen hinauf –

Sechzehntes Kapitel,

das verkündet, wie ALRAUNE *ein Ende nahm*

Langsam ging er hinauf in sein Zimmer. Er wusch die Wunde und verband sie. Und er lachte über die Schießkünste des Mädchens. »Sie wird es schon lernen«, dachte er, »wir werden ein wenig üben mit der Scheibe.«

Dann fiel ihm ihr Blick ein, als sie fortlief. Aufgelöst, voll wilder Verzweiflung, als ob sie ein Verbrechen begangen habe. Und es war doch nur ein unglücklicher Zufall – der dazu noch recht glücklich ablief –

Er stutzte. – Ein Zufall? – Ah, das war es: sie nahm es nicht als Zufall. Nahm es als – Geschick.

Er überlegte –

Gewiß war es so. Darum erschrak sie – darum rannte sie weg – als sie ihm ins Auge sah, ihr eigen Bild dort fand. Davor graute ihr – vor dem Tode, der seine Blumen streute, wo immer ihr Fuß schritt –

Der kleine Rechtsanwalt hatte ihn gewarnt. »Nun sind Sie an der Reihe.« – Hatte nicht Alraune ihm dasselbe gesagt, als sie ihn bat, zu gehen? Und wirkte der alte Zauber nicht auf ihn, so gut wie auf alle anderen? Wertlose Papier hatte ihm der Onkel vermacht – nun schlug man Gold aus den Felsen. Reich machte Alraune – und sie brachte den Tod –

Plötzlich erschrak er – jetzt erst. Noch einmal entblößte er seine Wunde –

O ja, es stimmte schon, gerade unter dem Riß pochte sein Herz. Nur die kleine Bewegung, die den Körper drehte, als er mit dem Arm nach dem Eichhörnchen zeigte – die allein rettete ihn. Sonst – sonst –

Aber nein, er wollte nicht sterben. Schon um der Mutter willen, dachte er. Ja, wegen ihr – doch auch wenn sie nicht gewesen wäre. Auch für sich selbst. In so langen Jahren hatte er gelernt zu leben, nun beherrschte er diese große Kunst, die ihm mehr gab, wie vielen tausenden andern. Voll und stark lebte er, stand auf dem Gipfel und genoß gut diese Welt und all ihre Herrlichkeiten.

›Das Schicksal liebt mich,‹ dachte er, ›es droht mit dem Finger. – Das ist deutlicher wie des Rechtsanwalts Worte. Noch ist es Zeit.‹ Er zog seinen Koffer hinter dem Schranke her, riß den Deckel auf. Begann zu pakken. – Wie schloß doch Ohm Jakob seinen Lederband? – »Versuche dein Glück! Schade, daß ich nicht mehr da bin, wenn du an die Reihe kommst: das hätte ich sehr gerne gesehn«

Er schüttelte den Kopf. »Nein, Ohm Jakob«, murmelte er, »diesmal wirst du keine Freude an mir erleben, diesmal nicht.«

Er warf die Stiefel zusammen, griff nach den Strümpfen. Legte dann ein Hemd zurecht und den Anzug, den er anziehen wollte. Sein Blick fiel auf den tiefblauen Kimono, der über der Stuhllehne hing. Er nahm ihn auf, betrachtete den brandigen Riß, den die Kugel machte.

»Ich sollte ihn dalassen«, sagte er, »ein Andenken für Alraune. Sie mag es zu ihren andern Erinnerungen legen.«

Ein tiefer Seufzer klang hinter ihm. Er wandte sich um – mitten im Zimmer stand sie, in dünnem Seidenmantel, sah ihm zu mit großen, offenen Augen. »Du packst?« flüsterte sie. »Du gehst fort – ich dachte es wohl.«

Ein Ball stieg ihm im Halse hoch. Aber er würgte ihn hinunter, nahm sich fest zusammen: »Ja, Alraune, ich reise nun«, sagte er.

Sie warf sich auf einen Stuhl, antwortete nicht, sah ihm schweigend zu. Zum Waschtisch ging er, nahm ein Ding nach dem andern, Kämme, Bürsten, Seifen und Schwämme. Warf endlich den Deckel zu, schloß den Koffer.

»So!« rief er hart. »Nun bin ich fertig.« Er trat auf sie zu, ihr die Hand zu reichen.

Sie rührte sich nicht, hob den Arm nicht. Und geschlossen blieben ihre bleichen Lippen.

Nur ihre Augen sprachen: »Reise nicht«, baten sie. »Verlaß mich nicht. Bleibe bei mir.«

»Alraune!« murmelte er. Und es klang wie ein Vorwurf, wie eine Bitte zugleich, ihn ziehen zu lassen.

Aber sie ließ ihn nicht los, hielt ihn fest mit ihren Blicken: »Verlaß mich nicht.«

Er fühlte, wie sein Wille dahinschmolz. Und fast mit Gewalt wandte er die Augen von ihr ab. Aber gleich öffneten sich ihre Lippen. »Reise nicht«, forderte sie. »Bleibe bei mir!«

»Nein!« schrie er. »Ich will nicht. Du wirst mich zugrunde richten, wie die andern!« Er wandte ihr den Rücken, ging zum Tisch, riß ein paar Flocken aus der Verbandwatte, die er für seine Wunde gebraucht hatte. Befeuchtete sie mit Öl, stopfte sie fest in die Ohren.

»So, nun rede«, rief er, »wenn du magst. Ich hör dich nicht. Ich seh dich nicht. – Ich *muß* fort und du weißt es: laß mich gehen.«

Sie sagte leise: »So wirst du mich fühlen.« Sie trat zu ihm, legte leicht ihre Hand auf seinen Arm. Und ihrer Finger Beben sprach: – »Bleibe bei mir! – Verlaß mich nicht.«

So süß war dieser leichte Kuß ihrer kleinen Hände, so süß. ›Gleich reiß ich mich los,‹ dachte er, ›gleich! Eine kleine Sekunde nur!‹ Er schloß die Augen, kostete tiefatmend ihrer Finger schmeichelnden Druck. Aber ihre Hände hoben sich und seine Wangen bebten unter der weichen Berührung. Langsam schlang sie die Arme ihm um den Nacken, bog seinen Kopf herab, reckte sich hoch, brachte ihre feuchten Lippen an seinen Mund.

›Wie seltsam es doch ist,‹ dachte er. ›Ihre Nerven sprechen und die meinen verstehen diese Sprache.‹

Sie zog ihn zur Seite, einen Schritt weit. Drückte ihn nieder auf das Bett. Setzte sich auf seine Knie, hüllte ihn ein in einen Mantel schmeichelnder Zärtlichkeiten. Zog mit spitzen Fingern die Watte aus seinen Ohren, raunte ihm schwüle, kosende Worte zu. Er verstand sie nicht, so leise sprach sie. Aber er empfand wohl den Sinn, fühlte, daß es nicht mehr war: »Bleibe!« – Daß es nun klang: »Wie gut, daß du bleibst.«

Noch immer lagen seine Lider fest über den Augen. Noch immer hörte er nur ihrer Lippen wirres Geflüster, fühlte nur ihrer Finger kleine Spitzen, die über seine Brust liefen und über das Gesicht. Sie zog ihn nicht, sie drängte ihn nicht – und doch fühlte er ihrer Nerven Strom, der ihn hinabzog auf das Bett. Langsam, langsam ließ er sich sinken.

Dann, plötzlich, sprang sie auf. Er öffnete die Augen, sah wie sie zur Türe lief und sie schloß, dann am Fenster die schweren Gardinen eng zuzog. Still floß eine matte Dämmerung durch den Raum.

Er wollte sich erheben, aufstehen. Aber sie war zurück, ehe er noch ein Glied rührte. Warf den schwarzen Mantel ab, kam hin zu ihm. Schloß ihm von neuem die Lider mit sanftem Finger, drängte ihre Lippen an die seinen.

Er fühlte ihre kleine Brust in seiner Hand, fühlte ihrer Zehen Spitzen, die spielten auf seines Beines Fleisch. Fühlte ihre Locken, die über seine Wangen fielen –

Und er wehrte sich nicht. Gab sich ihr hin, wie sie wollte –

»Bleibst du?« fragte sie. Aber er empfand gut, daß es keine Frage mehr war. Daß sie nur es hören wollte – auch von seinen Lippen.

»Ja«, sagte er leise.

Ihre Küsse fielen wie ein Regen im Mai. Ihre Zärtlichkeiten tropften, wie ein Schauer von Mandelblüten im Abendwinde. Ihre schmeichelnden Worte sprangen, wie der Kaskaden schimmernde Perlen im Parkteiche.

»Du lehrtest es mich!« hauchte sie, »Du – du zeigtest mir, was Liebe sei – nun mußt du bleiben für meine Liebe, die du schufst!«

Sie fuhr leicht über seine Wunde, küßte sie mit zärtlicher Zunge. Hob den Kopf, sah ihn an mit irren Augen. »Ich tat dir weh« – flüsterte sie, »ich traf dich – dicht am Herzen. – Willst du mich schlagen? Soll ich die Peitsche holen? Tu was du willst! – Reiße mir Wunden mit deinen Zähnen – nimm auch das Messer. Trinke mein Blut – tu, was du magst – alles, alles! – Deine Sklavin bin ich.«

Wieder schloß er die Augen, seufzte tief. ›Die Herrin bist du!‹ dachte er. ›Die Siegerin!‹

Manchmal, wenn er in die Bibliothek trat, war ihm, als ob ein Lachen irgendwoher käme aus den Ecken. Das erstemal, als er es hörte, glaubte er, daß es Alraune sei, ob es gleich nicht klang, wie ihre Stimme. Er suchte herum und fand nichts.

Als er es wieder hörte, erschrak er. ›Es ist Ohm Jakobs heisere Stimme,‹ dachte er. ›Er lacht mich aus.‹ Dann faßte er sich, nahm sich zusammen. ›Eine Sinnestäuschung,‹ murmelte er – ›und das ist kein Wunder. Meine Nerven sind überreizt.‹

Wie im Taumel ging er daher. Schleichend, schwankend, wenn er allein war, mit hängenden Bewegungen und stierem, apathischem Blicke. Überladen aber, gespannt in allen Nerven, wenn er bei ihr war – da jagte sein Blut, das sonst still und sickernd dahinkroch.

Er war ihr Lehrer – das ist wahr. Er öffnete ihren Blick, lehrte sie aller Zenanen Geheimnisse in den Ländern des Morgens, alle Spiele der alten Völker, denen die Liebe eine Kunst ist. Aber es war, als ob er nichts Fremdes ihr sage, nur die Erinnerung in ihr wachrufe an etwas, das längst ihr eigen war. Oft, ehe er noch sprach, flammten ihre raschen Lüste, brachen heraus wie ein Waldbrand zur Sommerzeit.

Er warf die Fackel. Und doch graute ihm vor dieser Feuersbrunst, die sein Fleisch versengte, die ihn in alle Gluten und Fieber warf und wieder ihn verdorrte und sein Blut gerinnen machte in den Adern.

Einmal, wie er über den Hof schlich, traf er Froitsheim.

»Sie reiten nicht mehr, junger Herr?« fragte der alte Kutscher.

Er sagte still: »Nein, nun nicht mehr.« Da fiel sein Blick auf des Alten Auge und er sah, wie sich die vertrockneten Lippen öffneten.

»Sprich nicht, Alter!« sagte er rasch. »Ich weiß, was du mir sagen willst! – Aber ich kann nicht – ich kann nicht.«

Der Kutscher sah ihm lange nach, wie er davonging, zum Garten hin. Spuckte aus, schüttelte bedächtig den Kopf, schlug dann ein Kreuz.

Eines Abends saß Frieda Gontram auf der Steinbank unter den Blutbuchen. Er schritt auf sie zu, bot ihr die Hand. »Schon zurück, Frieda?«

»Die zwei Monate sind vorbei«, sagte sie.

Er griff sich mit der Hand an die Stirn. »Vorbei?« murmelte er. »Mich deuchte es kaum eine Woche. – Wie geht es Ihrem Bruder?« fuhr er fort.

»Er ist tot«, erwiderte sie, »lange schon. Wir haben ihn dort oben begraben, in Davos – Vikar Schröder und ich.«

»Tot!« gab er zurück. Dann, als wollte er die Gedanken wegjagen, fragte er rasch: »Was gibt es sonst Neues da draußen? Wir leben als Einsiedler, kommen nicht heraus aus dem Garten.«

»Am Schlagfluß starb die Fürstin«, begann sie. »Die Gräfin Olga –« Aber er ließ sie nicht weiter sprechen. »Nein, nein!« rief er, »sagen Sie nichts. Ich will nichts hören. Tod – Tod und Tod! – Schweigen Sie, Frieda, schweigen Sie!«

– Nun war er froh, daß sie da war. Sie sprachen wenig zusammen, aber sie saßen still beieinander. Heimlich, wenn das Fräulein im Hause war. Alraune grollte, daß Frieda Gontram zurück war. »Warum ist sie gekommen? – Ich will sie nicht haben! Ich will niemanden außer dir.«

»Laß sie doch«, sagte er. »Sie ist ja keinem im Wege, versteckt sich, wo sie kann.«

Alraune sagte: »Sie ist zusammen mit dir, wenn ich nicht dabei bin. Ich weiß es. Aber sie mag sich in acht nehmen!«

»Was willst du tun?« fragte er.

Sie antwortete: »Tun? Nichts! Hast du vergessen, daß ich nichts zu tun brauche? – Alles kommt von selbst.«

Noch einmal erwachte in ihm ein Widerstand. »Du bist gefährlich«, sagte er, »wie eine giftige Beere.«

Sie hob die Lippen. »Warum nascht sie also? Ich habe ihr befohlen, wegzugehen für immer! – Du aber machtest zwei Monate daraus. – Es ist deine Schuld.«

»Nein!« rief er. »Das ist nicht wahr. Sie wäre ins Wasser gegangen damals –«

»Um so besser!« lachte Alraune.

Er brach ab, sagte rasch: »Die Fürstin ist tot. Ein Schlagfluß traf sie –«

»Gott sei Dank!« lachte Alraune.

Er biß die Zähne aufeinander, griff ihre Arme, schüttelte sie. »Eine Hexe bist du!« zischte er. »Man sollte dich totschlagen.«

Sie wehrte sich nicht, wie auch seine Hände sich in ihr Fleisch krampften. »Wer?« lachte sie. »Du?«

»Ja ich!« schrie er. »Ich! – Ich pflanzte den Samen zu dem Giftbaum – so werde ich auch die Axt finden, ihn zu fällen – die Welt zu befreien von dir!«

»Tu's doch«, flötete sie sanft, »Frank Braun, tu's doch!«

Wie Öl floß ihr Spott auf das Feuer, das ihn brannte. Heiß und rot wob ihm der Qualm vor den Augen, drang stickig hinein in seinen Mund. Sein Gesicht verzerrte sich, rasch ließ er sie los, hob die geballte Faust.

»Schlag zu«, rief sie, »schlag zu! – Oh, so hab ich dich gern!«

Da sank sein Arm; da ertrank sein armer Wille in ihrer Zärtlichkeiten Fluten.

In dieser Nacht wurde er wach. Ein flackernder Lichtschein fiel über ihn, der kam von den Kerzen des großen Silberleuchters her, der auf dem Kamine stand. Er lag in der Urgroßmutter mächtigem Bette; über ihm, gerade über ihm schwebte das hölzerne Männlein. ›Wenn es fällt, wird es mich erschlagen,‹ dachte er im Halbschlaf. ›Ich muß es fortnehmen.‹

Dann fiel sein Blick nach unten. Da kauerte am Fußende Alraune, leise Worte klangen von ihrem Munde, irgend etwas klapperte leicht in ihren Händen. Er wandte ein wenig den Kopf, lauerte hinüber.

Sie hielt den Becher – ihrer Mutter Schädel. Warf die Würfel – ihres Vaters Knochen.

»Neun«, murmelte sie. – »Und sieben – sechzehn!« Wieder gab sie die beinernen Würfel in den Schädelbecher, schüttelte die klappernden Dinger leicht hin und her. »Elf!« rief sie.

»Was treibst du da?« unterbrach er sie.

Sie wandte sich um – »Ich spiele. – Ich konnte nicht recht schlafen – da spielte ich.«

»Was hast du gespielt?« fragte er.

Sie schlüpfte zu ihm hin, rasch wie ein glattes Schlänglein. »Wie es werden soll, hab ich gespielt. Wie es werden soll – mit dir und mit Frieda Gontram!«

»Nun – und wie wird es?« fragte er weiter.

Sie trommelte mit den Fingern auf seiner Brust. »Sie wird sterben«, zwitscherte sie, »Frieda Gontram wird sterben.«

»Wann?« drängte er.

»Ich weiß nicht.« sprach sie. »Bald – sehr bald!«

Er krampfte die Finger zusammen. »Nun – und wie ist es mit mir?«

Sie sagte: »Ich weiß es nicht – du hast mich unterbrochen. – Soll ich weiterspielen?«

»Nein«, schrie er, »nein! – Ich will es nicht wissen!«

Er schwieg, brütete schwer vor sich hin. Schrak plötzlich auf – setzte sich auf, starrte zur Türe.

Leise Schritte schlürften vorbei, ganz deutlich hörte er eine Diele krachen.

Er sprang aus dem Bette, machte ein paar Schritte zur Türe hin, lauschte angestrengt. Nun glitt es die Treppe hinauf.

Dann hörte er hinter sich ihr helles Lachen. »Laß sie doch!« klingelte sie. »Was willst du von ihr?«

»Wen soll ich lassen?« fragte er. »Wer ist es?«

Sie lachte immer noch: »Wer? – Frieda Gontram! Deine Angst ist verfrüht, mein Ritter – noch lebt sie ja!«

Er kam zurück, setzte sich auf des Bettes Rand. »Bring mir Wein!« rief er. »Ich will trinken.«

Sie sprang auf, lief ins Nebenzimmer, brachte die Kristallkaraffe, ließ den Burgunder in die geschliffenen Gläser bluten.

»Sie läuft immer herum«, erklärte sie. »Tag und Nacht. Sie kann nicht schlafen, sagt sie, da steigt sie durch das ganze Haus.«

Er hörte nicht, was sie sprach, stürzte den Wein hinunter, streckte das Glas ihr wieder hin.

»Mehr!« forderte er. »Gib mehr!«

»Nein«, sagte sie, »so nicht! – Leg dich nieder – ich will dich tränken, wenn du durstig bist.« Sie drückte sein Haupt herunter in die Kissen, kniete vor ihm auf dem Boden. Nahm einen Schluck Wein – gab ihn ihm in ihrem Munde. Trunken wurde er vom Wein, trunkener noch von den Lippen, die ihn reichten –

Die Sonne glühte am Mittag. Sie saßen auf der Marmorbrüstung des Teiches, plätscherten mit den Füßen im Wasser.

»Geh in mein Zimmer«, sagte sie. »Auf dem Toilettentisch liegt eine Angel, zur linken Hand – die bring mir!«

»Nein!« erwiderte er. »Du sollst nicht angeln. Was taten dir die goldenen Fischlein?«

Sie sprach: »Tu's!«

Da stand er auf, ging zum Herrenhause. Er kam in ihr Zimmer, – nahm die Angel, betrachtete sie kritisch. Dann lächelte er befriedigt: »Nun, sie wird nicht viel fangen mit dem Ding da!« – Aber er unterbrach sich, schwere Falten zogen sich auf seiner Stirne. »Nicht viel fangen?« fuhr er fort. »Sie wird die Goldfischlein fangen und wenn sie einen Fleischhaken hineinwürfe!«

Sein Blick fiel zum Bette, oben auf das Wurzelmännchen. Er warf die Angel in die Ecke, griff einen Stuhl in plötzlichem Entschluß. Stellte ihn auf das Bett, stieg hinauf, riß mit schnellem Ruck das Alräunchen herunter. Er suchte Papier zusammen, warf es in den Kamin, zündete es an und legte das Männlein darauf.

Er setzte sich auf den Boden, schaute den Flammen zu. Aber sie fraßen nur das Papier, sengten nicht einmal das Alräunchen, schwärzten es nur. Und es schien ihm, als ob es lache, als ob sein häßliches Gesicht sich zur Fratze verziehe – ah, zu dem Grinsen Ohm Jakobs! Und jetzt – jetzt scholl wieder dieses klebrige Lachen – ringsumher aus den Ecken.

Er sprang auf, nahm sein Messer vom Tische, öffnete die scharfe Klinge. Griff das Männlein heraus aus dem Feuer.

Hart war das Wurzelholz und unendlich zäh, nur kleine Späne vermochte er abzutrennen. Aber er gab nicht nach, – schnitt und schnitt – ein Stückchen um das andere. Heller Schweiß perlte von seiner Stirne, seine Finger schmerzten ihn von der ungewohnten Arbeit. Er machte eine Pause, holte neues Papier, Stöße nie gelesener Zeitungen. Warf die Splitter darauf, überschüttete sie mit ihrem Rosenöl und mit Eau de Cologne.

Ah, nun brannte es, lichterloh. Doppelte Kraft gab ihm die Flamme, schneller und stärker trennte er die Späne vom Holze, gab immer neue Nahrung dem Feuer. Kleiner wurde das Männlein, verlor seine Arme und beide Beine. Immer noch gab es nicht nach, wehrte sich, stieß ihm spitze Splitter tief in die Finger. Aber er netzte den häßlichen Kopf mit seinem Blute, grimmig lachend, schnitt neue Späne herunter von dem Leibe.

Dann erklang ihre Stimme. Heiser, fast gebrochen –

»Was tust du?« rief sie.

Er sprang auf, warf das letzte Stück in die fressenden Flammen. Wandte sich um, wild, wahnsinnig leuchteten seine grünen Augen. »Ich hab es totgeschlagen!« schrie er.

»Mich!« jammerte – sie, »mich! –« Sie griff mit beiden Händen zur Brust. »Es tut weh«, flüsterte sie, »es tut weh.«

Er schritt an ihr vorbei, schlug die Türe krachend ins Schloß –

– Doch eine Stunde später lag er wieder in ihren Armen, schlürfte wieder ihre giftigen Küsse –

Wahr ist es – er war ihr Lehrer. An seiner Hand wandelte sie durch der Liebe Park, tief hinein auf versteckten Pfaden, weitab von der Menge breiten Alleen. Aber wo, in dichtem Gestrüpp, die Pfade zu Ende waren, wo sein Fuß kehrtmachte vor jähen Abgründen, da schritt sie lachend weiter. Unbekümmert und frei aller Furcht und Scheu, leicht wie in hüpfendem Tanzschritt. Keine rote Giftfrucht wuchs in der Liebe Park, die ihre Finger nicht pflückten, die ihre Lippen nicht lächelnd kosteten –

Von ihm wußte sie, wie süß die Trunkenheit sei, wenn die Zunge kleine Bluttropfen schlürft, aus geliebtem Fleische. Ihre Gier aber schien unersättlich und unstillbar ihr brennender Durst –

– Matt war er von ihren Küssen in dieser Nacht, löste sich langsam aus ihren Gliedern. Schloß die Augen, lag wie ein Toter, starr und unbeweglich. Aber er schlief nicht, hell, wach blieben seine Sinne, trotz aller Müde.

Durch lange Stunden lag er so. Der helle Vollmond fiel durch die offenen Fenster, breit herein auf das weiße Bett. Und er hörte, wie sie sich regte an seiner Seite, leise stöhnte und irre Worte flüsterte, wie immer in solchen Mondnächten. Er hörte sie aufstehen, singend zum Fenster gehen, dann langsam zurückkommen. Fühlte, wie sie sich über ihn neigte, lange ihn anstarrte.

Er rührte sich nicht. Wieder stand sie auf, lief zum Tisch, kam dann zurück. Und sie blies, schnell und schneller auf seine linke Brust, wartete nun, lauschte auf seine Atemzüge.

Dann fühlte er, wie etwas Kaltes und Scharfes seine Haut ritzte, und begriff, daß es ein Messer war. ›Nun wird sie stoßen‹ – dachte er. Aber das schien ihm nicht schmerzlich, schien ihm süß zu sein und sehr gut. Er bewegte sich nicht, wartete still auf den raschen Riß, der sein Herz öffnen sollte.

Sie schnitt – langsam und leicht. Nicht sehr tief – aber tief genug, daß sein Blut heiß herausquoll. Er hörte ihr schnelles Atmen, öffnete ein wenig die Lider, blinzelte hinauf. Ihre Lippen standen halb offen, gierig schob sich die kleine Zungenspitze zwischen die blanken Zähne. Ihre weißen Brüstchen hoben sich rasch und ein irres Feuer sprühte aus ihren starren grünen Augen.

Dann, plötzlich, warf sie sich über ihn. Drängte den Mund an die offene Wunde, trank – trank –

Still lag er, unbeweglich; fühlte wie sein Blut zum Herzen flutete; es schien ihm, als ob sie ihn austränke, all sein Blut schlürfe, nicht einen letzten Tropfen ihm lassen wolle. Und sie trank – – trank – durch Ewigkeiten trank sie –

Endlich hob sie den Kopf. Er sah wie sie glühte; rot leuchteten ihre Wangen in dem Mondschein, kleine Tropfen perlten auf ihrer Stirne. Sie koste mit schmeichelndem Finger ihrer roten Labe versiegten Quell, drückte rasch ein paar leichte Küsse darauf. Wandte sich dann, blickte mit starren Augen in den Mond –

Irgend etwas zog sie. Sie stand auf, ging mit schweren Schritten zum Fenster. Stieg auf einen Stuhl, setzte einen Fuß auf das Fensterbrett – übergossen von silbernem Lichte –

Dann, wie mit einem raschen Entschluß, stieg sie wieder hinab. Sah nicht rechts und nicht links, glitt geradeaus durch das Zimmer. »Ich komme«, flüsterte sie, »ich komme.«

Öffnete die Tür, ging hinaus.

Eine Weile lag er noch still, lauschte auf die Tritte der Schlafwandlerin, die sich irgendwo verloren in fernen Räumen. Stand dann auf, zog Schuhe und Strümpfe an, griff nach seinem Mantel. Er war froh, daß sie fort war, nun würde er eine Weile schlafen können. Weg, weg – ehe sie zurückkam –

Er ging über den Flur, seinem Zimmer zu. Da hörte er Tritte, drückte sich eng in eine Türnische. Aber es war eine schwarze Gestalt, war Frieda Gontram in ihren Trauerkleidern. Sie trug eine Kerze in der Hand, wie immer auf ihren nächtlichen Spaziergängen; die brannte trotz des Vollmondes. Er sah ihre bleichen, verzerrten Züge, die harten Querfalten über der Nase, den zusammengepreßten, verkniffenen Mund. Sah ihr scheues, abgekehrtes Auge –

›Besessen ist sie!‹ dachte er, – ›besessen – wie ich.‹

Einen Augenblick dachte er daran zu sprechen mit ihr, zu überlegen, ob – ob – vielleicht –

Aber er schüttelte den Kopf. »Nein, nein, es kann doch nichts helfen.«

Sie versperrte ihm den Weg zu seinem Zimmer, so beschloß er hinüberzugehen zur Bibliothek, sich dort auf den Diwan zu legen. Er schlich die Treppen hinab, kam zur Haustüre, zog den Riegel zurück und löste die Kette. Schlüpfte leise hinaus und weiter, über den Hof.

Weit auf stand das Eisentor, wie am Tage, das wunderte ihn. Er ging hindurch, blickte auf die Straße. Im tiefen Schatten lag die Nische des Heiligen, heller wie sonst leuchtete der weiße Stein. Viele Blumen lagen zu seinen Füßen, vier, fünf Lämpchen brannten dazwischen. Und es deuchte ihn, als ob der Menschen Flammen, die sie ewig nannten, ankämpfen wollten gegen des Mondes Licht.

»Armselige Lämpchen«, murmelte er. Aber es war ihm doch wie eine Hilfe, wie ein Schutz gegen die unergründlichen Mächte der grausamen Natur. Sicher fühlte er sich in diesem Schatten, nahe bei dem Heiligen, den des Mondes Licht nicht traf, der seine eigenen Flammen brannte. Er blickte auf, sah auf die harten Züge des Steinbildes. Und es schien ihm, als ob sie lebten in dem Flackerlichte der Lämpchen, schien ihm, als ob sich der Heilige höher recke, stolz hinaus blicke, dorthin, wo der Mond schien.

Da sang er, leise surrend, wie vor vielen Jahren, aber heiß, inbrünstig fast:

»Johann von Nepomuk,
Retter vor Flutgefahr,
Schütz' mich vor Lieb'!
Laß andere liebestoll werden,
Laß mir die Ruh' auf Erden.
Johann von Nepomuk
Schütz' mich vor Lieb'.«

Dann ging er zurück, durch das Tor und über den Hof. – Auf der Steinbank, vor den Ställen, saß der alte Kutscher; er sah, wie er den Arm hob und ihm winkte. Rasch eilte er über das Steinpflaster.

»Was gibt es, Alter?« flüsterte er. Froitsheim antwortete nicht, hob nur die Hand, wies mit der kurzen Pfeife nach oben.

»Was?« fragte er. »Wo?«

Dann aber sah er gut. Auf dem hohen Dache des Herrenhauses schritt ein schlanker, nackter Knabe, ruhig, und sicher. Alraune war es.

Weit offen standen ihre Augen, blickten nach oben, hoch nach oben, zum Vollmond.

Er sah, wie ihre Lippen sich bewegten, sah, wie sie die Arme leicht emporstreckte in die Sternennacht. Wie ein Verlangen war es, wie ein sehnsüchtiger Wunsch.

Und immer noch schritt sie dahin. Hinab auf den First und nun den Rand entlang, Schritt um Schritt.

Sie mußte fallen, mußte hinabstürzen! Eine jähe Angst faßte ihn, seine Lippen öffneten sich, sie zu warnen, sie anzurufen.

»Alr – –«

Aber er erstickte den Ruf. Sie warnen, ihren Namen schreien – das hieß ja gerade: sie töten! Sie schlief, war sicher – solange sie schlief und daher wandelte in diesem Schlafe. Aber wenn er sie rief – wenn sie erwachte – dann, dann mußte sie stürzen!

Irgend etwas in ihm forderte: ›Schrei! Schrei! – Schrei: dann bist du gerettet! – Ein kleines Wort nur, nur ihren Namen – Alraune! Du trägst ihr Leben auf deiner Zungenspitze – ihr Leben und dein eigenes! – Schrei! Schrei!‹

Seine Zähne bissen sich übereinander, seine Augen schlossen sich, seine Hände verschlangen sich fest. Aber er empfand: jetzt, *jetzt wird es geschehen*. Ah, es gab kein Zurück, er mußte es tun! Alle seine Gedanken schmolzen zusammen, schmiedeten sich zu dem einen langen, scharfen Morddolche: »Alraune« –

Da scholl es her, weit durch die Nacht, hell gellend, wild und verzweifelt –: »Alraune – Alraune!«

Er riß die Augen auf – starrte hinauf. Er sah, wie sie oben die Arme fallen ließ, wie ein jähes Zittern durch ihre Glieder ging. Wie sie sich wandte, entsetzt zurückblickte auf die große, schwarze Gestalt, die aus der Dachluke kroch. Sah, wie Frieda Gontram die Arme weit öffnete, vorstürzte – hörte noch einmal ihren Angstschrei: »Alraune«

Dann sah er nichts mehr, ein wirrer Nebel deckte seine Augen. Nur einen dumpfen Fall hörte er, einen zweiten gleich darauf. Und einen leichten hellen Schrei – nur einen.

Der alte Kutscher griff seinen Arm, zog ihn vor. Er schwankte, fiel beinahe – sprang dann hoch, lief mit raschen Schritten über den Hof, dem Hause zu –

Er kniete an ihrer Seite – bettete ihren süßen Leib in seine Arme. Blut, viel Blut färbte die kurzen Locken –

Er legte sein Ohr an ihr Herz, hörte ein leises Pochen. »Sie lebt noch«, flüsterte er, »oh, sie lebt noch.« Und er küßte ihre bleiche Stirn.

Er sah zur Seite, wo der alte Kutscher um Frieda Gontram sich mühte. Er sah ihn den Kopf schütteln und schwerfällig aufstehn. »Das Genick hat sie gebrochen«, hörte er ihn sprechen.

Was galt es ihm? – Alraune lebte ja – sie lebte.

»Komm Alter«, rief er, »wir wollen sie hineintragen.«

Er hob ein wenig ihre Schultern – da schlug sie die Augen auf.

Aber sie erkannte ihn nicht. »Ich komme«, flüsterte sie, »ich komme –«

Dann fiel ihr Kopf zurück –

Er sprang auf – jäh raste sein wilder Schrei, brach sich rings an den Häusern, flutete vielstimmig über den Garten. »Alraune – Alraune! – Ich war es – ich –!«

Der alte Kutscher legte ihm die schwielige Hand auf die Schulter, schüttelte den Kopf.

»Nein, junger Herr«, sagte er, »Fräulein Gontram rief sie an.«

Er lachte gell: »– War es nicht *mein Wunsch*?«

Finster wurde des Alten Gesicht. Rauh klang seine Stimme. »*Mein* Wunsch war es.«

Die Dienstboten kamen aus den Häusern. Kamen mit Licht und mit Lärm, schrien und sprachen, füllten den weiten Hof –

Taumelnd, wie ein Trunkener, schwankte er dem Hause zu, stützte sich auf des alten Kutschers Arm –

»Ich will nach Hause«, flüsterte er. »Die Mutter wartet.«

Ausklang

Spät ist der Sommer, nun heben, dicht vom Stengel, die Stockrosen ihre Köpfe. Streuen die Malven ihre matten Klänge, rings in die weichen Farben: blasses Gelb, Lila und weiches Rosa.

Als du klopftest, liebe Freundin, da rief der junge Lenz. Als du eintratest durch die schmale Pforte, in meiner Träume Garten, sangen den raschen Schwälblein Narzissen den Willkomm und gelbe Himmelschlüssel. Blau und gut waren deine Augen und deine Tage waren wie die schweren Trauben lichtblauer Glyzenen, tropften hinab zum weichen Teppich: da schritt mein Fuß weich dahin durch sonnenglitzernde Laubengänge –

Und die Schatten fielen. Und in den Nächten stieg die ewige Sünde hinaus aus dem Meer, kam von Süden her, aus der Sandwüsten Glut. Spie weit aus ihren Pesthauch, streute rings in meine Gärten ihrer brünstigen Schönheiten Schleier. Wilde Schwester, da wachte deine heiße Seele, aller Schanden froh, voll aller Gifte. Trank mein Blut, jauchzte und schrie, aus schmerzender Qual und aus küssenden Lüsten.

Zu wilden Pranken wuchsen deiner rosigen Nägel süße Wunder, die Fanny manikürte, deine kleine Zofe. Zu mächtigen Hauern deiner blanken Zähne leuchtende Milchopale, zu einer Morddirne starrenden Zitzen deiner süßen Kinderbrüstchen schneeweiße Kätzlein. Feurige Vipern zischten deine Goldlocken und aus deinen Augen, sanften Steinaugen, die das Licht brechen wie meines stillen Goldbuddhas leuchtende Sternsaphire, rasten die Blitze, die allen Wahnsinns Fesseln in ihren Gluten schmelzen –

Aber Goldlotos wuchs in meiner Seele Teich, schob sich mit breiten Blättern auf die weite Fläche, deckte der Tiefen grause Wirbel und Strudel. Und die silbernen Tränen, die die Wolke weinte, lagen wie große Perlen auf den grünen Blättern, leuchteten durch den Mittag, wie geschliffene Mondsteine. Wo der Akazien blasser Schnee lag, warf Goldregen nun sein giftiges Gelb – da fand ich, Schwesterlein, die große Schönheit der keuschen Sünde. Und ich verstand die Lüste der Heiligen.

Vor dem Spiegel saß ich, geliebte Freundin, trank aus dem Spiegel die Überfülle deiner Sünden. Wenn du schliefest, am Sommermittage, in dünnem Seidenhemde auf weißem Linnen.

Eine andere warst du, blonde Freundin, wenn die Sonne lachte durch meiner Gärten Pracht – holdes Schwesterlein meiner traumstillen Tage. Und eine ganz andere, blonde Freundin, wenn sie sank im Meere, wenn die grause Finsternis leise kroch aus den Büschen – wilde, sündige Schwester meiner heißen Nächte. Ich aber schaute, bei des lichten Tages Schein, alle Sünde der Nacht, in deiner nackten Schönheit.

Aus dem Spiegel ward mir die Erkenntnis, aus dem alten Spiegel im Goldrahmen, der so manche Spiele der Liebe sah in dem weiten Erkerzimmer im Schloß von San Costanzo. Aus diesem Spiegel kam mir die Wahrheit, wenn ich aufsah von den Blättern des Lederbandes: süßer als alles ist die keusche Sünde der Unschuld.

– Daß es Wesen gibt – keine Tiere – seltsame Wesen, die aus verruchter Lust absurder Gedanken entsprangen – du wirst es nicht leugnen, liebe Freundin, du nicht.

Gut ist das Gesetz, gut alle strenge Norm. Gut ist der Gott, der sie schuf und gut der Mensch, der sie wohl achtet. Der aber ist des Satans Kind, der mit frecher Hand hineingreift in der ewigen Gesetze eherne Fugen.

Der Böse hilft ihm, der ein gewaltiger Herr ist – da mag er schaffen nach eigenem stolzem Willen – wider alle Natur.

In alle Himmel ragt sein Werk – und bricht doch zusammen und begräbt im Sturze den frechen Tropf, der es dachte –

Nun schrieb ich dir, Schwester, dies Buch. – Alte, längst vergessene Narben riß ich auf, mischte ihr dunkles Blut mit dem hellen und frischen der letzten Qualen: schöne Blüten wachsen aus solchem Boden, den Blut düngt. Sehr wahr, schöne Freundin, ist all das, was ich dir erzählte – doch nahm ich den Spiegel, trank aus seinem Glase der Ereignisse letzte Erkenntnis, früher Erinnerungen ureigenstes Geschehen.

Nimm, Schwester, dies Buch. Nimm es von einem wilden Abenteurer, der ein hochmütiger Narr war – und ein stiller Träumer zugleich –

Von einem, Schwesterlein, der neben dem Leben herlief –

MIRAMAR – LESINA – BRIONI
April – Oktober 1911

Nachwort

Alraune geht um …

»Etwas« geht um. »Etwas«, ein Phantom, gerinnt bisweilen zur Form … Da findet ein Gottsucher im Nachtschatten ein Gewächs, *Mandragora officinarum*, schon den alten Ägyptern als Zauberpflanze bekannt. Alkaloide enthält die Wurzel, bewährt als Narkotikum, Anästhetikum und Aphrodisiakum und wegen ihrer oft menschenähnlichen Gestalt über Tausende von Jahren als Talisman verehrt, Symbol für die Spannung zwischen Kultur und Natur. Stark psychoaktiv wirken diese Alkaloide, führen zu hypnotischen Zuständen, können, im Übermaß genossen, den Tod schenken. Ein koptischer Name für die Pflanze bedeutet uns *Teufelshoden*; und die griechische Göttin Aphrodite führte den Beinamen *Mandragoritis* (Herrin der Mandragora). In Deutschland nennt man die Pflanze *Alraune*, nach dem Althochdeutschen *alp* (Kobold, Nachtmahr) und *runen* (raunen, flüstern) oder *runa* (Geheimnis), wie dem Niederhochdeutschen *raun* (Geheimnis). »Heimlich flüstern« soll es wohl bedeuten. Nach dem Volksglauben erwächst die Pflanze, wenn das Sperma eines Erhängten unter einem Galgen die Erde befruchtet, deshalb auch die Bezeichnung *Galgenmännlein.*

Aber *Alp* bedeutet auch *incubus*, den in der Spätantike und im Mittelalter gefürchteten Dämon männlicher Gestalt, wollüstige Träume (Alpträume) evozierend und mitunter sogar die Träumende unbefleckt schwängernd.

Dr. jur. Hanns Heinz Ewers (1871–1943) war bereits 1911 bekannt für literarische Alpträume. Zwei Bände phantastischer Erzählungen, *Das Grauen* (1907) und *Die Besessenen*

(1908), sowie der erste von drei – nach ihrem Protagonisten so benannten – »Frank Braun-Romanen«, *Der Zauberlehrling oder Die Teufelsjäger* (1909), lagen vor. *Alraune* (1911) und *Vampir* (1920) hießen die Fortsetzungen.

Alraune nannte Ewers alias Frank Braun 1911 die heute bekannteste Inkarnation seiner fixen Lieblingsidee, der »femme fatale«. Lilith rief er oft den dämonischen, verlokkenden, verführenden, schließlich unglückbringenden und männervernichtenden Typus, der auch als *Pandora, Medusa* oder *Lulu* umgeht.

Auf teuflische Weise ins Leben gerufen, ist *Alraune* Symbol für Sünde, verbreitet Laster, Zügellosigkeit und Perversität. Seit 1904 entwickelte Ewers – meist an der schönen italienischen Adria – diese Rausch-Phantasie, Ende 1911 dann im *Verlag Georg Müller* (München) erschienen.

Schon die ersten Folgen der Publikation waren fatal: Ewers' Geliebte Maria Munk fühlte sich als »schöne Tochter der Sünde« porträtiert und erschoß sich noch 1911. Anfang 1912 kam es dann folgerichtig auch zur Scheidung des Autors von seiner Ehegattin, der Malerin Ilna Ewers-Wunderwald, die das skandalträchtige Werk kurz zuvor illustriert hatte.

Ewers schuf mit *Alraune* ein geradezu geniales Konglomerat aus Phantastik und Realismus, Kolportage und Lyrik, fasziniert gleichermaßen Verstand und Emotion. Raffiniert ineinander verwoben erzählt er seine Geschichte gleichzeitig auf verschiedenen Ebenen – symbolisch, reflektierend, moralisierend, erotisierend. Und der antibürgerliche, zivilisationskritische Themenkatalog verschlägt dem Publikum geradezu den Atem: Weiblichkeit, Sexualität, Biologismus, Psychologie, Magie steigern sich in eine provokative Kompromittierung der Moral. Mondäne Frauen und ewige Studenten agieren – nicht ohne Beachtung ihrer literarischen Vorgänger – im Prostituierten- und Zuhältermilieu und verbreiten eine Atmosphäre des Zerfalls, der Dekadenz und der Degeneration. Tragisch schweben sie zwischen den überkommenen Zwängen der Gesellschaft und dem schon spürbaren Geist der Zukunft.

Ewers füttert voyeuristische und anarchistische Gelüste, fasziniert in einem Spannungsfeld zwischen atemloser Identifikation und ängstlicher Distanzierung, zwischen Hoch- und Geringschätzung, Entsetzen, sogar Ekel und dann doch wieder Bewunderung. Und so gelingt es ihm, sehr unterschiedliche Schichten zu begeistern, sowohl den anspruchsvollen, fortschrittsgläubigen Leser als auch den anspruchslosen »Reißer«-Konsumenten.

Wen überrascht es da, wenn die Mähr von der künstlichen Frau den Autor geradezu über Nacht weltbekannt machte? Einhellig und teils euphorisch begrüßten Literatur- und Avantgardezeitschriften, Tageszeitungen und sogar sexualwissenschaftliche Fachzeitschriften das Werk, ordneten es der »ernsten« Literatur zu. Solcherart »geheiligt«, verbreitete sich der »Bestseller« nun quer durch alle gesellschaftlichen Schichten, denn er entsprach anerkanntermaßen dem »Zeitgeist«. Doch wie sah dieser aus?

Natürlich, kaum anders als heute, stand die Diskussion der »sexuellen Frage« im Mittelpunkt des öffentlichen Interesses. Künstler rebellierten mit der Ausgestaltung des Themas gegen die Verlogenheit der – schon damals wie noch heute – christlich-restriktiven Sexualmoral und genossen die zwanghaft folgenden Prozesse und Verbote, die das öffentliche Interesse rückkopplungsartig nur noch steigerten.

Im *Alraune*-Roman wird die Figur des Professors Jakob ten Brinken Ausgangspunkt zur Diskussion sexueller Passionen. Als dessen Vorbild mußte Ewers' Großonkel, Prof. Dr. Karl Ernst aus'm Weerth (1829–1909), herhalten, der offenbar Ende des letzten Jahrhunderts wegen Päderastie angeklagt wurde.* Der Kunst dieses amoralischen Wissen-

* Die entsprechenden Akten, auf die den Autor eine pensionierte Bibliothekarin aufmerksam machte, sind angeblich im Nordrhein-Westfälischen Hauptstaatsarchiv (Düsseldorf) nicht mehr auffindbar.

schaftlers gelingt es im Roman, eine Über-Frau *Alraune* zu erschaffen, an der Ewers die sich im Zuge der heraufdämmernden emanzipatorischen Zeitströmungen neu definierende Rolle einer nunmehr androgyn-kindhaften Domina darstellt und damit seiner weiblichen Leserschaft eine bis dato nicht gekannte Art von Identifikationsfigur bietet.

Eine diesbezüglich sehr reizvolle Rezension findet sich bereits 1912 im ersten Jahrgang der von Siegmund Freud herausgegebenen *Imago. Zeitschrift für die Anwendung der Psychoanalyse auf die Geisteswissenschaft*. Otto Rank konstatierte die »dichterische Ausgestaltung einer von Abwehrtendenzen entstellten Inzestphantasie«, das Ansprechen der »polymorph-perversen Anlage des Kindes«, eine »inzestuöse Liebesfixierung« sowie einen »Mutterkomplex«. Da mochten auch – Auguren des Erfolgs – die Satiriker nicht nachstehen, und etliche Parodien erschienen.

Schließlich wird der Roman in die verschiedensten Sprachen übersetzt. Kunst und Kommerz, Kritiker mögen das nicht: Die Rezensionen werden allmählich heterogen; man wirft Ewers Kalküldenken in Hinsicht auf den Publikumsgeschmack vor. Doch 1914 erreicht die Auflage satte 27.000.

Dann der 1. Weltkrieg. Literatur muß jetzt national sein und der moralischen Ordnung dienen. Dementsprechend erscheint *Alraune* Literaturkritik und Staatsanwaltschaft plötzlich als pervers und zersetzend, als modischer Reißer aus dem Milieu des dekadenten Berliner Westens. Der *Georg Müller Verlag* kontert 1916 mit einer billigen Feldpostausgabe. Das psychische Grauen soll wohl vom physischen Grauen auf dem Schlachtfeld ablenken. Und wieder kuriose Mißverständnisse: 1918 wird die »Feldpostausgabe« bei den deutschen Truppen vor dem Rückzug aus Belgien konfisziert und verbrannt. Begründung: Fiele das Buch dem Feind in die Hände, könnte der annehmen, Deutschlands Bevölkerung wäre durch den Krieg bereits derartig dezimiert, daß man zum Gegenmittel der künstlichen Befruchtung greifen müsse. Damit beginnt bereits 1918 die Ära der Brutalitäten gegen den Roman. Die merkwürdige Diskrepanz zwischen immer negativer werdenden Kritiken und enorm wachsenden Auflagenzahlen erreicht 1919 einen Höhepunkt: Auflagenhöhe 200.000 – und nunmehr völlige Ablehnung durch die Kritik.

Schon 1918 entstanden die ersten Verfilmungen, in Berlin durch Eugen Illés und in Budapest durch den späteren Hollywood-Regisseur Michael Curtiz, beide ohne Lizenz gedreht und heute verschollen. Seit 1922 entstehen dann mehrere dramatische Bühnenfassungen (in Deutschland, Österreich, Frankreich und der Ukraine), die auch fast immer als Fiasko enden. 1926 wird schließlich sogar die Neuzüchtung einer Dahlie (Wilhelm Pfitzner, Stuttgart) – einen Meter groß, dunkel samtig rot und in echter Kaktusform – *Alraune* getauft. 1927 verfilmt Henrik Galeen den Stoff mit Paul Wegener und Brigitte Helm, die zur gleichen Zeit die »Maschinenfrau« in Fritz Langs »Metropolis« darstellt.*

1928 erschienen dann verschiedene *Alraune*-Ausgaben im gewerkschaftseigenen *Sieben Stäbe Verlag*. Die Auflage erreichte die für die damalige Zeit erstaunliche Höhe von 400.000, doch der Verlag ging pleite. 1930 produzierte Richard Oswald schließlich noch einen stimmungsvollen Tonfilm für die *Ufa*, in dem – ein halbes Jahr nach *Der Blaue Engel* – Brigitte Helm als singender und männermordender Vamp Marlene Dietrich durchaus Konkurrenz macht. Nach diesem Höhepunkt fiel *Alraune* erschöpft in eine Art Narkose, die 20 Jahre anhalten sollte.

Übrigens scheint der aufkommende deutsche »Führer« Adolf Hitler spätestens 1931 den *Alraune*-Roman gelesen zu haben. Ewers, der anfänglich mit den Nazis sympathisierte, trug bald den Spottnamen »Alraune im Braunhemd«, von

---

* Die rekonstruierte Originalfassung des Films wurde bei den Berliner Filmfestspielen 2000 vor ausverkauftem Haus vorgeführt.

Rechten und Linken gebraucht und die lagerübergreifende Ablehnung des *Alraune*-Autors ausdrückend. Auffällig dabei eine – 20 Jahre nach Entstehung des Romans – merkwürdige Einigkeit der Spießer von Rechts und Links, die sich in der übereinstimmenden Wahl diffamierender Schlagwörter äußerte: Konjunkturritter, Perversität, Obszönität, Pornographie ... Zu Beginn der Nazi-Zeit war der Roman bereits in 28 Sprachen übersetzt. Doch am 9. Mai 1933 fällt er in Deutschland den Bücherverbrennungen zum Opfer, wird bei »Säuberungen« aus den Volksbibliotheken entfernt, kommt auf die »Schwarze Liste« und wird schließlich im Oktober 1935 gänzlich verboten und beschlagnahmt. In einer Rezension durch die NS-Behörden heißt es 1941: Ewers »appelliert [...] an niedrigste Instinkte und malt breit und wollüstig die ganze Scheußlichkeit der Vorgeschichte der künstlichen Befruchtung und später des Lebens des unglückseligen Produktes aus. Daß ein Mensch eine solche Geschichte zu Papier zu bringen wagt, zeugt von einer unglaublichen Geschmacksverirrung!«

1950 beschert der *Winkler-Verlag* Deutschland die erste Wiederveröffentlichung nach dem 2. Weltkrieg, prompt auf den kirchlichen Index gesetzt. Nichtsdestotrotz folgt 1952 eine neue, die fünfte Verfilmung durch Arthur Maria Rabenalt mit Hildegard Knef, Erich von Stroheim und Karlheinz Böhm. Die Knef bezaubert darin auch mit Songs, die zwar neu geschrieben, aber an den Soundtrack der Verfilmung von 1930 angelehnt sind.* Doch von den bundesdeutschen Kirchenkanzeln ertönt schon vor Beginn der Dreharbeiten Protest. Und schließlich bringt sich ein Filmopfer *Alraunes*, die Schauspielerin Julia Koschka, nach Abschluß der Dreharbeiten in just dem Hemd um, das sie auch bei ihrem fil-

* *Das Lied vom einsamen Mädchen* wurde dann in den 80er Jahren vom deutsch-amerikanischen Underground-Star Nico neu aufgenommen.

mischen Tod umhüllte. Eine neuerliche 20jährige Narkose *Alraunes* ist die Folge.

Erst 1973 erscheint eine neue Buchausgabe, der bis in die 80er Jahre etliche Taschenbuchausgaben folgen, so daß die Auflagenhöhe in Deutschland seit 1911 inzwischen wohl die Millionengrenze überschritten haben dürfte.

Ende 1991 geht die *Alraune*-Euphorie in eine neue Runde. In den USA erscheint Robert Weinbergs Thriller *The Armageddon Box*, der die Versuche der Nazis, den Übermenschen zu kreieren in einen direkten Zusammenhang zu Ewers' Roman stellt.

1992 legt dann Rita Burkert in Berlin ihre wissenschaftliche Analyse des Romans vor.

Zum 50. Todestag von Ewers folgt 1993 eine neue dramatische Bühnenfassung von Jürgen Weintz (*Off-Theater*, Düsseldorf), die nach erfolgreichen Aufführungen im Eklat endet, als die Hauptdarstellerin Zitate unfreundlicher Äußerungen von Ewers bezüglich Farbiger aus dem Jahre 1906 (!) entdeckt und die Rolle schmeißt. (Wir schreiben die Zeit der Menschenketten gegen Ausländerhaß, die natürlich in Deutschland – wie zu erwarten – viel besser sind als im Ausland!)

Das Jahr 1993 bringt auch eine illegale Taschenbuchausgabe des Fleissner-Konzerns, lizenziert für den *Verlag Ullstein*, sowie den dazugehörigen Prozeß, der sich bis 1998 hinzieht, als der Raubdruck endlich verboten wird.

1995 erscheint völlig unerwartet eine illegale russische Ausgabe des Romans, die erste dortige Neuauflage seit 1912 immerhin.

Das Jahr 1997 überrascht schließlich mit einer Techno-Scheibe *Alraune* der deutschen Gruppe *mikerobenics*, der 1998 ein Techno-Musical folgen sollte. Für die nächste Zukunft stehen eine deutsche Neuverfilmung und sogar eine ausländische Fernsehserie nach Motiven des Romans an. Sind wir gespannt auf neue Skandale.

»Etwas« geht um ... »Etwas«, so nannte Ewers (am Anfang des zweiten Kapitels) die ihn motivierende Idee, den Einbruch des Phantastischen, Irrationalen in das Bewußtsein. »Wo es hinkam, da brach etwas. Nur ein Nichts fast, nur eine unnennbare Kleinigkeit. Aber immer und immer wieder.« »Etwas« geht um, materialisiert sich schließlich in *Alraune*, »ein Phantom, ein schemenhaftes Ding, das nicht in sich selbst leben konnte, ein Schattenwesen, das [...] erst zur Form wurde in einem Geschehen, das außerhalb seiner selbst lag, [...] ein unwirkliches Ding [...], dem er [Geheimrat ten Brinken] Körper und Form gegeben«.

Was ist dieses schemenhafte »Etwas«? Ist es eine Information, ein Programm, ein psychisches Virus, vergleichbar einem Computervirus? Ist es infektiös? Infiziert es die Gedanken, die dann den Körper zur Ausführung seiner Intentionen zwingen? Wirkt dieses »Etwas« vielleicht heute noch und zeugt neue Aktualität für das *Alraune*-Thema?

Programmatisch forderte Ewers alias Frank Braun im Roman: »Du sollst ein Alraunwesen schaffen, Ohm Jakob, sollst diese alte Sage zur Wahrheit machen. Was tut's, ob es Aberglauben ist, mittelalterlicher Gespensterwahn, mystischer Schnickschnack aus uralter Zeit? Du, du machst die alte Lüge zur Wahrheit. Du schaffst sie: sie steht da, klar im Lichte der Tage, greifbar vor aller Welt – – kein dümmster Professor wird sie leugnen dürfen.« Dementsprechend charakterisierten auch die zeitgenössischen Kritiker 1911 den Romaninhalt bereits als »moderne Experimentalphysiologie« und »naturwissenschaftliches Experiment«.

Die Schaffung der künstlichen Kreatur, die Vergottung des Menschen ist inzwischen als Thema der Naturwissenschaften angesagt. Wie war das gleich mit der »Schöpfung«? »Und Gott sprach: Lasset uns Menschen machen, ein Bild, das uns gleich sei ...« und »schuf den Menschen ihm zum Bilde.« (Bibel, 1. Buch Moses). Das kann heute ausprobiert werden; Ewers jedenfalls hatte diesen Anspruch bereits 1910, als er bei seinen Vorträgen über »Die Religion des Satan« mit Inbrunst den Schlußvers von Goethes »Prometheus« deklamierte: »Hier sitz' ich, forme Menschen nach meinem Bilde, ein Geschlecht, das mir gleich sei«. Was anderes also wollte er als Klone?

Wir sehen heute die Projektionen unserer Ideen auf Monitoren. Werden uns bald Computerprogramme beherrschen, indem sie uns den idealen Sexualpartner im CyberSpace vorgaukeln, inklusive der Stimulierung zum Orgasmus durch passendes Zubehör? Werden sich die virtuellen Objekte vielleicht sogar einmal materialisieren?

Die Anfänge sind längst gemacht: Gentechnologie, künstliche Gebärmutter, Tomoffel, Schiege, Klonschaf »Dolly« und Menschwein sind Alltag. Leihmütter kann man kaufen. Menschen zu klonen ist allerdings nur in etlichen Gebieten außerhalb des christlichen Abendlandes erlaubt.

Doch wird die neue Kreation »idealer Sexualpartner« oder »Übermensch« sein, vielleicht sogar eine Kombination beider? Wird sie uns dienen oder bedrohen? Das *Berliner Tageblatt* fand jedenfalls schon 1911, *Alraune* sei »in ihrer kalten Grausamkeit so amoralisch wie die Natur«. Sicher, die Natur ist amoralisch, wo sollte sie die Moral auch herhaben?

Fürs erste bleibt uns ein Zwiespalt: Der Mensch als Zwitterwesen – einerseits noch Tier und andererseits schon Bewußtsein. Soll sich der Mensch als Tier »annehmen« oder als Bewußtsein identifizieren? »Zurück zur Natur«, zur körperlichen Natur, versteht sich, ist natürlich die weniger anspruchsvolle, die nostalgische Variante. Die volle Konsequenz der anderen Möglichkeit ist kaum angedacht. Sieht man die psychische Identität als Zentrum des Ich, dann ist alles Physische nur Träger, Umwelt dieser Psyche, die dann bestimmen mag, wie das Vehikel, der Körper aussieht, mit dem sie ihre Bedürfnisse stillt. Künstliche Befruchtung, Klonen oder Designer-Babys erscheinen da als geradezu zurückhaltende Unterfangen. Es geht um viel mehr, es geht um die Unsterblichkeit des Bewußtseins, der psychischen Identität eines Individuums über den Tod des Körpers hinaus. Hirntransplantationen auf nachgeklonte Körper sind heute in greifbarer Nähe. Die Speicherung der psychischen Identität des Menschen steht auf dem Programm. Anfänge sind gemacht – erste Gehirne wurden mit Computern verbunden, gesetzlose Experimente, natürlich.

Die Unsterblichkeit der Idee, der psychischen Identität: Ein Programm für die Technologie der Zukunft, von der uns wohl noch einige Zeit trennt. Und gerade hier liegt die Tragik des modernen Menschen: Er sieht bereits die zukünftige Entwicklung am Horizont heraufdämmern, weiß aber, daß er noch sterben muß, wenn sein Körper verschlissen ist.

Noch ist der Mensch mehr Tier als Gott, doch *Alraune* wird uns wirklich …

Wilfried Kugel
Berlin 2005

Zeittafel zur Biographie von Hanns Heinz Ewers

3.11.1871	geboren als Hans Heinrich Ewers in Düsseldorf, Immermannstraße 22
	Vater: der herzoglich-mecklenburgische Hofmaler Heinz Evers (geboren 1817 in Wismar); Mutter: die Schriftstellerin und Übersetzerin Maria aus'm Weerth (geboren 1839 in Bonn)
29.9.1873	Geburt des Bruders Ernst (später Fregattenkapitän)
1881–1891	Besuch des Königlichen Gymnasiums in Düsseldorf (Alleestraße)
13.4.1885	Tod des Vaters
1888–1889	Besuch des Gymnasiums in Cleve
1888	erste Gedichte; großes Vorbild ist Heinrich Heine
1889–1891	dramatische Schwärmerei für Helene Schleifenbaum (»Lili«)
Schulzeit	Reisen nach Frankreich, England, Italien
9.12.1890	Tod der von ihm verehrten Großmutter Maria aus'm Weerth (geb. Feldmann-Simons)
12.3.1891	Abitur am Königlichen Gymnasium in Düsseldorf (Alleestraße)
1.4.1891–14.5.1891	Einjährig-Freiwilliger beim Kaiser-Alexander-Gardegrenadier-Regiment No. 1 in Berlin; wegen Kurzsichtigkeit für dienstuntauglich erklärt
Karfreitag 1891	in Berlin erster Geschlechtsverkehr (mit Illa Lampe, geb. Stever)
2.5.1891	Immatrikulation für Jura an der Friedrich-Wilhelm-Universität in Berlin

11.5.1891	Eintritt in das Corps »Normannia«
1.6.1892	wegen ungenügender Mensur ohne Band aus dem Corps entlassen
21.11.1892	Immatrikulation an der Friedrich-Wilhelm-Universität in Bonn; Mitglied des Corps »Guestphalia«
1893	Studium in Genf, Bekanntschaft mit Wilhelm von Scholz
1894	Ablegung der 1. Staatsprüfung in Bonn
1894–1896	Referendariat in Neuß
1895	Beziehung mit der Schriftstellerin Margarete Susmann
	Bekanntschaft mit Ilna Wunderwald, seiner späteren Gattin
ca. ab 1895	Interesse für Hypnotismus und Spiritismus
	Beginn des Haschischkonsums
1896	Strafversetzung des Referendars nach Saarbrücken (»Spiritisten-Affäre«)
August 1897	vier Wochen Festungshaft auf der Feste Ehrenbreitstein wegen einer Duellaffäre
Ende 1897	Entlassung aus dem Staatsdienst
	Verlobung mit Ilna Wunderwald
7.11.1898	Promotion zum Dr. jur. in Leipzig (Prädikat »rite«)
1898	erste Reise nach Capri, Bekanntschaft mit Oscar Wilde
1898	Beziehung mit der Schriftstellerin Clara Müller
1898–1900	Schriftsteller und Übersetzer in Düsseldorf
März 1898	Gedicht *Mutter* – erste nachweisbare Veröffentlichung

1898–1900	Veröffentlichungen in der anarchistischen auslandsdeutschen US-Zeitschrift »Der arme Teufel« (Hrsg. Robert Reitzel, später Martin Drescher)
1899	Geburt der unehelichen Tochter Victoria; Mutter: Katharina Kreis (»Goldene Kätie«)
1899	mit Theodor Etzel Herausgabe der Zeitschrift »Der Kunstfreund« in Saarbrücken
1899	Veröffentlichungen in der anspruchsvollen, weltersten Homosexuellen-Zeitschrift »Der Eigene« (Hrsg. Adolf Brand, Berlin), die neuer (nicht nur homoerotischer) Lyrik ein Podium bot
7.4.1900	vom Landgericht Berlin zu einer Geldstrafe wegen unzüchtiger Schriften verurteilt (*Von der goldenen Kätie* in: »Der Eigene«)
18.1.1901	Ernst von Wolzogen holt HHE zum Kabarett »Ueberbrettl« nach Berlin; großer Erfolg als Kabarettist
April 1901	selbständiger Leiter von Wolzogens »Ueberbrettl«
Juli 1901–November 1902	eigenes Kabarett: »Ueberbrettl (Modernes Theater)«, später »Berliner Modernes Theater«
ab 1901	Freundschaft mit Erich Mühsam, Marc Henry, Max Reinhardt, Frank Wedekind, Herwarth Walden, Else Lasker-Schüler
1901	erste Buchveröffentlichungen: *Ein Fabelbuch* (mit Theodor Etzel) und *Der gekreuzigte Tannhäuser*

seit 1901	Bekanntschaft mit Maximilian Harden, Stanislaw Przybyszewski
15.5.1901	Heirat mit Ilna Wunderwald (1875–1957), die ebenfalls im »Ueberbrettl« auftritt
November 1902–Sommer 1904	lebt mit Ilna auf Capri; Anhänger und Propagandist der Nacktkultur
1903	entdeckt auf Capri die »Grotte Maravigliosa« (Wundergrotte)
ab ca. 1903	Konsum von Opium und Meskalin
1903–1904	Wohngemeinschaft mit Erich Mühsam und Victor Hadwiger in Berlin
	gemeinsame Arbeiten mit Mühsam
	Bekanntschaft mit Johannes Schlaf, John Henry Mackay
ab 1904	Freundschaft mit Paul Scheerbart, Roda Roda, Herbert Eulenberg
1905	Reise nach Spanien und Südfrankreich mit Gattin Ilna und dem Maler Albert Hubert
1905	Herausgeber der Jugendzeitschrift *Heim der Jugend* (Berlin)
ab 1905	propagiert die Idee einer »jüdisch-deutschen Kulturnation«
1906	Reise in die Karibik und nach Mittelamerika mit Gattin Ilna und dem Maler Albert Hubert; auf Haiti Teilnahme an einer Voodoo-Zeremonie
ab 1906	deutscher Übersetzer und Herausgeber von Israel Zangwill
	Freundschaft mit Gerhart Hauptmann
1906	Gründung der »Scheerbart-Stiftung«
1907	Auftritte in den Kabaretts »Nachtlicht« und »Fledermaus« der »Wiener Werkstätte«

	Freundschaft mit Gustav Klimt und Ferrucino Busoni
1907	Erzählungssammlung *Das Grauen*; Vertrag mit dem Verlag Georg Müller (München)
ab 1907	Publikationen zum Thema »Kino«; Einführung des Wortes »Kintopp«
1908	Reise nach Südamerika mit Ilna
1908	dreht in Frankreich wahrscheinlich seinen ersten Film
1908	Erzählungssammlung *Die Besessenen* (u.a. *Die Spinne*)
1909	erster Roman *Der Zauberlehrling oder die Teufelsjäger* zum Thema Sekten und Massenpsychologie
1909	Mitbegründer des »Schutzverbandes deutscher Schriftsteller« (SDS)
ab 1910	Vorträge *Die Religion des Satan*; Konsum von Morphium
1910	Reise nach Ceylon, Indien, Australien, Südsee, Ostasien mit Ilna
1910–1911	mit Artur Landsberger Herausgabe der »Deutschen Montags-Zeitung« (Berlin)
1910–1911	Lektor und Förderer der ersten Werke von Hermann Harry Schmitz
Sommer 1911	erster Aufenthalt auf der Adria-Insel Brioni
1911	Roman *Alraune* über die Erschaffung einer künstlichen Frau; der Roman wird später in 28 Sprachen übersetzt und macht HHE weltbekannt
1911–1922	Freundschaft mit Walter Rathenau
28.12.1911	Ewers' »Verlobte« Maria Munk erschießt sich in Wien

1912	Schauspieler an Max Reinhardts »Deutschem Theater«
19.4.1912	Scheidung von Ilna Ewers-Wunderwald
1912–1914	enge Zusammenarbeit mit dem französischen Kabarettisten und Schriftsteller Marc Henry (u. a. Opernlibretto *Die toten Augen* [Musik: Eugen d'Albert])
5.10.1912	Uraufführung der aufwendigen Multimedia-Revue *Der unsichtbare Mensch* von HHE und Marc Henry im Berliner Zirkus Schumann
1912–1920	Beziehung mit der französischen Malerin Marie Laurencin
1913	erster Autorenfilm *Der Student von Prag*; es folgen viele weitere Filme
	Leitung der »Deutschen Bioscop GmbH«; HHE bringt u. a. Ernst Lubitsch zum Film
1.4.1914	auf einem Künstlerball preisgekrönt als schönster Mann Berlins
3.5.1914	Reise nach Südamerika
28.6.1914	Ausbruch des 1. Weltkriegs; HHE reist von Peru in die USA
1914–1920	lebt in den USA, da er nicht nach Deutschland zurückkehren kann; in den USA deutschfreundliche Propagandatätigkeit (Vorträge etc.) und Wandlung vom Kosmopoliten zum Nationalisten
1914	*Kriegslieder*
1914–1920	Verhältnis mit Adele Guggenheimer-Lewisohn
1914–1918	Bekanntschaft mit Sektenführer Aleister Crowley (O.T.O.)

1915–1917	Reisen nach Spanien und Mexiko; Arbeit für den deutschen Geheimdienst
ab 1915	Bekanntschaft mit Ernst Hanfstaengl, Franz von Papen
Ende 1916	lernt Josephine Bumiller kennen, seine spätere zweite Gattin
16.6.1918– April 1919	als Kriegsgefangener interniert im Lager Fort Oglethorpe; dort schwere Erkrankung und Verlegung in ein Krankenhaus in New York
August 1919	durch Bemühungen von John Galsworthy (*Forsyte Saga*) gegen Kaution und unter Meldepflicht frei; Schreib- und Publikationsverbot in den USA
1919	Libretto für ein Musical *Das Mädchen von Alaska* (nicht aufgeführt)
Juni 1920	Erlaubnis zur Ausreise aus den USA
August 1920	Rückkehr nach Deutschland; seine Berliner Wohnung ist geplündert; der *Verlag Georg Müller* hat hohe Tantiemen-Summen einbehalten
	HHE wird wegen säumiger Unterhaltszahlungen an Ex-Gattin Ilna in Arrest genommen
1920	Roman *Vampir* – stellt den 1. Weltkrieg als Blutrausch dar
1921–1924	wohnt zusammen mit Artur Landsberger (Berlin, Tiergartenstraße 1)
15.10.1921	Heirat mit Josephine Bumiller (1897–1974), die ihm aus den USA gefolgt ist
1921	Erzählungssammlung *Nachtmahr*
	Fortsetzung des Romanfragments *Der Geisterseher* von Friedrich Schiller

Dezember 1921	bietet Walter Rathenau seine Mitarbeit und Unterstützung an
24.6.1922	Ermordung von Außenminister Walter Rathenau durch rechtsradikale Antisemiten; HHE verliert seine einzige Identifikationsfigur der Weimarer Republik und tritt der monarchistischen »Deutschnationalen Volkspartei« bei
1923, 1926	unterstützt Petitionen zur Abschaffung des § 175 (Strafbarkeit der männlichen Homosexualität)
1923–1924	populärwissenschaftliches Werk *Ameisen*
1923–1932	»Telefonbilder«, die u. a. in der »Galerie Flechtheim« (Berlin) ausgestellt werden
April 1925	nach dem 1. Weltkrieg erste freie Wahlen zum Reichspräsidenten, der die Kompetenzen eines »Ersatzkaisers« hatte; Ewers' erste Teilnahme an Wahlen; er wählt Hindenburg
1926, 1932	Aufrufe zur Errichtung eines Heine-Denkmals in Düsseldorf
18.7.1926	Tod der Mutter
1927	Kündigung des Vertrages mit dem *Verlag Georg Müller* wegen ständiger Zahlungsrückstände; Vertrag mit dem »Sieben Stäbe Verlag«, der dem »Gewerkschaftsbund der Angestellten« gehört
1928	Roman *Fundvogel* über eine Geschlechtsumwandlung
1928/1929	Filmgesellschaft »Hanns Heinz Ewers Produktion«
1928	Krankheit, Ehekrise

1929	der »Sieben Stäbe Verlag« und die »Hanns Heinz Ewers Produktion« kommen wegen Unterschlagungen des Geschäftsführers des »Sieben Stäbe Verlages« in Schwierigkeiten
1929	mit Sexualwissenschaftler Magnus Hirschfeld Herausgabe einer dreibändigen Buchreihe »Liebe im Orient« zur Förderung von mehr »Kunst« in der Liebestechnik
25.10.1929	Beginn der Weltwirtschaftskrise (bis Ende 1930)
Ende 1929	Freitodabsichten, Testament
ab 1930	Gattin Josephine lebt getrennt von HHE
ab 1930	im Zuge der Recherchen für einen neuen Roman Kontakte zu Reichswehr und Freicorps
1931	Vertrag mit dem *Cotta-Verlag*
1931	zeitgeschichtlicher Roman *Reiter in deutscher Nacht* über die Freicorps-Bewegung, die Besetzung des Rheinlandes und den rheinischen Separatismus
1931	Kontakte zur NSDAP über Hitler-Intimus Ernst Hanfstaengl, Prinz August Wilhelm von Preußen und SA-Führer Hans Breuer
11.10.1931	»Harzburger Front«: Einschwenken der monarchistischen »Deutschnationalen Volkspartei« auf NSDAP-Kurs
3.11.1931	HHE tritt zur NSDAP über, persönliche Aufnahme durch Adolf Hitler per Handschlag
ab 1931	heftige Angriffe der überzeugten Nationalsozialisten sowie der Linken gegen HHE

1931–1933	Bekanntschaft mit dem »Hellseher« Hanussen (von der SA am 24.3.1933 ermordet)
1932	Roman *Horst Wessel*, die (verfälschte) Geschichte des HHE persönlich bekannten SA-Führers (Sohn des Berliner Predigers Ludwig Wessel), der bereits Anfang 1930 unter nicht völlig geklärten Umständen ermordet wurde
1932–1933	Bekanntschaft mit Joseph Goebbels, Ernst Röhm, Graf Helldorf
30.1.1933	Hindenburg ernennt Hitler zum Reichskanzler
11.3.1933	in Absprache mit Goebbels maßgebliche Beteiligung von HHE an der »Gleichschaltung« des »Schutzverbandes deutscher Schriftsteller«, später auch der deutschen Sektion des »PEN-Club«
20.4.1933	der »Deutschlandsender« strahlt zum 44. Geburtstag von Adolf Hitler ein Hörspiel »Horst Wessel« von Paul Beyer nach H. H. Ewers aus
9.5.1933	Ewers' Werke werden Opfer der Bücherverbrennungen
1933	dreht mit Ernst Hanfstaengl den *Horst Wessel*-Film
9.10.1933	*Horst Wessel*-Film wird von Goebbels verboten
23.11.1933	Freigabe einer stark zensierten Fassung des Films unter dem Titel *Hans Westmar*
Frühjahr 1934	*Horst Wessel*-Roman wird verboten
30.6.1934	HHE steht auf den Todeslisten beim sog. »Röhm-Putsch«; er wird gewarnt und versteckt sich in Bad Eilsen; viele seiner Freunde werden ermordet

Ende 1934	Generalverbot; die Werke von HHE werden beschlagnahmt und auf die »Schwarzen Listen« gesetzt
15.9.1935	»Nürnberger Gesetze« zur Rechtfertigung der Judenverfolgung
ab 1935	HHE wendet sich vom Nationalsozialismus ab; Hilfe für verfolgte jüdische Freunde unter Mitwirkung des Berliner Polizeipräsidenten, Graf Helldorf (am 15.8.1944 als Widerstandskämpfer hingerichtet)
Februar/ März 1937	Hanfstaengl versteckt sich bei HHE, bevor er in die Schweiz flieht
1937	Reise nach Frankreich
ab 1938	Krankheit
26.3.1938	Schenkung vieler Manuskripte, Unterlagen, Briefe etc. (7 Kisten) an die Stadt Düsseldorf, die verspricht, ein »Hanns Heinz Ewers-Archiv« zu errichten (1939–1945 bombensichere Auslagerung der Unterlagen nach Schloß Wittgenstein in Laasphe; weitere Schenkungen durch Josephine Ewers; weiter ergänzte Sammlung heute im Düsseldorfer Heinrich-Heine-Institut)
Ende 1939–1943	Verhältnis mit der 27jährigen Rita Grabowski (die zur Hälfte jüdischer Abstammung ist)
1940	HHE erreicht die Teilaufhebung des Generalverbotes
1940–1943	HHE schreibt Satiren auf die Nazi-Zeit (unveröffentlicht)
1941	HHE erreicht die Aufhebung des Schreibverbotes

1942	Vertrag mit dem »Zinnen-Verlag« (Kurt Desch)
1943	Erzählungsband *Die schönsten Hände der Welt*, Neuauflage von *Ameisen*; die Bücher werden kurz darauf von der Gestapo beschlagnahmt und vernichtet
1943	HHE ermöglicht Rita Grabowski die Flucht in die Tschechoslowakei
12.6.1943	Tod (wahrscheinlich durch Lungenkrebs) in seiner Wohnung Corneliusstraße 4 a, Berlin Tiergarten; am gleichen Tag wird das Geburtshaus von HHE in Düsseldorf, Immermannstraße 22, von einem Bombentreffer zerstört
18.6.1943	Einäscherung im Krematorium Berlin-Wilmersdorf
15.10.1943	Beisetzung der Asche auf dem Nordfriedhof in Düsseldorf (Grab Nr. 55235, Feld 78)

Kompilation der Zeittafel:
Wilfried Kugel